LE PRINTEMPS RUSSE

DU MÊME AUTEUR
AUX MÊMES ÉDITIONS

Collection Présence du Futur

Les années fléaux

NORMAN SPINRAD

Le Printemps russe

roman traduit de l'américain
par Luc Carissimo

Denoël

Collection PRÉSENCES
sous la direction de Jacques Chambon

Titre original :
RUSSIAN SPRING
(Bantam Books, New York)
ISBN : 0-553-07586-1

73-75, rue Pascal, 75013 Paris
ISBN : 2-207-23952-7
B : 23952-9

Pour Mikhaïl Gorbatchev,
qui l'a rendu nécessaire,
et
N. Lee Wood,
qui l'a rendu possible.

Préface

J'ai commencé à écrire *le Printemps russe* au retour d'une rencontre internationale d'écrivains à Budapest, en août 1988, et au moment de la publication de la première édition en septembre 1991, la tentative de putsch venait d'échouer à Moscou. Entre le début de la rédaction du roman et son achèvement en 1991, j'ai remanié plusieurs fois l'intrigue afin de tenir compte des événements qui ont changé la face du monde au cours de ces trois dernières années. À l'heure où j'écris le présent texte, les conséquences finales de ces bouleversements sont toujours imprévisibles. Une seule chose est sûre : la situation évoluera encore avant que vous puissiez lire ces lignes.

Bien des changements que j'avais envisagés au début se sont réalisés avant la fin de mon dernier brouillon — élections démocratiques en Union soviétique, démantèlement du glacis soviétique d'Europe de l'Est, réunification de l'Allemagne, fin de la guerre froide, début du désengagement militaire américain en Europe — et la version définitive du roman reflète ces modifications.

D'autres changements sont survenus alors que le livre était en cours d'impression. Certains, même s'ils n'ont pas suivi la chronologie ou le détail du roman, en ont étonnamment respecté les grandes lignes et le sens profond — le malaise économique américain, la marche vers une confédération de l'Europe occidentale, la résurgence des nationalismes tribaux en Europe de l'Est comme de l'Ouest, avec les déplorables résultats que l'on peut constater.

D'autres prédictions peuvent sembler s'être révélées fausses. L'Union soviétique n'existe plus et le Parti communiste ne paraît plus devoir jouer un rôle dans l'avenir des territoires qui la composaient.

Et pourtant, qui sait ? Si les détails de l'Histoire future, tributaires de la bonne ou mauvaise fortune d'hommes politiques et des aléas de l'actualité — coups d'État, cataclysmes — sont impossibles à prévoir avec certitude, les grands impératifs économiques, technologiques et géopolitiques qui sous-tendent la destinée des peuples sont toujours là.

En 1968, dans *Jack Barron et l'éternité,* j'avais décrit ce que risquait de devenir la politique présidentielle américaine, entièrement soumise au pouvoir de la télévision et subvertie par lui. Vingt-quatre ans plus tard, si les choses ne se sont pas passées exactement comme dans le roman, les grandes lignes de celui-ci ne se sont avérées que trop réelles. En 1987, en plein *boom* reaganien, j'avais prévu dans *Little Heroes* le déclin économique de l'Amérique des années 90 — ce qui, malgré l'euphorie ambiante, n'était pas si difficile au vu des réalités sociales et économiques.

De même, si certains détails du *Printemps russe* peuvent paraître dépassés, les grandes forces qui façonnent l'avenir du monde demeurent inchangées. La CEE s'achemine inexorablement vers une confédération qui ressemble fort à l'Europe communautaire du roman, sa prédominance économique est déjà un fait et l'adhésion des pays d'Europe de l'Est n'est plus qu'une question de temps. Les États-Unis sont effectivement devenus la principale puissance militaire de la planète, un Marché commun de l'hémisphère occidental est en voie de formation et les premiers éléments de l'Initiative de défense stratégique vont bientôt être déployés. Et le déclin de l'économie américaine, entraînée par le poids de sa dette, est déjà une triste réalité.

Mais qu'en est-il de la « Communauté des États indépendants » qui a remplacé l'Union soviétique ? Déchirées par les antagonismes ethniques, dans un état de complet délabrement économique, ces républiques peuvent-elles vraiment s'unir dans un cadre cohérent et redresser leurs économies au point de s'intégrer un jour à la CEE, ranimant la vision de Gorbatchev (et la mienne) d'une « Maison commune européenne », d'une union prospère et démocratique des peuples de l'Atlantique à l'Oural, et au-delà ?

Je crois que c'est encore possible. Parce que les réalités économiques et géopolitiques le leur imposent toujours.

L'Union soviétique était l'héritière de l'Empire russe, État plurinational dont l'édification a demandé plus d'un millénaire, et ce contexte économique et géopolitique n'a pas disparu avec l'effondrement du régime soviétique.

Plus d'une centaine de peuples différents vivent toujours en étroite interdépendance sur le territoire des 15 républiques de l'ex-Union soviétique. Des dizaines de millions de Russes vivent en dehors des frontières de la Fédération de Russie — l'Estonie est russe à 40 %, tout comme le Kazakhstan, et il y a des millions de Russes en Ukraine, en Lettonie, en Lithuanie, en Moldavie. Il y a des enclaves arméniennes en Azerbaïdjan, des enclaves azéries en Arménie, des Ukrainiens en Russie, des enclaves dans les enclaves dans les enclaves. La Fédération de Russie elle-même n'est qu'une mosaïque d'ethnies.

Sans une quelconque structure confédérale, sans une citoyenneté commune et sans une garantie centrale des droits des minorités internes, il n'y a que deux issues possibles — une suite sans fin de guerres tribales assortie d'un chaos permanent, ou une ribambelle d'États qui n'auront d'indépendant que le nom et seront en fait manipulés depuis Moscou par la majorité russe démographiquement, économiquement et militairement prédominante.

Que leurs peuples ou leurs gouvernements le veuillent ou non, les siècles ont soudé les républiques de l'ex-Union soviétique en une entité économiquement interdépendante. Le blé ukrainien nourrit les ouvriers des champs de pétrole russes qui fournissent l'énergie qui fait tourner l'économie de l'ensemble. Le lait balte ne pourrait être mis en bouteilles sans les machines russes. Les usines d'Ukraine dépendent de pièces détachées fabriquées en Russie et vice versa. L'uranium extrait d'Asie centrale alimente les générateurs de Russie et d'Ukraine qui fournissent l'électricité à un réseau général de distribution. Oléoducs et gazoducs, routes, réseau ferroviaire, tout a depuis longtemps été conçu et construit sans considération de frontières intérieures.

Le résultat des tentatives des républiques de fonctionner en autarcie n'est que trop apparent — magasins vides, pénuries énergétiques, dépréciation monétaire, chute accélérée de la production industrielle, effondrement économique.

Ce n'est pas une coïncidence si cet effondrement a suivi de près le décès de l'Union soviétique. Au contraire, c'est la destruction de la coordination fédérale qui en est la *cause.* Car, si la planification centrale est à l'origine de la plupart des maux économiques dont souffre l'ex-Union soviétique, on peut constater *a posteriori* que, malgré tous ses défauts, elle était certainement préférable à l'absence de toute autorité coordinatrice.

Ainsi donc, si *le Printemps russe* n'est sans doute plus une prédiction exacte des événements à court terme dans l'ex-Union soviétique, il demeure une vision, une vision pleine d'espoir, peut-être même la *seule* vision optimiste à laquelle doivent aspirer les peuples de ces pays s'ils veulent échapper à des générations de misère et de conflits sanglants.

En sera-t-il ainsi, en dépit de tout ce qui semble actuellement se passer ?

Nous quittons là le terrain de la prédiction objective pour entrer dans celui de l'engagement optimiste. Sauf nouvelles catastrophes, lorsque vous lirez ces lignes, *le Printemps russe* aura été publié en Russie même. Où, j'ose l'espérer, il contribuera peut-être modestement à repousser l'emprise glaciale du désespoir et à faire éclore un nouveau printemps.

Norman Spinrad
Paris, janvier 1992

Première partie

L'Automne américain

M. Goddard, secrétaire d'État : « Tôt ou tard, Bill, nous devrons bien finir par nous rendre à l'évidence : l'Amérique latine est incapable de se défendre seule. »

Bill Blair : « Se défendre contre quoi, monsieur le ministre ? »

M. Goddard : « Se défendre dans la vie. Mettre sur pied une économie moderne avec une monnaie stable, nourrir sa population et sauvegarder les apparences d'un gouvernement démocratique. On ne peut pas dire que ce soit le cas pour le moment et les leçons de l'histoire n'incitent pas à l'optimisme. En restant passifs, nous abdiquons toute responsabilité. »

Bill Blair : « Vous voulez dire que nous devrions intervenir ouvertement dans les affaires des pays latino-américains dont la politique intérieure n'est pas à notre goût ? »

M. Goddard : « Je veux dire que nous devons faire ce qu'il faut pour mettre en place des gouvernements démocratiques stables qui puissent former avec nous un Marché commun de l'hémisphère occidental et empêcher ce continent de devenir une deuxième Afrique ! Et si vous voulez appeler ça une politique de la canonnière, je serai fier d'en porter les couleurs ! »

Newspeak, présenté par Bill Blair

COURSE AU DÉSASTRE OU SIMPLE TACTIQUE ÉCONOMIQUE ?

Les Américains paraissent s'acheminer vers un nouveau mini-Viêt-nam en Amérique latine et l'opinion européenne, aussi impuissante qu'indignée, semble une fois de plus se complaire dans l'idée que ce sera un désastre comparable aux précédents.

Et si nos « têtes pensantes » s'étaient trompées de bout en bout ? Personne ne niera que la dernière intervention en date s'est soldée par une catastrophe pour les malheureux Costaricains et que les États-Unis ont toutes les chances de s'enliser dans un nouveau bourbier militaire.

Et si les Américains avaient tiré une autre leçon du Viêt-nam ? Pour eux, après tout, cette époque a été une ère de prospérité. Et si le but recherché par les décideurs économiques américains était précisément de maintenir en permanence leurs forces armées engluées dans les bourbiers militaires d'Amérique latine ?

Libération

L'AMÉRIQUE AUX AMÉRICAINS

La condamnation par le Parlement européen, sous la houlette des écolosocialistes allemands drapés dans leur vertu, de nos efforts pour sauver le Costa Rica des fanatiques d'extrême gauche et du chaos total, assortie de la menace de sanctions économiques qu'elle sous-entend, devrait finir par convaincre le plus sceptique des europhiles qu'un demi-siècle de générosité américaine a été cyniquement trahi au profit de l'hégémonisme économique européen.

Lorsque l'Allemagne réunifiée s'est fondue dans la confédération européenne, de vifs applaudissements ont éclaté des deux côtés de l'Atlantique pour saluer le fait que la prétendue « question allemande » était enfin réglée. Les troupes soviétiques se sont repliées derrière leurs frontières en échange d'un nombre inavouable de milliards de deutsche Marks en subventions, prêts et investissements dans des coentreprises, tandis que les soldats américains rentraient enfin chez eux.

Nous voyons maintenant comment nous avons été récompensés pour avoir, au prix de nos propres vies et de nos propres deniers, protégé les démocraties européennes durant plus d'un demi-siècle.

Nous nous retrouvons évincés du plus vaste marché économique que le monde ait jamais connu. Nous nous trouvons confrontés à une Communauté européenne, dominée par le colosse germanique, déterminée à saboter nos efforts pour créer un Marché commun de l'hémisphère occidental.

Notre dette extérieure envers les bénéficiaires mêmes de notre générosité est énorme, notre économie s'essouffle et une alliance contre nature, conduite par une Allemagne à l'hypocrisie croissante, vient s'immiscer dans notre propre hémisphère, encouragée depuis la ligne de touche par l'Union soviétique.

L'Amérique se retrouve seule. Et nous pouvons rétrospectivement constater avec tristesse qu'il en a toujours été ainsi. Quand elles avaient besoin de notre aide, les nations européennes se prétendaient nos amies. A présent qu'elles ont obtenu ce qu'elles désiraient de nous, elles ne veulent même pas nous laisser vaquer à nos propres affaires.

Nous avons été bernés. Nous n'avions pas le choix. Nous devons maintenant bâtir pour tous les Américains, du Nord au Sud, une Amérique économiquement intégrée et indépendante. Nous devons consentir à tous les sacrifices nécessaires pour que notre supériorité militaire absolue sur ce continent fasse contrepoids à l'écrasante puissance économique européenne.

Nous devons résister à l'hégémonisme européen, serrer les dents et déployer enfin l'Étoile d'Amérique, quel qu'en soit le prix.

Washington Post

On a vu s'envoler les cours de l'armement et notamment tout ce qui, dans ce secteur, touche de près ou de loin l'industrie aérospatiale, en sommeil depuis une dizaine d'années. Les premiers à réagir se sont bien sûr taillé la part du lion.

Mais les valeurs en hausse ne manquent pas sur le marché secondaire et, surtout, tertiaire. Même avec la forte inflation actuelle, il reste encore dans les consortiums aérospatiaux davantage de titres en hausse à moyen terme que ne le pensent les pessimistes. À contre-courant de l'opinion générale des milieux boursiers, nous affirmons qu'il n'est toujours pas trop tard pour l'opérateur avisé d'investir dans le filon de l'Étoile d'Amérique. Le meilleur est encore à venir. Ne négligez pas les entreprises indépendantes.

Les Échos de Wall Street

LA DÉMENCE AMÉRICAINE SERAIT-ELLE CONCERTÉE ?

La décision du Congrès américain de financer le développement d'un bouclier nucléaire baptisé Étoile d'Amérique est communément perçue comme un acte de folie collective. Mais, d'un point de vue purement pragmatique et américain, il n'en est peut-être rien.

Contre qui l'Étoile d'Amérique est-elle censée défendre les États-Unis ? Contre une Union soviétique qui a cessé d'être une menace militaire ? Contre une Europe communautaire pacifique et prospère ?

Il n'y a évidemment aucune réponse rationnelle à cette question. Mais la question est peut-être mal posée. Car si l'on se demande plutôt ce que l'Étoile d'Amérique peut apporter aux Américains, malgré leurs vertueuses protestations, la réponse n'est que trop évidente.

En déployant l'Étoile d'Amérique, les États-Unis soutiennent un secteur de l'armement en récession, sans lequel leur économie déjà chancelante s'enfoncerait définitivement dans la crise.

En déployant l'Étoile d'Amérique, les politiciens américains justifient les milliards investis au fil des décennies dans la recherche militaire.

En déployant l'Étoile d'Amérique, les États-Unis soulignent aux yeux des républiques latino-américaines que la puissance américaine règne en maître sur leur continent et qu'en dépit de tous les excès interventionnistes auxquels ils peuvent se livrer personne n'aura jamais ni la force ni la volonté de s'opposer à eux dans la sphère d'influence qu'ils se sont attribuée.

Il y a bien longtemps, Mikhaïl Gorbatchev a menacé les Américains d'un sort effroyable : « Nous vous priverons d'ennemi », a-t-il déclaré. Et il a tenu parole.

Nous voyons aujourd'hui la réponse américaine. Privé de l'ennemi dont l'existence a servi de béquille à son économie et de justification à sa politique extérieure durant un demi-siècle, le gouvernement américain s'en est trouvé un autre.

Si l'Allemagne et la Communauté européenne n'avaient pas existé, ils auraient sans doute été obligés de les inventer. D'ailleurs en un sens, c'est ce qu'ils ont fait.

Die Welt

1.

Avec un choc sourd, un hurlement de protestation du caoutchouc sur le béton et un déconcertant gémissement de métal fatigué, le vieux 747 heurta la piste, faisant s'ouvrir dans la foulée une demi-douzaine de compartiments à bagages au-dessus des sièges tandis que rugissaient les inverseurs de poussée. La carlingue vibra de toutes parts et les lumières vacillèrent.

Les quatorze heures passées depuis Los Angeles dans cette bétaillère aérienne avaient été absolument épouvantables : le thermostat semblait incapable de maintenir une température constante, la nourriture tiédasse des deux plateaux-repas avait un goût de carton bouilli, le projecteur de cinéma était en panne, le fauteuil qu'il occupait refusait de s'incliner et le moteur intérieur gauche était le siège d'inquiétantes vibrations. Mais l'avion était parvenu à destination et Jerry Reed était à Paris, ou du moins sur le territoire français.

Pour un cadet de l'espace né et élevé en Californie dont la seule expérience de voyage à l'étranger s'était jusque-là limitée à aller lever des putes à Tijuana, c'était sacrément loin de Downey.

Huit semaines plus tôt, Jerry projetait de passer ses trois semaines de vacances sac au dos dans la Sierra. Il n'avait même pas de passeport.

Et voilà qu'il roulait vers le terminal de l'aéroport Charles-de-Gaulle. Il poussa un profond soupir de soulagement à l'idée d'être arrivé sans anicroche en Europe.

« Non, non, bien sûr que non, il n'y a absolument rien

d'illégal là-dedans, lui avait assuré André Deutcher. Le pire qui puisse vous arriver serait qu'ils refusent de vous laisser monter à bord.

— Et confisquent mon passeport. »

André avait souri, de ce sourire mondain dont il avait le secret, et avait soufflé un mince panache de fumée d'un de ses Upmann à dix écus. « S'ils confisquent votre passeport parce que vous essayez de quitter le pays, cela prouvera que ce n'était qu'un document dénué de toute valeur, n'est-ce pas, Jerry ?

— Exact, avait reconnu Jerry d'un ton amer. Mais s'ils me sucrent mon accréditation, je ne travaillerai plus jamais pour le Programme, comme ce pauvre Rob.

— Rob est fini, Jerry ; c'est bien triste, mais c'est comme ça, avait dit beaucoup plus froidement André Deutcher. Et c'est parce que des gens comme Rob Post ne sont plus dans la course que votre programme spatial ne l'est plus non plus...

— Avec nos gros lanceurs, nos navettes et nos luges orbitales, notre logistique de base n'est pas si en retard..., avait protesté faiblement Jerry, sans réussir à se convaincre lui-même.

— Alors que les Soviétiques ont trois nouveaux cosmograds en construction, qu'ils visitent Mars et que nous venons de lancer la fabrication du prototype d'avion spatial.

— Quand la conjoncture politique aura changé, la technologie de l'Étoile d'Amérique nous donnera...

— Jerry, Jerry, vous êtes libre de refuser mon offre, avait dit André en le fixant du regard ambigu de ses yeux gris-vert. Jusque-là c'était le représentant de l'ESA qui parlait. Mais ne vous faites pas d'illusions. Voyez ce qui est arrivé à Rob : je ne voudrais pas qu'il vous arrive la même chose ; c'est en ami que je vous parle, en ami qui partage le même rêve et ne sait que trop bien ce qu'il ressentirait s'il avait eu l'infortune de naître américain et non français à cette heure de notre histoire. Le problème, c'est l'Étoile d'Amérique, et ce ne pourra jamais être la solution. Rob l'avait bien compris, même s'il a cru pouvoir combattre le projet de l'intérieur. Ne commettez pas la même erreur. »

Jerry ne connaissait alors André Deutcher que depuis trois semaines — en fait, il l'avait rencontré à la précédente soirée de Rob Post. Ce dernier le lui avait présenté comme un ingénieur de l'ESA en vacances aux États-Unis pour y rencontrer des gens partageant son intérêt pour l'espace.

Bien sûr, Jerry ne l'avait pas cru une seconde. Il s'était dit que le Français était un genre d'espion industriel et avait immédiatement entrepris de le mettre en boîte à ce sujet. André lui avait rétorqué que, vu la quasi-inexistence du programme spatial civil américain, il ne comportait aucun secret industriel digne d'être volé et qu'il travaillait en réalité pour les services de renseignement de l'armée française. L'échange d'amabilités s'était poursuivi et il avait fini par en jaillir une étincelle d'amitié.

Jerry avait accompagné André à Disneyland, lui avait montré Forest Lawn et s'était débrouillé pour lui faire visiter discrètement les parties accessibles de l'usine Rockwell à Downey ; de son côté, le Français avait régalé Jerry sur la note de frais de l'ESA dans des restaurants dont celui-ci ne soupçonnait même pas l'existence.

Et ce soir André avait commis l'impair, pour la Californie, d'allumer un gros cigare au milieu du salon bondé tout en insistant pour en offrir un à Jerry.

Une brume de mer inhabituelle pour la saison se levait et la nuit était fraîche, si bien que lorsque Alma, la femme de Rob, les eut expédiés dehors fumer leur poison de La Havane, comme l'avait bien escompté André, la terrasse de la villa des Post au sommet de Granada Hills était déserte.

Là, dans l'intimité glaciale de la nuit californienne, André laissa enfin tomber le masque, du moins en apparence, et avoua le but réel de son voyage en Amérique.

Il n'était pas agent des services de renseignement de l'armée française, ni même espion industriel, rien d'aussi sinistre. Il était simplement chasseur de têtes pour le compte de l'Agence spatiale européenne.

« Je pense que vous pourriez intéresser l'ESA, Jerry, lui avait-il dit. Ce n'est encore en rien une offre d'emploi, bien sûr. Mais vous m'avez dit avoir trois semaines de vacances à prendre et je suis autorisé à vous inviter à les passer à Paris, aux frais de l'ESA, pour y rencontrer des gens intéressants, en apprendre davantage sur notre programme et nous permettre de mieux vous connaître. »

Il haussa les épaules. Sourit. « Tout au moins passerez-vous gratis des vacances de rêve à Paris. Il y a pire dans la vie, non ? »

Il lui avait toujours semblé qu'André dissimulait quelque chose derrière sa série de fausses identités, mais là, à le regarder droit dans les yeux dans l'humidité glaciale, avec à leurs pieds les lointaines lumières de San Fernando Valley à peine visibles à travers les bancs de brouillard, Jerry eut l'impression qu'André Deutcher lui parlait enfin à cœur ouvert. Il essayait peut-être encore de lui vendre sa marchandise, mais Jerry ne pouvait le nier : tout ce qu'il avait dit était l'amère vérité.

S'il s'accrochait à ce qui restait du Programme, il finirait tôt ou tard par lui arriver ce qui était arrivé à Rob Post. Si ce n'était déjà fait.

À l'intérieur, les invités étaient nonchalamment assis autour du feu qui se mourait dans la cheminée ou appuyés aux murs, un gobelet de carton à moitié vide à la main : la fête tirait à sa fin.

Comme Rob Post, qui contemplait d'un œil vague les reliefs de la soirée de la porte de la cuisine, comme le Programme lui-même, condamné à un interminable lendemain de fête.

Rob Post était déjà un ami de son père bien avant la naissance de Jerry, comme en témoignait son souvenir d'enfance le plus vivace : Papa vient le tirer du lit au milieu de la nuit et Rob lui tend une énorme coupe de glace au chocolat nageant dans un épais sirop, puis, assis entre eux sur un vieux canapé poussiéreux dans le salon obscur, il regarde la télévision avec sur les genoux la coupe pleine de crème glacée dont il se gave à l'aide d'une grande cuiller à soupe non sans en barbouiller copieusement son pyjama, petit garçon de quatre ans ensommeillé brusquement plongé dans un incroyable paradis des petits cochons.

« Sandy va me tuer quand elle apprendra ça, Jerry, et tu ne comprendras que lorsque tu seras grand, dit son père. As-tu une idée de la raison pour laquelle je te laisse manger toute la glace au chocolat et tout le sirop que tu peux avaler, ce soir ?

— Parce que tu m'aimes, papa ? » répond Jerry en plongeant allégrement sa cuiller.

Son père le prend dans ses bras et l'embrasse sur la joue « C'est pour que tu te souviennes toute ta vie de ce moment dit-il d'une drôle de voix solennelle. Tu es trop petit pour comprendre ce que tu vas voir cette nuit, mais tu ne l'es pas pour comprendre un demi-litre de Häagen-Dazs.

— C'est une expérience, Jerry, dit oncle Rob. Nous allons assister au plus grand moment de l'histoire de l'humanité, mais tu es trop jeune pour en comprendre la signification. Alors ton papa et moi, nous allons essayer d'implanter un engramme sensoriel dans ta mémoire à long terme pour que tu puisses y faire appel quand tu auras grandi et te retrouver ici avec ta conscience d'adulte. »

Gloussement d'oncle Rob... « Et si tu te gaves à en vomir, c'est d'autant mieux pour ton futur souvenir. »

Jerry n'avait pas vomi, mais le souvenir lui était resté. La froide douceur acidulée et le double impact de la crème de cacao sur la glace au chocolat n'avait jamais manqué de le faire remonter dans le temps jusqu'à ce canapé du salon où il assistait au débarquement sur la Lune avec Rob et son père.

Depuis, il était accro au chocolat, au détriment de son interminable combat contre la balance, mais il pouvait se retrouver dans la peau d'un garçonnet de quatre ans souriant aux anges et voir en direct avec sa conscience d'adulte Neil Armstrong poser le pied sur la Lune.

L'étrange paysage lunaire gris cathodique s'approche sous la caméra du module d'atterrissage, accompagné du crachotement laconique des lointaines voix de Houston... Les parois de métal répercutent le sifflement décroissant des rétrofusées... « L'Aigle s'est posé. » Puis une silhouette pataude descend l'échelle au ralenti... Et la voix hésitante d'Armstrong ânonne son texte mûrement préparé alors que son pied se pose dans la poussière grise, changeant à jamais la destinée de l'espèce... « C'est, euh, un petit pas pour l'homme, euh, un pas de géant pour l'humanité. »

Oh oui, petit garçon, Jerry n'avait qu'à sentir le goût de la glace au chocolat pour être transporté en cet instant dont le souvenir devait modeler sa vie entière. Plus tard, il lui suffirait d'*imaginer* la légère amertume de la crème de cacao pour revivre le débarquement sur la Lune et remercier du fond du cœur Rob et son père pour le plus beau cadeau que puisse recevoir un petit garçon de cet âge ; avoir fait don à son moi adulte de ce souvenir clair et joyeux, de ce rêve consciemment et amoureusement implanté en lui.

Telle était l'importance que revêtait le programme spatial pour Rob et son père, et si ce dernier n'avait guère fait plus qu'adhérer à la L-5 Society, la Planetary Society et tous les organismes d'encouragement de l'exploration spatiale, Rob Post s'était entièrement consacré à la poursuite de son rêve.

Frais émoulu de Cal Tech, il était entré au service du Programme et avait décroché un emploi de dessinateur sur le projet Mariner. C'était au mieux un ingénieur médiocre, mais à mesure qu'il se hissait vers le sommet de l'échelle, il avait fait preuve d'un certain talent pour la direction de projet, sachant inciter des ingénieurs plus compétents qu'il ne le serait jamais à œuvrer ensemble à un objectif commun. Il croyait avec une conviction inébranlable que la destinée de l'humanité était de s'envoler vers les étoiles, il était capable de transformer cette passion en foi dans le projet en cours et, une fois lancé, de communiquer à son équipe le même enthousiasme.

Il avait travaillé sur Voyager et sur la navette, il avait cessé de fumer de l'herbe quand il avait fallu se plier aux analyses d'urine sur le lieu de travail, s'était mis à faire de longues randonnées à pied dans la Sierra et de la gymnastique tous les jours, car il approchait de la cinquantaine, commençait à s'empâter et, si Mars était hors de question, il avait encore une bonne chance d'aller rendre visite à une base lunaire au cas où il s'en construirait une avant qu'il ne dépasse la soixantaine, s'il gardait le nez propre et se maintenait en bonne forme physique. Du moins était-ce ce qu'il se disait avant l'explosion de Challenger.

Avec un père qui le laissait s'ébattre dans sa vaste collection de vieux magazines de science-fiction, d'ouvrages d'anticipation et de maquettes de vaisseaux spatiaux, et avec Rob Post pour « oncle » préféré, Jerry savait dès le plus jeune âge ce qu'il ferait quand il serait grand.

Il serait astronaute. Il flotterait, immatériel, dans l'éther. Il foulerait la pâle surface tavelée de la Lune et chercherait des traces de vie sur Mars. Il se rendrait sur les astéroïdes, sur Titan et, qui sait, vivrait peut-être assez longtemps pour être parmi les premiers à fouler le sol d'une planète gravitant autour d'un autre soleil.

« Mars, si je suis incroyablement chanceux, la Lune peut-être, mais c'est le maximum de ce qu'un vieux con comme moi peut espérer, petit, lui disait Rob à l'époque où Jerry étudiait au collège. Mais toi, tu as eu la chance de naître au bon moment, Jerry. Potasse ces bouquins et, le temps que tu sortes de l'université, nous aurons une base lunaire. Mars avant tes trente ans. Titan avant cinquante. Tu pourrais vivre assez vieux pour voir le lancement du premier vaisseau interstellaire. Tu pourrais même être à son bord. Tu vas vivre l'âge d'or de l'exploration spatiale, petit. Cela ne tient qu'à toi. Tu peux en être l'un des acteurs. »

Jerry avait donc travaillé dur au collège. Ses notes et une chaleureuse lettre de recommandation du vieux Rob Post, ancien de l'École, lui avaient ouvert les portes de Cal Tech où il avait choisi la technologie aérospatiale pour matière principale.

Durant ses trois premières années d'études, Jerry s'était littéralement défoncé le cul. La tâche était rude, mais il était maintenant un bûcheur acharné et s'était hissé sans difficulté dans le peloton de tête.

Mais il savait qu'il ne suffisait pas d'être dans les premiers s'il voulait suivre un entraînement d'astronaute. Il lui fallait être en parfaite condition physique et, pour un étudiant sédentaire au corps naturellement endomorphe et accro à la glace au chocolat, ce n'était pas chose facile.

Heureusement, Rob Post était là pour l'aider, car son père était du genre à passer sa vie planté devant la télé. Rob l'initia aux longues randonnées dans la Sierra. Il lui acheta une série d'haltères pour son anniversaire. Avant la fin de sa seconde année, Jerry avait perdu son lard, s'était construit des muscles et avait plus de succès avec les filles qu'il ne l'avait jamais rêvé, ayant appris à stimuler sa production d'endorphine grâce au sexe et à l'effort plutôt qu'à la crème glacée.

Puis, au cours de sa troisième année, la navette Challenger avait explosé, emportant avec elle le programme spatial civil ; ou, plus exactement, le long entracte entre le désastre de Challenger et le lancement de navette suivant avait servi de révélateur et mis un point final au processus déjà largement entamé.

Le brillant avenir dans l'espace, apparemment incontournable quand Jerry avait quatre ans, ne s'était jamais réalisé. Pas de station spatiale en 1975. Pas de base lunaire en 1980. Pas d'expédition sur Mars en 1985. Oh, bien sûr, les années 70 et le début des années 80 avaient été un âge d'or pour l'exploration spatiale automatique, avec les incroyables images de Mars, des lunes de Jupiter et des anneaux de Saturne, mais le *véritable* programme spatial, les vols spatiaux habités, son authentique raison d'être, était pour l'essentiel resté sur la touche durant la décennie qui avait séparé le dernier Apollo de l'avènement longtemps différé de la navette.

Ronald Reagan était alors président, le budget de la défense s'envolait, la « Guerre des étoiles » commençait à phagocyter les crédits de la recherche spatiale, l'armée de l'air avait mis le grappin sur la NASA, et près de 40 % des charges mises en orbite étaient déjà militaires avant l'explosion de Challenger.

Il avait fallu deux ans de tergiversations bureaucratiques pour que la NASA rassemble enfin le courage de lancer Discovery. L'esprit de l'Agence était alors brisé, sa structure administrative était totalement militarisée, le budget de la recherche spatiale civile avait subi des coupes sombres et tout espoir de voir un jour un programme de vol civil habité était définitivement écarté.

Quand la poussière était retombée, le financement d'une interminable étude-pilote de Guerre des étoiles avait si astucieusement été ancré dans le processus budgétaire qu'il possédait une vie propre. Même la disparition de l'Union soviétique dans le rôle du croquemitaine n'y avait rien changé. Lorsque Jerry avait obtenu son diplôme, l'idée de faire une carrière d'astronaute civil était devenue pathétiquement risible.

Encore une fois, Rob Post était là pour prodiguer aide et conseils à Jerry, mais ceux-ci étaient malheureusement d'un tout autre genre, à présent. Rob était alors cadre moyen-supérieur chez Rockwell, un bureau d'études en astronautique assez prospère en ces temps où les contrats pour les projets civils se faisaient pratiquement inexistants.

Alors que Jerry était en quatrième année à Cal Tech, Rob s'était bouché le nez, avait poussé un soupir et accepté le poste de directeur du projet de Plate-Forme automatique. « C'est ça ou rejoindre la horde des chômeurs, avait tristement déclaré Rob. En plus, ce n'est pas comme si ce foutu machin n'avait pas d'applications civiles potentielles... »

La P.F.A. était typique de la myriade de petits projets qui avaient maintenu la Guerre des étoiles en survie, jusqu'à ce que les réactions indignées de l'Europe aux interventions en Amérique latine donnent enfin à l'industrie de la défense un bon prétexte pour convaincre le Congrès d'en accepter la reprise sous le nom d'Étoile d'Amérique. Fondamentalement, la P.F.A. était une refonte à plus grande échelle de l'ogive MX de quatrième génération, censée déployer des dizaines de petits intercepteurs orbitaux bon marché. C'était du moins l'argument avancé devant le Congrès.

Mais, derrière cet écran de fumée, l'armée de l'air voulait en fait se donner une plate-forme pouvant être satellisée en orbite basse avec une charge utile variable d'au moins vingt missiles nucléaires et/ou intercepteurs en phase d'envol. Elle devait être capable de rester en place pendant un an sans être ravitaillée en carburant, de procéder au besoin à des changements d'orbite, d'esquiver les satellites tueurs et de délivrer sa charge avec une grande précision.

« Il suffit de supprimer les intercepteurs et les ogives, de lui donner un réservoir de grande capacité avec les propulseurs correspondants, d'y accoler une cabine pressurisée, et on obtient une jeep de l'espace pour passer d'orbite basse en orbite géostationnaire », rêvassait Rob.

Lorsque Jerry eut obtenu son diplôme, Rob put l'engager comme esclave salarié débutant sur le projet P.F.A. Mais même un naïf comme Jerry, une fois entré chez Rockwell, pouvait voir ce que faisait Rob. Tous ceux qui travaillaient sur le projet le savaient. Tout le monde contribuait à la supercherie, sachant, bien entendu, que ce serait Rob qui écoperait quand l'armée de l'air découvrirait le pot aux roses.

Le pot aux roses, c'était que Rob Post, à l'instar des militaires, poursuivait secrètement son programme personnel. Il se servait des fonds de l'armée pour mettre au point un véhicule de transfert capable d'emmener des équipages vers une hypothétique station orbitale.

Les propulseurs étaient bien trop gros pour un simple

transporteur d'ogives et d'intercepteurs. Les prétendus « colliers de ravitaillement en carburant » étaient conçus pour recevoir un réservoir de grande capacité soigneusement aligné le long du grand axe afin de pouvoir supporter une poussée de 1 g. La plate-forme elle-même était étudiée pour accueillir quarante intercepteurs de façon qu'une cabine pressurisée puisse s'y loger.

Peut-être cela avait-il quelque chose à voir avec le fait que Rob s'était remis à fumer de l'herbe, ou inversement. Il avait cessé lors de l'institution des analyses d'urine mais il s'y était remis dans les premiers mois du projet P.F.A. ; il rentrait chez lui à Granada Hills, fumait un joint et s'asseyait devant son ordinateur pour dessiner, sur son temps libre, la cabine pressurisée et le réservoir supplémentaire qui transformerait la P.F.A en jeep de l'espace pouvant emporter dix passagers d'orbite basse en orbite géostationnaire.

L'inévitable, bien entendu, finit par arriver.

L'armée de l'air étudia avec attention le projet avant de passer au stade du prototype et un petit futé pigea ce qui se tramait. Un lundi, par un petit matin blême, la patrouille de contrôle des urines débarqua en force et fit pisser tout le monde dans des éprouvettes.

De tels contrôles surprise n'étaient pas totalement inhabituels, mais quand ils prirent des échantillons sanguins pour corroborer le moindre soupçon d'infraction aux règlements antidrogues, tout le monde comprit que le pot aux roses était découvert.

L'analyse d'urine de Rob se révéla négative, mais on trouva dans son sang des traces infinitésimales de tétrahydrocannabinol, ce qui n'aurait peut-être pas suffi à l'écarter à vie du programme s'il avait choisi de contester son licenciement devant les tribunaux. De sorte que, plutôt que d'essayer de le coincer directement, les autorités militaires employèrent des moyens détournés.

Elles abandonnèrent le projet P.F.A. avant le stade du prototype, ce qui coûta un paquet à Rockwell, puis elles laissèrent clairement entendre que les chances qu'avait Rockwell de décrocher le programme de remplacement étaient quasiment nulles tant que Rob Post émargeait chez eux. Qui plus est, il ne devait pas lui être permis de démissionner, il fallait qu'il soit proprement viré pour mauvaise gestion des fonds de l'armée.

Ce que firent sans grande réticence les dirigeants de Rockwell quand ils eurent calculé ce que leur avait coûté l'abandon de la P.F.A. Rob Post fut lourdé en fanfare et Rockwell obtint le contrat de la luge orbitale.

Rob, comme en avaient décidé les militaires, ne travailla plus jamais pour le Programme, du moins directement. Il gagnait précairement, sinon pauvrement, sa vie comme consultant technique pour divers projets extérieurs au Programme, grâce à ses nombreuses relations dans la communauté scientifique californienne. En même temps, il organisait ces soirées à peu près tous les mois, pour entretenir, triste et désespéré, ses relations avec ceux qui, comme Jerry, travaillaient toujours pour le Programme.

Ou pour ce qu'il en restait.

Jerry se détourna du tableau de fin de soirée qui s'offrait par la baie vitrée et du regard pénétrant d'André Deutcher pour lever les yeux vers le ciel nocturne du Sud californien. Mais les étoiles étaient invisibles à travers les bancs de brume marine.

Jerry finit par se tourner de nouveau vers André, qui le regardait, accoudé à la balustrade, en soufflant un long panache de fumée qui se fondait dans le brouillard.

« C'est une triste époque pour les gens comme vous et Rob dans ce pays, oui, une triste époque », dit André en hochant la tête vers Rob qui traversait le salon pour les rejoindre. « N'allez pas penser que je ne comprends pas, Jerry, dit-il avec un air de commisération mondaine. Vous êtes américain, mais votre pays a perdu foi en vos rêves...

— Ouais, enfin, au moins je suis toujours dans l'industrie spatiale », laissa tomber Jerry d'une voix à la Groucho Marx en agitant son cigare et en exhalant à son tour la contre-valeur de cinq dollars de havane de contrebande, futile tentative de singer l'élégance décontractée d'André.

En réalité, il n'aimait pas vraiment le goût du tabac ; il voyait cela comme un petit geste de défi à l'encontre des règles de salubrité publique auxquelles la plupart des invités à cette soirée, lui compris, devaient se plier s'ils voulaient conserver leur boulot. Le tabac n'était pas encore sur la liste des substances à dépister dans l'urine, mais le tabac *cubain* suscitait malgré tout le petit frisson de danger bénin qu'avait dû produire l'herbe au temps où une trace de tétrahydrocannabinol dans votre urine ne signifiait pas que vous étiez écarté à vie du Programme, comme ce pauvre Rob.

Oh oui, il était toujours dans l'industrie spatiale. Il avait toujours un boulot chez Rockwell, précisément, et non sans ironie, au sein de l'équipe qui mettait au point les systèmes de guidage et de propulsion de la luge orbitale, remplaçante directe de la défunte P.F.A. Et, pour retourner un peu plus le fer dans la plaie de ce pauvre Rob, c'étaient les modifications apportées sans autorisation par celui-ci à la P.F.A. qui avaient donné aux militaires l'idée de la luge orbitale, même si, bien sûr, personne n'avait jamais voulu le reconnaître.

Pourquoi ne pas construire directement un engin capable d'emporter des charges d'orbite basse en orbite synchrone et de faire en plus le boulot de la P.F.A. ? Le projet de Rob s'était révélé parfaitement réalisable. Il suffisait d'ajouter de gros réacteurs d'appoint, un système de guidage, une plate-forme assez rigide pour maintenir l'ensemble et un système d'arrimage pour les modules de transport.

On obtenait la luge orbitale, capable non seulement de placer ogives militaires et intercepteurs en orbite basse, mais aussi de manœuvrer des satellites-tueurs à haute vélocité et de transférer des satellites-espions en orbite géostationnaire, le tout pour un coût n'excédant guère celui de la P.F.A., uniquement conçue pour la première de ces tâches.

Et maintenant que le Congrès avait largement desserré les cordons de la bourse, on parlait déjà d'une luge de seconde génération, capable de s'amarrer à une navette pour l'emmener en orbite synchrone ou, davantage dans l'esprit de l'Étoile d'Amérique, d'y transférer d'énormes miroirs, des lasers monstrueux, des intercepteurs à haute vélocité et des accélérateurs de rayon à particules qui y seraient invulnérables à toute attaque, donnant à l'Amérique la suprématie militaire absolue dans l'espace géosynchrone.

Ce pauvre Rob avait nourri, des étoiles plein les yeux, le rêve de transformer l'épée de la P.F.A. en soc de charrue spatial, mais le Pentagone s'était révélé plus fort à ce petit jeu.

Rob les rejoignit sur la terrasse, l'air sérieusement défoncé.

« C'est du tabac, dans ces barreaux de chaise, ou bien vous êtes chargés ? » les interpella-t-il.

Depuis que Rockwell l'avait saqué, Rob fumait son herbe de plus en plus ostensiblement malgré le risque réel de se faire jeter en prison, portait les cheveux encore plus longs qu'à la fin des années 60, s'habillait en blue-jeans et grosse chemise à carreaux et dissimulait son amertume derrière une fausse façade de vieux hippie fatigué. « Pourquoi pas ? disait-il quand Jerry lui en faisait le reproche. Qu'est-ce qu'il me reste à perdre ? »

« Un havane ? » proposa André en sortant prestement son étui en bois de cèdre pour en extraire un cigare.

Rob regarda autour de lui d'un air faussement paranoïaque. « Alma va me tuer », dit-il, mais il s'en empara malgré tout et l'alluma au luxueux Dunhill en argent d'André. Tous trois restèrent accoudés à la balustrade en séquoia dans la brume fraîche et odorante à inhaler de coûteux carcinogènes dans un silence épais.

C'était Rob qui avait présenté Jerry à André et c'était lui que l'ESA aurait dû essayer de recruter s'il y avait eu une justice en ce monde. Mais, comme l'avait dit André, Rob était fini, du moins aux yeux de l'ESA.

Jerry aurait voulu demander à Rob son avis sur la proposition d'André. Mettrait-il sa carrière en danger du simple fait d'accepter une invitation à Paris ?

Mais deux choses l'en empêchaient : primo, il ne savait pas comment André prendrait qu'il fiche en l'air sa couverture ; secundo, il craignait que Rob n'ait le cœur brisé d'apprendre que c'était à Jerry que l'on offrait une chance de travailler pour l'ESA.

De façon assez inattendue, ce fut Rob Post qui vint à son secours. « Alors, petit, dit-il en brandissant son Upmann, tu crois que tu pourras m'en rapporter au moins une boîte de Paris ? Je sais que de l'afghan de première bourre, je ferais mieux de ne pas y penser.

— *Tu es au courant ?* bafouilla Jerry. C'est vous qui lui avez dit, André ?

— Mais bien sûr. Ou plutôt c'est Rob qui vous a recommandé comme un choix possible.

— Mais dans ce cas, pourquoi...

— Ne pas y aller moi-même ? dit Rob. Ils ne sont pas intéressés par un ex-directeur de projet qui n'a pas travaillé pour le Programme depuis des années. Ils veulent du sang neuf, c'est tout naturel... »

Il soupira, se tourna pour regarder en direction du ravin qui plongeait vers le fond de la vallée de San Fernando où un million de petites lumières luisaient faiblement à travers la brume scintillante, tira une brève bouffée de son cigare et rejeta lentement la fumée dans un soupir.

« En plus, dit-il, j'approche de la soixantaine : je suis déjà trop vieux pour espérer aller là-haut un jour, ce rêve est fini pour moi, petit, j'en suis bien conscient. En outre, j'ai fini par tomber amoureux de ce pays, pas des États-Unis ou des microcéphales du gouvernement de Washington, mais de la Californie, des sierras, des séquoias, des collines... Depuis le temps que je vis ici, je suis devenu une partie du paysage, comme il est devenu une partie de moi, et même si on me donnait le choix... »

Il haussa les épaules, se retourna vers Jerry, émit un petit rire. « Malheureusement, on ne me donne pas le choix.

— Tu cherches à me dire que je devrais partir ? » demanda Jerry.

Rob Post fixa sur lui ses yeux injectés de sang, profondément cernés. Ses longs cheveux gris se dégarnissaient. Il avait des rides profondes autour de la bouche et au coin des yeux, de plus petites sur tout son visage hâlé où commençaient à apparaître quelques taches jaunâtres. Autant de détails que Jerry remarquait pour la première fois.

Et pour la première fois il prit conscience que le héros, le protecteur de son enfance et de sa jeunesse se faisait vieux.

Rob Post allait vieillir, ses forces allaient décliner, et il finirait pour mourir sans jamais être parvenu à poser le pied sur Mars ou sur la Lune, ni même à flotter là-haut, affranchi de la pesanteur, dans les ténèbres étoilées, ne serait-ce que pour un lumineux instant au crépuscule de sa vie.

Jerry serra les poings, il sentit les larmes lui monter aux yeux et il dut, pour les camoufler, tirer une longue bouffée de cigare qui le fit tousser.

« Hé là, petit, je n'essaie pas de te dire quoi que ce soit. Qu'est-ce que je pourrais en savoir, bon sang, je n'ai jamais mis les pieds en Europe. Je ne sais même pas ce qu'ils pourront te proposer, si jamais ils te proposent quelque chose. Mais si tu veux mon avis...

— Je désire *toujours* connaître ton avis, Rob. Tu le sais bien. »

Rob sourit, et dans ce sourire le fantôme d'un visage plus jeune vint recouvrir le masque vieillissant de la défaite. « Eh bien, si tu veux mon avis, Jerry, c'est... et merde !

— *Et merde ?* Et merde *quoi ?*

— Et merde, ce n'est rien d'autre que trois semaines de vacances gratuites en Europe », dit Rob, marchant de long en large devant Jerry en une petite orbite elliptique.

« Tu veux dire que je devrais y aller ? »

Rob rit. « Et merde, pourquoi pas, bon Dieu ? Quel jeune Américain normalement constitué refuserait un séjour gratuit à Paris ? Quel cadet de l'espace refuserait de jeter un coup d'œil au programme de l'ESA ?

— Quelqu'un qui ne veut pas perdre son accréditation de travail pour le *nôtre.*

— Ça, c'est juste », dit Rob, beaucoup plus sombre.

André Deutcher, qui était resté pendant tout ce temps accoudé tranquillement à la rambarde, prit la parole : « La question peut être résolue d'une façon qui élimine tous les risques. Vous demandez un passeport. On vous le donne ou on vous le refuse, n'est-ce pas ? Si on vous le refuse, vous laissez tranquillement tomber sans discussion. Une simple demande de passeport ne risque pas de mettre en cause son accréditation, n'est-ce pas, Rob ?

— Je ne vois pas en quoi...

— Ensuite, il demande un visa touristique de trente jours pour la Communauté européenne par l'intermédiaire d'une agence de voyages et embarque tranquillement avec moi en première classe sur le vol Air France pour Paris...

— Mouais, fit Rob. Ils sont idiots, mais pas à ce point-là. Il ferait mieux de voyager seul sur une compagnie américaine, et pas en première classe, sinon ils le soupçonneraient de voyager aux frais de quelqu'un et pourraient bien ne pas le laisser monter à bord. »

André haussa les épaules. « Je crains qu'il n'ait raison, dit-il à Jerry. Vous feriez mieux de voyager avec les manants. » Il sourit, cligna de l'œil. « Mais ne vous en faites pas, Jerry, nous nous chargerons de vous faire oublier ce regrettable mais nécessaire désagrément dès l'instant où vous serez en sécurité à Paris, je vous le promets, et le voyage de retour se fera sur Air France en première classe. »

Il s'interrompit, rejeta un autre panache de fumée. « S'il y a un voyage de retour.

— Eh bien, je suis content que vous ayez tout décidé pour moi, tous les deux », lança Jerry. Mais il y mit peu de véhémence. Après tout, Rob avait raison.

Ils n'allaient pas lui supprimer son accréditation pour une demande de passeport. Il pouvait toujours jouer les innocents si on ne le laissait pas monter dans cet avion, non ? Officiellement, il ne ferait que prendre des vacances à Paris.

Comme pour lui envoyer un signe, un lointain rugissement se fit soudain entendre et on entr'aperçut un point de lumière vive qui filait verticalement dans la brume à une vitesse surnaturelle, accélérant dans son essor comme un ange glorieux en pleine ascension.

« *Ça alors,* s'exclama André Deutcher. *Qu'est-ce que c'est ?* »

Les yeux de Jerry croisèrent ceux de Rob Post. Ils rirent tous deux sous cape et, en un sens, ce fut à cet instant que sa décision fut prise.

« Pas vraiment de quoi s'exciter, André, dit Rob.

— Oui, c'est simplement la base de Vandenburg qui procède à un nouvel essai d'intercepteur balistique. »

Un rugissement étrangement semblable, mais plus fort et plus proche, tira brutalement Jerry de sa rêverie et il se retrouva le nez collé au hublot de l'avion pour essayer en vain de voir d'où cela venait.

« Mon Dieu, qu'est-ce que c'était ? s'écria la vieille dame qui occupait le siège voisin.

— Un Antonov 300 qui décollait », murmura Jerry, car il savait qu'aucun autre appareil civil ne faisait un tel vacarme.

Jusqu'à ce que l'allumage du propulseur d'envol de l'Antonov le fasse sursauter, Jerry somnolait dans un espace où l'intérieur d'un avion ressemblait à l'intérieur de tous les autres, où un grand aéroport amiboïde semblait relier les espaces intermédiaires et où toute idée de se trouver dans un autre pays que les États-Unis était parfaitement irréelle.

Mais à présent le vieux 747 de la Pan World roulait vers le terminal de Charles-de-Gaulle. Jerry aperçut deux autres Antonov à l'arrêt sur la piste — le premier aux couleurs de la British Air, l'autre frappé de la faucille et du marteau ailés de l'Aeroflot — reliés au bâtiment par des passerelles et entourés de trains de chariots à bagages comme s'il s'agissait de Boeing ordinaires sur le terrain de Los Angeles. Il sut alors qu'il ne se trouvait plus dans la cambrousse technologique.

Grâce à l'Antonov 300, les Russes avaient fini par conquérir une part appréciable du marché mondial : ils avaient pris leur vieux porteur de navettes, monstre lui-même dérivé d'un vieil appareil de transport militaire auquel avaient été ajoutés deux réacteurs, et en avaient fait le plus gros avion de passagers du monde.

Avec ses gigantesques réservoirs, il pouvait transporter à 800 km/h 1 000 passagers et leurs bagages sur 10 000 kilomètres dans un confort tout relatif, plus une bonne centaine en première classe dans le vaste et luxueux pont supérieur qui remplaçait le berceau de la navette, ce qui en faisait l'avion le plus rentable du monde.

C'était aussi un mastodonte d'un poids énorme à qui il fallait, pour atteindre laborieusement sa vitesse de décollage, une piste plus longue que n'en possédaient la plupart des aéroports civils.

Les Russes avaient résolu le problème à leur manière habituelle, brutale et directe, en montant derrière le train principal un chariot détachable équipé d'une batterie de réacteurs à carburant solide adaptés à partir de vieux missiles à courte portée.

L'Antonov était un sujet de plaisanteries chez Rockwell, où l'on construisait des bombardiers hypersoniques qui pouvaient vous jouer en plein vol *La Chevauchée des Walkyries* en multiphonie sur leurs platines laser perfectionnées.

Mais, de près, il y avait quelque chose d'attachant dans cette antiquité technologique. C'était un engin que Jules Verne et Rude Goldberg auraient sûrement admiré.

Le vieux 747, lui-même jadis le plus gros avion de ligne du monde, s'approchait maintenant de la porte, juste à côté de l'Antonov de l'Aeroflot qui l'écrasait de sa taille comme le Boeing avait écrasé de la sienne, quatorze heures et un univers plus tôt, les moyens courriers courtauds du terrain de L.A.

C'est comme une caricature de la technologie russe, se dit Jerry tandis que la passerelle s'arrimait au 747 de la Pan World. Énorme, brutal, puissant et bricolé à partir de matériel réformé avec du chewing-gum et du fil de fer.

Oui, c'est bon marché, et ça marche, se rappela-t-il. On peut rire de la façon dont les Russes l'ont conçu, mais ce sont eux qui se marrent en passant à la caisse.

Si l'Amérique pouvait construire des bombardiers hypersoniques, pourquoi Rockwell ou quelqu'un d'autre ne pouvait-il pas construire un avion géant et récupérer vite fait, bien fait, le marché des long-courriers ?

Pourquoi travaillait-il sur la luge orbitale et pas sur des systèmes de propulsion de vol habité ? Pourquoi les Russes montaient-ils une expédition sur Mars alors que les États-Unis étaient encore en train d'étudier une base lunaire ? Pourquoi était-ce l'ESA qui construisait le prototype d'avion spatial et non Rockwell ou Boeing ?

Bien sûr, poser ces questions revenait à y répondre par les deux mots qui empoisonnaient l'existence de Jerry.

L'Étoile d'Amérique.

C'était là qu'allait, sous un prétexte ou un autre, la part du lion du budget de la recherche américaine depuis une bonne vingtaine d'années. Une histoire que lui avait racontée Rob Post bien des années plus tôt, quand il était en deuxième année de lycée et que le programme s'appelait toujours « Initiative de défense stratégique », le résumait bien.

« L'autre jour, j'étais à une soirée, à moitié bourré, avec une bande d'ingénieurs et ils étaient en train de bavasser à propos des contrats que leurs sociétés allaient décrocher grâce à l'I.D.S. Lasers à rayons X alimentés par pile à fusion, miroirs orbitaux, boucliers spatiaux, tout le tremblement. Dites donc, j'ai dit pour plaisanter, pourquoi pas un canon à rayon tachyonique ? On le met là-haut en orbite, il attend que les Russkofs lancent leurs missiles et il envoie des rayons tachyoniques remonter le temps pour zigouiller leurs joujoux sur le pas de tir vingt minutes plus tôt. Certains des types ont ri, mais deux ou trois d'entre eux — des types de chez Lockheed — ont eu un drôle d'air. Ouais, a dit l'un d'eux, je crois qu'on pourrait obtenir une vingtaine de millions pour l'étude préliminaire. Environ un an plus tard je me suis aperçu qu'ils l'avaient vraiment fait. Le Pentagone y a englouti près de cent millions avant de se rendre compte qu'il s'était fait avoir. »

L'Amérique devenait le pays du tiers-monde le mieux défendu de la Terre et ses plus brillants citoyens se prêtaient au jeu en pissant dans des bouteilles, tandis que les Russes vendaient leurs Antonov, allaient sur Mars et que la Communauté européenne rêvait d'hôtels de luxe en orbite géostationnaire.

Mais qu'on ne se méprenne pas, se dit amèrement Jerry tandis que s'éteignait le panneau « Attachez votre ceinture », j'aime toujours mon boulot.

Jerry attrapa son sac sous le siège et se mit debout dans l'allée avec le reste des sardines qui attendaient l'ouverture de la porte de sortie.

Enfin, après l'habituelle éternité passée à transpirer dans une atmosphère suffocante, la porte s'ouvrit et Jerry s'avança lentement vers la sortie au milieu du flot humain, déboucha, toujours piétinant, dans la passerelle et s'engagea sur un long tapis roulant entre des hologrammes publicitaires qui l'agressaient en un français incompréhensible au milieu d'une ahurissante profusion de filles aux seins nus, pour se retrouver enfin dans le chaos surpeuplé d'une aire d'arrivée où d'autres tapis roulants crachaient d'autres passagers par d'autres portes donnant sur le moyeu du terminal circulaire.

À l'autre bout de la salle, à peine visibles au milieu de la foule, s'alignaient des cabines occupées chacune par un douanier en uniforme chamarré. Au-dessus des cabines, des panneaux en français et en anglais indiquaient : « Passeports européens » et « Autres ». Tandis que les premières étaient au nombre de quatre et que les gens passaient devant sans s'arrêter en exhibant leur passeport, de longues files d'attente s'étiraient déjà devant les deux dernières où les douaniers avaient l'air de vérifier le visa de chaque passager à l'aide de terminaux d'ordinateur.

Devant cet accueil d'un antiaméricanisme révoltant et à la

pensée qu'il se passerait bien une heure avant qu'il puisse franchir le contrôle des passeports, pour affronter encore le carrousel des bagages et poireauter ensuite avec ses valises dans une queue encore plus longue pour passer la douane, la fatigue engendrée par le décalage horaire, le manque de sommeil et le brouhaha de langues incompréhensibles s'abattit d'un coup sur Jerry. Il avait les jambes en coton, un goût de cuivre dans la bouche, des élancements dans la tête et, pour couronner le tout, à sa grande stupéfaction, voilà que la moitié des passagers de l'aire d'arrivée se mettaient à allumer de méphitiques cigarettes qui rendaient l'atmosphère irrespirable.

« Bienvenue en Europe », murmura-t-il d'un air lamentable entre ses dents et, jouant mécaniquement des coudes, il se fraya un passage dans la foule en direction d'une des longues files d'attente.

« *Monsieur Jerry Reed, monsieur Jerry Reed, présentez-vous au comptoir à gauche de la salle...* », dit une voix féminine dans les haut-parleurs, à peine audible dans le vacarme, et en français, avec ça. Bon sang, qu'est-ce que je suis censé faire maintenant ?...

« Monsieur Jerry Reed, monsieur Jerry Reed, présentez-vous au comptoir à gauche de la salle... »

Jerry fut pris d'une sueur froide. Grand Dieu, le long bras du Pentagone s'étendait-il *jusque-là,* juste quand il pensait en être débarrassé ?

Maladroitement, craintivement, Jerry se fraya un chemin dans la foule vers le côté gauche de la salle, s'attirant des protestations courroucées, des coups de coude dans les côtes, et même une brûlure de cigarette à l'avant-bras.

« Jerry ! Jerry ! Par ici ! »

C'était la voix d'André Deutcher. Jerry se coula vers lui dans la foule ; près de lui s'élevait une autre cabine de douane que Jerry n'avait pas remarquée jusque-là. À l'intérieur se trouvait un homme en civil et il n'y avait pas de file d'attente. Debout près d'André se tenait un homme qui, lui, était en uniforme, bien que celui-ci fût entièrement noir et dépourvu d'insignes.

« Bienvenue en France, cher ami », dit André. Il parcourut du regard l'aire d'arrivée avec une moue de dégoût aristocratique. « Voulez-vous me donner votre bulletin de bagages et votre passeport, de façon que nous puissions nous arracher à cette cohue ? »

Jerry les lui tendit d'un geste gauche. André passa le bulletin de bagages à l'homme en uniforme qui disparut avec par la cabine de douane. « Marcel va s'occuper de vos bagages », dit André. Il tendit le passeport de Jerry au douanier qui le tamponna immédiatement, le rendit à Jerry, dit : « Bienvenue à Paris, monsieur Reed », et lui fit même un petit salut.

André l'entraîna rapidement le long d'un couloir pour prendre un petit ascenseur qui les déposa dans un hall débouchant directement, par une issue réservée, sur un trottoir à l'extérieur du terminal. Une limousine Citroën noire de forme vaguement elliptique, étincelante dans l'éclat aveuglant du soleil matinal, les attendait. Toute en courbes tendues et vitres fumées, elle ressemblait à l'illustration par Frank R. Paul de la soucoupe volante d'un parrain de la mafia martienne.

« *Super bagnole,* hein ? » dit André tandis qu'un chauffeur vêtu du même uniforme que Marcel émergeait du siège du conducteur pour leur ouvrir promptement la porte arrière. « C'est la version alimentée par pile à combustible ; aujourd'hui nous sommes à 90 % nucléaires en France et nous avons de l'électricité à revendre. »

Le siège arrière était un moelleux canapé recouvert de velours bleu marine, assorti à la moquette comme les petits poufs rembourrés qui servaient de repose-pieds. Au-dessus de leurs têtes, des petits spots orientables à halogène baignaient chaque passager d'un doux halo lumineux. Les parois de l'habitacle étaient tapissées de cuir bleu pastel rehaussé de chrome ou d'argent. Sous la vitre de séparation, un petit écran et son clavier, incongrus par leur aspect bon marché, étaient encastrés dans le dossier du siège avant.

Dans l'accoudoir de chaque passager étaient incorporés deux systèmes de commandes. André tourna un bouton et une vague symphonie électronique pseudo-orientale se mit à jouer en sourdine. Il appuya sur un autre bouton et rit en voyant Jerry sursauter quand un compartiment s'ouvrit soudain dans le dossier du siège avant, révélant l'intérieur d'un petit réfrigérateur où attendaient deux verres et une bouteille de champagne frappé, avant de se refermer.

« Cette chose est à *vous,* André ? » s'exclama Jerry.

André Deutcher rit. « J'aimerais bien ! En fait, c'est une limousine diplomatique prêtée par le ministère des Affaires étrangères. Étant donné la façon dont vous avez été obligé de voyager, nous avons réussi à les convaincre que l'honneur de la France l'exigeait. »

À la grande surprise de Jerry, moins de dix minutes plus tard, alors qu'André lui montrait comment le vidéotel encastré dans le dossier servait à la fois de vidéophone et de terminal d'ordinateur — reliant la voiture au réseau téléphonique, au réseau télétel et même, par l'intermédiaire d'un code d'accès, au système informatique de l'ESA —, Marcel réapparut avec les bagages de Jerry sur un petit chariot ; qu'il ait pu les récupérer si vite était un tour de magie qui impressionna Jerry encore davantage, en un sens, que son passage express au contrôle des passeports ou ce palais automobile ultra-moderne. « En route », cria André dans la fraîcheur matinale tandis que Marcel s'installait à côté du chauffeur ; la voiture s'éloigna du trottoir presque sans un bruit ni une secousse.

Ils ne tardèrent pas à quitter la zone de l'aéroport et se retrouvèrent sur une autoroute qui coupait à travers un verdoyant paysage campagnard ponctué du jaune de champs moissonnés ; ce fut alors que le sentiment de se trouver en pays étranger frappa réellement Jerry, et pas simplement parce que les voitures et camions qu'ils croisaient avaient tous l'air subtilement étrangers et filaient à une vitesse incroyable ou que les panneaux indicateurs étaient en français.

Il n'y avait en effet absolument aucun détritus parasite au bord de la route, pas de Burger Kings, pas de Golden Arches, pas de marchands de voitures d'occasion, pas de centres commerciaux ni de parcs de stationnement, pas de lotissements bon marché à perte de vue, rien de l'informe paysage suburbain qui borde le trajet de l'aéroport à n'importe quelle grande ville américaine.

Quand apparut finalement la banlieue de Paris, ce fut d'un seul coup, comme s'ils avaient soudain franchi une frontière ; affreuse, elle l'était assurément, mais affreuse d'une façon fort différente de tout ce que Jerry aurait pu imaginer. D'énormes blocs d'immeubles avec balcons où séchait du linge, certains en sinistre béton gris, mais d'autres peints de pimpantes couleurs pastel, parfois de deux ou trois nuances hideusement contrastées de vert et de rose ou de violet. Puis défilèrent des bâtiments industriels, des gazomètres et des dépôts de chemin de fer qui auraient pu se trouver n'importe où, n'eussent été les inscriptions en français sur les murs et les panneaux d'affichage qui commençaient à apparaître, étalant fesses et seins nus pour vanter des produits indéterminés de marques inconnues.

La voiture s'engagea sur une longue courbe en viaduc et, à peine visible dans le lointain par-dessus le chaos suburbain, surgit la célèbre pointe de la tour Eiffel.

« *Et voilà !* » s'exclama André qui rouvrit le réfrigérateur, en retirant cette fois la bouteille de champagne dont il commença à détacher le muselet.

« C'est un peu tôt pour moi, André, murmura Jerry, à demi hébété.

— *Mais non !* s'écria gaiement André. Pour vous, il est encore tard dans la nuit à Los Angeles ! »

Mais il attendit que la voiture ait quitté l'autoroute et se soit engagée dans un énorme rond-point encombré de voitures qui se croisaient dans tous les sens pour faire sauter le bouchon. Le champagne jaillit de la bouteille et la mousse dégoulina sur la moquette. André haussa les épaules sans se soucier des dégâts. « C'est bon pour le tapis, comme vous dites en Amérique, non ? » déclara-t-il.

Assis à l'arrière de la limousine qui se frayait un chemin le long de rues embouteillées palpitant d'une vie et d'une énergie qu'il n'avait jamais rencontrées, Jerry regardait défiler les terrasses de café, les immeubles du XIXe siècle à la décoration surchargée et les trottoirs grouillant de monde, épuisé, désorienté par le décalage horaire, à moitié endormi, mais prenant néanmoins un pied monstruieux à se saouler royalement au champagne à onze heures du matin.

Lorsque la voiture s'arrêta finalement devant son hôtel, il tenait à peine debout.

« Le *Ritz* », lui dit André tandis qu'ils descendaient de voiture au milieu d'un essaim tourbillonnant de portiers et de chasseurs. « Hemingway et tout le tremblement... un peu théâtral, *peut-être,* mais nous avons pensé que vous pourriez trouver cela amusant. »

C'était le plus bel euphémisme qu'eût jamais entendu Jerry. Il fut introduit dans un hall de réceptions qui ressemblait à un décor de palais pour un vieux film de Cecil B. De Mille, puis on l'entraîna dans un ascenseur du même acabit et on le fit entrer dans une chambre... une chambre...

« Bon Dieu de merde... », souffla Jerry tandis qu'André refermait la porte derrière eux après avoir donné un pourboire au chasseur.

La pièce était immense. Il y avait un lit de cuivre séparé par des rideaux de brocart d'un salon luxueusement meublé. Il y avait une table qui disparaissait sous les fleurs, les paniers de fruits, les plateaux de petits-fours et, sur un plateau d'argent, une coupe de caviar avec tout le nécessaire. Il y avait un bar bien approvisionné avec un réfrigérateur et un évier. Le plafond était décoré de fresques aux fleurs multicolores et de moulures dorées et, aux murs tapissés de velours rouge, bleu et or, étaient accrochés des tableaux aux lourds cadres de bois sculpté.

« Mon Dieu, j'ai l'impression de m'être introduit dans une chambre à coucher royale... », murmura Jerry.

André Deutcher rit. « Je vois ce que vous voulez dire. Trop c'est trop. À la vie comme à l'écran. »

Il alla à la porte-fenêtre, tira les rideaux, ouvrit les battants et, avec une courbette, invita Jerry à passer sur une petite terrasse. « En tout cas, dit-il, *ça,* c'est Paris. »

Jerry sortit d'un pas chancelant dans la chaleur du soleil matinal. La vue s'étendait au loin, par-dessus les toits et le faîte des arbres d'un jardin, jusqu'aux eaux étincelantes de la Seine. La circulation allait et venait sur des ponts de pierre. Un brillant soleil voilé de temps en temps par des nuages blancs floconneux illuminait la célèbre rive gauche à la façon d'une carte postale et, sur la droite, la tour Eiffel claironnait l'identité du paysage urbain.

C'était une image que tout un chacun sur Terre avait probablement vue un millier de fois, un poncif mille et mille fois ressassé. Mais une musique subliminale dans l'atmosphère et un entêtant parfum subtilement étranger dérivant jusqu'à ses narines disaient à son inconscient que non, ce n'était pas une toile de fond, ce n'était pas une image de carte postale, ce n'était pas un film.

C'était une vision totalement inattendue, d'une beauté et d'une réalité confondantes. Il pouvait sentir la ville, la goûter, l'entendre l'appeler de son chant.

« On dit que tout homme a deux patries, dit André Deutcher. L'endroit où il est né et Paris. »

D'une façon qu'André pouvait sans doute difficilement comprendre, Jerry Reed, Américain, cadet de l'espace, s'imprégna de la stupéfiante merveille étrangère et sut, sans pouvoir se l'expliquer, qu'elle était réelle, dangereusement et miraculeusement réelle.

Il sentit également que ce ne seraient pas de simples vacances gratuites de trois semaines. Perçut qu'il y avait ici des tentations pouvant changer sa vie à jamais.

Comprit que celle-ci avait déjà subtilement changé.

Passons maintenant aux nouvelles économiques : aujourd'hui à Munich, l'Étoile-Rouge a annoncé avoir racheté 35 % des parts de la brasserie Lowenbraü. « Non seulement cela assurera l'approvisionnement du consommateur soviétique en bonne bière allemande, réduisant par là notre dépendance nikulturni envers la mauvaise vodka, mais cela fournira aussi un débouché à nos surplus céréaliers et permettra d'implanter en Ukraine une industrie du houblon ultramoderne, a déclaré le directeur de l'Étoile-Rouge, Valéry Jaurès.

« Qui plus est, nous n'avons pas eu à payer en valiouta. L'accord est financé par la fourniture à Lowenbraü de céréales à 50 % du cours mondial pour les dix prochaines années. »

Encore une nouvelle médaille de héros de l'esprit socialiste d'entreprise pour la Grande Machine rouge !

Vremia

LONDRES SUBMERGÉ PAR LE PÉRIL ROUGE !

Ils sont jeunes, l'argent leur brûle les doigts et ils semblent bien déterminés à bousculer Londres cul par-dessus tête ! Comme nos grands-parents le disaient des Yankees, tout chez eux est excessif, l'argent qu'ils gagnent, leur appétit sexuel et leur présence dans nos murs ! Je veux parler, bien sûr, du Péril rouge, comme se désignent eux-mêmes les joyeux noceurs eurorusses qui ont fait de notre vie nocturne une étape de leur circuit du week-end.

Ils sont la providence du barman et le fléau du videur, ils ont tous leur certificat de vaccination contre le sida et propagent l'immunité à un rythme qui a réduit à la mendicité la moitié des putains de Soho. Je donne selon mes capacités, recevez selon vos besoins, telle est de nos jours la ligne du Parti, et les camarades sont devenus de dévoués stakhanovistes de la fête !

Allez donc vérifier au *Samovar électrique* ou chez *Ivan le Terrible,* vous y verrez la glasnost chauffée au rouge !

Time Out

2.

Grâce soit rendue à Dieu, Marx, Gorbatchev ou tout autre saint patron des enfants du Printemps russe pour ces vacances, se disait Sonia Gagarine dans le T.G.V. qui l'emportait à 300 km/h à travers la campagne française pour deux semaines de liberté à Paris, loin de Bruxelles, de l'Étoile-Rouge, de son travail assommant et de Pankov la Pieuvre humaine.

Il y avait des moments — comme cette dernière semaine au bureau passée à transpirer comme une esclave pour mettre en un français et un anglais humainement compréhensibles les traductions par ordinateur de prospectus et de tableaux statistiques particulièrement ennuyeux, tout en repoussant les avances moites et pathétiques de Pankov — où il semblait à Sonia qu'elle avait passé toute son existence à trimer dans l'attente de ces loisirs.

D'un autre côté, il y avait aussi des moments, comme tous les vendredis à 17 h 30 quand fermait le bureau et commençait le week-end, comme maintenant où, assise dans un train filant vers Paris en s'ôtant de la bouche le goût du travail quotidien avec un honnête côtes-du-rhône, elle savait parfaitement quelle chance elle avait ou, plus exactement, à quel point le scénario qu'elle avait mis au point pour sa vie s'était déroulé jusque-là à la perfection.

Bruxelles n'était peut-être que la *Belgique,* l'Étoile-Rouge n'était peut-être pas les Affaires étrangères et son travail n'était sans doute guère plus qu'un boulot de secrétaire, mais elle était jeune, elle était russe, elle vivait en *Europe* — et combien de gens pouvaient prétendre à vingt-quatre ans avoir réalisé leur rêve d'enfance ?

Mais cela ne lui avait pas été accordé par droit de naissance ! Elle l'avait durement gagné par ses efforts diligents !

Sonia Ivanovna Gagarine n'avait aucun lien de parenté avec le célèbre cosmonaute — même si comme Pionnière, puis jeune membre des Komsomols, elle n'avait rien fait pour détromper ses camarades, professeurs ou dirigeants de la jeunesse qui pouvaient se l'imaginer.

Glasnost ou non, perestroïka ou non, les relations et le prestige familial comptaient encore autant dans la Russie du Renouveau socialiste que dans l'Ouest décadent — ou partout ailleurs sur terre, à vrai dire — et la fille d'un conducteur d'autobus et d'une caissière du Goum élevée dans un deux-pièces au dixième étage d'un sinistre bloc d'habitation de Lenino, dans la banlieue de Moscou, pouvait difficilement se permettre de jeter aux orties, par amour fanatique de la vérité, sa seule aura de célébrité.

Bien sûr, quand on lui demandait entre quatre yeux si elle était apparentée au célèbre Youri, elle avouait que non, pas plus qu'elle ne prétendait jamais clairement l'être, car cela aurait été un mensonge caractérisé, rapidement éventé si jamais quelqu'un rapportait la chose à ses professeurs ou aux responsables d'organisations de jeunesse, et inscrit en conséquence dans sa *kharakteristika* avec des répercussions catastrophiques. Mais si les autorités ou ses camarades de classe choisissaient de nourrir de telles idées sans son concours actif, pourquoi Sonia Ivanovna Gagarine serait-elle allée détruire, par excès de candeur, leurs douces illusions ?

Si elle voulait être une des privilégiées vivant à l'Ouest, il lui fallait mettre tous les atouts de son côté et — à part sa jolie frimousse brune, sa poitrine précoce et sa détermination à travailler dur — son nom était le seul qu'elle possédât.

Sonia Ivanovna avait grandi avec le rêve ardent de vivre à l'Ouest. Quand cela avait-il commencé ? Quand, toute petite fille, elle avait regardé le reportage de *Vremia* sur l'ouverture d'Eurodisney où des petites filles comme elle cabriolaient avec Donald et Mickey ? Quand son père avait rapporté à la maison une cassette de *Roger Rabbit* pour son sixième anniversaire ?

C'était aussi ancien et profond, et aussi innocemment apolitique, que ça. Tout avait commencé avec Mickey Mouse, Donald Duck, Roger Rabbit et les catalogues de voyages, puis avait progressé, à travers les cartes postales, vers un intérêt pour la géographie et la philatélie, les programmes d'échanges épistolaires et un don pour les langues, grâce aux émissions de l'Eurovision ainsi qu'aux magazines et vidéocassettes de musique étrangère, pour aboutir à un plan de carrière élaboré longtemps avant qu'elle ne sache ce qu'étaient un « plan » et une « carrière ».

C'était encore l'époque de la Reprise en main, juste après les Désordres, la nouvelle perestroïka n'avait pas vraiment commencé à délivrer ses bienfaits pour l'approvisionnement des magasins en délices terrestres, mais la glasnost était en pleine floraison, c'était une période où le peuple soviétique se voyait offrir en compensation la liberté intellectuelle et l'approbation officielle des excentricités étrangères d'importation.

Sonia ne s'était donc jamais entendu dire que son enthousiasme pour le merveilleux disneyland qu'était le vaste monde en dehors de l'Union soviétique fût en quelque façon antipatriotique ou réactionnaire. Loin de là ! Son père l'encourageait dans sa collection de timbres et son intérêt pour la géographie et sa mère l'aidait pour sa correspondance avec ses amis de France et d'Angleterre. Tout cela avec la bénédiction d'un responsable avisé des Pionniers qui avait vu que, habilement canalisée, la passion de cette fillette pour ce qui touchait à l'Ouest pourrait la stimuler dans ses études.

Il ne se trompait pas. Sonia s'était montrée une élève appliquée et s'était lancée avec enthousiasme dans toutes les activités des Pionniers présentant le moindre rapport avec le monde extérieur. Avant même que parents, professeurs et dirigeants des Komsomols ne soulèvent la question des études supérieures et du choix de sa carrière, Sonia avait déjà formulé une réponse ferme et était prête à s'assurer résolument leur assistance pour parvenir à son but.

Sonia Ivanovna serait fonctionnaire au ministère des Affaires étrangères. Quel meilleur moyen y avait-il de s'assurer de nombreux voyages à l'Ouest ? En fait, vu qu'elle n'avait aucune relation familiale, n'était pas plus douée pour le sport que pour les sciences ou les arts, quel autre moyen une jeune citoyenne soviétique aurait-elle eu de passer une vie de voyages fantastiques dans le vaste monde ?

Oui, même sa décision, à quinze ans, d'entrer au ministère des Affaires étrangères était joyeusement apolitique, encore qu'elle en sût assez pour se forger un personnage de jeune idéaliste du Komsomol aspirant sérieusement à devenir plus tard membre du Parti et cherchant à canaliser patriotiquement ses capacités naturelles pour la plus grande gloire de la mère patrie.

De chaleureuses recommandations du Komsomol, combinées à d'excellentes notes dans tout ce qui n'était pas sciences ou mathématiques, lui permirent d'entrer à l'université Lomonossov où elle choisit pour matières principales l'anglais, le français, l'histoire mondiale et l'économie politique, et rencontra pour la première fois une pléthore de jeunes gens lui ressemblant beaucoup.

Tous ceux dont la famille n'avait pas de relations étaient arrivés à l'université Lomonossov par un processus similaire au sien. Par conséquent, la composition du corps étudiant représentait le triomphe effectif de l'égalitarisme soviétique. Les rejetons de la nomenklatura avaient une longueur d'avance par la simple vertu de leur naissance, mais du moins les authentiques filles et fils de paysans et ouvriers pouvaient-ils rejoindre leur compagnie du moment qu'ils réussissaient à leurs examens et prenaient bien garde de présenter une image convenable aux professeurs et dirigeants des organisations de jeunesse.

Les membres du Cercle d'or restaient généralement entre eux, et les « Ouvriers et Paysans », ainsi que se surnommait sardoniquement la bande de Sonia, n'avaient guère affaire avec ceux qu'ils appelaient « les Enfants des Damnés de la Terre ».

« Méritocratie » était un des mots clés de cette période où la perestroïka commençait réellement à tailler des croupières aux fesses molles des bureaucrates barricadés dans leurs retranchements, ce qui signifiait que les enfants du Cercle d'or étaient beaucoup moins susceptibles d'hériter quoi que ce fût de leurs apparatchiks de parents, sinon une odieuse réputation, et que les Ouvriers et Paysans — les Méritocrates — avaient bien plus de chances d'être les bénéficiaires de la nouvelle ère en véritables Enfants de Gorbatchev.

On pouvait considérer cela comme le premier éveil de Sonia à une conscience politique, fût-elle de type carriériste, éveil fortement stimulé, durant ses deux dernières années à l'université Lomonossov, par sa liaison avec Youli Vladimirovitch Markovski, son premier petit ami vraiment sérieux dans tous les sens du terme.

A la différence de Sonia qui, en tant que Moscovite, était obligée de vivre chez ses parents, Youli, étudiant de province, avait droit à un lit dans un foyer universitaire. Mais il n'y mettait jamais les pieds, préférant louer une chambre minuscule à Nikoulino, ce qu'il pouvait à peine se permettre et le mettait à trois stations de métro de l'université. Il prétendait que c'était par conviction idéologique, alors qu'il s'agissait plutôt d'une invitation tacite aux hordes de jeunes Moscovites qu'émoustillait la perspective de découcher. Même dans sa vie amoureuse, Youli était une sorte de carriériste romanesque.

Tout comme Sonia, Youli visait une carrière aux Affaires étrangères. Mais, à la différence de Sonia, Youli n'était pas uniquement intéressé par les voyages. Il voyait son entrée dans l'administration comme un premier pas dans sa longue marche vers le poste de ministre des Affaires étrangères, grâce auquel il pourrait servir au mieux les intérêts de l'Union soviétique tout autant que les siens propres, menant l'existence dorée d'un haut fonctionnaire, avec tous les voyages de par le monde que cela impliquait, tout en réalisant la vision eurorusse qui se dessinait.

Ce qui charmait Sonia chez lui, c'était qu'il ne s'agissait pas là d'un simple sophisme. Il y croyait vraiment.

« Le XXIe siècle sera le siècle de l'Europe, d'une façon ou d'une autre », déclarait-il souvent d'un ton grandiloquent en guise de discussion sur l'oreiller, après avoir fait l'amour. « Et si nous n'obtenons pas d'entrer dans la Communauté européenne, les Allemands domineront tout et l'Union soviétique deviendra un pays du tiers-monde. En revanche, une Europe *incluant* l'Union soviétique deviendrait inévitablement la force dominante d'un nouvel ordre mondial dans lequel nous serions les premiers d'entre les égaux. Ces moujiks du Pamiat se parent du nom de nationalistes russes mais, en idiots qu'ils sont, ils ne comprennent pas que le destin de la Russie sera plus glorieusement servi si elle entre dans la Communauté européenne pour en être le chef de file que si elle reste devant la confiserie à regarder la vitrine. »

Puis, quand Sonia était bien convaincue qu'il était *vraiment* un âne pompeux, il se mettait à rire, avalait une goulée de rêche cognac bulgare — le meilleur alcool qu'il pût se payer — et devenait l'autre Youli, le fils d'ouvrier sidérurgiste de Smolensk qui avait dû lutter pour parvenir au Centre et était déterminé à ne jamais se laisser rejeter vers la périphérie.

« Je donne selon mon énorme capacité à accomplir notre destinée nationale, déclarait ce Youli. Je compte recevoir selon mon besoin tout aussi énorme d'une datcha au bord de la mer Noire, d'un étage entier sur l'avenue Gorki, d'un hélicoptère et d'une Mercedes avec chauffeur !

— Quel parfait hypocrite !

— Personne n'est parfait, rétorquait Youli en roulant sur elle, mais j'avoue faire de mon mieux. »

Et il le faisait, au lit comme en classe, au Komsomol ou dans les soirées organisées par l'école où professeurs de tendance eurorusse et intellectuels se mêlaient à des étudiants triés sur le volet. Et il emmenait Sonia avec lui. Durant leur dernière année, ils étaient considérés comme des « jeunes pionniers » qui deviendraient « komsomolya » quand ils seraient fiancés après leur diplôme et prononceraient finalement les vœux nuptiaux de « membres du Parti de plein droit ».

Même si Sonia ne se sentait pas encore tout à fait prête à lier son destin à un homme avant d'avoir goûté aux mondes inconnus de l'Europe, elle s'accommodait de cette illusion car, malgré le féminisme socialiste éclairé qui courait à l'époque dans les cercles intellectuels, on était toujours en Russie, où l'autorité patriarcale était profondément enracinée et où l'attention paternelle pour le fils préféré s'étendait facilement jusqu'au choix de sa future épouse.

Sonia avait les notes requises pour entrer à l'académie des

Affaires étrangères, même si elles n'étaient pas tout à fait aussi bonnes que celles de Youli, et sa kharakteristika était exemplaire sinon exceptionnelle, mais en dernier ressort, et surtout pour une femme, il était payant d'être l'enfant chérie, même par mariage putatif, des intellectuels eurorusses qui s'efforçaient de nettoyer de fond en comble la bureaucratie des Affaires étrangères en y installant une nouvelle génération acquise à leur point de vue. Et effectivement, tous deux furent officiellement admis quelques semaines avant la remise des diplômes.

Sonia était satisfaite mais, assez bizarrement, pas totalement extatique. Elle était à trois pas de réaliser la grande ambition de la petite fille qui avait tant souhaité aller visiter Eurodisney. Encore deux années d'études avant de pouvoir entrer aux Affaires étrangères, un an ou deux dans un bureau à Moscou, un premier poste dans une zone sinistrée nikulturni genre Bangladesh ou Mali, et avec un peu de chance elle aurait l'occasion de servir en Europe communautaire avant son trentième anniversaire.

C'était le plan qu'elle suivait depuis le début, mais elle n'avait pas prévu la place qu'occuperait Youli Markovski. Ce n'était pas tant qu'elle répugnât à entrer à l'académie des Affaires étrangères grâce à ses relations, mais se retrouver liée à un homme comme elle s'était retrouvée chez les Pionniers et au Komsomol, poussée, en quelque sorte, par le désir collectif de tiers, sans qu'il lui soit laissé le choix... non merci.

Et cela commença soudain à la déranger un peu.

Non qu'elle n'aimât pas Youli ; en fait, les circonstances lui avaient dérobé la capacité de pouvoir dire si elle l'aimait ou non. D'un côté, il était difficile de vraiment l'aimer parce que c'était manifestement trop commode, et d'un autre côté, c'était peut-être la seule chose qui l'empêchait effectivement de l'aimer, auquel cas elle était une parfaite idiote de ne pas l'aimer...

Et ainsi de suite, jusqu'à ce qu'il lui vienne enfin à l'idée qu'une fois tous deux à l'académie des Affaires étrangères, les choses pourraient se décanter naturellement, même s'ils étaient fiancés.

Après tout, elle aurait deux ans pour décider si elle voulait vraiment être la femme de Youli Markovski et son choix serait alors uniquement celui du cœur.

Les faits devaient montrer qu'elle se trompait complètement.

Deux semaines avant la remise des diplômes, on vint la chercher au milieu d'un cours pour lui dire qu'elle était convoquée dans le bureau du principal. Craignant le pire sans parvenir à imaginer quelle faute elle pouvait bien avoir commise, elle se traîna, le cœur chaviré, le long des couloirs du vaste bâtiment central de l'université.

Mais, au lieu de se faire passer un savon, elle se vit tendre un téléphone dans lequel une secrétaire lui annonça que Vitaly Kouriakine, directeur du personnel du siège central de l'Étoile-Rouge S.A., désirait la voir. Si elle était disponible, une voiture de la société viendrait la chercher devant l'entrée principale.

Sonia marmonna son accord sans trop comprendre et alla attendre l'arrivée de la voiture sur le perron de l'écrasante bâtisse stalino-gothique, dans le doux soleil printanier, en essayant de mettre de l'ordre dans ses idées.

Elle avait tout appris sur l'Étoile-Rouge au cours d'économie appliquée, car il n'y avait pas d'entreprise soviétique plus dynamique que ce que certains Européens de la Communauté appelaient « la Grande Machine rouge ».

L'Étoile-Rouge était le rejeton commercial du Printemps russe et de la nouvelle vision de « l'Europe de l'Atlantique à l'Oural » chère à la machine de propagande soviétique.

Elle était enregistrée dans la Communauté européenne, mais pas en tant qu'entreprise russe, même si 60 % des actions étaient détenues directement par le gouvernement soviétique. Le reste s'échangeait sur le marché boursier de façon à étayer la fiction juridique qu'il s'agissait d'une authentique multinationale européenne.

L'Étoile-Rouge était une maison de commerce. Elle vendait du blé, du pétrole, des minerais, des fourrures, du mobilier, des machines-outils, du caviar, du matériel médical, des services de lancement de satellites, de la technologie aérospatiale civile et même, prétendaient certains, du haschich d'Asie centrale soviétique. Elle expédiait la moitié des bénéfices en Union soviétique sous forme de biens de consommation et réinvestissait le reste en Europe, raflant des paquets d'actions de sociétés européennes à la façon des Japonais en Amérique. L'adhésion de l'Union soviétique à la Communauté européenne était peut-être un des rêves de Youli pour l'avenir, mais les soviétiques contrôlaient déjà l'un des conglomérats les plus importants et les plus prospères d'Europe.

À l'Ouest, on l'avait surnommée *la Grande Machine rouge* et ici, à Moscou, *U.R.S.S., S.A.*, et cela pour pratiquement les mêmes raisons : c'était une société multinationale de type capitaliste, mais elle avait derrière elle les ressources financières d'une nation entière, exemple diaboliquement efficace de l'esprit d'entreprise socialiste qui avait, disaient certains, sauvé la perestroïka après la Reprise en main en commençant à remplir les rayons vides des magasins, et rendu possible un rouble semi-convertible.

Que diable pouvait bien vouloir l'Étoile-Rouge d'une fille comme elle ?

Il ne fallut pas longtemps à Sonia pour le découvrir. En moins de vingt minutes, une étincelante limousine Zil Export, modèle habituellement vendu aux élites gouvernementales des pays du tiers-monde les plus prospères — mais dans ce cas précis, celle-ci était peinte d'un rouge agressif —, s'arrêta à sa hauteur.

Cet invraisemblable véhicule enfila l'avenue qui descendait des collines Lénine à la façon d'un carrosse de tsar, s'ouvrit un passage dans la circulation moscovite et la déposa peu après sur l'avenue Karl-Marx, devant la tour tout aussi invraisemblable de l'Étoile-Rouge surplombant le Kremlin et, plus loin, le fleuve.

C'était un immeuble de bureaux de trente étages dans le style du Bauhaus, russifié par l'adjonction de murs-miroirs teintés de rose, d'une façade néostalinienne de marbre noir agrémentée de versions abstraites de statues allégoriques, et d'un bulbe rayé de rouge et d'or surmonté d'une énorme étoile rouge éclairée la nuit au néon. On aurait dit un mélange d'immeuble japonais échappé du centre de Tokyo et de caricature de *Krokodil,* et pourtant cela avait quelque chose d'engageant, un petit air punk qui semblait faire un pied de nez espiègle aux vieux palais gouvernementaux lourds et massifs au milieu desquels il se dressait.

Le bureau de Vitaly Kouriakine, au douzième étage, participait du même esprit : un moderne décor de chrome, de teck, de cuir noir et de terminaux d'ordinateur, prenant ostensiblement ses distances avec le symbolisme du centre de la Mère Russie pour proclamer sa parenté avec n'importe quel autre bureau du monde développé, s'ouvrait par une grande baie vitrée sur la place Rouge et le Kremlin — ces vieux emblèmes de la puissance russe qui prenaient du même coup l'air archaïque.

Kouriakine lui-même semblait parfaitement à l'aise dans cet environnement de multinationale. Il devait avoir entre quarante et cinquante-cinq ans, et ses cheveux châtain clair striés d'argent étaient taillés par un grand coiffeur en une coupe à la fois conservatrice et décontractée. Il portait un costume cintré bleu acier sur une blouse paysanne stylisée, en soie blanche, avec un foulard brodé d'or en guise de col et de cravate. Il arborait une antique Rolex au poignet et des lunettes enveloppantes sans monture subtilement teintées d'or.

Il était, à sa façon, magnifique et terrible. C'était la fabuleuse créature dont Sonia avait entendu parler et qu'elle avait elle-même rêvé devenir — un véritable Eurorusse, un individu cosmopolite et raffiné de nationalité soviétique.

Kouriakine, démocratiquement, remplit lui-même les verres de thé au vieux samovar d'argent qui constituait le seul élément traditionnel de tout le bureau et alla droit au but.

« L'Étoile-Rouge est en expansion rapide et nous avons un besoin urgent de sang neuf. Notre service du personnel a établi le profil de la recrue idéale et lorsque nous avons passé en revue les dossiers scolaires et les kharakteristika des jeunes diplômés de l'université, ton nom est sorti dans le quart de tête. Félicitations, Sonia Ivanovna ! Tu as le privilège de te voir offrir une situation d'avenir à l'Étoile-Rouge.

— Mais... mais... mais j'ai déjà été admise à l'académie des Affaires étrangères et...

— Les Affaires étrangères ! s'écria dédaigneusement Kouriakine. Il leur faudra encore une dizaine d'années avant de se débarrasser de tous leurs vieux dinosaures et cela te prendra au moins autant de temps pour arriver où que ce soit dans ce foutoir bureaucratique. La place d'une brillante jeune femme est à l'Étoile-Rouge, pas aux Affaires étrangères, tu peux me croire !

— Mais... mais... je suis presque fiancée...

— Ta vie personnelle ne regarde que toi si tu travailles pour l'Étoile-Rouge, dit Kouriakine d'un ton léger. Pas de clause tacite au contrat en ce qui nous concerne ; fais bien ton boulot et tu pourras t'envoyer en l'air tous les week-ends avec les chœurs de l'Armée rouge ou bien épouser un orang-outan si ça te chante !

— Mais Youli... ma carrière...

— Allons, allons, ne fais pas l'idiote ! déclara Kouriakine. Il te faudra encore deux ans d'études avant que les Affaires étrangères consentent à t'engager à un salaire inférieur du tiers à celui que nous te proposons dès aujourd'hui, et en *valiouta,* Sonia Ivanovna, pas en roubles !

— En *valiouta ?* » dit vivement Sonia, reprenant brusquement ses esprits au son de ce mot.

Les valiouta étaient les devises convertibles fortes — dollar, écu, yen, franc suisse — que n'importe qui pouvait dépenser librement en Occident, à la différence du rouble, qui n'était convertible en écus qu'au niveau des comptes internationaux officiels. Quiconque envisageait de voyager à l'Ouest rêvait de le faire avec une pleine sacoche de valiouta, la seule solution de remplacement étant le taux de change misérable des pingres d'Extourist.

« Parfaitement, une de nos principales tâches est de transformer les roubles et les produits soviétiques en valiouta, de sorte que nous nageons tout naturellement dans les devises fortes. En outre, nous devons soigner notre image. Nous pouvons difficilement laisser nos employés se trimbaler en Europe comme le pire stéréotype du pauvre Russe aux yeux des Occidentaux, n'est-ce pas ? Avec un salaire de 5 000 écus par mois, tu peux certainement éviter de nous faire honte en Belgique ?

— *En Belgique ? 5 000 écus par mois ?* »

Kouriakine la regarda d'un air étrange. « N'as-tu pas écouté un mot de ce que je t'ai dit ? demanda-t-il d'un ton irrité. J'ai beaucoup de travail, Sonia Ivanovna, j'ai déjà reçu au moins quinze personnes aujourd'hui et je n'ai pas de temps à perdre. Veux-tu cette place, oui ou non ?

— Mais tu ne m'as même pas dit en quoi consistait le travail, camarade Kouriakine, fit remarquer Sonia.

— Vraiment ? » dit Kouriakine. Il poussa un grognement, roula des yeux vers le plafond, leva les mains au ciel et lui adressa un sourire d'excuse. « Tu as raison, je ne te l'ai pas dit. » Il haussa les épaules. « J'ai recruté tant de monde en si peu de temps, aujourd'hui, que je commence à tous vous confondre et à aller trop vite ! »

Il se leva et alla remplir un verre de thé au samovar sans prendre la peine d'en offrir à Sonia ni même remarquer la grossièreté de son comportement, but une longue gorgée qui dut lui brûler la langue, se rassit et parut se glisser à nouveau dans la peau de son élégant personnage.

« Nous te proposons le poste de traducteur de français et d'anglais dans notre bureau de Bruxelles. 5 000 écus par mois pour commencer, plus un mois de prime à la signature pour frais de déplacement, 5 500 écus dès la seconde année et ensuite augmentation au mérite. Une couverture sociale complète, bien entendu, les jours fériés européens plus le 1er Mai, l'anniversaire de Lénine et celui de la Révolution. »

Il débita cela rapidement et sans conviction, comme un politicien américain qui lit son texte sur le téléprompteur devant une caméra de télévision.

« Deux semaines de congés payés la première année, passant à trois au bout de deux ans, quatre au bout de cinq, ensuite un jour de plus par année d'ancienneté. La liberté de voyager à ta guise dans la Communauté européenne grâce à un visa permanent du ministère des Affaires étrangères. Déjeuners gratuits à la cafétéria, vin ou bière en sus... »

Il s'interrompit, but un peu de thé, sembla passer à la vitesse inférieure. « Eh bien, je pense que je n'ai rien oublié. Tu acceptes la proposition, oui ou non ?

— Oui, bien sûr ! » s'écria Sonia sans réfléchir.

C'était comme un rêve fabuleux, comme ce qui pouvait arriver à l'héroïne d'un feuilleton américain, comme se retrouver brusquement transportée à Disneyland. Bruxelles !

« Mais... mais... », balbutia-t-elle l'instant suivant quand la réalité eut commencé à s'insinuer en elle. Youli... les Affaires étrangères... ses fiançailles... le mariage... tout le scénario qu'elle avait soigneusement élaboré...

« Mais quoi ? répliqua impatiemment Kouriakine. Je croyais que tout était réglé.

— Mais je n'ai jamais envisagé d'être traductrice, dit Sonia, essayant de gagner du temps pour rassembler ses esprits. Je sais lire et écrire couramment l'anglais et le français, bien sûr, mais je n'ai aucune formation...

— Aucun problème, dit libéralement Kouriakine en balayant l'objection d'un geste de la main. De nos jours, la traduction est assistée par ordinateur, trois semaines dans notre centre de formation en Crimée, au bord de la mer Noire, et tu en connaîtras assez pour commencer ; nous avons un poste à pourvoir immédiatement et nous n'avons pas le temps d'attendre un diplômé de l'Institut des langues étrangères ! »

Il jeta un coup d'œil à sa Rolex. « Alors, quelle est ta réponse ? demanda-t-il. J'ai un autre rendez-vous dans cinq minutes et, avec tout le thé que j'ai bu aujourd'hui, j'aimerais *vraiment* avoir le temps d'aller aux toilettes avant.

— Pourrais-je avoir quelques jours pour réfléchir ?

— Non », laissa tomber Kouriakine. Il s'enfonça dans son fauteuil, sirota son thé, fit tourner le verre devant son visage et la regarda d'un air plus affable. « Écoute, je sais que c'est une grosse décision à prendre comme ça, à brûle-pourpoint. Mais j'ai vingt-huit postes à pourvoir en quatre jours et au moins dix candidats possibles pour chacun, je ne peux donc pas me permettre d'attendre que chacun se décide. »

Il sourit, haussa les épaules. « Ou bien prends ça comme un test, poursuivit-il. À l'Étoile-Rouge, nous sommes des hommes d'affaires socialistes qui traitent avec des capitalistes sous tension toujours entre deux avions et il nous faut être capables de traiter les affaires juste un peu plus vite qu'eux. Nous jonglons avec les marchés à terme, les fluctuations des taux de change, l'économie informatisée, et si on s'arrête trop longtemps pour réfléchir, on est déjà hors circuit. Nous ne voulons pas du Russe ancienne manière à l'esprit lent, pondéré, paranoïaque, comme si le K.G.B. le surveillait à tout instant. Nous voulons le *nouveau* Russe, Sonia Ivanovna, l'Eurorusse — pragmatique, sagace, décisif, instinctif et même un peu impulsif. »

Il se leva et baissa les yeux sur elle, le dos tourné à la vaste fenêtre surplombant le Kremlin et, plus loin, les quartiers sud de Moscou, petits et irréels dans les brillants rayons de soleil qui filtraient à travers les nuages épars, telle une ville miniature illuminée par des projecteurs dans un palais pour enfants.

« Oui ou non, dit Kouriakine. Bruxelles ou l'académie des Affaires étrangères ? La nouvelle Europe ou la vieille Russie ? Les roubles ou les valiouta ? » Il rit. « Si tu trouves que c'est une décision difficile à prendre, tu n'es certainement pas faite pour nous ! »

Présenté comme ça, que pouvait dire Sonia ? Elle n'était pas amoureuse de Youli au point de vouloir vraiment se lier irrévocablement à lui et renoncer à la réalisation immédiate du rêve de sa vie. Elle aurait été stupide de refuser une aussi belle occasion.

« Touché, camarade Kouriakine. Tu viens d'engager un traducteur pour Bruxelles et il te reste le temps d'aller aux toilettes. »

Finalement, ce n'était pas plus difficile que ça.

Mais l'expliquer à Youli avait été une autre histoire.

Sonia sentit son estomac se serrer au souvenir inopiné de cette soirée ; elle but rapidement une gorgée de côtes-du-rhône et essaya de se concentrer sur le paysage.

Mais le T.G.V. fonçait à présent entre d'affreuses cités de banlieue, énormes tours monolithiques de logements ouvriers ne lui rappelant que trop le quartier où elle avait grandi à Lenino. Même le goût du vin dans sa bouche semblait conspirer contre elle car, se souvint-elle soudain, elle avait apporté dans la chambre de Youli deux bouteilles de bordeaux et insisté pour vider la première avant de lui dire la raison de cette extravagance sans précédent.

Quand elle eut finalement assez bu pour tout lui déballer, Youli avait soigneusement posé son verre par terre et était simplement resté assis là, à la regarder de l'autre côté du lit dans un silence glacé.

« Alors, tu ne dis rien ? avait demandé Sonia.

— Qu'est-ce que tu voudrais que je dise ? avait répondu Youli, le visage fermé.

— Que tu me détestes ? Que je suis une sale pute carriériste égocentrique et sans cœur ? »

Youli émit un petit rire. « Je t'ai toujours dit que je ne suis pas un *parfait* hypocrite, déclara-t-il, lui brisant le cœur par sa galanterie. Ce que je serais si je prétendais que *moi* j'aurais renoncé à mes ambitions de carrière pour *toi*.

— Exact », dit Sonia, l'aimant curieusement davantage en cet instant d'aveu cynique.

« Et, bien sûr, cela a toujours été ta véritable ambition, n'est-ce pas, Sonia ? dit-il d'un ton plus dur. Vivre en Occident avec une bonne provision de valiouta, cela t'a toujours semblé suffisant. Tout le reste, tes études, les Affaires étrangères, n'a toujours été qu'un moyen de parvenir à tes fins...

— Pas toi, Youli », gémit lamentablement Sonia.

Et l'expression de Youli se radoucit tout aussi soudainement. « Bien sûr que non, Sonia, dit-il en lui caressant la joue. Sur certains plans, nous sommes de vraies âmes sœurs. Si j'avais à choisir entre mon rêve et l'amour, je choisirais moi aussi ma destinée, ce qui ne veut pas dire que je ne t'aime pas sincèrement. A ce niveau, nous nous comprenons réellement et tu n'es pas à blâmer, Sonia.

— Youli...

— Mais sur d'autres plans nous sommes très différents, dit-il en s'emparant de la deuxième bouteille de bordeaux. Pour toi, le rêve est uniquement personnel, alors que moi je suis au service d'une vision. Moi aussi je suis carriériste et individualiste, mais je suis aussi un communiste idéaliste, ou du moins je le serai une fois que j'aurai été admis au Parti. »

Il ouvrit la bouteille, remplit leurs verres, lampa la moitié du sien comme s'il s'était agi de vodka bon marché plutôt que d'un grand cru d'importation. « Tu ne recherches que ta satisfaction personnelle, alors que la mienne s'identifie au bien de notre Mère Russie.

— Ce qui est bon pour Youli Markovski est bon pour l'Union soviétique ! rétorqua Sonia, engloutissant elle aussi une impressionnante goulée de vin.

— Ce qui est bon pour Youli Markovski, c'est la satisfaction de guider le navire de l'État soviétique vers le havre sûr de la Communauté européenne », déclara-t-il d'un ton grandiloquent, et Sonia, à travers les vapeurs de sa propre ivresse, se rendit compte qu'il était complètement saoul.

« Et de mener par la même occasion la vie luxueuse d'un diplomate globe-trotter !

— Mais bien sûr ! Le Nouvel Homme soviétique n'est pas un moine du socialisme !

— Je lui lève mon verre ! déclara Sonia, joignant le geste à la parole.

— Moi aussi, dit Youli en se resservant.

— Tu ne me détestes pas d'avoir fait ça, Youli ? » murmura Sonia qui, prise d'un léger tournis, se sentait elle-même devenir larmoyante.

Avec un effort apparemment considérable, Youli se remit debout, la regarda en face sans ciller de ses yeux injectés de sang et, à travers les brumes de l'alcool, ou peut-être grâce à elles, un instant d'une clarté de cristal sembla passer entre eux.

« Je ne t'en veux pas, Sonia, je te plains, dit Youli. Il y a une dimension de la vie à laquelle tu es aveugle, une couleur ardente que tes yeux ne voient pas, la joie de l'attachement véritable à une vision qui nous dépasse, sans laquelle, sans laquelle…

— Ah oui, Youli Markovski, le dévoué serviteur du peuple, et ensuite tu vas me sortir une citation de Lénine à propos de l'idéal socialiste, sans doute ! » répliqua Sonia. Mais il y avait quelque chose dans ses yeux, quelque chose derrière ses paroles, qui lui donna envie de se saouler encore plus, même si la pièce commençait déjà à tourner, et elle avala une nouvelle goulée de vin sans parvenir pour autant à détourner son regard.

« Rien de tel, dit Youli. Simplement il est bon d'être jeune et russe à notre époque, de participer à une grande aventure. Cela va être notre heure d'avancer au milieu de la scène, de pousser le monde au cul et de le sentir bouger, de chevaucher l'étalon sauvage de l'Histoire, de prendre les rênes dans nos mains et de plier la destinée à notre volonté pour le plus grand bien…

— Il est bon d'être jeune et russe et de vivre en Europe, c'est ça la grande aventure, Youli », rétorqua Sonia, s'accrochant pour échapper à quelque chose qui l'attirait dans ces yeux injectés de Raspoutine sauvage, quelque chose qu'elle avait peur de sonder, quelque chose qui la faisait se sentir petite, idiote et perdue.

« Tu n'as rien compris à ce que je t'ai dit, hein ? » Et Youli rompit enfin ce contact visuel intense, engloutissant un autre verre. « Tu n'as aucun sens de la destinée, que ce soit la tienne ou celle des autres !

— Ne me traite pas avec cette condescendance !

— Oh, je n'en avais aucune intention. » Youli s'avança vers elle et enjamba le lit en titubant.

Sonia réussit à le rattraper dans ses bras malgré la chambre qui commençait vraiment à virevolter. « Tu es complètement saoul ! constata-t-elle.

— Toi aussi !

— Comment pourrais-je dire le contraire ?

— Dans ce cas », dit-il en la faisant rouler sous lui tout en tâtonnant à la fois à la recherche de ses seins et de son pantalon, « ne passons pas notre dernière nuit ensemble à jacasser comme des bons à rien d'intellectuels. Baisons bestialement comme d'honnêtes paysans bourrés ! »

La proposition paraissait judicieuse. Ils s'activèrent sans parvenir à jouir et finirent par perdre conscience dans les bras l'un de l'autre. Quand Sonia se réveilla au matin avec un affreux mal de tête et un sale goût dans la bouche, elle sut que c'était fini.

Trois semaines plus tard, elle se retrouvait en Crimée, à nager dans la mer Noire avant le petit déjeuner, étudier la « technologie de l'information » jusqu'à cinq heures, prendre un autre bain avant le dîner et, le plus souvent possible, à faire l'amour sur la plage sans arrière-pensée avec quelqu'un qu'elle ne reverrait plus jamais.

C'était une transition parfaite. Le temps était doux, la nourriture bonne, l'amour se faisait toniquement en plein air sans implications sentimentales, et les études n'étaient pas accaparantes après ce qu'elle avait connu à l'université : il s'agissait pour l'essentiel de se familiariser avec les logiciels informatiques et de s'initier à la programmation élémentaire.

Trois semaines plus tard, elle menait sa nouvelle existence à Bruxelles, avec un studio bien à elle, peut-être pas très grand selon les critères locaux, mais qui semblait immense par rapport à sa chambre du foyer universitaire ou à l'appartement de ses parents à Lenino.

À dire vrai, son travail de « traductrice », assise à longueur de journée devant un écran dans une grande salle en compagnie de dix autres « traducteurs », s'était surtout révélé une corvée fastidieuse que ne venait qu'occasionnellement égayer l'humour involontaire des logiciels de traduction.

Il était également vrai qu'elle devait sans cesse esquiver les avances dégoulinantes de son superviseur, Grigori Pankov, un vieux bouc timide qui n'insistait pas quand on l'envoyait balader, même s'il s'obstinait à se soumettre régulièrement à l'humiliation de ses rebuffades.

Mais il n'y avait pas de devoirs à la maison, pas de réunions obligatoires des Komsomols, pas de soucis à se faire à propos de mauvais points dans sa kharakteristika, pas de parents. Pour la première fois de sa vie, ses heures de loisir lui appartenaient entièrement.

Bruxelles n'était pas exactement Londres ou Paris, ni même Amsterdam, mais par avion, ou même par train à grande vitesse, plus économique, ce n'était qu'à un saut de n'importe où pour le week-end, ce qui voulait dire qu'elle était effectivement en *Europe* ; celle-ci lui était offerte sur un plateau, et c'était tout ce dont elle avait rêvé.

Elle avait appris à skier à Zermatt et à faire du ski nautique à Nice. Elle avait joué à Monte-Carlo et participé à une authentique orgie à Berlin. Elle avait fait la fête à Paris et été au théâtre à Londres, avait bu jusqu'à l'écœurement à la Fête de la bière de Munich, avait assisté aux 24 heures du Mans et à une corrida à Madrid, avait fumé du haschich sur une péniche d'Amsterdam et bu du retsina dans le quartier de la Plaka, à Athènes, elle avait même visité Eurodisney, tout cela en grande partie invitée par l'un ou l'autre.

Car elle était jeune, jolie et toute disposée à s'offrir à qui lui était sympathique, comme ses compagnons du Péril rouge, la marée de jeunes Eurorusses libérés qui déferlait sur l'Europe, innocente variété de horde sauvage qui n'avait pas eu l'occasion de s'amuser ainsi depuis un siècle et était bien décidée, dans son enthousiasme naïf et charmant, à se rattraper d'un seul coup. Sa plus grande ambition dans la vie, obsession partagée par ses semblables des deux sexes, était de collectionner les amants de tous les pays de la Communauté comme elle avait jadis collectionné les timbres. Il y avait même des filles au bureau qui plantaient des épingles sur une carte.

Bien sûr, lorsque de rares moments d'inactivité forcée comme celui-ci, seule dans un train ou un avion, lui laissaient trop de temps pour penser, la ressemblance inopinée d'un visage de l'autre côté de l'allée, une bribe de discussion politique en russe surprise au passage ou le goût du vin dans sa bouche ravivait un vieux souvenir de Youli Markovski, de la route qu'elle n'avait pas prise, de la façon dont ils s'étaient séparés, et elle se prenait à songer nostalgiquement au passé.

Mais ces ombres passaient aussi vite que les nuages devant le soleil d'Espagne, aussi vite que les trottoirs de Saint-Germain-des-Prés se repeuplaient après une averse d'été, aussi vite que le T.G.V. filait à travers banlieues et faubourgs, lui offrant une vision fugitive du centre de Paris dans un lointain brumeux, par-delà les immeubles lépreux, avant de plonger dans le tunnel à l'approche de la gare du Nord.

À cette distance, Paris était une vue de carte postale, évoquant à sa façon le panorama du centre de Moscou jadis aperçu par la fenêtre du bureau de Vitaly Kouriakine.

À l'époque, elle avait baissé les yeux sur les remparts de brique rouge, les cathédrales et les jardins, sur le Kremlin et les dômes gaiement colorés de Saint-Basile, sur les larges avenues convergeant vers la place Rouge et la courbe bleue de la Moskova qui serpentait à travers la ville un peu comme la Seine, bien consciente que Moscou était beaucoup plus beau vu sous cet angle que d'en bas, dans les rues quotidiennes où la vie était bien trop prosaïque et n'avait rien d'une vision romanesque, même dans les neiges fondantes du Printemps russe.

À présent l'image du ciel parisien — dôme blanc du Sacré-Cœur, dentelle séculaire de la tour Eiffel, monolithique tour Montparnasse brillant au loin sous le soleil comme un château de contes de fées — continuait à flotter au-dessus d'elle comme un mirage miroitant tandis que le train s'enfonçait dans les ténèbres du tunnel, promesse de carnavals et de magie dans les rues féeriques.

Oh oui, de toutes les villes où Sonia Ivanovna s'était baladée au cours de sa première année en Europe, Paris était la plus agréable, et pas uniquement parce qu'elle en parlait la langue, car ni Londres, ni Genève, ni Bruxelles, ni même Nice ne la mettaient dans un tel état d'euphorie que la Ville Lumière.

C'était le plus grand cliché de tous les guides touristiques, mais c'était vrai. Cela ne tenait pas seulement aux terrasses de café, aux jardins et aux merveilleuses promenades le long de la Seine, aux restaurants, aux bars et aux musées, et certainement pas au climat (bien plus maussade que celui de Rome, Madrid ou Athènes), ni même aux alléchantes odeurs de nourriture flottant un peu partout.

Cela venait de la toile d'araignée du métro permettant de se rendre n'importe où en un instant, des océans de vin et de l'échelle intime des choses, des marchés de quartier et des bistrots, des magasins autour de la moindre place et de la façon dont les rues étaient animées à toute heure de la nuit, de la foule des bateleurs autour de Beaubourg et de l'éclat clinquant du Boul'Mich, de la densité d'une ville construite à l'échelle humaine, une ville apparemment conçue uniquement pour le plaisir et frémissant pourtant de l'énergie électrique d'une métropole économique de la Communauté européenne.

A côté de Paris, Moscou faisait penser à la Sibérie, Vienne à une pièce de musée, Londres paraissait gris et maussade, Genève était un hospice de vieillards et Bruxelles ressemblait, eh bien, comme disaient les Français, à la *Belgique.*

Le temps que le train émerge des ténèbres souterraines pour pénétrer dans l'immensité caverneuse de la gare du Nord — bruit et bousculade, passagers ahanant sous le poids des bagages et bavardages polyglottes, arômes mêlés d'ozone, de merguez, de tabac brun, d'essence et de sueur —, sa crise atavique de nostalgie slave s'était envolée, repartie vers les froides steppes orientales du souvenir.

C'était l'été, l'heure était à la fête, elle avait deux semaines de liberté. Elle était jeune, le soleil brillait sur Paris, et jamais la petite fille assise devant la télé d'un triste deux-pièces de Lenino, rêvant de gambader en compagnie de Donald et Mickey dans les allées du nouveau Disneyland français, n'aurait pu croire que cet instant arriverait réellement un jour, pas plus qu'elle n'aurait osé en souhaiter davantage.

M. Sigmunsen, député : « Nous ne pouvons pas rester tranquillement assis à regarder les marxistes transformer le Pérou en Liban américain. Si nous n'intervenons pas pour rétablir l'ordre, ces enragés étendront leur subversion à la Colombie, à la Bolivie, au Brésil... qui sait, nous pourrions même un jour les retrouver sur les rives du rio Grande. D'après le courrier que je reçois, mes administrés sont dans leur écrasante majorité en faveur d'un règlement sans délai de la situation. »

Bill Blair : « Vous suggérez que nous envoyions des forces terrestres au Pérou ? »

M. Sigmunsen : « Uniquement afin d'établir des bases d'hélicoptères de combat et de chasseurs tactiques. Un engagement aérien massif devrait suffire pour permettre aux combattants de la liberté péruviens de reprendre l'avantage sur le terrain. »

Bill Blair : « Et si cela ne suffit pas ? »

M. Sigmunsen : « Alors, Bill, comme César devant le Rubicon, nous n'aurons plus qu'à sauter le pas. »

Newspeak, présenté par Bill Blair

L'AFRIQUE TOUJOURS PRIVÉE DE VACCIN CONTRE LE SIDA

« Alors que le monde occidental connaît sa Seconde Révolution sexuelle, des millions de personnes meurent toujours en Afrique et le nombre de nouveaux cas commence à peine à décliner », a déclaré Ahmed Jambadi, secrétaire général de l'Organisation mondiale de la santé, au retour de sa tournée d'information de dix jours sur le continent africain.

« L'O.M.S. ne dispose tout simplement pas de fonds suffisants pour s'attaquer au problème, qu'il s'agisse d'engager le personnel nécessaire ou de se procurer la quantité voulue de vaccin au prix courant. Les laboratoires occidentaux doivent faire don des doses nécessaires, compte tenu des bénéfices énormes qu'ils engrangent. Le prix de revient d'une dose équivaut au dixième du prix qu'ils en réclament. Maintenant que le sida n'est plus un problème majeur dans le monde développé, il n'y a plus aucune excuse pour ne pas régler la situation en Afrique de la seule manière possible : au niveau international. »

Le Monde

3.

Il fallut vingt-quatre heures à Jerry Reed pour surmonter le décalage horaire, chaperonné par André Deutcher.

Celui-ci lui laissa quatre heures pour se reposer, puis reparut dans sa chambre vers une heure de l'après-midi avec le garçon d'étage et un pot de café bien noir. Il ouvrit les rideaux, inondant la pièce de soleil, tendit à Jerry une tasse de café et une poignée de comprimés que celui-ci contempla d'un œil perplexe.

« Deux cents unités de vitamine B, un gramme de vitamine C, 500 mg d'extrait de cola, 300 mg de phénylalanine, le tout parfaitement légal, lui assura André. Mais si vous désirez quelque chose de plus énergique, ça peut s'arranger. L'ESA considère qu'il serait indigne d'elle d'obliger les gens à pisser dans des bouteilles, et encore plus d'aller fourrer son nez dans le résultat. »

Après avoir avalé les comprimés, bu deux tasses de café et pris une longue douche brûlante dans une salle de bains de la taille d'une chambre d'hôtel ordinaire, Jerry se sentait presque humain.

« Très bien, dit André en le voyant ressortir dans l'épais peignoir bleu fourni par le *Ritz,* pendant que vous vous habillez, parlons un peu. Où allons-nous déjeuner ? Préférez-vous la *cuisine légère,* la *cuisine bourgeoise,* les *fruits de mer,* peut-être un *menu provençal ?*

— Euh... connaîtriez-vous un endroit où l'on sert des *œufs bénédicte ?* » marmonna Jerry pour essayer d'avoir l'air raffiné.

André prit l'air faussement scandalisé. « Allons, allons, Jerry, soyons sérieux ! s'exclama-t-il. Un premier repas à Paris doit être un événement mémorable, le contraire serait une insulte à l'honneur de la France, sans parler de l'ESA.

— Alors je vous laisse choisir, André. Pour vous dire la vérité, je n'ai pas la moindre idée de ce qu'est la *cuisine bourgeoise* ou tous les autres trucs dont vous avez pu parler ».

Devant l'hôtel, au lieu de la limousine Citroën, un petit cabriolet sportif Alfa-Peugeot rouge attendait, décapoté, le long du trottoir, petit bolide bruyant et tape-cul roulant encore à l'essence : la voiture personnelle d'André. « Écologiquement rétrograde, peut-être, reconnut André qui démarra en trombe, mais je préfère une bagnole qui en a dans le ventre. »

Comme pour prouver la chose, il entraîna Jerry dans une folle randonnée au cours de laquelle il semblait éviter la catastrophe d'un cheveu à chaque instant... Il enfila d'abord une petite rue embouteillée, tourna dans une large avenue bordée d'un côté par un jardin et de l'autre par des arcades sous lesquelles s'ouvraient des boutiques pleines de clients, puis déboucha sur une vaste place où des centaines de voitures se coupaient la route en tous sens comme dans une monstrueuse course de stock-cars où personne n'aurait réussi à marquer un point, franchit ensuite un pont sur la Seine, enfila un boulevard, s'engagea dans un dédale invraisemblable de petites rues, en ressortit sur un autre boulevard pour replonger dans d'autres petites rues avant de revenir par une avenue le long du fleuve et se garer sur une place de stationnement qui semblait carrément en travers d'un passage pour piétons.

Jerry était maintenant pleinement réveillé — comment ne l'aurait-il pas été ? — et lorsque André l'eut entraîné par un vieil escalier raide et branlant vers une curieuse espèce de restaurant en terrasse où flottaient des arômes entêtants, il s'aperçut qu'il était affamé.

André lui dit que l'endroit s'appelait *Le Tzigane;* pas de quoi s'affoler, on n'y servait pas de la cuisine de romanichels...

Des tables classiquement recouvertes de nappes blanches étaient disposées en plein air sous un dais pour le moment à demi roulé afin que la plupart des tables soient au soleil. Des serveurs en smoking entraient et sortaient d'une mystérieuse tente à l'autre bout de la terrasse et un maître d'hôtel qui semblait connaître André les conduisit à une table bien située, avec une vue magnifique sur les flèches dentelées et les arcs-boutants de Notre-Dame, de l'autre côté du fleuve.

« C'est un restaurant nomade », expliqua André tandis qu'on leur tendait des menus rédigés à la main d'une écriture tarabiscotée que Jerry trouva à peu près aussi compréhensible que des graffiti arabes. « Pas d'adresse fixe, il se déplace dans Paris selon les mois et les saisons, un temps ici, un temps là... au jardin du Luxembourg, sur une péniche, à Montmartre. On ne sait jamais où il va réapparaître quand il plie sa tente à moins d'être sur la liste des clients prévenus par courrier ; ils refusent même de mentionner son nouvel emplacement sur minitel. On croit savoir que des grands chefs d'autres restaurants se relaient dans sa cuisine ambulante, mais là aussi ils laissent planer le mystère. »

André passa la commande pour deux et tout ce qu'on leur servit était absolument délicieux. Petites huîtres crues dans leur nid de pâtes sautées au sésame et sarrasin nappées de champignons émincés, d'oignons blancs et de poivrons revenus au vinaigre d'alcool de riz, accompagnées d'un vin blanc fruité. Fines tranches de sanglier aux framboises fraîches avec haricots verts sautés au cumin, poivre de Cayenne et curcuma, oignons glacés au stilton, petites pommes de terre au four au beurre de carvi garnies de caviar, le tout arrosé d'un bordeaux corsé. Fromages. Petits soufflés aux trois parfums — chocolat, orange et noisette — accompagnés chacun de sa sauce. Noix de pécan grillées. Café. Cognac. Un des havanes d'André.

Quand ils se retrouvèrent dans la rue, Jerry avait les joues en feu, bien que le repas n'ait rien eu de lourd. Il accepta néanmoins assez volontiers quand André proposa « une petite balade digestive au bord de la Seine et à Saint-Germain », car il était à présent impatient d'explorer la ville à pied.

La « petite balade » se transforma en longue promenade de près de trois heures, entrecoupée de trois pauses à des terrasses de bistrot à regarder passer les gens, deux pour boire un café et une autre pour déguster un verre de vin parfumé au cassis appelé « kir ».

Pour un natif du sud de la Californie dont la seule expérience de la vie piétonnière se résumait à une dizaine de pâtés de maisons de Venice et de Westwood, du quartier chaud de Tijuana et de San Francisco, la rive gauche était comme la capitale de quelque planète exotique, tout en évoquant un lieu familier resurgi de rêves à demi oubliés.

Ou plus exactement resurgi d'innombrables films et feuilletons télévisés : tant d'endroits de ce quartier de Paris avaient depuis si longtemps servi de décor à tant de tournages qu'il lui était familier au même titre qu'Hollywood Boulevard, Mulholland Drive ou Ventura Freeway l'étaient dans le monde entier pour des gens qui ne s'étaient jamais approchés à moins de 10 000 kilomètres de Los Angeles.

Malgré tout, voir un film situé à Paris était une chose, s'y trouver plongé en était une autre. Paris avait un arôme caractéristique, trop subtil pour être qualifié d'odeur, mais qui s'insinuait dans l'inconscient pour dire à Jerry, mieux que ce qui lui était donné à voir, qu'il était *vraiment* en terre étrangère.

Et le spectacle des filles était encore autre chose !

Non que les femmes, dans ces rues parisiennes, fussent plus renversantes physiquement que les starlettes, les surfeuses ou les tapineuses de Los Angeles, où la beauté féminine constituait une importante denrée commerciale.

Mais ces aguichantes créatures étaient là, *dans la rue,* s'étalant aux terrasses des cafés, se promenant quand André et Jerry s'asseyaient pour prendre un verre, par dizaines, par centaines à chaque coin de rue ; cette densité peu commune donnait le vertige — et l'impression que faire leur connaissance ne devait pas être très difficile, d'un point de vue strictement statistique.

D'un autre côté, *tout le monde* parlait français.

Jerry s'y était attendu, bien sûr, mais il avait toujours

associé les sonorités des langues étrangères aux exclus : immigrants, étrangers et marginaux.

Mais là, c'était lui l'exclu. Tous ces Français faisaient la conversation à ces filles magnifiques, penchés d'une table de café à l'autre, flânant dans les rues, donnant l'illusion que tout était facile, comme c'était probablement le cas pour eux, comme ce pourrait l'être aussi pour lui, si seulement tout ne se passait pas *en français.*

Avant que Jerry n'ait eu le temps de trop réfléchir à sa frustration linguistico-sentimentale, André l'avait entraîné au bord de la Seine, où ils descendirent sur les quais et embarquèrent sur une vedette touristique beaucoup plus petite que la plupart des monstres aux verrières anguleuses qui croisaient sur le fleuve, mais tout aussi bondée.

« Furieusement touristique, d'accord, dit André avec un haussement d'épaules tandis que le bateau larguait les amarres, mais autant en passer par là tout de suite, histoire d'être débarrassé, non ? »

Ils firent le tour de l'île Saint-Louis, regagnèrent le chenal principal en passant sous le pont Saint-Louis, derrière Notre-Dame, descendirent le cours de la Seine en longeant le Louvre, les Tuileries, le musée d'Orsay et le Trocadéro jusqu'au pied de la tour Eiffel où le bateau fit demi-tour pour revenir s'amarrer au Pont-Neuf.

Après cela, André l'entraîna dans une autre folle équipée automobile. Celle-ci les mena cette fois à la tour Eiffel, du haut de laquelle ils regardèrent se coucher le soleil et s'allumer les lumières de la ville en sirotant encore un kir qui rendit les genoux de Jerry légèrement caoutchouteux.

« Je commence à être crevé, André, dit Jerry, de retour à la voiture. Je devrais peut-être rentrer à l'hôtel pour me reposer. Après tout je n'ai eu que quatre heures de sommeil...

— Non, non, protesta André, il n'est même pas huit heures, vous devez rester éveillé jusqu'à minuit, sinon il vous faudra des jours pour vous habituer au décalage horaire, croyez-moi ! C'est un peu tôt, mais nous pouvons passer au dîner.

— Je n'ai vraiment pas faim...

— Quelque chose de léger, peut-être... Ah, bien sûr, une bouillabaisse au *Dôme,* c'est toujours la meilleure de Paris, et à cette heure nous devrions pouvoir trouver une table sans réservation ! »

Nouvelle course à travers les artères de la rive gauche, cinq minutes à tourner dans les petites rues pour trouver une place de stationnement, puis quatre pâtés de maisons de marche sur des jambes cotonneuses vers le boulevard Montparnasse et le *Dôme,* brillamment éclairé mais à l'atmosphère chaleureuse, bondé et pourtant agréable, tout en cuivre et vieilles boiseries, mais moderne et aéré, avec des tables en terrasse.

Le lieu était bruyant — ce qui n'était pas déplaisant car il profitait de l'énergie de la rue sans en être envahi. Une fois assis, l'odeur entêtante de la soupe de poissons épicée ravigota un peu Jerry. Malgré tout, quand il eut fini sa bouillabaisse et une demi-bouteille de vin blanc, plus la mousse à la framboise nappée de sauce au chocolat et le verre de cognac qu'André avait tenu à lui offrir, il repiqua un peu du nez.

« Je peux rentrer à l'hôtel, *maintenant* ? demanda-t-il plaintivement, de retour à la voiture.

André consulta sa montre, secoua la tête. « Encore deux heures, cher ami, et vous dormirez comme une souche pour vous réveiller naturellement à l'heure de Paris, demain matin, prêt à en profiter pour de bon.

— Je ne pense pas pouvoir rester éveillé aussi longtemps..., gémit Jerry.

— Nous allons à *La Bande dessinée,* cela devrait vous tenir éveillé », dit André, et ils repartirent. Jerry commençait à dodeliner, même dans la voiture de sport découverte, si bien que le trajet se passa dans un brouillard intemporel, comme s'il avait été téléporté il nc savait où. Tenant à peine sur ses jambes, après une courte marche à travers un quartier légèrement interlope, plein de photos de nu éclairées au néon, de sex-shops et de bars tapageurs, un portier les fit entrer dans... dans...

Seigneur, un bouge de Tijuana !

Au milieu de la salle, éclairée par un projecteur rose, se dressait une estrade circulaire où une rousse incendiaire et un Noir athlétique étaient en train de baiser sur un canapé de velours rouge au son d'un vieil air de caf' conc' revu par l'électronique, elle dessus et lançant des baisers aux clients.

Le long de trois des murs vaguement incurvés de la pièce courait un bar de bois poli orné de cuivres avec des tabourets et des barmen en chemises à rayures colorées et moustaches en guidon de vélo. Entre la scène et le bar, de petites tables de bistrot autour desquelles s'activaient des serveuses aux seins nus déguisées en soubrettes de vaudeville. Un épais brouillard rose, indubitablement constitué de fumée de cigarettes diffractant la lumière du projecteur, estompait tous les contours.

« Doux Jésus, André, vous vous moquez de moi, dit Jerry tandis qu'ils s'installaient à une des rares tables libres, à peu près à mi-chemin de la scène. J'ai fait tout ce voyage et vous m'entraînez dans un sex-show digne de Tijuana ? »

André rit. « Les apparences sont parfois trompeuses, dit-il.

— Hein ?

— Observez les clients. »

Jerry s'exécuta tandis qu'André commandait. L'endroit était bondé, mais pas par les traîne-savates libidineux et les prostituées de second ordre auxquels on se serait attendu. Il y avait autant de femmes que d'hommes, et il semblait s'agir en majorité de couples réguliers. La plupart étaient élégamment vêtus ; les plus jeunes de façon assez tapageuse, certes, mais fort classiquement pour bon nombre de couples plus âgés. Il y avait effectivement là-dedans quelque chose de curieux.

« Des gens dans le vent venus s'encanailler », finit par dire Jerry alors que la serveuse revenait avec deux verres qui avaient l'air de contenir de la vodka pure.

André rit de nouveau. « Buvez, dit-il en levant son verre. Regardez », ajouta-t-il en montrant la scène.

Jerry but. Le liquide transparent était chambré, il avait la puissance de la vodka, sans aucune douceur, mais avec un goût de poire. Oulà ! On devait pouvoir s'habituer à ce truc.

Sur scène, le Noir s'était retiré pendant que Jerry ne regardait pas et la rousse était étendue sur le canapé dans la colonne de lumière rose qui lui caressait lubriquement les seins, attendant un nouveau partenaire…

…qui sembla soudain surgir de nulle part aux premières mesures de la bande sonore de *Superman* et, oh non, c'était effectivement un grand escogriffe musclé avec tout l'attirail du super-héros qui se planta les mains sur les hanches au-dessus d'elle, puis, qu'est-ce…

Un pénis jaillit de son pantalon, argenté et palpitant, et se mit à grossir, grossir, tandis que les clients criaient des encouragements, jusqu'à atteindre la taille d'une batte de base-ball. Pendant que le thème de *Superman* retentissait de plus en plus fort, l'Homme d'Acier réussit à faire pénétrer son sexe de tout son long dans la fille et commença à donner des coups de boutoir.

Jerry avala une grande gorgée sans trop savoir ce qu'il faisait, et certainement sans comprendre la chose impossible à laquelle il assistait !

Superman s'activait, la rousse tressautait sous ses coups de reins... puis tous deux jouirent : des étincelles, des étoiles et des spermatozoïdes au large sourire jaillirent des oreilles de la fille et Superman fut projeté en arrière, dans le noir, par les flammes cramoisies d'un braquemart métamorphosé en fusée à la Flash Gordon.

Sur le canapé, la fille devint d'un noir luisant, les pointes de ses seins s'illuminèrent de néon rouge, ses oreilles grandirent, s'arrondirent, ses yeux devinrent de larges cercles blancs avec des points noirs au milieu et, oui, c'était elle, une voluptueuse Minnie Mouse, roulant des yeux, souriant de son large sourire de bande dessinée et prête à l'action.

Et Pluto, le canidé abruti, fit son entrée, gambadant dans la lueur du projecteur en tirant une langue écarlate de cinquante centimètres avec laquelle il entreprit de lécher consciencieusement l'entrecuisse de Minnie...

« Bon Dieu de merde ! finit par s'écrier Jerry. Ce n'est qu'un hologramme !

— Mieux que tout ce qu'on peut voir à Disneyland, n'est-ce pas ? répondit André. Un triomphe de la technologie française ! »

Mickey Mouse vint déloger Pluto, se fit lui-même sodomiser par Donald Duck. Woody Woodpecker copula avec Jessica Rabbit, le bonhomme Michelin fit preuve d'une impressionnante souplesse ; Daffy Duck, Cochonnet, Mr. Natural, Batman et Wonder Woman se joignirent à l'orgie générale.

Ce fut encore plus impressionnant quand Humphrey Bogart, Marilyn Monroe, le président de États-Unis, Adolf Hitler, James Dean et le pape vinrent se joindre à l'action, avec une kyrielle d'autres qui devaient, à en juger par les rires et les hurlements qu'ils déclenchaient dans la foule, être des célébrités françaises de la politique ou du spectacle… tout cela devait avoir été monté à partir d'extraits de films en deux dimensions, ou même de clichés en noir et blanc, en faisant appel à des programmes d'une complexité démoniaque et à des giga-octets de mémoire.

Puis la scène se métamorphosa à nouveau, arrachant Jerry à ses réflexions pour le plonger dans une merveilleuse réalité érotique.

L'orgie démentielle se fondit en frise érotique de temple hindou. Les figurines de pierre se mouvaient, souples et sinueuses, au rythme hypnotique et lancinant du sitar et des tablas, seins, cuisses, jambes, lingams et yonis allant et venant de plus en plus vite en une vivante arabesque de sensualité…

Pour se transformer en personnages de l'Antiquité grecque — chairs de marbre blanc, musculatures finement ciselées, poitrines rondes, cuisses puissantes, bras athlétiques, nobles visages aux chevelures bouclées, corps au réalisme idéalisé se frottant les uns contre les autres comme des dieux et des déesses au son des flûtes et des lyres…

Qui se changèrent à leur tour en tableau Renaissance — riches coloris en clairs-obscurs au modelé dansant, accents de violes et de hautbois, faunes et nymphes bien en chair aux joues roses et aux fesses frémissantes… en version de l'école flamande sur une savante fugue de Bach… version romantique, tout en corps tourbillonnants et pathos beethovénien… pour se résoudre calmement dans le perpétuel coucher de soleil et l'érotisme chatoyant des demoiselles Arts déco et des pâtres évanescents de Maxfield Parrish sur des accords de guitares espagnoles… en scène d'orgie dans un aérien style japonais… impressionnisme éthéré… solides Polynésiens à peau sombre de Gauguin…

Suivis d'une version République de Weimar parfaitement glauque, tout en bas résilles, dessous coquins, cuir et talons hauts sur un air de jazz sombre et rocailleux, se transformant elle-même en love-in de Haight Ashbury au son des guitares et synthétiseurs de l'acid-rock, filles aux longues boucles souples parsemées de fleurs, garçons aux cheveux longs en chemises indiennes et gilets de velours, couleurs, chairs et longues chevelures ondulantes se mêlant en motifs abstraits dans un tourbillon de pur érotisme... lumière, sons et mouvements entrelacés se fragmentant en éclats cristallins sur la modulation en *mi* majeur du *Boléro* de Ravel...

Pour laisser un podium central circulaire éclairé par un projecteur rose où une rousse incendiaire et un Noir athlétique baisaient au son d'un vieil air de caf' conc' sur un canapé de velours rouge, elle dessus et envoyant des baisers aux clients, personnes raffinées qui semblaient reprendre leur conversation où elles l'avaient laissée, comme si de rien n'était.

« *Vive la France...*, fit Jerry Reed dans un souffle.

— Bienvenue en Europe », répondit André Deutcher.

Sur le chemin du retour, Jerry Reed somnola, à demi perdu dans un kaléidoscope de rêves parisiens. Le temps d'arriver, minuit était largement passé et il eut tout juste la force de gagner sa chambre, d'ôter ses vêtements et de se glisser dans le lit avant de sombrer dans un sommeil de plomb durant neuf heures bien sonnées.

Le lendemain matin, il se réveilla frais et dispos. Il réussit sans trop de peine à se faire monter un petit déjeuner — la standardiste parlait un anglais correct, bien qu'elle n'eût pas l'air de comprendre ce qu'étaient des œufs aux saucisses, de sorte qu'il dut se rabattre sur une omelette jambon-fromage — et, le temps de prendre une douche, se raser et enfiler l'épais peignoir en tissu éponge, celui-ci était arrivé. Il terminait tout juste un croissant à la confiture de framboises avec sa seconde tasse de café quand le téléphone sonna.

C'était André Deutcher qui appelait du hall. Il devait reprendre son travail à l'ESA, aussi avait-il amené « le guide de Jerry pour les prochains jours », afin de faire les présentations ; ils montaient de suite.

Jerry hésita. Devait-il essayer de s'habiller avant leur arrivée ? Il n'en avait probablement pas le temps. Il ne s'était pas trompé, mais il regretta de n'avoir pas essayé malgré tout, car on frappa à la porte moins de trois minutes plus tard et, quand il ouvrit, il découvrit à côté d'André une femme qui fit mettre instantanément son sexe au garde-à-vous, situation plutôt embarrassante lorsque l'on n'est vêtu que d'une sortie de bain.

« Bonjour, Jerry », dit André tandis que celui-ci refermait la porte derrière eux en se contorsionnant pour dissimuler au mieux son érection. « Voici Nicole Lafarge. Elle sera votre mentor pour les deux ou trois jours à venir. »

Nicole Lafarge était certainement une des femmes les plus époustouflantes que Jerry eût jamais rencontrées.

Elle avait à peu près sa taille et un port d'athlète, de longues jambes fuselées moulées dans des bottes en peau de léopard qui lui laissaient les cuisses nues, une jupe noire suggestive, plus longue du côté droit que du gauche, évasée vers le bas mais comme peinte sur ses fesses fermes et ondulantes, une sorte de T-shirt en soie diaphane qui laissait entrevoir de petits seins aguicheurs et palpitants aux pointes franchement visibles sous une courte veste en léopard déboutonnée. De longs cheveux noirs ondulés lui tombaient sur les épaules en un négligé artistique. De fins sourcils et de longs cils encadraient de pétillants yeux verts, elle avait une petite bouche aux lèvres pleines, à la moue subtile, et il émanait d'elle un parfum de sensualité qui s'adressait directement au subconscient de Jerry.

« Mon... euh... mentor ? » bafouilla-t-il en se laissant tomber sur la chaise la plus proche pour cacher ce qui menaçait carrément de transpercer son peignoir.

« Je vais vous organiser une visite de nos installations, dit André, mais cela prendra deux ou trois jours. En outre, il est préférable que vous ayez un peu de temps pour profiter de Paris avant de passer aux choses sérieuses et, bien sûr, ce sera plus agréable avec Nicole qu'avec moi, n'est-ce pas ? »

Jerry restait assis à cligner des yeux. Nicole Lafarge lui adressa un petit sourire qui laissa entrevoir un bout de langue rose. « Ravie de vous connaître, Jerry », dit-elle d'une voix un peu rauque dans un anglais impeccable légèrement syncopé. Elle se posa délicatement au bord de la chaise qui lui faisait face et se pencha juste assez pour que sa veste s'ouvre largement sur ses seins.

« Bien. J'ai beaucoup de travail avant le déjeuner, alors je vous laisse entre les mains expertes de Nicole », dit

André avec un petit sourire espiègle, puis il partit, laissant Jerry, nu dans sa sortie de bain, seul avec cette incroyable créature.

« Euh... vous travaillez pour l'ESA, mademoiselle Lafarge... ?

— Occasionnellement...

— *Occasionnellement?* Quel genre de poste pouvez-vous occuper *occasionnellement* à l'ESA ? Êtes-vous consultante ? Travailleur indépendant ? »

Nicole Lafarge le dévisagea d'un air incrédule. « C'est de l'humour américain ? Ou vous êtes sérieux ?

— De l'humour ? J'ai dit quelque chose de drôle ? »

Apparemment oui, car elle éclata de rire. « Je ne travaille pas dans l'industrie aérospatiale, parvint-elle à dire. Je suis une prostituée, évidemment. »

La mâchoire de Jerry s'affaissa.

« Vous ne me croyez pas ? » dit Nicole Lafarge.

Ce disant, elle tomba à quatre pattes, franchit les quelques pas qui les séparaient, écarta les pans de son peignoir et, sans autre forme de procès, lui fit la pipe la plus fantastique de toute son existence.

Après, il se laissa aller au fond de son fauteuil, hébété, tandis que Nicole, assise à ses pieds, promenait son regard sur la luxueuse chambre d'hôtel, le lit de cuivre à baldaquin, les tableaux aux murs, les meubles d'époque, pour finir par revenir sur lui avec le plus innocent des sourires.

« J'ai été engagée pour votre plaisir, Jerry. Néanmoins je vous demanderai une faveur...

— Tout ce que vous voulez... », répondit rêveusement Jerry.

Nicole gloussa. « C'est la première fois que je mets les pieds au *Ritz,* alors vous devez me poser une question. Vous devez demander : “ Qu'est-ce qu'une gentille fille comme vous fait dans un endroit pareil ? ”

— Allons donc !

— S'il vous plaît, vous devez me le demander ! supplia-t-elle comme une petite fille mendiant un bonbon.

— Bon, d'accord. “ Qu'est-ce qu'une gentille fille comme vous fait dans un endroit pareil ? ” »

Nicole parcourut à nouveau la chambre du regard, puis

revint poser les yeux sur Jerry avec une expression de totale avidité. « Qu'est-ce que vous croyez ? dit-elle avec un haussement d'épaules typiquement français. *C'est pour le fric !* »

Et ils éclatèrent tous deux de rire.

« Faire l'amour pour de l'argent n'est pas un si mauvais boulot, Jerry, dit Nicole qui venait justement de le faire pour la deuxième fois cette nuit-là. Je suis jeune, je suis belle, bien élevée, je parle bien anglais, je me débrouille en allemand, je baragouine un peu de russe et je connais bien Paris, ce qui me place parmi les meilleures de la profession. Je n'accepte de travailler que pour des entreprises ayant pignon sur rue, je suis très bien payée, je peux choisir mes clients et tous mes frais sont pris en charge. »

Elle se pelotonna de façon amicale contre lui et se versa une autre coupe de champagne, en but une gorgée, lui adressa un petit sourire coquin. « Tu as apprécié ta journée, non ? »

Jerry soupira d'un air satisfait. « C'était merveilleux... »

Il n'exagérait pas. Nicole lui avait fait visiter tout Paris, en taxi, en bus, à pied et même en métro, passant de l'un à l'autre selon sa fantaisie et selon la commodité.

Ils avaient passé une petite heure au Louvre, s'étaient baladés au jardin des Tuileries avant de traverser la Seine pour aller au musée d'Orsay où ils avaient flâné encore une heure, étaient descendus dans le métro, avaient changé une fois pour ressortir dans une station située sous une gigantesque galerie marchande près du centre Pompidou, dont les couleurs criardes évoquaient le croisement d'une raffinerie de pétrole et d'une centrale nucléaire.

Ils n'avaient même pas pris la peine d'entrer. Ils s'étaient contentés de faire le tour de cette étonnante monstruosité par les petites rues grouillantes de monde bordées de bistrots plutôt minables, de restaurants et de boutiques de souvenirs, ne s'arrêtant que pour assister au numéro d'un cracheur de feu sur le parvis.

« Le Louvre, le musée d'Orsay, le centre Pompidou, maintenant tu as visité les plus célèbres musées de Paris, dit Nicole. Plus tard, si tu veux, tu me diras quelles sont les œuvres d'art qui t'intéressent, je t'emmènerai les voir, je connais bien les Flamands, les impressionnistes, les cubistes et les surréalistes, ainsi que l'art japonais et la peinture pop, mais je n'aime pas trop la Renaissance et la période romantique, je trouve ça un peu trop kitsch, pas toi ?

— Je ne saurais mieux dire... », avait répondu Jerry qui n'avait pratiquement aucune idée de ce dont elle parlait et encore moins d'intérêt pour la peinture.

« Voyons, tu es monté sur la tour Eiffel, tu as fait un tour en bateau-mouche, tu as vu Notre-Dame... très bien, nous irons déjeuner à Montmartre, c'est très touristique mais la vue est superbe, après quoi nous en aurons terminé avec le circuit classique, alors je te montrerai le vrai Paris... »

Un long trajet en taxi jusqu'au pied de la butte Montmartre, une zone touristique horriblement congestionnée aux ruelles étroites, noires de gens qui se pressaient entre les gargotes et les boutiques de souvenirs. Un funiculaire le long d'un jardin abrupt avec des escaliers qui n'en finissaient pas et l'arrivée au sommet devant le Sacré-Cœur, grosse église blanchâtre surmontée d'un dôme ressemblant plus à une mosquée qu'à un temple catholique, même à l'œil profane de Jerry. Et, comme promis, une vue magnifique de la terrasse qui surplombait la ville entière.

Ils flânèrent dans le dédale de vieilles rues et, à l'heure du déjeuner, prirent place au fond d'un petit restaurant marocain. Assis sur des coussins devant une table basse en cuivre, ils dégustèrent avec les doigts et des morceaux de pain plat un couscous proprement incroyable, Nicole ne cessant de caresser le sexe de Jerry de sa main libre. Il finit par être si excité qu'il craignit de ne pouvoir se retenir.

Mais c'était une vraie professionnelle et il n'en fut rien, même si au moment de payer l'addition, que Nicole régla avec un énorme matelas de billets fourni par l'ESA, la tête lui tournait de l'exquise torture.

« Pauvre garçon », dit Nicole avec un petit rire quand ils furent ressortis dans la rue, en passant lentement un ongle le long du renflement de son pantalon. « Il va falloir nous occuper de ça sans tarder... »

Elle le prit par la main pour l'entraîner dans une

impasse humide entre deux vieux murs patinés à la légère odeur de moisi et de matières en décomposition. Elle se colla contre lui, descendit sa fermeture Éclair, releva sa jupe, baissa sa culotte et le guida en elle.

Puis elle lui prit les fesses à pleines mains, le plaqua contre le mur d'un vigoureux coup de reins et le baisa avec une brusquerie contenue tout en lui agaçant l'oreille du bout de la langue. Cette inversion des rôles aussi délicieuse qu'inattendue le rendit complètement fou et l'amena rapidement à un violent orgasme qui le laissa pantelant, voluptueusement adossé à la pierre fraîche.

« À présent, reprenons notre visite guidée des curiosités du vieux Paris », dit-elle calmement.

Ils redescendirent par les petites rues abruptes de Montmartre pour se retrouver, sans crier gare, au milieu des néons de la place Pigalle. Il reconnut l'endroit où André l'avait emmené voir le spectacle holovisé moins de vingt-quatre heures (qui lui semblaient à présent la moitié d'une vie) plus tôt.

Ils prirent un taxi qui les ramena au bord de la Seine et passèrent le reste de l'après-midi à se promener au soleil le long des quais de pierre en regardant passer les péniches et en se demandant à quoi pouvait ressembler la vie à bord de l'une d'elle.

Ils burent quelques kirs à une terrasse de bistrot et prirent le métro jusqu'au Trocadéro, immense demi-cercle de béton face à la tour Eiffel, sur la rive droite, qui offrait une vue superbe sur la ville, puis retournèrent place de la Concorde et remontèrent les Champs-Élysées jusqu'à l'Arc de triomphe, avec une pause en chemin pour prendre un autre kir à la terrasse d'un café.

Ils regardèrent se coucher le soleil du haut de l'Arc de triomphe, puis ils allèrent dîner d'un canard au sang à *La Tour d'argent,* établissement plutôt touristique et guindé au bord de la Seine qui mit Jerry un peu mal à l'aise, mais que Nicole lui dit être, non sans une certaine délectation, le restaurant le plus cher de la ville.

Après dîner, Nicole l'emmena faire le tour des cafés les plus célèbres. Le temps de revenir au *Ritz,* il était une heure du matin largement passée et Jerry était lessivé, prêt à s'écrouler.

Du moins le pensait-il.

Mais une fois dans la chambre, Nicole sortit un petit flacon de poudre blanche qu'elle lui assura être de la cocaïne pure de la meilleure qualité. Jerry, qui avait été en butte à la brigade antidopage toute sa vie professionnelle, n'avait jamais seulement songé à tâter de la cocaïne et elle dut l'en persuader. Après tout, c'était Paris, il était en vacances, lui dit-elle tout en se livrant à un lent strip-tease. Après tout, les dernières traces seraient éliminées de son système bien avant son retour à Los Angeles, se dit-il, en s'apercevant à quel point son esprit était prêt et sa chair épuisée.

Effectivement, après une ligne, il fut capable de refaire l'amour. Et, après une autre, de le faire encore une fois.

Avait-il apprécié sa journée ?

« Ça a été le plus beau jour de ma vie, Nicole », lui dit-il en toute sincérité, et il lui passa un bras autour de la taille. « Et toi, tu l'as appréciée ?

— Bien sûr que je l'ai appréciée. C'est bien là l'intérêt d'être une prostituée, du moins à mon niveau professionnel où on peut choisir ses clients : on passe ses journées à prendre du bon temps en agréable compagnie tout en se faisant un tas de fric... »

Elle rit. « *Alors,* Jerry, si tu pouvais te faire 5 000 écus par jour en baisant des femmes raisonnablement séduisantes tout en prenant du bon temps sans regarder à la dépense, est-ce que tu ne préférerais pas être une pute ? »

On pourrait dire que j'en suis déjà une, se dit sombrement Jerry, une pute du Pentagone, seulement je n'arrive pas à y prendre plaisir.

« Tu es triste, Jerry ? demanda Nicole en lui passant une main sur la joue. J'ai dit quelque chose qui t'a fait de la peine ?

— Non, non, ce n'est rien, c'est le plus beau jour de ma vie. » Et, pour lui montrer que c'était vrai, il se pencha pour l'embrasser.

Nicole l'en empêcha en lui posant un doigt réprobateur sur les lèvres. « Non, non, *mon cher,* dit-elle avec douceur. On ne doit pas embrasser une prostituée. Je suis belle, d'accord, et je suis experte en amour, et aussi experte pour te distraire, alors tu ne dois pas m'embrasser, sinon tu oublies que je suis une professionnelle et tu te mets à tomber amoureux de moi. Et ce serait un désastre pour toi, car j'aime mon mode de vie, Jerry... »

Elle rit et empoigna amicalement son sexe ramolli pour dissiper le malaise. « Un désastre pour moi aussi. On me foutrait à la porte du syndicat des prostituées !

— À aucun prix je ne voudrais voir arriver une telle chose », dit Jerry, et il éprouva un plaisir particulier d'être capable d'en rire en toute sincérité.

« C'est mieux comme ça. » Nicole se pelotonna de nouveau contre lui. « Je ne suis pas une fille dont on tombe amoureux. Je suis faite pour donner du plaisir, en œuvre d'art que je suis. Mais un art de *représentation,* mon cher, que l'on apprécie comme une pièce, un ballet ou une symphonie, pas que l'on possède et collectionne comme un tableau ou une sculpture. Comprends-tu ?

— Je pense que oui, dit Jerry, sans mentir.

— Et ça ne te rend pas triste ? »

Jerry réfléchit à la chose. « Non. Pourquoi, cela devrait ?

— *Et voilà.* Tu vois, tu commences à connaître la vie. *Bienvenue à Paris !* »

Oh oui, mon vieux, se dit-il en sombrant dans le sommeil, je suis bien loin de Downey !

Le lendemain matin, ils dormirent tard, firent l'amour, petit déjeunèrent au champagne, puis marchèrent jusqu'à la Seine par le jardin des Tuileries et passèrent sur le quai d'Orsay où ils prirent place à bord d'un bizarre catamaran à pont plat avec une drôle de petite cabine en bois.

Ils s'installèrent au soleil à l'avant du bateau qui remonta la Seine, entra dans le bassin de la Bastille puis s'engagea dans un long tunnel à la voûte de pierre ponctuée à intervalles réguliers de larges ouvertures circulaires à travers lesquelles les rayons du soleil filtraient comme de puissants projecteurs, conférant à l'endroit une atmosphère mystérieuse.

Une fois ressorti du tunnel, il franchit une série de vieilles écluses et lorsqu'il accosta au parc de la Villette, Jerry avait fini par assimiler l'idée qu'il aurait été absurde de se laisser aller à tomber amoureux d'une fille comme Nicole. En revanche, ses sentiments ayant pris un tour plus général, il ne voyait aucune raison de ne pas tomber un peu amoureux de Paris, d'une ville à la fois intemporelle et énergiquement moderne, une ville joyeusement enracinée dans son passé tout en étant résolument tournée vers l'avenir.

Ce que symbolisait parfaitement le parc de la Villette, vaste rassemblement de musées — sciences, industrie, musique, cinéma — , d'attractions et de restaurants de luxe, entouré d'un quartier futuriste d'hôtels, de restaurants et d'élégants immeubles d'habitation tout droit sortis de Mars... une espèce de Disneyland du futur qui aurait eu l'accent français.

Ils déjeunèrent dans un restaurant chinois puis passèrent le reste de l'après-midi à visiter les expositions. C'était le domaine de Jerry et il s'y serait senti dans son élément si seulement tout n'avait pas été en français, ou si Nicole avait eu un bagage scientifique suffisant pour lui traduire les notes explicatives autrement que mot à mot. Il essayait pour sa part de lui rendre compréhensibles ces merveilles technologiques, ravi d'être enfin le guide, même s'il la soupçonnait de s'être arrangée, en bonne professionnelle, pour qu'il en soit ainsi.

D'un accord tacite, ils gardèrent pour la fin l'exposition de l'Agence spatiale européenne. Jerry sentait confusément que cela rapprocherait l'heure de la séparation pour le replonger dans des problèmes auxquels il n'avait pas accordé une pensée durant les deux derniers jours.

Mais finalement, encouragés par le cognac pris au bar du musée, ils entrèrent.

Il y avait un court historique des voyages dans l'espace illustré par des maquettes et des hologrammes. Il y avait un propulseur d'Ariane grandeur nature et une réplique de la navette Hermès que l'on pouvait visiter. Il y avait des satellites, des sondes spatiales, des combinaisons d'astronautes et un système de manœuvre pour sorties dans l'espace avec lequel on pouvait jouer. Bref, la salade habituelle.

Mais ensuite ils entrèrent dans la Géode, avec sa salle de projection à 360°, où passait un film promotionnel de l'ESA en vidéo Dynamax haute définition, et ça, ça n'avait rien à voir avec la salade habituelle. Jerry en eut le souffle coupé et, à la fin, il avait presque envie de pleurer.

Dès le début du film, le Dynamax HD l'immergea dans la réalité mieux qu'aucun hologramme en couleurs car, si l'image n'était pas tridimensionnelle, on ne la regardait pas, on se retrouvait pris dedans. On avait beau se tordre le cou comme à un match de tennis, elle emplissait tout le champ de vision et, de toutes les places, le son multiphonique créait une illusion parfaite.

Il se trouvait dans une aire d'embarquement d'un aéroport au trafic intense que Nicole lui dit être Roissy. Sur la piste passait lentement, décoré aux couleurs d'Air France, le Dédale, l'avion spatial européen dont le prototype devait bientôt entrer en fabrication.

Sa silhouette effilée évoquait le vieux Concorde ou le bombardier américain B-1, mais il avait deux fois leur taille. Comme le B-1, ses ailes, déployées pour le moment en vue du décollage, étaient à voilure variable. Il avait une énorme prise d'air sous le nez, en avant du cockpit, pour le moteur principal, deux plus petites pour les turboréacteurs auxiliaires à l'endroit où les ailes rejoignaient le fuselage et une tuyère étrangement évasée à l'arrière.

Tandis que jacassait une voix donnant des détails techniques que Nicole était bien en peine de traduire, le Dédale dépassa le terminal, s'engagea sur la piste d'envol, alluma ses turbofans et décolla avec une certaine lourdeur.

La scène changea brusquement. Jerry se trouvait maintenant à bord de quelque impossible hélicoptère, bien au-dessus d'un banc de nuages floconneux, tandis que le Dédale s'élevait vers lui, ses ailes se repliant à demi dans le fuselage alors que le moteur principal prenait le relais dans un rugissement assourdissant, crachant un long panache de flammes bleu clair, brûlant de l'hydrogène liquide et de l'oxygène atmosphérique comprimé par la vitesse de son passage dans la prise d'air principale, comme un statoréacteur conventionnel.

Le Dédale montait toujours plus haut, bien plus vite que n'importe quel boulet de canon, toujours suivi par l'hélicoptère magique, tandis que le ciel devenait violet, puis noir, et que plus bas la Terre commençait à s'incurver, que les ailes se repliaient entièrement dans le fuselage et qu'il brûlait son carburant avec l'appoint de l'oxygène liquide de ses réservoirs, comme une fusée.

Puis le réacteur fut coupé et l'avion spatial synchronisa son orbite avec celle d'une station spatiale d'aspect vaguement russe, disgracieux modules cosmograd globulaires grossièrement arrimés les uns aux autres et peints d'un vert pisseux. Quatre silhouettes en combinaison spatiale amenèrent une espèce de luge orbitale surdimensionnée en position sous le Dédale où elles la fixèrent avec d'assez ridicules brides magnétiques — inélégant assemblage hérissé de tuyères sorti tout droit d'un vieux film de science-fiction de série B qui aurait mis en pièces le Dédale s'il avait effectivement été mis à feu dans cette position.

Mais, dans le film, ce truc idiot fonctionnait, bien sûr, et l'avion spatial fonçait en orbite géostationnaire sur un irréaliste panache de flammes orangées.

La scène changea de nouveau. Jerry se trouvait parmi une foule de gens dans l'aire d'arrivée d'un autre aéroport étrangement prosaïque avec des passerelles, des kiosques à journaux, des magasins de souvenirs et, derrière lui, la porte des toilettes pour hommes.

Étrangement prosaïque parce que les gens nageaient au milieu des airs et que les passerelles, kiosques et boutiques étaient tous disposés à des angles impossibles contre les parois d'une salle d'attente circulaire sans haut ni bas, la salle d'attente ordinaire d'un *spatioport* en apesanteur.

S'il n'avait senti ses fesses plaquées contre son siège par la gravité, l'illusion aurait été totale tandis qu'il nageait vers un petit hublot circulaire pour regarder le Dédale monter vers lui depuis la Terre sur une queue de pâles flammes orangées.

La perspective changea de nouveau et Jerry se retrouva dans l'espace — il entendait même le sifflement de ses propulseurs autonomes — en train de contempler une très curieuse station orbitale composée de dômes, conduits et modules cosmograd branlants raccordés dans tous les sens à la façon d'une maquette de molécule organique complexe assemblée à partir d'un tas de déchets. Un grand appontement métallique faisait saillie sous une espèce de marquise évoquant la grande entrée de l'hôtel *Century Plaza* au-dessus de laquelle brillaient en lettres de néon bleu les mots : « Méridien de l'Espace. »

Le spectacle se terminait là et, quelques secondes plus tard, Jerry se retrouva dans la lumière dorée de la fin d'après-midi, clignant des yeux pour reprendre contact avec la réalité parisienne.

« Ça va bien, Jerry ? demanda Nicole en le regardant avec une certaine inquiétude. On dirait que tu es toujours là-haut dans l'espace...

— Oui, ça va, j'ai juste besoin de me réhabituer à la lumière du soleil. »

Mais, en vérité, il y avait quelque chose de changé. Tout au long du trajet en taxi vers le centre de Paris, Jerry demeura effectivement perdu dans l'espace, essayant de se rappeler tout ce qu'il avait lu à propos du projet Dédale. Le moteur Rolls Royce était à l'étude depuis des dizaines d'années et le bruit courait qu'il en avait même été construit un avant que le gouvernement Thatcher n'annule le projet. L'ESA était en train de construire un prototype du Dédale mais, en principe, il s'agissait de la combinaison du remplaçant de la navette Hermès et d'un avion suborbital hypersonique. Des vols commerciaux vers un hôtel en orbite géostationnaire ? On aurait cru un des rêves hallucinés de Rob Post.

D'un autre côté, si l'on possédait l'avion spatial, il était possible de le transférer en orbite synchrone à l'aide d'un genre de luge orbitale, mais certainement pas le truc idiot qu'il avait vu dans la salle de projection. Il aurait fallu que la poussée s'exerce le long de l'axe de l'appareil et que les gaz d'échappement jaillissent à bonne distance du fuselage, peut-être en disposant les propulseurs loin derrière grâce à un système d'entretoises, ou bien...

Le dîner se passa pratiquement dans le même état d'esprit, un merveilleux repas au restaurant *Jules Verne,* au deuxième étage de la tour Eiffel. Avec une partie de son cerveau, Jerry mangeait, buvait, admirait la vue, s'arrangeait pour faire la conversation à Nicole et réussissait même à bander pendant qu'elle le tripotait sous la table, mais son esprit était ailleurs.

L'idée était totalement dingue, irréalisable avant des dizaines d'années — des appareils commerciaux allant se mettre en orbite, des remorqueurs spatiaux pour les emmener en orbite synchrone, là-haut un hôtel, c'était là une cascade d'invraisemblances qui lui rappelaient les mauvais films de science-fiction des années 50 — mais si le concept était fou, c'était hélas le genre de folie divine qui avait entièrement déserté le Programme américain.

Et, au moins techniquement parlant, c'était parfaitement *faisable.* Le Dédale *était* en construction, il était *possible* de bidouiller une espèce d'hôtel à partir de modules cosmograd soviétiques et il était également *possible* de transporter le tout en orbite géostationnaire à l'aide de versions modifiées des luges orbitales militaires sur lesquelles il travaillait à Downey.

Avec un système logistique capable de faire vivre un hôtel en orbite géostationnaire, une vraie colonie lunaire était à portée de la main et même Mars pouvait devenir une promenade touristique de son vivant...

De retour au *Ritz,* un message d'André Deutcher l'attendait à la réception. Il passerait prendre Jerry le lendemain matin à onze heures pour l'emmener à un rendez-vous au siège parisien de l'ESA. Jerry montra le mot à Nicole dans l'ascenseur.

« Ce sera donc notre dernière nuit ensemble, Jerry.

— Pourquoi dis-tu ça, Nicole ? »

Elle évita son regard. L'ascenseur s'arrêta à l'étage. Ils sortirent et suivirent le couloir jusqu'à sa chambre.

« C'était prévu comme ça depuis le début ? » demanda Jerry en ouvrant la porte.

Elle hocha la tête. « Ton ami André Deutcher est un homme sage, dit-elle. Il vaut mieux que ce genre de choses prenne fin avant que la séparation ne devienne trop difficile. Il ne faut jamais tomber amoureux d'une prostituée, Jerry.

— Oui, je sais. Souviens-toi, je connais la vie. »

Elle rit et lui adressa un sourire chaleureux qui lui brisa pratiquement le cœur. « Je n'en suis pas si sûre, dit-elle d'un ton joyeux. Parfois je pense que tu viens d'ailleurs. Mars, peut-être, ou plutôt Vénus, la planète de l'amour... »

Jerry dut résister à la tentation de la prendre dans ses bras pour l'embrasser.

Mais il se contenta de commander une bouteille du meilleur champagne et une double portion de caviar. Quand la collation fut arrivée, ils restèrent assis un long moment à déguster du caviar en buvant du champagne, presque sans parler. Qu'y aurait-il eu à dire ?

À la fin, tout à la fin, après qu'ils eurent vidé la bouteille, Nicole se leva.

« Il vaudrait peut-être mieux que je m'en aille maintenant, non ? » dit-elle.

Jerry, assis sur sa chaise, la regarda sans savoir que dire. Finalement, il lui prit les mains, se leva, plongea son regard dans ses yeux verts et comprit qu'elle avait raison, qu'il ne restait vraiment plus rien à dire ou à faire, qu'en un sens tout s'était terminé là-bas, au parc de la Villette, dans la Géode, terminé, il en avait maintenant la certitude, de la façon dont Nicole, avec sa sagesse professionnelle, l'avait voulu, de la façon qui lui ferait le moins de mal.

« Un homme qui connaît la vie ne doit pas embrasser une prostituée, dit Nicole d'un ton hésitant.

— Mais une femme qui connaît la vie peut sûrement embrasser un ami pour lui faire ses adieux. »

Elle rit, se laissa prendre dans ses bras et l'embrassa gentiment. Puis, sans ajouter un mot, elle partit.

Jerry demeura sur place un long moment après son départ, essayant de comprendre ce qu'il éprouvait. Quelque chose lui disait que Nicole était sortie à jamais de sa vie, qu'un long moment lumineux était parvenu à son terme et, oui, il éprouvait une brûlante nostalgie des moments passés avec elle, mais il était également troublé de constater qu'il était heureux.

C'était peut-être cela, connaître la vie...

Était-ce là le cadeau d'adieu de Nicole Lafarge ?

Jerry ouvrit la fenêtre pour passer sur le balcon et contempla Paris comme lors de cette première matinée radieuse, à peine trois jours plus tôt.

C'était la nuit, à présent, et la ville palpitait de lumières et des serpentins rouges et ambrés de la circulation. La tour Eiffel brillait au loin comme un phare et, le long de la Seine ténébreuse, les projecteurs éblouissants d'un bateau-mouche jouaient sur la façade des immeubles.

La différence ne tenait pas uniquement à l'heure, car les yeux qui regardaient cette ville avaient eux aussi changé. Jerry savait maintenant ce qui se trouvait derrière cette vue de carte postale. Il avait vécu dans ces rues, senti leur rythme, et il avait maintenant un peu le sentiment de leur appartenir, il les sentait lui parler, bien qu'il ne comprît pas encore complètement ce qu'elles disaient.

Il leva les yeux vers le ciel dégagé, entièrement délavé par l'éclat de la ville. Seuls un mince croissant de lune, quelques étoiles de première et deuxième magnitude, Mars et Jupiter étaient visibles dans les cieux de la Ville Lumière.

Mais ensuite, son regard s'accoutumant, quelques points de lumière plus faibles apparurent, dont certains se déplaçaient lentement et implacablement dans l'obscurité. Cosmograds soviétiques. La station spatiale américaine. Et au-delà, invisibles en orbite géostationnaire, satellites espions ou de communication et le Pentagone savait quoi... Et, encore plus loin, le laboratoire lunaire soviétique, une base permanente sur une autre planète.

Il y avait là-haut un ballet de lumières qui lui parlait aussi : de rêves du passé et de rêves perdus... ou de rêves qui pouvaient revivre.

Il se rappela également ce que Rob Post lui avait souvent répété : « Tu as eu la chance de naître au bon moment, Jerry. Tu vas vivre l'âge d'or de l'exploration spatiale, fiston. Il ne tient qu'à toi d'être de ceux qui en feront une réalité. »

Depuis maintenant longtemps, tout avait semblé perdu, détruit par l'explosion de Challenger, l'IDS et l'Étoile d'Amérique. Mais les paroles de Rob prenaient à présent une signification nouvelle et, oui, un peu terrifiante, car d'un seul coup elles redevenaient vraies d'une façon que Rob n'avait probablement jamais imaginée.

Il y avait bien là-haut, tout compte fait, un âge d'or de l'exploration spatiale en train de naître, et Jerry était bien sûr que, demain, il lui serait donné la chance, sa dernière chance, d'être de ceux qui en feraient une réalité.

Il se rappela aussi autre chose que lui avait dit Rob, un jour où il se sentait découragé, les paroles d'un grand pilote automobile, Stirling Moss :

« Je crois que je pourrais apprendre à marcher sur l'eau, avait-il dit à un journaliste. Il me faudrait renoncer à tout le reste pour cela, mais je pourrais marcher sur l'eau. »

POUR UNE VÉRITABLE MAISON COMMUNE

Les ouvertures des Français et des Britanniques, si vagues et sujettes à rétractation soient-elles, méritent bien la sérieuse discussion actuellement en cours au Soviet suprême.

L'avantage économique que retirerait l'Union soviétique d'une adhésion à la Communauté européenne est évident et le rouble semble maintenant assez solide pour entrer dans le panier commun de l'écu sans entraîner une inflation ruineuse.

Il est vrai que l'ajustement des systèmes juridiques et des modes d'organisation économique, ainsi que certaines questions de défense, soulèvent de sérieux problèmes. Vrai aussi que l'on peut difficilement attendre de l'Union soviétique, la plus grande nation indépendante au monde abritant la plus forte population du continent européen, pour ne rien dire de sa puissance militaire, qu'elle sollicite son admission dans la structure actuelle comme une puissance de second ordre.

Mais, malgré la nature indécise de ces ballons d'essai, il est clair que la France et la Grande-Bretagne, pour ne pas parler des nombreux autres États membres qu'elles semblent représenter, ont un intérêt personnel aussi fort que nous-mêmes à ce que l'Union soviétique devienne membre de l'Europe et qu'elles pourraient très bien être disposées à négocier les modifications de statuts juridiques et constitutionnels de la Communauté européenne nécessaires pour permettre notre adhésion.

Car, dans l'état actuel des choses, ni la Grande-Bretagne ni la France, ni même les deux ensemble, ne peuvent jouer le rôle de contrepoids politique à la puissance économique allemande. Seule l'entrée de l'Union soviétique, avec sa population triple de celle de l'Allemagne, son P.N.B. presque aussi élevé, sa maîtrise de l'espace et le prestige de son Armée rouge, peut empêcher l'Europe d'évoluer inévitablement vers une sphère de prospérité dominée *de facto* par la Grande Allemagne.

Seule une Communauté européenne incluant l'Union soviétique peut demeurer longtemps une véritable maison commune assurant l'égalité de tous.

La Pravda

GAINES SE TOURNE VERS LE MARCHÉ INTÉRIEUR

Après l'accueil extrêmement favorable réservé à son produit par les consommateurs lors de l'étude-pilote menée en Haïti, la société Gaines vient d'annoncer qu'elle allait entreprendre la commercialisation de la Pitance universelle Gaines sur le territoire national. La distribution de cet aliment de base diététiquement équilibré, composé de farine de soja, d'huile de lin et d'un cocktail secret de vitamines, sels minéraux et saveurs artificielles, se fera, tout au moins au début, au niveau institutionnel. Des contrats ont déjà été signés avec les administrations pénitentiaires d'Arkansas et de Rhode Island.

La Pitance universelle fournira une nourriture équilibrée pour une fraction minime du coût d'approvisionnement conventionnel des prisons et Gaines espère prendre rapidement pied sur ce marché.

La vente directe au consommateur se limitera, au moins dans un premier temps, à certains pays latino-américains où l'on peut compter sur la situation de famine endémique pour surmonter les problèmes de goût et de texture qui n'affectent en rien la valeur nutritive.

En attendant, Gaines expérimente de nouvelles saveurs, enrobage de sucre ou sauce au piment artificiel, entre autres, et de nouveaux emballages pour préparer son entrée sur le marché intérieur.

U.S. News and World Report

4.

Pierre Glautier avait un appartement rue Saint-Jacques, une fortune de famille de provenance indéterminée, en rapport avec l'emballage de la viande, dont il préférait ne pas parler. Il était assez séduisant, avec ses longs cheveux noirs et ses traits aristocratiques, et c'était un bon amant ; en tant que journaliste, il avait ses entrées dans bon nombre de grandes soirées, et il avait passé un accord avec Sonia Ivanovna Gagarine.

Ils s'étaient rencontrés au cours d'une fête à Monaco, s'étaient retrouvés au lit environ deux heures plus tard, avaient partagé une chambre à Tignes pour un week-end de ski, s'étaient hébergés réciproquement à Bruxelles et à Paris, tout cela sans jamais tomber amoureux ou avoir de relation suivie, et maintenant ils étaient amis et compagnons de lit occasionnels.

Habiter chez Pierre, c'était un peu partager un appartement avec à la fois un amant et une bonne copine car, à sa façon, Pierre était les deux pour Sonia. Ils se rendaient ensemble à des soirées, repartaient avec quelqu'un d'autre s'ils en avaient envie et comparaient après coup leurs impressions érotiques.

Plusieurs de ses amies du Péril rouge avaient des arrangements similaires et mutuellement avantageux avec des gays compréhensifs de Paris, Londres ou Munich, mais Sonia trouvait le sien bien meilleur. Tout d'abord, Pierre était bon amant, toujours partant s'il ne se présentait personne d'autre d'intéressant, et d'autre part elle ne se faisait pas traîner dans des tas de clubs ou de soirées où les hommes ne s'intéressaient que les uns aux autres.

Sonia se rendit à l'appartement en taxi, se fit ouvrir par la concierge à qui Pierre avait laissé un jeu de clés et ne le vit pas avant son retour, l'œil quelque peu vitreux mais non sans une bouteille de champagne frappé, vers onze heures le lendemain matin.

« Tu t'es bien amusé, la nuit dernière ? » demanda Sonia après un rapide baiser dans l'entrée.

Pierre haussa les épaules, fit un signe de la main plutôt négatif et passa dans la cuisine. « Une petite Hongroise assez mignonne », dit-il d'un ton désinvolte tout en ouvrant le muselet de la bouteille. Il sourit à Sonia en faisant sauter le bouchon et versa le champagne dans des flûtes. « Ça, en tout cas, c'est du brut, ma petite. »

Ils trinquèrent, firent le tour du bar et passèrent dans un salon bizarrement aménagé. Il n'y avait pas de vrais meubles ni de plancher au sens conventionnel du terme : une dénivellation garnie de coussins, une estrade surélevée pleine de matériel électronique, des tables en forme de champignon, des tapis sur le sol, de petites bibliothèques, des coffres, des lampes, tout avait l'air de procéder l'un de l'autre en courbes organiques et moelleuses moquettes. Une grande baie vitrée donnait sur une cour intérieure et deux des murs étaient recouverts de miroirs, conférant à l'endroit une étrange sensation d'infini. C'était le lieu idéal pour des soirées, des orgies, même, et il avait vu pas mal des deux, du moins si l'on en croyait Pierre.

« Alors, quels sont tes projets pour les vacances ? demanda Pierre en se laissant tomber dans la fosse capitonnée.

— Je suis là, non ? répondit Sonia en s'asseyant à côté de lui, mais pas trop près.

— Tu as l'intention de passer deux semaines à Paris avec moi ? » demanda Pierre d'un air sceptique, ou peut-être nerveux, car en vérité ils n'avaient jamais passé ensemble plus de quatre jours d'affilée.

« Tu n'es pas flatté ? fit Sonia en ouvrant de grands yeux innocents.

— Euh, oui, bien sûr, je suis *flatté*, bafouilla Pierre, mal à l'aise. Mais ce n'est pas exactement ce que j'avais prévu, chérie, c'est-à-dire que, comme tu n'as pas eu deux semaines complètes de liberté depuis un an et que tu n'en auras pas avant une autre année, j'avais supposé que tu aimerais voyager, avoir des aventures, voir de nouvelles têtes ; ce n'est pas que ça ne me fasse pas plaisir, tu comprends, mais je m'étais dit... enfin, je ne suis pas le genre de type, vois-tu...

— Oh ! Pierre, tu es si transparent ! dit Sonia en éclatant de rire. Qui est-ce ? Quand arrive-t-elle ?

— Dans cinq jours, lâcha Pierre avec un sourire de soulagement.

— Et qu'a-t-elle de plus que moi ? » demanda jovialement Sonia.

Pierre but une gorgée de champagne. « Tu ne vas pas me croire.

— Venant de toi, je croirais n'importe quoi. »

Pierre se pencha en avant, se passa la langue sur les lèvres et sourit d'un air rêveur. « C'est une porno-star londonienne !

— Une *porno-star ?*

— Enfin, peut-être pas encore tout à fait une *star*, je l'ai rencontrée le mois dernier quand je suis allé préparer cet article sur l'industrie du vidéodisque de cul underground en Angleterre. Certaines de ses scènes étaient proprement incroyables, ce qu'elle peut faire avec sa bouche et quelques accessoires rudimentaires, oh ! la la, et...

— Et tu l'as persuadée qu'avec tes relations tu pourrais la lancer à Paris dans de vrais films. »

Pierre rit. « Tu as raison, ma petite, pour *toi*, je *suis* transparent, mais pour *elle*, eh bien...

— Il est manifestement nécessaire qu'elle vienne à Paris faire une démonstration privée de ses talents de façon que tu écrives éventuellement un papier sur elle dans *Actuel*...

— En fait, je lui ai parlé de *Paris-Match* ou peut-être du *Spiegel*. » Il haussa les épaules. « Ce n'est pas comme si je ne leur avais jamais rien vendu...

— Tu es vraiment une ordure, Pierre Glautier ! s'esclaffa Sonia en trinquant avec lui.

— Alors, tu n'es pas fâchée ?

— Ne sois pas idiot. Je ne faisais que me moquer de toi. Tu avais raison, bien sûr, je n'ai pas envie de passer mes deux semaines avec toi à Paris. Quelques jours, quelques soirées...

— J'en ai trois au cours des quatre prochains jours...

— ... et je file Dieu sait où avec qui j'aurai rencontré.

— Je retrouve ma Sonia ! dit joyeusement Pierre, manifestement soulagé. Je te promets de faire de mon mieux pour t'aider à trouver quelqu'un d'intéressant, un Anglais, peut-être...

— Trop fétichistes !
— Un Italien ?
— Des phallocrates impénitents !
— Un riche Allemand ?
— *S'il te plaît !*
— Ah oui, je vous connais, les Russes, vous collectionnez les nationalités ! Tu en préférerais un d'un pays que tu n'as jamais eu… Un Roumain, peut-être ?
— J'en ai eu un à Vienne, on aurait cru un croisement entre un Autrichien et un Italien.
— Un Israélien ?
— A Nice.
— Un Hollandais ?
— Je suis allée trois fois à Amsterdam.
— Irlandais ?
— Madrid.
— Un Espagnol ?
— Sur place à Bruxelles.
— Japonais ?
— Une fois à Rome, merci bien, je ne recommencerai plus jamais !
— Tu ne me facilites pas la tâche, se plaignit Pierre. De quelles nationalités as-tu besoin pour compléter ta collection ?
— Albanais, Cubain, Afrikaner, Chinois…, dit Sonia avec un large sourire en comptant sur ses doigts.
— Sois raisonnable !
— Maltais, Néo-Zélandais, Andorran…
— *Andorran !*
— Selon mes dernières informations, il y a cent quatre-vingts États membres des Nations-Unies, et cela ne comprend pas les républiques et régions autonomes d'Union soviétique ni les États constitutifs de la Fédération indienne. Je n'ai encore essayé que vingt et une nationalités, ce qui m'en laisse cent cinquante-neuf au minimum, alors les chances sont certainement de mon côté dans une ville aussi cosmopolite que Paris, avec en plus Pierre Glautier pour guide spirituel, n'est-ce pas ? »

Pierre rit. « Je ferai de mon mieux, dit-il en se glissant près d'elle. En attendant, que dirais-tu d'un Français pour te dépanner ?

— Un Français ? s'écria Sonia en s'étranglant de rire. Mais ils pensent tous être un don du ciel pour les femmes !

— Mais bien sûr que nous le sommes, rétorqua Pierre en se jetant sur elle. D'un autre côté, je serais le dernier à nier que l'inverse est également vrai ! »

Pour un cadet de l'espace américain qui avait visité le siège de la NASA à Houston, le siège parisien de l'Agence spatiale européenne était plutôt atterrant. Coincé dans une petite rue adjacente à l'avenue de Suffren, près de l'École militaire et de la courbe grandiose du siège de l'Unesco, c'était un bâtiment moderne blanc sale de quelques étages, strictement administratif, entouré d'immeubles d'habitation plus grands, plus anciens et d'aspect plus cossu. N'eussent été les drapeaux des différents pays décorant la façade au-dessus de l'entrée, il aurait aisément pu passer pour un collège de taille moyenne de la vallée de San Fernando.

Bien sûr, un collège de la vallée aurait eu son propre parking ; ici, au contraire, André Deutcher fut obligé de se garer dans la rue.

Une fois à l'intérieur, ils prirent un ascenseur jusqu'au troisième étage. Là, André le fit entrer dans une salle de conférences sans fenêtres où trois hommes étaient assis autour d'une table noire en acier. Un grand écran vidéo occupait tout un mur, les autres étant décorés d'agrandissements de photos en couleurs de la navette Hermès, de la Terre vue d'orbite et d'un lanceur Super-Ariane en train de quitter son pas de tir à Kourou.

Les trois hommes se levèrent à leur entrée et serrèrent tour à tour la main de Jerry tandis qu'André faisait les présentations. Nicola Brandusi était un grand Italien brun vêtu d'un élégant costume marron clair. Ian Bannister était un Anglais aux cheveux en bataille, légèrement ventripotent. Dominique Fabre était français, comme André, mais son teint plus sombre dénotait sans doute une ascendance arabe.

Fabre lui fut présenté comme le responsable d'un certain « projet Icare », Bannister était son adjoint et Brancusi appartenait au service du personnel. Tous parlaient un assez bon anglais ; c'était d'ailleurs, apprit Jerry, la langue de travail de l'ESA.

« Comment trouvez-vous Paris, monsieur Reed ? demanda Fabre quand ils furent assis. André m'a dit que c'était votre première visite. J'espère qu'il vous a fait prendre du bon temps. »

Jerry lui sourit : « *Pas de problème* », répondit-il, essayant une des quelques phrases de français que lui avait apprises Nicole Lafarge. Fabre lui rendit son sourire. André rit discrètement.

« Nous nous mettons au travail, messieurs ? demanda Bannister.

— Certainement, Ian, dit Fabre. Le Dédale vous est plus au moins familier, monsieur Reed ? »

Jerry acquiesça. « J'ai lu ce qui a été publié à son sujet et j'ai vu le film au parc de la Villette », dit-il, se demandant de qui venait *vraiment* l'idée de l'emmener là-bas la veille.

« C'est le prochain pas de géant dans l'espace, Jerry, si vous me permettez de vous appeler Jerry, dit Bannister. Pas aussi prestigieux que l'expédition soviétique sur Mars, peut-être, mais bien plus important à long terme. Actuellement, la seule façon d'arracher les gens à l'attraction terrestre consiste toujours à les placer au sommet d'énormes et primitives fusées, ce qui, avec ou sans véhicule de rentrée réutilisable, nécessite toujours d'immenses et coûteuses bases de lancement qui n'existent qu'en nombre pathétiquement réduit. Avec le Dédale, nous pourrons passer directement en orbite à partir de n'importe quel grand aéroport du monde...

— Les vols spatiaux commerciaux deviendront enfin une réalité, du moins pour ceux qui pourront se le permettre, enchaîna Fabre. Le problème, bien entendu, c'est qu'il n'y a nulle part où aller d'un point de vue purement économique...

— Nous avons le dessin de ce fichu moteur depuis des dizaines d'années et la structure portante n'est qu'une question pratique, ajouta Bannister d'un ton assez exaspéré. Nous pourrions sortir un prototype en moins de deux ans.

— Mais nous n'arrivons pas à obtenir le financement nécessaire à sa production, Jerry, dit André Deutcher. Le Parlement européen a autorisé la mise en chantier de trois Dédale pour une question de prestige, mais dans une configuration de lanceurs de satellites, ce qui est un gaspillage complet ; et avec un tel chiffre de production, cela reviendra ridiculement cher.

— C'est absurde, reprit Bannister. Alors que nous pourrions les produire pour 30 % du coût unitaire sur une chaîne de montage comme les avions de ligne.

— Et pourquoi pas ? demanda Jerry. Il y a sûrement un marché pour un tel appareil !

— Vous le pensez aussi, n'est-ce pas ? Mais tout ce que voient les investisseurs, c'est le coût par kilomètre/passager. Ils nous rient au nez : voyez quel désastre a été le Concorde, disent-ils. Trois fois plus rapide qu'un 747, mais un échec commercial complet.

— Ils exigent que l'appareil puisse transporter 250 passagers, perdant ainsi sa capacité orbitale, dit André. Nous avons bien un compromis, une version long-courrier suborbital capable de transporter 175 passagers et d'emporter 75 personnes ou une bonne cargaison en orbite basse grâce à des réservoirs supplémentaires…

— Mais pour obtenir le financement d'une quantité minimale de la version de compromis, intervint Fabre, il nous faut fournir à la capacité orbitale une justification économique.

— Qui n'existe pas pour le moment, enchaîna Bannister. Nous sommes entre le marteau et l'enclume. Nous pouvons construire sur le budget de l'ESA trois petits Dédale à capacité orbitale, ou nous pouvons obtenir le financement d'une flotte de gros porteurs hypersoniques sans capacité orbitale…

— Ou bien trouver quelque chose pour justifier la version de compromis, conclut André.

— La station orbitale géostationnaire ! s'exclama Jerry, comprenant où ils voulaient en venir.

— Exactement, Jerry, répondit André. La direction des hôtels Méridien a déjà accepté de la financer à concurrence de 20 % en y implantant un de ses établissements, pourvu que nous lui assurions préalablement un système de transport pour y amener les clients. Plusieurs sociétés se sont déclarées prêtes à investir dans le projet afin de construire des maisons de retraite pour milliardaires, des hôpitaux en apesanteur et des maisons de repos. Ce serait une base idéale pour le lancement et l'entretien de satellites de communication.

— Et ce serait la base logistique indispensable pour une colonie lunaire viable, ajouta Bannister.

— Après quoi il est possible de l'agrandir en utilisant des matières premières de la Lune à la moitié du coût de leur mise en orbite à partir de la Terre...

— Ce qui rendrait possible l'assemblage de gros vaisseaux capables de ravitailler une colonie permanente sur Mars...

— Et de rapporter des astéroïdes de fer de la Ceinture.

— Ou même de la glace des satellites de Jupiter...

— Vous parlez de construire une vraie cité de l'espace ! s'exclama Jerry. Vous parlez d'ouvrir la porte de tout le système solaire ! »

Le regard que Ian Bannister riva sur lui était chargé d'une intensité que Jerry n'avait pas vue depuis des années, d'une passion qu'il croyait depuis longtemps disparue de la face de la Terre ; pendant un instant, il eut l'impression que les yeux de Rob Post le fixaient par-dessus une grande coupe de glace au chocolat nageant dans la crème de cacao et il fut parcouru d'un frisson tandis que Bannister répondait d'une voix froide et déterminée.

« Et comment, mon garçon !

— Bien sûr, tout cela nous prendra des dizaines d'années, intervint Fabre.

— Mais nous savons comment faire, Dominique, poursuivit Bannister. Aucune grande découverte n'est nécessaire. Il suffit de relever nos manches et de nous mettre au travail !

— Et de faire le montage financier, Ian, souligna André Deutcher. Ce qui nous amène au projet Icare, Jerry.

— La pièce manquante du puzzle, dit Fabre. Ian... ?

— Il nous faut un moyen de faire passer le Dédale d'orbite basse en orbite géostationnaire. Quelque chose comme votre foutue luge orbitale, mais en plus grand. Le Dédale décolle d'une piste d'aéroport, se met en orbite basse puis s'arrime à un module de propulsion qui l'emmène en orbite synchrone, vous en avez vu la présentation au parc de la Villette...

— *C'est ça,* le projet Icare ? »

Bannister hocha la tête. « Alors ? »

Pendant un long moment, tout le monde garda le silence. Jerry sentait tous les regards braqués sur lui. « Alors quoi ? demanda-t-il finalement.

— Alors, qu'est-ce que vous en pensez, mon garçon ? »

Jerry regarda tour à tour Bannister, André et Fabre, avant de revenir à Bannister, ne sachant que dire.

La vision qu'ils venaient de lui ouvrir était immensément vaste et exaltante, c'était la renaissance du rêve depuis longtemps enfui qui avait enflammé son esprit d'enfant. Il sentait une énergie dans la pièce, une passion et un espoir partagés qui lui donnaient l'impression d'être un petit garçon le nez collé à la vitrine de la confiserie ; il brûlait d'apporter à cet enthousiasme une réponse positive qui le ferait admettre dans ce cercle enchanté.

Mais la vérité était tout autre et, avec un petit soupir nerveux, Jerry Reed finit par opter pour elle.

« C'est de la merde pour les oiseaux », dit-il.

Un silence de mort s'abattit. Les regards le fixaient sans ciller. Jerry plongea droit dans les yeux de l'Anglais. Bannister ne lui donna pas le moindre signe. Il semblait qu'il n'y avait rien d'autre à faire que de continuer.

« Des brides magnétiques assez puissantes pour supporter l'accélération foutraient une merde royale dans vos systèmes électroniques. De la façon dont vous avez arrimé la luge, les gaz de combustion grilleraient le véhicule. Si la poussée ne s'exerce pas directement le long du grand axe du Dédale, vos chances de le contrôler sont nulles. »

Il haussa les épaules. « Navré, Ian, mais c'est la vérité. Personne n'a jamais essayé de construire une luge orbitale pour déplacer une aussi grosse charge, mais c'est bien de ça qu'il s'agit. Je travaille là-dessus depuis des années et je sais de quoi je parle. Comment dire ? L'idée de départ est mal foutue. »

Jerry se prépara à l'explosion inévitable.

Mais elle ne vint pas.

« Nous le savons, mon garçon, dit doucement Bannister. Et nous savons aussi, comme vous venez de le prouver, que l'équipe de la luge orbitale, chez Rockwell, a des années d'avance sur nous. Nous savons que vous avez ce qu'il nous faut pour transformer cette foutue épée en un merveilleux soc de charrue. »

Les vacances tous frais payés, le *Ritz,* Nicole, l'argent dépensé sans compter par l'ESA, tout s'éclairait soudain pour

Jerry. Ils n'étaient pas simplement en train de recruter un jeune et brillant ingénieur ; la malchance qui l'avait fait échouer dans ce fichu projet de luge orbitale avait, par un retournement de situation, fait de lui quelqu'un de spécial ayant accès à la clef technologique qui permettait de faire fonctionner ce plan magnifique. Quelle délicieuse ironie que le travail qu'il détestait fût la chose même qui avait fait tomber dans son giron cette douce friandise !

L'Italien, Nicola Brandusi, n'avait pas dit un mot durant toute cette discussion technique, assis sur sa chaise comme s'ils parlaient tous grec ou pire ; c'est alors qu'il se pencha en avant, sourit à Jerry et devint d'un seul coup le centre d'attention.

« Nous sommes prêts à vous faire une offre, monsieur Reed. 10 000 écus par mois révisables annuellement et tous les avantages sociaux. 50 000 écus de prime de déménagement pourvu que vous signiez un contrat de trois ans et, bien sûr, toutes les ressources de l'ESA pour vous aider à trouver un logement convenable à Paris.

— Afin de travailler dans mon équipe, Jerry, dit Bannister. Qu'en dites-vous, mon garçon ?

— C'est tentant, bien sûr », bafouilla Jerry, car ce l'était effectivement. Si ce n'était pas tout à fait inattendu (André Deutcher lui avait clairement laissé entendre depuis le début que les largesses de l'ESA n'avaient pas d'autre but), les conditions financières étaient beaucoup plus intéressantes qu'il ne l'avait imaginé. Il fallait dire que la technologie de la luge orbital représentant *sa* partie du contrat rendait le marché deux fois plus rentable pour eux.

Pourtant, maintenant que la proposition était sur la table, il se trouvait comme en état de choc.

« Prenez votre temps, monsieur Reed, dit Brandusi. Nous comprenons que ce n'est pas une décision que l'on peut prendre à la légère.

— C'est ça, prenez votre temps et profitez de votre séjour, ajouta Bannister, jovial. Il sera toujours temps pour moi de vous secouer les puces plus tard !

— Nous pourrons en discuter pendant le déjeuner, Jerry, suggéra André Deutcher. Il y a un bon petit restaurant marocain non loin d'...

— Si cela ne vous ennuie pas, je crois que je préférerais rentrer à l'hôtel, murmura Jerry. Je n'ai pas très faim et j'ai besoin de réfléchir... »

En fait, il était déjà perdu dans ses propres pensées alors que la réunion prenait fin au milieu des sourires et des poignées de main.

Ce que les Européens avaient en tête était effectivement grandiose, et s'ils réussissaient, ce serait dans une bonne mesure grâce au remorqueur qu'ils lui demandaient de les aider à concevoir ; ses pensées couraient déjà au-devant de la prochaine étape, une chose à laquelle ils n'avaient apparemment pas encore songé : si l'on rapprochait la technologie du remorqueur et les réservoirs de la navette américaine actuellement perdus à chaque lancement, pourquoi ne pas assembler des croiseurs spatiaux capables d'emmener des touristes jusque sur la Lune, ou peut-être même sur Mars, et s'il était pour quelque chose dans leur construction, il pourrait certainement se faire attribuer une couchette à bord et...

Toute sa vie il avait attendu une telle occasion, attendu une chance d'être, comme disait Rob Post, un de ceux qui inaugureraient l'âge d'or de l'exploration spatiale, un de ceux qui poseraient le pied sur la Lune, sur Mars, plus loin, même, et toute sa vie il avait su que lorsque se présenterait cette occasion, il la saisirait sans une seconde d'hésitation.

Mais qu'il faille tout quitter pour cela...

Qu'il songe seulement à faire une telle chose...

Qu'il songe seulement à ne *pas* sauter sur l'occasion...

Il pouvait marcher sur l'eau.

Il devrait renoncer à tout pour cela.

Mais il *pouvait* marcher sur l'eau.

Sonia Gagarine commençait à se demander combien de temps elle allait devoir attendre que la chance tourne. C'était la deuxième soirée où l'avait emmenée Pierre Glautier et, à première vue, ce serait la deuxième dont elle repartirait avec lui. Non que cela la contrariât, mais sa porno-star devait arriver de Londres dans deux jours, et si Sonia ne s'était pas branchée d'ici là avec quelqu'un d'intéressant, il lui faudrait faire des projets pour le reste de ses vacances toute seule.

Pierre l'emmenait sur tous les reportages qu'il arrivait à

décrocher — des concerts de rock et des sujets scabreux comme l'industrie anglaise de la vidéo porno sur commande, jusqu'aux comptes rendus pour la presse populaire de sujets aussi sérieux que l'élection d'un nouveau pape ou le programme spatial européen. L'un des charmes des sorties avec Pierre était bien que l'on ne pouvait jamais prédire dans quelle sorte de milieu on allait se retrouver.

Mais cela pouvait aussi être assez exaspérant. La veille, ils étaient allés à la soirée de lancement d'un magazine intitulé *La Cuisine humaine* consacré à la gastronomie internationale ; il y avait là un buffet incroyable, composé des plats les plus divers et délicieux dont se soit jamais empiffrée Sonia.

Malheureusement, la plupart des hommes présents avaient la quarantaine bien sonnée, étaient majoritairement en puissance d'épouse, et non seulement semblaient obsédés par la nourriture et les boissons gratuites dont ils se gavaient voracement, mais exhibaient en outre les conséquences de leur passion fondamentale autour de la taille et des fesses.

Pierre lui avait promis que la réception de ce soir serait bien plus intéressante, mais il ne lui avait pas bien expliqué qu'il la traînait à une soirée donnée par une agence de mannequins dans le but d'exhiber ses créatures de rêve aux participants à un congrès international de publicitaires.

Pierre était censé couvrir l'événement pour *Paris la nuit,* du moins était-ce ce qu'il prétendait à tous les mannequins qu'il avait essayé d' « interviewer » durant les trois dernières heures, tandis que Sonia tentait d'échapper aux avances de publicitaires ivres qui présumaient que toutes les femmes présentes étaient prêtes à coucher avec n'importe quel affreux dans leur genre dans l'espoir ridicule de décrocher un contrat lucratif. Une seule chose l'empêchait d'être complètement furieuse contre Pierre, celle-là même qui sauvait la soirée d'un ennui mortel : son amusement à regarder les mannequins lui infliger le châtiment qu'il méritait tant.

Pierre se glissait auprès d'une fille superbe, engageait la conversation. Elle lui décochait un sourire éblouissant au charme tout professionnel, pensant qu'il s'agissait d'un publicitaire ou d'un directeur artistique susceptible de l'engager, puis elle l'éteignait comme une torche électrique et rabrouait le pauvre Pierre quand elle se rendait compte que ce n'était qu'un simple journaliste essayant de la draguer.

« Pauvre Pierre », roucoula Sonia d'un ton sarcastique en arrivant dans son dos après que la dernière l'eut envoyé balader. « On peut regarder, mais pas toucher... »

Pierre lui fit face, l'air excédé, mais il retrouva presque immédiatement son savoir-vivre et adressa à Sonia son plus beau sourire insouciant.

« Allons, chérie, tu te rends bien compte que je n'essayais pas vraiment. Dès notre arrivée, j'ai compris que tu ne trouverais aucun homme intéressant, alors je n'allais pas avoir la goujaterie d'attirer une de ces créatures dans mon antre, même si je n'avais que l'embarras du choix...

— Comme c'est prévenant de ta part », dit Sonia d'un ton sec, mais elle ne put s'empêcher de rire.

« Bien sûr. » Pierre arbora un sourire idiot. « Je suis heureux de te voir apprécier mes efforts surhumains.

— Oh, certainement, répondit Sonia en lui prenant la main et en lui donnant un rapide baiser sur les lèvres. Et je serai heureuse de t'en apporter la preuve une fois rentrés, si tu es prêt à partir.

— C'est la proposition la plus agréable qu'on m'ait faite de la soirée.

— C'est la *seule* proposition qu'on t'ait faite de la soirée. »

Ils éclatèrent tous deux de rire.

« Eh bien, pas de problème, demain sera un autre jour. Et demain soir une autre fête.

— J'espère qu'elle sera plus folichonne que les deux précédentes. Je n'ai pas oublié que miss Langue-de-velours arrive après-demain.

— Miss Langue... ? » Pierre se frappa le front du plat de la main. « *Merde !* Tu ne vas pas me croire, mais j'avais oublié !

— Tu as raison, je ne te crois pas, murmura Sonia.

— Ne t'en fais pas, chérie, ne t'en fais pas, la rassura Pierre. La soirée de demain sera vraiment internationale. Anglais, Italiens, Hollandais, Allemands, Belges, qui sait, peut-être un Albanais, un Maltais, un Néo-Zélandais ou même le légendaire Andorran pour ajouter à ta collection ! »

Jerry Reed était perdu, pas complètement perdu, peut-être, mais suffisamment perdu, aussi perdu qu'il en avait eu l'intention.

Tant qu'il pouvait retrouver le nord, ce qui était assez facile d'après l'heure et la position du soleil, il pouvait retrouver la Seine, d'où il n'aurait pas de mal à repérer le Louvre et le jardin des Tuileries derrière lesquels se trouvaient la place Vendôme et le *Ritz*. En fait, il n'avait qu'à héler un taxi et dire au chauffeur « *Hôtel Ritz* » pour se faire déposer sans effort devant l'hôtel.

Mais cela aurait été de la triche. Ç'aurait été violer le but même de cette excursion dans le dédale de petites rues entre le fleuve et le boulevard Saint-Germain.

André Deutcher l'avait ramené à son hôtel après la réunion de l'avant-veille et l'avait laissé seul jusqu'à l'heure du dîner pour réfléchir à la proposition de l'ESA.

Vers huit heures, André était arrivé avec Ian Bannister et ils étaient tous trois allés manger dans ce que Bannister avait déclaré être un authentique ersatz de restaurant anglais ; soupe de poireaux et pommes de terre, rôti de bœuf et Yorkshire pudding, stilton, tarte aux pommes, porto servi avec des noix grillées et d'énormes havanes, cuivres et boiseries sombres, vieux serveurs fantasques en smoking mal coupé, le tout rappelant un restaurant de La Cienga, à Los Angeles.

Tout au long du dîner, Bannister avait assuré à Jerry que vivre à Paris n'était pas vraiment un problème pour un anglophone ; lui-même ne parlait guère le français. L'anglais était la principale langue de travail de l'ESA, la plupart des « mangeurs de grenouilles comme notre ami André » avaient eu le bon sens d'apprendre à le parler, et si l'on avait la nostalgie d'entendre parler correctement sa langue maternelle dans la rue, eh bien, Victoria Station n'était qu'à trois heures de la gare du Nord par l'Eurotunnel !

Le lendemain, André l'avait emmené déjeuner près des Champs-Élysées avec Nicola Brandusi, dans un restaurant japonais fort acceptable, même s'il ne soutenait pas la comparaison avec ceux de L.A., puis Brandusi lui avait fait visiter une série d'appartements qu'il avait déjà repérés pour lui.

Le soir, André l'avait à nouveau emmené dîner, cette fois dans un restaurant chinois de Belleville. Il avait laissé entendre à Jerry qu'il n'avait qu'à dire un mot s'il désirait les services d'une autre call-girl, mais, assez étrangement, cela lui aurait semblé trahir une certaine complicité avec Nicole, aussi bien qu'une subtile insulte à sa virilité, de sorte qu'il avait bu quelques verres après le dîner dans un café de la place de la Bastille avant de rentrer se coucher.

Et aujourd'hui, quand André l'avait appelé après le petit déjeuner pour discuter de l'endroit où ils iraient déjeuner et chanter les louanges d'une certaine Marie-Christine qui dînerait avec lui avant de l'accompagner à une réception de l'ESA, Jerry lui avait coupé la parole et repris son indépendance pour la première fois depuis que le 747 l'avait déposé à Roissy.

« Merci beaucoup, André, mais sans façons. Je veux sortir voir si je peux me débrouiller tout seul pour le déjeuner, aujourd'hui. Vous pouvez passer me prendre à l'hôtel pour le dîner, mais plus de putes, d'accord ? Si nous devons sortir ce soir, je veux voir comment je m'en sors tout seul, pour changer, si vous voyez ce que je veux dire...

— Bien sûr, avait répondu suavement André au téléphone. Pas de problème, je vous comprends... » Puis, d'un ton plus sincère : « Oui, c'est une très bonne idée, Jerry. »

Jerry s'était donc habillé et avait traversé la place Vendôme et les Tuileries pour aller à Saint-Germain.

Il avait déjà visité le quartier avec André et Nicole, c'était bourré de touristes, il semblait y avoir des centaines de petits restaurants dont beaucoup affichaient des menus en russe, japonais, anglais et allemand en plus du français, si bien que Jerry s'était dit que ce serait l'endroit idéal pour sa première excursion en solitaire dans les mystères de Paris.

Il avait flâné sur les quais jusqu'à Notre-Dame, avait passé le nez quelques minutes à l'intérieur, juste pour la forme, avait fait le tour de l'édifice pour regarder les gargouilles, puis était passé sur la rive gauche. Arrivé sur le boulevard Saint-Michel, il s'était suffisamment ouvert l'appétit pour envisager l'aventure de commander son premier repas dans un vrai restaurant français.

Le boulevard Saint-Michel — une large artère bordée de magasins de vêtements, de fast-foods, de librairies, de marchands de disques et de boutiques de matériel scolaire à l'intention des hordes d'étudiants qui se pressaient dans la rue — le fit penser à une combinaison de Venice, Hollywood Boulevard et Westwood par un samedi après-midi ensoleillé.

Il y avait aussi un vaste établissement avec des petites tables directement sur le trottoir, au coin des boulevards Saint-Michel et Saint-Germain, qui lui sembla une brasserie typiquement française ; il prit donc son courage à deux mains et s'assit à une des rares tables libres, près de deux jeunes filles d'aspect soigné en jeans et bains de soleil qui sirotaient des apéritifs en bavardant dans une langue qui ne devait pas être du français.

Après une assez longue attente, un serveur finit par arriver et lança un menu en plastique sur la table. Il était écrit en français mais avec, en plus petits caractères, des traductions en russe, japonais, allemand et mauvais anglais. Il y avait aussi des photos en couleurs des plats proposés qui lui rappelèrent la carte de n'importe quel restaurant Denny's.

Hélas, ce qu'elles représentaient — burgers, pizzas, saucisses, sandwiches, coupes glacées — lui évoqua la même chose ; mais il y était aussi attaché un petit carton écrit à la main, en français : manifestement les plats du jour.

Jerry ne savait pas ce que cela pouvait bien vouloir dire, mais qu'il soit damné s'il commandait une des saloperies de fast-food avec sous-titres anglais, si bien que lorsque le serveur revint, il posa le doigt sur la première ligne et s'essaya à prononcer : « Euh, *the cassoulet, si voo play...* »

Voyant le serveur hocher la tête et prendre note sur son carnet, il se sentit encouragé. « *And... euh wine... euh vin, vin rouge...* »

Le garçon haussa un sourcil interrogateur. « *Euh... côtes-du-rhône...* » C'était le seul nom de vin français qui lui vînt à l'esprit.

« *Un pichet ? Un demi ?*

— Hein ? »

Le garçon sourit, peut-être avec une légère condescendance. « *Grand ?* » Il écarta les mains. « *Ou petit ?* » Il les rapprocha.

« *Euh... petit...*

— *Bon* », dit le serveur en prenant note, puis il partit, laissant Jerry suffisamment fier de lui pour sourire aux filles de la table voisine qui jetaient des coups d'œil de son côté en gloussant.

Tout en attendant l'arrivée de sa commande, Jerry observait la rue. Il n'avait jamais rien vu de tel, ces milliers de personnes qui se bousculaient, cette multiplication de rencontres de hasard potentielles, impensables dans Los Angeles livré aux voitures. Jerry comprit que cela aussi s'ouvrirait à lui s'il acceptait ce travail à l'ESA, ce sentiment des infinies possibilités d'aventures humaines et sexuelles courant les rues, ce mode de vie entièrement différent...

Si seulement les Français avaient eu le bon sens d'adopter l'anglais comme langue nationale, sa décision serait déjà prise !

Son plat, quand il arriva, était... eh bien, un peu étrange, quoique pas entièrement immangeable si on le faisait passer avec le vin rouge d'un pichet de céramique marron — un poêlon de haricots blancs en sauce avec deux ou trois sortes de saucisses, un genre de volaille grasse et sombre et un morceau dégoûtant qui devait être le lard le plus gras du monde.

Tout en triant soigneusement les morceaux comestibles de ce ragoût, Jerry continuait à lancer des coups d'œil en direction des filles de la table voisine et en était de temps en temps récompensé par un coup d'œil en retour. Finalement, quand il se fut renfoncé dans sa chaise pour finir son vin, l'une d'elles s'aventura à lui dire quelque chose dans un charabia guttural incompréhensible.

Jerry ne put que sourire, hausser les épaules et lever les mains au ciel.

Nouvelle tirade incompréhensible.

« *Euh... no parlay voo français...* »

Pour une raison mystérieuse, elles eurent l'air de trouver cela fort drôle.

« *Euh... do you speak English ?* »

Ce fut à leur tour de le contempler avec des yeux ronds.

« *Sprichst du Deutsch*… ? » tenta l'une d'elles.

Jerry secoua la tête d'un air impuissant.

L'une des deux, la plus jolie, en plus, lui lança un regard plein d'espoir. « *Russki ?*

— Merde non ! lâcha Jerry, indigné.

— *Amerikanski ?* » dit l'autre avec un étrange petit froncement de nez.

Le hochement de tête de Jerry mit fin à la conversation car, pour une raison inconnue, toutes deux froncèrent les sourcils, lui tournèrent ostensiblement le dos et reprirent leur bavardage.

« Eh bien, allez vous faire foutre, vous et le cheval sur lequel vous êtes venues ! » leur lança Jerry dans un accès de futile indignation. Il arrêta le garçon au passage, lui tendit un billet de 500 écus, compta sa monnaie, calcula le montant de l'addition, laissa 15 % de pourboire, empocha le reste et partit.

La rebuffade des deux filles avait quelque peu assombri son humeur, mais il faisait doux, le soleil brillait, il avait le ventre plein, le vin lui tournait légèrement la tête et il n'allait pas laisser deux petites morveuses gâcher son petit jeu de la journée, qui était de se commander tout seul un vrai repas français dans un vrai restaurant français, puis de se balader sans trop faire attention où il allait avant d'être agréablement perdu pour voir s'il pouvait retrouver son chemin sans avoir à prendre un taxi pour rentrer au *Ritz*.

Jerry n'aurait su dire exactement pourquoi, mais il savait que ce petit jeu était une partie essentielle du processus qui l'aiderait à prendre sa décision.

S'il avait une opinion politique, ce n'était rien de plus que son mépris pour les projets liés à l'Étoile d'Amérique sur lesquels il était condamné à s'échiner le reste de son existence s'il voulait continuer à travailler pour le Programme… l'Étoile d'Amérique qui avait détruit à la fois la carrière de Rob Post et l'espoir d'un quelconque programme spatial visionnaire américain.

Sa véritable allégeance allait au rêve spatial lui-même, le rêve que l'ESA, et non plus la NASA, poursuivait maintenant avec passion.

Il pouvait donc certainement accepter la proposition de l'ESA la conscience tranquille ; ses buts personnels et son idéal coïncidaient exactement, et tous lui disaient qu'il serait un parfait imbécile de ne pas dire adieu à Rockwell pour le projet Icare.

Regardons les choses en face, s'était-il dit en quittant le boulevard Saint-Germain pour les petites rues inconnues de Paris, la seule chose qui te retienne d'accepter sur-le-champ, c'est la peur de te retrouver tout seul dans cette ville.

Après tout, il n'avait pas de vrais amis à Paris, ne connaissait pratiquement personne en Europe et ne parlait pas un mot de français.

Paris l'attirait et l'intimidait à la fois. Il avait envie de s'y intégrer, de pouvoir l'explorer comme un autochtone, d'en goûter les infinies complexités.

Mais on aurait dit qu'il n'y avait pas deux rues qui se croisaient à angle droit, elles portaient toutes des noms français impossibles à se rappeler et maintenant il était là, dans cet enchevêtrement de petites rues pleines de femmes superbes auxquelles il était incapable d'adresser la parole, de restaurants dans lesquels il ne pouvait commander un repas, de bars où il aurait eu du mal à se faire servir ne serait-ce qu'une bière, bien perdu, et de plus d'une façon.

Ce qui avait été, se souvint-il, son intention de départ. S'il ne pouvait pas retrouver son chemin tout seul, ce n'était même pas la peine de songer à devenir parisien !

Bel et bien perdu, Jerry n'avait plus qu'à essayer de revenir jusqu'à la Seine, après quoi il lui suffirait de suivre le fleuve vers la tour Eiffel, en tournant le dos à Notre-Dame, pour arriver en vue du Louvre et des Tuileries, sur l'autre rive. Ensuite il serait assez simple de traverser le jardin pour regagner la place Vendôme.

Bien, donc la Seine est au nord ? Et de quel côté se trouve le nord ?...

À mesure qu'il tournait, Jerry se sentait de plus en plus désorienté et une certaine panique commença à s'emparer de lui. Les rues se ressemblaient toutes. Il aurait juré être passé trois ou quatre fois dans la même. Les passants avaient l'air d'habitants d'une autre dimension, le français qu'ils jacassaient et les plaques de rues incompréhensibles commençaient à prendre un caractère plutôt sinistre.

Il se força à rester sur place pour réfléchir. Tôt ou tard, un taxi finirait bien par passer et il n'aurait qu'à prononcer les paroles magiques : « *Hôtel Ritz* », pour être sauvé.

Sa panique reflua. Après tout, ce n'était qu'un jeu qu'il jouait avec lui-même.

Autant essayer de le gagner.

Comment sort-on d'un labyrinthe ?

On suit un mur et on tourne toujours à droite jusqu'à en être sorti.

Jerry se remit en marche dans l'étroite ruelle. Il tourna à droite au premier carrefour, puis au second, et au troisième. Ce stupide petit labyrinthe était bordé sur deux côtés par le boulevard Saint-Germain et le boulevard Saint-Michel, et sur le troisième par la Seine. Il devrait bien tomber tôt ou tard sur l'un des trois et le problème serait élucidé.

Effectivement, il finit par se retrouver sur le boulevard Saint-Michel, les flèches de Notre-Dame bien visibles au nord et la brasserie où il avait mangé moins de trois pâtés de maisons plus haut.

Il ne lui restait plus qu'à descendre jusqu'à la Seine, tourner à gauche sur le quai, suivre celui-ci jusqu'au Louvre, traverser le pont et le jardin des Tuileries, continuer jusqu'à la place Vendôme, et il serait arrivé.

Alors, pourquoi donc n'avait-il pas une sensation de victoire ?

Pourquoi avait-il l'impression d'avoir triché ?

Ou d'avoir été roulé.

Gagner à ce jeu était censé renforcer sa confiance en lui, mais la façon dont il avait gagné lui laissait la sensation d'être encore plus un étranger en terre étrangère.

Au diable tout ça ! se dit-il.

Une file de taxis attendait à une station, juste en bas de la rue. Il se faisait tard, il avait une réception ce soir et rien à gagner à s'obstiner à faire tout le chemin à pied pour se prouver une chose qu'il s'était déjà prouvée à sa propre insatisfaction.

« *Hôtel Ritz* », dit-il en montant dans le taxi de tête, et il se laissa porter comme sur un tapis magique de l'autre côté de la Seine.

Mais plus de putes, se jura-t-il. Du moins tant que je n'aurai pas vraiment essayé de me lever une fille tout seul.

Ça, au moins, c'était un jeu auquel un type savait toujours s'il avait gagné ou perdu !

C'EST À L'ALLEMAGNE D'OUVRIR LA VOIE

Au milieu des hurlements d'indignation qui s'élèvent actuellement à la simple idée d'admettre l'Union soviétique dans la Communauté européenne afin de contrebalancer le prétendu « hégémonisme économique allemand », il peut sembler irresponsable, et même antipatriotique, pour un Allemand de soutenir une telle proposition.

Il est indéniable que tout Allemand, du plus intransigeant des verts au dernier des demeurés qui brode secrètement des svatiskas sur ses caleçons, ne peut que se sentir offensé par ce que cela implique quant à la place que nous occupons dans le cœur de nos compatriotes européens.

Il est également indéniable que nous sommes parvenus à notre actuelle prédominance économique grâce à un dur labeur, au talent et à des valeurs culturelles positives, plutôt qu'à la suite de quelque sombre complot. Indéniable aussi que nous n'avons ni la prépondérance des suffrages à Strasbourg ni la puissance militaire pour la traduire en quoi que ce soit de plus sinistre que notre propre prospérité.

Mais, hélas, il est également vrai que nous avons donné à nos frères européens d'abondantes raisons historiques de nous craindre. Et si cette crainte n'a plus de base rationnelle, il faut compter avec sa réalité émotionnelle.

Et nous pourrions bientôt avoir l'occasion d'exorciser enfin une fois pour toutes le fantôme du Troisième Reich.

L'Allemagne ne doit pas barrer la route à l'adhésion des

Soviétiques. Nous devons même la soutenir. Nous ne ferons ainsi qu'aller dans le sens d'une évolution historique inéluctable et, ce faisant, nous proclamerons aux peuples d'Europe que nous nous sommes non seulement détournés de la puissance militaire, mais que nous sommes aussi prêts à renoncer à notre suprématie économique incontestée dans le but de donner le jour à une union plus équilibrée.

Dans son indignation outragée, l'Allemagne est peut-être loin d'être prête à envisager un tel acte d'abnégation, mais nous devons nous demander ce que nous avons réellement à perdre avec l'adhésion de l'Union soviétique.

Nous sommes déjà son premier partenaire commercial, d'importants capitaux allemands sont déjà investis dans des coentreprises avec les Soviétiques, nous ne dominons en aucune façon l'Europe politiquement ou militairement, et donc, d'un point de vue purement pragmatique, faisant abstraction de tout orgueil national, nous y avons tout à gagner.

Telle est l'Europe future que l'Allemagne doit chercher à édifier. Une Europe où l'Allemagne et l'Union soviétique pourront marcher côte à côte, sans éveiller la crainte de quiconque, et seront sincèrement acceptées par tous, en toute fraternité, comme des égales.

Die Stern

5.

« Ce devait être une soirée vraiment fastueuse, avait promis Pierre Glautier à Sonia à bord du taxi. L'Agence spatiale européenne donne une réception pour des clients potentiels, il devrait y avoir des gens de toute l'Europe, du Proche-Orient et peut-être aussi d'Afrique. Savants, pontes des médias et Dieu sait qui. Ils essaient de convaincre le plus de monde possible de réserver des places à bord de leur avion spatial Dédale qui, apparemment, n'existe même pas encore, tu peux donc être sûre que tout sera de première, en quantité comme en qualité ! »

Effectivement, Pierre ne s'était pas trompé pour ce qui était du faste ! La soirée avait lieu avenue Foch, dans le salon de l'ancien hôtel particulier d'un authentique ploutocrate de la vieille école, désormais loué pour des réceptions de ce genre.

C'était une immense salle d'apparat du XVIIIe siècle, avec deux salles plus petites aménagées en boudoirs de chaque côté. Les murs étaient tapissés de brocart rouge et or, les hauts plafonds ornés de moulures dorées et de lustres de cristal, des fauteuils d'époque étaient disposés çà et là. Les paysages romantiques, scènes de bataille et portraits d'ancêtres patinés dans de lourds cadres dorés que l'on se serait attendu à trouver dans un tel décor avaient été remplacés par d'impressionnantes photographies astronomiques — les anneaux de Saturne, Jupiter, des galaxies spirales et, bien entendu, l'inévitable Terre vue d'orbite.

Le long d'un des murs courait un long bar derrière lequel une équipe de garçons en smoking servaient un champagne tout à fait buvable et préparaient des cocktails. Le long de l'autre mur était dressé un buffet où s'alignaient oies et canards rôtis, charcuteries, grands plateaux d'huîtres, de crabe et de homard, saumon fumé, énormes saladiers de caviar, canapés, crudités et pains de toutes sortes.

La pièce centrale de cet immense buffet était une impressionnante sculpture en glace d'environ trois mètres de long représentant un avion fuselé en train de prendre son envol sur un panache de flammes.

Il était également exact qu'il se pressait à cette soirée un public extrêmement international : Allemands, Espagnols, Anglais, Hollandais, Portugais, Belges, Arabes, quelques Turcs et Japonais, même, et Dieu sait qui d'autre, généreusement éparpillés au milieu des Français. En outre, les hommes présents étaient de tous âges, tailles et corpulences, et ils étaient au moins quatre fois plus nombreux que les femmes.

Mais ce que Pierre n'avait pas jugé utile de dire à Sonia, c'était que tous ces gens semblaient se trouver là pour affaires ou pour discuter d'abstruses questions techniques dépassant son entendement sans pour autant éveiller son intérêt.

Pierre, comme à l'ordinaire, l'avait laissée se débrouiller seule tandis qu'il papillonnait à droite et à gauche à l'affût d'un sujet d'article pour la presse populaire. Sonia se retrouva en train d'errer sans but, buvant du champagne, allant se servir au buffet et attendant que quelqu'un d'intéressant vienne essayer de lui faire la conversation.

Elle portait une jupe moulante de cuir blanc taillée en biais qui dévoilait largement sa cuisse gauche tandis que la droite était couverte bien en dessous du genou. Un chemisier de soie noire coupé asymétriquement dans l'autre sens faisait contraste, exposant son épaule droite et le haut de son sein. Le tout complété par une écharpe rouge nouée autour de la taille et des paillettes argentées dans ses longs cheveux noirs.

Même Pierre avait remarqué qu'elle était éblouissante et, en toute honnêteté, elle ne croyait pas faire preuve de vanité en pensant qu'il n'y avait pas une femme moitié aussi séduisante dans la salle. Les hommes auraient dû se presser autour d'elle.

Mais il n'en était rien. La plupart semblaient plus avides de discuter entre eux et la seule autre femme entourée d'une cour d'admirateurs était une vieille qui devait avoir au moins soixante ans et dissertait sur les « ponts d'Einstein-Rosen », ce qui avait apparemment, d'après les bribes entendues au passage par Sonia, plus à voir avec l'espace intersidéral qu'avec les Ponts et Chaussées.

Quelques hommes avaient bien essayé de bavarder avec elle, la plupart en français, certains en anglais et même un dans un allemand presque incompréhensible, mais ils étaient sans intérêt, physiquement acceptables dans l'ensemble, mais sexuellement dénués d'attrait, peut-être parce qu'ils étaient simplement ennuyeux avec leurs commentaires stupides et primitifs sur la cuisine et leur jargon technique pour toute conversation.

Sonia commençait à en avoir assez et se sentait un peu nerveuse. La porno-star anglaise de Pierre arrivait le lendemain, ce qui signifiait qu'elle devrait prendre d'autres dispositions, et elle se trouvait au milieu d'une réception où étaient rassemblés près de deux cents hommes originaires du monde entier, ou tout au moins de l'Europe entière, sans qu'il se passe rien.

Il devait sûrement y avoir ici au moins *un* homme avec qui il était possible ne serait-ce que de *flirter !*

C'est alors qu'elle le vit.

Il avait à peu près son âge, était correctement bâti, pas vraiment beau malgré une certaine prestance. Mais ce que Sonia trouva instantanément séduisant était son attitude.

Seul, adossé au bar un verre de champagne à la main, il observait la foule du plus charmant des airs d'infinie lassitude. Voilà au moins un homme qui trouvait manifestement cette soirée aussi mortellement ennuyeuse qu'elle ! À défaut d'autre chose, c'était indéniablement signe de bon goût. Cela valait certainement la peine d'aller au moins bavarder avec lui...

Ce n'avait peut-être pas été une si bonne idée de refuser l'offre d'André Deutcher de lui fournir une compagne tarifée pour la soirée, se disait tristement Jerry Reed, debout près du bar où il faisait tapisserie. Au moins, cette fameuse Marie-Christine aurait probablement parlé suffisamment bien anglais pour rester près de lui et traduire, quoique, à bien y réfléchir, il n'aurait peut-être pas été si facile de trouver une prostituée connaissant le vocabulaire technique nécessaire dans les deux langues.

Quoi qu'il en soit, si Ian Bannister avait raison de dire que l'anglais était la langue de travail de l'ESA en ce qui concernait les équipes de recherche, à cette soirée tout le monde parlait français. Bannister, pour Dieu sait quelle raison, n'était pas là et André avait disparu dans une autre pièce pour essayer de vendre une place sur un lanceur à des Algériens ou des Sénégalais, si bien que Jerry était livré à lui-même depuis au moins une heure. Il mangeait, buvait du champagne et aurait souhaité se débrouiller suffisamment en français pour suivre les choses passionnantes, il en était sûr, qui se disaient autour de lui.

« *C'est une soirée un peu terne, hein, un bon buffet, mais les gens...*

— Hein ? »

Seigneur, ce qui devait sûrement être la plus belle fille de la soirée, une brune superbe avec des étoiles dans les cheveux, un ensemble asymétrique noir et blanc ravageur qui en promettait autant qu'il en révélait, des lèvres pleines et de grands yeux verts, s'était dirigée droit sur lui avec un large sourire et s'était mise à jacasser en français ! Quelle torture exquise !

« *Euh, no parlay voo français...*

— On dit : *Je ne parle pas français*. Vous êtes anglais ? »

Jerry hésita. Il avait entendu dire que les Américains étaient plutôt mal vus en Europe, ces temps-ci, quelque chose à voir avec ce qui se passait en Amérique latine, la balance commerciale et la dette nationale ou un truc comme ça, mais cela ne l'avait pas trop préoccupé avant de se faire rabrouer par les filles de la brasserie. Il se demanda si ce n'aurait pas été une bonne idée de se faire passer pour Britannique, Canadien ou Australien. Mais cette fille avait l'air de très bien parler anglais et il n'avait jamais été très fort pour les accents.

« Non, américain, avoua-t-il avec un pincement de cœur en attendant de voir s'effacer son sourire.

— Un Américain ! » s'écria-t-elle, et Jerry fut aussi surpris que ravi de voir son sourire s'épanouir et ses grands yeux verts s'éclairer comme des lasers émeraude.

Un Américain en chair et en os ! Quelle veine incroyable ! En Europe, ces temps-ci, les amants américains étaient aussi exotiques que... que les Andorrans, et ce d'autant plus si vous étiez russe. Quelle aubaine !

Les États-Unis limitaient les investissements américains en Europe et encore plus les investissements européens en Amérique, avaient laissé le dollar chuter comme une pierre face à l'écu pour tenter de résorber leur énorme dette extérieure, réinvestissaient leurs capitaux et leur capacité militaire excédentaire en Amérique latine et dans l'Étoile d'Amérique, des voix commençaient à s'élever au Congrès et ailleurs pour réclamer la dénonciation de la dette extérieure et même la confiscation des avoirs européens aux U.S.A. Rien de tout cela n'assurait aux Américains un accueil chaleureux dans les métropoles européennes.

En outre, avec un dollar si faible et le contrôle des changes auxquels ils étaient soumis, les touristes américains ne pouvaient plus se permettre d'envahir le continent européen, de sorte que les seuls Américains que l'on pouvait y voir étaient soit de riches capitalistes ayant des revenus en écus, soit des hommes d'affaires avec notes de frais. Ni les uns ni les autres ne présentaient un grand intérêt pour les Russes qui étaient en train de les supplanter comme partenaires privilégiés de la Communauté européenne.

« Je m'appelle Jerry Reed. Et vous ?

— Son… » Poussée par une soudaine inspiration, Sonia ravala ses mots. « Samantha Garry, mon chou, de Londres, dit-elle avec ce qu'elle espérait être une bonne imitation d'accent cockney. Et je n'ai pas la plus fichue idée de ce que je fous à cette putain de soirée de bouffeurs de grenouilles ! »

Eh bien, pourquoi pas ? Elle n'avait probablement aucune chance de l'entraîner au lit si elle avouait être russe — les Américains *détestaient* les Russes, tout le monde savait ça — et en plus il serait intéressant de voir si sa maîtrise de l'anglais était assez bonne pour réussir à faire croire jusqu'au petit déjeuner à un Américain qu'elle était anglaise.

« Vous êtes dans l'industrie spatiale ?

— L'industrie spatiale ? rétorqua Sonia d'un ton gouailleur. Le seul espace, dans mon boulot, c'est celui que j'ai entre les cuisses, chéri !

— Hein ? »

Eh bien, quand il faut y aller, faut y aller, comme aurait pu dire Samantha Garry, starlette londonienne du porno, car il fallait bien qu'elle soit *quelqu'un,* alors pourquoi pas la petite sauteuse de Pierre ? Ça lui ferait les pieds.

« Le fri-fri, tu sais, ma bonbonnière, quoique pour le moment je ferais plutôt dans le récital de clarinette à moustache, si tu vois de quoi je veux causer, mon loup.

— De quoi diable parlez-vous ?

— De mon métier, tiens donc !

— Et c'est ?

— Ce bon vieux coup de la bête à deux dos, si tu vois ce que je veux dire. »

Pour une raison ou une autre, ça ne passait pas très bien. « Oh non, gémit Jerry Reed, pas encore une pute !

— Hé, mon amour, tu m'as pas bien comprise ! Je suis pas une fichue pute ! Je suis dans le *spectacle !*

— Le spectacle ? Quel genre de spectacle ?

— Le spectacle où c'est moi le spectacle. Sur disque, tu vois, vidéo-porno sur commande, chéri, ma spécialité c'est tailler des plumes.

— Vous êtes *porno-star ?* s'écria-t-il.

— Eh bien, pas encore vraiment une star, mon chou. C'est pour ça que je suis dans ce foutu patelin. Ce con de journaliste français m'a servi sa salade comme quoi il allait me dégoter des vrais rôles à Paris, mais le seul qu'il m'a filé jusqu'ici c'était dans son plumard, et maintenant il m'a traînée à cette sauterie et puis il s'est tiré avec ses copains se repoudrer le nez, si on peut dire. »

D'une main, Sonia attrapa Jerry Reed par le bras et lui tapota les fesses de l'autre. « Alors, qu'est-ce que tu dirais si on se tirait aussi, tous les deux, hein, chéri ? suggéra-t-elle. Tu pourras tout me raconter sur l'espace intersidéral et moi je verrai ce que je peux faire pour ta fusée à tête chercheuse, ça vaut mieux que d'attraper la scarlatine, non ?... »

Elle le regarda prendre une suée tandis qu'il tentait vaillamment d'empêcher sa langue de traîner jusqu'à terre. Oh oui, quel qu'en soit le résultat, cette soirée promettait d'être la plus distrayante depuis son arrivée à Paris !

Pour une Anglaise sans éducation, à en juger par son accent, Samantha Garry avait l'air de bien parler français, quoique, d'un autre côté, le français qu'elle babillait si libéralement avec les serveurs, barmen et chauffeurs de taxi pouvait bien être aussi bizarre que son anglais. Il y avait quelque chose de vraiment humiliant là-dedans ; si une petite actrice porno comme Samantha arrivait à se débrouiller dans cette langue, pourquoi pas *lui ?*

Elle connaissait bien la ville aussi, du moins le genre de coins sordides qui n'avaient pas été au programme des visites guidées d'André Deutcher ou Nicole Lafarge.

Elle l'emmena dans un bar assez spécial, dans une petite rue non loin des Champs-Élysées, où la moitié de la clientèle, hommes et femmes, avait le crâne rasé et décoré de tatouages et se tortillait sur de complexes percussions néo-africaines synthétisées, stimulée par les poppers gracieusement offerts avec les consommations.

« Des Zombis du Zoo, chéri, lui dit-elle. J'en ai été une, à Londres, ça n'a jamais vraiment pris, mais j'ai une jolie gueule de lézard sur le crâne, sous mes cheveux, et aussi Elvis sous ma touffe.

— Vous me faites marcher ?

— Tu crois ? » Elle plongea la main sous la table et lui tira le sexe d'un coup sec. « C'est pas ta jambe, ça, non ? »

Samantha se laissa longuement embrasser dans le taxi sur le

chemin de leur prochaine étape, une boîte de nuit de style arabe quelque part à l'est, où ils burent, assis sur des coussins, un truc incroyablement fort d'un blanc laiteux qui avait goût de réglisse et où, tandis qu'une danseuse du ventre à l'air à peine pubère agitait son mont de Vénus à quelques centimètres du nez de Jerry, elle lui prit la main pour la poser à l'intérieur de sa cuisse nue.

Après, ils se rendirent dans une discothèque aménagée non loin de là dans une cave et appelée, avec assez d'à-propos, le *London*. Le décor était tout en bois et cuir, la musique du vieux hard-rock des années 70, les serveurs quadragénaires aux cheveux teints en rose ou vert coiffés à la mohican portaient tous des vestes de cuir noir et de fausses épingles de nourrice plantées dans les joues, on n'y servait à boire que de la bière et du gin-tonic et l'atmosphère était si chargée d'une sorte de brouillard gras artificiel que Samantha ne put sans doute même pas se rendre compte quel danseur lamentable il faisait quand elle l'entraîna sur la piste.

De retour au bar, elle se colla contre lui et passa un bras nu autour de son épaule. « Dis, mon loup, murmura-t-elle d'une voix rauque à son oreille, t'es partant pour quelque chose de *vraiment* cochon ?

— À quoi pensez-vous... ? répondit avidement Jerry.

— Pas ce que tu penses, chéri, pas tout de suite, en tout cas, mais t'en fais pas, ça viendra, je voudrais pas que tu me prennes pour un coup facile. »

Et elle l'emmena dans un bouge vraiment sordide de Pigalle, « le sex-show le plus dégueulasse du gai Paris, lui promit-elle dans le taxi, mais faut avoir vu ça au moins une fois dans sa vie, comme disait le curé en regardant son trou du cul dans la glace ».

Elle n'avait pas exagéré. Dans un bar que rien ne distinguait des autres, une cage était disposée sur une estrade rudimentaire.

Dedans, au moment où ils entraient, un petit chien baisait une grosse chatte.

« Seigneur Dieu ! s'exclama Jerry. Je n'en crois pas mes yeux !

— C'est mignon, tu trouves pas ?

— Comment faites-vous pour *trouver* des endroits pareils, Samantha ?

— Oh, je suis venue à Paris pour la première fois à seize ans, en stop de Douvres, mon cul en échange d'une balade chez les bouffeurs de grenouilles, c'est juste la porte à côté, pas vrai ? »

Jerry n'avait jamais songé à ça, mais c'était vrai, Londres était plus près de Paris que L.A. de San Francisco, même si les deux villes se trouvaient dans des pays différents et si les gens n'y parlaient même pas la même langue !

« C'est comme ça que vous avez appris à parler français ?

— On rigole plus si on parle le jargon du patelin, non ? Je me débrouille aussi un peu en allemand...

— Vous êtes aussi allée en Allemagne ? »

Samantha rit. « Ho, le Ricain, on est en Europe, tu sais ? Avec son pouce, une minijupe et l'air pas trop bégueule, une fille peut aller où elle veut en vacances, c'est mieux que rester se faire chier à Brighton, tu crois pas ?

— Oui, je pense », répondit Jerry en se demandant, un peu jaloux, comment cela aurait été d'être élevé comme elle, adolescente lâchée en liberté dans toute l'Europe.

Une tournée au prix exorbitant plus tard, le chien et la chatte furent remplacés par une poule et un canard.

« Comment est-ce qu'ils arrivent à faire ça ? »

Samantha haussa les épaules. « C'est toi, le grand savant, non, Jerry ? C'est à toi de me le dire ! »

Jerry réfléchit. « Eh bien, si on sature chaque espèce des phéromones de l'autre et qu'on leur injecte le bon cocktail biochimique, ça devrait marcher, du moment qu'il y a compatibilité physiologique, je suppose... D'un autre côté, ce pourrait n'être que des hologrammes...

— Des hologrammes... ? »

Le canard et la poule furent remplacés par un petit cochon et une guenon scrofuleuse.

« Vous trouvez ça spécial ? demanda Jerry avec un clin d'œil las. Eh bien, je peux vous montrer quelque chose de *vraiment* spécial, si j'arrive à retrouver l'endroit. Je pense que c'est quelque part par ici... »

Ils sortirent du bar et firent le tour de Pigalle à la recherche de l'endroit où l'avait emmené André Deutcher pour sa toute première soirée à Paris. Jerry se souvint alors que la boîte s'appelait *La Bande dessinée* et demanda à Samantha de se renseigner. »

Ils s'installèrent juste au moment où le clown en costume de Superman se laissait tomber sur la scène où l'attendait la rousse, nue sur son canapé.

« Dis donc, mon loup, dit Samantha avec un petit sourire en coin. Je peux t'arrêter si j'ai déjà vu ça quelque part ? »

Jerry ne répondit rien. Il resta tranquillement assis, guettant sa réaction quand l'Homme de Fer sortit son énorme phallus argenté. Il ne fut pas déçu quand sa mâchoire s'affaissa et qu'elle le regarda du même œil rond dont il devait avoir regardé André Deutcher.

Elle poussa un petit cri quand Superman fut projeté en arrière comme une fusée par son éjaculation, elle éclata de rire quand la femme se changea en Minnie Mouse, continua de rire durant toute l'orgie de personnages de dessins animés et lança à Jerry le plus étrange des regards perplexes quand Humphrey Bogart, Marilyn Monroe, Hitler et le reste vinrent participer à l'action.

« Des hologrammes, chuchota-t-il. Tout ça, c'est des hologrammes.

— Ben, mon cochon...

— Ça, c'était la boîte d'avant », lui rappela Jerry, et ils éclatèrent de rire.

Mais quand l'orgie des personnages célèbres céda la place à la frise de temple hindou, elle se tut ; quand les dieux grecs commencèrent à faire l'amour, sa main vint se nicher dans la sienne ; le temps d'en arriver à l'avant-dernière scène de love-in psychédélique, sa cuisse était venue se coller contre la sienne ; et quand tout fut fini, la porno-star au langage ordurier levait sur lui le regard tendre et innocent de la petite fille qu'elle devait avoir autrefois été.

« C'est magnifique, Jerry, dit-elle simplement en se pelotonnant contre lui. Nous pourrions aller dans un endroit calme, maintenant, peut-être ? Un endroit simple et romantique où on pourrait s'asseoir et bavarder ?

— C'est drôle que tu me demandes ça. Je connais exactement l'endroit qu'il faut. »

Sonia avait entendu parler du *Ritz*, mais elle n'y était jamais entrée et elle n'eut pas besoin de recourir à des talents de comédienne exceptionnels pour faire ouvrir de grands yeux étonnés à « Samantha Garry », car ce monument du XIXe siècle rococo au luxe outrancier reléguait le Palais d'hiver des tsars et le château de Versailles au rang de modestes pavillons, et ce d'autant plus que ce n'était pas un musée, mais un endroit où les gens déboursaient des sommes pharamineuses pour une chambre. C'était des endroits comme ça qui lui faisaient comprendre la Révolution française et la rendaient fière d'être citoyenne d'un pays socialiste.

Pour le moment, il n'y avait pas grand-chose d'autre dont elle pût être fière car, si Jerry Reed continuait à la prendre avec enthousiasme pour une actrice de porno londonienne, cette histoire de Samantha Garry commençait à la tracasser.

À la soirée de l'ESA, qui semblait maintenant bien loin, Jerry Reed n'avait été qu'une abstraction, une échappatoire à son ennui, une occasion d'entraîner au lit son premier Américain, tout en testant les limites de sa maîtrise de l'anglais. Elle avait créé « Samantha » de bric et de broc en essayant de s'imaginer à quoi devait ressembler la pouffiasse anglaise de Pierre, puis elle avait traîné Jerry dans les lieux sordides issus d'un article de Pierre intitulé « Les bas-fonds du vice parisien » rien que pour voir à quel point une Londonienne luxurieuse pouvait choquer le naïf Américain archétypique.

Mais elle avait oublié que le naïf Américain archétypique était aussi censé être ce qu'on appelait « un chic type », ce qu'était assurément Jerry. Elle ne s'était absolument pas attendue qu'il traite avec une telle gentillesse une créature comme Samantha ni à être elle-même si charmée par la façon dont il s'était galamment retenu de rabrouer grossièrement une pareille dévergondée.

Pas plus qu'elle ne s'était attendue à ressentir ce qu'elle avait ressenti quand il l'avait emmenée à *La Bande dessinée* pour conclure leur tournée des bouges par un moment de beauté érotique parfaitement émouvant. Si cela avait été fait dans l'intention de la séduire, c'était admirablement réussi, et si ce l'avait été en toute innocence, ce n'en était que plus charmant. D'une façon comme de l'autre, Sonia désirait maintenant très fort faire l'amour avec lui.

Mais le problème était qu'elle voulait lui faire l'amour en tant que Sonia Ivanovna Gagarine et qu'elle ne voyait aucun moyen de lui annoncer sa véritable identité sans le perdre, sans qu'il se sente stupide et furieux d'avoir été tourné en dérision par une traîtresse russe.

Le bar Hemingway se trouvait à l'autre bout de l'hôtel et, vu la démesure du décor qu'il fallait traverser pour s'y rendre, l'endroit était étonnamment intime : quelques tabourets devant un petit bar où officiait un seul barman, une poignée de tables minuscules, un buste d'Ernest Hemingway et, aux murs, de vieilles photos en noir et blanc de l'écrivain. Les seuls autres clients étaient deux couples âgés assis ensemble au fond.

C'était un endroit parfaitement inattendu et d'un calme idéal pour bavarder. Une fois de plus, Jerry Reed avait réussi à la surprendre agréablement.

« Alors, chéri, dit-elle quand ils se furent commandé des cognacs, qu'est-ce que tu dirais de me parler un peu de toi avant qu'on passe à autre chose ? Je t'ai raconté toutes mes turpitudes... »

C'était le plus gros des mensonges, bien sûr, mais il ne semblait pas y avoir d'autre solution que de rester dans la peau du personnage de Samantha et de l'encourager à faire la conversation car elle désirait vraiment en savoir plus sur lui, et pas seulement parce qu'elle n'avait jamais rencontré d'Américain. Il y avait chez Jerry Reed quelque chose qui ne collait pas. Il avait l'air d'un naïf touriste américain, mais les problèmes de devises avaient banni cette espèce d'Europe. Il n'avait pas l'air riche et il ne ressemblait pas à un homme d'affaires, et pourtant il était là, à Paris.

« Je ne suis pas sûr de ce que tu veux... », commença Jerry.

Sonia émit un ricanement à la Samantha. « Eh bien, mon loup, pour commencer, qu'est-ce qu'un gentil garçon comme toi peut bien faire à Paris ? »

Jerry se mit à rire. « Je me suis fait racoler », lui dit-il.

Samantha lui posa la main sur la cuisse, sous la table. « Je ne voulais pas parler de ce soir, chéri, ronronna-t-elle. Qu'est-ce qui t'a amené à Paris ?

— Je te l'ai dit, je me suis fait racoler. Par des chasseurs de têtes. »

Elle le regarda d'un œil rond. « Tu as une gonzesse de Nouvelle-Guinée avec un os dans le nez planquée quelque part et tu ne m'as rien dit ? »

Jerry éclata à nouveau de rire. « Pas par des cannibales, par des chasseurs de tête de l'ESA, de l'Agence spatiale européenne.

— Raconte-moi...

— Tu veux vraiment savoir? demanda Jerry d'un air dubitatif. C'est que je ne peux pas t'expliquer sans entrer dans des détails techniques, et je ne voudrais pas t'ennuyer... »

Samantha plongea plus profondément la main vers son bas-ventre, le regarda droit dans les yeux, lui fit le plus gentil des sourires et prit soudain, de façon tout à fait inattendue, l'air sérieux. « Te casse pas tes adorables petites couilles pour ça, mon loup », dit-elle doucement.

Jerry la regarda un long moment en silence et quelque chose commença à s'ouvrir en lui. En regardant dans ces grands yeux verts, il comprit brusquement à quel point il était seul à Paris, la gravité de la décision qu'il serait bientôt obligé de prendre, combien il avait besoin de quelqu'un, n'importe qui, à qui parler.

« Vas-y, Jerry, dis-moi les secrets de ton cœur. »

Il soupira, haussa les épaules et s'exécuta.

Il lui parla de son travail chez Rockwell. Il lui parla du projet Dédale et lui raconta comment il avait rencontré André Deutcher à Los Angeles. Il lui parla du boulot qu'on lui avait proposé, à quel salaire, et des appartements qu'on lui avait fait visiter.

Tandis qu'il lui parlait en buvant son cognac et qu'elle l'écoutait sans un mot d'un air captivé, il lui arriva une chose étrange et merveilleuse. Tout se mit à sortir, pas de façon linéaire et chronologique, mais à la manière d'un hologramme, depuis les futilités périphériques jusqu'aux tréfonds de son être, et il se surprit à parler de choses qu'il n'avait jamais racontées à une femme, de choses qu'il n'avait jamais imaginé pouvoir raconter à une femme qui les écouterait tranquillement assise.

Il se surprit à parler à une petite actrice de porno anglaise de Rob Post et de la mort du programme spatial civil américain, de la collection de science-fiction de son père et du petit garçon de quatre ans qui assistait au débarquement sur la Lune avec une énorme coupe de glace au chocolat sur les genoux. Il lui parla de son rêve brisé d'aller sur la Lune et de fouler le sol de Mars. Il lui parla de sa frustration d'être né à la mauvaise époque, de savoir qu'il allait mourir bien avant que les vaisseaux spatiaux de l'humanité ne s'envolent dans la vaste galaxie pour rejoindre les civilisations inimaginablement avancées qu'il devait y avoir là-haut, sur des planètes tournant autour de lointains soleils.

Il parla longtemps, très longtemps, à ce qu'il lui parut, oubliant où il se trouvait et à qui il parlait, oubliant même le contact de sa main sur son sexe et son envie de coucher avec elle, tandis qu'il revivait le voyage de sa vie depuis le moment où l'Aigle avait atterri jusqu'à la décision qui l'avait amené où il en était.

Pendant tout ce temps, Samantha Garry l'écoutait les yeux grands ouverts, de plus en plus penchée vers lui, de sorte que lorsqu'il eut fini son visage était à quelques centimètres du sien au-dessus de la petite table ; il pouvait sentir la légère brise de son souffle, et même, par quelque magie, le lent battement régulier de son cœur.

Et quand il eut le sentiment d'en avoir complètement terminé, elle se pencha encore davantage pour franchir les derniers centimètres, posa la paume sur sa joue et l'embrassa longuement et doucement sur les lèvres.

« C'était une très belle histoire, et tu es un garçon adorable, Jerry Reed. »

Jerry rassembla son courage, posa la main sur la sienne sous la table et la serra fort. « Nous y allons ? demanda-t-il.

— Oh oui, nous y allons, chéri. Je ne voudrais manquer ça pour rien au monde. »

La chambre était proprement incroyable ; dans des circonstances ordinaires, Sonia se serait émerveillée de son luxe et aurait probablement ri de sa démesure baroque, mais ce n'étaient pas des circonstances ordinaires, car ce n'était en rien un homme ordinaire. Elle n'accorda donc guère d'attention au décor de ce moment enchanteur.

Sonia avait connu bien des hommes, avait apprécié la compagnie de nombre d'entre eux, certains de ses amants, comme Pierre Glautier, étaient même devenus des amis. Mais il n'y en avait vraiment eu qu'un dans sa vie qui l'eût jamais amenée à se poser la question de savoir s'il était possible qu'elle fût amoureuse : cet homme était Youli Markovski, et si elle avait un moment envisagé de l'épouser, elle y avait renoncé pour vivre à l'Ouest quand l'occasion s'était présentée et, à vrai dire, elle y avait depuis rarement songé avec regret.

Mais, en écoutant parler Jerry Reed, elle se surprit à se souvenir de Youli, de sa passion, de ce qu'il lui avait dit cette dernière nuit de beuverie à Moscou.

« Il y a une dimension de la vie à laquelle tu es aveugle, une couleur ardente que tes yeux ne voient pas, s'était emporté Youli. La joie de se consacrer à une vision qui nous dépasse… »

Ce que Youli lui avait alors dit dans sa colère, elle ne l'avait pas compris, ou n'avait pas voulu le comprendre, mais maintenant, après avoir écouté Jerry exposer si innocemment et si gentiment ses rêves passionnés, elle le comprenait.

Il y avait beaucoup de Youli chez Jerry, mais Jerry avait quelque chose en plus, et quelque chose en moins, qui en faisait un compagnon plus agréable.

Comme Youli, Jerry connaissait la joie de se consacrer avec passion à une chose qui le dépassait mais, à la différence de Youli, Jerry n'avait aucune soif de gloire, de fortune et de pouvoir personnel. Jerry s'était *vraiment* voué à une chose plus grande que lui ; s'il désirait lui aussi faire bouger le monde, ce n'était pas pour tenir en main les rênes de l'étalon sauvage de l'Histoire et plier la destinée à sa volonté, mais simplement pour l'innocente joie de vivre dans le monde de ses rêves. Et si sa vision d'un âge d'or n'était pas de celles que pouvait partager Sonia, Jerry, à la différence de Youli, tirait de celle-ci une douceur qu'elle pouvait percevoir, que son cœur pouvait partager, de laquelle elle pouvait tomber amoureuse.

Si l'amour était bien ce sentiment inconnu, de tendresse mêlée de douleur, qu'elle éprouvait en le prenant dans ses bras pour l'entraîner vers le grand lit à baldaquin.

Jerry Reed n'avait pas vraiment imaginé quel effet cela lui ferait de baiser une actrice de porno ; il s'attendait à une expérience sexuelle absolue, mais aucun de ses fantasmes ne l'avait préparé à ça.

Elle avait prit la direction des opérations et l'avait jeté sur le lit, ça il s'y attendait, puis elle l'avait déshabillé d'une main experte, et ça il s'y attendait aussi. Mais quand elle s'était relevée pour se déshabiller à son tour, elle y avait mis une étrange tendresse qui n'avait rien d'un strip-tease de vidéo-porno au rabais : c'était la lente éclosion d'un bouton de rose, une douce révélation, rien que pour lui, comme si elle n'avait jamais dévoilé ces petits seins aux pointes dures, ce triangle intime, aux yeux d'une foule d'inconnus anonymes.

Il n'avait pas non plus imaginé qu'ils se regarderaient tous les deux en silence sans se toucher pendant un si long moment. Ni que cela commencerait finalement par un simple baiser.

Ils s'embrassèrent et elle ouvrit la bouche, sa langue vint à la rencontre de la sienne comme il l'avait imaginé, mais alors elle se retira modestement et sembla s'ouvrir à lui.

Avant de savoir ce qui lui arrivait, toutes ses idées de pipes fantastiques et de perversions inconnues étaient définitivement oubliées et il ne se sentait pas du tout volé, il ne regrettait absolument rien ; elle s'étendit simplement sous lui, prit son sexe dans la main, le guida en elle et enroula les jambes autour de sa taille.

Il se sentait parfaitement bien, douillettement niché en elle dans la position la plus élémentaire qui soit, il se sentait bien, et propre, comme chez lui, pour ainsi dire.

Et s'il était, au départ, un peu intimidé de baiser une femme d'une telle expérience, s'il faillit jouir tout de suite tant il était excité et s'il eut peur de la décevoir, cela passa bien vite, car elle s'arrêta et ralentit le mouvement ; il retrouva le contrôle de lui-même, cherchant à lui plaire, et adopta un rythme calme et régulier qui amena sans peine Samantha à son premier orgasme.

Après cela, il continua simplement d'un mouvement mesuré, baisant... non, faisant l'amour, avec une confiance et une grâce qu'il n'avait jamais connues, toutes craintes oubliées, se perdant dans les cris de plaisir de Samantha, se découvrant des talents qu'il n'avait jamais vraiment maîtrisés, jusqu'à ce que finalement elle lui sourie et, lui caressant doucement les testicules, chuchote : « Vas-y, chéri, laisse-toi aller dans moi, maintenant. »

Et presque aussitôt, la regardant droit dans les yeux, il obéit paisiblement, plein de gratitude, et s'effondra, rêveur, sur sa douce poitrine, dans ses bras qui l'attendaient.

Sonia Gagarine demeura un long moment éveillée, Jerry Reed endormi dans ses bras, avant de sombrer enfin dans le sommeil. Elle avait fait l'amour avec bien des hommes, avec des hommes de vingt-deux nationalités, au dernier recensement, et si dans le tendre abandon d'après l'amour un élan romantique essayait de la convaincre qu'il était le meilleur, elle n'était pas vraiment capable de s'abuser elle-même à un tel point.

Elle avait connu des Italiens bien plus conventionnellement romanesques, des Allemands possédant deux fois son endurance physique, des Français qui avaient plus de savoir-faire, un Suédois qui avait mieux su deviner ses désirs, et Pierre Glautier lui-même qui connaissait des techniques dont ce pauvre cher Jerry n'avait probablement jamais rêvé.

Mais si Jerry Reed n'était pas le meilleur amant qu'elle eût jamais connu, si cela n'avait pas été sa meilleure expérience sexuelle, faire l'amour ne lui avait malgré tout jamais *semblé* si bon. Jerry avait été si sincère, si soucieux de son plaisir à elle qu'il avait l'air l'attendre sa permission pour prendre le sien. Au fond de son cœur, c'était un si petit garçon. Et peut-être plus.

Il y avait en lui une douceur qui n'était pas tout à fait de l'innocence, car, après tout, ce n'était pas un petit garçon naïf mais un homme porteur d'une vision, un homme qui cherchait très sincèrement et ouvertement à changer le monde, qui rêvait en fait de construire des nouveaux mondes entiers dans l'espace, de visiter des terres inconnues tournant autour de soleils étrangers.

Curieusement, cela faisait de lui le frère spirituel de la

petite fille de Lenino qui rêvait de visiter les merveilleux terrains d'aventure de l'Occident mystérieux. Et dans les bras de Jerry, cette petite fille revivait.

Était-ce cela, et non la puissance militaire ou le pouvoir économique, ou bien la maîtrise technologique, qui avait jadis fait des Américains les chéris enviés du monde ? Était-ce cela qui les avait amenés jusqu'à la Lune ? Était-ce cela qui avait poussé les Russes à chercher leur reconnaissance, tout au fond de leur cœur, même lorsqu'ils craignaient et haïssaient les Impérialistes yankees ?

Était-ce cela dont elle était en train de tomber amoureuse ?

Sonia Ivanovna Gagarine caressa doucement les cheveux de son amant américain. Il bougea dans son sommeil, mais ne se réveilla pas et elle lui en fut reconnaissante tandis qu'elle se sentait parcourue d'un frisson.

Oui, Sonia, tu es en train de tomber amoureuse, reconnut-elle. Mais cet homme ne sait même pas que tu existes.

Comment vas-tu lui dire la vérité une fois le matin venu ?

Le Front de libération des animaux a revendiqué l'explosion survenue hier au Nebraska dans les laboratoires Agromax. « Les poulets sans bec qui parviennent à maturité en trois semaines et les truites géantes qui ne pourraient jamais survivre dans la nature sont déjà assez obscènes », proclame leur manifeste transmis par téléfax, « mais les vaches qu'Agromax a transformées en usines à viande insensibles sont tout comme nous des mammifères. Combien de temps faudra-t-il encore avant que les docteurs Frankenstein du génie génétique tournent leurs petits yeux vicieux vers le génome humain ? »

CNN

6.

« Tu es vraiment *russe ?* Mais… mais Samantha Garry… cet accent…

— Tu penses vraiment que les Russes ne peuvent pas contrefaire un accent ? En plus, mon loup, comme t'as jamais foutu les pieds en Angleterre, comment tu peux savoir si c'est pas un accent bidon piqué dans les films, hein ? »

Jerry éclata de rire. Il avait été réveillé par un baiser et une confession.

Le baiser lui avait été donné par sa petite actrice porno de la nuit précédente. La confession était venue d'une autre femme qui, après le baiser, s'était assise dans le lit avec un étrange air d'inquiétude sur son beau visage et lui avait tout déballé nerveusement avec un accent qui n'avait rien d'anglais — presque américain, ou canadien, avec une très légère trace de saveur étrangère dans son rythme.

« Je ne sais vraiment pas comment te dire ça, Jerry. Je suis réveillée depuis une heure et j'essaie de trouver quelque chose d'intelligent, mais il n'y a rien d'intelligent à dire, j'ai déjà beaucoup trop finassé, alors tout ce que je peux faire, c'est te dire la vérité et en finir d'une façon ou d'une autre ; la vérité, c'est que je ne m'appelle pas Samantha Garry, mais Sonia Ivanovna Gagarine, que je ne suis pas porno-star, mais traductrice à l'Étoile-Rouge, que je n'habite pas Londres, mais Bruxelles, que je ne suis pas anglaise, mais russe, et que je m'ennuyais à cette soirée, que tu étais le seul homme intéressant sur place et que tout a commencé comme une plaisanterie, mais maintenant je ne pense plus que c'est une plaisanterie, bien que je ne sois pas en train de te dire que je suis amoureuse de toi. Voilà, tu sais tout, je suis désolée, ce qui ne veut pas dire que ce n'était pas bien... »

Puis, ayant tout craché d'un seul jet, elle avait croisé les bras sur ses seins nus et poussé un grand soupir de soulagement. « Voilà, maintenant c'est fini », avait-elle ajouté avec le même accent, mais d'un ton beaucoup plus assuré, le ton assuré de l'imaginaire Samantha Garry. « Alors, que dis-tu ? Tu vas me jeter hors du lit, ou bien nous refaisons l'amour ? »

Jerry ne savait que penser. En fait, elle lui avait tout déballé avant qu'il soit suffisamment réveillé pour penser — avant même qu'il soit suffisamment réveillé pour *envisager* d'être furieux.

Et maintenant qu'elle l'avait fait rire en redevenant un instant la Samantha Garry de la veille, il était plutôt difficile de se mettre en colère contre elle, surtout quand elle le caressait sous les draps et le regardait avec ces grands yeux verts.

« Je dois reconnaître que tu fais une très bonne porno-star. »

Elle se passa la langue sur les lèvres et se blottit contre lui. « Toi-même, tu n'as pas été si mauvais, pour un instrument du Pentagone.

— Un instrument du Pentagone ?

— Tu ne te souviens pas ? Tu as tout raconté à Samantha la nuit dernière. Sur ton travail en Californie pour construire les luges orbitales de l'Étoile d'Amérique, et le fait que l'ESA veut t'embaucher pour travailler sur...

— Oh mon Dieu ! » gémit Jerry. Tout lui revenait, à présent. Il avait raconté sa vie à cette fille, pensant que c'était une actrice porno anglaise, et maintenant il s'avérait que c'était une *Russe !*

Sonia Gagarine pouffa. « Tu veux que je te dise à quoi tu penses ? Tu te dis : Et si cette femme était une espionne ? »

Jerry s'empourpra. « Ça fait un peu idiot, présenté comme ça..., dut-il reconnaître.

— Pourquoi donc ? Absolument pas, Jerry, répondit Sonia avec un sourire hypocrite. Après tout, je t'ai bien embobiné, la nuit dernière, alors je pourrais aussi être en train de faire la même chose maintenant, non ? Pour ce que tu en sais, je pourrais très bien être un agent du K.G.B... » Elle lui fit un petit clin d'œil. « Ou, pire encore, de la C.I.A. ! Auquel cas...

— Auquel cas... ?

— Auquel cas il est trop tard pour que tu y fasses quoi que ce soit, hein, mon loup ? dit-elle en lui taquinant le sexe. Alors, comme on dit certainement dans l'industrie du porno, tu ferais aussi bien de te remettre au lit et de prendre ton pied. »

« Tu n'es pas vraiment une espionne russe, n'est-ce pas ? » demanda Jerry devant le déjeuner ridiculement dispendieux — bisque de homard, huîtres, caviar sévruga et champagne — qu'ils s'étaient fait monter après leur longue matinée d'amour.

« Bien sûr que non, Jerry, répondit-elle avec le plus grand sérieux. Je suis ce que je t'ai dit, une fille venue de Moscou pour travailler à Bruxelles, à mi-chemin de ses deux semaines de vacances et sortie s'amuser...

— Il doit y avoir autre chose chez toi.

— Vraiment ? avait demandé Sonia d'un air un peu triste.

— Vraiment.

— Pourquoi ?

— Parce qu'il y a autre chose chez tout le monde. »

Ils avaient fait l'amour toute la matinée et, quand le garçon d'étage était arrivé, Sonia était passée dans la salle de bains pendant que Jerry enfilait sa robe de chambre pour le faire entrer. À présent ils étaient assis de part et d'autre de la petite table, Jerry en peignoir et Sonia nue, se sentant tout à coup très vulnérable.

« Pas chez moi…, dit-elle, soudain un peu déprimée sans trop savoir pourquoi. Pas vraiment. Je ne suis pas comme toi, je n'ai pas de vision de la façon dont devraient être les choses, je ne veux pas changer le monde…

— Pas de rêves de petite fille ?

— Si, bien sûr ! Mais rien de grandiose, rien à quoi je ne sois déjà parvenue…

— Raconte-moi…

— Il n'y a vraiment pas grand-chose à dire… »

Jerry lui cligna de l'œil. Il se leva, ôta sa robe de chambre, la laissa tomber à terre. « Allez, Sonia. Je me suis mis à nu devant toi. À ton tour, maintenant. »

Sonia rit. Jerry se rassit, se carra dans sa chaise, prit sa coupe de champagne, la fit tourner, regarda Sonia droit dans les yeux. « Allons, mon chou, comme dirait ta copine Samantha, dit-il avec un accent britannique si mal imité qu'elle en fut touchée, raconte-moi tous tes petits secrets. »

Elle s'exécuta, pour autant qu'elle eût des secrets.

Elle essaya de lui expliquer ce que c'était de grandir à Lenino et ce qu'avait représenté à ses yeux de petite fille le vaste disneyland occidental, comment ce petit rêve égoïste avait façonné sa vie entière, lui avait fait choisir une carrière aux Affaires étrangères…

Puis elle s'interrompit, se resservit une coupe de champagne, la vida pour se donner du courage, et elle se retrouva en train de parler à cet homme nu, cet Américain encore inconnu la veille, de Youli Markovski. Elle lui expliqua comment elle avait renoncé à lui, à son amour et à sa carrière, à tout ce qui avait compté pour elle, quand l'Étoile-Rouge lui avait proposé d'aller vivre à l'Ouest *tout de suite*.

« Et sais-tu ce qu'il y a de pire, Jerry ? Le pire, c'est que je ne regrette rien ! J'ai obtenu ce que je désirais et cela s'est avéré être exactement comme je le pensais ! Je suis *heureuse* de ma décision ! Je recommencerais sans hésiter ! »

Elle soupira, piqua distraitement une huître du bout de sa

fourchette et détourna les yeux. « Voilà la créature superficielle que je suis... », dit-elle beaucoup plus doucement.

Jerry Reed se leva, s'approcha d'elle, posa une main sur son épaule, lui leva de l'autre le menton pour qu'elle le regarde droit dans les yeux et puisse voir son tendre sourire.

« Ma petite fille, tu as peut-être réussi à ramasser le seul type à Paris qui comprenne vraiment à quel point tu n'es *pas* superficielle. »

Sonia pencha la tête en une expression de totale incompréhension.

« J'ai grandi en rêvant d'aller sur la Lune et Mars, toi tu as grandi en rêvant de voyager à l'Ouest, expliqua Jerry Reed. J'ai passé toute ma vie à chercher un moyen de me rendre dans les mondes de mes rêves et maintenant, si j'en ai le courage, j'ai peut-être l'occasion de réaliser ces rêves... »

Les yeux de Jerry brillaient d'un tel éclat qu'elle sentit sa tristesse se dissiper comme une fraîche brume de printemps aux rayons du soleil levant, même si elle ne comprenait pas vraiment pourquoi. « Je crois que je ne te suis pas...

— Je t'ai parlé de mon “ oncle Rob ”, la nuit dernière, n'est-ce pas ? »

Sonia acquiesça.

« Rob m'a dit une fois un truc qu'il avait lu quelque part et qui l'avait frappé : il est possible d'apprendre à marcher sur l'eau. Il faut pour cela renoncer à tout le reste, mais il est possible de marcher sur l'eau.

— Et alors ?

— Alors, c'est ce qu'il faut que je trouve le courage de faire maintenant », répondit-il, et la façon dont il la regardait était absolument radieuse. « Mais toi, Sonia, *tu l'as fait.* Tu as renoncé à tout, mais la petite fille de Moscou a marché sur l'eau. »

Les yeux de Sonia s'emplirent de larmes.

« Jerry Reed, tu es merveilleux, personne ne te l'a jamais dit ?

— Non, répondit-il avec le plus grand sérieux. Personne. »

Puis ils tombèrent dans les bras l'un de l'autre.

Et c'est ainsi que tout commença.

Que tout commença vraiment.

Ils passèrent l'après-midi à se promener en bavardant. Ils parlèrent de leur enfance à Moscou et à Los Angeles. Ils parlèrent des films qu'ils avaient aimés. Ils parlèrent de Paris. Ils parlèrent gastronomie. Ils imaginèrent ce que pouvait être la vie à bord des péniches amarrées le long de la Seine.

Jerry était en train de tomber amoureux, ce qui ne lui était jamais vraiment arrivé jusque-là, mais il ne désirait pas trop en parler, parce qu'il ne savait comment l'exprimer et n'en voyait de toute façon pas la nécessité.

Il préférait parler de l'espace. Il discourait interminablement et Sonia Gagarine l'écoutait parler en souriant sans jamais dire, comme d'autres femmes avant elle, que son « baratin sur l'espace » l'ennuyait à en pleurer. Elle lui posait même de temps en temps une question technique, naïve mais intelligente, comme pour prouver qu'elle était sincère, lui prenait la main et lui disait avec ses yeux que cela la passionnait *vraiment,* qu'elle avait beau ne pas y comprendre grand-chose, elle avait envie d'apprendre, car elle comprenait tout à fait ce que cela signifiait pour lui.

Et ça, c'était ce qu'il y avait de plus magique.

Tard dans l'après-midi, ils rentrèrent au *Ritz,* ouvrirent les fenêtres en grand, sortirent une table et deux chaises sur le balcon et Jerry commanda du champagne qu'ils burent en regardant le soleil se coucher sur Paris.

« On se croirait dans un vieux film d'Hollywood, dit Sonia d'un ton rêveur. Déguster du champagne sur notre terrasse au-dessus de la Seine... Et cette chambre, Seigneur, qu'est-ce qu'elle doit coûter... »

Jerry trinqua avec elle et leva son verre pour porter un toast. « À l'Agence spatiale européenne ! À ceux qui paient tout ça !

— Ils doivent vraiment avoir envie de t'engager », dit Sonia, et une pensée lui traversa l'esprit comme une ombre : il y avait quelque chose de bizarre à ce que l'ESA dépense tant d'argent pour recruter un garçon comme Jerry qui, de son propre aveu, n'était pas un ingénieur ou un savant de haut niveau et n'était pas beaucoup plus vieux qu'elle.

Jerry haussa les épaules. « Ils doivent déduire ça de leurs

impôts, de toute façon. Ce n'est pas comme s'ils dépensaient leur *propre* argent ! »

Sans doute. Sonia avait déjà rencontré cet étrange comportement capitaliste, mais jamais sur une telle échelle. Elle se demanda jusqu'où on pouvait les pousser...

« J'ai une idée, dit-elle. Il me reste huit jours de vacances et tu n'as vu de l'Europe que Paris, alors pourquoi ne pas partir en voyage tous les deux, une grande virée, Londres, Baden-Baden, peut-être Budapest, les îles grecques, bien sûr, Rome... » Elle haussa les épaules en riant. « Ne préparons même pas d'itinéraire, sautons simplement dans le train ou dans l'avion selon notre envie du moment... »

Le regard de Jerry s'éclaira : « Génial ! » s'écria-t-il. Il fronça les sourcils. « Mais aussi monstrueusement cher, as-tu assez d'argent pour ça, moi certainement p... »

Il s'arrêta au milieu de sa phrase, regarda Sonia. Elle trinqua avec lui, sourit largement, hocha la tête. « À l'Agence spatiale européenne !

— Tu penses vraiment que... »

Sonia haussa les épaules. « Le pis qu'ils puissent faire, c'est dire non, fit-elle observer. Même en Union soviétique, cela fait longtemps qu'on n'a plus fusillé personne pour avoir simplement tenté sa chance... »

« Bien sûr, Jerry, pas de problème », répondit André Deutcher au vidéotel lorsque Jerry eut réussi à rassembler assez de courage pour lui expliquer la situation et exposer leur projet extravagant. « J'appelle tout de suite Nicola Brandusi... »

Vingt minutes plus tard, le vidéotel sonnait. C'était Brandusi. « Quelle idée merveilleusement romantique, monsieur Reed, dit-il, positivement rayonnant. J'aurais presque envie de venir avec vous, mais bien sûr c'est la dernière chose dont vous ayez envie, hein ? Le mieux, c'est une Eurocard Gold, on l'accepte partout et vous pourrez tirer de l'argent aux guichets automatiques, il sera débité sur le compte de l'ESA. Bien entendu, cela prendra un peu de temps pour arranger ça...

— Euh, nous n'avons que huit jours, monsieur Brandusi...

— Nicola, Jerry, Nicola, je vous en prie ! dit avec effusion

Brandusi. Ne vous tracassez pas, nous enverrons un coursier dès demain à votre hôtel. Prenez votre petit déjeuner, faites l'amour, déjeunez tranquillement et elle sera là vers quinze heures, à temps pour que vous puissiez dîner à Londres ou à Madrid. Et ne vous en faites pas pour la chambre, vous la retrouverez à votre retour. *Arrivederci,* Jerry, bon voyage, embrassez la demoiselle partout pour moi, hein ? »

Effectivement, quand ils revinrent de déjeuner le lendemain, le morceau de plastique magique les attendait à la réception, dans un élégant étui en cuir souple.

« Alors, où irons-nous dîner ce soir, Sonia? demanda joyeusement Jerry en lui agitant la carte sous le nez.

— C'est ton Eurocard, Jerry, à toi de choisir...

— Dans ce cas, allons à Londres, c'est le seul endroit où je connaisse quelqu'un...

— Je croyais que tu n'y avais jamais mis les pieds.

— Non, répondit Jerry en riant. Mais j'ai rencontré cette petite porno-star anglaise... »

Sonia avait entendu dire que le *Savoy* était l'équivalent britannique du *Ritz,* ils y prirent donc une chambre presque aussi vaste et encore plus chère que celle qu'ils avaient laissée à Paris, et le lendemain matin, après un copieux petit déjeuner anglais qui leur cala l'estomac, elle entraîna Jerry dans la tournée obligatoire des principaux monuments — l'abbaye de Westminster, le Parlement, le palais de Buckingham, Hyde Park Corner — situés pour la plupart à proximité de leur hôtel.

Ils dînèrent dans un incroyable restaurant indien dont avait entendu parler Sonia et qui proposait des currys et des tandooris de chevreuil, caille, perdrix, ours, serpent à sonnette et même d'éléphants, d'hippopotame ou de lion, puis ils firent la tournée des pubs de Chelsea et Bayswater avant de regagner le *Savoy* d'un pas titubant.

Le lendemain, Jerry la surprit énormément en jouant les guides à son tour. Il la traîna dans les célèbres boutiques de jouets scientifiques de Tottenham Court Road, lui offrit à déjeuner dans un pub choisi au hasard, lui acheta un coûteux sac en cuir d'autruche chez Harrods et l'emmena canoter à Hyde Park, chose qu'il avait vu faire dans un film, puis au zoo de Londres, dont il avait entendu dire qu'il était aussi intéressant que celui de San Diego.

Eurocard ou pas, Jerry insista pour dîner de « fish and chips » car, lui dit-il, il voulait goûter à la vraie cuisine anglaise. Sonia crut qu'elle allait rentrer sous terre quand il demanda à la réception qu'on lui indique le meilleur « fish and chips » en ville.

Mais l'employé sourit et leur recommanda un établissement de West Kensington appelé *Poissons et pommes frites* qui était certainement, selon lui, le meilleur « fish and chips » du monde.

Il n'avait pas exagéré. Dans une salle aménagée en élégant club privé, des serveurs en tenue de soirée leur proposèrent de succulents beignets de toutes sortes de poissons et crustacés, délicatement assaisonnés de safran, de basilic ou de coriandre, frits à l'huile de sésame, d'olive ou de noix, servis avec des frites d'une merveilleuse légèreté, du jambon et un plateau complet de vinaigres aromatisés, le tout accompagné d'une excellente bière tchèque.

C'était certainement la journée la plus étrange qu'eût jamais passée Sonia à Londres et, à sa façon, la plus charmante, car à travers ses yeux innocents son candide Américain avait réussi à lui faire voir la ville sous un jour nouveau.

Cette nuit-là, elle lui prouva combien elle avait apprécié, et au matin ils embarquèrent à bord de l'hydroglisseur pour la Normandie, où ils déjeunèrent de moules et de cidre, prirent un T.G.V. pour Bordeaux et une correspondance pour Bayonne. Là, ils assistèrent à une corrida, puis sautèrent dans l'avion pour Madrid, regardèrent se coucher le soleil devant des tapas et une bouteille de rioja à une terrasse de café, prirent une chambre à l'hôtel, firent l'amour, mangèrent une paella et se couchèrent vers minuit. Le lendemain, ils se levèrent à dix heures, prirent un autre T.G.V. pour Barcelone où Sonia loua un taxi pour montrer à Jerry les fantastiques bâtiments aux formes organiques édifiés par Gaudi — qui rappelèrent à Jerry les demeures de certaines vedettes de cinéma un peu dérangées, à Bel Air — puis ils déjeunèrent dans l'avion pour Nice.

Ils passèrent l'après-midi à paresser sur la plage devant leur hôtel en sirotant des américanos, nagèrent dans la Méditerranée sous le ciel d'azur, firent l'amour sous une couverture au milieu de la foule, puis ils louèrent une vieille Rolls décapotable. Le soir, Sonia les conduisit par la corniche basse, le long des villas pour milliardaires, du Cap-Ferrat à Monaco où Jerry réussit contre toute attente à gagner au black jack presque assez pour payer le homard thermidor et le pouilly-fuissé qu'ils se firent servir dans un restaurant du port, après quoi Jerry déclara d'un ton sans réplique qu'un véritable *Angelino** apprenait dès le plus jeune âge à conduire dans n'importe quel état et, contre toute attente, réussit à en administrer la preuve en ramenant la Rolls à leur hôtel.

Ils s'écroulèrent dans les bras l'un de l'autre et dormirent presque jusqu'à midi. Ils déjeunèrent en ville, puis prirent l'avion pour Rome où ils passèrent la journée à visiter les monuments, se gavèrent de tournedos Rossini et de pasta, attrapèrent un vol pour Brindisi, un endroit vraiment infect, et dormirent cette nuit-là à bord du ferry pour Corfou.

Kerkira, la principale ville de Corfou, était un cauchemar pour touristes qui rappelait énormément Tijuana, mais il y avait un aéroport, aussi prirent-ils l'avion pour Athènes à temps pour déjeuner de moussaka et de retsina dans une taverne de la Plaka, après quoi, un peu éméchés, ils montèrent sur l'Acropole se promener parmi les ruines.

Athènes elle-même, au pied des monuments de son prestigieux passé, était un bruyant et malodorant cauchemar, aussi Sonia décida-t-elle que la meilleure chose à faire était d'attraper un vol pour Munich, dîner tôt, sauter dans un train pour Baden-Baden, louer un chalet dans la Forêt-Noire et faire l'amour devant la cheminée, dans l'odeur des pins et le doux murmure de la brise nocturne dans les arbres.

Plus tard, Sonia soupira en sombrant lentement dans le sommeil sous la couette, Jerry doux et chaud près d'elle, avec les braises rougeoyantes pour seul éclairage dans la petite chambre enfumée. Si seulement cela pouvait durer toujours, se disait-elle. Si seulement je n'avais pas à rentrer travailler à Bruxelles dans trois jours...

Quelque part au loin, une chouette ulula sinistrement ; on

* Habitant de Los Angeles.

aurait dit un train de plaisir qui s'éloignait pour s'enfoncer dans les profondeurs nostalgiques du passé.

Tu exprimes bien ce que je ressens, dit-elle dans sa tête au lugubre oiseau de nuit. Puis elle rit d'elle-même en silence.

Pauvre Sonia ! Comme le monde est injuste ! Tu as trouvé l'amour de ta vie, tu viens de passer des vacances de princesse tous frais payés, et maintenant tu es indignée à la pensée de devoir bientôt reprendre le travail !

Elle se blottit contre Jerry. Oui, ce moment enchanteur doit bientôt prendre fin, mais pas les heures passées ensemble, mon amour. Nous allons peut-être perdre dans quelques jours notre morceau de plastique magique, mais il n'y a aucune raison de nous perdre l'un l'autre, Bruxelles n'est pas si loin de Paris, nous pouvons nous retrouver presque tous les week-ends et tu peux sûrement t'arranger pour que l'ESA t'accorde les mêmes périodes de congé que moi...

La chouette ulula de nouveau, mais cette fois elle ne semblait pas pleurer la fuite de leur court présent doré dans la nuit du passé. Ce train-là entrait en gare avec pour destination le brillant avenir et il n'y avait aucune raison qu'ils ne puissent pas monter à bord.

Comme il était étrange et merveilleux de rouler en taxi vers le *Ritz* dans les rues embouteillées de Paris par une belle fin d'après-midi ensoleillée avec son amante russe à son côté et la bizarre sensation de rentrer chez soi.

Et, par un amusant paradoxe temporel digne d'une histoire de science-fiction, c'était bien le cas, car Jerry Reed était désormais fermement décidé à signer avec l'ESA, de son propre sang si besoin était.

Il était surprenant de constater qu'ils n'avaient voyagé qu'une petite semaine, que tout ce qu'ils avaient vu et fait s'était déroulé dans les limites géographiques d'une région qui aurait pu tenir entre la côte californienne et le Mississippi. Pays après pays, chacun avec une langue incompréhensible, des paysages, des odeurs et des sonorités exotiques, des cuisines totalement différentes, enraciné dans ses propres et antiques traditions, tout comme ces mondes extraterrestres des vieilles histoires de science-fiction de son père.

On pouvait passer le reste de sa vie à visiter ces mondes

sans jamais en épuiser la nouveauté. Oh oui, à présent il comprenait *vraiment* en quel sens le rêve de la petite Sonia de voyager en Europe occidentale était, au fond, *exactement* comparable à celui de son enfance de fouler le sol de lointaines planètes orbitant autour de soleils étrangers !

Et si ce rêve de petit garçon était condamné à demeurer à jamais une utopie, si l'homme qu'il était devenu savait qu'il ne vivrait jamais pour voir l'aube de ce merveilleux âge de l'espace, l'occasion lui avait été offerte de devenir, à son modeste niveau, l'un de ceux dont le travail aurait contribué à l'avènement de cet âge.

En attendant, il avait trouvé presque aussi bien : les univers exotiques de l'Europe à explorer avec une femme qui comprenait vraiment le fond de son cœur.

Ce voyage l'en avait convaincu, c'était bien le cas de Sonia Ivanovna Gagarine. En fait, il y avait des moments où elle avait l'air de le connaître mieux qu'il ne se connaissait lui-même. Car, après leur course échevelée de Londres à Munich, elle avait opportunément ralenti la cadence, l'emmenant passer la nuit dans un tranquille chalet montagnard, puis ils avaient passé la demi-journée suivante à se promener simplement en bavardant dans les bois avant de prendre le train pour Vienne pour un romantique dîner aux chandelles après lequel ils étaient rentrés à l'hôtel, avaient fait l'amour, discuté tard dans la nuit et déjeuné dans l'avion du retour vers Paris.

« Oui, oui, Jerry, je sais, je sais, nous ne sommes pas allés à Budapest, Amsterdam, Bruxelles ou Genève, ni sur le lac de Côme ou dans les Alpes », lui disait-elle ces deux derniers jours chaque fois qu'il commençait à se plaindre qu'ils perdaient leur temps. « Mais ils ne vont pas s'en aller et si tu essaies d'en voir trop trop vite, tu rateras tout, comme les montagnes que ce train traverse en ce moment, regarde par la fenêtre, n'est-ce pas magnifique ? »

Elle avait raison, bien sûr. L'Europe n'allait pas s'en aller, Sonia n'allait pas plus loin que Bruxelles et il n'avait pas non plus à partir. Lorsque leur avion se posa à Roissy, ils avaient tout mis au point et planifié leur avenir commun.

Jerry accepterait la proposition de l'ESA, bien entendu, et il lui faudrait faire lui-même les recherches préliminaires pour l'appartement, car elle devait être de retour à Bruxelles le lundi suivant, mais elle reviendrait à Paris le prochain week-end pour voir ce qui lui avait été proposé et l'aider à se décider, car elle serait très souvent chez lui, et le week-end d'après elle pourrait revenir pour l'emmener acheter des meubles faubourg Saint-Antoine où, lui assura-t-elle, on pouvait trouver à peu près tout à un prix raisonnable.

Après, eh bien, ils étaient jeunes, ils avaient leurs week-ends et leurs vacances ; bien sûr Jerry devrait s'arranger pour faire coïncider leurs périodes de congés, et si c'était un sérieux inconvénient de devoir habiter dans deux villes différentes pour leur travail, il n'y avait pas grand-chose à y faire, n'est-ce pas, ce n'était pas comme s'ils projetaient de se marier ou un truc comme ça ; après tout, ils avaient des *années* devant eux pour voyager et prendre du bon temps : ils se connaissaient depuis à peine plus d'une semaine !

Jerry sourit et serra Sonia contre lui tandis que le taxi s'arrêtait devant le *Ritz*. « Bienvenue à la maison, dit-il alors que l'essaim de portiers et de chasseurs s'abattait sur eux. J'aurais presque envie de te faire franchir le seuil dans mes bras.

— Si tu essaies, tu risques de déclencher une grève du syndicat des portiers, répondit Sonia du tac au tac. En plus, nous ferions mieux de ne pas trop nous habituer à cet endroit. Bientôt, je serai de retour dans mon studio de Bruxelles, tu auras ton propre appartement à Paris, et aucun de nous deux ne pourra se faire apporter du champagne et du caviar par le service d'étage. Mais en attendant...

— En attendant, dit Jerry, que dirais-tu d'un peu de Dom Pérignon avec le sévruga, histoire de célébrer le futur souvenir du bon vieux temps ? »

Sonia rit. « Tu commences à apprendre, Jerry ! »

En arrivant dans la chambre, Sonia fut ravie de voir que le champagne et le caviar les attendaient déjà, avec une carte qui disait « Avec les compliments de vos amis de l'ESA », même si ce n'étaient que du Moët et Chandon et du béluga.

Attendait aussi un message téléphonique dans une enveloppe glissée sous la porte. Et quand Jerry le lut après l'avoir ramassé, les rires cessèrent soudain.

« Qu'est-ce qui se passe ? demanda Sonia. Qu'est-ce que c'est ? »

Jerry essaya d'écarter la chose d'un haussement d'épaules insouciant. « Pas grand-chose », dit-il, mais son expression démentait ses paroles. « Juste un message pour me demander de rappeler l'ambassade des États-Unis. »

Plus précisément, le message disait :

Mr. Jerry Reed,
L'ambassade des États-Unis a appelé. Vous êtes prié de rappeler dès votre retour. Demandez Doris Steiner.

Cela semblait assez innocent, mais Jerry en trouvait le ton assez troublant. C'était peut-être cette histoire de « rappeler dès votre retour ». Ça lui donnait une drôle de sensation au creux de l'estomac, un peu comme quand un messager se présente avec un télégramme que l'on n'attendait pas.

« Qu'est-ce qui ne va pas ? demanda Sonia en venant à son côté.

— Rien, j'espère. Ou plutôt j'espère que non... Mon père... ma mère, Seigneur... j'espère que rien... »

Sonia lui étreignit la main. « Quoi que ce soit, le mieux est d'appeler et de cesser de te torturer... »

Jerry hocha la tête. Il appela le standard de l'hôtel. Une minute plus tard il était en ligne avec l'ambassade, liaison audio uniquement, derrière le Grand Sceau des États-Unis.

« Doris Steiner, s'il vous plaît.

— De la part de... ?

— Jerry Reed. Elle m'a demandé de rappeler.

— Ne quittez pas. »

Il eut alors droit à ce qui lui parut une demi-heure de bouillie musicale en boucle mais n'était en réalité guère plus de trois ou quatre minutes d'angoisse, avant que le Grand Sceau ne soit remplacé par le visage las d'une femme d'âge mûr aux cheveux gris acier coupés court.

« Doris Steiner, dit-elle avec l'accent du Midwest.

— Jerry Reed. »

Doris Steiner le fixa d'un œil inexpressif. « Et… ? finit-elle par dire.

— Et vous m'avez demandé de rappeler…, répondit nerveusement Jerry.

— Vraiment ? Attendez que je vérifie… »

Environ une minute et demie d'un silence angoissant.

« Ah oui, c'est ça, vous avez rendez-vous avec Lester Coldwater demain matin à onze heures.

— Vraiment ?

— C'est ce qui est écrit là.

— Qui diable est Lester Coldwater ?

— L'attaché commercial adjoint…

— Je ne connais pas de Lester Coldwater, je n'ai jamais pris rendez-vous avec quiconque à l'ambassade et…

— Je n'ai pas dit que vous l'aviez fait, rétorqua Doris Steiner de son horrible voix mate. C'est Coldwater qui vous veut dans son bureau à onze heures précises, c'est écrit ici.

— Et si je n'ai pas envie de le voir ?

— Hé là, ne me parlez pas sur ce ton, répliqua Doris Steiner en lui lançant un regard noir. Je ne fais que mon boulot…

— *Vous,* ne *me* parlez pas sur ce ton, madame Steiner, rétorqua Jerry qui commençait à en avoir assez. Je suis un honnête contribuable dont les impôts paient en partie votre salaire ; je vous ai posé une question claire. Que se passera-t-il si je ne me rends pas à cette convocation ? »

Le visage de Doris Steiner se fit glacial et sa voix tranchante. « Nous sommes en France, Mr. Reed, aussi ne pouvons-nous pas envoyer deux Marines vous arrêter. Mais la note dans votre dossier stipule en toutes lettres…

— Quelle note ? Qu'est-ce que c'est que cette histoire de *dossier ?*

— … que si vous ne vous présentez pas à l'ambassade dans la demi-heure suivant l'heure de votre convocation, votre passeport sera immédiatement suspendu.

— Qu'est-ce que ça veut dire ? hurla Jerry dans le récepteur.

— Comment le saurais-je ? Ce n'est pas mon travail,

Mr. Reed, je ne suis que réceptionniste échelon C-3, et vous feriez mieux de baisser le ton...

— Baisser le ton ! Écoutez-moi un peu, vous...

— Au revoir, Mr. Reed, dit Doris Steiner avec un sourire venimeux. Bonne journée. » Et elle raccrocha.

LA COUR SUPRÊME ENTÉRINE L'AMENDEMENT À LA LOI SUR LA SÉCURITÉ NATIONALE

Par six voix contre trois, la Cour suprême des États-Unis a entériné quatre articles controversés de l'amendement à la Loi sur la sécurité nationale. Dans ses attendus, la Cour a déclaré que la renonciation aux droits constitutionnels implicite lors de l'acceptation d'un emploi requérant une accréditation officielle des services de sécurité, étant une question de droit civil entre les parties contractantes, est de ce fait volontaire et ne constitue donc pas de la part du gouvernement fédéral un acte contraire à la Constitution.

En désaccord avec ses collègues majoritaires, le juge Carl Waverly a déclaré : « C'est un jour bien noir pour la liberté et pour cette honorable institution. En permettant à une telle logique sophiste de prévaloir au nom de l'intérêt national, la Cour a violé l'esprit, sinon la lettre, de la Constitution, ouvrant la porte à des abus encore plus graves pour l'avenir. »

New York Times

LES FRANÇAIS BLOQUENT L'EUROTUNNEL

Une grève surprise des ouvriers d'entretien du côté français a interrompu aujourd'hui le trafic du tunnel sous la Manche pendant six heures, entraînant d'énormes embouteillages ferroviaires jusqu'à Londres et Paris.

« Une bombe ? Qui a parlé de bombe ? » a malicieusement déclaré François Daladier, porte-parole officieux des grévistes. « Nous avons simplement dit que nous ne pouvions pas garantir la sécurité des trains transitant par le tunnel pendant six heures aujourd'hui. Avec une augmentation de salaire de 5 écus de l'heure, nous pourrions nous sentir suffisamment motivés pour faire l'effort de nous assurer qu'une telle situation ne se renouvelle pas. »

Des voyageurs en colère ont failli à plusieurs occasions en venir aux mains avec les ouvriers français. « Si les copains étaient avec moi », a déclaré un supporter de Manchester United qui a demandé à garder l'anonymat, interrogé alors qu'il tentait de rentrer chez lui après un week-end sur le Continent, « on se gênerait sûrement pas pour faire à ces maudits bouffeurs de grenouilles ce que nos gars ont fait jeudi dernier aux Irlandais ! »

News of the World

7.

Sonia n'arrivait tout simplement pas à comprendre l'humeur insouciante de Jerry. Après son coup de téléphone de la veille à l'ambassade des États-Unis, il avait eu l'air troublé, mais même alors il était plus furieux qu'inquiet, et maintenant il plaisantait à ce sujet en franchissant la porte pour se rendre à la convocation.

« Ils pensent sans doute que tu es une espionne, dit-il en lui donnant un chaste petit baiser. Ils pensent probablement que tous les Russes sont des espions.

— Ça n'a rien de drôle, Jerry !

— Allons, Sonia !

— Je n'aime pas ça, Jerry, tu ne devrais peut-être pas aller à l'ambassade, j'ai entendu des histoires...

— Parfaitement, dans des feuilletons d'espionnage à la télévision russe, je parie. Ne fais pas l'idiote, Sonia, ces types ne sont pas du K.G.B., ce sont des *Américains.* » Il rit. « Qu'est-ce qu'ils peuvent faire, m'enlever et m'envoyer en Sibérie pour être tombé amoureux d'une Russe ? Ne t'en fais pas, je serai de retour pour déjeuner. »

Il rit encore, lui donna un autre petit baiser et s'en alla.

Sonia regagna la table du petit déjeuner et se versa une autre tasse de café. Ne pas s'en faire ?

Jerry avait l'air si naïf pour certaines choses. Ces luges orbitales sur lesquelles il avait travaillé paraissaient être le genre de technologie que l'Union soviétique aurait probablement trouvée très précieuse, et ce qui était précieux pour l'Union soviétique devait aussi l'être pour les Américains. Si Jerry avait été un citoyen *soviétique* en possession de tels renseignements, il ne lui aurait jamais été permis de quitter le territoire national.

L'idée que la C.I.A. puisse rapatrier de force Jerry était terrifiante, et la sensation de vide qu'elle éprouvait à la pensée de ne plus jamais le revoir la convainquit plus que toute autre chose qu'elle était bel et bien amoureuse. Et savoir qu'elle devait être de retour à Bruxelles dans quarante-huit heures mettait le comble à son désespoir.

Mais il s'avéra qu'elle n'avait pas besoin de s'en faire. Jerry n'était pas parti depuis plus de cinq minutes qu'un coup assez hésitant fut frappé à la porte.

Quand elle ouvrit, elle resta bouche bée, son cœur cessa de battre et elle fut parcourue d'un frisson.

Car dans l'encadrement de la porte se tenait son *chef,* Grigori Pankov, Pankov la Pieuvre humaine, le dos voûté, se tordant nerveusement les mains, une sueur malsaine perlant sur son front dégarni, comme s'il avait attendu dans le hall que Jerry s'en aille. Et, à son air, c'était probablement le cas.

Jerry Reed ne rencontra pas Lester Coldwater avant 11 h 40, et non faute d'être arrivé à l'heure à l'ambassade. Il avait d'abord dû faire la queue pour se faire palper par un Marine et passer au détecteur de métal. Puis l'employé de la réception l'avait laissé mariner tandis qu'il jacassait au téléphone. Quand on l'avait enfin dirigé vers un bureau au troisième étage, une secrétaire qui ne lui avait même pas offert de café lui avait fait faire antichambre pendant encore vingt minutes sans rien à lire que de vieux numéros du *Wall Street Journal* et de *Barron's* avant que Coldwater ne daigne le recevoir.

Le bureau de Coldwater était peint d'un vert hôpital nauséeux et moquetté de marron administratif. Sa table de travail s'accordait au décor : le grand modèle en acier humanisé par un revêtement autocollant imitation bois, avec l'inévitable terminal d'ordinateur posé dessus. Un des murs disparaissait derrière des étagères du même style. Devant le bureau étaient disposés deux fauteuils capitonnés recouverts de skaï marron. Les seuls éléments de décoration étaient un drapeau américain à côté du bureau et, derrière, une photo du Président.

Lester Coldwater lui-même paraissait la cinquantaine, avec une tendance à l'embonpoint. Il était vêtu d'un costume rayé bleu, avait des cheveux grisonnants indisciplinés et des yeux bleus larmoyants derrière des lunettes enveloppantes.

« Asseyez-vous », dit-il en guise de salutations.

Peut-être cela venait-il du décor, qui lui rappelait énormément le bureau de son conseiller d'éducation au collège, peut-être était-ce d'avoir dû attendre après s'être hâté pour ne pas être en retard, peut-être était-ce l'aura de Coldwater, toujours est-il que Jerry en avait maintenant plus que ras-le-bol.

Il se laissa tomber dans un fauteuil et croisa les bras sur sa poitrine. « Alors ? » dit-il.

Coldwater tapa quelque chose sur le clavier de son ordinateur. « Alors, Mr. Reed, il est de mon devoir de vous informer que vous pourriez être sur le point de commettre une violation de l'amendement à la Loi sur la sécurité nationale dont le décret d'application vient d'être signé par le Président.

— Comment ça ? » demanda Jerry qui commençait à se

sentir un peu nerveux, mais il était bien décidé à n'en laisser rien voir à ce type.

« Vous avez pris connaissance des termes de l'amendement à la Loi sur la sécurité nationale, Mr. Reed ?

— Non. Je ne suis pas juriste et je ne m'intéresse pas à la politique. »

Coldwater tapa autre chose sur son ordinateur. « Selon nos renseignements, vous avez reçu une proposition officielle d'emploi de la part de l'Agence spatiale européenne…

— Comment avez-vous trouvé ça ? laissa échapper Jerry qui le regretta aussitôt.

— Ce n'est pas du ressort de mon service, Mr. Reed, déclara Coldwater d'un ton hésitant. Niez-vous la chose ? »

Jerry réfléchit un instant. Manifestement, ils étaient au courant de tout, jusqu'au montant du salaire et aux avantages en nature. Il ne servait à rien de chercher à jouer au plus fin, pas plus, d'ailleurs, que de leur faciliter le travail.

« Non, dit-il. Est-ce un crime ?

— Pas tant que vous n'avez pas accepté. Étant donné que vous avez eu connaissance d'un projet militaire de moyenne sécurité, il vous est interdit par la Loi sur la sécurité nationale d'accepter un emploi en dehors des États-Unis ou dans une entreprise étrangère opérant sur le territoire national. Si vous agissiez ainsi, vous pourriez être accusé d'espionnage et poursuivi en conséquence. L'ESA vous ayant fait une telle proposition, vous êtes requis de signer une déclaration sous serment comme quoi vous n'allez pas accepter si vous voulez conserver un passeport américain valide. »

Il chercha dans un tiroir, en sortit un document qu'il fit glisser vers Jerry, puis prit un stylo-bille dans sa poche intérieure et le posa à côté du papier.

« Et si je refuse de signer ?

— Je me verrai alors dans l'obligation d'exiger que vous me remettiez votre passeport.

— Et si je ne le fais pas ? »

Coldwater poussa un soupir. Il haussa les épaules. « Cela n'est pas du ressort de mon service, Mr. Reed. Disons simplement qu'il ne vous sera pas permis de quitter l'ambassade avec ce document en votre possession. »

Jerry contempla le formulaire de déclaration sous serment.

Il commençait à avoir peur, mais qu'il soit damné s'il signait quoi que ce soit sans savoir où il mettait les pieds. « Je ne suis pas tenu de signer un quelconque document sans l'assistance d'un avocat, dit-il à Coldwater. C'est mon droit en tant que citoyen américain, non ?

— Pas aux termes de l'amendement à la Loi sur la sécurité nationale. En acceptant une accréditation de moyenne sécurité lorsque vous avez commencé à travailler sur la luge orbitale, chez Rockwell, vous avez renoncé à votre droit d'être assisté dans ce type d'affaires.

— Quoi ! Mais cela fait des années de ça, cet amendement à la Loi sur la sécurité nationale n'existait même pas encore, si je ne me trompe ?

— Effectivement. C'est pourquoi le Congrès, dans sa grande sagesse, a rendu l'article 12 rétroactif.

— C'est forcément anticonstitutionnel ! » s'écria Jerry. La tête lui tournait. « Je ne signerai pas un truc que je ne comprends pas sans assistance juridique !

— Comme vous voudrez », dit sèchement Coldwater. Il appuya sur son intercom. « Voulez-vous demander à Al Barker de venir discuter avec Mr. Reed de sa situation ? »

Coldwater se leva, consulta ostensiblement sa montre. « Il va être l'heure du déjeuner, dit-il en se dirigeant vers la porte. Je crois que je vais vous laisser la disposition de mon bureau, à Barker et à vous...

— Et à quel *service* appartient cet Al Barker ? » demanda Jerry.

Coldwater ouvrit la porte et se retourna pour regarder Jerry d'un air condescendant. « Ne soyons pas grossier, Mr. Reed », dit-il en franchissant le seuil, puis il referma derrière lui, laissant Jerry seul avec l'impression d'être un collégien en faute qui attend l'arrivée du principal dans le bureau du conseiller d'éducation.

Pankov mit une éternité à en venir à ce qui l'amenait. Il s'essuya le front du dos de la main, demanda une tasse de café, se plaignit de son voyage en avion depuis Bruxelles. Il jeta un coup d'œil furtif au lit défait, puis à Sonia, et s'assit d'un air pincé sur une chaise sans même une remarque grivoise, et ça, c'était le plus inquiétant de tout.

« Que diable viens-tu faire ici, Grigori Mikhaïlovitch ? » finit par demander Sonia quand elle ne put plus y tenir.

Pankov lui sourit nerveusement. « Je voudrais bien pouvoir dire que je suis venu ici poussé par une ardeur romanesque, Sonia Ivanovna, hélas le fait est que je ne me retrouve enfin dans ton boudoir qu'en service commandé...

— Je ne comprends pas... »

Pankov semblait regarder un point derrière elle tandis qu'il débitait d'une voix balbutiante un petit discours qu'il devait avoir appris par cœur à bord de l'avion.

« Nous sommes sur le point de conclure avec la Communauté européenne un accord de plusieurs dizaines de milliards de roubles. L'ESA, comme tu le sais sans doute grâce à ta... euh, comment dire... liaison avec Jerry Reed, s'apprête à mettre en chantier le prototype de son avion spatial, le Dédale...

— Pourquoi me racontes-tu ça ? Quel rapport avec...

— Patience, patience, Sonia Ivanovna ! À vrai dire, je suis moi-même un peu dépassé, alors ne m'interromps pas, je t'en prie, sinon je vais tout mélanger ! »

Il s'était remis à transpirer. Il s'essuya le front avec une serviette du petit déjeuner et but une gorgée de café tiède avant de poursuivre : « Où en étais-je... ? Ah oui, l'ESA et un consortium européen désirent acheter des modules cosmograd pour assembler une sorte d'hôtel en orbite géostationnaire de façon à rendre le Dédale économiquement viable, bien que je ne voie pas trop comment cela pourrait bien...

— Oui, oui, ils veulent construire une station orbitale pour fournir une destination au Dédale, afin de pouvoir en justifier le coût auprès des banquiers, Jerry m'a expliqué tout ça...

— Vraiment ? dit Pankov en la regardant d'un air perplexe. Eh bien, alors, peut-être sais-tu déjà qu'ils veulent aussi acheter des fusées Energia qu'ils utiliseront pour placer de gros réservoirs de carburant en orbite afin de ravitailler les remorqueurs qui emmèneront le Dédale jusqu'à leur station spatiale... »

Pankov poussa un gémissement. « Des modules ! Des hôtels de l'espace ! Des remorqueurs ! s'écria-t-il. Y comprends-tu quelque chose ? demanda-t-il d'un ton plaintif.

— Tout sauf la raison qui t'a fait venir de Bruxelles pour

me raconter ça ! explosa Sonia, à présent tout à fait exaspérée. Veux-tu bien, *s'il te plaît,* en venir au but de ta visite, Grigori Mikhaïlovitch !

— Le but de ma visite ? Ah oui ! Le but de ma visite, c'est que l'Étoile-Rouge a refusé de leur vendre les fusées Energia, insistant au contraire pour leur fournir le carburant en orbite, étant donné que cela serait bien plus profitable, mais les Européens ont refusé, car cela rendrait leur station orbitale dépendante du prix du carburant soviétique livré en orbite...

— Au fait, Grigori Mikhaïlovitch, au fait ! Vas-tu en venir à nos affaires ?

— Nos affaires ? Ah, oui, ça je comprends. Après des négociations extrêmement âpres, à ce que je me suis laissé dire, l'Étoile-Rouge est parvenue à un compromis avec les Européens. Nous leur vendons les modules cosmograd et les fusées Energia, et, avec les bénéfices, nous prenons 49 % des parts du consortium transnational qui construira les avions spatiaux Dédale. Une bonne affaire pour l'Étoile-Rouge, non ?

— Magnifique ! Ingénieux ! Merveilleux ! Mais quel rapport cela peut-il avoir avec moi ? Que fais-tu *ici ?*

— Oui, oui, j'y arrive », dit Pankov, et sa voix se fit plus calme et assurée, ce qui ne rassura pas Sonia le moins du monde.

« Vois-tu, l'élément clé, c'est le remorqueur, sans lequel il est impossible au Dédale de rejoindre l'hôtel orbital, ainsi que de construire ce dernier, d'ailleurs. Mais l'ESA ne possède pas la technologie permettant de construire un tel remorqueur, pas plus que l'Union soviétique, bien que je me sois laissé dire que nos militaires aimeraient beaucoup l'avoir, et sans lui toute l'affaire est à l'eau, des centaines de milliards de roubles, à ce qu'on m'a dit...

— Seuls les Américains possèdent cette technologie avec leur luge orbitale..., dit lentement Sonia. Et c'est pourquoi l'ESA dépense tout cet argent pour persuader Jerry de travailler pour eux ! »

Pankov poussa un énorme soupir de soulagement et lui adressa un large sourire qu'on aurait pu dire « conquérant » s'il n'avait été plaqué sur le visage d'une aussi répugnante créature. « Oui, oui, exactement, Sonia Ivanovna, Dieu merci, tu as compris ! s'exclama-t-il.

— Compris *quoi ?* » demanda Sonia, mais malheureusement, cette fois, sa perplexité était feinte car, malgré elle, elle craignait fort de commencer à saisir.

« Pourquoi nous prolongeons tes vacances à plein salaire pour la durée nécessaire, dit Pankov.

— Pour la durée nécessaire à *quoi ?* » demanda Sonia, ne sachant que trop bien où cela allait mener, mais décidée à faire transpirer Pankov le plus possible, à titre de vengeance futile.

« Je dois vraiment ? » dit-il d'un air malheureux en se tordant les mains.

Sonia se contenta de le fixer en silence avec un air de totale incompréhension.

« Je n'y suis pour rien là-dedans, comprends-tu, Sonia Ivanovna, geignit Pankov. L'ordre de te transmettre cette requête m'a été donné par Sergeï Dakolov, qui a été informé par son supérieur, lui-même informé par le siège de l'Étoile-Rouge à Moscou que les hautes sphères du Parti... euh, trouveraient souhaitable que tu... euh... poursuives ta liaison avec ce Jerry Reed jusqu'à ce qu'il fasse défection et que tu fasses tout ce qui est en ton... euh, pouvoir, pour le persuader d'agir ainsi...

— Faire défection ! s'écria Sonia. Qui a dit que Jerry doive *faire défection ?* Et au bénéfice de qui ? Il est simplement question d'accepter une offre d'emploi, non ? »

Grigori Mikhaïlovitch Pankov, s'étant enfin déchargé du malsain message de ses supérieurs, eut l'air de se reprendre suffisamment pour se remettre dans la peau de son personnage habituel de petit bureaucrate.

« Non, pas du tout, dit-il de sa voix pompeuse et autoritaire de chef de service. Quant à savoir au bénéfice de qui, l'ESA lui procurera sans doute un passeport européen. Qui a dit que c'était une défection ? Les Américains, bien sûr. Après tout, on lui demande d'aider l'ESA à mettre au point sa propre version d'un élément clé de l'Étoile d'Amérique. Ils feront tout ce qu'ils pourront, sauf violer la souveraineté française, pour l'en empêcher ; ce qui signifie qu'ils ne lui permettront certainement pas de rester en Europe en conservant son passeport américain quand il aura signé un contrat d'embauche avec l'ESA.

— S'il signe avec l'ESA... »

Pankov lança à Sonia un regard qu'elle ne connaissait que trop bien. « Il est de ton devoir d'employée loyale de l'Étoile-Rouge et de citoyenne soviétique, à qui, dois-je ajouter, il a été accordé un visa permanent pour la Communauté européenne, de veiller à ce que Jerry Reed entre au service de l'ESA, dit-il de son ton le plus officiel.

— Et si je refuse d'avoir quoi que ce soit à voir avec cette histoire sordide ? »

Grigori Mikhaïlovitch Pankov haussa les épaules. « Si tu refuses d'accéder aux désirs des hautes sphères du Parti, il n'y a peut-être plus de goulag, mais il y a toujours un poste de dactylo vacant à Vladivostok. »

Cette fois, on ne laissa pas Jerry mariner très longtemps dans son jus. Coldwater n'était pas parti depuis plus de cinq minutes que Al Barker fit irruption dans le bureau et, s'il ne claqua pas la porte derrière lui, il la referma néanmoins avec une autorité tranchante.

Barker était un Noir de taille moyenne au physique nerveux, vêtu d'un costume gris foncé bien coupé qui réussissait sur lui à avoir l'air d'un uniforme. Il avait les pommettes hautes, des cheveux poivre et sel coupés court et le regard dur d'un homme habitué à commander. Il traversa rapidement le bureau sans se présenter, s'assit, très droit, sur le fauteuil pivotant de Coldwater, fixa Jerry d'un regard qui ne cillait pas et alla droit au but.

« Je ne vais pas tourner autour du pot, Reed, dit-il d'un ton cassant. Vous vous êtes conduit en parfait imbécile et vous êtes dans la merde jusque-là. Vous détenez des renseignements top-secret sur l'Étoile d'Amérique et soyez assuré que le crétin qui vous a laissé quitter le pays avec un visa pour l'Europe n'aura plus jamais l'occasion de refaire une erreur aussi stupide. »

Barker joignit les doigts, fit la moue et regarda Jerry avec une espèce d'amère résignation.

« On pourrait même dire que ce n'était pas entièrement votre faute, Reed, reconnut-il. Après tout, les chasseurs de têtes de l'ESA vous ont offert des vacances aux frais de la princesse, vous n'avez pas essayé de jouer au plus malin en cachant votre destination, quelqu'un a fait une connerie en vous laissant quitter le pays et le pire que l'on puisse dire, c'est que vous êtes un idiot radin…

— Comment… comment êtes-vous au courant de…

— Comment sommes-nous au courant du petit jeu de l'ESA ? cracha Barker. Bon Dieu, Reed, pour qui nous prenez-vous ? Vous débarquez ici, vous pieutez au *Ritz,* vous commencez à jeter l'argent par les fenêtres comme si demain n'existait pas, et nous sommes censés ne rien remarquer ? Vous vous montrez à une réception de l'ESA avec *André Deutcher* et nous sommes censés ne pas être assez malins pour compter jusqu'à deux ? »

Jerry avait la tête qui tournait sous cet assaut verbal. « Très bien, d'accord, l'ESA m'a payé un voyage à Paris et m'a fait une offre d'emploi. Est-ce un crime ? »

Barker haussa les épaules. « Cela *pourrait* être interprété comme une tentative de violation de la Loi sur la sécurité nationale si nous cherchions vraiment à vous mettre quelque chose sur le dos. Mais nous n'aurons pas à chercher si loin si vous nous y obligez, Reed. Oh non, il a fallu que vous nous facilitiez le travail en baisant avec un agent russe ! »

C'en fut finalement trop pour Jerry. « C'est ridicule ! s'écria-t-il. Sonia n'est pas une espionne ! »

Barker leva les yeux au ciel. « Je vois, Reed, vous le savez de source sûre, n'est-ce pas ? Je parierais même que c'est la fille en personne qui vous l'a dit !

— Elle est traductrice à l'Étoile-Rouge de Bruxelles, protesta Jerry. Vous pouvez vérifier.

— Vous êtes sérieux ? Vous pensez *vraiment* que nous n'avons pas pris nos renseignements sur elle ?

— Alors…

— Seigneur Dieu, Reed, qu'est-ce que vous croyez, que les Russes accrochent une pancarte sur le cul de leurs agents : “ Baisez-moi, je suis du K.G.B. ” ?

— Vous avez la preuve que Sonia travaille pour le K.G.B. ?

— Nous n'avons pas besoin de preuve, Reed. Servez-vous de votre tête. Son travail à l'Étoile-Rouge est une *couverture !* Savez-vous ce qu'est l'Étoile-Rouge ?

— Euh… c'est une sorte de société commerciale russe, non ?

— Oui, Reed, comme vous dites, c'est une sorte de société commerciale russe », répondit Al Barker du ton las et exaspéré d'un professeur une fois de plus confronté à un étudiant ignare. “ En fait, c'est *la* société commerciale russe et aussi un instrument du gouvernement soviétique dont la mission est de pénétrer, acheter, subvertir le plus possible l'économie européenne et transférer la technologie à l'Est. Savoir si c'est, sur l'organigramme de Moscou, un auxiliaire du K.G.B. ou le contraire est un point qui reste à discuter.

— Alors, le simple fait que Sonia travaille pour leur agence de Bruxelles fait d'elle une espionne ? rétorqua Jerry. Je pense que vous avez lu trop de romans d'espionnage. Toute cette histoire est stupide. Enfin, que pourrait bien me vouloir une espionne russe, d'abord ?

— Que peut bien vouloir de vous l'*ESA*, Reed ?

— Ils veulent que je travaille pour eux, c'est tout...

— Sur le projet Icare, n'est-ce pas, Reed ? dit tranquillement Barker.

— Comment savez-vous... » Jerry s'arrêta court. « Je suppose que c'est une question idiote, n'est-ce pas ? » dit-il d'une toute petite voix.

Al Barker lui fit la grâce d'un sourire glacial. « C'est ce que vous avez dit de plus intelligent jusqu'ici, Reed. Votre boulot sera de les aider à construire, grâce à votre expérience de la luge orbitale, un remorqueur spatial pour emmener leur Dédale en orbite géostationnaire...

— Eh bien, oui..., reconnut Jerry. Mais ce n'est pas un projet militaire et il n'y a pas de Russes...

— Vous le savez de source sûre ?

— Eh bien, non, pas exactement, c'est-à-dire... »

Barker se leva et se mit à tourner en rond, forçant Jerry à se tordre le cou pour le suivre. « Diriez-vous que vous êtes un Américain patriote, Jerry ? dit-il en changeant brusquement de ton.

— Euh, oui, bien sûr...

— Vous connaissez bien l'Histoire ?

— Un peu.

— Alors vous savez peut-être que les États-Unis ont sauvé l'Europe occidentale des nazis et ont ensuite protégé ces enfoirés d'ingrats contre les communistes pendant cinquante ans jusqu'à ce qu'ils puissent se démerder tout seuls. Et quand ils ont été prêts, quand ils ont réussi à mettre sur pied leur Communauté européenne, quand nous avons eu envers eux des milliards de dollars de dette contractée pour leur protection, ils se sont entendus avec les Russes et nous ont foutus à la porte.

— Je ne comprends pas ce que ça peut bien avoir à faire avec...

— C'est très simple, Jerry. Nous sommes en avance en matière de technologie spatiale militaire et ils essaient de nous rattraper à leur manière habituelle, en nous volant celle-ci.

— Qu'est-ce que j'ai à voir avec ça ? » protesta hypocritement Jerry qui commençait à ne voir que trop bien où cela menait.

Sa petite leçon d'histoire terminée, Al Barker se rassit derrière le bureau et reprit son précédent personnage. « Tout, dit-il. Oubliez votre putain de vie amoureuse. Parce que même si Sonia Ivanovna Gagarine est *vraiment* l'innocente petite traductrice que vous pensez, nous ne pouvons *quand même pas* vous permettre de rester ici, parce que nous ne pouvons pas vous laisser transférer la technologie de la luge spatiale à l'ESA. Pour le moment, ils roucoulent comme des colombes, mais vous attendez-vous vraiment que nous refilions un truc pareil à un quelconque adversaire potentiel ?

— C'est pourquoi vous insistez pour que je signe un engagement de ne pas accepter la proposition de l'ESA ? »

Barker secoua la tête. « Vous vous êtes fermé cette porte quand vous avez obligé Coldwater à m'appeler. Je ne suis pas disposé à vous faire confiance à ce point, Reed. Il ne vous reste plus qu'une alternative : vous rentrez aux États-Unis dans les quarante-huit heures, ou vous devrez faire face aux conséquences.

— Quelles conséquences ?

— Le retrait permanent de votre passeport. La révocation de votre accréditation et l'assurance de ne plus jamais pouvoir en obtenir une autre, même au niveau le plus bas, ce qui signifie que vous ne travaillerez plus jamais pour quoi que ce soit en rapport avec le programme spatial. Des poursuites pénales au titre de la Loi sur la sécurité nationale. »

Quelque chose se brisa en Jerry Reed. Il avait écouté Barker le traiter d'imbécile, traiter d'espionne la femme qu'il aimait, sans jamais lui laisser le temps de reprendre son souffle pour se défendre de façon cohérente. Mais à présent il faisait *vraiment* une insulte à son intelligence et cela finit par délier la langue de Jerry.

« Qu'est-ce que vous essayez de faire, Barker, lâcha-t-il sans réfléchir, *m'obliger* à faire défection ? »

Le mot sembla lui brûler la langue à l'instant même où il le prononçait. Mais Al Barker avait l'air au moins aussi surpris que lui. « De quoi voulez-vous parler, Reed ? » dit-il d'un ton inquiet, et soudain il parut sur la défensive.

Peut-être était-ce l'amour qui rendait Jerry courageux. Peut-être était-ce l'expression de Barker. Peut-être était-ce le fait que les choses se fussent ralenties assez longtemps pour lui permettre d'analyser à fond l'implacable logique de la situation.

« Vous me dites que vous me supprimez mon passeport si je ne rentre pas aux États-Unis dans les quarante-huit heures...

— En ce qui nous concerne, Reed, ce n'est plus un document valide...

— ... mais vous ajoutez que je serai poursuivi si je le fais.

— Hé là, ne me comprenez pas de travers, dit vivement Barker, vous oubliez tout ce qui s'est passé et vous êtes un bon garçon, Reed, et il n'y aura pas de poursuites.

— Vous me le garantiriez par écrit ? »

Barker le dévisagea d'un œil rond. Jerry crut déchiffrer sur son visage une nouvelle expression, peut-être de respect accordé à son corps défendant. « Ouais, d'accord, pourquoi pas ? dit-il lentement. Je crois que nous pouvons allez jusque-là...

— Et en ce qui concerne mon accréditation ?

— Comment ça, Reed ?

— Me garantirez-vous par écrit que je pourrai la garder ? » répondit Jerry, ne sachant que trop bien quelle serait la réponse.

Barker étudia son visage avec une expression indéchiffrable et ne dit rien.

« Eh bien... ? »

Barker haussa les épaules et, pour la première fois, détourna le regard. « Je crains de ne pas en avoir l'autorité, reconnut-il très calmement. Mais je suis disposé à le recommander aux personnes compétentes...

— Ouais, bien sûr, c'est bien ce que je pensais...

— Quoi donc, Reed ?

— Je n'ai en fait le choix qu'entre deux solutions, n'est-ce pas ? Je peux rendre mon passeport et retourner aux États-Unis où mon accréditation me sera retirée, où je serai viré par Rockwell et où je ne serai plus jamais réembauchable pour quoi que ce soit qui touche de près ou de loin au programme spatial... Ou bien je peux... rester ici, accepter le boulot de l'ESA et... et...

— *Faire défection,* dit Barker, regardant maintenant Jerry droit dans les yeux. Parce que, ne vous faites pas d'illusions à ce sujet, Reed, si vous acceptez de travailler pour l'ESA, ce sera une défection. Vous ne pourrez plus revenir en arrière. Vous serez arrêté à l'instant même où vous poserez le pied sur le territoire américain.

— Merde... », soupira Jerry.

L'expression de Barker se radoucit quelque peu. Il se pencha en avant par-dessus le bureau, secoua la tête et Jerry eut l'impression fugitive qu'il allait tendre la main pour la lui poser sur l'épaule.

« Écoute, fiston, reprit presque tendrement Barker, tu ne veux pas vraiment faire ça, hein ? Tu ne veux pas vraiment trahir ton pays. Tu ne veux pas passer le reste de ta vie en exil. Tu n'as pas envie de ne plus jamais revoir ta terre natale. Tu n'as pas envie que tes compatriotes te considèrent comme un traître, n'est-ce pas ?

— Non, chuchota Jerry d'un air malheureux.

— Je le pensais bien, dit doucement Barker.

— Mais... mais si je rentre maintenant, ce sera pour quoi faire ? fit plaintivement Jerry. Je ne pourrai plus jamais retravailler pour le programme spatial, n'est-ce pas ? »

Barker examina le faux bois recouvrant le bureau. « Avec tes antécédents, tu pourras te trouver un travail décent, Reed. Dans la construction aéronautique civile, peut-être, ou l'industrie automobile. Hé, tu sais, j'ai un copain bien placé chez Piper, il pourrait bien faire quelque chose pour toi...

— Vous ne comprenez pas, Mr. Barker, vous ne comprenez vraiment pas...

— Je comprends une chose, Reed », le coupa Barker, pas entièrement hostile, du moins sembla-t-il à Jerry. « Tu t'es mis dans une situation où tu as à choisir entre d'un côté ta carrière et ta petite amie russe, de l'autre ton pays. Il n'y a pas à sortir de là, fiston. Je ne voudrais pas être à ta place, mais c'est comme ça. »

Jerry hocha lentement la tête. « C'est comme ça », murmura-t-il.

Al Barker se leva sans hâte, fit le tour du bureau et posa un bras paternel sur l'épaule de Jerry. « Je vais te dire, je vais faire une chose que je ne devrais pas. Je vais te laisser sortir d'ici avec ton passeport en poche, même si ce n'est pas très régulier. Je vais te donner cinq jours pour te décider au lieu de quarante-huit heures. »

Il enleva son bras de l'épaule de Jerry. Haussa les épaules. « Je vais être franc, Reed. Nous ne pouvons pas te ramener de force aux États-Unis et je vais me retrouver personnellement dans une belle merde si tu fais défection, tu peux me croire. Mais crois-moi aussi, Jerry, si je te dis que je ne veux pas voir un brave gars comme toi transformé en traître à son pays par ces Européens dégénérés et sans scrupule, que je ne veux pas te voir poussé à une décision que tu regretteras jusqu'au jour de ta mort. »

Soudain, les murs aveugles de la pièce semblèrent se refermer sur Jerry, l'air parut se congeler dans sa gorge et il eut l'impression que tout s'engouffrait dans les yeux de Al Barker rivés droit dans les siens.

« Crois-tu que j'ai été honnête avec toi, Jerry ? Entre Américains ? »

Jerry lui rendit son regard et eut envie de pleurer. « Oui », se trouva-t-il obligé de dire malgré l'horrible boule qui semblait s'être épanouie dans sa gorge comme un champignon vénéneux, « oui, je le crois ».

L'heure du déjeuner était largement passée quand Jerry regagna sa chambre à l'hôtel. Entre-temps Sonia avait vidé près du tiers de la bouteille de vodka russe qu'elle s'était fait monter pour se donner le courage de lui raconter la visite de Pankov.

Elle n'avait jamais vraiment envisagé de ne tout simplement rien lui dire, car il lui faudrait bien expliquer d'une façon ou d'une autre la prolongation miraculeuse de ses vacances. Pankov, avec sa visqueuse incompétence d'amateur, n'avait pas été capable de lui fournir une justification plausible et elle n'allait pas faire le boulot à sa place en inventant un mensonge stupide. Il valait mieux laisser ce genre de choses aux professionnels du K.G.B., se surprit-elle à songer après le premier verre.

En plus, il n'y avait aucune raison de ne pas dire la vérité à Jerry, non ? avait-elle décidé après le deuxième verre. Après tout, il était décidé à faire exactement ce que désiraient les hautes sphères du Parti, même si ce n'était pas pour les mêmes raisons. Après le troisième verre, il lui apparut que le seul vrai problème était celui créé par la visite de Pankov et, après le quatrième, elle avait circonscrit le problème à l'élaboration d'une phrase d'introduction qui lui délie la langue. Lorsque Jerry arriva, elle en avait même mis au point la première moitié : « N'est-ce pas merveilleux, Jerry, mon patron a décidé de prolonger mes vacances parce que... »

Mais elle oublia tout quand Jerry fit irruption dans la pièce. Il ne parut pas remarquer que le lit n'était toujours pas fait. Il ne parut pas remarquer la bouteille de vodka dans le seau à glace. Il ne parut même pas remarquer que Sonia l'avait sérieusement entamée. Il avait les yeux hagards et le teint terreux, comme si c'était *lui* qui avait bu, et cela dégrisa rapidement Sonia.

« Tu as une de ces têtes, Jerry, dit-elle tandis qu'il se laissait tomber sur la chaise lui faisant face, de l'autre côté de la table. Que s'est-il passé à l'ambassade ? »

Jerry pêcha la bouteille de vodka dans le seau à glace et s'en servit un verre bien tassé qu'il descendit d'une gorgée, à la moujik, comme si c'était la chose la plus naturelle du monde. « Ils ne veulent pas que j'accepte la proposition de l'ESA, Sonia.

— Comment ça, *ils ne veulent pas ?* Comment peuvent-ils t'en empêcher ?

— Ils menacent de me poursuivre au titre d'un truc qui s'appelle la Loi sur la sécurité nationale. »

Sonia le regarda attentivement. « C'est idiot, Jerry. Si tu

travailles en Europe pour l'ESA, comment les autorités américaines peuvent-elles te poursuivre pour *quoi que ce soit ?*

— Eh bien, je suppose qu'elles ne peuvent pas..., murmura Jerry. Mais je ne veux pas être un traître...

— Traître à *quoi ?*

— À mon pays, bon Dieu !

— Et *moi ?* demanda Sonia. Et *nous ?* »

Jerry secoua la tête et lui adressa un regard parfaitement hébété.

« Pauvre chéri, ils t'ont tout embrouillé, n'est-ce pas ? » demanda Sonia en lui caressant la joue. Elle remplit leurs verres. « Buvons un coup et après tu pourras tout me raconter depuis le début. »

Jerry hocha la tête, but une gorgée de vodka, eut l'air de remettre un peu d'ordre dans ses idées par un haussement d'épaules convulsif et un petit mouvement de tête, puis s'exécuta.

« C'est monstrueux, dit Sonia quand il en eut terminé. Mais je ne vois vraiment pas où est le problème.

— *Tu ne vois pas où est le problème ?* » gémit Jerry. N'avait-elle pas compris un mot de ce qu'il avait dit ? « Si je rentre aux Etats-Unis, je ne te reverrai plus jamais, et si je ne rentre pas, je ne travaillerai jamais plus pour le programme spatial !

— Mais, Jerry, tu viens de me dire qu'ils ne te redonneront plus jamais l'autorisation de travailler pour le programme spatial américain *même si tu rentrais !* »

Jerry avala une autre gorgée de vodka et se força à réfléchir calmement. Elle avait raison. L'horrible fait était là : *quoi qu'il fasse,* désormais, il était aussi mort que Rob Post pour le Programme.

« Tu as raison, Sonia, dit-il tristement. Je suis fini. Je suis lessivé. Oh mon Dieu, oh Seigneur, oh merde... » Les larmes commencèrent à lui monter aux yeux, un vide affreux sembla s'ouvrir dans ses entrailles et il se mit à trembler. Était-ce là ce que ressentait Rob ? se demanda-t-il. Ce vide en lui pendant vingt, trente, quarante ans ?...

Sonia se leva avec quelque difficulté de sa chaise, vint se placer derrière lui et se mit à masser les muscles noués de sa nuque.

« Oh non, Jerry, dit-elle doucement, tu n'es pas lessivé. La plus belle partie de ta vie ne fait que commencer. Ne vois-tu pas ? Tu as un bon boulot qui t'attend à l'ESA pour y faire ce que tu aimes. Tu as l'Europe entière à explorer. » Elle se pencha sur lui, mit les bras autour de son cou, lui chuchota à l'oreille. « Et tu m'as, moi... »

Jerry soupira. Tout cela était vrai. Qu'est-ce qui l'attendait aux États-Unis, de toute façon ? Même si rien de tout cela n'était arrivé, sa seule perspective d'avenir était une éternité à trimer sur de stupides contrats militaires. Ici, en Europe, il avait l'amour, l'espoir et un travail intéressant qui l'attendait, un travail en lequel il croyait. Mais... mais...

« Mais si je fais ça, je serai un traître à mon pays ! »

Sonia fit le tour de la chaise pour se placer devant lui. Elle se planta les mains sur les hanches, vacillant légèrement, mais le feu qui habitait ses yeux n'était pas uniquement dû à la vodka.

« Traître à quoi ? demanda-t-elle. Traître à l'Étoile d'Amérique qui a détruit ton rêve et la vie de ton ami ? Traître à un pays qui ne veut même pas te laisser poursuivre ton rêve ailleurs ? Qui ne veut même pas te laisser avec la femme que tu aimes ? Qui te demande de renoncer à tout en échange de rien ? Qui est traître à qui, Jerry ?

— Voilà que tu te mets à parler comme une bolchevique ! s'écria Jerry.

— Je suis une enfant du Printemps russe ! déclara fièrement Sonia. Et nous avons appris à nos dépens ce que jadis les Américains savaient mieux que quiconque sur Terre mais semblent avoir aujourd'hui oublié : une nation ne prospère que lorsque ses citoyens sont libres de suivre les aspirations de leur cœur ! »

Elle était là, debout, la femme qu'il aimait, la femme qui l'aimait, *lui*, comme aucune autre femme auparavant, saoule perdue ou pas, livide, furieuse, passionnée et absolument superbe.

En cet instant, il aurait tout donné pour elle. En cet instant, il l'aurait suivie n'importe où. En cet instant, il avait envie de la prendre dans ses bras et de la serrer contre lui jusqu'à la fin des temps.

Mais avant qu'il ait pu faire quoi que ce soit, Sonia

Gagarine était tombée à genoux devant lui et ses doigts cherchaient sa braguette. « Ne m'abandonne pas pour des mots creux et de stupides considérations politiques, mon amour, le supplia-t-elle en libérant son sexe palpitant. Peux-tu renoncer à *ça* au nom du patriotisme chauvin ? » demanda-t-elle en le prenant tendrement dans sa bouche amoureuse.

Et elle lui fit une démonstration de ce à quoi il devrait renoncer au nom du patriotisme, en plus de la chance de travailler enfin pour un programme spatial en lequel il pouvait croire.

Et quand, après un long, très long moment de tendresse, il se laissa aller, s'épancha enfin dans la bouche consentante de son amante, il sut enfin qu'il y avait une limite aux sacrifices que l'on peut exiger d'un homme pour son pays, limite que son gouvernement avait depuis longtemps dépassée, particulièrement quand ce gouvernement n'offrait en retour que la mort d'un rêve.

Une tournée de vodka plus tard, Sonia trouva enfin le courage de parler à Jerry de la visite de Grigori Mikhaïlovitch Pankov et de lui expliquer pourquoi elle ne retournerait finalement pas à Bruxelles le lundi suivant, car elle était alors complètement ivre et l'idée qu'il y eût entre eux des secrets lui était absolument insupportable.

« Alors toute cette histoire d'être libre de suivre les aspirations de son cœur, c'était du baratin ! s'écria-t-il d'une voix pâteuse, car lui non plus n'était pas exactement à jeun. Tu travailles bien pour le K.G.B. ! »

Sonia se remit debout en titubant. « Je t'aime ! cria-t-elle. Je veux que tu restes ici avec moi ! Merde au K.G.B. ! Merde à la C.I.A. ! Merde à la politique ! Sonia Ivanovna Gagarine suit les élans de son cœur ! »

Elle baissa les yeux sur son cher Jerry, toujours assis sur sa chaise, le pantalon sur les chevilles, et jamais il ne lui avait paru plus précieux. « Est-ce ma faute si les aspirations de mon cœur se trouvent miraculeusement coïncider avec les intérêts à long terme des ouvriers et paysans et des cadets de l'espace ? » dit-elle, puis elle éclata de rire.

Jerry leva les yeux sur elle, puis les rabaissa sur sa propre tenue, et lui non plus ne put se retenir de rire. « Ouais, pour parler en laquais des impérialistes capitalistes, je crois que les ouvriers et paysans et les cadets de l'espace devraient peut-être aménager un peu à leur manière les termes du contrat...

— Qu'as-tu en tête ? »

Jerry réussit à se mettre debout. « Si tes patrons de l'Étoile-Rouge sont si désireux que l'affaire se fasse, ils vont devoir te transférer à Paris pour être près de moi, sinon tu leur dis qu'il n'en est pas question ! déclara-t-il.

— Oooh, Jerry, je ne savais pas que tu pouvais être si fin *politique !* babilla-t-elle, ravie. Et pourquoi pas aussi une augmentation, tant que nous y sommes, et un travail plus intéressant avec de bonnes perspectives d'avancement, et pas de Pieuvre humaine pour me mettre la main au cul !

— Arrosons ça ! » déclara Jerry en tendant la main vers la bouteille de vodka.

Mais il ne l'atteignit jamais, car tous deux basculèrent en avant et s'effondrèrent dans les bras l'un de l'autre.

SCÈNES DE HOOLIGANISME AU SOVIET SUPRÊME

La séance d'hier du Soviet suprême a été l'occasion d'une déplorable démonstration de hooliganisme nikulturni lorsque les délégués russes et ukrainiens en sont venus aux mains à propos d'un projet de résolution destiné à introduire un système de quotas par nationalité dans le corps des officiers de l'Armée rouge.

Les hurlements des délégués russes ont empêché Ivan Smolents de donner lecture de la résolution et plusieurs délégués ukrainiens ont réagi en déclenchant une bousculade et même, selon certains témoins, en faisant le coup de poing.

C'est pousser un peu loin la tentative d'imitation des mœurs parlementaires occidentales. Mieux vaudrait laisser ce genre de manifestations à la Knesset israélienne, où les antagonistes se préparent à la bagarre en se présentant en manches de chemise, ou au Sénat américain, où ces scènes de pugilat sont une vieille et respectable tradition.

Moskovskoïé Outra Solntsié

Larry Krugman : « Ils ne peuvent vraiment plus rien y faire, non ? C'est là une agréable retombée des milliards de dollars des contribuables libéralement investis dans une épopée spatiale à gros budget qui n'a jamais rapporté un *cent.* Maintenant que nous avons le feu vert de la commission fédérale des communications, cette bonne vieille Étoile d'Amérique protégera le satellite de Canal Porno. Rien ne peut plus nous empêcher d'arroser toutes les antennes paraboliques, de Lisbonne à Moscou, avec notre programme de films hard 24 heures sur 24. »

Billy Allen : « Vous pensez vraiment obtenir un taux d'écoute satisfaisant avec de vieux films cochons poussiéreux ? »

Larry Krugman : « De vieux films cochons poussiéreux? Nous avons la plus importante vidéothèque au monde de l'âge d'or du cinéma érotique américain, comprenant de nombreux classiques universellement reconnus comme *Gorge profonde* ou *Derrière la porte verte,* et nous avons déjà vendu 90 % de l'espace publicitaire pour la première année contre écus sonnants et trébuchants. Sur place, la plupart des centrales d'achat d'espace jugent manifestement que notre formule va intéresser les consommateurs européens haut de gamme. »

Billy Allen : « Si vous avez raison, les bons vieux États-Unis d'Amérique vont enfin se mettre à concurrencer sérieusement ces chaînes européennes prétentiardes subventionnées par leurs gouvernements. »

No Biz Like Show Biz

8.

Raisonnablement tôt le lendemain matin, sinon dans un état vraiment brillant, Sonia passa un coup de fil à Grigori Pankov dans les bureaux de l'Étoile-Rouge de Bruxelles, à peu près certaine qu'il ne serait pas encore là pour y répondre. Quand on lui dit qu'il était absent, elle demanda qu'on lui passe Alexandre Katchikov, le directeur régional en personne, sachant parfaitement bien qu'il était peu probable que la standardiste consente à déranger un si auguste personnage avec un appel d'une esclave salariée de la plus basse catégorie. Cela suffit malgré tout à la faire mettre en ligne avec un certain Dimitri Bélinski, quadragénaire au front dégarni qui se présenta comme adjoint de Katchikov, sans doute pas *son* adjoint, mais l'adjoint chargé de détourner les appels importuns du genre de celui-ci.

« Ici Sonia Ivanovna Gagarine, dit-elle à Bélinski. J'appelle de Paris pour confirmer la prolongation de mes vacances pour une durée indéterminée. »

Bélinski la dévisagea un long moment sans rien dire, l'air ahuri. « Tu es bien sûre de ne pas avoir déjà pris trop de vacances, camarade Gagarine ? finit-il par demander d'un ton las. Ce que tu dis est absurde.

— Le camarade Katchikov saura exactement de quoi je parle.

— Le camarade Katchikov aura ma peau si je le dérange avec de telles divagations.

— Alors tu ferais mieux de te mettre en rapport avec le correspondant du K.G.B. Il saura à quoi je fais allusion.

— *Le correspondant du K.G.B. ?* s'exclama Bélinski de son air le plus innocent. Tu sais sûrement que l'Étoile-Rouge n'a pas de comptes à rendre au K.G.B. ! »

Sonia soupira et décida qu'il était temps de jouer la carte dont elle ne s'était jamais vraiment servie depuis son adolescence à Lenino. « Tu vas transmettre le message, soit à Katchikov, soit au K.G.B., et tu vas le transmettre fidèlement, à savoir que Sonia Ivanovna... *Gagarine* désire discuter avec les autorités compétentes de questions en rapport avec la prolongation de ses vacances pour une durée indéterminée, dit-elle d'un ton glacial. Si je suis obligée d'appeler un certain numéro à Moscou, ce que je ferai si l'on ne m'a pas rappelée d'ici une heure, tu auras l'occasion de constater personnellement dans quelle mesure les employés de l'Étoile-Rouge ont ou non des comptes à rendre au K.G.B. »

Et avant que Bélinski n'ait eu le temps de digérer *ça*, elle lui donna son numéro et raccrocha.

« Tu penses vraiment que ça va marcher ? demanda Jerry, toujours au lit où il soignait sa gueule de bois.

— Je pense que j'ai juste le temps de prendre une bonne douche bien chaude », lui répondit Sonia, ce qui, vu l'état de sa propre tête, ne devait pas être une si mauvaise idée.

Effectivement, elle était en train de s'essuyer après une longue douche brûlante quand le téléphone sonna. Jerry l'appela de l'autre pièce. « C'est pour toi ! Un certain Katchikov ! »

Sonia fit poireauter Katchikov deux ou trois minutes tandis qu'elle se séchait à fond, puis, par pure perversité, elle sortit complètement nue de la salle de bains, coupa la transmission vidéo et répondit, lascivement étendue sur la couverture près de Jerry, la main gauche posée sur son bas-ventre pour se porter chance.

« Katchikov, dit une voix profonde à l'autre bout de la ligne. L'Américain est dans la pièce ? Réponds simplement par oui ou non.

— Oui.

— Peux-tu te débarrasser de lui ?

— Non.

— Alors, pourquoi donc...

— Camarade Katchikov, l'interrompit Sonia, je n'ai pas appelé pour jouer à cache-cache. J'ai appelé pour donner de bonnes nouvelles : la mission qui m'a été assignée est pratiquement accomplie. Jerry Reed est sur le point d'accepter la proposition de l'Agence spatiale européenne...

— *Vraiment ?* Mais... Et tu racontes ça devant lui ?

— Plus ou moins, dit joyeusement Sonia en se nichant au creux du bras de Jerry. Il n'y a aucune raison de faire des cachotteries, étant donné que j'ai déjà tout raconté à Jerry.

— Tu as fait *quoi ?* hurla Katchikov.

— J'ai fait le nécessaire pour obéir aux ordres, qui se trouvent par bonheur coïncider parfaitement avec les exigences de mon propre cœur. On pourrait appeler cela la parfaite illustration du nouvel idéal communiste, non ? Le socialisme à visage humain assorti en outre d'un dénouement romantique, quoi de plus parfaitement russe ?

— Je suppose qu'il n'y a pas à discuter les résultats..., reconnut à contrecœur Katchikov. On pourrait dire que le pays te doit des remerciements, si je ne soupçonnais que tu as agi poussée par autre chose que le pur idéalisme socialiste...

— On pourrait dire que le pays me doit une manifestation *concrète* de gratitude. Ce qui revient à dire, camarade, qu'il reste quelques petits détails à régler...

— Quelques petits détails ? Pourquoi donc ai-je le pressentiment que je ne vais pas aimer ça ?

— Jerry a assorti son acceptation de quelques conditions...

— Des *conditions ?* C'est à l'ESA d'en discuter avec lui, pas à nous !

— Pardonne-moi de te contredire, camarade Katchikov, mais ce n'est pas exactement le cas. Vois-tu, Jerry désire beaucoup accepter ce travail, mais le problème est qu'il est Américain, qu'il ne parle qu'anglais, qu'il ne connaît personne d'autre que moi en Europe, de sorte que, naturellement, il redoute de succomber au mal du pays, et même à un désespoir romantique, s'il devait rester tout seul à Paris...

— Je crois que je commence à comprendre où tu veux en venir..., dit lentement Katchikov.

— Fort heureusement, l'Étoile-Rouge est parfaitement en mesure de surmonter cet obstacle mineur à la réalisation de nos désirs à tous. Il suffit de me transférer au bureau de Paris... »

Il y eut un petit rire sec à l'autre bout de la ligne.

« Alors, c'est d'accord ? demanda Sonia en retenant son souffle.

— Je ne vois pas de problème à ton transfert, répondit Katchikov. Mais je n'ai pas l'autorité pour te faire engager par le bureau de Paris. Cela devra venir d'eux, en passant par Moscou, à supposer que Moscou suive mes recommandations, et cela peut prendre du temps.

— Les Américains n'ont donné que cinq jours à Jerry pour se décider, ce qui revient à dire que s'il veut rentrer aux États-Unis, il doit le faire avant cela ou bien ils l'enverront dans leur goulag s'il remet les pieds là-bas...

— Je comprends la situation. Tu auras des nouvelles de moi ou du bureau de Paris avant cinq jours. Et puis-je dire, Sonia Ivanovna, que tu as donné la preuve que tu as un bel avenir à l'Étoile-Rouge, ici ou à Paris ; j'ai pris grand plaisir à négocier avec toi. »

Là-dessus, il raccrocha.

« Tu crois vraiment que tu aurais dû dire ça à ce type ? demanda Jerry.

— Pourquoi pas ? Ça va accélérer un peu les choses, tu ne connais pas notre bureaucratie comme moi, de cette façon Moscou ne va pas permettre au bureau de Paris de faire traîner indéfiniment les choses pour affirmer son indépendance bureaucratique.

— Si tu le dis... » Jerry lui donna un rapide baiser. « Mais en Amérique, quand nous achetons une maison, nous n'aimons pas trop dire au vendeur que nous avons besoin de conclure le marché avant mardi prochain parce que notre proprio est sur le point de nous foutre à la porte.

— Tu n'as pas à t'en faire, Jerry, dit Sonia en lui tapotant la joue. En Russie, nous avons un dicton : “ Le cul gelé d'un bureaucrate fond plus vite sur un poêle brûlant. ” »

Jerry rit. « Tu viens de l'inventer, n'est-ce pas ? J'espère que tu as raison, Sonia, parce que nous avons aussi un dicton en Amérique, et celui-là n'est pas de mon invention : “ La merde coule toujours vers le bas. ” »

Il se révéla qu'ils avaient tous deux raison, et tous deux tort, d'une façon que ni l'un ni l'autre n'aurait pu imaginer.

Jerry avait l'impression d'attendre depuis une éternité, et effectivement, pour se référer à un critère objectif, il en était à son troisième kir et Sonia n'était toujours pas ressortie de la tour Montparnasse.

Sonia avait beau être convaincue d'avoir allumé un feu sous le cul des bureaucrates de l'Étoile-Rouge, le coup de téléphone qu'ils attendaient n'était pas arrivé avant ce matin, quatre longues journées plus tard, à peine vingt-quatre heures avant l'expiration de l'ultimatum lancé par Al Barker — quatre jours passés à manger, dormir, faire l'amour, errer sans but dans Paris et faire patienter André Deutcher et Nicola Brancusi, mais surtout à tuer nerveusement le temps pendant que les Russes les laissaient mariner.

Lorsque Sonia reposa enfin le récepteur après avoir pris la communication, elle était rayonnante.

« Bonnes nouvelles ? demanda Jerry.

— Probablement. C'était le bureau de Paris et je suis convoquée à trois heures au siège de la tour Montparnasse. S'ils avaient décidé de refuser, l'appel serait très certainement venu de Bruxelles. »

Jerry avait insisté pour l'accompagner jusqu'au métro Montparnasse de façon à ne pas rester plus longtemps que nécessaire dans l'incertitude. Il s'était installé à la terrasse de ce grand café aux prix exorbitants, juste devant la bouche de métro, et y était assis depuis à respirer les gaz d'échappement d'un des carrefours les plus animés de Paris. Il regardait aller et venir la foule des piétons, commandait de temps en temps un autre kir afin de pouvoir conserver son siège, bien que le serveur ne lui jetât jamais le regard mauvais que lui aurait lancé un serveur américain quand son verre était vide, mais surtout il scrutait l'avenue en direction de ce qui était toujours le plus haut bâtiment de Paris pour guetter la réapparition de Sonia.

Quand finalement il l'aperçut qui descendait nonchalamment la rue vers lui, elle avait l'air de prendre tout son temps, et quand elle s'assit enfin à sa table, elle arborait une expression très particulière, absolument pas déprimée, mais pas non plus exultante. Absorbée par ses pensées, aurait-on plutôt dit.

« Alors ? demanda Jerry.

— Alors, comme je crois que vous dites en Amérique, il y a une bonne nouvelle et une mauvaise », répondit Sonia, souriante, mais les yeux embués d'une émotion indéchiffrable.

« Eh bien, pour l'amour de Dieu, crache le morceau, Sonia ! s'écria-t-il.

— Une petite minute, dit-elle en faisant signe au serveur. *Champagne, s'il vous plaît, la meilleure bouteille de la maison !*

— Tu commandes du champagne ? fit Jerry, fort soulagé. Alors quelle est la *mauvaise* nouvelle ?

— Le champagne est pour la *mauvaise* nouvelle, s'il y a lieu, dit-elle d'un air énigmatique. Mais d'abord la bonne nouvelle : j'ai été reçue par Vladimir Moulenko, le chef du service de stratégie économique, et nous nous sommes très bien entendus, même s'il ne faisait apparemment que suivre les directives de Moscou ; ils veulent bien me transférer à Paris dans le service de Moulenko avec une augmentation de 500 écus par mois…

— C'est merveilleux ! s'écria Jerry. Mais… mais… mais alors comment peut-il y avoir une mauvaise nouvelle ? »

Le garçon arriva avec deux coupes et une bouteille de champagne dans un seau sur pied. Il posa les coupes devant eux avec une petite courbette et commença à déboucher la bouteille.

« *Non, non, pas maintenant, s'il vous plaît, peut-être plus tard* », dit Sonia en lui retenant la main. Le serveur haussa les épaules, remit le champagne dans le seau à glace et s'éloigna.

« Pourquoi as-tu fait ça ? demanda Jerry.

— Ce champagne est pour la mauvaise nouvelle, si c'en est une. Nous l'ouvrirons quand je te l'aurai annoncée, si tu en as envie.

— Arrête de jouer au chat et à la souris et dis-le-moi tout de suite ! gémit Jerry.

— La mauvaise nouvelle, si c'en est une, dit Sonia avec un étrange petit sourire et un haussement d'épaules, c'est que nous devons d'abord nous marier.

— *Quoi !*

— Il y avait quelqu'un d'autre au rendez-vous, un certain Sacha Oulianov. Il s'est présenté comme un spécialiste en relations publiques de l'agence Tass, mais il pourrait aussi bien être du K.G.B. Apparemment quelqu'un, à Bruxelles ou à Moscou, ou peut-être à Paris, a trouvé un moyen de te mettre à l'abri du courroux des Américains tout en se faisant au passage un coup de pub en France. Si nous nous marions, les Américains devront y aller doucement, selon Oulianov, s'ils veulent éviter un désastre psychologique, vu la façon dont les Russes auront déjà annoncé qu'ils sont tout prêts à transférer leur Juliette socialiste à Paris pour qu'elle ne soit pas séparée de son Roméo américain. Les Français vont adorer ça et, quoi que puissent dire ou faire les Américains, l'émouvante histoire des amoureux réunis par-delà les frontières fera passer à l'arrière-plan l'histoire de luge orbitale. »

Sonia pencha la tête vers Jerry, lui fit un petit sourire évanescent. « Oulianov a dit que Tass se chargeait de tous les frais. »

Elle tendit la main vers la bouteille. « Alors, qu'en dis-tu, Jerry, on ouvre ce champagne ?

— C'est... c'est une demande... ? balbutia Jerry, complètement abasourdi.

— Je crois bien. D'ailleurs, que pouvons-nous faire d'autre ? Après tout, si ça ne marche pas, nous pourrons toujours divorcer plus tard.

— Ce n'est pas très romantique...

— C'est une acceptation ?...

— Nous n'avons pas vraiment le choix, non ? »

Sonia tendit le bras au-dessus de la table, lui étreignit la main et, au moins pour un instant, son sourire fut proprement radieux. Elle sortit la bouteille du seau à glace, la déboucha et laissa déborder la mousse sur toute la table, sur sa robe, sur le pantalon de Jerry, avant de les servir.

« Voyons les choses de cette façon, mon amour : après tout, c'est l'été, nous sommes jeunes, nous sommes à Paris et nous fêtons nos fiançailles avec la meilleure bouteille de champagne d'un bistrot de Montparnasse, et du même coup nous déjouons les combines bureaucratiques des rabat-joie de l'Est comme de l'Ouest en réalisant ce à quoi aspirent nos deux cœurs... Que peut-il y avoir de plus romantique ? Avons-nous vraiment besoin de violons tziganes et de corbeilles de fleurs ? »

Jerry rit, trinqua, et comprit à quel point il était amoureux de cette femme, combien ils avaient raison de faire ce qu'ils faisaient, même si c'était pour les plus mauvaises raisons du monde.

« Buvons ! » dit-il. Ils levèrent haut leurs verres d'un geste emphatique, les vidèrent d'un trait, se penchèrent au-dessus de la table et s'embrassèrent, leurs coupes vides toujours à la main.

Jerry entendit alors une salve d'applaudissements et, quand il regarda, il vit que tout autour d'eux les clients du café s'étaient levés et applaudissaient en souriant.

« Si seulement ils savaient..., murmura Jerry, rougissant de plaisir.

— Mais ils savent, mon amour, ils savent, déclara joyeusement Sonia. Après tout, nous sommes à *Paris*. »

Sonia rit. Elle avait déjà entendu parler de ça, mais elle n'y croyait pas vraiment. « Tu insistes vraiment pour le faire, Jerry ?

— Absolument, c'est une vieille coutume romantique américaine.

— Quelle étrange et phallocratique conception du

romantisme », dit Sonia en déverrouillant les trois serrures de l'appartement qu'ils avaient finalement choisi au troisième étage d'un vieil immeuble de l'île Saint-Louis.

Vingt-quatre heures après la proposition de mariage inspirée par Moscou, ils légalisaient la chose devant monsieur le Maire, le soir même un banquet dans un luxueux salon du restaurant de la tour Eiffel réunissait Pierre Glautier, Vladimir Moulenko — le nouveau patron de Sonia —, Sacha Oulianov, trois des collègues de Jerry à l'Agence spatiale européenne et autant de journalistes, puis ils partaient pour cinq jours de lune de miel en Écosse, dans un petit hôtel tranquille des Highlands, repos bien mérité après tout ce par quoi ils avaient dû passer au cours des deux semaines précédentes pour en arriver là.

À présent ils étaient là, devant la porte de leur nouvel appartement, prêts à commencer leur vie de couple marié sans avoir vraiment eu le temps de reprendre leur souffle !

« Très bien, dit Jerry en poussant la porte, allons-y ! » Avec un petit grognement, il réussit à la soulever de terre et lui fit franchir le seuil en titubant, traverser la petite entrée, pour déboucher dans le salon brillamment illuminé par le soleil de midi.

« Et voilà, dit Jerry en la reposant à terre, ce n'était pas si terrible, non ? »

Les meubles qu'ils avaient commandés chez différents ébénistes du faubourg Saint-Antoine ne seraient pas là avant des heures et le salon, comme le reste de leur trois-pièces, était complètement vide. Mais les murs avaient été fraîchement repeints en blanc, le haut plafond aux poutres apparentes avait été débarrassé de ses toiles d'araignée, les larges fenêtres avaient été soigneusement lavées, le plancher brillait d'un éclat chaleureux et tout sentait la peinture, l'encaustique et le propre.

Il faisait une chaleur étouffante dans la pièce ensoleillée et Jerry s'avança pour ouvrir les fenêtres. « Attends une minute, mon amour, dit Sonia. Respire un instant cette odeur avec moi. »

Jerry lui jeta un coup d'œil intrigué, mais il s'écarta de la fenêtre et vint lui enlacer la taille. « Respire profondément avant d'ouvrir la fenêtre. Tu sens ? »

Jerry plissa le nez. « Pour moi, ça sent l'ammoniaque et la peinture », dit-il.

Sonia rit. « Comme tu es romantique, Jerry Reed ! Respire encore ! Tu ne trouves pas que ça sent le *neuf ?* Tu ne trouves pas que ça sent l'aube d'une nouvelle vie ? Que ça sent *l'avenir* qui nous attend, monsieur l'Homme de l'espace ? »

Jerry éclata de rire. Il la serra dans ses bras, sourit et lui donna un petit baiser.

Sonia lui rendit son baiser, resta encore un petit moment à sentir l'odeur enchanteresse de cet instant figé dans le temps qu'elle savait ne plus jamais devoir revenir et se demanda pourquoi son bonheur était pimenté d'un infime frisson de peur.

Mais, avec un petit soupir, elle écarta cette pensée d'un haussement d'épaules. « Très bien, mon amour, dit-elle. Tu peux ouvrir en grand les fenêtres ! »

Jerry Reed se tenait à la fenêtre de son appartement parisien, un bras autour de la taille de son épouse russe, regardant de l'autre côté de la Seine les quais de pierre et les immeubles typiquement français de la rive droite, inhalant les senteurs étrangères portées par la brise tiède, et pendant un instant tout lui sembla parfaitement irréel, comme s'il n'était pas vraiment lui-même mais un personnage de science-fiction, debout dans l'encadrement du sas de son vaisseau spatial, en train de poser pour la première fois les yeux sur un monde inconnu.

Et en un certain sens, se dit-il, c'est ce que je suis.

L'ambassade des États-Unis lui avait retiré son passeport, mais n'avait pas cherché à le déchoir de sa citoyenneté ; le fait accompli, ils avaient limité de leur mieux les dégâts en se tenant plus ou moins tranquilles. L'ESA lui avait fait obtenir un passeport européen spécial qui n'exigeait pas la renonciation à sa citoyenneté américaine, de sorte que, légalement, il n'avait pas vraiment changé de nationalité.

Pourtant, alors qu'il regardait le fleuve, il eut soudain l'impression de se déplacer, debout sur la dunette d'un bateau s'éloignant de tout rivage familier pour cingler sur des océans inconnus.

Et bien que ce fût une sensation qu'il avait, en un sens,

passé sa vie à rechercher, il s'aperçut que, dans la réalité, le départ pour une telle aventure n'allait pas sans une crainte indéfinissable.

À ce moment un gros bateau-mouche tout en verrières passa devant lui, fendant les flots. Il entendit la voix lointaine du guide qui jacassait dans un français incompréhensible qu'emportait le vent, et le charme fut rompu : l'île Saint-Louis ne se déplaçait plus sous ses pieds et il fut de retour dans le salon de son appartement avec Sonia, la femme avec qui il avait partagé tant de choses... Paris était simplement Paris et tout était pour le mieux.

« Un rouble pour tes pensées, dit tranquillement Sonia près de lui. Non, disons un écu, puisque nous sommes désormais tous deux citoyens européens. »

Jerry se mit à rire. « Oh, ce n'est pas grand-chose. Je me disais simplement que se trouver ici avec toi, c'est comme dans un roman qui finit bien...

— C'est tout à fait ça, répondit Sonia en se blottissant contre lui. Ils vécurent à jamais heureux et... »

Deuxième partie

Le Printemps russe

M. Carson, député : « Je ne fais que dire tout haut ce que pensent tout bas les bouches en cœur de cette ville, Billy, mais il faut faire *quelque chose* pour sortir de la merde où les Japs et les Europines nous ont foutus, vous ne croyez pas ? C'est bien cette bande de requins qui nous ont poussés à leur emprunter tout ce fric, n'est-ce pas ? Et maintenant plus de la moitié de ce pays leur appartient ! »

Billy Allen :« Mais dans tous les films que j'ai vus, les usuriers vous *brisent les rotules* si vous essayez de les repasser. »

M. Carson : « Qu'est-ce qu'ils peuvent faire, envoyer l'Armée rouge sur Pennsylvania Avenue récupérer leur fric ? »

Billy Allen : « Eh bien, présenté de cette façon, Harry… »

M. Carson : « Si le Brésil et l'Argentine ont pu le faire, pourquoi pas nous ? »

Billy Allen : « Mais nous ne les avons pas laissés s'en tirer comme ça ! »

M. Carson : « Mais ils n'étaient pas assis sur assez de bombes atomiques pour transformer l'hémisphère oriental en parking de supermarché, n'est-ce pas ? Et ils n'avaient pas l'Étoile d'Amérique, n'est-ce pas ? »

Billy Allen : « Si on l'a, c'est pour s'en servir, hein ? »

Newspeak, présenté par Billy Allen

9.

Il ne pleuvait pas encore quand Jerry Reed quitta l'appartement familial de l'avenue Trudaine mais, comme toujours en février, avec l'effet de serre, une averse menaçait et Paris était plongé dans une légère brume glaciale qui transformait le Sacré-Cœur en spectre livide.

Le climat, comme la ville, n'avait pas brutalement changé d'une année sur l'autre mais, par un matin comme celui-ci, où une simple entrevue remettait en jeu près de vingt ans de sa vie, Jerry se trouvait d'humeur inhabituellement méditative tandis qu'il traversait les rues familières vers le métro Pigalle et il prit pour la première fois conscience que le climat hivernal de Paris finissait par beaucoup ressembler à celui du San Francisco de ses souvenirs.

La frontière entre le Xe et le XVIIIe avait elle aussi imperceptiblement évolué. À l'époque où ils avaient acheté l'appartement de l'avenue Trudaine, c'était un quartier relativement bon marché, assez mal famé, et on les avait un peu considérés comme des aventuriers d'aller s'y installer avec deux jeunes enfants.

Puis les agents immobiliers l'avaient baptisé « Montmartre *bis* » et les prix avaient monté, de coquettes boutiques avaient remplacé les magasins crasseux, les produits vendus sur le marché avaient gagné en qualité, la place Pigalle avait vu s'édifier un hôtel moderne, remettre à neuf sa station de métro et s'ouvrir des restaurants de luxe, les sex-shops et life-shows pouilleux avaient cédé la place à un INNO, une FNAC et une mini-galerie à thème érotique, et, sans savoir exactement quand c'était arrivé, Jerry, Sonia et les enfants s'étaient retrouvés dans un quartier à la mode.

Ainsi semblait-il en aller à Paris. Le climat se faisait progressivement plus chaud, le voisinage plus chic, son français s'améliorait peu à peu, et *voilà,* il se retrouvait connu du boulanger, de l'épicier, du teinturier et du bistrot du coin, père de deux adolescents, en train de déambuler sur le boulevard comme un vieux Parisien.

Enfin, c'était l'impression qu'il pouvait avoir en des moments pareils, à l'ombre de la butte Montmartre, loin des éternelles chamailleries de Bob et Franja, loin de Sonia et de ses sornettes idéologiques et, au moins provisoirement, loin de la politique qui avait empoisonné son existence.

La politique ! La *politique politicienne !* Pourquoi ne pouvait-on pas laisser les gens libres de faire ce qu'ils voulaient ?

On l'avait assurément laissé faire ce qu'il voulait durant la phase de conception du projet Icare. Ian Bannister était un ingénieur compétent qui dirigeait son équipe de façon strictement pragmatique, il appréciait l'expérience que Jerry avait de la luge orbitale et ce dernier était heureux comme un poisson dans l'eau.

La *politique politicienne* n'avait pas pointé le nez avant la fin de la phase de recherche, quand le prototype de remorqueur spatial avait été déclaré prêt pour la production et l'équipe de conception dispersée.

Une grande fête avait été organisée dans l'atelier du Bourget pour célébrer l'achèvement du projet. Le bar était dressé sur des tréteaux devant le prototype, le champagne coulait à flots, on avait porté de nombreux toasts au fruit de leur long labeur et tout le monde était un peu parti quand Nicola Brandusi avait pris la parole pour les remercier du travail accompli et annoncer leurs nouvelles affectations.

Bannister était promu directeur de projet adjoint de l'équipe de conception préliminaire d'Espaceville. Kurt Frœhmer était chargé de superviser la mise au point du dernier étage du réservoir des fusées Energia. Brizot se voyait confier les systèmes de manœuvre et Constantine le collier d'arrimage du réservoir.

Jerry attendait avec une impatience croissante que Brandusi en arrive à lui. Tous ceux de l'équipe, jusqu'au dernier, semblaient avoir obtenu un poste intéressant sur le projet Espaceville ou les citernes de ravitaillement, et ils le méritaient bien. Mais qu'allait-il lui rester ?

« Alain Parmentier a été nommé ingénieur en chef des essais au sol des systèmes de guidage et de propulsion du projet Icare et Jerry Reed sera son adjoint, promotion assortie d'une augmentation de 500 écus par mois... »

Cet affront avait été annoncé avec un sourire béat, comme

s'il s'agissait d'un morceau de choix. Jerry en était resté bouche bée tandis que Brandusi passait en vitesse au suivant de sa liste.

Les essais au sol ! Tester du matériel existant ! Ce n'était pas juste ! C'était une insulte ! Il était concepteur, pas simple technicien du contrôle de qualité ! Sans lui, les systèmes de guidage et de propulsion n'existeraient même pas !

Après avoir terminé son discours, Brandusi évita soigneusement Jerry et il tenta de se débarrasser de lui quand celui-ci l'eut coincé près du bar. Mais Jerry ne se laissa pas faire et, voyant qu'il courait à un vilain déballage public, Brandusi se laissa finalement entraîner dans un coin tranquille où Jerry put donner libre cours à sa colère.

L'Italien se contenta de subir l'orage avec une horripilante urbanité. Il semblait regarder à travers Jerry plutôt qu'il ne le regardait, laissant râler ce dernier jusqu'à ce qu'il finisse par se lasser devant ce manque de réaction.

« Allons, allons, Jerry, dit Brandusi quand celui-ci en eut terminé, ce sera pour vous une expérience très profitable. Parmentier est un bureaucrate et vous serez en fait à la tête du laboratoire ; ce sera l'occasion de faire vos preuves comme chef d'équipe, ainsi qu'un contact direct avec le matériel...

— Tester la qualité d'un matériel que j'ai conçu moi-même ! »

Brandusi lui adressa un sourire niais. « Un matériel que vous avez *aidé* à concevoir, le reprit-il.

— Sans moi...

— Sans vous, cela aurait pris quelques années de plus, votre contribution a effectivement été très utile. C'est pourquoi votre salaire était supérieur à celui de n'importe quel ingénieur d'un âge et d'une expérience comparables... Mais à présent... » Il haussa les épaules. « À présent que les... circonstances particulières n'ont plus cours, eh bien, vous gagnez encore plus que des ingénieurs qui ont beaucoup plus d'ancienneté et il me faut tenir compte de, euh, comment dire, la *justice sociale* de la situation, vous comprenez...

— Et si je refuse de marcher dans ces conneries ? »

Brandusi haussa les épaules, leva les mains au ciel, et ce fut la fin de la conversation. Sonia venait juste de donner naissance à Franja, il n'avait nulle part ailleurs où aller,

Brandusi le savait, et il savait aussi que Jerry savait qu'il savait, l'enfoiré.

Il n'y avait qu'un espoir. Il avait repéré André Deutcher au bar. André était alors depuis longtemps sorti de son rôle de chasseur de têtes et d'« expert en transfert de technologie » ; il faisait maintenant partie du consortium soviéto-européen qui construisait et commercialisait le Dédale, depuis longtemps rebaptisé Concordski dans la presse. Il n'était peut-être pas le supérieur de Brandusi, mais il évoluait dans de plus hautes sphères. Son vieux copain André pourrait sûrement lui donner un coup de pouce.

Mais quand il réussit enfin à le coincer, celui-ci se tortilla, secoua la tête, lui adressa un petit haussement d'épaules. « Ça fait longtemps que je ne suis plus dans le circuit, Jerry. Je ne fais même plus partie de la hiérarchie de l'ESA.

— Hiérarchie, mon cul, André ! Tu joues maintenant dans la cour des grands ! Il te suffit de dire un mot et Brandusi n'a qu'à s'incliner ! »

André fronça les sourcils. « Tu me forces à être d'une brutale franchise avec toi, Jerry...

— Ça, au moins, ce sera nouveau ! » répliqua Jerry.

André soupira. « Je crains que tu ne sois la victime d'intérêts supérieurs. La technologie soviétique est déjà fortement intégrée dans le programme de recherche de l'ESA...

— Et alors ? »

André lui jeta un coup d'œil furtif, gêné. « Cela risquerait de déranger inutilement nos partenaires si nous accordions à quelqu'un dans ton genre un accès trop direct à la technologie spatiale soviétique...

— Comment ça, *quelqu'un dans mon genre ?*

— Tu sais bien, dit André, mal à l'aise.

— Pas du tout ! »

André Deutcher soupira. « Un Américain..., dit-il. Quelqu'un qui s'est déjà trouvé impliqué dans, comment dire, une histoire de transfert de technologie... Chose que les Américains auraient tout aussi bien pu lâcher volontairement dans le but d'infiltrer une taupe à l'ESA...

— C'est ridicule !

— Nous sommes d'accord, mais les Russes... » Il haussa les épaules. « *C'est la politique !*

— La *politique politicienne* », rétorqua Jerry. Son français était peut-être encore assez rudimentaire, mais il en connaissait suffisamment pour faire la distinction typiquement française entre légitime nécessité politique et magouilles bureaucratiques. « *C'est de la merde !* »

Mais c'était lui qui se retrouvait dedans.

Cela remontait à bien des années, mais l'expression « politique politicienne » était toujours celle qu'il lâchait d'un air méprisant quand quelqu'un essayait de justifier la façon dont l'ESA l'avait traité par les mesquines manœuvres de Strasbourg, les négociations sans fin des détails de l'entrée de l'Union soviétique dans la Communauté européenne, ou encore les agissements des États-Unis au Venezuela.

Mais, inévitablement, Jerry s'était retrouvé impliqué dans un autre genre de manœuvres politiques dont il était devenu malgré lui spécialiste et qui, espérait-il sincèrement en descendant les marches de la station Pigalle, allaient enfin payer aujourd'hui.

Quand il avait récupéré, le lendemain matin, il s'était rendu compte qu'il n'avait pas d'autre solution que d'accepter l'inévitable. Tout comme, plus tard, il avait accepté la place libérée par Parmentier quand son supérieur avait été promu, même si cela signifiait continuer à faire la même chose pour un salaire plus élevé.

Encore une fois, il n'avait pas vraiment eu le choix. Bob avait déjà un an, l'appartement de l'île Saint-Louis commençait à être trop petit et l'augmentation était juste suffisante pour leur permettre de l'échanger contre un quatre-pièces près de Pigalle en s'endettant jusqu'aux yeux.

Deux ans plus tard, il était nommé deuxième assistant responsable de tous les essais au sol, puis premier assistant et finalement chef de service. Ensuite il était devenu ingénieur en chef chargé de la fabrication de prototypes conçus par d'autres pour le projet Espaceville.

Il avait finalement été nommé chef du projet de cargo orbital, ce qui revenait à mettre au point une version agrandie des remorqueurs spatiaux et de grosses palettes de transport que le cargo transférerait jusqu'au site de construction d'Espaceville.

Depuis cinq ans il languissait à ce poste. L'espace était plus loin que jamais, on ne l'avait pas laissé travailler sur une étude de pointe depuis le projet Icare et il finirait peut-être, peut-être seulement, directeur de projet — si l'on trouvait quelque chose d'assez inoffensif à confier à un Américain expatrié.

La seule chose qui avait permis à Jerry de tenir le coup durant cette sombre période était la vision qui lui était venue au tout début, quand il avait quitté Rockwell et la luge orbitale pour travailler sur le projet Icare de l'ESA.

Comme il avait semblé évident à Rob Post que la plate-forme manœuvrable automatisée pouvait être perfectionnée en jeep de l'espace, il avait semblé évident à Jerry que le remorqueur Icare pouvait donner naissance à un vrai croiseur spatial.

L'idée était après tout pratiquement la même.

Il suffisait d'agrandir le système de propulsion. De fixer celui-ci au bout d'un long support passant à travers une espèce de gros réservoir sphérique gonflable. D'accrocher à ce réservoir une charpente avec un système d'attaches, et on pouvait transporter n'importe quelle configuration de modules de passagers ou de marchandises.

Il était ainsi possible de transporter une centaine de passagers jusqu'à Espaceville, ou même jusqu'à la Lune, rapidement et confortablement. Avec un réservoir assez gros, on pouvait rejoindre Mars avec un chargement suffisant pour ravitailler une colonie permanente. Comme il n'y avait pas de limite à la taille du réservoir, il serait même envisageable d'envoyer des expéditions jusqu'à Jupiter. Ce serait un grand bond en avant dans l'espace sans recourir à autre chose qu'une technologie déjà disponible.

Tant qu'il travaillait sur le projet Icare, Jerry n'avait pas donné suite à cette idée, certain que lorsque le remorqueur serait opérationnel il se retrouverait promu à un poste où il pourrait persuader ses supérieurs de lancer officiellement une étude préliminaire dont ils lui confieraient la direction.

Les choses ne s'étant pas passées ainsi, il s'était mis à

creuser l'idée chez lui, sachant que personne n'écouterait un simple ingénieur des essais au sol et que, même si on l'écoutait, le projet lui serait retiré. Le moment de dévoiler cette idée viendrait quand l'ESA le remettrait à la conception.

Quand on l'avait, à la place, nommé chef des essais au sol, il s'était mis à en parler dans l'atelier. Il était peut-être simplement chargé de tester le matériel, mais du moins était-il ingénieur en chef, ce qui signifiait qu'il avait sous ses ordres de jeunes ingénieurs disposés à écouter les propos de leur chef, ou au moins à faire semblant.

Assez vite, des membres de son équipe avaient repris l'idée, spéculant sur la façon de modifier le matériel qu'ils testaient pour l'adapter au projet imaginaire, et elle avait commencé à vivre d'une vie propre, d'autant plus qu'après Espaceville, l'ESA n'avait rien sur ses planches à dessin pour enflammer l'imagination visionnaire de ses jeunes ingénieurs et techniciens.

Un jour, un des jeunes ingénieurs les plus brillants de son équipe, Émile Lourade, un Belge qui avait de l'estime pour son patron américain, lui avait glissé à l'oreille : « Vous savez, Jerry, notre petit projet, on commence à en parler à l'ESA en dehors de notre équipe. C'est en train de devenir une petite légende de l'agence, vous devriez vous méfier...

— Me méfier de quoi, Émile ? »

Ils étaient assis à une petite table de la cafétéria bondée, parlant en anglais au milieu d'une cacophonie de langues où dominait néanmoins, comme partout à l'ESA, le français. Émile se rapprocha et parcourut la salle du regard, l'air exagérément furtif.

Jerry éclata de rire. « Oui, je sais les histoires que racontent les Français sur les Belges, mais...

— On raconte bien pire sur les Américains, et pas seulement les Français, vous êtes sûrement au courant...

— Oui, mais... »

Les rumeurs sur l'entrée de l'Union soviétique dans la Communauté européenne commençaient à courir, Washington brandissait de vagues menaces, le dollar venait d'être à nouveau dévalué pour gêner les porteurs européens de titres américains, l'Étoile d'Amérique était presque complètement déployée et toute la presse européenne ironisait sur « Festung

Amerika * ». Les Américains, à peu de chose près, étaient tenus en aussi haute estime en Europe que les Européens aux États-Unis.

« Un jour, l'ESA prendra au sérieux cette idée de croiseur spatial, lui dit Émile. Si vous ne veillez pas à ce qu'elle n'ait pas l'air de surgir tout droit du cerveau des bureaucrates de l'ESA, quelle chance pensez-vous avoir qu'ils laissent un *Américain* jouer un rôle déterminant dans le projet, sans parler de le nommer à la tête de l'équipe ?

— Quasiment nulle... », avait murmuré Jerry, très touché par la sollicitude d'Émile.

Mais que pouvait-il y faire ?

Sonia grimpait dans la hiérarchie de l'Étoile Rouge, elle touchait déjà un salaire plus gros que le sien ; Jerry discutait rarement de ses problèmes professionnels avec sa femme, c'était trop douloureux et ne pouvait mener qu'à des querelles. Mais cette fois il le fit. Et pour une fois Sonia compatit.

« Ton ami a parfaitement raison ! déclara-t-elle avec force. Il faut prendre immédiatement des mesures pour protéger ta position. C'est la loi d'airain de la bureaucratie... couvrir ses arrières !

— Magnifique ! Et comment suis-je censé faire ?

— Accole ton nom à cette idée dans la presse.

— C'est ça, je devrais peut-être accorder une interview à tes amis de Tass, rétorqua Jerry d'un ton sarcastique.

— Trop marqué politiquement..., dit Sonia avec le plus grand sérieux. J'ai une bien meilleure idée. »

Et elle l'avait mise à exécution. Elle l'avait présenté à un de ses vieux amis journalistes, Pierre Glautier. Ce dernier avait écrit un article intitulé « La Navette de grande croisière », moitié vulgarisation scientifique, moitié portrait, qui avait été publié dans un magazine français de vulgarisation et de science-fiction, *Esprit et Espace,* et voilà, le projet avait une appellation bien française et son propre nom y était associé.

La bureaucratie de l'ESA n'avait pas trouvé ça drôle —

* En allemand : la forteresse Amérique.

d'autant qu'il y avait déjà de la grogne dans les rangs depuis que le projet Espaceville engloutissait l'essentiel du budget de l'Agence au détriment de tout projet un tant soit peu visionnaire — et, comme s'y était attendu Jerry, Nicola Brandusi l'avait convoqué dans son bureau.

Mais cette fois-ci ce fut le tour de Brandusi de tempêter de rage impuissante devant le fait accompli et celui de Jerry de sourire affablement lorsqu'il s'arrêta.

« Voyons, Nicola, dit-il d'un air candide, je pensais que vous seriez ravi. C'est bon pour l'Agence, non ? Ça montre que nous songeons toujours à l'avenir, surtout avec les bruits qui commencent à courir sur l'ESA, qui serait si bien embourbée dans Espaceville qu'elle abandonnerait le reste du système solaire aux Russes... »

Brandusi parut se laisser prendre à cet étalage de naïveté. « Les employés de l'ESA ne sont pas censés discuter sans autorisation des projets de l'Agence avec la presse, vous êtes sûrement au courant, Jerry..., dit-il du ton exagérément patient de celui qui s'adresse à un demeuré.

— Bien sûr, répondit Jerry, la bouche en cœur. Mais je croyais que ce n'était qu'une de mes idées farfelues. Vous me dites que c'est un projet officiel de l'ESA ?

— Non, cela n'a jamais été envisagé officiellement ! rétorqua Brandusi.

— Alors quel mal y a-t-il à en parler ? Je veux dire, si vous l'enterrez maintenant, est-ce que ça ne paraîtra pas un projet de l'ESA plutôt qu'un de mes violons d'Ingres ?

— Non ! Si ! Aaaah ! » Brandusi roula les yeux au ciel d'un air exaspéré mais, comme Jerry le savait bien, il ne pouvait rien faire, toute tentative d'étouffer l'affaire n'aurait fait qu'empirer les choses. On ne pouvait désormais plus l'écarter du projet ni le mettre à la porte.

Bien sûr, ils pouvaient exercer une vengeance bureaucratique, et ils ne s'en privèrent pas.

Alors que Jerry était devenu un héros pour les échelons inférieurs de l'Agence comme « père de la Navette de grande croisière », le pouvoir en place le maintint au poste d'ingénieur en chef des essais au sol longtemps après que toute son équipe initiale, Émile Lourade compris, eut été promue dans d'autres services.

Et quand il fut enfin promu ingénieur en chef du service de fabrication des prototypes, ce fut principalement grâce aux pressions internes de gens comme Émile, qui râlaient de plus en plus fort contre la politique budgétaire tendant à faire de l'ESA un simple instrument du consortium de construction d'Espaceville, que ces « Cadets de l'espace », comme ils s'appelaient eux-mêmes par provocation, accusaient de vider de sa sève le programme spatial européen.

Jerry se retrouva de plus en plus partie prenante du mouvement des Cadets de l'espace, prenant la parole lors de séminaires officieux, se montrant de temps en temps à des conventions de science-fiction, donnant à l'occasion une interview à la presse, jusqu'à devenir l'homme clé du projet de Navette de grande croisière, peut-être pas entièrement contre son gré, mais certainement au détriment de ses espoirs d'avancement.

Car plus les Cadets de l'espace prenaient fait et cause pour le projet contre la volonté de la bureaucratie, plus celle-ci reportait sa mauvaise humeur sur la cible la plus évidente, le parrain des Cadets de l'espace et père de la Navette de grande croisière, l'Américain au cœur de la place, Jerry Reed.

Finalement, lorsque des Cadets de l'espace comme Émile Lourade, Gunter Schmitz, Franco Nuri et Patrice Corneau se furent frayé leur chemin vers les cercles dirigeants, le mouvement acquit suffisamment d'influence au sein de l'Agence, sinon pour imposer une étude de la Navette, du moins pour faire enfin revenir leur mentor dans les bureaux d'études.

Mais les dirigeants plus haut placés y avaient mis leur vicieux petit grain de sel, le nommant ingénieur en chef du projet de cargo orbital, poste où, avec une ironie qui n'échappa à personne, il se retrouvait obligé, pour l'essentiel, de perdre son temps et son énergie à *réduire* l'idée visionnaire de Navette de grande croisière en simple véhicule automatique destiné à transférer des matériaux de construction vers Espaceville.

Peut-être espéraient-ils le pousser à démissionner de l'Agence, complètement dégoûté, peut-être voulaient-ils simplement remettre symboliquement à leur place les Cadets de l'espace et leur projet fétiche mais, dans un cas comme dans l'autre, Jerry n'avait pas d'autre point de chute et il se résigna une fois de plus à l'inévitable, faisant le dos rond et attendant son heure.

Et maintenant, enfin, son infinie patience semblait devoir être récompensée.

Les nécogiations entre les Russes et le Parlement de Strasbourg en étaient au point où l'entrée de l'Union soviétique dans la Communauté européenne était devenue inévitable. Seuls restaient à régler quelques points de détail.

Il restait entre autres à savoir juqu'à quel point les programmes spatiaux soviétique et européen fusionneraient et quelle serait la contribution financière de chacun. Les Russes faisaient quelques difficultés à ce sujet.

L'ESA attendait énormément des Russes. Ils avaient quatre grands cosmograds en orbite et de nouveaux lanceurs pouvant emporter une charge double des vieilles fusées Energia. Ils avaient établi une base scientifique permanente sur la Lune. Ils envoyaient expédition sur expédition vers Mars et envisageaient d'y installer une base permanente.

L'Europe n'avait pas grand-chose à offrir en échange. Les Soviétiques étaient déjà associés à la construction du Concordski. Les réservoirs orbitaux étaient du matériel russe modifié, Espaceville était bricolée de même. Il était donc compréhensible que les Soviétiques rechignent à participer à un projet où ils n'avaient rien à gagner en matière de technologies nouvelles. La seule chose, ou presque, que l'Europe eût à offrir était un budget commun dont le programme soviétique serait le principal bénéficiaire, ce qui produisait sur les parlementaires de Strasbourg l'effet que l'on peut imaginer.

C'était alors qu'Émile Lourade avait fait son mystérieux voyage à Strasbourg.

Il s'était à cette époque hissé au poste de directeur de la section de recherche avancée, la plus haute fonction à laquelle fût parvenu un des Cadets de l'espace, ce qui ne signifiait pas grand-chose, aucune recherche avancée n'étant en cours, et il n'y avait aucun espoir d'en voir inscrire au budget pour les années à venir.

Personne ne savait ce qui s'était vraiment passé. Émile avait apparemment fait ce voyage de sa propre initiative. Il était resté une semaine à Strasbourg. Il avait déposé à huis clos devant des commissions parlementaires. Il avait rencontré des ministres.

Quand il était rentré à Paris, tout le monde s'attendait que le directeur de l'Agence, Armand Labrenne, le mette à la porte pour insubordination. Mais, à l'étonnement général, Labrenne avait annoncé une semaine plus tard sa soudaine retraite pour « raisons de santé » et Émile Lourade avait été nommé directeur de l'Agence spatiale européenne.

Et, deux jours après, Jerry Reed avait été convoqué par son vieil ami et protégé.

Il pleuvait quand Jerry arriva au siège de l'ESA, mais il en aurait fallu davantage pour assombrir son humeur. S'il ne pouvait imaginer ce qu'Émile Lourade avait bien pu raconter aux politiciens pour se faire nommer directeur, il savait à coup sûr de quoi il allait l'entretenir.

Que l'une des premières décisions directoriales d'Émile fût de convoquer le père de la Navette de grande croisière ne pouvait signifier qu'une chose. Assurément, qu'un Cadet de l'espace eût remplacé Labrenne si rapidement après ce qui s'était passé à Strasbourg était assez significatif : l'Agence allait changer d'orientation.

La Navette de grande croisière allait enfin devenir un projet officiel de l'Agence spatiale européenne.

Et, bien sûr, Émile allait le nommer ingénieur en chef, ou peut-être même directeur de projet.

Que son rêve fût sur le point de se réaliser n'était que justice, mais que la bonne nouvelle vînt de son vieil ami, ça, c'était la crème de cacao sur son bol de Häagen-Dazs.

Dimitri Pavlovitch Smerlak a eu aujourd'hui des mots très durs pour ceux qui se laisseraient aller à de mesquines considérations chauvines lors des négociations.

« L'attribution par nationalités de sièges soviétiques au Parlement européen ne peut être et ne sera pas un sujet de discussion entre la Communauté européenne et le gouvernement soviétique, a déclaré le Président. Le spectacle des Ukrainiens et des Kazakhs faisant le siège de leur propre ambassade à Genève est lamentable. Ils ne recourent à ce genre de tactique honteuse que parce qu'ils n'ont aucune chance de truquer les quotas nationaux au Soviet suprême démocratiquement élu. Et nous ne permettrons jamais que la loi électorale soviétique puisse être sujette à révision par le Parlement européen. »

Vremia

Sonia Ivanovna Reed traversa en hâte le pool des secrétaires pour gagner son bureau au milieu des sourires et des hochements de tête ; elle était encore une fois en retard pour avoir dû mettre fin aux chamailleries de Robert et Franja à la table du petit déjeuner.

« Bonjour, Sonia.

— Bonjour, camarade Gagarine. »

Les esclaves informatiques l'appelaient « Sonia » s'ils étaient là depuis assez longtemps et « camarade Gagarine » s'ils étaient nouveaux, car Sonia avait depuis longtemps pris l'habitude de se faire appeler « Sonia Ivanovna Gagarine » à son travail, comme si cela pouvait résoudre ses problèmes avec les insaisissables Mandarins de Moscou.

Il était autrefois possible de reconnaître sans risque d'erreur les commissaires du Parti ou les membres du K.G.B., leurs souhaits étaient alors d'une brutale évidence et les sanctions douloureusement claires. Mais, depuis le Printemps russe, cela ne se faisait tout simplement pas de rappeler à quiconque la nature gouvernementale de l'Étoile-Rouge.

D'où le Mandarinat moscovite, nébuleux niveau intermédiaire entre les cercles gouvernementaux officiels et la haute direction de l'Étoile-Rouge. Officiellement, bien sûr, il n'existait rien de tel : l'Étoile-Rouge était une entreprise indépendante légalement établie en Europe communautaire, dont le principal actionnaire se trouvait simplement être le gouvernement soviétique. Officiellement, toutes les décisions étaient prises par son propre conseil d'administration.

Mais en pratique c'était une émanation de l'État soviétique, inextricablement liée aux bureaucraties du gouvernement et du Parti. On ne pouvait jamais déterminer qui ou quoi, à Moscou, tirait quelle ficelle, mais les Mandarins n'avaient aucune difficulté à répercuter leur mécontentement jusqu'au bas de l'échelle.

Sonia disparut dans ce qu'elle considérait toujours comme son *nouveau* bureau, ferma la porte derrière elle et s'effondra dans son fauteuil pivotant. Il y avait sur son bureau une machine à café, un élégant vidéotel et un fouillis de lettres et de feuillets d'imprimante. Elle brancha la cafetière et attendit impatiemment les 90 secondes nécessaires sa première tasse de la journée.

L'Étoile-Rouge avait peut-être construit son propre immeuble sur l'avenue Kennedy, dans le quartier toujours chic du Trocadéro, mais la directrice adjointe du service de stratégie économique n'avait toujours pas droit à un grand bureau avec une vraie vue. Malgré tout, elle avait ce petit bureau pour elle toute seule et il *possédait* une fenêtre d'où l'on apercevait, derrière le coin de l'immeuble Sony voisin, un petit bout de Seine.

Il lui avait fallu assez longtemps pour en arriver là ! Si elle n'était pas tout à fait en disgrâce, elle savait parfaitement bien qu'elle patinait depuis longtemps sur une mince couche de glace bureaucratique, car elle n'avait enfin accédé à ce poste qu'à l'ancienneté, ce qui n'était pas l'habitude dans la méritocratie de l'Étoile-Rouge.

De droit, elle aurait dû être depuis longtemps *chef de service* ; elle était à la stratégie économique depuis plus longtemps que quiconque, elle connaissait beaucoup mieux la France que n'importe lequel des lèche-bottes parachutés de Russie au-dessus d'elle et elle ne devait qu'à Jerry de n'avoir pas obtenu l'avancement qu'elle méritait.

Cela avait une fois de plus été douloureusement clair deux mois plus tôt, quand ils avaient fait venir Ilya Pachikov de Moscou pour être son chef de service au lieu de lui donner la place quand Gorski était parti pour Londres.

En fait, Pachikov lui-même avait semblé plutôt gêné lors de leur première rencontre. Il avait reconnu avec une assez agréable franchise que c'était elle qui aurait dû se trouver derrière le grand bureau de noyer. « Mais, vu les circonstances... », avait-il dit sans vraiment la regarder en face. Et elle n'avait pas eu la grossièreté de le forcer à préciser sa pensée.

Elle ne savait que trop qu'elle était au placard pour des raisons politiques. Bien sûr, on lui avait donné sa carte du Parti, sinon elle ne serait jamais arrivée là, mais sa kharakteristika était pleine de taches grises de belle taille, voire une vraiment grosse, bien noire.

Elle n'avait jamais travaillé en Union soviétique. Elle avait obtenu ce poste envié à Paris grâce à de sombres manœuvres politiques, ce qui, si cela laissait favorablement augurer de ses talents de négociatrice, rendait légèrement suspecte sa loyauté politique.

En outre, elle était mariée à un Américain qui, bien que considéré comme un traître par Washington, était toujours assez perversement américain pour refuser à ses enfants le bénéfice de la nationalité soviétique.

Elle avait fait des scènes à Jerry pendant des semaines, après la nomination de Pachikov, mais il n'avait rien voulu savoir. Son regard se voilait, il marmonnait « *politique politicienne* » et redisparaissait dans les espaces intersidéraux.

Le café coula dans la tasse en gargouillant. Sonia en avala la moitié. Pourquoi n'arrivait-il pas à comprendre ? Ça aurait pu être si *facile.* Ce n'était pas comme si elle lui demandait, à lui, de renoncer à la nationalité américaine. Tout ce qu'il avait à faire, c'était laisser Robert et Franja devenir citoyens soviétiques, comme c'était leur droit.

Mais non...

L'intercom bourdonna. « Ici Ilya, où étais-tu, Sonia, j'ai...

— Désolée, camarade Pachikov, les enfants...

— Oui, oui... euh, veux-tu venir tout de suite dans mon bureau...

— Si tu veux bien me laisser quelques minutes pour préparer l'état...

— Laisse tomber l'état journalier pour le moment, nous verrons ça après le déjeuner. Il s'agit d'autre chose. »

Cela ne disait rien de bon à Sonia et, lorsqu'elle entra dans le bureau de son supérieur, l'expression d'Ilya Pachikov ne lui plut pas davantage...

Ses rapports avec Pachikov étaient particuliers, plutôt tendus, mais pas autant qu'ils auraient pu l'être.

Pachikov était de quelques années plus jeune que Sonia, avec de longs cheveux blonds élégamment coiffés à la dernière mode, des yeux bleu clair et des traits taillés à la serpe, presque tartares. Il portait ses coûteux vêtements comme un mannequin et se déplaçait comme un danseur. C'était un gracieux animal, Sonia ne pouvait s'empêcher de le trouver séduisant et, bien sûr, il le savait.

Il aurait été insupportable s'il l'avait fait sentir, mais Ilya Pachikov était un parfait sybarite eurorusse ; en fait, étant donné que c'était son premier poste en dehors de l'Union soviétique, il se donnait beaucoup de mal pour y arriver.

Pachikov était l'un des enfants chéris des Mandarins ; ce qui semblait à Sonia le couronnement longtemps refusé d'une carrière bureaucratique ordinaire n'était pour lui qu'une étape de sa rapide ascension vers le sommet de la hiérarchie de l'Étoile-Rouge, ou plus haut. Ilya Pachikov avait indéniablement des *relations*.

Si Sonia était surqualifiée pour être son adjointe, Pachikov était légèrement sous-qualifié pour être directeur du service de stratégie économique ; l'un de ses charmes était que cela avait l'air de l'ennuyer, du moins en présence de Sonia. Il se reposait sur elle pour préparer les rapports et les études de stratégie qu'il présentait au directeur de l'agence parisienne comme étant de lui et laissait occasionnellement paraître la gêne qu'il en éprouvait.

Pour le moment, Pachikov avait l'air embarrassé, mais avec quelque chose de furtif absolument pas dans son style.

« Encore des problèmes avec Robert et Franja ? » demanda-t-il en lui versant un verre de thé au samovar.

Sonia haussa les épaules. « Les chamailleries habituelles entre frère et sœur, tu connais les adolescents ! »

Il haussa les épaules à son tour. « Je crains que non, malheureusement, célibataire comme je suis...

— Oui, je sais, répondit sèchement Sonia, et c'est pour toi un lourd fardeau. »

Ilya rit. « Je m'arrange pour survivre, avec l'aide de mes amies.

— Je suppose que tu ne m'as pas fait venir pour discuter de mes enfants ou de ta vie sentimentale, Ilya Sergeïovitch... »

Pachikov fronça les sourcils. « Comme tu le sais, je ne suis pas homme à m'immiscer dans tes problèmes personnels, mais...

— Mais ? »

Il tambourina nerveusement du bout des doigts sur son bureau. « Ça ne vient pas de moi, comprends-tu, je trouve ça assez embarrassant..., marmonna-t-il en détournant les yeux.

— Je viens d'inventer un vieux proverbe russe : “ Quand on a un étron dans la bouche, mieux vaut l'avaler immédiatement ou le recracher tout de suite. ” »

Pachikov rit. « C'est au sujet du nouveau directeur de l'Agence spatiale européenne... », lâcha-t-il.

Sonia dressa l'oreille, attendant la suite.

« Émile Lourade... C'est un vieil ami de ton mari, non ? »

Son instinct retint Sonia de dire : *Jerry doit se trouver en ce moment même dans son bureau.* Elle dit à la place : « Oui, si on veut...

— Il se passe quelque chose de bizarre à l'Agence spatiale européenne. En tant qu'épouse de Jerry Reed, tu ne l'ignores certainement pas..., dit lentement Pachikov.

— Tu veux parler de la nomination d'Émile Lourade ? »

Pachikov acquiesça. « Il se rend à Strasbourg, apparemment à l'insu d'Armand Labrenne. Il rencontre des ministres et des députés. Il dépose à huis clos devant des commissions parlementaires sans que le K.G.B. puisse savoir ce qui s'est dit. Quand il rentre à Paris, Labrenne démissionne, soi-disant pour raisons de santé, alors que d'après son dossier médical, que le K.G.B. a *pu* se procurer, il est solide comme un roc, et Lourade le remplace...

— Et alors ?

— Alors tu vas me dire...

— Te dire quoi ?

— Ce qui s'est passé.

— Je ne comprends pas...

— Nous non plus. C'est bien là le problème.

— Je ne voudrais pas avoir l'air d'une idiote, Ilya Sergeïovitch, mais je ne comprends pas. Qu'est-ce que l'Étoile-Rouge a à voir là-dedans ? »

Pachikov tambourina à nouveau sur le bureau. « L'Étoile-Rouge n'est peut-être pas officiellement partie prenante dans les négociations sur l'entrée de l'Union soviétique dans la Communauté européenne mais, comme tu le sais, il nous est de temps en temps... demandé de procurer des renseignements à divers organismes...

— Comme le K.G.B. ?

— Pas cette fois, dit vivement Pachikov. La requête vient du ministère de l'Espace. Ce sont eux qui mènent les négociations sur les conditions de la fusion des programmes spatiaux soviétique et européen lors de notre adhésion à la Communauté. Ces négociations en sont à une phase assez délicate à propos des contributions au budget et maintenant... *ça !*

— Maintenant *quoi ?*

— C'est précisément ce que nos négociateurs aimeraient savoir le plus vite possible ! s'écria Pachikov.

— Ce genre de chose est certainement davantage du ressort du K.G.B. que de notre service de stratégie économique... »

Pachikov haussa les épaules et il retrouva son air furtif du début de la conversation. « En temps ordinaire, ce serait vrai. Mais vu les circonstances...

— Vu quelles... » Sonia s'arrêta court.

« Oh », dit-elle plus doucement.

Ilya Sergeïovitch poussa un gros soupir de soulagement. Il haussa à nouveau les épaules. « Pour présenter les choses avec tact, dit-il en joignant les mains, le ministère de l'Espace a officiellement demandé à notre service un rapport sur la soudaine ascension d'Émile Lourade, en insistant particulièrement sur tout changement d'orientation qui pourrait affecter les négociations... Il a été suggéré que... tu prépares personnellement ce rapport... eu égard aux... sources privilégiées dont tu disposes... »

Il s'interrompit, baissa la tête, puis la regarda droit dans les yeux pour la première fois de leur entretien. « Nous nous sommes bien compris, n'est-ce pas, Sonia Ivanovna... *Reed ?* » dit-il doucement.

Sonia le regarda sans ciller. « Je crains que oui, Ilya Sergeïovitch Pachikov, répondit-elle sur le même ton.

— Je ne peux pas t'ordonner de faire une telle chose, Sonia, ajouta-t-il d'un ton plus amical. Il n'y aura pas de sanctions officielles si tu refuses, bien sûr, mais... »

Il haussa encore les épaules et leva les mains au ciel en un geste très français. « Mais, pour te parler en ami, tout ce qu'on te demande, après tout, c'est un rapport sur de banals propos autour de la table familiale, pour le bien de ton pays. »

Sonia continuait à le dévisager. « Et si j'accepte ? demanda-t-elle avec une froideur qui la surprit elle-même.

— Cela fera bonne impression dans ta kharakteristika, je peux te l'assurer, et c'est ton supérieur hiérarchique qui te le dit. Mais, pour te parler en ami, Sonia Ivanovna, nous savons tous les deux à quel point tu en as besoin. »

PREMIERS INDICES D'UNE CIVILISATION EXTRATERRESTRE ?

Un porte-parole officiel de la section d'astronomie de l'Académie des sciences soviétique a mis en garde contre les conclusions hâtives répercutées dans la presse à propos des anomalies détectées lors des observations de la quatrième planète de l'étoile de Barnard récemment découverte par des astronomes du cosmograd Copernic.

« Oui, il s'agit bien d'un corps solide, pas d'une géante gazeuse miniature, oui, les émissions lumineuses de la face nocturne proviennent manifestement de sources à la surface de la planète, et oui, il y a assurément un halo régulier de corps de moyennes dimensions en parfaite orbite géostationnaire, a déclaré le Pr Pavel Boudarkine. Mais il serait totalement prématuré d'annoncer sur la base d'indices aussi indirects que nous avons découvert une civilisation extraterrestre. »

Tass

Le bureau d'Émile Lourade était un vrai chantier. Il y avait un peu partout des cartons à moitié déballés, les étagères croulaient sous les livres, dossiers et disquettes en attente de rangement, il s'en entassait autant sur le bureau et sur les trois chaises et, sur la table de conférence, une demi-douzaine de photos encadrées attendaient d'être accrochées au mur. Le nouveau directeur de l'ESA était assis en manches de chemise, l'air de n'avoir pas eu le temps ou le goût de mettre son bureau en ordre avant de passer aux choses sérieuses.

Mais Jerry eut un large sourire en voyant le seul élément personnel de décoration qu'Émile avait pris la peine d'accrocher au mur... un agrandissement encadré de l'illustration de l'article qui avait présenté au monde, tant d'années plus tôt dans *Esprit et Espace,* la Navette de grande croisière.

« Assieds-toi, Jerry, assieds-toi, dit Émile, débarrasse-toi une chaise en jetant par terre ce qu'il y a dessus. »

Jerry suivit son conseil en riant et s'assit. « Et voilà, dit Émile Lourade avec un sourire en coin et un petit haussement d'épaules. J'ai fait du chemin depuis l'atelier de contrôle de la qualité, *n'est-ce pas ?*

— De l'avis général, tu as fait du chemin depuis l'endroit où tu te trouvais il n'y a que quelques semaines, Émile. Qu'as-tu bien pu faire à Strasbourg ?

— J'ai vu passer la chance qui ne se présente qu'une fois dans la vie, j'ai tout misé, répondit Émile d'un ton beaucoup plus sérieux. Et j'ai gagné.

— Apparemment, dit Jerry d'un ton sec, sinon Labrenne aurait eu ta tête au lieu d'un soudain accès de mauvaise fièvre. Qu'as-tu bien pu raconter à ces foutus politiciens ?

— Que je connaissais la seule façon d'inciter les Russes à mettre dans le budget commun plus d'argent qu'ils n'en tireront pour leurs projets. »

Jerry jeta un coup d'œil à l'illustration de la Navette, puis reporta son regard sur Émile Lourade, gagné par l'euphorie.

Émile hocha la tête. « Quoi d'autre ? dit-il. Du point de vue russe, Espaceville n'est qu'une occasion d'engranger de l'argent sans aucun risque financier, en nous vendant des modules cosmograd et des vieilles fusées Energia. Ils nous trouvent cinglés d'investir là-dedans l'essentiel de notre budget et ne souhaitent certainement pas y participer. »

Il haussa les épaules, adressant un sourire torve à Jerry. « Ce n'est pas nous, Cadets de l'espace, qui allons leur donner tort, non ? La seule raison pour laquelle leurs responsables du programme spatial acceptent de parler d'un budget commun, c'est que les politiciens des deux côtés insistent pour qu'ils s'entendent avec nous dans le cadre du traité d'adhésion de l'Union soviétique à la Communauté européenne. Du point de vue de Moscou comme de celui de Strasbourg, l'espace n'est qu'une infime partie d'un tout bien plus important et, si nos deux agences spatiales n'ont pas conclu un accord sur le fond avant que le traité ne soit prêt pour la signature, les politiciens nous imposeront leurs propres conditions...

— *Politique politicienne* », murmura Jerry.

Émile Lourade fronça les sourcils. « C'était aussi l'attitude d'Armand Labrenne. Et c'est pourquoi je suis ici et plus lui. Nous devons apprendre à parler le langage des politiciens. Et nous devons aussi apprendre à mettre leurs équations en facteurs. »

Un changement semblait être survenu chez Émile Lourade. Ce n'était plus le jeune Émile qui avait travaillé sous ses ordres ; c'était le directeur de l'Agence spatiale européenne.

« Labrenne exigeait que les Russes participent au budget commun à concurrence de 50 %, ce qui correspondrait pour nous à un allégement significatif du coût d'Espaceville. Les Russes refusent d'aller au-delà de 25 %, faisant financer au contraire par l'Europe une bonne part de leur programme. Le traité sera prêt dans quelques semaines et Strasbourg ne peut pas accepter que ce détail mineur vienne lui mettre des bâtons dans les roues. Si les Russes se contentent de rester assis sans desserrer les dents, ils savent qu'ils finiront par obtenir à peu près tout ce qu'ils veulent. »

Lourade eut une moue de mépris. « Labrenne était un imbécile de croire qu'il pourrait faire lanterner les Russes, ils ont le cul taillé dans la pierre depuis Gromyko et Vychinski.

— Et c'est ce que tu as dit aux politiciens de Strasbourg ? »

Lourade acquiesça. « Je leur ai dit qu'il nous fallait sortir une nouvelle carte de notre manche *tout de suite* et que, par chance, nous en avions une qui n'attendait que le déblocage des crédits...

— La Navette de grande croisière... »

Émile Lourade arbora un large sourire. « C'est un projet qui intéresse vraiment les Russes et on peut les obliger à une forte contribution financière. Qui plus est, au sein d'un programme conjoint, le projet trouve enfin une justification économique qu'il n'a jamais eue pour nous...

— Quoi ? s'écria Jerry. Mais tu as toujours été d'accord pour dire que...

— Que c'était un programme visionnaire constituant le prochain pas de l'homme dans le système solaire, dit froidement Lourade. Mais pour l'ESA, ce serait recommencer l'aventure d'Espaceville, en pire ! Pourquoi penses-tu que nous n'avons jamais réussi à le faire financer ? Parce que les politiciens sont tous des imbéciles ?

— L'idée m'a parfois effleuré l'esprit », dit sèchement Jerry.

Lourade poussa un soupir. « Tu as toujours été vraiment *naïf*, hein, Jerry ? Que ferions-nous de Navettes de grande croisière ? Nous avons déjà le Concordski, Icare et les cargos automatiques, ce qui revient à dire que nous avons en place un système logistique complet pour Espaceville...

— Tu es cinglé, Émile ? coupa Jerry. Avec la Navette, nous pourrions avoir notre base lunaire, coloniser Mars, nous rendre dans la Ceinture d'astéroïdes, sur Jupiter et Titan...

— Et comment serions-nous censés payer tout ça après avoir englouti pendant des années la plus grosse part de notre budget dans la Navette ? Quel bénéfice aurions-nous à faire valoir en contrepartie de ces sommes énormes ?

— Je n'avais jamais pensé à ça..., murmura Jerry.

— Eh bien, à Strasbourg ils y pensent, tu peux en être certain ! dit Lourade d'une voix dure. Labrenne n'a jamais été opposé à la Navette. Comment quiconque se sentant suffisamment concerné par notre avenir dans l'espace pour travailler à l'Agence n'en serait-il pas tombé amoureux ? Mais personne n'a jamais osé demander des crédits pour ça parce que *tout le monde* savait que les responsables politiques n'en auraient jamais voulu.

— Jusqu'à toi, Émile. Jusqu'à maintenant. »

Émile Lourade se carra dans son fauteuil, croisa les mains derrière sa tête et eut un sourire satisfait. « Pas même moi jusqu'à ce que les négociations avec les Russes soient dans cette impasse. J'ai alors compris que la fusion des programmes spatiaux soviétique et européen allait tout changer. La N.G.C. s'intègre parfaitement dans *leur* programme. Ils ont déjà sur la Lune une base scientifique qu'ils veulent faire évoluer en véritable colonie. Ils sont allés sur Mars et projettent d'y établir une base permanente. Ils rêvent d'aller sur Jupiter. Ils ont commandé une étude de faisabilité préliminaire sur la terraformation de Mars à l'aide de glace arrachée aux lunes de Jupiter. Pour eux, la chose est rentable. La N.G.C. met le système solaire à leur portée.

— C'est *ça* que tu as dit à Strasbourg ? » s'exclama Jerry. La tête lui tournait.

« Bien sûr, répondit Lourade. La semaine prochaine, le Parlement européen allouera un crédit supplémentaire pour subventionner officiellement la Navette de grande croisière. Et puisque, grâce à toi, cette étude est déjà bien avancée, nos négociateurs la présenteront aux Russes comme notre apport. S'ils veulent que la fusion se fasse, il leur faudra accepter de participer à concurrence d'au moins 40 % au programme spatial commun, sinon la Navette reste dans les cartons. Ce sera notre dernière offre, à prendre ou à laisser.

— Seigneur », gémit Jerry. Le rêve de sa vie allait devenir réalité ; pourquoi se sentait-il donc l'estomac noué ?

Émile se pencha en avant et le regarda d'un air intrigué. « Que se passe-t-il, Jerry ? C'est ce dont nous rêvons depuis des années !

— Euh, oui, mais... mais... » Des Navettes de sa conception ouvrant le système solaire, se rendant sur Mars, Jupiter et Saturne, une ville sur la Lune, une colonie sur Mars, tout ce dont il avait toujours rêvé... mais... mais...

« Vous allez leur donner tout ça, à *eux ?* s'écria-t-il.

— *Eux ?* s'étonna Émile.

— Ces putains de Russes ! »

Émile Lourade le regarda attentivement. « Tu ne lis pas les journaux, Jerry ? *Eux* c'est *nous,* ou ça le sera bientôt ! Nous n'allons pas exporter nos vieux réflexes chauvins dans le système solaire, nous allons y construire ensemble l'avenir en tant qu'*Européens !*

— *Nous... ?* dit lentement Jerry. *En tant qu'Européens ?* »

Lourade haussa les épaules. « En tant que race humaine, si tu préfères, dit-il avec une légère brusquerie. *Mon Dieu,* Jerry, c'est *toi* qui as cru suffisamment fort en ce rêve pour quitter ton pays et venir travailler ici ! Après tout ce que tu as subi, tu ne vas pas me dire que tu ne veux pas y avoir ta part, maintenant qu'il est près de se réaliser, parce qu'il faudrait partager avec les Russes ! Sans les Russes, ce ne serait pas possible. Tu es *marié* à une Russe ! Tu vas me dire tout d'un coup que tu es devenu un chauvin de Yankee ?

— Non…, marmonna tristement Jerry. Bien sûr que non. Je suis ton homme, Émile. »

Non, ce n'était pas par sentiment antirusse qu'il avait envie de pleurer à l'heure de son triomphe. Il allait construire ses Navettes qui leur permettraient de se rendre sur la Lune, sur Mars, les lunes de Jupiter… la grande aventure allait vraiment commencer.

Cette exaltante vision lui mettait à la bouche le goût de la crème de cacao sur la glace au chocolat et ce souvenir lui évoqua une autre vision, l'image granuleuse du paysage lunaire qui se rapprochait.

Et il entendit les glorieuses paroles par-delà les années comme par-delà le vide et les parasites : « L'Aigle s'est posé. »

Il sut alors que ce n'était pas sur lui qu'il pleurait dans son cœur.

Pour la première fois depuis qu'il en avait abandonné les rivages pour se mettre au service de la vision qui allait bientôt se réaliser, Jerry Reed pleurait sur ce qu'avait autrefois été l'Amérique.

« Ça va bien, Jerry ? » demanda Émile Lourade d'une voix beaucoup plus douce, et pendant un instant le directeur de l'ESA redevint le jeune Émile qui regardait son mentor avec une inquiétude amicale. « Tu marches avec nous ?

— Bien sûr que oui, Émile », dit vivement Jerry. Et d'une façon, se dit-il, qu'un Européen comme toi ne pourra jamais comprendre.

« Bien. Sans toi, les choses n'auraient pas été vraiment complètes. » Et il redevint le directeur, appuyant sur son intercom pour dire d'un ton autoritaire : « Vous pouvez faire entrer Patrice Corneau. »

Jerry se leva pour accueillir Corneau et se laissa embrasser sur les deux joues, à la française, coutume à laquelle il avait fini par s'habituer malgré son embarras, du moins s'il s'agissait d'autre chose que d'une simple connaissance.

Corneau, comme Lourade, était un ex-Cadet de l'espace ; il avait longtemps travaillé sous les ordres de Jerry à l'atelier d'essais et sur les prototypes, avant de s'élever rapidement. C'était à l'époque un jeune ingénieur dégingandé qui s'habillait n'importe comment, avec une toison noire indisciplinée et un étui plein de stylos dans sa poche de poitrine. Il était maintenant ingénieur en chef adjoint du projet Espaceville, faisait couper ses cheveux striés de gris par un grand coiffeur et portait un élégant costume tilleul.

« Tu travailles avec nous sur la N.G.C., bien sûr, Jerry ? dit Patrice en s'asseyant.

— *Nous ?* dit Jerry. Tu laisses tomber Espaceville, Patrice ? Mais je croyais que tu étais sur les rangs pour le poste de directeur de projet... » Il était très touché que Corneau fût apparemment prêt à renoncer à une telle occasion de carrière pour travailler sous ses ordres.

Corneau lança un coup d'œil surpris à Lourade. Le directeur le regarda à son tour d'un air furtif et gêné.

« Tu ne lui as pas dit, Émile ?

— Dit quoi ? demanda Jerry.

— J'ai nommé Patrice chef du projet N.G.C., Jerry », dit Émile Lourade d'un ton égal.

Les mots frappèrent Jerry comme un coup à l'estomac. Pendant un long moment, il demeura pétrifié sur sa chaise à regarder stupidement son directeur dans les yeux. Lourade le regardait tout aussi fixement, le visage indéchiffrable.

Le temps semblait s'écouler au ralenti tandis que Jerry essayait de reprendre ses esprits. Lourade lui laissa tout son temps et cela permit à Jerry d'appréhender la réalité la tête froide avant de parler.

« Eh bien, Émile, il serait malhonnête de dire que je ne suis pas un peu déçu », finit-il par déclarer, puis il réussit à esquisser un faible sourire. « Mais je suppose que tu as raison. Je suis un ingénieur de terrain, pas un administrateur — je ne l'ai jamais été et je suppose que je ne le serai jamais... »

Il se tourna vers Patrice Corneau. « *Pas de problème,* Patrice. Qu'importe si j'ai autrefois été ton supérieur ? Je serai heureux de travailler sous tes ordres comme ingénieur en chef, sincèrement. » Et il lui tendit la main.

Et tandis que Patrice Corneau la serrait, un peu hésitant, Jerry s'aperçut, à sa propre surprise, qu'il pensait vraiment ce qu'il avait dit. Après tout, il n'aurait pas trop apprécié de se battre pour des crédits et de négocier avec des sous-traitants.

En un sens, se dit Jerry, je devrais avoir de la peine pour *Patrice.* C'est lui qui va devoir se démener avec toute la merde et moi qui vais en retirer tout le plaisir.

« Je crains que non, Jerry, dit Émile Lourade d'un air triste.

— *Quoi ?*

— Je crains de ne pas pouvoir non plus te nommer ingénieur en chef », dit le directeur de l'Agence spatiale européenne, les yeux rivés sur son bureau pour éviter le regard de Jerry. « Comprends ma position...

— Ça serait à *moi* de comprendre ta putain de position ! hurla Jerry.

— Je crains de ne pas comprendre, moi non plus, Émile, dit Patrice. Si tu crois que j'aurai des problèmes pour travailler avec Jerry, tu te trompes complètement, je le *veux* comme ingénieur en chef, c'est le seul choix logique.

— C'est impossible.

— Et pourquoi donc ?

— Pour deux raisons, Patrice. D'abord et avant tout, parce que Jerry serait inacceptable pour les Russes à un poste aussi élevé. Pas un *Américain,* transfuge ou non, et certainement pas quelqu'un qui... a fait la preuve de son inconstance politique en nous livrant la technologie de la luge orbitale américaine...

— Enfoiré ! s'écria Jerry.

— *C'est de la merde,* Émile », dit Patrice Corneau.

Émile Lourade haussa les épaules. « *De la merde, peut-être,* mais je suis forcé de faire avec. Et il y a plus... les Soviétiques voudront à tous les coups un Russe à ce poste. »

Corneau fit la moue, fronça les sourcils, hocha la tête. « Bien sûr », dit-il.

Jerry bondit de son siège en hurlant, plus furieux qu'il ne l'avait jamais été. « Et où serait ce projet, sans moi ? Où serais-tu, *toi,* Émile ? Si tu n'avais pas eu *mon* projet à fourguer à ces enfoirés de Russes, tu ne serais pas assis derrière ce bureau ! Tu me donnes envie de vomir ! Tu étais mon ami, Émile ! Quand es-tu devenu une telle merde ? »

Patrice Corneau avait l'air complètement sidéré par cet

éclat, tassé au fond de sa chaise, les yeux écarquillés. Mais le directeur de l'ESA attendit tranquillement que Jerry en eût terminé avant de reprendre la parole. Et, quand il le fit, ce fut d'une voix calme, dépourvue de toute colère ou animosité.

« Tu as eu un rêve, Jerry. C'était un beau rêve et tu me l'as fait partager, ainsi qu'à Patrice et à bien d'autres. Tu as dû quitter ton pays pour y parvenir, et supporter pour cela beaucoup d'injustices, le mépris de certains, même. C'est le prix que tu as eu à payer… »

Émile Lourade haussa les épaules. « Voilà le prix que *moi* j'ai à payer pour faire enfin de ce rêve une réalité : il me faut trahir un vieil ami à qui je dois énormément, il me faut supporter ta haine et mon propre dégoût. Pour pouvoir faire de la Navette de grande croisière une réalité, il me faut commettre une grave injustice envers un vieil ami que j'admire profondément. Je te demande de me pardonner, Jerry. Je n'ai aucun droit d'agir ainsi, mais dis-toi bien que, vis-à-vis de ce en quoi nous croyons, c'est la seule chose à faire. La seule possible. Tu en es certainement conscient, n'est-ce pas ? »

Jerry s'effondra sur sa chaise, vidé de toute énergie. Même sa colère s'était envolée. Émile avait raison, bien sûr. Si les Soviets refusaient Jerry comme ingénieur en chef, Émile aurait beau essayer de le nommer à ce poste, cela ne ferait que signer l'arrêt de mort du projet.

« Oui, Émile, j'en suis conscient, dit-il d'un ton las. À ta place, j'agirais de la même façon répugnante.

— Mais c'est intolérable ! s'exclama Patrice Corneau. Nous avons besoin de Jerry sur le projet. Il me le faut comme collaborateur et que les Russes aillent au diable !

— Je suis parfaitement d'accord, dit Émile Lourade.

— *Vraiment ?* dit Jerry.

— J'ai une proposition à te faire, Jerry. Je ne l'ai pas faite plus tôt, sachant que tu aurais sûrement refusé avant… avant que l'amère situation soit parfaitement claire…

— Et c'est… ?

— Je peux te nommer “ consultant metteur au point du système de manœuvre ”…

— *Consultant metteur au point du système de manœuvre !* s'emporta Jerry. Qu'est-ce que c'est que ce bordel ?

— Une fiction bien pratique à laquelle ne pourront rien objecter les Russes...

— Je suis censé me laisser rétrograder d'ingénieur en chef du projet de cargo spatial pour devenir... *consultant metteur au point du système de manœuvre* de la N.G.C. ? dit amèrement Jerry. J'ai une femme, deux enfants et des traites à rembourser, Émile...

— Par la même occasion, je te nomme ingénieur de première classe.

— Ingénieur de première classe ? Jamais entendu parler de ça. Qu'est-ce que c'est ? »

Émile esquissa un petit sourire. « Un truc que je viens d'inventer pour pouvoir hisser ton salaire au niveau de celui d'un directeur de projet. C'est moi le directeur, après tout, et je peux infléchir un peu le règlement pour un vieil ami...

— Que peut bien être censé faire un “ consultant metteur au point du système de manœuvre ” sur le projet ? »

Le sourire de Lourade s'élargit. « Tout ce que lui demande le directeur de projet, bien entendu.

— *Génial,* Émile ! s'écria Patrice Corneau.

— Voyons si j'ai bien compris, dit lentement Jerry. En fait, tu me dis que j'aurai le salaire d'un directeur de projet et plus ou moins le boulot d'un ingénieur en chef dissimulé sous ce titre bidon...

— Quelque chose comme ça.

— Pendant qu'un enfoiré de Russe portera le titre officiel et se pavanera en recueillant tout le crédit du projet ?... »

Émile haussa les épaules. « C'est bien ça, Jerry, c'est le mieux que je puisse faire en la circonstance.

— C'est assez ignoble, murmura Jerry.

— Ça pourrait être pire, Jerry », fit remarquer Patrice.

Émile Lourade se leva de son bureau et traversa la pièce pour venir se placer ostensiblement sous le dessin de la Navette illustrant l'interview qu'il avait lui-même incité Jerry à donner des années plus tôt, quand il était jeune ingénieur.

« Tu te souviens, Jerry ? Tu te souviens quand nous étions Cadets de l'espace et que ta Navette n'était qu'un impossible rêve ? Eh bien, maintenant ce rêve va se réaliser, avec ou sans toi. Ça peut se résumer ainsi : quel est le plus important, la vie des rêveurs, ou le rêve lui-même ? »

Jerry Reed contempla le vieux dessin du rêve qu'il poursuivait depuis tant d'années. Et une fois de plus il sentit le goût de la crème de cacao sur la glace au chocolat, l'amertume et la douceur. Et les paroles de Rob Post résonnèrent dans sa mémoire : « Tu vas vivre l'âge d'or de l'exploration spatiale, petit. Tu peux être l'un de ceux qui en feront une réalité. Cela ne tient qu'à toi. »

Tu peux marcher sur l'eau. Il te faudra renoncer à tout pour cela, mais tu peux marcher sur l'eau.

Jerry poussa un soupir et haussa les épaules. « J'accepte, Émile, finit-il par dire. Et tu n'en as jamais douté. »

Le directeur de l'Agence spatiale européenne le regarda avec des larmes dans les yeux et hocha la tête. « Non, mon vieux, je n'en ai jamais douté. »

LA BONNE PAROLE POUR L'ÉTOILE DE BARNARD

Le révérend Ike Ackerman a annoncé aujourd'hui qu'il entamait des consultations avec d'autres responsables religieux dans le but de monter une association sans but lucratif destinée à lever des fonds pour diffuser l'Évangile en direction de l'étoile de Barnard.

« S'il y a vraiment des êtres intelligents sur la quatrième planète, ce sont eux aussi des enfants de Dieu dont l'âme a besoin d'être sauvée, a-t-il déclaré. Si les Russes peuvent leur envoyer des messages, nous aussi, et pas uniquement pour dire bonjour, mais pour annoncer le message du Christ. Écoutez la Bonne Nouvelle et réjouissez-vous dans le Seigneur. »

Valley News

10.

Il était complètement usé aux poignets, la doublure avait dû être recousue deux fois aux emmanchures et la fermeture à glissière avait été remplacée, mais le blouson en satin bleu et blanc des Los Angeles Dodgers que son père lui avait offert pour son seizième anniversaire était toujours le bien le plus précieux de Robert Reed. Il le portait par les chaudes journées d'été, il le portait par-dessus d'épais chandails au plus froid de l'hiver, il le portait sous la pluie, il le portait malgré les moqueries de Franja et les supplications de sa mère, et il le portait encore à l'école, même s'il lui attirait le sobriquet de « gringo ».

Il aimait ce blouson comme il aimait son père qui l'avait fait venir pour lui de la lointaine Californie. Car, sur son sein gauche, brodé en lettres blanches du même style que le logo de l'équipe dans le dos, était écrit « Bob ».

D'aussi loin qu'il pût s'en souvenir, Robert Reed avait toujours voulu qu'on l'appelle Bob. Mais c'était un diminutif qui ne venait pas spontanément à l'esprit des Français, et c'était en plus un nom agressivement gringo, tout autant que Joe, Tex ou Al, de sorte que ses professeurs insistaient pour prononcer son nom à la française, *Robaire,* tout comme ses camarades de classe quand ils voulaient le provoquer, sachant qu'il détestait ça.

Sa mère aussi l'appelait *Robaire* quand elle lui parlait français, habituellement lorsqu'elle était en rogne contre lui, sinon elle disait Bobby. Ses rares amis l'appelaient *Bobi,* suivant la ligne de moindre résistance linguistique pour un palais français. C'était aussi comme ça que l'appelait Franja, mais elle avait une façon bien à elle de mettre un accent geignard sur la deuxième syllabe, même en anglais, quand elle l'asticotait. Il s'appelait *lui-même* mentalement Bobby quand il ne se surveillait pas.

Il n'y avait que son père pour lui donner un bon vieux Bob bien américain. Seul son père comprenait ce que cela signifiait pour lui. Seul son père comprenait quelle galère c'était d'être américain en Europe.

L'Amérique était un objet de mépris bien avant que Bobby soit assez grand pour en comprendre la raison. Papa avait essayé de la lui expliquer de son mieux quand Bobby avait commencé à se rendre compte qu'il avait quelque chose de différent des autres, quelque chose qui faisait que des enfants à qui il n'avait rien fait, parfois des enfants qu'il ne connaissait même pas, l'asticotaient et lui donnaient de vilains noms.

« Tu es un gringo, papa ?

— Je suis Américain, Bob. “ Gringo ” est un vilain nom

que les gens nous donnent quand ils ne nous aiment pas, comme nous appellions autrefois certaines personnes " négro " ou " espingo ". Les gens bien élevés n'emploient pas ce genre de mots.

— Je suis américain ?

— Pas exactement. Bob, mais quand tu seras assez grand pour décider toi-même, tu pourras l'être si tu veux.

— C'est mal, d'être américain ?

— Non, Bob, ce n'est pas mal d'être américain, ce n'est pas mal d'être français ou russe non plus, mais...

— Alors pourquoi les gens n'aiment pas les Américains ? »

Papa eut un drôle d'air lointain. « Parce que... parce que les États-Unis font parfois de vilaines choses, Bob.

— Est-ce qu'il y a d'autres pays qui font des vilaines choses ?

— Oh oui, d'autres pays ont fait de vilaines choses, pis que tout ce qu'a pu faire l'Amérique, bien pis...

— Alors pourquoi les gens ne les détestent pas comme ils nous détestent ? »

Papa le regarda d'un air très bizarre et resta un moment sans répondre. « C'est une sacrément bonne question, Bob, et je voudrais pouvoir te donner une réponse », avait-il fini par dire. Puis son regard s'était brouillé et on aurait dit qu'il allait pleurer.

« Autrefois, tout le monde aimait l'Amérique. L'Amérique a sauvé l'Europe de gens très méchants. L'Amérique a pardonné à ses ennemis et a reconstruit les pays dévastés avec son propre argent. Et puis les Américains ont fait la plus merveilleuse des choses, Bob : nous sommes les premiers à être allés sur la Lune. On nous aimait, on nous admirait, nous étions la lumière du monde... »

Papa s'essuya les yeux avant de se remettre à parler. « Et puis... et puis il est arrivé quelque chose à l'Amérique et.. l'Amérique a cessé de faire toutes ces choses merveilleuses pour... se mettre à faire de vilaines choses... pas pires que ce qu'avaient fait d'autres pays, peut-être, mais... je ne sais pas, Bob, je ne sais pas très bien expliquer. C'est comme si... Tout le monde aime le Père Noël, alors si une année, à Noël, au lieu de distribuer des cadeaux, il se saoulait et se mettait à mendier dans la rue... eh bien, ce serait pire que si c'était quelqu'un d'autre, n'est-ce pas ?

— Je ne comprends pas, papa... »

Papa avait simplement haussé les épaules et poussé un gros soupir. « Moi non plus, fiston, moi non plus. »

Quand il était petit, papa lui achetait toujours des maquettes de vieux engins spatiaux américains : Apollo, Saturne V, l'Aigle, la navette Columbia et autres. Bobby n'avait jamais vraiment accroché à ça, mais il aimait son père et, quand il eut dix ans, il prit ses économies et lui acheta pour son anniversaire un superbe modèle réduit du bombardier hypersonique Terminator, tout en métal, avec train d'atterrissage rétractable, voilure variable et même des missiles à ressort parfaitement détaillés qui jaillissaient de leur nacelle quand on appuyait sur le cockpit.

Bobby avait fondu en larmes quand papa avait déballé le paquet et s'était mis à jurer. « Tu ne l'aimes pas... ? » avait-il pleurniché.

Papa l'avait pris dans ses bras pour sécher ses larmes. « C'est une très belle maquette, et l'original aussi est une magnifique réalisation technique, il faut bien le reconnaître. C'est très gentil de me l'avoir acheté. Mais... mais tu es peut-être assez grand, maintenant, pour comprendre... ce que je fais et pourquoi je suis ici, et pourquoi j'ai réagi comme ça en voyant ton cadeau... »

Alors papa lui avait raconté. Comment, petit garçon, il avait vu les premiers hommes, des *Américains,* marcher sur la Lune. Il lui avait parlé de son oncle Rob. Et du désastre de Challenger. Et de l'Étoile d'Amérique. Et comment celle-ci avait transformé le merveilleux pays qui était allé sur la Lune en quelque chose de mauvais. Comment le Terminator aurait pu être un *vrai* avion spatial, comme le Concordski, au lieu d'être une arme. Il lui avait expliqué comment il était venu en France pour travailler sur de véritables engins spatiaux. Et la grande idée de navire interplanétaire qu'il avait eue et sur laquelle on ne voulait pas le laisser travailler parce qu'il était américain.

Bobby était loin d'avoir tout compris, mais son cœur de petit garçon de dix ans avait compris l'essentiel.

Autrefois, l'Amérique avait été le plus grand pays du

monde, elle avait fait des choses merveilleuses, et papa avait essayé d'aider l'Amérique à faire encore plus de choses merveilleuses. Alors quelque chose ou quelqu'un qui s'appelait Challenger ou l'Étoile d'Amérique avait poussé l'Amérique à faire des vilaines choses, des choses qui avaient fait tant de peine à son papa que celui-ci avait dû partir ailleurs pour pouvoir travailler, si bien qu'il était venu en France construire des vaisseaux spatiaux, mais on ne voulait pas le laisser faire parce que les gens le haïssaient d'être américain.

C'était Bobby qui avait serré très fort papa dans ses bras quand il eut fini. « Moi aussi, je déteste l'Amérique, papa ! avait-il déclaré. L'Amérique est méchante ! Pourquoi ne devenons-nous pas français ? Ou... nous pourrions devenir russes, comme maman !

— Non, Bob, avait répondu fermement papa, tu ne dois pas détester l'Amérique. N'oublie jamais que c'était autrefois merveilleux d'être américain. Nous sommes les premiers à avoir posé le pied sur une autre planète, et ça personne ne pourra jamais nous l'enlever. Toi et moi, nous sommes les *vrais* Américains, fiston. Quand nous l'oublions, les salauds qui ont tué le rêve gagnent une fois de plus. »

C'était alors que son père avait commencé à lui offrir des vieux romans de science-fiction américains, qu'il lui avait fait envoyer des cartes de baseball des États-Unis et lui avait acheté une batte, une balle et un gant. Il l'avait abonné à des magazines sportifs américains et lui avait acheté des vidéodisques de vieux films américains. Il lui avait offert la *Visual Encyclopedia Americana* sur C.D.-ROM pour son ordinateur ainsi que des logiciels de jeux de baseball et de foot-ball américain. Et un merveilleux atlas des États-Unis qui affichait des photos en couleurs de n'importe quel point du territoire sur un simple clic de la souris.

La chambre de Bobby se remplissait d'objets symboliques de l'Amérique — une carte murale des États-Unis, un tapis avec la statue de la Liberté, un drapeau américain en dessus-de-lit, des affiches et des cartes postales de sportifs qu'il n'avait jamais vus jouer, des piles de vieux magazines et de vieilles bandes dessinées, des modèles réduits de vieilles Buick et de Cadillac des années 50, toutes sortes d'accessoires de Harley-Davidson — au point que sa mère avait commencé à se disputer avec papa à ce sujet.

Une fois, à l'âge de treize ans, il avait surpris une de ces disputes.

« Ce n'est pas naturel, Jerry, tu le fais vivre dans une espèce d'Amérique imaginaire sortie de ton adolescence, dépassée depuis vingt ans et plus, une Amérique qui n'a même jamais existé.

— C'est son héritage, Sonia. Et ces sornettes russes dans lesquelles est sans arrêt plongée Franja ?

— Ce sont des livres et des disques qui lui apprennent vraiment quelque chose, pas un ramassis de vieilleries ! Il a peut-être la tête trop pleine de ces cochonneries pour se débarrasser de son obsession, mais s'il est condamné à être obsédé par l'Amérique, laisse-moi au moins lui donner des choses qui lui présenteront une perspective historique des États-Unis au lieu de ce fatras d'antiquailles !

— Tant que ce n'est pas un ramassis de propagande antiaméricaine !

— Oh, vraiment, Jerry ? »

La mère de Bobby s'était donc mise à lui offrir des choses à lire sur les États-Unis, et si rien de tout cela n'était de la propagande antiaméricaine, cela n'avait non plus rien à voir avec les élucubrations antieuropéennes hystériques que vomissait à l'époque « Festung Amerika ». C'étaient des romans de Mark Twain, Melville, Salinger, Kerouac, Mailer et Robert Penn Warren. Des biographies de Lincoln, Roosevelt, Malcolm X, Martin Luther King et Eugene V. Debs. Des ouvrages historiques de Tocqueville, Halberstam et Rattray. Des traités de Jefferson et Paines. Des vieux films américains sur vidéodisques, comme *Abraham Lincoln en Illinois, PT-109, Les Hommes du Président* et *Né un 4 juillet*.

Bobby avait tout avalé et s'en était procuré d'autres par lui-même, se plongeant dans *Le Festin nu, Electric Kool-Aid Acid Test, I Reach for the Stars, Profiles in Courage, Jack Barron et l'Éternité, Less than Zero* et tout ce sur quoi il pouvait mettre la main dans les boutiques de livres d'occasion. Il avait déniché de vieilles cassettes d'*Easy Rider, Candy, Dr. Folamour, American Graffiti* et *Beach*

Blanket Bingo. Il s'était mis à collectionner de vieux numéros défraîchis de *Time, Playboy* et *Rolling Stone.*

Bobby s'était donc composé en grandissant une image curieusement hétéroclite des États-Unis, faite pour partie de la vision paternelle d'une Amérique qui avait connu un âge d'or où elle avait envoyé des hommes sur la Lune avant de vendre son âme pour un ramassis de matériel militaire, pour partie des lectures conseillées par sa mère, pour partie de ce qu'il apprenait en classe et pour partie du résultat de sa curiosité brouillonne.

Vers l'âge de quinze ans, il s'imaginait avoir tout compris.

L'Amérique avait autrefois été la lumière du monde. Elle avait donné au monde la démocratie, l'industrie moderne, le téléphone, l'avion, le cinéma, le phonographe, le jazz et le rock'n'roll. Elle avait livré une guerre terrible pour sauver l'Europe des nazis. Après la guerre, elle avait rebâti le Japon et l'Europe occidentale avec son propre argent et protégé avec ses propres soldats et bombes atomiques les pays ravagés contre la Russie stalinienne. Sans l'Amérique, il n'y aurait pas eu de Communauté européenne, et il n'y aurait peut-être jamais eu non plus de Gorbatchev ni de Printemps russe. Autrefois, on pouvait être fier d'être Américain ; le monde entier aimait l'Amérique, et non sans raison.

Mais tout avait commencé à se dégrader quand la C.I.A. avait assassiné John F. Kennedy.

Kennedy était le père du programme spatial américain. Il avait promis d'envoyer un Américain sur la Lune avant 1970, et l'Amérique avait tenu parole. Mais c'était la dernière grande chose qu'elle avait faite.

La C.I.A., le Pentagone et le complexe militaro-industriel détestaient Kennedy. La C.I.A. était impliquée dans le trafic de drogue en Asie du Sud-Est, le Pentagone était furieux parce que Kennedy ne voulait pas les laisser envahir Cuba et le complexe militaro-industriel voulait s'en mettre plein les poches en vendant des armes, de sorte qu'ils désiraient tous que la petite guerre du Viêt-nam en devienne une grosse qui dure longtemps. Ils savaient que J.F.K. ne le permettrait jamais, qu'il préférait dépenser l'argent pour construire une station spatiale et une colonie lunaire, et monter une expédition vers Mars, alors ils l'avaient fait assassiner.

Ils avaient eu la longue guerre qu'ils désiraient tant, mais une génération d'Américains guère plus vieux que Bobby ne s'était pas laissé prendre à leur propagande chauvine, elle écoutait son rock'n'roll qui lui racontait une autre histoire. Elle avait refusé de se battre, avait fait des manifestations contre la guerre et, en 1968, elle avait chassé Lyndon Johnson de la présidence. Elle aurait mis fin à la guerre et sauvé l'économie américaine dans l'année en élisant le frère de J.F.K., Bobby, mais le complexe militaro-industriel ne voulait pas de ça non plus, alors il avait fait assassiner Bobby.

Les hippies avaient essayé de déclencher la révolution à Chicago et à Woodstock. Les militaires avaient écrasé celle-ci sans mal, mais ça avait rendu le pays assez paraoïaque pour élire Richard Nixon, le plus grand de tous les paranoïaques, qui avait presque réussi à devenir dictateur.

La guerre s'était enfin terminée quand Nixon avait été renversé, mais l'Amérique, alors ruinée, n'était plus la lumière du monde, et il ne restait du programme spatial civil que la navette. Puis l'ayatollah Khomeyni avait voulu abattre la puissance des États-Unis, il avait donc pris des Américains en otages durant toute la campagne électorale tandis que Jimmy Carter était humilié à la télévision, de sorte que le complexe militaro-industriel avait pu faire élire une nouvelle fois son candidat à la présidence, un acteur professionnel du nom de Ronald Reagan qui passait *très bien* à la télévision.

Reagan avait fait ce pour quoi il avait été élu. Même si la guerre du Viêt-nam était terminée et qu'il n'avait pas réussi à en déclencher une autre, il s'était quand même débrouillé pour acheter des tas d'armes très chères, mais comme le pays était ruiné des suites du Viêt-nam, il avait dû emprunter des sommes énormes et liquider le programme spatial civil ; voilà pourquoi l'économie américaine était encore dans une telle débandade tant d'années plus tard que personne ne savait comment la maintenir sur pied sans une guerre ici ou là, et pourquoi aussi son père était venu travailler en Europe pour l'ESA.

Pendant ce temps, la Communauté européenne était née, l'Amérique s'était vu évincer du plus gros marché mondial et avait dû régulièrement dévaluer le dollar pour entuber ses débiteurs européens et livrer une guerre interminable en Amérique latine pour maintenir à flots son économie.

Et maintenant que l'Union soviétique parlait d'adhérer à la Communauté européenne, les États-Unis essayaient de l'en empêcher en menaçant de dénoncer sa dette envers les Européens pour ne pas enrichir les gens qu'ils accusaient d'avoir vendu la démocratie aux communistes.

C'était pour cela que son père ne pouvait pas travailler sur ses engins spatiaux et que *lui* s'en prenait plein la gueule de la part des petits Français, sans qu'il puisse vraiment leur en vouloir.

C'était cette année-là que Bobby avait traversé sa brève période antiaméricaine. Il se mit à se faire appeler *Robaire* et à parler exclusivement français, même à son père. Il essaya d'apprendre à jouer au foot. Et quand les États-Unis envahirent une nouvelle fois le Panama, il participa même à une manifestation antiaméricaine.

Quand Bobby était rentré à la maison après la manif et avait monopolisé la conversation à table avec une longue et incohérente tirade antiaméricaine, c'en avait été finalement trop pour son père qui l'avait pris entre quatre yeux après le dîner.

« Écoute, Bob...

— *Robaire ! Et en français !* »

Son père l'avait pris par les épaules et l'avait secoué. « Nous sommes *américains,* bon sang, *Bob* », avait-il dit, et Bobby ne l'avait jamais vu dans une telle colère. « Et nous ferions foutrement bien de discuter de ça comme des Américains, en *anglais*.

— Je suis né en France, avait répondu Bobby d'un air renfrogné. Quand j'aurai dix-huit ans, je veux un passeport européen et la nationalité française !

— Écoute, Bob, je ne comprends pas grand-chose à toutes ces sornettes politiques, avait poursuivi beaucoup plus gentiment son père. Mais... laisse-moi te montrer quelque chose... » Et il avait conduit Bobby dans sa chambre.

Malgré la phase antiaméricaine qu'il traversait, Bobby n'avait pas pris la peine de réaménager sa chambre. Tout était toujours là — la statue de la Liberté sur le tapis, le drapeau américain en couvre-lit, les maquettes de fusées américaines dans la bibliothèque d'angle, les piles de *Rolling Stones* et de *Playboy,* les livres, la collection de cartes de base-ball, même la grande carte murale des États-Unis où il avait gribouillé des petites balles de base-ball sur les villes des équipes de première division, des fusées à l'emplacement de cap Canaveral et Vandenburg, les itinéraires de ses voyages imaginaires le long des routes, des symboles pacifistes sur San Francisco, Chicago, Woodstock et Kent (Ohio).

« Comment se fait-il que tu ne te sois pas débarrassé de tout ça, Bob ? » avait demandé son père.

Bobby avait haussé les épaules. « *Je ne sais pas...*

— Je vais te le dire, fiston. Parce que tu as collectionné ça depuis que tu es tout petit. C'est... c'est une maquette, comme ces fusées, mais une maquette de ce que tu as dans la tête, et tu ne l'as pas achetée prête à monter, tu l'as construite de bout en bout. C'est l'Amérique que tu as en toi, Bob. L'Étoile d'Amérique, l'invasion du Panama, du Pérou et de la Colombie, les dévaluations du dollar, ce qu'a fait le Pentagone à Rob Post et à moi, le Viêt-nam, les analyses d'urine, la dénonciation de la dette, le chantage économique, toute cette merde, c'est la *politique politicienne* et tu as raison de rejeter ça... »

Son père avait marqué une pause. Il avait montré la pièce du geste. « Mais ne te mets pas à rejeter *ça,* Bob ! avait-il dit avec force. Ne rejette pas le projet Apollo et les Sierras, ne rejette pas les Los Angeles Dodgers et la statue de la Liberté, ne rejette pas les Boston Celtics et la Route n° 1, et le Mardi gras, les forêts de séquoias, Mulholland Drive et Donald Duck, ne rejette pas trois cent millions de pauvres bougres qui ont la même chose que toi dans la tête. C'est ça, la véritable Amérique, Bob, et si tu commences à rejeter ça, tu finiras par te rejeter toi-même. »

L'exaltation de son père retomba et il regarda Bobby dans les yeux d'un air beaucoup plus doux, triste, perdu et un peu confus. « Je ne suis pas très doué pour ce genre de trucs, dit-il avec un petit haussement d'épaules. Tu comprends ce que je te dis, fiston ?

— Oui, papa, s'était entendu répondre Bobby. Je crois que oui. »

Depuis ce jour, l'Amérique n'était plus le merveilleux disneyland intemporel qu'il n'avait jamais pu visiter ni la perverse et paranoïaque « Festung Amerika » des médias français ; elle n'était ni l'un ni l'autre, et elle tenait un peu des deux.

C'était un *mystère,* et ce mystère était aussi en lui. Depuis cet instant, il sut qu'il lui fallait aller en Amérique pour élucider ce mystère par lui-même.

Ce fut le début de sa campagne pour aller faire ses études aux États-Unis. Il avait annoncé son intention environ trois semaines plus tard à la table familiale. Franja avait ricané mais, bien sûr, Franja ricanait de tout ce qu'il disait. Sa mère n'avait pas fait de commentaire, elle ne l'avait pas vraiment pris au sérieux sur le coup. Mais son père avait hoché la tête et lui avait fait sentir qu'il comprenait.

« Je crois que Cal Tech et l'UCLA sont toujours de très bonnes écoles, avait-il dit.

— Tu n'es pas sérieux, Jerry...

— Qu'est-ce que tu vas apprendre en Amérique, *Bobi?* avait couiné Franja. Le base-ball ?

— Qu'est-ce que tu vas apprendre en Russie, tête de fusée ? À faire des pipes en apesanteur ?

— *Robert !*

— J'y vais pour être cosmonaute ! Qu'est-ce que tu comptes faire en Amérique, maître chanteur impérialiste, ou tu y vas juste pour servir de chair à canon ?

— *Franja !* »

Et cela avait continué comme ça. Franja l'asticotait sans cesse, sa mère essayait de ne pas le prendre au sérieux, mais Bobby persévérait et son père l'encourageait. Les notes de Bob commencèrent même à s'améliorer. Et, pour son seizième anniversaire, son père lui avait offert le blouson des Dodgers.

« Tu en auras besoin quand tu assisteras à ton premier match au Dodger Stadium », disait la carte qui y était jointe.

Depuis, le blouson des Dodgers était devenu son emblème, son étendard de combat et, dès qu'il l'avait enfilé pour la première fois, le conflit était devenu sérieux, se transformant de plus en plus en guerre ouverte entre ses parents.

« On ne peut pas laisser notre fils gâcher l'éducation qu'il a reçue au lycée dans une école paumée des États-Unis, déclarait sa mère.

— On laisse bien notre fille aller étudier en Union soviétique », rétorquait son père, car Franja envisageait maintenant très sérieusement de suivre une formation de cosmonaute.

« C'est différent !

— Qu'y a-t-il de si différent ?

— Elle va à *Youri-Gagarine,* Jerry, c'est une école prestigieuse !

— C'est une école *russe,* c'est ça que tu veux dire, hein ?

— Désires-tu vraiment que ton fils reçoive une éducation de troisième ordre ?

— Dans un *pays* de troisième ordre, c'est ça que tu veux dire, Sonia ?

— C'est toi qui l'as dit, Jerry, pas moi !

— Mais tu l'as pensé !

— Et alors, ce n'est pas vrai, peut-être ?

— Comment peux-tu le savoir, Sonia, tu n'as jamais mis les pieds aux États-Unis.

— Et toi non plus, depuis près de vingt ans !

— Alors nous ne pouvons ni l'un ni l'autre dire à Bob ce qu'il en est. C'est pour ça qu'il a le droit de se rendre compte par lui-même ! »

Ça durait comme ça depuis deux ans, sans que ni l'un ni l'autre cède un pouce de terrain, mais maintenant que Franja allait entrer à l'école de cosmonautes, Bobby sentait la victoire à sa portée.

Car Franja avait besoin de la signature de son père sur les formulaires d'admission et Bobby avait depuis longtemps persuadé celui-ci, du moins l'espérait-il, de ne pas les signer tant que sa mère n'aurait pas accepté de l'envoyer faire ses études en Amérique. Ce n'était que justice, non ?

Et ce matin, quand il était allé voir le courrier, il y avait une grosse enveloppe de l'Académie de l'espace Youri-Gagarine pour Franja. Cela ne pouvait signifier qu'une chose.

S'il connaissait bien sa grande sœur, et maintenant, hélas, il la connaissait bien, Franja présenterait sans perdre un instant les formulaires à signer à ses parents. Cela se passerait donc ce soir au dîner.

Bobby alla à son placard et décrocha le blouson des Dodgers du cintre capitonné sur lequel il le rangeait toujours soigneusement. Il l'étala sur son lit, vaporisa sur le satin le produit spécial de nettoyage qu'il essuya à la peau de chamois, replaça le vêtement sur son cintre et accrocha celui-ci au coin de la bibliothèque où il pourrait le contempler en écoutant un vieux microsillon de Bruce Springsteen pour patienter.

Les repas ne s'accompagnaient d'aucun cérémonial particulier, chez les Reed. Mais ce soir Robert Reed allait s'habiller pour le dîner.

LES TONTONS JOSEPH S'EN PRENNENT PLEIN LES MOUSTACHES !

Le spectacle valait le coup d'œil, samedi après-midi au parc Gorki, lorsque les hooligans du Pamiat ont essayé de perturber le pique-nique de la Société féministe socialiste de Moscou. Ces dames, en prévision d'une telle attaque des Ours, avaient soudoyé la police et s'étaient armées d'au moins trois cents tartes à la crème dont elles ont bombardé leurs agresseurs sous les bruyants éclats de rire des policiers et miliciens rassemblés.

Parmi ceux-ci, plusieurs avaient apporté leurs propres tartes, désireux d'en découdre avec les Tontons Joseph qui sont depuis longtemps devenus leur cauchemar.

Mais pas d'humour pâtissier chez ces braves et terre à terre gardiens de l'ordre. Leurs tartes étaient garnies de purin.

Moscou en folie

Franja Gagarine Reed n'en était pas encore arrivée au point de se faire appeler Franja Gagarine, même si sa mère utilisait son célèbre nom russe au bureau. Reed était peut-être un nom ignoblement américain, et un nom américain était lourd à porter, mais Jerry Reed avait fait de ce handicap un honneur, et elle ne l'en aimait que davantage.

Quiconque désirait aller sur Mars et au-delà aussi passionnément que Franja ne pouvait qu'être fière d'avoir pour père Jerry Reed, un père qui non seulement partageait, mais servait le même rêve.

Bien sûr, c'était à Bobby, son petit préféré, que son père avait essayé de transmettre ce rêve quand ils étaient petits, à Bobby qu'il offrait de coûteuses maquettes pour Noël et son anniversaire, tandis qu'elle n'avait droit qu'à de stupides poupées et à son étrange conception des vêtements de petites filles, à Bobby qu'il racontait les plus belles histoires, à Bobby qu'il achetait toute cette glace au chocolat.

Mais il y avait une certaine justice sommaire dans son univers de petite fille, et pas seulement parce que Maman avait fait d'elle sa préférée, sa petite confidente, sa compatriote en exil volontaire. Elle partageait avec Franja tout ce que celle-ci pouvait comprendre de sa vie au bureau, lui racontait des histoires de son enfance dans une Union soviétique en train de se réveiller, lui laissant même entrevoir une vie antérieure de membre en vue du légendaire Péril rouge.

Car Bobby, en dépit des vœux ardents de son père, refusait de devenir le petit cadet de l'espace de ses rêves. Ce petit ingrat s'en fichait.

Vers l'âge de douze ans, quand elle en eut appris suffisamment de sa mère sur l'art de la manipulation et que même papa eut commencé à comprendre que ses efforts avec Bobby étaient sans espoir, elle s'était mise à poser à son père des questions sur l'espace. Des questions intelligentes qu'elle préparait soigneusement, destinées à piquer sa curiosité, à lui montrer qu'il avait au moins une *fille* à qui transmettre le flambeau.

« Tu crois que les habitants de l'étoile de Barnard ont des vaisseaux spatiaux, papa ? lui demanda-t-elle un jour. Tu crois qu'ils pourraient monter une expédition quand ils recevront notre message ? »

Son père la regarda d'un air bizarre. « Des vaisseaux spatiaux ? murmura-t-il.

— Il paraît qu'il y aurait des objets artificiels éparpillés dans tout le système de Barnard, comme s'ils avaient construit quelque chose qui ressemblerait aux colonies de O'Neil. Est-ce que cela ne supposerait pas qu'ils ont la technologie nécessaire pour franchir l'étape suivante ? Une expédition interstellaire, ou au moins une sonde automatique ? »

Les yeux de son père se perdirent dans le vague pour

adopter ce que maman appelait son « regard des espaces intersidéraux ». « Nous serons tous deux morts avant de connaître la réponse à cette question.

— Peut-être pas. Peut-être qu'ils répondront à notre message. S'ils le font, je serai encore là pour le savoir. Et à ce moment-là, s'ils répondent, ne serons-nous pas prêts à monter une expédition vers eux ?

— Tu as probablement raison. Ils ont l'air d'avoir déjà occupé une plus grande partie de leur système solaire que nous et, d'ici trente ou quarante ans, nous serons sans doute capables de monter une expédition.

— Avec un peu de chance, nous pourrions vivre tous les deux assez vieux pour voir ça ! »

Son père rit. « Je crains qu'il ne me faille davantage qu'un peu de chance pour vivre aussi longtemps. Mais toi, Franja... »

Il l'avait alors regardée d'un nouvel œil ; il avait toujours son regard des espaces intersidéraux, mais celui-ci était maintenant intensément dirigé pour la première fois sur *elle*. Elle pouvait sentir les choses se mettre en place. Elle pouvait sentir le monde changer.

« Toi, Franja..., répéta-t-il.

— Moi, papa », dit doucement Franja, lui rendant son regard des espaces intersidéraux.

Après ça, ce fut Franja qui se fit offrir le télescope, Franja que papa encourageait à poursuivre une carrière dans l'espace, Franja qu'il abreuvait de ce que maman appelait son baratin sur l'espace. Père et fille s'étaient trouvé une vision commune.

« Nous sommes comme les anciens Polynésiens qui s'élançaient d'île en île sur les étendues inconnues du Pacifique à bord de leurs frêles pirogues à balancier, lui disait son père. Un jour nos minuscules embarcations feront leur entrée dans le port d'une métropole galactique un million d'années plus avancée que tout ce dont nous avions rêvé. Et tu pourrais être à bord de l'une d'elles. »

Franja y croyait, y croyait vraiment. Elle faisait mieux que d'y croire. Elle s'en fit un but dans la vie et travailla dur pour l'atteindre. Elle devint une vraie bûcheuse. Elle se mit à surveiller son alimentation et à entretenir sa forme par de longues heures de natation — le meilleur exercice, avait-elle lu, pour entraîner ses réflexes à la locomotion en apesanteur.

Elle serait cosmonaute. Elle irait là-haut. Elle ferait tout pour entrer à Youri-Gagarine, la seule véritable académie de l'espace au monde, où des Russes qui étaient allés sur la Lune et sur Mars entraînaient le plus gros contingent, et de loin, d'apprentis cosmonautes.

Mais quand elle annonça fièrement ses intentions à son père, elle fut abasourdie par sa réaction.

« Tu ne veux quand même pas aller à Youri-Gagarine, lui répondit-il. Tu ne veux quand même pas finir coincée dans le programme soviétique. Pas alors que l'ESA va ouvrir un jour l'ensemble du système solaire avec mes Navettes de grande croisière. Ta place est à l'ESA, Franja, où je pourrai t'aider, où tu pourras un jour aller sur Mars à bord d'un des vaisseaux que j'aurai construits. Ne serait-ce pas merveilleux ? Qui sait, je pourrais même être du voyage. »

Que répondre à ça ? Certainement pas l'amère vérité, même alors elle le savait.

« Mais, papa, répondit-elle à la place, les cosmonautes russes vont déjà sur Mars ! Qui sait quand l'ESA décidera de construire tes Navettes ? C'est en Union soviétique qu'il y a un *vrai* programme spatial. Sincèrement, papa, si tu le pouvais, ne deviendrais-tu pas sur-le-champ cosmonaute soviétique ? »

Mais son père refusait de croire que le programme soviétique avait toujours été visionnaire, depuis le rêve de Tsiolkovski d'explorer le système solaire et depuis Youri Gagarine en personne, une authentique expression de l'âme russe.

Les Américains étaient allés sur la Lune pour des raisons de prestige politique, puis leur programme spatial avait dégénéré en cauchemar militariste. La Communauté européenne ne pouvait rien imaginer de mieux que d'investir toute son énergie dans la construction d'un *hôtel* pour ploutocrates séniles. Les Japonais ne pensaient que centrales électriques et usines orbitales.

Mais l'Union soviétique avait une vision. Pourquoi son père ne pouvait-il pas voir que cette vision était la sienne ? Aller chercher la vie sur Mars ou sur Titan, ou même dans les mers surchauffées sous la glace d'Uranus. Étendre un jour cette recherche aux étoiles. Édifier en attendant une civilisation à l'échelle du système solaire digne de se présenter en égale face aux civilisations galactiques.

Pourquoi son père ne parvenait-il pas à accepter cela comme une bonne raison d'entrer à l'académie Youri-Gagarine et ne cessait-il de la tourmenter cruellement ?

Il ne pouvait ignorer l'amère vérité que lui avait expliquée sa mère en termes si douloureux. Franja aurait sûrement mis une fois pour toute un terme à cette discussion si elle l'avait obligé à le reconnaître.

Elle ne pourrait jamais s'y résoudre, quel que soit son degré de frustration, si forte en soit son envie.

Comment aurait-elle pu dire à son père qu'être sa fille serait politiquement son baiser de la mort à l'ESA ?

Impossible. Elle ne pouvait pas davantage s'abaisser à gagner de cette façon l'interminable dispute qu'elle ne pouvait se débarrasser de son nom américain au prix de ce qui restait d'orgueil à son père.

Non qu'elle fît cas d'utiliser son patronyme. Un nom américain ne prédisposait pas particulièrement bien les gens envers vous dans le système éducatif français, et il ne servait à rien de risquer de se faire prendre en flagrant délit de mensonge en prétendant que son père était anglais vu que son nom apparaissait dans les pages des journaux à intervalles imprévisibles.

A l'école, elle était la fille de John Reed, elle ne pouvait rien y changer, et si certains insistaient parfois un peu trop sur son nom, elle devait bien reconnaître qu'il y avait aussi des moments où c'était un titre de gloire.

Mais en ce qui concernait sa vie sociale, pour autant qu'elle en eût une, s'appeler Franja Reed était une autre affaire.

Franja était un nom bien russe et c'était une bonne chose d'être jeune et russe à Paris. Outre la grande considération dont jouissait l'Union soviétique, Paris s'enflammait pour tout ce qui était russe et les Français étaient prêts à embrasser tout ce qui venait de Russie, au propre comme au figuré.

Les enfants des diplomates soviétiques et du personnel de l'Étoile-Rouge constituant le noyau de son petit cercle d'amis tournaient la chose en dérision, dans un français teinté d'un fort accent russe, mais cela ne les empêchait pas de s'habiller de tenues cosaques stylisées et de jouer le retour du Péril rouge pour un public français qui en redemandait.

Oh oui, il était amusant d'être russe à Paris !

Mais, encore une fois, s'appeler Reed était tout autre chose.

Il y avait des garçons qui la repéraient de loin uniquement pour s'enfuir à toutes jambes quand ils apprenaient son nom complet. D'autres qui prétendaient s'en moquer jusqu'à ce que leurs parents les obligent à rompre. Des crétins des deux sexes n'arrêtaient pas d'essayer de la pousser à défendre l'ignoble politique des États-Unis afin de pouvoir décharger leur courroux sur une cible facile.

La vieille solution russe aurait été de substituer chaque fois que possible à son nom le prénom de son père affecté du suffixe patronymique, mais « Franja Jerryovna » ne représentait pas vraiment une solution.

Ce fut la marée montante du féminisme socialiste qui lui fournit une solution russe *moderne*.

En Union soviétique, dans la jeunesse éclairée, la mode était de se donner un nouveau patronyme de son choix ; déclaration de perestroika générationnelle pour les féministes socialistes piaffant sous le joug linguistique de la vieille phallocratie slave et, pour les garçons, même le plus irréductible des phallocrates, façon de mettre toutes les chances de leur côté lorsqu'ils courtisaient les précédentes.

On choisissait le nom d'une personnalité qu'on admirait, de façon à proclamer à la face du monde le modèle que l'on s'était donné. Pour Franja, bien sûr, ce choix était évident.

Qui aurait pu nier que Youri Gagarine était un parfait exemple de vertu socialiste et d'orgueil russe ? Qui incarnait mieux tout ce qu'elle voulait devenir ?

Elle choisit donc de s'appeler « Franja Yourievna Gagarine Reed », « Franja Yourievna » tout court lorsque c'était possible, et si certains l'appelaient « Franja Yourievna Gagarine », libre à eux ; elle n'encourageait pas cela, et elle n'utilisait jamais que son nom légal sur les documents officiels.

Y compris sur sa demande d'admission à l'académie de l'espace Youri-Gagarine.

Et il s'étalait en entier, « Franja Gagarine Reed », sur les formulaires d'inscription arrivés ce matin au courrier.

Non qu'elle eût pu se cacher derrière un nom d'emprunt à l'académie de l'*espace* Youri-Gagarine. Jerry Reed était peut-être américain, mais il était son père et, selon la loi soviétique, elle ne pouvait pas davantage entrer à Youri-Gagarine sans son consentement écrit que se prévaloir de sa nationalité soviétique avant d'avoir atteint sa majorité.

Et son père, qui avait toutes les raisons d'accepter de signer ces papiers, qui l'avait si fortement encouragée à choisir cette carrière, qui désirait tant voir sa fille reprendre le flambeau, se faisait manipuler par Bobby afin de ne pas donner sa permission tant que leur mère n'aurait pas accepté que son frère aille poursuivre ses études dans son Amérique bien-aimée.

Aux yeux de Franja, gâcher sa vie pour recevoir une éducation de troisième ordre dans un pays en butte au mépris de l'ensemble du monde civilisé était tout ce qu'il méritait. Qu'il se fasse enrôler dans leur légion étrangère et expédier au fin-fond de la jungle sud-américaine, s'il en avait envie !

Mais, avec tous les scrupules et le sens de l'honneur des paranoïaques retors de Washington qui tentaient de saboter l'adhésion soviétique à la Communauté européenne, ce machiavélique petit Bobby s'était arrangé pour prendre en otage son entrée à l'académie de l'espace.

Si elle avait le droit d'aller étudier en Union soviétique, il avait le droit d'aller aux États-Unis. C'était la façon dont Bobby voyait les choses et il avait amené leur père à partager ses vues.

Son père n'aurait jamais essayé de s'opposer à ce qu'elle aille à Gagarine si Bobby ne l'avait pas persuadé que lier les deux questions était la seule façon de convaincre leur mère de le laisser aller en Amérique.

Franja n'osait imaginer ce que ferait son père si sa mère ne se laissait pas prendre à son bluff.

« Le dîner est prêt », cria sa mère de la cuisine.

Franja fit la grimace, et pas uniquement parce que ses parents s'étaient enfermés ensemble dans la cuisine depuis qu'ils étaient rentrés, ce qui laissait généralement augurer une dispute et une mixture parfaitement répugnante sur la table du dîner ; de fait, elle avait le sentiment que la conversation autour de ctte même table allait être encore plus dure à avaler que la tambouille.

Lorsque Franja passa devant la chambre de Bobby, la porte en était grande ouverte et la pièce vide. C'était bien de lui d'arriver le premier, comme si… comme s'il avait jeté un coup d'œil avant elle dans la boîte aux lettres ce matin.

Effectivement, il était assis à table, l'accueillant d'un sourire satisfait et d'un regard entendu qui confirmèrent ses soupçons.

Il n'était pas dans les habitudes de Jerry Reed de rentrer du travail saoul comme un moujik nikulturni. Sonia n'avait donc pas besoin d'être psychologue diplômée de l'institut Pavlov pour deviner que son entrevue avec Émile Lourade n'avait pas franchement été un succès.

Elle découpait la viande à la cuisine quand il était arrivé et avait planté sur le long plan de travail qui courait sous la fenêtre une bouteille de barolo d'aspect franchement redoutable, le jugement déjà manifestement affecté par l'alcool quand il l'avait achetée dans une quelconque épicerie de quartier plutôt que chez leur caviste habituel.

« Quelque chose me dit que les nouvelles ne sont pas vraiment bonnes, je me trompe ? » dit-elle tandis qu'il détachait des oignons de la tresse pendue à côté de l'étagère à épices, comme si de rien n'était.

« Eh bien, comme dit le vieux dicton américain, il y a une bonne nouvelle et une mauvaise », répondit Jerry d'un ton sardonique en tranchant rageusement le bout des oignons comme s'il s'agissait de têtes d'ennemis. « La bonne nouvelle, c'est que le directeur de l'Agence spatiale européenne a bu quelques verres à la brasserie du coin avec le directeur qu'il vient de nommer à la tête du nouveau projet de Navette de grande croisière…

— Mais c'est merveilleux, Jerry ! s'exclama Sonia en courant le serrer dans ses bras.

— La mauvaise nouvelle, c'est que j'étais là moi aussi, ajouta-t-il, la figeant sur place. Cela répond-il à ta question ?

— *Merde,* Jerry, que s'est-il passé ? »

Tandis que Jerry lui déballait tout en hachant les oignons

avec force larmes et reniflements, il lui apparut soudain qu'elle était précisément en train d'acquérir, sans avoir décidé si elle en avait envie, les renseignements que recherchait Ilya Pachikov pour le compte du ministère de l'Espace.

Savoir ce qu'avait mijoté Émile Lourade permettrait probablement au ministère de conclure un marché plus intéressant que si Lourade pouvait choisir son moment pour dévoiler l'affaire.

Ce que l'on avait fait à Jerry était effroyable, mais guère surprenant, à y bien réfléchir. Mais la *mesquinerie* du dilemme moral dans lequel elle se retrouvait coincée était au moins aussi effroyable.

Si elle racontait à Pachikov ce qu'elle savait, cela ferait gagner à l'Union soviétique environ 10 % du budget spatial commun, modeste coup d'éclat bureaucratique qui ferait bien dans sa kharakteristika et redorerait le blason du service de stratégie économique, mais guère plus.

Si elle le gardait pour elle, on ne pourrait la blâmer de n'avoir pas réussi à obtenir l'information, mais cela ne renforcerait pas exactement la confiance des Mandarins en sa loyauté. Pas plus que cela n'améliorerait ses rapports de travail avec Ilya, qui perdrait lui aussi des points bureaucratiques.

Elle ne se sentait donc pas prête à raconter à Jerry sa discussion avec Ilya Pachikov. Aux yeux de Jerry, ce n'était pas Lourade le coupable, mais plus il rejetait la responsabilité sur les pressions soviétiques, plus elle était écœurée par la perfidie d'Émile Lourade et plus elle était tentée de lui rendre la monnaie de sa pièce.

C'est dans ces dispositions divergentes mais également distraites qu'ils avaient préparé le dîner et elle n'avait pas besoin de voir l'air dégoûté de Franja quand elle posa le plat sur la table pour savoir que les linguini à la Romanov s'en ressentaient. Les pâtes qu'ils avaient oublié de surveiller avaient pris en bloc et la crème fraîche avait bouilli assez longtemps pour se décomposer en une substance grumeleuse où flottaient des tranches de bœuf trop cuit et des morceaux de tomate à moitié crus.

Mais en voyant Robert revêtu de son grotesque blouson de base-ball, toujours un mauvais signe à table, et Franja qui tripotait nerveusement la pile de papiers posée sur ses genoux, Sonia eut le funeste pressentiment que l'harmonie serait parfaite avec les propos qui allaient s'échanger.

LE BLUFF AMÉRICAIN

Malgré les actuelles gesticulations de Washington, il est difficile de trouver dans la City quelqu'un pour croire sérieusement que l'entrée imminente de l'Union soviétique dans la Communauté européenne conduira vraiment à un rééchelonnement unilatéral de la dette extérieure américaine.

Ils ne peuvent tout simplement pas faire une chose pareille, se disent les beaux esprits. Même s'ils suspendaient entièrement le versement des intérêts, le budget fédéral américain serait encore en fort déficit et la nécessité d'emprunter à l'étranger ne disparaîtrait pas pour autant. Et qui voudrait prêter encore de l'argent à une nation qui a complètement sabordé sa crédibilité financière ?

Les États-Unis ne feraient en fin de compte que commettre un suicide économique et, si l'actuelle administration américaine est effectivement assez idiote pour faire pratiquement n'importe quoi, les responsables industriels et financiers, confrontés aux néfastes conséquences du tarissement de leur financement extérieur, ne laisseront jamais les politiciens porter à une telle extrémité leur politique autodestructrice.

Quand le taux d'escompte américain atteindra la barre des 40 %, les investisseurs institutionnels passeront à l'action et rafleront tout.

Financial Times

Maman posa sur la table un horrible brouet que Franja ne reconnut que trop bien : une énorme platée de pâtes vertes trop cuites accompagnées d'une soupière de bœuf et de champignons cuits dans une sauce tomate à la crème fraîche, pompeusement baptisées par ses soins « linguini à la Romanov ».

Papa émergea de la cuisine avec le vin, plaqua la bouteille

sur la table, se laissa tomber sur sa chaise et resta planté les coudes sur la table et les yeux dans le vague, un air d'absolue désolation sur le visage. Il avait les yeux injectés de sang et profondément cernés.

Une règle tacite voulait que personne ne parle d'autre chose que de questions culinaires tant que tout le monde n'était pas servi. Personne ne semblant disposé à prêter plus d'attention que nécessaire à ce que leur mère venait de poser sur la table, la distribution des linguini se fit dans le plus profond silence tandis que Franja se tortillait sur sa chaise en attendant le moment opportun pour présenter ses papiers à la signature parentale.

Mais son frère n'était pas d'humeur à la laisser faire.

« Qu'est-ce que tu as là, Franja ? » dit-il dès que chacun se fut attelé à la tâche répugnante d'avaler ce catastrophique repas. Il était manifestement ravi de voir son père dans cet état second, cela lui rendrait d'autant plus facile de le prendre par les sentiments.

« De quoi parles-tu, Bobby ?

— De ces papiers, sur tes genoux, dit-il d'un air finaud. Ce n'est pas prudent, tu risques de mettre plein de sauce dessus, pourquoi ne pas les poser sur la table ?

— Qu'est-ce que tu as là, Franja ? » demanda leur mère, et Franja dut bien se jeter à l'eau.

Jerry Reed contemplait la pile de papiers que Franja avait posés sur la table comme s'il s'était agi d'une crotte de chien. « Seigneur, Franja, gémit-il quand elle eut terminé son petit laïus, pourquoi faut-il que tu m'embêtes avec ce truc à un moment comme ça ?

— Un moment comme *quoi,* papa ? » demanda Franja en fronçant les sourcils.

Il avait lâché le morceau ! Il allait maintenant devoir raconter à ses enfants ce que ces sales Russes lui avaient fait ! Enfin, il aurait dû le leur dire tôt ou tard. Maintenant, au moins, se dit-il en vidant une énorme gorgée de vin, je suis assez éméché pour le faire.

« Quelles ordures ! s'écria Bobby quand il eut terminé. Tu ne peux pas les laisser s'en tirer comme ça, papa !

— Que veux-tu que je fasse, Bob, que j'appelle l'ambassade des États-Unis pour leur demander d'envoyer un Terminator sur Moscou ?

— Tu *devrais* peut-être appeler l'ambassade, s'entendit dire Bobby. Ils te laisseraient peut-être construire tes Navettes pour l'Amérique, comme ça les Russes ne pourraient pas mettre la main sur tout le système solaire...

— Bobby, Bobby, dit son père d'une petite voix triste, l'exploration du système solaire n'intéresse pas les dirigeants actuels des États-Unis. En outre, à leurs yeux, je suis le type qui a livré à l'Europe la technologie de la luge orbitale. Si je me présente à Downey pour retrouver mon travail, ils me boucleront à Leavenworth et jetteront la clé.

— Alors pourquoi ne peux-tu pas comprendre que je dois aller à Youri-Gagarine, papa ? intervint Franja.

— *Merde,* Franja, comment peux-tu encore penser à ça après ce que ces salauds ont fait à ton propre père ! lui lança Bobby à la figure.

— Parce qu'il est évident qu'être la fille de Jerry Reed n'est pas exactement l'idéal pour m'ouvrir les portes à l'ESA ! » rétorqua Franja.

« *Franja !* » cria sa mère. Ce n'était pas vraiment nécessaire, Franja regrettait ses paroles avant même d'avoir fini de les prononcer, furieuse contre Bobby de l'y avoir poussée.

Mais son père restait simplement assis là à agiter son verre d'un air hébété en hochant légèrement la tête et en la regardant, de la tristesse plein les yeux.

« Non, Sonia, elle a raison. Je ne peux même pas ouvrir la porte des toilettes pour hommes, à l'ESA...

— Papa...

— Jerry !

— Alors tu *vas* signer mes papiers ? » demanda Franja en fouillant dans sa poche pour sortir un stylo qu'elle posa sur la pile.

Jerry contempla les formulaires posés devant lui d'un œil abruti par l'alcool.

Qu'avait-il exactement contre le fait que sa fille entre à Youri-Gagarine ? Depuis que son rêve d'être la bonne fée de Franja à l'ESA avait volé en éclats, Jerry devait bien reconnaî tre que Gagarine était le meilleur endroit où elle puisse aller. Les deux programmes spatiaux allaient fusionner, de toute façon, et l'Europe n'avait pas l'équivalent de Gagarine ; question carrière, les diplômés de Gagarine auraient une longueur d'avance.

Il tendit une main maladroite et prit le stylo.

« Attends une minute, papa, s'écria Bobby. Et moi ? »

La main qui tenait le stylo s'immobilisa. « Et toi quoi, Bob ? demanda son père en regardant son fils d'un œil perplexe.

— Ce n'est pas juste ! Pourquoi Franja irait-elle faire ses études en Russie et que moi je ne pourrais pas aller aux States ?

— Oh non, ça ne va pas recommencer ! gémit sa mère.

— Si, ça va recommencer, maman ! Ce n'est pas juste ! Si papa laisse Franja aller en Russie, il faut que tu me laisses aller aux États-Unis !

— C'est encore toi qui lui as mis ça en tête, Jerry ? demanda sa mère en regardant leur père.

— C'est *Bobby* qui as mis ça en tête à *papa!* couina Franja.

— La ferme, Franja !

— La ferme toi-même !

— La ferme tout le monde ! » rugit leur père de toutes ses forces. Il haussa les épaules, leva les mains au ciel. « Moi y compris », ajouta-t-il beaucoup plus bas. Et il fut le premier à rire à ses propres dépens.

D'un seul coup, Bobby se rendit compte que son père avait pris les choses en main, non pas en criant plus fort que tout le monde, mais en les faisant rire. Et avait par la même occasion retrouvé toutes ses facultés.

« Il me semble que nous avons déjà eu cette discussion des millions de fois, dit-il.

— Mais pas alors que Franja donnait à signer ses formulaires d'admission, papa », répondit Bobby, puis il eut une inspiration qui deviendrait certainement vérité dès le lendemain matin. « J'ai déjà écrit pour demander mon admission à Berkeley et à l'UCLA, parce que si je veux m'inscrire pour la rentrée il faut que je m'y prenne avant la fin du trimestre...

— Il marque un point, Sonia. Il va nous falloir décider tôt ou tard où il va faire ses études, alors autant que ce soit tout de suite…

— Pour que vous puissiez me faire chanter tous les deux à propos de l'inscription de Franja à Gagarine ? dit Sonia, furieuse.

— C'est déloyal, Sonia…

— Non, Jerry, certainement pas ! Tu n'as jamais vraiment soulevé d'objection à l'entrée de Franja à Gagarine. C'était du bluff ! Tu signeras ses formulaires d'inscription quoi que je fasse, parce que toi aussi tu aimes ta fille et que tu n'es pas assez mesquin pour détruire sa vie dans le simple but de te venger de moi. »

Papa haussa les épaules. « Tu me connais bien.

— Papa ! s'écria Bobby qui sentait tout lui échapper des mains.

— Ta mère a raison sur ce point, Bob. Tu ne voudrais quand même pas que je ruine la vie de ta sœur pour la punir de n'avoir pas obtenu ce que, toi, tu voulais, non ? Que ressentirais-tu si tu étais à sa place ?

— Exactement ce que je ressens maintenant, geignit lamentablement Bobby.

— Eh bien, je vais t'offrir une chance de te sentir un peu mieux, Bob », dit son père en attrapant son verre dont il but une petite gorgée, mais sans lâcher Bobby du regard. « Je vais te laisser décider de tout. C'est *toi* qui vas me dire si je dois ou non signer la demande d'inscription de Franja. Je ne la signerai pas tant que tu ne m'en auras pas donné la permission…

— Jerry ! »

Papa leva la main pour demander le silence, mais il ne regarda même pas Sonia. Il fixa Bobby de ses yeux injectés de sang jusqu'à ce que Bobby eût l'impression que son père voyait jusqu'au fond de son âme.

« C'est simple, Bob. Te sentirais-tu mieux de faire ce que ces salauds de Russes viennent de me faire, ou bien préfères-tu te sentir américain ? »

Bobby jeta un long regard en coin à Franja et leurs yeux se croisèrent un instant. Il ne pouvait rien lire d'autre dans ceux de sa sœur que l'intensité de leur regard posé sur lui. Que pouvait-elle bien penser ? Se faisait-elle intérieurement toute petite, sachant qu'il tenait sa vengeance ? Crevait-elle de trouille qu'il ne la prive du rêve de sa vie ?

Qu'il n'aille lui faire ce que leur mère lui faisait, à lui ?

Bobby soupira. D'aussi loin qu'il s'en souvînt, Franja l'avait toujours tourmenté et elle n'avait certainement jamais rien fait de noble pour lui. Était-il vraiment possible d'aimer une telle sœur ?

Mais il n'était pas question de ça, n'est-ce-pas ? Pas plus que de vengeance, si douce et justifiée soit-elle.

Son père était en train de lui apprendre sur lui-même une dure leçon qu'il n'oublierait jamais.

La vengeance était une chose, mais une injustice délibérée était un acte qu'il ne pouvait se résoudre à commettre.

« Signe sa demande d'inscription, papa, marmonna-t-il d'un air malheureux.

— Ça, c'est parler en homme, Bob », dit son père en ramassant les papiers. Il tourna les yeux vers leur mère et resta un long moment sans rien dire. « C'est parler en *véritable* Américain. »

Jamais défaite ne lui avait donné un tel sentiment de victoire.

Sonia, émerveillée, regardait son mari signer les papiers. Après ce qu'on lui avait fait aujourd'hui, il était encore capable de distinguer ce qui était juste et d'ouvrir les yeux de Robert par la même occasion !

Durant ces dernières années de labeur, de conflit et de stagnation professionnelle, elle avait considéré Jerry, aux moments les plus noirs, comme un boulet qu'elle avait dû épouser pour se faire transférer à Paris.

Mais des moments comme celui-ci lui rappelaient qu'elle avait épousé Jerry parce qu'elle aimait, ils lui rappelaient *pourquoi* elle l'aimait. C'était le Jerry Reed qui avait quitté son pays pour l'amour et pour un rêve. C'était le Jerry Reed qui avait conservé la foi en ce rêve durant ces longues années d'amères désillusions.

Et en comprenant de nouveau cela, elle sut aussi qu'Émile Lourade était bien l'ami de Jerry, qu'en un sens il avait mieux compris Jerry qu'elle n'en avait été capable, ces derniers temps. Il était peut-être trop fin manœuvrier pour faire un geste futile qui aurait mis en danger sa situation bureaucratique, mais il avait donné à Jerry la seule chose qui était dans ses possibilités, l'occasion, quel qu'en soit le prix pour son orgueil, de travailler au rêve de sa vie.

Et elle sut aussi, sans comprendre exactement pourquoi, qu'elle ne pourrait jamais rapporter la conversation de ce soir à Ilya Pachikov. Avait-elle tant de scrupules à trahir Lourade, alors que cela ne ferait que changer quelques chiffres sur un traité ? Était-ce parce que cela revenait à trahir Jerry, même si cela ne lui faisait aucun mal ?

Ou bien était-ce la même raison qui avait poussé Jerry à remettre entre les mains de Robert la décision de signer les formulaires d'inscription de Franja ? La même raison qui avait fait dire à Robert de les signer ? Elle était sûre que c'était bien ça.

Mais elle n'arrivait pas à mettre le doigt sur cette raison.

Quoi qu'il en soit, elle savait qu'elle devait agir ainsi, même si cela allait lui créer des ennuis avec Pachikov et lui attirer encore davantage la défaveur des Mandarins de Moscou.

Même un bureaucrate professionnel doit parfois suivre les élans de son cœur.

Franja ne put s'empêcher de jeter un coup d'œil sur Bobby pendant que son père signait les formulaires. Non, il n'avait pas l'air différent. Il portait toujours ce blouson ridicule et il n'était pas apparu d'auréole au-dessus de sa tête.

Elle ne voyait vraiment pas ce qu'il avait espéré gagner en faisant ça. Elle trouvait difficile de croire qu'il avait agi sous le coup d'un soudain accès d'amour fraternel.

Cela ne laissait qu'une possibilité, si invraisemblable fût-elle. Il avait agi ainsi parce que même Bobby savait que c'était la seule chose juste à faire.

Était-ce possible ? Bobby était-il capable de mettre de côté son petit intérêt égoïste pour faire ce qui était juste, comme un véritable Idéaliste socialiste ?

Elle lui jeta encore un coup d'œil. Oui, toutes les caractéristiques étaient là, elle devait bien reconnaître qu'ils étaient membres de la même espèce, membres de la même famille, tout bien pesé.

C'était peut-être *vrai*.

Son petit frère était peut-être un être humain, après tout.

Jerry Reed referma le capuchon du stylo et fit glisser les papiers vers Franja. « Maintenant il faut décider de l'endroit où Bob ira faire ses études », dit-il en regardant Sonia, sur le visage de qui il eut la surprise de voir un sourire radieux comme il n'en avait pas vu depuis des années. « En ce qui me concerne, il a bien gagné le droit d'aller en Amérique. »

Le sourire de Sonia se transforma en sévère froncement de sourcils. « Je suis très fière de ce que Robert vient de faire, et je n'ai pas l'intention de lui dénier le droit de choisir, déclara-t-elle. Mais, s'il ne veut pas aller à la Sorbonne, il peut suivre les cours de n'importe quelle université européenne qui voudra bien l'admettre, et s'il veut faire ses étude en anglais, il y a de bien meilleures écoles en Grande-Bretagne qu'aux États-Unis.

— En Angleterre ! s'écria Bob. Les gens y parlent comme s'ils avaient un crayon dans le nez ! Et ils jouent au *cricket* au lieu du base-ball !

— Je savais pas que tu avais l'intention de choisir le base-ball comme matière principale, Robert, dit sèchement Sonia.

— Tu sais parfaitement bien que je veux apprendre l'histoire, maman !

— Les Anglais ont de très bons professeurs d'histoire. Et il n'y a pas de meilleur endroit que la Sorbonne.

— L'histoire américaine, pas un ramassis de sornettes sur des rois crevés ou je ne sais quelle conquête !

— Je ne peux tout simplement pas accepter que mon fils fasse ses études dans un pays où on prépare l'histoire de demain en se demandant : quel pays d'Amérique latine allons-nous envahir ensuite ? Comment veux-tu apprendre quoi que ce soit en histoire dans un pays qui ne veut même pas se souvenir de ses propres dettes !

— Très drôle, maman.

— Je suis sérieuse, Robert. Tu ne peux pas recevoir une éducation décente dans une telle atmosphère et, qui plus est, cela peut être dangereux. Il n'y a absolument aucun moyen de prévoir ce que les cinglés de Washington vont se mettre en tête de faire demain.

— Qu'est-ce que tu t'imagines qu'il puisse m'arriver en Amérique, maman ? Me faire enrôler de force dans l'armée ou lyncher par une bande de ploucs fachos, ou bien encore dévorer dans les marais par les alligators ? Tu penses vraiment que je vais courir un danger physique ?

— Non, mais...

— Me faire laver le cerveau par la C.I.A. ? Devenir républicain ?

— Il marque un point, dit Jerry. De *quoi* as-tu peur ? La seule raison que tu donnes de ne pas laisser Bob aller faire ses études aux États-Unis, c'est que tu n'en aimes pas la politique !

— Personne n'aime leur politique ! rétorqua Sonia. Tu l'aimes, toi ?

— Aux chiottes la politique ! lui dit rageusement Jerry. Je n'ai pas laissé la *politique* m'empêcher de signer les papiers de Franja pour qu'elle aille étudier dans sa putain de *Russie*, non ? Et Bob n'a pas laissé la *politique* l'empêcher de faire ce qui était juste ! »

Jerry regarda sa femme dans les yeux et se demanda qui lui rendait son regard en cet instant. La Russe ? La bureaucrate carriériste ? La fille qui, sous le nom de Samantha Garry, l'avait entraîné dans une folle randonnée à travers Paris si longtemps auparavant ? Toutes ? Que voyait-elle en ce moment ? L'homme qu'elle aimait ? Un raté ? Un Américain qui voulait transformer son fils en l'un d'entre *eux ?*

« Tu sais pourquoi nous avons fait ça, Bobby et moi, Sonia ? Parce que c'était la seule chose juste à faire. C'était aussi ça, être Américain, Sonia. Peut-être cela le reste-t-il encore pour quelques-uns. Peut-être cela a-t-il partiellement survécu, là-bas...

— Et si ce n'est pas le cas ?

— Alors, j'ai le droit de m'en rendre compte par moi-même, non ? intervint Bobby.

— Et ce fameux esprit romanesque russe, Sonia ? dit Jerry. Et cette justice socialiste censée régner de nos jours à Moscou ? Ou est-ce que nous autres Américains serions les seuls à y connaître quelque chose ?

— *Qui* remet la politique sur le tapis, Jerry Reed ? »

Franja avait essayé de se plonger dans son assiette tandis que ses parents discutaient du sort de Bobby, mais le contenu de celle-ci n'incitait pas vraiment à un examen attentif et ce qui arrivait à Bobby lui rendait difficile de savourer tranquillement sa victoire.

Ce n'était pas juste. Elle qui venait à l'instant de gagner la liberté de choisir, elle savait ce qu'elle aurait ressenti si son père avait refusé de signer ses formulaires d'inscription. Que ça lui plaise ou non, elle ne comprenait que trop bien ce que ressentait Bobby en ce moment.

Malgré elle, et pour terminer de se couper l'appétit, Franja se surprit à prendre intérieurement parti pour son frère.

Après tout, pour la première fois de sa vie, Bobby avait été son allié. Et voilà que ça lui retombait dessus.

Ce n'était pas juste.

Tout ce baratin à propos d'être un véritable Américain n'était peut-être que radotage chauvin, mais Bobby y avait cru, et cela l'avait poussé à agir en vrai frère pour la première fois.

Peut-être même était-il possible qu'il existe chez les Américains un concept de vertu assez proche du concept de moralité socialiste, de l'idée que la communauté était là pour veiller au bien de tous.

Et si c'était ça, moralité socialiste, honneur et simple dignité humaine réclamaient qu'elle prenne fait et cause pour que justice soit rendue à son frère.

Après tout, se dit-elle sans grande conviction, tu seras à jamais redevable envers ce petit monstre si tu ne le fais pas, et ça, ce serait vraiment insupportable.

« Papa a raison, maman, s'entendit-elle dire. Bobby a le droit de vivre sa vie, lui aussi. Et tu n'as pas le droit de l'en empêcher. »

Sonia dévisagea sa fille, sidérée. « *Tu quoque,* Franja ? » s'écria-t-elle.

Franja la regarda droit dans les yeux et, en cet instant, elle avait plus l'air d'être la sœur de Sonia que sa fille, une adulte et une égale.

« N'est-ce pas toi qui m'as appris qu'une société ne prospère que lorsque ses membres sont libres de suivre les élans de leur cœur ? demanda d'une voix ferme cette égale. Où va notre Printemps russe si nous nous comportons en famille comme de vieux staliniens irréductibles ? La moralité socialiste ne commence-t-elle pas à la maison ? »

Sonia détourna les yeux de cette nouvelle Franja, regarda Jerry qui souriait, en père doublement fier. Elle regarda Bobby, qui avait courageusement sacrifié son avantage tactique pour agir avec justice envers la sœur qu'il semblait mépriser, Bobby qui regardait maintenant cette sœur avec un respect nouvellement acquis, avec autant d'amour pour elle qu'il en était capable.

Finalement, elle tourna de nouveau les yeux vers Franja, vers cette fille qui prétendait lui donner des leçons de moralité socialiste.

Et elle vit que tous trois étaient unis dans le même esprit comme jamais auparavant.

Elle se sentait fière. Elle se sentait vaincue. Elle se sentait honteuse. Elle se sentait exclue. Elle ne pouvait changer d'opinion, mais son cœur ne pouvait que fondre.

Elle soupira, haussa les épaules, une fois, deux fois. « Je pense toujours que nous faisons une énorme erreur, finit-elle par dire. Mais je me retrouve manifestement en minorité. Je suppose donc qu'il ne me reste qu'à me soumettre à la majorité. Parce que je n'ai pas le droit de faire autrement. Simple question de pouvoir. C'est bien à ça que ça se résume, n'est-ce pas ?

— Oui, Sonia, dit doucement Jerry. C'est bien à ça que ça se résume.

— Tu as donc ma permission, Robert, soupira Sonia. Il n'est pas si facile de reconnaître à son enfant le droit à une volonté propre. Comprends-tu ça, Robert ? Comprends-tu ce que je ressens ? »

Bobby la regarda et sourit d'un tendre et triste petit sourire. « Oui, maman, je crois que je comprends. Je crois que nous comprenons tous. »

Il y eut un long moment de silence, mais il n'avait rien de pesant ; Sonia le perçut comme un moment de grâce, de plénitude, d'unité familiale qu'elle n'avait encore jamais connu, un moment d'une telle tendresse qu'il en était gênant.

Sonia sortit de cet état en clignant des yeux et se surprit en train de contempler un immonde conglomérat de nouilles froides nappées de sauce à la crème fraîche décomposée et de pitoyables morceaux de viande trop cuite.

« Nous allons jeter ça à la poubelle et aller au *Magnifique*, déclara-t-elle. Ce n'est peut-être pas la meilleure brasserie de Pigalle, mais ils ne peuvent pas faire pire. Et cette décision, au moins, ce sera pas tributaire d'un vote majoritaire au Soviet suprême ! »

M. Carson : « Grands Dieux non, Billy, nous ne bluffons pas. Nous allons nous réunir en séance plénière avec le Sénat à l'heure même où votera le Parlement européen, nous avons un tombereau de projets de lois tout prêts et, croyez-moi, nous n'allons pas ajourner les débats tant que nous n'aurons pas donné au Président les moyens de botter le cul aux Européens. Nous leur montrerons qui bluffe ! Ils ont nos titres, mais j'aimerais les voir essayer de les encaisser ! Ce n'est peut-être pas exactement ce que nous avions en tête en mettant en place l'Étoile d'Amérique, mais ça fait plaisir de savoir qu'elle va bientôt nous rapporter un gros dividende imprévu. Les Russes et les Européens dénigrent “ Festung America ” depuis des années, on va voir maintenant qui rira le dernier ! »

Billy Allen : « Je parle doucement, mais j'ai un gros bâton, hein ? »

M. Carson : « Parler doucement, mon cul ! Nous allons le leur faire savoir haut et clair, ou je ne m'appelle plus Harry Burton Carson ! »

Newspeak, présenté par Billy Allen

LE PARLEMENT EUROPÉEN ACCUEILLE L'UNION SOVIÉTIQUE EN SON SEIN

Avec seulement 53 voix contre sur 561 suffrages exprimés, et malgré les vaines et haineuses menaces que continue de vomir Washington, le Parlement européen a courageusement voté aujourd'hui l'admission de l'Union soviétique dans la Communauté européenne.

« Il s'agit du plus grand événement historique depuis la fin de la grande guerre patriotique », a déclaré le président Dimitri Pavlovitch Smerlak. « En fait, les historiens du siècle prochain pourraient le considérer comme encore plus important. La grande blessure au centre de l'Europe est enfin cicatrisée. Le vieux rêve de Mikhaïl Gorbatchev d'une maison commune européenne se réalise enfin… une Europe de l'Atlantique à Vladivostok ! Un avenir doré nous attend ! »

Tass

11.

Quand l'Étoile-Rouge envoya les invitations à son gala, Sonia y apparaissait sous le nom de Sonia Ivanovna Gagarine, signe habituel que son Américain d'époux était *persona non grata*.

Mais cette fois elle comprenait facilement pourquoi, et elle n'aurait d'ailleurs jamais songé à infliger pareille épreuve à Jerry, même s'il avait été invité. Un Américain à une fête en l'honneur de l'entrée de l'Union soviétique dans la Communauté européenne n'aurait été que l'objet de sarcasmes triomphants.

La présence de Jerry ne l'aurait pas davantage aidée à regagner les faveurs des Mandarins, cause qu'elle pouvait au moins espérer faire avancer dans l'atmosphère euphorique d'une soirée où champagne et vodka couleraient à flots et où tous spéculeraient sur les heureuses répercussions de l'événement sur la bonne fortune de l'Étoile-Rouge et sur leurs propres carrières.

En temps ordinaire, elle serait arrivée au bras d'Ilya Pachikov, qui serait reparti avec une autre, subterfuge commode qu'ils avaient souvent utilisé. Elle avait son patron pour cavalier et servait en retour de chaperon idéal à ce tombeur notoire, personne ne pouvant le considérer comme un goujat de repartir avec une autre femme que celle avec qui il était arrivé, cette dernière étant d'abord une femme mariée, et ensuite une stricte relation de travail.

Mais aujourd'hui, cela aurait été pousser les choses un peu loin.

Ilya l'avait appelée dans son bureau dès la première heure le lendemain même du jour où l'ESA avait révélé aux négociateurs soviétiques l'existence officielle du projet N.G.C.

« Tu étais au courant, Sonia, n'est-ce pas ? avait-il dit en guise de salutation quand elle était entrée dans son bureau. Ne me dis pas que ton mari ne savait rien. »

Quelque chose dans la façon dont il la regardait lui dit qu'il serait plus que futile de nier. « Oui, Ilya Sergeïovitch, j'étais au courant, fut-elle obligée d'avouer.

— Alors pourquoi ne m'en as-tu rien dit ? poursuivit Ilya avec autant de mauvaise humeur que de colère. Ils ne sont pas franchement impressionnés par les performances de notre service, à Moscou, crois-moi !

— Je... je n'ai pas mis ta situation en danger, n'est-ce pas... ? » demanda Sonia d'un air désolé, prenant pour la première fois conscience que ne pas rapporter la stratégie de Lourade à Moscou par l'intermédiaire d'Ilya pouvait effectivement avoir des répercussions sur la carrière de ce dernier.

« Non, non, bien sûr que non, répondit Ilya d'un air irrité. Mais si nous avions obtenu ce renseignement, le service de stratégie économique de Paris, c'est-à-dire toi et moi, Sonia Ivanovna, serait passé pour le fin du fin. »

Il la scruta d'un air pensif. « Tu étais au courant de tout, Sonia. Pourquoi donc n'as-tu pas fait ce qu'il fallait ?

— J'ai *fait* ce qu'il fallait, Ilya », s'entendit déclarer avec force Sonia.

Ilya se carra dans son siège. « Ça te dérangerait de m'expliquer comment c'est possible ? » demanda-t-il d'une drôle de voix.

Sonia essaya. Elle lui raconta ce qu'Émile avait fait à Jerry. Et comment celui-ci avait néanmoins signé les formulaires d'admission de Franja. « Après ça, il m'était impossible de faire quoi que ce soit qu'il puisse considérer comme une nouvelle trahison, qu'il finisse par l'apprendre ou non. »

Elle regarda Pachikov qui la fixait maintenant d'un air très curieux. « Je ne m'attends pas vraiment que tu comprennes, Ilya...

— Pourquoi donc ? Suis-je un paysan nikulturni de la toundra ? s'exclama-t-il avec indignation. Tu supposes que je n'ai pas l'âme russe parce que je porte des costumes italiens ?

— Tu n'es pas en colère ? »

Il haussa les épaules. À ce moment, ses airs patriciens parurent soudain authentiques et Sonia comprit ce que les autres femmes devaient voir en cet homme, outre ses longs cheveux blonds et sa fière allure de cosaque.

« Comment pourrais-je être en colère ? demanda-t-il. Tu as fait ce que commandait ton cœur, comme une honnête épouse russe, si tu veux pardonner mon machisme slave. Je t'en admire d'autant plus. »

Puis il redevint son patron. « Ce n'est pas ça, malheureusement, qui apparaîtra dans nos kharakteristika. Au lieu de héros de l'esprit d'entreprise socialiste, Sonia, si les Mandarins devaient entendre cette explication de notre échec, nous serions tous les deux définitivement classés comme petits-bourgeois romantiques, alors nous ferions mieux de les laisser râler et d'attendre qu'ils oublient tout ça. »

Il n'était pas vraiment évident qu'ils aient oublié tout ça, à Moscou, car si la colère d'Ilya s'était instantanément dissipée et s'il était resté relativement amical, il se comportait un peu bizarrement avec elle, il était devenu un peu plus distant, comme s'il avait eu davantage d'ennuis avec la hiérarchie qu'il ne voulait bien galamment le reconnaître.

De sorte que Sonia n'avait même pas songé à lui demander de l'accompagner à la soirée. Elle avait simplement quitté le bureau après le travail, dégusté tranquillement un plateau de fruits de mer dans une brasserie voisine pour passer le temps, puis s'était rendue seule en taxi à *La Décorusse.*

Lorsque l'Étoile-Rouge avait décidé que Paris devait avoir un lieu à la mode pour porter haut l'étendard de la société, elle avait créé une compagnie dont elle détenait 40 % des parts. Les 60 % restants allant à ses associés français avec pour instruction de construire une salle que les grandes entreprises loueraient volontiers pour leurs réceptions, rehaussant ainsi le prestige de l'Étoile-Rouge quand elle se réserverait l'endroit. Et, bien sûr, de la construire en style russe, de faire de celui-ci un style à la mode, et de rendre l'entreprise bénéficiaire.

Voilà ce qu'était *La Décorusse*, qui avait donné naissance au style qui déferlait sur l'Europe, impitoyablement commercialisé par les filiales de l'Étoile-Rouge, des meubles aux vêtements, en passant par la décoration des restaurants-minute, l'emballage des aliments et la nouvelle station de métro « Place Russe ».

La tête de pont de cette invasion commerciale avait été édifiée au bord de la Seine sur le site des anciennes usines Renault, au centre de la place Russe, rond-point autour duquel s'était implanté un quartier résidentiel en vogue. Sur des terrains qu'une autre filiale de l'Étoile-Rouge, constituée par des Français influents, avait préalablement acquis à un prix très raisonnable.

Le style de *La Décorusse* était un amalgame d'architecture religieuse russe traditionnelle et de science-fiction des années trente. Le bâtiment était construit à l'image d'un dôme en oignon, mais celui-ci était un astucieux compromis entre une coupole orthodoxe et une antique fusée à la Flash Gordon. Les panneaux laser dont il était recouvert l'enveloppaient de tournoyantes spirales lumineuses passant progressivement du rouge au bleu du bas vers le haut. Le résultat évoquait le croisement d'une église orthodoxe, d'une soucoupe volante islamique et d'une fusée sur le point de s'arracher à l'attraction terrestre tel un baroque phallus slave. Sa principale caractéristique n'était pas la sobriété.

L'intérieur était peint comme l'étaient traditionnellement les bulbes qui lui avaient servi de modèle, sauf que les brillantes spirales colorées s'élevaient en doubles hélices entrecroisées qui constellaient le plafond de losanges curvilignes multicolores.

L'estrade de l'orchestre était une bulle de plastique transparent suspendue au plafond par un tube recouvert de miroirs et agrémentée d'ailes chromées aérodynamiques, tel un satellite de bande dessinée. À l'intérieur, un quatuor en smockings noirs dissymétriques jouait en sourdine des adaptations de vieux airs russes pour synthétiseurs et balalaïkas électroniques.

Des bars et des buffets avaient été installés tout autour de la salle circulaire et des tables de bistrot disposées de façon à laisser un vaste espace central pour la danse qui restait, bien que l'endroit fût déjà bondé, largement ignoré.

Il n'y avait pas vraiment de murs. Des holopanoramas encerclaient la salle, l'ouvrant sur une sorte de paysage soviétique composite où une rue Iverskaya sous la neige se fondait en été ensoleillé au bord de la mer Noire, puis en crépuscule sur la toundra au printemps, en lever de soleil sur Tachkent et en fin d'après-midi sur la perspective Nevski.

Dans les airs, approximativement au niveau de l'estrade, un entrecroisement de passerelles et de plates-formes s'élançait d'un balcon circulaire ; plastique transparent, chromes étincelants, acier poli et garde-fous donnaient l'impression d'évoluer sous une sorte de cosmograd idéal, tandis que ceux qui étaient insensibles au vertige pouvaient se prendre pour des cosmonautes.

Trop c'est trop, se disait Sonia qui errait sans but à travers la foule en dégustant des canapés au caviar ou au crabe qu'elle faisait passer avec de la vodka au poivre, échangeant quelques mots par-ci par-là et essayant d'évaluer le nombre d'invités présents.

Presque tous les employés du siège parisien de l'Étoile-Rouge étaient là, y compris Ilya Pachikov qui bavardait avec une ravissante petite rousse et dont l'attitude et les regards en coin laissaient entendre à Sonia qu'il souhaitait que cette conversation demeure personnelle et devienne le plus intime possible.

Il y avait aussi des tas de gens de l'ambassade, à en juger par la présence de l'ambassadeur Tagourski et de sa femme, qui n'assistaient jamais à ce genre de festivités sans un énorme entourage. Il y avait quelques colonels et généraux de l'Armée rouge. Il y avait des tas de gens qui pouvaient être n'importe quoi — agents de sécurité, du K.G.B., employés de Tass, délégués d'entreprises industrielles, envoyés du ministère de l'Espace. Tous les Russes de Paris un tant soit peu connus semblaient s'être déplacés.

Et pas grand monde d'autre, apparemment, car tout le monde avait l'air de parler russe et il régnait une atmosphère typiquement slave, un certain relâchement, une exubérance fort peu protocolaire, qui n'auraient pas persisté dans une réception internationale.

Nous sommes tous de bons Eurorusses, se dit Sonia, mais ce soir un peu plus Russes qu'Euros. Elle se prit à approuver le principe qui faisait de cette soirée une festivité fondamentalement russe. Car, si c'était effectivement un grand jour pour tous les citoyens de la toute récente Grande Europe, ce l'était plus particulièrement pour un Russe.

Si « une seule Europe de l'Atlantique à Vladivostok » demeurait un slogan géographiquement confus, ce n'était plus un rêve mais une réalité. L'Union soviétique était désormais membre de la famille des nations européennes, non par charité, mais en tant que principale puissance économique, militaire et industrielle, première entre des égaux.

Et pour les personnes présentes, pour les Eurorusses de Paris qui avaient fait leur carrière en dehors de la mère patrie pour promouvoir cette réalité, c'était un peu un succès personnel.

Nous ne serons en rien de moins bons Européens du fait de célébrer entre Russes cet événement très spécial, estima Sonia.

Elle errait donc à travers la foule, buvant de la vodka sans compter les verres, papotant avec des gens d'autres services, avec un chef de bureau de Tass, un économiste de l'ambassade, un attaché militaire, avec des secrétaires, avec tout le monde en général et personne en particulier, se laissant gagner par l'exubérance générale.

C'est alors qu'elle l'aperçut.

Ou crut l'apercevoir.

Était-ce possible ?

Il était assis à une petite table en compagnie d'un homme qui avait l'air d'un diplomate. Il ressemblait d'ailleurs lui-même à un diplomate, avec son habit noir et sa chemise blanche. Il y avait maintenant plus de gris que de noir dans ses cheveux et son visage avait pris quelques rides, bien sûr, mais ses yeux étaient les mêmes, ainsi que la courbe de son nez et le modelé ironique de sa bouche.

C'était lui. C'était Youli. Youli Markovski. Ici, à Paris. Vingt ans plus tard.

Sonia s'était immobilisée, pétrifiée. Youli ne l'avait pas encore remarquée. Que devait-elle faire ? Comment aurait-elle pu ne *pas* parler à son ancien amant, l'homme à qui elle avait été plus ou moins fiancée, la route qu'elle n'avait pas prise ? Mais, d'un autre côté, cela s'était si mal terminé cette dernière nuit de beuverie à Moscou...

Sonia se rapprocha de sa table, espérant qu'il la verrait et prendrait l'initiative, mais il était en pleine conversation avec son collègue et ne la remarqua pas. Elle se dirigea vers le bar le plus proche, se fit servir un nouveau verre de vodka et en avala la moitié pour se donner du courage.

Quand elle se retourna, Youli était seul.

Sonia haussa les épaules. Il n'y avait rien d'autre à faire. Elle but une gorgée de vodka et s'approcha de sa table.

« Youli... ? Youli Markovski ? »

Youli leva sur elle des yeux légèrement injectés de sang. Il était manifestement un peu ivre. Mais ce soir, qui ne l'était pas ?

« Sonia... ?

— Tu permets ? » dit Sonia en prenant une chaise avant qu'il ait acquiescé.

Ils restèrent un long moment assis à se regarder dans un silence gêné.

« Tu travailles toujours pour l'Étoile-Rouge ? » finit par demander Youli.

Sonia hocha la tête. « Directrice adjointe du service de stratégie économique de Paris. Et toi ? »

Youli eut un rire étrange et le fantôme d'un vieux sourire familier joua sur ses lèvres. « Eh bien, comme tu l'as peut-être appris, je n'ai pas encore été nommé ministre. Mais je suis toujours aux Affaires étrangères à Moscou, à un poste subalterne, sans doute, mais je conserve l'espoir... » Il fronça les sourcils et but une gorgée de son verre à moitié vide. « Pas dans la conjoncture politique actuelle, bien sûr, marmonna-t-il d'un ton assez amer.

— Marié… ? demanda Sonia, ne sachant que dire d'autre. Tout cela était si incroyablement gauche et conventionnel.

Youli hocha la tête. « Trois enfants. Et toi ?

— Deux, répondit Sonia, peu désireuse d'aborder le sujet de son mari américain.

— Alors, Sonia ?

— Oui, Youli ?

— La vie t'a apporté ce que tu en attendais ? Tu es heureuse ?

— Un mariage heureux, de beaux enfants, une vie agréable à Paris. Mon avancement professionnel pourrait être un peu plus rapide… » Elle haussa les épaules. « Et toi ? »

Youli rit de nouveau, mais ce n'était pas un rire particulièrement gai. « *La même chose,* comme disent les Français.

— Et que fais-tu à Paris ?

— Des trucs pour le ministère », répondit-il d'un ton laissant entendre qu'il n'était pas disposé à approfondir.

Il y avait dans cette conversation quelque chose d'atroce qui fit regretter à Sonia d'avoir aperçu Youli. L'ayant vu, il lui était impossible de ne pas aller lui parler, mais maintenant qu'elle avait commencé à lui parler, elle constatait qu'elle n'avait vraiment rien d'important à lui dire, pas plus que lui, apparemment. Leur époque commune remontait à vingt ans, elle ne s'était pas bien terminée et ils n'avaient eu depuis aucun contact.

Ils étaient deux personnes différentes, deux étrangers, qui essayaient de bavarder à bâtons rompus dans des circonstances extrêmement délicates, et Sonia cherchait un moyen de mettre fin élégamment à la conversation quand la musique s'interrompit soudain.

Les têtes se tournèrent vers l'estrade de l'orchestre tandis que l'ambassadeur Tagourski en personne, un peu vert sur les bords à cause du vertige, émergeait du tube d'accès à la bulle où il se mit à parler avec un des musiciens. Les conversations se turent pour laisser place à un silence pesant.

« J'ai une déclaration plutôt désagréable à vous faire, même si je suppose que la nouvelle n'est pas vraiment inattendue, fit la voix amplifiée de l'ambassadeur. Le président des États-Unis vient de signer un décret suspendant le paiement des intérêts sur tous les titres gouvernementaux américains détenus par les gouvernements, entreprises ou simples citoyens européens. La dette extérieure sera convertie en obligations non porteuses d'intérêts remboursables uniquement en fonds bloqués qui ne pourront être utilisés que pour acheter des biens manufacturés et des produits agricoles sur le territoire des États-Unis… »

Des murmures confus parcoururent la salle.

« Pour ceux d'entre vous qui ne sont pas versés dans le jargon économique, cela signifie en bon russe que les Américains annulent leur dette extérieure, tout au moins la part détenue par la Communauté européenne, qui s'élève à environ quinze mille millards de dollars américains.

— Ils l'ont fait ! s'exclama Sonia dans le tumulte qui éclatait. Ils l'ont vraiment fait !

— Tu t'attendais à autre chose ? dit cyniquement Youli Markovski. Ce n'est que le commencement, crois-moi. C'est leur prochain coup qui fera vraiment mal.

— Leur prochain coup ?

— Bien sûr, répondit Youli. Ce n'est pas évident ? Il ne s'agit là que de leur vengeance contre l'Europe occidentale, l'Union soviétique ne détient pratiquement aucun des titres qu'ils viennent de transformer en papier hygiénique. Mais quand commenceront les expropriations…

— Les expropriations ?

— Quelle excellente excuse pour eux ! » s'exclama Youli, presque comme si Sonia n'était pas là. Il but une gorgée de vodka et se lança dans le genre de discours dont elle ne se souvenait que trop bien.

« Personne ne sait au juste quelles proportions de propriétés foncières, valeurs boursières, puits de pétrole, mines de charbon, structures de production et autres sont détenues par les gouvernements, entreprises et citoyens européens, mais le ministère des Affaires étrangères l'estime au minimum à près de 30 % de la richesse nationale américaine. Quel coup de fouet pour l'économie moribonde des États-Unis quand ils mettront la main sur tout ça pour le revendre à leurs propres capitalistes ! Même aux tarifs de braderie auxquels leur gouvernement le laissera sans doute partir, ils récolteront presque assez pour rembourser leur dette vis-à-vis du Japon ! On est bien obligé d'admirer leur cynisme !

— Mais c'est du vol pur et simple ! » s'écria Sonia.

Youli haussa les épaules. « C'est une honorable tradition tiers-mondiste. Il fut un temps où l'Union soviétique encourageait ce genre de pratiques !

— Ils ne pensent quand même pas s'en tirer comme ça !

— Vraiment ? dit Youli d'un air méprisant. Qui va les en empêcher ? Certainement pas *nous !* Pendant que nous faisions notre grande offensive de paix pour nous transformer en bons petits Européens, *eux* se rendaient militairement invulnérables. Leurs lasers orbitaux peuvent détruire en moins de temps qu'il n'en faut pour le dire tout ce que nous avons là-haut — cosmograds, Espaceville, jusqu'au dernier des satellites, peut-être même notre base lunaire. Ça fait des dizaines d'années qu'ils déploient l'Étoile d'Amérique et force est de constater que ce foutu truc fonctionne, ou du moins qu'il marche assez bien pour les rendre totalement insensibles à toute menace de recours à la force, comme nous en avons eu plus qu'amplement la preuve par la façon dont personne n'a levé le petit doigt pendant qu'ils agissaient comme bon leur semblait en Amérique latine.

— Mais certainement des sanctions économiques... »

Youli rit amèrement. « Oh, bien sûr, en guise de représailles, les Européens nationaliseront sans doute les avoirs américains en Europe, mais les Japonais ne feront rien, de crainte de donner une bonne excuse aux États-Unis pour nationaliser leurs propres avoirs aux États-Unis. Même une nation qui ne joue pas sérieusement aux échecs peut comprendre les avantages qu'il y a à échanger un fou contre une tour et une dame ! »

Sonia était pour le moins effarée. « Est-ce simple conjecture de ta part, Youli, ou... »

Il haussa cavalièrement les épaules. « C'est de notoriété publique depuis longtemps. Quand on y ajoute le minimum nécessaire glané par les services de renseignement... Ils ont l'intention de faire ce qu'ils ont dit : transformer l'hémisphère occidental en empire économique américain complètement autonome, et personne ne peut les en empêcher... »

Youli continuait à pérorer, mais Sonia n'écoutait plus. « Ils ont toutes les ressources nécessaires, charbon, minerai de fer, cuivre, pétrole, terres cultivables en abondance, uranium... »

La partie professionnelle du cerveau de Sonia avait pris les commandes et évaluait les conséquences de ce qu'il venait de lui dire.

L'Étoile-Rouge ne possédait rien directement aux États-Unis — les investissements soviétiques y étaient depuis longtemps interdits par la loi — mais elle détenait des centaines de millions d'actions dans des dizaines, peut-être des centaines, d'entreprises européennes pour qui c'était certainement le cas. Et quand les Américains les auraient expropriées, le prix de ces actions dégringolerait, entraînant des faillites...

« Combien de temps avons-nous, Youli ? demanda-t-elle.

— Comment ? dit Youli en clignant des yeux comme s'il sortait de transe.

— Combien de temps avant que les Américains commencent leurs expropriations ? »

Youli haussa les épaules. « Quelques semaines, peut-être. Ils attendront que l'indignation européenne soit à son comble, dans l'espoir que l'Europe fera un geste stupide qui leur fournira un bon prétexte pour...

— J'ai été ravie de discuter avec toi, Youli, dit-elle en se levant, mais il faut que je te laisse, maintenant... »

Et elle plongea dans la cohue à la recherche d'Ilya Pachikov. Un courant insidieux avait sapé l'ambiance euphorique de la soirée mais, à en juger par les bribes de conversation que Sonia surprenait au passage, ce n'était qu'indignation vertueuse et invectives antiaméricaines. Il semblait que peu de monde, sinon personne, eût connaissance des renseignements de Youli, ou si quelqu'un était au courant, il n'était pas assez lucide pour en tirer les conclusions.

Elle finit par trouver Ilya qui tentait toujours avec entrain de séduire sa petite rousse comme si de rien n'était. « Excusez-moi, dit-elle en l'attrapant par le bras.

— Sonia...

— C'est d'une importance vitale, Ilya, insista-t-elle. Trouvons-nous un endroit tranquille pour discuter.

— Ça a intérêt à être intéressant, marmonna-t-il d'un air irrité. *Elle,* en tout cas, elle l'est !

— Ça l'est, Ilya, ça l'est ! » lui assura-t-elle et, maussade et marmonnant, Pachikov se laissa entraîner, par une des vertigineuses passerelles, sur une plate-forme de plastique transparent où une petite table et deux chaises étaient suspendues dans les airs.

« Alors, Sonia Ivanovna ? » demanda-t-il en croisant les bras sur sa poitrine et en la regardant dans les yeux, comme pour éviter à tout prix de regarder vers le bas.

« Voilà, Ilya Sergeïovitch », répondit Sonia, et elle lui répéta ce que venait de lui dire Youli, non sans omettre les considérations politiques pour s'en tenir à la simple tactique économique.

« Oui, oui, c'est terrible, dit-il quand elle eut terminé. Mais pourquoi me déranger avec ça *maintenant ?* Ce n'est pas du ressort de notre service, après tout, et j'étais juste en train...

— Veux-tu cesser un instant de réfléchir avec ta queue pour te servir de ta tête, Ilya Sergeïovitch ! s'emporta-t-elle contre son supérieur. Notre service, c'est-à-dire toi et moi, est en défaveur depuis... bon, tu sais combien de temps... non ? Ne vois-tu pas que c'est notre chance de nous rattraper ! Nous pouvons faire économiser des milliards d'écus à l'Étoile-Rouge !

— Vraiment ?

— Bien sûr ! Nous devons transmettre sur-le-champ ce renseignement au service commercial ! Nous avons une semaine ou deux, trois au maximum, avant l'effondrement du marché pour nous défaire de nos actions dans les sociétés qui vont être touchées ! »

Le regard d'Ilya s'éclaira. « Oh, dit-il simplement. Oui, bien sûr, tu as raison. Bien joué, Sonia, bien joué ! » Il la prit par la main pour la faire lever et l'entraîna sur la passerelle.

« Que fais-tu, Ilya ? Où allons-nous ?

— Trouver Lev Kaminev ! Il est quelque part en bas... »

La fête battait son plein malgré la mauvaise nouvelle, ou, en fait, peut-être en partie à cause d'elle. Les gens s'étaient mis à avaler la vodka dans le style traditionnel, à grandes rasades plutôt qu'à petites gorgées. L'orchestre s'était remis à jouer et les danseurs avaient envahi la piste, entre autres un groupe de lourdauds avinés qui essayaient de faire la démonstration de leurs talents athlétiques en exécutant des danses cosaques accompagnées de grands éclats de rire quand ils tombaient sur le cul. Les cravates s'étaient dénouées, certains avaient ôté leur veste et un groupe s'était même mis à chanter complètement faux dans un coin.

Il semblait impossible de trouver qui que ce fût dans cette mêlée, sinon par hasard, mais une fois lancé Ilya Pachikov avait pris le mors aux dents, demandant d'une voix forte et autoritaire à tout un chacun s'il savait où se trouvait le chef du service commercial. Ils finirent par trouver Kaminev près d'un bar où il faisait remplir son verre.

« Un mot, Lev, c'est très urgent », dit Ilya en le prenant par le bras.

Les yeux de Lev Kaminev étaient légèrement injectés de sang, mais son élégant costume bleu pétrole n'avait pas un faux pli, sa cravate était toujours bien nouée autour du col de sa chemise blanche impeccablement repassée et pas une mèche de ses rares cheveux gris n'était dérangée. Il hocha la tête et se laissa emmener par Ilya à une table libre, en périphérie de la salle, où le holopanorama semblait les situer, avec beaucoup d'à-propos, au beau milieu de la toundra sibérienne.

« Dis-lui, Sonia. »

Elle s'exécuta.

À mesure qu'elle parlait, le froncement de sourcils de Kaminev s'accentua, ses lèvres se mirent à trembler, et quand elle en eut terminé, il était devenu très pâle.

« Quel cauchemar ! gémit-il. Nous allons perdre des milliards !

— Pas si nous agissons vite, s'empressa de lui dire Sonia. Pas si nous commençons sur-le-champ à vendre nos actions, il faut immédiatement trouver un terminal et... »

Kaminev secoua la tête. « Ce n'est pas si simple. Si nous nous mettons à tout vendre en bloc, nous toucherons le fond avant même que les Américains n'aient bougé le petit doigt. Il faut procéder le plus lentement et le plus subtilement possible. Prendre d'abord des options où nous le pouvons... Vendre au prix du marché lorsque c'est faisable... Puis commencer à nous défaire progressivement par paquets de taille raisonnable... Empêcher le marché de s'effondrer en négociant par l'intermédiaire de prête-noms... Il ne faut pas nous montrer trop gourmands, sinon nous risquons de déclencher une panique, mais nous pourrons peut-être limiter nos pertes à moins de 20 % si... »

Il se passa nerveusement la main dans ses cheveux bien coiffés qu'il ébouriffa. « Quel merdier ! grogna-t-il. Nos services vont devoir travailler de concert, Ilya, et il va falloir nous y atteler jour et nuit. Nous allons devoir modéliser cette fichue situation et élaborer un programme commercial pour nous tirer de là... Seigneur, les variables en cause... Et si nous nous trompons, si nous mettons ça en route et que les Américains n'exproprient *pas*... »

Il regarda nerveusement par-dessus son épaule les étendues désolées de Sibérie, inspira profondément et regarda Sonia dans les yeux. « Si mon service table sur ce renseignement et qu'il se révèle inexact, le Soviet suprême va réinventer le goulag rien que pour nous. Tu es *sûre* que ce ne sont pas de simples élucubrations d'ivrogne ?

— Eh bien... », murmura Sonia d'un ton peu assuré. Elle contempla à son tour le paysage et frissonna. Youli avait manifestement bu et...

« L'ambassadeur n'est pas encore parti, dit Ilya avec force. Allons lui parler ! S'il n'est pas au courant, ce qui ne me surprendrait guère, je passerai quelques coups de fil à Moscou dans la matinée. À des gens qui veilleront à ce que le ministre des Affaires étrangères en personne soit mis sur la sellette, si besoin est. S'ils ont caché un renseignement pareil à l'Étoile-Rouge...

— Bien sûr ! s'écria Kaminev. Que ce soit notre intrépide service de stratégie économique qui ait dû dénicher tout seul ce renseignement sera un mauvais point pour eux. Si c'est vrai, cela pourrait être juste ce dont nous avons besoin pour mettre un point final à leur obstructionnisme. »

Il se leva. « Gardez ça pour vous, tous les deux. Je vais avoir une petite discussion avec Son Excellence. Ilya, tu peux me dresser un état préliminaire de nos avoirs dans les sociétés affectées pour demain midi ? Ainsi que des avoirs de celles-ci aux États-Unis ?

— Ça va être du boulot, mais nous le ferons !

— J'en suis sûr ! » répondit Kaminev, et il disparut dans la foule à la recherche de l'ambassadeur Tagourski.

Ilya Pachikov adressa un large sourire à Sonia.

Sonia le lui rendit.

« Tu devrais *vraiment* être à mon poste, Sonia.

— Qui sait, si ça se passe bien, tu pourrais avoir une belle petite promotion, et moi aussi !

— Parfaitement ! s'exclama Ilya. Pourquoi pas ? »

Il se leva, lui saisit les mains pour la faire lever, la prit dans ses bras et l'embrassa bruyamment sur les deux joues. « Si tu n'étais pas mariée, je te donnerais le baiser que tu mérites vraiment ! »

Il haussa les épaules. Sourit « À bien y réfléchir, pourquoi pas ? » Et il lui en planta un bien senti sur la bouche.

Une onde incandescente parcourut Sonia de la tête aux pieds. Dans ce contexte, elle n'avait pas l'impression de trahir Jerry en rendant brièvement son baiser à Ilya.

UNE PAGE DU VIEUX LIVRE DE STALINE

S'il semble bien exact que les États-Unis se sont durablement mis au ban des nations par leur expropriation massive des avoirs étrangers et resteront longtemps tout aussi incapables d'emprunter sur le marché international que d'attirer des capitaux étrangers, il est également vrai que, d'un trait de plume, les Américains ont repris le contrôle de leur économie exsangue, réussi une dévaluation indirecte du dollar d'une façon politiquement acceptable pour leur électorat et abondamment prouvé que l'opinion internationale n'exerce plus le moindre effet dissuasif, même résiduel, sur la politique américaine en Amérique latine.

C'est ainsi, en un sens, que Staline a fait de l'Union soviétique une grande puissance industrielle. C'est ainsi que Hitler a tiré l'Allemagne d'un état de total effondrement économique. L'autarcie associée à l'expansionnisme impérialiste est une vieille recette de realpolitik pour le renouveau national à court terme.

Ce qui se passe plus tard est une autre affaire. Mais quand les politiciens américains ont-ils jamais regardé plus loin que la prochaine élection ?

Argumenti i Fakti

12.

Quand Robert Reed arriva pour retirer son passeport, une rangée de Marines se tenaient presque épaule contre épaule sur le trottoir, le dos au mur de parpaings qui avait remplacé la grille en fer forgé devant l'ambassade des États-Unis. Le mur était couronné de barbelés visiblement électrifiés et des disrupteurs neuroniques y étaient disposés tous les vingt mètres. Le long du caniveau, des gardes républicains à cheval isolaient l'ambassade des jardins de l'avenue Gabriel.

Même le service des passeports avait été replié à l'intérieur de l'ambassade pour raisons de sécurité, et les autres mesures prises dans ce sens étaient à l'avenant. À la porte, Bobby avait été passé au détecteur de métal et d'explosifs, puis il avait été fouillé avant d'être autorisé à prendre place dans la file d'attente qui s'étirait devant un bâtiment provisoire édifié dans la cour pour abriter le nouveau service des passeports. S'il y avait eu un endroit commode pour cela, ils lui auraient probablement aussi fait baisser son pantalon pour regarder dans son trou du cul.

Cette paranoïa était compréhensible. Entre l'avenue Gabriel et les Champs-Élysées, les jardins se remplissaient déjà de gens quand il était sorti du métro Concorde; beaucoup portaient des banderoles enroulées, d'autres les habituels seaux de merde et de sang, d'autres encore brandissaient des javelots bricolés à partir de manches à balai et de bols en platique, et les quelques flics en évidence fraternisaient visiblement avec les manifestants.

Les manifestations antiaméricaines se multipliaient à Paris depuis l'annonce par les États-Unis, une semaine plus tôt, de la nationalisation des avoirs européens, et la police française n'avait rien fait de plus que limiter les dégâts à des dommages matériels; en fait, plusieurs ministres en exercice avaient même pris la parole au cours de manifestations semi-officielles. Par chance, la période d'examens venait de se terminer, l'année scolaire était finie, la question ne s'était donc pas posée de savoir s'il était prudent d'envoyer Bobby en classe, mais son père avait soutenu sa mère quand elle avait insisté pour que le blouson des Dodgers ne sorte pas de son placard et ils lui avaient enjoint de ne pas s'éloigner de la maison.

Ce matin-là, Bobby était descendu le premier au courrier, comme il le faisait avec impatience depuis deux semaines, et quand il avait enfin vu la lettre de l'ambassade des États-Unis, il l'avait empochée avant que quelqu'un d'autre l'aperçoive. Il savait bien qu'on lui aurait interdit d'aller à l'ambassade retirer son passeport s'il avait été assez bête pour en demander la permission.

Tout le reste était réglé. Il était admis aussi bien à Berkeley qu'à l'UCLA et, comme les deux faisaient partie de l'Université d'État de Californie, il avait réussi à les convaincre de lui laisser jusqu'au 25 août pour se décider. Il avait un billet pour New York sur Air India pour le vendredi suivant et il avait même un abonnement de deux mois valable sur toutes les lignes intérieures américaines.

Il n'allait donc pas laisser un dernier petit détail en suspens jusqu'à ce que ses parents jugent qu'il pouvait se rendre à l'ambassade en toute sécurité. Sa mère commençait déjà à dire que le moment n'était peut-être pas bien choisi pour aller en Amérique et il n'était pas disposé à la laisser l'en empêcher en prétendant qu'il était trop dangereux d'aller retirer son passeport en temps utile.

Il avait donc attendu jusqu'à deux heures que Franja sorte, le laissant seul dans l'appartement, puis avait pris le métro jusqu'à la Concorde. Une fois de retour avec son passeport, il pourrait faire l'innocent. S'il n'avait jamais imaginé qu'il lui fallait demander la permission pour faire une chose si simple, sa mère pourrait difficilement soutenir qu'il avait désobéi, et même si elle le faisait, eh bien, elle serait placée devant le fait accompli.

Bobby n'allait pas laisser une bande de stupides manifestants l'empêcher d'aller retirer ses papiers et, d'après ce qu'il voyait dans la cour, il semblait qu'aucun autre des Américains restant encore à Paris ne s'était davantage laissé impressionner.

On se serait cru dans un véritable asile de fous. Devant le bureau des passeports, la cour était pleine de gens, certains

portant même des valises, venus réclamer protection, chercher asile, demander à voir l'ambassadeur ou l'attaché commercial, déchargeant leur mauvaise humeur sur les Français, sur le gouvernement américain, sur les Marines qui les fouillaient, sur leurs compagnons d'infortune, sur les employés qui essayaient de les mettre à la file, tous en même temps et tous à pleins poumons.

Il fallut au moins une heure à Bobby pour entrer dans le bâtiment, une autre heure de queue pour échanger sa lettre de convocation contre un quelconque stupide formulaire, et encore deux heures dans une troisième queue avant de pouvoir échanger ce formulaire contre son précieux passeport.

Il était alors près de sept heures, il allait être en retard pour le dîner, ses parents seraient rentrés et leur inquiétude avait sans doute déjà cédé la place à la colère. Mais du moins avait-il ce qu'il était venu chercher.

De fort méchante humeur lui-même, épuisé par les heures d'attente, irrité par les récriminations de la foule et plus qu'un peu inquiet de ce qu'il allait prendre en rentrant à la maison, Bobby joua des coudes et des genoux pour sortir dans la cour.

Quelque chose n'allait pas du tout.

Une masse de gens était agglutinée près du portail pour essayer de regarder à travers les épais barreaux de fer. Deux Marines y étaient adossés, le M-86 à la bretelle, et deux autres, dans l'enceinte de l'ambassade, se tenaient devant les tableaux de commandes des disrupteurs neuroniques.

Bobby prit alors conscience de ce qu'il entendait depuis un moment.

De l'autre côté du mur parvenaient une énorme clameur et le piétinement rythmique d'une grande foule. Au milieu de tout ça, comme la partie vocale doublant la ligne de basse d'un mauvais enregistrement max-métal, il distinguait confusément les mots scandés par les manifestants.

« AMÉ-RI-*CAINS,* AS-SAS-*SINS !* AMÉ-RI-*CAINS,* AS-SAS-*SINS !* »

Bobby se glissa aux premiers rangs de la foule et ce qu'il vit à travers les barreaux le fit défaillir.

De l'autre côté de la rue, le jardin était noir de monde, des Champs-Élysées au trottoir de l'avenue Gabriel, où les gardes républicains à cheval formaient un cordon entre la foule et les Marines.

Un océan de poings dressés, de bouches hurlantes et de visages cramoisis aux yeux exorbités. Un mannequin à l'effigie de l'oncle Sam avec une tête de mort pendu à un gibet rudimentaire. Un drapeau américain en train de brûler au-dessus de la foule. Un morceau d'une longue banderole qu'il n'arrivait pas à déchiffrer. Une autre banderole représentant un grossier agrandissement de billet de mille dollars souillé de sang et de merde.

« AMÉ-RI-*CAINS*, AS-SAS-*SINS !* AMÉ-RI-*CAINS*, AS-SAS-*SINS !* »

Bobby avait déjà assisté à des manifestations anti-américaines ; il avait même participé à l'une d'elles. Mais il n'avait jamais rien ressenti de semblable à la vague de haine déferlant par-dessus le mur de l'ambassade. Cela dépassait toute imagination. C'était un déferlement de fureur animale.

« AMÉ-RI-*CAINS*, AS-SAS-*SINS !* AMÉ-RI-*CAINS*, AS-SAS-*SINS !* »

Bobby avait peur. Bobby avait honte. Doublement honte — pour l'Amérique, et pour la vision fantasmatique qui traversait malgré lui son esprit : les Marines tirant dans la populace en colère, chassant le cauchemar du feu nourri de leurs armes automatiques.

« AMÉ-RI-*CAINS*, AS-SAS-*SINS !* AMÉ-RI-*CAINS*, AS-SAS-*SINS !* »

Puis une masse globulaire de matière indéterminée s'éleva paresseusement par-dessus le mur pour s'écraser contre le bâtiment principal, souillant la pierre grise d'une traînée brunâtre. Suivie d'une autre qui tomba un peu court et explosa au milieu de la cour dans une giclée de sang et d'étrons.

Un sergent des Marines courut vers les gardes de la porte en hurlant quelque chose que Bobby ne parvint pas à distinguer.

« Enculés ! » cria haut et fort un des Marines de la porte.

D'autres projectiles pleins de merde et de sang fusaient par-dessus le mur pour s'écraser sur l'ambassade. Puis, pour une raison inconnue, une grande ovation s'éleva de la foule et une averse d'immondices s'abattit par-dessus le mur d'enceinte.

Un instant plus tard, Bobby en vit la raison.

Près de la grille, les gardes avaient braqué leurs M-86 sur la foule. « Dégagez la porte ! Dégagez la porte ! » cria l'un d'eux. Il y eut un crépitement de sabots sur le bitume. Dans la cour de l'ambassade, les Marines avaient commencé à dégager les abords de la grille sans trop de ménagement.

Bobby parvint juste à entrevoir ce qui se passait avant qu'un Marine noir ne le tire en arrière par les épaules.

Les gardes républicains s'éloignaient au petit trot dans la rue, sur la gauche. Ils livraient l'ambassade à la foule. Il n'y avait plus rien entre le mur d'enceinte et les manifestants que le cordon de marines armés de M-86...

Oh non, se dit Bobby, ils vont devoir tirer dans la foule ! Il ne savait pas qui lui répugnait le plus en cet instant — les Américains qui s'apprêtaient à tirer sur des gens désarmés, ou les sales flics qui les y avaient délibérément provoqués en se retirant.

Mais il n'en fut rien.

Ce qui se passa le rendit, au moins sur le moment, fier d'être américain.

Si les Français avaient fait se replier les gardes républicains pour provoquer une atrocité américaine, les Américains n'avaient pas mordu à l'hameçon.

La grille s'ouvrit et deux colonnes de Marines s'y engouffrèrent rapidement mais en bon ordre, les fusils braqués sur la foule, mais sans tirer. Ils se repliaient dans la cour.

Il leur fallut une minute au plus pour terminer la manœuvre. Puis les gardes les suivirent, claquèrent la grille et abaissèrent un interrupteur.

Avec un rugissement de triomphe, la populace se précipita contre les barreaux...

... pour refluer en titubant et en hurlant de douleur sous la décharge électrique.

Dans la cour, le chaos était total. Les civils s'éloignaient en courant du mur contre lequel venait se presser la foule hurlante et un peloton de Marines se déployait devant la grille, les M-86 braqués par mesure de précaution. Certains civils cherchaient à se réfugier dans le bâtiment principal de l'ambassade, mais un autre peloton de Marines avait pris position devant l'entrée pour les en empêcher.

Des volées de sang et de merde s'écrasaient contre la

façade, s'abattaient sur la cour. Bobby était cloué sur place, ne sachant que faire, essayant simplement de ne pas se faire piétiner par les gens qui couraient en tous sens dans leur panique.

« Attention ! » cria quelqu'un derrière lui.

Bobby se tourna vers la voix, mais du mauvais côté, et d'ailleurs il était trop tard. Une masse pesante et humide le frappa à l'épaule, lui éclaboussant les cheveux et la joue gauche. Il vacilla, faillit tomber, reprit son équilibre, baissa les yeux sur son anorak, vit, sentit, s'étrangla et vomit sur ses chaussures.

Le côté gauche de son anorak était couvert d'une masse gluante de sang coagulé et de merde à demi diluée. Il en avait plein la figure et les cheveux. Son pantalon était couvert d'éclaboussures.

Il vomit encore une fois, arracha son anorak, se servit des parties plus ou moins propres pour s'essuyer la figure et le cou, puis s'en frotta furieusement les cheveux avant de le jeter.

De la merde et du sang continuaient à s'écraser contre l'ambassade, à pleuvoir dans la cour. Les gens couraient en rond en hurlant. Et, s'aperçut Bobby plongé dans une semi-torpeur, des bouteilles vides, des pierres et des briques volaient aussi maintenant par-dessus le mur...

« ATTENTION ! ATTENTION ! ATTEN-*TION !* » cria au milieu du chaos une voix amplifiée.

Un officier des Marines noir était sorti du bâtiment et criait dans un porte-voix réglé au volume maximum. « NOUS ALLONS BRANCHER LES DISRUPTEURS NEURONIQUES ! NOUS ALLONS BRANCHER LES DISRUPTEURS NEURONIQUES ! MARINES, INSÉREZ VOS PROTECTIONS ! CIVILS, ADOSSEZ-VOUS AU BÂTIMENT ET BOUCHEZ-VOUS LES OREILLES ! »

Dans sa hâte de s'éloigner le plus possible du mur et des disrupteurs, Bobby oublia la merde et le sang dont était encore éclaboussé son pantalon ainsi que les vomissures en train de sécher sur ses chaussures. Il n'avait jamais fait l'expérience d'un disrupteur mais, comme tous ceux qui se plaquaient le dos au mur de l'ambassade, il savait parfaitement ce qui allait se passer.

Le disrupteur neuronique émettait à fort volume un cocktail de fréquences subsoniques et ultrasoniques produisant sur le système nerveux humain des effets fort désagréables. Il déclenchait une réaction de panique. Il rendait littéralement impossible de penser. Il entrait en résonance avec le crâne et l'appareil auditif pour engendrer instantanément une migraine épouvantable. Il faisait se relâcher les sphincters, annihilait le contrôle des intestins et de la vessie.

C'était l'arme de maintien de l'ordre favorite des forces américaines en Amérique latine, vantée comme inoffensive par les États-Unis, dénoncée comme une atteinte à la dignité humaine par les médias européens qui se complaisaient à montrer des images de pauvres Sud-Américains pliés en deux, se serrant la tête entre les mains et hurlant de douleur comme des animaux.

Bobby avait lui-même assez souvent partagé l'indignation conventionnelle mais là, terrifié, furieux, couvert de sang, de merde et de vomi, le dos au mur de son ambassade et les pouces fermement pressés contre les oreilles, c'était une autre histoire.

« ACTIVEZ LES DISRUPTEURS NEURONIQUES ! »

Les disrupteurs étaient directionnels, mais un certain choc en retour était inévitable et, même avec les pouces bien pressés contre ses oreilles, Bobby sentit une horrible vibration, comme si un marteau piqueur miniature était au travail au sommet de son crâne. Il se plaquait de plus en plus fort le dos au mur, luttant contre une incoercible envie de partir en courant. Ses boyaux lui faisaient l'effet d'une gelée tremblotante et il lui fallait faire un effort énorme pour se retenir de pisser dans son pantalon. Cela ne devait pas durer depuis plus de cinq minutes, mais il avait l'impression que c'était des heures. Autour de lui, des gens tombaient à genoux. Certains avaient des traces humides autour de la braguette. Ce qui se passait de l'autre côté du mur d'enceinte, où la foule subissait le choc de plein fouet, était difficile à imaginer.

« DÉSACTIVEZ LES DISRUPTEURS NEURONIQUES ! »

Cela s'arrêta d'un seul coup.

Son mal de tête avait disparu, tout comme l'impulsion de

fuir sans but précis. Ses boyaux s'étaient remis en place et il n'éprouvait plus une irrésistible envie de pisser.

Et il régnait un étrange silence. Plus de bruit de foule. Plus d'ordures et de projectiles volant par-dessus le mur. Tout autour, les gens titubaient d'un air hébété, couverts d'immondices, se jetant des regards en coin.

Un Marine débrancha l'électricité de la grille. Un sergent fit aligner ses soldats en colonnes par deux. La porte s'ouvrit et les deux colonnes de Marines la franchirent au petit trot pour reconstituer leur cordon.

« VOUS POUVEZ MAINTENANT QUITTER L'AMBASSADE EN TOUTE SÉCURITÉ, dit l'officier dans son porte-voix. VEUILLEZ PROCÉDER EN BON ORDRE. SOUVENEZ-VOUS — VOUS ÊTES *AMÉRICAINS.* »

Et effectivement, les gens qui, quelques instants auparavant, couraient en rond et hurlaient de panique, se mirent sagement sur trois files et franchirent calmement la grille sans bousculade.

Bobby resta un moment sur place dans la rue pour constater les dégâts et mettre de l'ordre dans ses idées.

Les trottoirs et le caniveau étaient jonchés de débris — pancartes, banderoles, javelots improvisés, seaux de merde et de sang renversés, mannequin à l'effigie de l'oncle Sam sauvagement piétiné, flaques de pisse, cailloux, briques, tessons de bouteilles.

Il frissonna en imaginant à quoi cela devait avoir ressemblé à peine quelques minutes plus tôt, des milliers de personnes s'étreignant la tête, pissant et chiant dans leur pantalon, fuyant, saisis d'une terreur animale, exactement comme les Sud-Américains qu'il avait vus des dizaines de fois à la télévision.

Il traversa la rue et commença à se diriger vers la station de métro, dépassa le cordon de Marines qui regardaient droit devant eux, le visage figé, au repos et l'arme à la bretelle.

Il s'arrêta. Leva les yeux pour regarder derrière lui la façade de l'ambassade des États-Unis.

Elle était maculée de sang et de merde.

Tout comme lui.

Mais ni l'un ni l'autre n'était déshonoré.

Car il avait son passeport en poche et, en dépit de la terrible provocation, pas un seul Marine n'avait ouvert le feu, pas un manifestant n'était mort.

Et la bannière étoilée flottait toujours sur l'ambassade souillée d'immondices, transformant la merde et le sang eux-mêmes en titre de gloire.

En ce plus improbable des moments, Bobby se sentait plus fier que jamais d'être américain.

CARSON CANDIDAT AU SÉNAT

Le député Harry B. Carson a annoncé aujourd'hui qu'il était candidat à l'investiture républicaine pour se présenter comme sénateur et a formé un état-major de campagne.

Les leaders politiques ne s'attendent pas à voir une forte opposition s'élever contre la nomination du populaire député de Dallas qui a récolté un gros crédit comme fer de lance de la Loi de renationalisation au Congrès. Les leaders démocrates de l'État ont refusé toute déclaration publique, mais les visages allongés au siège du parti étaient fort éloquents. Un premier sondage par téléphone donne Carson favori avec une avance de 27 % face au candidat démocrate le mieux placé.

Dallas Straight Shooter

« On va devoir attendre encore longtemps ? » geignit Franja.

Sonia regarda Jerry de l'autre côté de la table. Il piquait nerveusement de sa fourchette son reste de pâté et regardait dans le vide. « J'y vais, Jerry ? demanda-t-elle.

— Quoi ?

— Je sers le saumon ?

— Seigneur, comment pouvez-vous penser à manger en un moment pareil, toutes les deux ? » lâcha-t-il d'un ton excédé.

Sonia haussa les épaules. « Ça fait déjà plus d'une heure qu'on attend, dit-elle. Nous pouvons continuer à nous regarder en chiens de faïence, ou bien nous pouvons manger, mais pas grand-chose d'autre. »

Lorsque Bobby ne s'était pas montré à temps pour le dîner, elle avait attendu dix minutes puis avait servi rageusement le pâté de canard, laissant son assiette vide. Qu'il rate l'entrée, ça lui ferait les pieds !

Un quart d'heure plus tard, comme il n'était toujours pas là, sa colère avait tourné à l'inquiétude. Son cœur de mère était plein de fantasmes angoissés de ce qui avait pu arriver à Bobby, mais s'il ne lui était *rien* arrivé pour justifier ce comportement, il allait le regretter quand il finirait par rentrer !

« Maintenant que toi et Pachikov en avez enfin fini avec vos boursicotages, j'aurais pensé que tu te serais remise à t'occuper de ta famille ! rétorqua Jerry.

— Oh non, on ne va pas remettre ça ! gémit Sonia.

— Oh si, on va remettre ça ! Ou serait-ce trop demander à la directrice adjointe du service de stratégie économique de l'Étoile-Rouge ?

— Je sers le saumon ! » déclara Sonia, et elle partit dans la cuisine, régla le four à micro-ondes sur deux minutes et enfonça rageusement le bouton de mise en marche.

C'était comme ça depuis maintenant deux semaines. Kaminev leur avait fait jurer le secret et Ilya avait clairement laissé entendre que cela concernait au premier chef le mari américain de Sonia...

Ilya et elle avaient travaillé nuit et jour à analyser les avoirs de chaque société européenne dans lesquelles l'Étoile-Rouge détenait des intérêts, préparant des dizaines de tableaux sur leur impact économique, et faisant le plus gros du travail eux-mêmes de façon à réduire les risques de fuites au sein de l'équipe dont certains membres auraient pu se mettre à revendre des valeurs de leur propre chef s'ils avaient su ce qui se préparait. C'était harassant mais passionnant et cela lui offrait, en un sens, un répit bienvenu aux jérémiades incessantes de Jerry.

À l'en croire, Boris Velnikov, le chef de projet imposé à l'ESA par l'Union soviétique, était un bureaucrate indécrottable qui n'avait pas mis les pieds sur le terrain depuis des années, doublé d'un chauvin affichant sans aucune retenue son mépris pour les Américains.

Jerry avait été exclu des réunions importantes, il n'avait pas été mis d'équipe à sa disposition et son accès aux principaux dossiers informatiques avait été limité à ce que Velnikov jugeait être en rapport direct avec la « mise au point du système de manœuvre ». Aller se plaindre auprès de son vieil ami Corneau n'avait servi à rien et Émile Lourade ne répondait même pas à ses coups de téléphone.

Lorsque Sonia réussissait à rentrer à temps pour le dîner, elle devait supporter ses sempiternelles tirades contre Velnikov et, quand elle n'y réussissait pas, il l'accusait de négliger sa famille.

C'en était arrivé au point où elle s'était mise à dîner avec Ilya après le travail, même si elle avait fini assez tôt pour pouvoir rentrer.

Sonia était obligée de souffrir en silence. Elle avait même réussi à tenir sa langue quand Jerry avait commencé à insinuer que ses soirées avec Ilya n'étaient peut-être pas uniquement consacrées à leurs activités professionnelles.

La seule chose qui l'avait aidée à tenir le coup était son travail. Sous l'épuisement permanent, il y avait une exaltation, l'exaltation de se consacrer enfin à quelque chose de vraiment important, quelque chose dont dépendait le destin de son entreprise et celui de son pays.

Le meilleur des cas de figure était toujours le même : quoi qu'ils fassent, l'Étoile-Rouge perdrait 18 % de son actif. Mais, en fin de compte, il y avait bien une façon de s'en tirer à leur avantage.

Kaminev avait commencé à vendre leurs actions dans les entreprises menacées — en petites quantités par l'intermédiaire de dizaines de prête-noms sur toutes les places boursières. Quand ces actions tombaient en dessous d'un niveau prédéterminé, ils prenaient des options d'achat en grosses quantités, raffermissant le cours du titre, ce qui leur permettait de vendre davantage d'actions et de prendre des options de vente à un cours avantageux, se débarrassant petit à petit de leurs avoirs tandis que les cours baissaient de manière contrôlée. Ils perdaient de l'argent, mais tous les modèles informatiques montraient que ce scénario minimiserait les dégâts.

L'Étoile-Rouge détenait également des actions de nombreuses entreprises qui survivraient aux expropriations ; elle s'en défit par gros paquets, en faisant prématurément chuter les cours aux environs de ce que leurs pronostics disaient qu'ils seraient après l'expropriation.

Quand la panique consécutive au « Jeudi yankee » avait fait chuter les marchés européens de 30 %, l'Étoile-Rouge s'était déjà défaite de toutes ses actions dans les entreprises qui allaient y rester ainsi que d'une grosse partie de celles qu'elle détenait dans celles que les prévisions disaient devoir survivre.

Au creux de la vague, alors que les vendeurs étaient dix fois plus nombreux que les acheteurs, l'Étoile-Rouge était assise sur une montagne de liquidités dont elle s'était servie pour racheter de gros paquets dans les sociétés destinées à survivre.

Sociétés dont l'Étoile-Rouge elle-même avait fait chuter le cours de l'action à sa valeur intrinsèque d'après l'expropriation *avant* que la panique ne le fasse descendre encore davantage. Ce qui lui permit non seulement de tout rafler à des prix artificiellement bas, mais permit en outre à Moscou d'annoncer généreusement après coup que l'Étoile-Rouge était intervenue pour soutenir le marché par pure solidarité européenne.

Quand la poussière fut retombée, l'Étoile-Rouge avait vendu ses parts dans les sociétés condamnées à la banqueroute avec une perte nette d'environ 22 %, mais elle avait fortement accru sa participation dans les survivantes à des prix de panique boursière qui commençaient déjà à remonter, et par la même occasion l'Union soviétique s'en tirait avec un parfum de rose sur le plan politique.

Le Jeudi yankee s'était prolongé tard dans la nuit et Ilya avait ensuite ouvert une caisse de vodka pour fêter ça avec le personnel, si bien que Sonia n'était pas rentrée avant trois heures du matin, ivre d'euphorie, de fatigue et d'une bonne dose de vodka. Elle fut surprise et ravie de trouver Jerry au lit, mais qui l'attendait encore. Elle allait enfin pouvoir lui dire toute la vérité et assainir l'atmosphère entre eux, conclusion idéale de sa journée.

Mais Jerry était d'une humeur encore plus massacrante que d'habitude. « Où traînais-tu ? demanda-t-il en guise de bienvenue.

— Au bureau, bien sûr, dit calmement Sonia. Quelle journée !

— *Journée ?* Il est près de quatre heures du matin ! Qu'est-ce que vous avez fait, Pachikov et toi ?

— Une petite fête avec le personnel, répondit Sonia en commençant à se déshabiller. Tu n'as pas entendu la nouvelle ?

— Comment aurais-je pu ne pas l'entendre ? dit aigrement Jerry. Je m'en suis pris plein la gueule toute la journée. Et toi tu rentres au petit matin avec un coup dans le nez ! »

Sonia envoya valser ses chaussures, ôta son chemisier, s'extirpa de sa jupe et vint se pelotonner contre lui en culotte et soutien-gorge. « Pauvre Jerry, roucoula-t-elle en lui passant un bras autour des épaules. Ne te tracasse pas, les choses se sont bien mieux passées que quiconque ne s'en est encore aperçu...

— Tu es saoule ! grogna Jerry en s'écartant brutalement.

— J'ai dû boire quelques petites vodkas, reconnut Sonia. Mais, crois-moi, je le méritais bien.

— Comme ça, *Ilya* et toi, vous êtes allés vous bourrer la gueule !

— Voyons, Jerry, ce n'était qu'un pot au bureau ! Pour fêter ça !

— La bourse s'effondre et tu te saoules avec ton patron pour fêter ça !

— Nous nous en sommes tirés comme des chefs, Jerry ! s'écria gaiement Sonia. C'est ce que j'essaie de t'expliquer !

— M'expliquer quoi ?

— Ce à quoi Ilya et moi avons travaillé si dur depuis des semaines !

— En plus de vous envoyer en l'air ?

— Arrête, Jerry, tu sais que c'est absurde, j'essaie de t'expliquer *pourquoi* j'ai dû si souvent rester tard au bureau !

— Explique-le-moi donc », dit agressivement Jerry, croisant les bras sur sa poitrine et en la regardant d'un air sceptique comme un interrogateur du K.G.B. dans une mauvaise rétrospective historique.

Elle lui expliqua. Mais quand elle en eut terminé, son expression ne s'était pas adoucie. Il semblait même encore plus furieux, si c'était possible.

« Pendant tout ce temps, tu ne m'en as pas dit un mot... ? dit-il d'une voix soigneusement contrôlée.

— Je ne pouvais pas, Jerry, je devais obéir aux ordres, et en plus...

— Tu me laissais mariner dans mon jus, en train d'imaginer tout ce que tu pouvais faire avec Pachikov...

— ... tu aurais pu faire tout rater.

— Faire tout rater ! Qu'imagines-tu que j'aurais pu faire ? Aller tout raconter à la C.I.A. ? Hypothéquer l'appartement pour acheter des actions à terme ou je ne sais quoi ? Tu crois que je m'intéresse à ce genre de conneries ?

— Alors pourquoi es-tu si furieux, Jerry ? » demanda Sonia en toute logique.

La colère de Jerry fit soudain place à une sombre rancœur. « Parce que ma propre femme n'a pas confiance en moi..., dit-il d'une plus petite voix. Parce que ta loyauté envers l'Étoile-Rouge passe avant ta loyauté envers moi...

— Oh, Jerry, Jerry », roucoula Sonia, tendant le bras, essayant de rouler sur lui.

Mais Jerry la repoussa. « Pas ce soir, chérie, fit-il d'un ton sarcastique, tu es ivre et j'ai la migraine. » Puis il lui tourna le dos.

Depuis, ils n'avaient plus fait l'amour.

Assis à table, Jerry Reed fulminait en silence. Quelle semaine ! Pendant que Sonia boursicotait pour l'Union soviétique, Velnikov avait tiré parti du parfum nauséabond entourant tout ce qui était américain et fait pression sur Corneau pour qu'il nomme un ingénieur en chef du système de manœuvre directement au-dessus de lui.

« On peut comprendre ce que ressent Boris, *n'est-ce pas ?* » avait dit Patrice avec un petit haussement d'épaules quand il avait fini par appeler Jerry dans son bureau. « Il a le titre de chef de projet et toi, l'ingénieur dont les plans constituent l'ossature de tout le projet, tu es là. Il a le pouvoir, mais pas la reconnaissance professionnelle, tandis que tu es pour ainsi dire le grand héros, l'*éminence grise.* Il est naturel qu'il veuille te mettre hors circuit...

— Et ce que *moi* je ressens, Patrice ?

— Je sais que les choses sont difficiles pour toi en ce moment, Jerry. Mais, après tout, nous sommes au début de la phase d'organisation, il y a très peu à faire pour toi. Une fois que nous serons passés au stade de la conception proprement dite, les choses seront complètement différentes.

— Vraiment ?

— *Bien sûr !*

— Avec un ingénieur en chef du système de manœuvre au-dessus de moi ?

— Ah, mais tu oublies que cette histoire de consultant à la mise au point du système de manœuvre est une fiction ! Une fois le projet vraiment en route, tu travailleras directement avec moi, et sur l'ensemble du projet !

— Velnikov laissera faire ?

— C'est *moi* le responsable de ce projet, pas Velnikov ! déclara Corneau. Il a peut-être des... relations à Moscou, mais c'est *moi* le directeur de projet ! » Il fit la moue. « Quoique..., dit-il d'un air songeur.

— *Quoique... ?* »

Corneau haussa les épaules. « Avec les récentes exactions américaines, les pressions politiques pour me faire céder aux exigences de Velnikov vont se faire de plus en plus fortes. » Il adressa un petit sourire sardonique à Jerry. « Le plus sage serait peut-être de le prendre de vitesse, *n'est-ce pas ?* Que tu te retires du projet de ton propre chef, en t'arrangeant pour que tout le monde soit au courant...

— Magnifique ! Tu me tends le couteau et me demandes de me trancher moi-même la gorge !

— Ce n'est pas du tout ça, Jerry, avait dit Corneau d'un air sombre. Je suis vraiment navré que tu le prennes comme ça. Réfléchis-y, au moins. »

Les choses en étaient restées là. Jerry y avait réfléchi. Encore et encore.

C'était le genre de méprisable politique bureaucratique qu'il avait en horreur et où Sonia se montrait si forte. Mais, vu la façon dont cela se passait entre eux, il ne lui en avait même pas parlé. Il avait le sentiment de savoir ce qu'elle aurait dit — se résigner à l'inévitable, couvrir ses arrières et récolter au moins quelques bons points dans sa foutue kharakteristika.

Ou, pis encore, vu la façon dont elle et Pachikov étaient si bien en cour à Moscou après leurs magouilles en bourse, elle aurait pu essayer de passer par-dessus la tête de Velnikov et demander à l'Étoile-Rouge de faire pression pour l'obliger à faire machine arrière. Cela aurait signifié passer par le « golden boy », en échange de Jerry n'osait imaginer quoi, car si sa raison lui disait que cette histoire de liaison avec Ilya Pachikov était pure paranoïa, celle de devoir une faveur à ce fils de pute par l'intermédiaire de Sonia lui retournait l'estomac et lui mettait le sang en ébullition.

Et maitenant, l'histoire de ce soir à propos de Bobby...

Sonia revint de la cuisine, l'air peu commode, portant un plat de darnes de saumon accompagné de pommes au four et un bol de sauce hollandaise sur le grand plateau de bois. Elle le posa sur la table et les servit tous les trois, laissant vide l'assiette de Bobby.

Où diable était-il ? Cela ne ressemblait pas à Bobby de ne pas être là pour le dîner. Et je lui ai bien dit de ne pas s'éloigner de la maison, avec toutes ces manifestations anti-améri...

« Oh, maman, ce poisson est sec comme un coup de trique ! gémit Franja.

— Eh bien, mets un peu de sauce holl... »

La porte d'entrée s'ouvrit puis se referma sourdement. Et Bobby apparut à la porte de la salle à manger.

« Bobby ! » s'écria Sonia.

Il était là, en manches de chemise, son pantalon couvert d'une croûte qui avait l'air de merde séchée. Il avait la moitié gauche de la chevelure plaquée sur le crâne par la même matière, il en avait aussi des traces sur le front et ses chaussures étaient éclaboussées de ce qui ressemblait fort à des vomissures séchées.

« Où diable étais-tu passé, Bobby ? demanda Jerry. Que t'est-il arrivé ? »

Bobby lui sourit d'un air niais. Il extirpa de sa poche revolver quelque chose qu'il brandit comme un talisman protecteur. « Je... euh... suis allé chercher mon passeport à l'ambassade. Je... euh... je me suis fait prendre dans la manifestation... »

« Tu étais dans l'émeute à l'ambassade des États-Unis ! s'écria Sonia, sans savoir si elle devait être furieuse ou soulagée.

— Quelle émeute ? demanda Jerry.

— Tu n'as pas vu...

— Il y a eu une manifestation pacifique devant l'ambassade des États-Unis, intervint Franja, mais les gringos ont branché leurs disrupteurs neuroniques et ça a tourné à...

— C'est faux ! cria Bobby. Ils attaquaient le mur d'enceinte, ils jetaient de la merde et du sang, des pierres, des bouteilles... les Marines ont été *forcés* de...

— Je l'ai vu aux infos !

— J'étais sur place et pas toi !

— Et je parierais que tu as pris ton pied !

— Ça suffit, vous deux ! hurla Sonia. Robert, va immédiatement prendre une douche ! Nous discuterons de ça quand tu seras présentable !

— Dans un siècle, à peu près !

— Ça suffit comme ça, Franja. Tais-toi et finis de manger, sinon sors de table ! »

Pendant les dix minutes qu'il fallut à Bobby pour se doucher, la tension régna dans la salle à manger. Franja baffrait en silence son saumon et ses pommes de terre. Sonia picorait impatiemment dans son assiette sans dire un mot, se réservant manifestement pour Bobby.

Jerry ne songeait même pas à s'occuper de sa nourriture, redoutant ce qui allait suivre.

Bobby regagna enfin la pièce en T-shirt et blue-jean, avec son vieux blouson râpé des Dodgers, les cheveux mouillés plaqués sur le crâne, épuisé mais triomphant et provocateur.

« Nous allons nous expliquer, Bob », dit aussitôt Jerry, sans laisser le temps à Sonia d'ouvrir la bouche ni à Bobby celui de s'asseoir. « On t'avait dit de ne pas t'éloigner de la maison.

— Mais c'était *important,* papa, répondit Bobby en s'asseyant. Il *fallait* que j'aille retirer mon passeport, je pars la semaine prochaine pour les États-Unis et je...

— C'est absolument hors de question, maintenant ! lança vivement Sonia.

— *Quoi ?* hurla Bobby.

— La délégation russe à l'O.N.U. a déjà été saccagée ! Ils ont placé l'Étoile d'Amérique en alerte jaune ! Certains sénateurs commencent à gueuler qu'il faut faire main basse sur les Bermudes, Cayenne, la Martinique et Curaçao au nom de la « doctrine Monroe » ! Le Président lui-même parle d'annexer la Basse-Californie ! Les pires éléments de la classe dirigeante américaine utilisent la réaction antiaméricaine en Europe, qu'ils ont eux-mêmes provoquée, pour justifier une nouvelle série d'agressions impérialistes éhontées !

— Et alors ? dit Jerry. Quel rapport entre cette merde politique et...

— Comment ça, et alors ! hurla Sonia. Tout le pays est en effervescence ! Les États-Unis sont à peu près aussi stables qu'une de leurs marionnettes latino-américaines ! Nous ne pouvons pas envoyer notre fils dans un tel chaos ! Ce serait comme si... comme si on l'envoyait gaiement au collège à Madrid juste avant la guerre civile espagnole !

— Ou à Budapest juste avant que Kroutchev n'y envoie ses tanks pour écraser le peuple hongrois ? grogna rageusement Bobby. À Kaboul juste avant l'invasion russe ?

— Bob ! s'écria Jerry. Ne pourrais-tu pas, toi au moins, laisser la politique en dehors de ça ? »

Sonia regarda son fils qui la dévisageait de l'autre côté de la table. Elle sentit l'impact de sa fureur et, assez bizarrement, elle eut pour lui un élan d'amour alors qu'il échangeait des insultes politiques sans la quitter des yeux, comme un adulte et un égal sur le plan intellectuel.

« Non, Jerry, Robert a raison, dit-elle, regardant toujours Bobby dans les yeux. Il n'est pas question d'autre chose que de politique. Oui, Bobby, l'Union soviétique a commis de terribles injustices dans le passé, tout comme l'Amérique en ce moment. Tu as parfaitement raison, te laisser aller là-bas reviendrait exactement à t'envoyer à Budapest ou Kaboul devant les chars russes.

— Ce n'est pas ce que je voulais dire, m'man, et tu le sais !

— Je sais que tu ne me crois pas, mais c'est pour ton bien que je fais ça, Robert...

— Tu m'as menti ! s'écria Bobby. Tu n'as jamais eu l'intention de me laisser y aller !

— Ce n'est pas vrai, Bobby !

— Comment peux-tu oser traiter ta propre mère de menteuse ! s'écria Franja, indignée.

— Personne ne te parle, alors ferme ta grande gueule ! » hurla Bobby de toutes ses forces, le visage congestionné, en se levant d'un bond et en frappant des poings sur la table.

« Vous êtes tous les mêmes, sales menteurs de Russes ! brailla-t-il. Tout vous est bon pour arriver à vos fins ! Tricher, voler, espionner, comploter et mentir à vos propres enfants !

— Ça suffit, Bobby ! cria Sonia. Je suis toujours ta mère et je n'ai pas à écouter ces crapuleries impérialistes !

— Ah, vraiment, m'man ? gronda Bobby. N'est-ce pas toi qui vas partout te vanter de la façon dont tu as combiné la magouille en bourse de l'Étoile-Rouge ? Tu parles de bons Européens ! L'Union soviétique est dans la Communauté européenne depuis un mois et vous baisez déjà tout le monde ! Et c'est toi qui traites les *Américains* d'impérialistes !

— Comment oses-tu…

— J'ai mon billet, j'ai mon passeport, je suis américain et je vais en Amérique, et ce n'est pas une bande de sales Russes qui va m'en empêcher ! » hurla Bobby dans un état de fureur incontrôlée. Il sortit en trombe de la pièce.

« Va donc en Amérique et crèves-y avec tous ces sales gringos ! lança dans son dos Franja.

— Ça suffit, Franja ! s'écria Jerry. Va dans ta chambre ! Ta mère et moi avons à parler ! »

Franja sortit, laissant Sonia, tremblante sur sa chaise du contrecoup de la poussée d'adrénaline, seule avec son mari qui la fixait avec une expression froide et indéchiffrable.

« Le petit a raison, dit Jerry d'un ton égal en se forçant à rester calme. Nous avons donné notre parole, Sonia. C'est une question d'honneur.

— D'*honneur !* Et le *devoir ?* Que fais-tu du devoir des parents de protéger leurs enfants du danger, si nécessaire contre eux-mêmes ? Tu enverrais vraiment ton fils au danger pour tenir *parole ?*

— Ça dépend de quelle parole.

— Foutaises phallocrates ! s'exclama rageusement Sonia. Et pour *ça,* tu laisserais ton fils aller se fourrer dans un nid de frelons ? »

Jerry revit Bobby un moment plus tôt, épuisé et crotté, mais brandissant triomphalement son passeport américain. « Si c'est nécessaire pour qu'il devienne un homme. Mieux vaut affronter le danger que renoncer à son rêve.

— Honnêtement, Jerry ! »

Jerry revit un autre jeune homme avec un autre rêve, il y avait bien longtemps, un jeune homme qui avait tout abandonné pour poursuivre ce rêve. Il revit la jeune fille qui s'était tenue à son côté et lui avait donné le courage de le faire.

« Tu n'as pas toujours dit ça, Sonia, répondit-il doucement. Ne te souviens-tu pas de quelqu'un d'autre qui a tout risqué pour son amour et pour son rêve ? »

Le regard de Sonia s'adoucit. « Si, je m'en souviens, Jerry », dit-elle, et sa main rampa vers lui sur la tble. « Tu as été très courageux et je m'en souviens. Mais le contexte était différent… »

Jerry n'était pas encore tout à fait prêt à lui prendre la main. « Les rêves sont peut-être différents, parce que ce sont ceux de nos enfants, pas les nôtres, mais ce qui ne changera jamais, c'est le courage de les poursuivre…

— Jerry…

— J'avais un rêve que l'on disait impossible, et si je n'avais pas choisi mon rêve au mépris de la sécurité, je ne serais pas ici à te supplier de laisser notre fils suivre le sien. »

La main de Sonia battit en retraite sur la table. « Et si je refuse ? »

Jerry réfléchit. Il songea à ses vingt ans de mariage. Il songea à ses souffrances et à ses frustrations sans fin. Il songea à Rob Post, maintenant mort, avec tous ses rêves avortés. Et il songea à Bobby, debout, là, son passeport à la main, couvert de sang, de merde et de vomissures, mais pourtant invaincu.

Il soupira. Il s'endurcit le cœur. C'était une nouvelle fois le moment de faire preuve de courage, pas pour lui-même, mais pour son fils.

« Si tu ne le fais pas, Sonia, je vais devoir l'accompagner demain à l'ambassade des États-Unis et le leur confier. Il a droit à la nationalité américaine et ils la lui accorderont. Et ils le garderont à l'ambassade jusqu'au moment de monter dans l'avion.

— Fais ça et je te quitte, Jerry ! lança Sonia.
— C'est toi qui m'y obliges et ça me sera bien égal, rétorqua Jerry sans réfléchir.
— C'est du chantage !
— Appelle ça comme tu veux. »
Ils se mesurèrent un long moment du regard.
Finalement Sonia soupira. « Pour l'été, alors. Mais il s'inscrit à la Sorbonne et il revient ici à l'automne.
— C'est à lui de décider, non ?
— Il s'inscrit à la Sorbonne ou il part sans ma permission, dit froidement Sonia.
— Tu es dure en affaires.
— Toi aussi, Jerry, toi aussi.
— J'ai appris à rude école.
— *Moi aussi,* dit Sonia. *Moi aussi.* »
Et elle se leva de table, le laissant devant les reliefs du dîner dans la pièce vide.

NOUVELLES VIOLENCES ANTIAMÉRICAINES EN BASSE-CALIFORNIE

Une foule d'une centaine de Mexicains, manifestement sous l'emprise de l'alcool et de la marijuana, a envahi aujourd'hui le centre commercial Sunshine Plaza de Libertyville, dans la banlieue sud de Tijuana, molestant les clients et causant des dégâts matériels considérables avant d'être repoussée par les vigiles américains.

« La police de Tijuana a refusé de lever le petit doigt, s'est plaint amèrement Elton Jarvis, directeur du Sunset Plaza. Si les autorités mexicaines refusent de protéger les biens des Américains, il serait peut-être temps pour les citoyens de Basse-Californie de se doter d'un gouvernement décidé à le faire. »

Los Angeles Times

« Qu'est-ce qui ne va pas, Sonia ? demanda Ilya Pachikov. Ça fait des jours que tu te traînes comme un personnage de Dostoïevski. Pourquoi cette triste figure et ce regard vide ?

— Désolée, Ilya, murmura Sonia. Je sais que je n'abats pas beaucoup de travail, donne-moi quelques jours et ça ira mieux... »

Ilya haussa les épaules. « Pourquoi pas ? dit-il avec un petit sourire. Prends toute la semaine si tu veux. Après ce qu'on a fait le mois dernier, nous l'avons bien mérité ! Et quand tu rentreras, ce sera mon tour pendant que tu garderas la boutique. J'ai une amie à Antibes qui s'étiole par manque d'attention...

— Des vacances ? dit Sonia, surprise. Comme ça ? »

Quand Ilya l'avait appelée dans son bureau, elle s'était attendue à se faire passer un savon. Elle savait parfaitement bien qu'elle n'avait rien produit de bon depuis cette horrible confrontation avec Jerry. Elle se traînait jusqu'à son bureau, fermait la porte derrière elle, remuait inutilement des paperasses, buvait tasse de café sur tasse de café, évitait de s'occuper de tout ce qu'elle pouvait remettre à plus tard, n'entreprenait rien et passait la plus grande partie de son temps à ressasser ce qui s'était passé.

Ce n'était pas tant que Jerry fût parvenu à ses fins, c'était la *façon* dont il lui avait imposé sa volonté et, si elle était honnête avec elle-même, la façon dont elle avait aussi essayé de lui imposer la sienne.

Fais ça et je te quitte, Jerry !

C'est toi qui m'y obliges et ça me sera bien égal.

« La politique s'arrête à la porte de la chambre à coucher », disait la sagesse populaire.

Mais celui qui avait dit ça n'avait pas vu ce qui se passait dans sa chambre à coucher ces dernières semaines ! Au bout de vingt ans de mariage, on pouvait difficilement s'attendre aux feux de la passion. Mais cela ne signifiait certainement pas que le mariage doive tourner à la mini-guerre froide domestique.

Ils étaient polis l'un avec l'autre, trop polis, peut-être, mais le courage lui manquait pour tendre la main vers lui et briser la glace par crainte de se faire rejeter, et il devait en être de même pour lui. Il n'y avait qu'une façon de cicatriser la blessure que ces horribles paroles avaient infligée à leur couple, mais cette blessure même semblait empêcher tout contact, l'absence de contact sexuel avait l'air de se nourrir d'elle-même, la tension croissante évoluant en quelque chose de trop complexe pour se résoudre simplement par une bonne partie de jambes en l'air…

« Cannes ? Ibiza ? La Crète ?

— Hein ?

— Où vas-tu aller, Sonia ?

— Aller ?

— Pour tes vacances ! s'exclama Ilya. À te voir, tu es déjà à des milliers de kilomètres d'ici !

— Désolée, Ilya, marmonna Sonia. Je ne crois pas que ce soit le moment pour moi de prendre des vacances.

— Pourquoi donc ? Tu ne fais certainement rien de bon au bureau ! »

Il n'y avait pas de reproche dans sa voix, juste son enjouement habituel, et quand elle se tira de sa déprime pour bien le regarder, elle vit que sous cet enjouement se cachait une authentique sollicitude. Elle sentit un élan émotionnel en plongeant dans le regard sincère de ses yeux bleus, un désir qu'elle ne parvenait pas vraiment à définir.

« Je ne peux pas partir comme ça en laissant Jerry et les enfants, Ilya », dit-elle d'un ton équivoque, se demandant pourquoi elle ne pouvait soutenir son regard.

Ilya se pencha vers elle au-dessus du bureau. « Des ennuis à la maison ? demanda-t-il doucement. C'est de là que vient le problème ? »

Sonia hocha la tête.

« Tu veux en parler ?

— Oh, Ilya, gémit-elle. Je ne *peux pas*…

— Bien sûr que si, tu peux. À quoi serviraient les amis ? »

Sonia leva les yeux vers lui et le détailla franchement. Le costume moutarde bien coupé, les traits romantiquement tartares, la longue chevelure dorée : le parfait tombeur de ces dames conscient de son charme. Mais derrière tout cela, il y avait autre chose.

Ilya Sergeïovitch Pachikov *était* son ami. Peut-être son seul véritable ami.

Ilya se leva et alla fermer la porte à clé.

« Ilya ! Que fais-tu !

— Je transgresse les règles. Je ne dirai rien si tu en fais autant. » Il retourna à son bureau, ouvrit un tiroir, en sortit deux verres à liqueur et une bouteille de vodka à l'herbe de bison. « Comme dit le vieux dicton américano-russe : “ Quand les temps se font durs, c'est le moment de se saouler la gueule ! ” »

Ilya emporta la vodka jusqu'au canapé, s'assit dans le coin gauche et tapota le siège à côté de lui. « Viens, Sonia, bois un coup et déballe ce que tu as sur le cœur. »

Sonia gagna comme malgré elle le sofa et s'assit dans le coin opposé. Ilya remplit les verres et lui en tendit un. « Bois ! » ordonna-t-il.

Sonia avala d'une goulée la boisson âcre et tiède et fit la grimace. « Elle est chaude, dit-elle.

— Vraiment ? » dit Ilya en regardant son verre. Il le vida à la moujik. « Tu as raison, ajouta-t-il en remplissant à nouveau les verres. Buvons-en vite un autre pour faire passer le goût. »

Sonia rit et but son verre. Ilya versa une nouvelle tournée. Puis une autre.

« Alors ? dit-il. Quel est ton problème ? »

Une douce chaleur se répandait dans les membres de Sonia, comme la fatigue étrangement satisfaisante qui s'emparait si souvent d'elle vers la fin de leurs longues journées passées ensemble à travailler sur les analyses de marché, le sentiment de décontraction issu du partage d'une tâche passionnante et ardue, de camaraderie dans la fatigue qui naissait quand le soleil était couché, lorsqu'ils se traînaient vers la plus proche brasserie pour un rapide souper arrosé d'une bouteille de vin en bavardant du travail de la journée.

Elle s'aperçut que la vodka lui faisait revivre ces instants partagés avec Ilya et elle se mit à parler, non pas d'analyses de marché et de scénarios financiers, mais de Bobby, de Jerry et de ce qui s'était passé lors de cette horrible soirée, avec la même décontraction de fin de journée, avec la distance que l'on met à raconter une histoire à un vieil ami, à un camarade de travail loin, bien loin, de la scène des conflits domestiques.

Ilya, pour sa part, se contentait de l'écouter sans dire grand-chose, hochant la tête d'un geste qui faisait onduler sa longue chevelure blonde, resservant de la vodka quand leurs verres étaient vides. Quelque part en route, Sonia avait enlevé ses chaussures et replié ses jambes sous elle sur le canapé ; la pièce commençait à tourner un peu et elle se retrouva près de lui, pelotonnée dans sa réconfortante aura masculine, sans le toucher, mais physiquement plus proche, d'une certaine manière, qu'elle ne l'avait été ces dernières semaines au lit avec Jerry.

« Ah, mais je crois que tu te punis inutilement toi-même, Sonia », s'exclama Ilya en se rapprochant lui-même un peu ; il semblait vaciller, mais il était difficile de dire si c'était elle ou lui qui était légèrement ivre, ou bien tous les deux.

« Comment ça, Ilya ? » demanda Sonia en plongeant son regard dans les profondeurs de ses yeux bleus légèrement injectés de sang.

Il haussa les épaules et, ce faisant, s'arrangea pour se rapprocher encore un peu. Elle pouvait sentir son odeur, mélange d'eau de Cologne, de talc et de vodka. « Tu ne veux pas vraiment quitter ton mari, n'est-ce pas ? Et il ne veut pas vraiment te quitter, da ?

— Je suppose que non. Mais les choses ont été très dures, Ilya, vraiment très dures... »

Ilya tendit le bras pour lui tapoter la main. Un frisson la parcourut malgré elle. Cet homme, si séduisant, véritable pieuvre humaine avec les autres femmes, certes délicat et nullement importun à leurs yeux, ne l'avait jamais touchée *ainsi*. « Pauvre petite Sonia. Le problème est peut-être que les choses n'ont pas été... assez dures, *n'est-ce pas ?* dit-il d'une voix traînante.

— Oh, Ilya », s'écria-t-elle, et elle le repoussa avec douceur, mais non sans un gloussement de petite fille.

Ilya croisa les bras derrière sa tête, s'étalant langoureusement sur le canapé. « Non, sérieusement. Je ne suis pas exactement un spécialiste de classe internationale des désaccords conjugaux, n'ayant pas jusque-là succombé aux sirènes des félicités matrimoniales... et avec un peu de chance, j'espère que cela n'arrivera jamais. Cependant, en ce qui concerne les griefs des épouses des autres, disons que j'ai une certaine expérience des crises de maturité...

— Est-ce vraiment indispensable, Ilya ?

— Probablement pas, reconnut-il. Mais, d'un autre côté, je suis déjà assez bourré pour jeter ce genre de précautions par-dessus les moulins. Ce qui revient à dire.. Ce qui revient à dire… » Il se gratta le crâne. « Ce qui revient à dire *quoi ?* J'ai peur d'avoir oublié de quoi je parlais. »

Sonia rit. « Te connaissant, c'était probablement de cul !

— De cul ? Ah oui, tu dois avoir raison ! C'est effectivement là un sujet dont j'ai une certaine expérience !

— Raconte !

— Sur qui ? Un homme bien élevé ne raconte jamais, sais-tu, et, communiste ou pas, je suis un homme bien élevé !

— Tu es une bête, Ilya Sergeïovitch !

— *Moi?* dit Ilya d'un air dédaigneux. Loin de là ! Je n'ai jamais harcelé une femme !

— Uniquement parce que tu n'y as jamais été obligé !

— Ah, mais pas du tout, pas du tout ! *Oui,* il est vrai que je ne manque jamais des attentions amoureuses de la multitude, mais cela ne veut pas dire que je ne me sois jamais courageusement refréné de goûter au fruit défendu !

— Oh, vraiment ? Qui, par exemple ?

— Toi, Sonia Ivanovna.

— Moi ? » dit Sonia d'une petite voix. Les flocons de poussière en suspension dans l'air semblaient étinceler devant ses yeux. Une peur délicieuse s'épanouit dans sa poitrine, diffusa jusqu'à son ventre et entre ses cuisses où elle se mua en chaleur traîtresse et émolliente.

« Tu l'as sûrement remarqué », dit Ilya, se redressant laborieusement sur le sofa et se penchant en avant pour plonger profondément les yeux dans les siens.

« Remarqué quoi ? » murmura Sonia en se rapprochant elle aussi.

Ilya baissa les yeux sur son bas-ventre où un renflement révélateur tendait le tissu de son pantalon moulant.

« Oh, vraiment, Ilya », dit doucement Sonia. Elle tendit les bras pour le repousser. Mais quand sa paume entra en contact avec sa poitrine, quelque chose, la force de gravitation, la vodka ou elle ne savait quoi, la lui fit laisser là, où elle sentait battre son cœur.

« J'ai baisé au moins trois cents femmes, dit Ilya en la regardant dans les yeux. J'ai été un noble stakhanoviste de l'amour. J'ai cent fois dépassé les objectifs de mon plan quinquennal, en vrai héros du travail socialiste. Pour moi, baiser n'est rien. Je vais de fleur en fleur, voletant comme un papillon, piquant comme une abeille, diraient les gringos. Mais, en vérité, je n'ai jamais couché avec une femme que je respectais comme je te respecte, ma bonne et véritable amie.

— Oh, Ilya, comme diraient également les gringos, tu es si plein de merde qu'elle te ressort par les oreilles ! » dit Sonia. Mais elle se prit à lui poser l'autre main sur l'épaule.

« Non, non, c'est vrai ! Nous avons travaillé ensemble, nous avons partagé nos repas, nous avons bu ensemble, nous avons respiré la sueur aigre de la fatigue de l'autre. Nous avons tout intimement partagé sauf une chose... Alors qu'est-ce que ça peut faire ? Qui le saura ?

— Tu es complètement saoul, Ilya Sergeïovitch !

— Tu es toi-même complètement bourrée, Sonia Ivanovna.

— Comment le nier ?

— Eh bien alors, nous y résignerons-nous ?

— Nous résigner à quoi ?

— À l'inévitable », répondit Ilya, puis il la prit dans ses bras, posa ses lèvres sur les siennes et enfonça profondément la langue dans sa boudhe. Et elle cessa de penser.

Pourquoi ce recul de Wall Street ? L'opinion communément admise est que nous assistons à l'inévitable prise de bénéfices à la suite de la flambée de la Renationalisation. Mais si l'on regarde où passent les liquidités issues de la vente des actions, le tableau est différent. Les investisseurs institutionnels, engraissés par les bénéfices qu'ils ont pris, se jettent sur le marché foncier de Basse-Californie comme s'il n'y avait pas de lendemain, faisant s'envoler le prix du terrain à un point tel qu'il reste peu de bonnes affaires.

Mais les investisseurs intrépides peuvent encore espérer des bénéfices en achetant des émissions secondaires de banques régionales. Les grandes banques sont déjà plongées dedans jusqu'aux yeux, laissant les moins importantes proposer des prêts aux petits spéculateurs de dernière minute sur un marché avantageux pour elles. À vrai dire, tout cela est assez risqué et ce n'est pas pour les timorés.

Pour les investisseurs traditionnels, le secteur de l'armement demeure le choix le plus prudent, en particulier les grosses sociétés californiennes.

Les Échos de Wall Street

13.

Tandis que le vieux camion à ridelles commençait à gravir, au sortir de Boulder, les majestueux contreforts des

Rocheuses couronnés de pins, Robert Reed sentit enfin qu'il était vraiment dans l'Amérique de ses rêves — franchir en stop la Grande Barrière vers la fabuleuse Californie, tout comme les beatnicks, les trimardeurs et les hippies des vieux romans qu'il dévorait à Paris. Sur la route, enfin !

Il laissait derrière lui Denver, La Nouvelle-Orléans, Chicago, Miami, Washington, New York et dix horribles journées qui l'avaient désabusé de la plupart de ses idées préconçues, y compris son idée première de se servir de son abonnement sur Air America pour sauter de ville en ville et voir le pays en le traversant en zigzag dans la direction générale de Los Angeles.

New York était tout ce qu'on en disait, et même pire. Des centaines de tours vertigineuses dressées au milieu de ruines croulantes infestées de rats. D'élégants restaurants et des marchands ambulants proposant une marchandise qui ressemblait de façon suspecte à des brochettes de rat. La statue de la Liberté, où il fallait passer au détecteur de métal et d'explosifs avant de se voir autorisé à escalader l'interminable escalier hélicoïdal menant au sommet. L'Empire State Building avec sa vue magnifique sur la ville et ses cent étages de sordides clapiers à lapins. Central Park, avec ses villages de tentes, patrouillé par des voitures blindées. Mendiants et prostituées sur Wall Street, juste en face de la célèbre Bourse.

On aurait dit une atroce et vivante caricature des injustices du capitalisme d'entreprise américain et, au bout d'un jour et d'une nuit sans sommeil, plus un autre jour à errer dans les rues sauvages, Bobby en avait eu plus qu'assez. Il avait sauté dans un vol pour Washington à bord d'un vieux 747 qui avait perdu un de ses moteurs au cours des quarante-cinq minutes de trajet depuis l'aéroport de La Guardia.

Washington était loin d'être aussi cher que New York. Le centre-ville était bordé d'hôtels de tourisme relativement décents et bon marché, mais d'après ce que Bobby avait pu voir durant le trajet en bus depuis l'aéroport, les taudis qui s'étendaient tout autour étaient pires, si c'était possible, rappelant à s'y méprendre les bidonvilles entourant quelque fastueux centre gouvernemental africain, et tout aussi noirs.

Mais la capitale fédérale s'était vouée au tourisme, sa seule grosse industrie hormis le gouvernement, et ce qui proliférait en dehors du somptueux centre-ville d'albâtre était maintenu à distance par une armée de policiers que l'on voyait partout vérifier les papiers de quiconque était noir et ne se vêtait pas selon leur stricte conception de la civilisation petite-bourgeoise.

Le cœur de la ville avait été transformé en une sorte de disneyland patriotard et Bobby, comme la majorité des touristes, s'était inscrit pour la visite guidée de deux jours. Il était monté sur le Washington Monument. Il avait visité le Sénat et la Chambre des représentants. Il avait vu le Lincoln Memorial, le Jefferson Memorial et la Maison-Blanche. Son groupe avait été emmené au pas de charge à travers le Smithsonian Institute, le Musée national aérospatial et la bibliothèque du Congrès… mais le Pentagone, le mémorial du Viêt-nam et le monument à Challenger ne figuraient pas, pour des raisons différentes, au programme.

Et pendant tout ce temps, il avait été soumis au discours d'un chauvinisme effarant d'une équipe de guides interchangeables qui semblaient tous réciter le même texte, et le faisaient d'ailleurs probablement.

Le Washington Monument était un prétexte pour rappeler aux touristes les mises en garde de George Washington contre les relations avec les Européens décadents. La statue commémorative de la prise d'Iwo Jima était l'occasion de glorifier les agissements des Marines en Amérique du Sud. Le Musée national aérospatial était lui-même un monument à la vision qui avait donné au pays l'Étoile d'Amérique et, du coup, l'occasion de faire aujourd'hui la nique à un monde hostile.

Bobby se félicitait de porter son blouson des Dodgers parmi ses compagnons de visite guidée qui gobaient tout avidement dans un chœur d'imprécations contre la malignité des Russes et la perfidie des Européens, car l'opinion générale était sans équivoque que la Communauté européenne avait vendu la civilisation aux communistes athées, qu'elle méritait largement les sanctions économiques qu'elle venait de s'attirer en retour, que la puissance militaire américaine était le dernier espoir de l'Humanité et qu'il avait intérêt à fermer sa grande gueule et garder pour lui ses origines européennes.

La nuit, Washington était complètement mort et les guides avaient clairement laissé entendre qu'il en serait de même pour celui qui se risquerait à quitter les quartiers sûrs en quête de distraction, si bien que Bobby avait passé ses deux soirées dans sa chambre d'hôtel à regarder la télévision locale, ou tout au moins ce qu'il pouvait en encaisser.

Il avait vu des jeux, des pornos soft, d'interminables séries à la gloire des faits d'armes américains du passé — au cours de la Seconde Guerre mondiale, en Corée ou à Cuba. Il avait suivi une comédie musicale complètement débile sur Theodore Roosevelt, un feuilleton de science-fiction mettant en scène des extra-terrestres cannibales qui parlaient avec un accent russe caricatural et une rétrospective des films de Ronald Reagan.

Les bulletins d'information étaient encore plus gerbants. À en croire les commentateurs et les images manipulées, l'Europe commettait d'épouvantables atrocités sur la personne des citoyens américains, l'Union soviétique était en train de prendre le contrôle du gouvernement européen, les soldats américains foutaient une branlée aux guérilleros du Venezuela et d'Argentine, et les Mexicains cherchaient lâchement des crosses aux Américains en Basse-Californie. Comme le gouvernement mexicain était une marionnette aux mains des Européens, le sentiment général était qu'on allait bientôt appliquer la doctrine Monroe, et ce n'était pas trop tôt, ce pour quoi une force navale d'intervention se rassemblait au large de Miami et une autre au large de San Diego.

De Washington, Bobby avait pris un vol pour Orlando. Une fois sur place, il avait constaté que le Centre spatial Kennedy était interdit d'accès aux civils et entouré d'une théorie d'affreux baraquements à l'usage des personnels militaires qui s'étendaient jusqu'aux frontières du Royaume enchanté.

C'était parfaitement approprié, car Disney World avait dégénéré en une hideuse parodie des ruines d'un futur démodé : les attractions étaient prises d'assaut par des militaires ivres et titubants, l'Epcot Center exposait les merveilles scientifiques du siècle dernier et des robots audio-animatroniques grinçants tressautaient spasmodiquement dans des gerbes d'étincelles. Mickey Mouse, Roger Rabbit et Donald Duck se dandinaient en uniformes militaires dans la grand-rue, terrorisant Frenchie la Grenouille, Dick le Rosbif, le Frito Bandito et Ivan l'Ours rouge.

Miami était la ville la plus prospère qu'ait visitée Bobby jusque-là, terrifiante là où New York et Washington n'étaient que déprimantes. Elle grouillait de soldats, marins, aviateurs, mercenaires, trafiquants d'armes, spéculateurs, prostituées, revendeurs de drogue, réfugiés politiques — la plus grande base logistique pour les opérations militaires et paramilitaires U.S. en Amérique latine et dans les Caraïbes.

L'âge légal pour se faire servir de l'alcool semblait être environ douze ans, de sorte que Bobby avait pu passer une nuit à faire la tournée des bars, avalant de redoutables concoctions tropicales et laissant traîner ses oreilles avec une horreur croissante.

Ce n'était ici un secret pour personne qu'une puissante escadre allait bientôt se mettre en route pour établir le blocus du golfe du Mexique. Les bars étaient pleins de marins qui profitaient de leur dernière permission, de parachutistes qui s'attendaient à être largués sur Vera Cruz ou Mexico d'un jour à l'autre, de Marines et de soldats entre deux opérations en Argentine ou au Venezuela, toujours prêts à raconter quelque croustillante anecdote, tous saouls perdus de gnôle et d'adrénaline et impatients de retourner tuer quelques autres métèques pour Dieu, la patrie et le plaisir.

Le rêve des clients des bars de Miami était un Président qui ait les couilles d'appliquer *vraiment* la doctrine Monroe, de virer ces sales pédés d'Européens des Bermudes, de Curaçao, Cayenne, la Martinique et de leurs autres possessions dans l'hémisphère occidental, pour organiser sur tous ces territoires une grande ruée comme celle qui allait sous peu avoir lieu en Basse-Californie, quelle rigolade ça allait être, et profitable avec ça, et il y avait sûrement moyen d'appliquer la doctrine au Canada, ces cons-là faisaient toujours partie du Commonwealth, après tout, non... ?

Une nuit de ce genre de divagations était plus que suffisante, si bien que le lendemain, une fois sa gueule de bois suffisamment tassée pour qu'il puisse envisager de voyager, Bobby avait fui la folie sanguinaire de Miami, suant et tremblant, à bord du premier vol en partance qui l'avait amené à Chicago.

Chicago était un autre New York, un peu moins crasseux et un peu plus venteux, puis il était allé à La Nouvelle-Orléans, une autre bauge pour militaires dégoulinante de pourriture dans une chaleur d'étuve, puis de là à Denver, qui avait au moins l'avantage de se trouver plus au nord et plus à l'ouest.

C'était ce qu'il y avait de mieux à en dire. Pour un Parisien de naissance, Denver méritait à peine le nom de ville, c'était plutôt une juxtaposition de banlieues-dortoirs aux rues sinistres.

Entre Denver et Los Angeles, il n'y avait rien, ou, comme disait le vieux dicton américain, « des miles et des miles et des miles ». Il pouvait sauter dans un avion pour L.A. et franchir tout ça d'un coup, ou bien...

Ou bien il pouvait tendre le pouce et essayer de découvrir cette autre Amérique que son cœur lui disait subsister quelque part. Les Rocheuses et le Grand Désert. Les sierras et le Mojave. Mille kilomètres et plus d'espaces vides où les villes se comptaient sur les doigts de la main, la terre des légendes, les cow-boys, les Indiens, les grandes migrations de troupeaux et les tribus errantes de hippies, les hors-la-loi, les villes fantômes et les vastes paysages intemporels.

Bobby avait donc écrit le mot « West » sur un morceau de carton, rassemblé son courage, mis son sac au dos, était allé s'installer à l'entrée de la première bretelle d'autoroute, avait levé le pouce et attendu.

Il avait attendu près d'une heure dans la chaleur miroitante tandis que passaient véhicules urbains électriques, gros semi-remorques à pile à combustible et monstres dévoreurs de pétrole, l'ignorant totalement, avant que ce vieux camion, avec son chargement de cuvettes de w.c. et de matériel de plomberie, s'arrête enfin.

Bobby courut ouvrir la portière du passager. Le chauffeur était un sexagénaire musclé aux cheveux gris ; il portait un vieux chapeau de cow-boy en paille, des Ray-ban et un bleu de travail crasseux.

« Jusqu'où tu vas, à l'ouest, fiston ? avait-il dit avec ce que Bobby imaginait être le ton traînant d'un cow-boy.

— L.A.

— Pour sûr, un fan des Dodgers ! avait répondu le

conducteur avec un petit rire. Pose tes fesses, j' peux toujours t'emmener jusqu'à Vail, si ça t' va. »

Il s'appelait Carl. Quand Bobby lui demanda s'il était cow-boy, il trouva cela parfaitement hilarant. « Pour sûr, l' dernier des stoppeurs m' prend pour un foutu cow-boy ! Quoiqu'on m' traite plutôt d'hors-la-loi, tant qu' j'y pense !

— De *hors-la-loi ?*

— Le bandito des chiottes, fiston, tu vois. Ha ! Ha ! Ha !

— Hein ?

— Hé, Bob, j' suis *plombier,* vois-tu, et quand y r'çoivent ma note, y s' mettent à chier dans leur froc, d' toute façon, ha, ha, ha, ça leur fait les pieds d'avoir ach'té des chiottes japs, d'abord ! »

De Denver à Boulder, Carl avait beaucoup parlé et Bobby l'avait fermée presque tout le temps, car cela tournait principalement sur la façon dont les bons vieux U.S.A. se faisaient enculer depuis bien trop longtemps par les Japs et les Europines, et qu'il était grand temps de les enculer à leur tour, et qu'il en savait quelque chose, il avait fait son temps dans ces putains de Nicaragua et de Panama, c'était pure chance si on l'avait fait commando de chiottes dans l'armée et qu'on lui avait appris un boulot un peu utile après toutes ces années, sinon les métèques l'auraient refroidi dans la jungle, ou alors il serait sans doute en train de visser des boulons dans une usine pour un salaire de négro au lieu d'entuber les bonnes femmes, tu vois, c'était bien aussi super qu'on disait d'être plombier, c'était vraiment le permis d'escroquer les gens, ha, ha, ha...

Bobby resta tendu jusqu'aux premiers contreforts des Rocheuses, après la traversée de Boulder. Il commençait à détester ce gringo haineux, ignorant et chauvin.

Mais en s'enfonçant dans les montagnes verdoyantes, Carl le plombier changea soudain. Il cessa de tenir ses propos d'abruti, glissa un compact de Beethoven dans le lecteur du camion et, tranquillement assis dans son fauteuil, une main passée par la fenêtre ouverte, conduisant de l'autre, il inspirait de temps en temps profondément l'air chargé de la senteur résineuse des pins, un sourire rêveur aux lèvres.

« Y a rien d' tel à Akron, fiston, marmonnait-il de temps à autre. Un pays sacrément béni des dieux, ouais... J'aime rouler par ici... Imagine un peu c' que ça devait être quand y avait rien d'autre par ici que des coureurs des bois et des grizzlis, hein... »

Ils s'élevaient de plus en plus haut, dans de plus en plus vastes montagnes, où il n'y avait rien d'autre à voir que le vert des arbres, le marron du sol et le gris des affleurements de granite. Il semblait à Bobby que l'Amérique des dix derniers jours était une autre planète et, assez bizarrement, il commençait à se sentir une certaine affinité avec ce plombier, ce vétéran des guerres d'Amérique centrale, cet ancien commando de chiottes, car tout cela semblait bien loin tandis qu'ils retraçaient le voyage épique des pionniers d'antan à travers un paysage que la main de l'homme avait à peine effleuré depuis que Christophe Colomb avait posé le pied sur le rivage américain.

Le paysage se modifiait à mesure qu'ils montraient, les arbres se ratatinaient, puis ils dépassèrent la limite de la forêt et il n'y eut plus rien que la riche terre brune et le roc sombre couleur d'ardoise.

« La foutue ligne d' partage des eaux, dit doucement Carl. À partir d'ici, toutes les rivières coulent vers l'ouest. C'est l' toit du monde, tu vois, la colonne vertébrale d' ce putain d' continent. J'ai fait ce trajet un millier d' fois, et j' peux jamais m'empêcher d'y penser. Ces foutus pionniers ont traversé tout ça dans des chariots bâchés tirés par des chevaux et des mulets, tu t' rends compte, fiston ! Merde, y d'vaient avoir des couilles grosses comme des pastèques ! Ça t' rend ta fierté, ça, non, Bob ? Tu vois c' que j' veux dire ? »

Bobby hocha la tête. Là, seul avec Carl, face à la grandeur intemporelle de ce vaste paysage à jamais immuable que la pourriture des villes et des plaines ne pourrait jamais atteindre, il comprit qu'était soudain retrouvé ce qu'il avait cru perdu.

« Ouais, Carl, dit-il, apaisé. Ça te rend fier. Ça te rend fier d'être américain. »

Carl traversa Vail, ancien lieu de villégiature qu'un développement trop rapide avait transformé en misérable petite cité industrielle obscènement déplacée dans ce superbe décor montagnard, puis déposa Bobby sur la grand-route à l'intersection d'une étroite route secondaire qui s'enfonçait en serpentant dans les canyons, au milieu de nulle part.

Durant près d'une heure, Bobby resta tout seul au bord de la route en pleine montagne, sans en être ennuyé le moins du monde, avant de se faire prendre par un gros semi-remorque conduit par une blonde laide et trapue aux cheveux coupés court qui portait une vieille veste de cuir brun et qu'il prit d'abord pour un homme.

« Mon blaze, c'est Esmeralda, sans charre, j' suis pas vraiment gouine, j' me faisais appeler Erika quand j' traînais dans les bars de Philly avec tout l'attiral néo-nazi, svatiskas en cuivre et tout, t'aurais dû m' voir, ça t'aurait coupé les roustons, mais quand j' suis venue par ici pour laisser tomber tout ça, j'ai repris l' nom qu' ma maman m'avait donné, ça avait l'air d'aller d' soi, si tu voix c' que j' veux dire... »

Elle éclata de rire en voyant Bobby la regarder d'un œil rond sans trop savoir où se mettre. « Hé, relax, vieux, j' vais pas t' bouffer, c'est pas mon genre, j' suis c' qu'on appelle une gousse diesel, même si j'ai jamais conduit qu' des bahuts à piles à combustibles, là, c'est un chargement de troncs que je vais chercher — à une centaine de kilomètres par là — pour Salt Lake, alors j' peux bien t'emmener jusque-là... »

Après s'être fait déposer par Esmeralda, Bobby se fit prendre presque aussitôt, cette fois par un semi-remorque chargé de troncs conduit par un Noir du nom de Duke qui prétendait avoir joué dans le temps avec les New York Yankees ; il avait marqué deux sur quinze en championnat, on pouvait vérifier, mais il avait jamais pu contrer un *split finger*. Duke l'emmena jusqu'au coin inférieur de l'Utah, où les montagnes se faisaient plus basses et rocheuses et où tout commençait à être plus sec ; on pouvait sentir le souffle brûlant du désert qui approchait, et il lui en apprit sur le base-ball davantage que Bobby n'aurait cru possible.

Le soleil se couchait quand Duke le déposa devant un petit terrain de camping rustique au bord de rapides, juste une minuscule boutique, une station-service et quelques tentes et voitures au bord de la rivière.

« Maintenant écoute-moi bien, Bob, lui dit-il. N'essaie pas d'aller plus loin ce soir, et demain ne monte avec personne qui aille moins loin que Vegas, parce que tu n'as certainement pas envie de te retrouver le cul planté au bord de la route en plein désert ! Et quand tu iras au Dodger Stadium, dégote-toi un siège au premier rang juste derrière le batteur et vois si tu arriverais à rattraper un *split finger* mieux que moi ; tu comprendras pourquoi je me retrouve au volant d'un gros-cul ! »

Bobby entra dans la boutique et s'acheta un morceau de fromage jaune ressemblant à un bout de plastique, un paquet de charcuterie rosâtre d'aspect caoutchouteux, une pomme, une petite miche de pain complet et une boîte de bière, soit à peu près tout ce qu'il put imaginer de rassembler pour se composer un repas à partir du maigre stock. Le caissier avait de longs cheveux roux, une barbe en broussaille de la même couleur, un gros ventre saillant par-dessus une large ceinture sous son T-shirt, le tout correspondant parfaitement à l'idée que se faisait Bobby d'un vieux montagnard.

« Euh... vous n'auriez pas une chambre à me louer pour la nuit, par hasard ? » demanda-t-il.

Le commerçant le regarda d'un drôle d'air. « Ça a l'air d'un motel, Angelino ? T'es trop délicat pour dormir au bord de la rivière ?

— Euh... je n'ai pas de tente ni de sac de couchage.

— Hein ? » L'homme avait l'air médusé. « Qu'est-ce que tu fais par ici sans matériel de camping ?

— Je fais du stop pour aller en Californie.

— Bon Dieu ! » s'exclama le marchand. Sa surprise était teintée d'un certain respect, au moins apparemment. Il examina Bobby, songeur. « J'ai pas de chambre, mais j'ai un vieux sac que je peux te passer. Bien sûr, ça sera pas à l'œil.

— Combien ?

— J'ai autre chose en tête. Un peu de travail honnête ne te fait pas peur ?

— Je crois pouvoir m'en sortir... »

Le marchand l'emmena derrière le bâtiment et ouvrit une porte à côté de laquelle s'alignaient trois grosses poubelles vides. Elle donnait sur une réserve qui sentait le moisi. Cartons vides, vieilles boîtes de fer-blanc et autres étaient éparpillés sur le plancher couvert de poussière.

« Ça devrait pas te prendre plus d'heure pour nettoyer ce merdier, après tu pourras avoir le sac de couchage pour la nuit, ou bien roupiller ici. Bien sûr, si t'as jamais dormi à la belle étoile dans le coin, et t'en as pas l'air, tu serais un sacré couillon de manquer ça ! »

En fait, il fallut près de deux heures à Bobby pour faire le travail, mais il s'en fichait, c'était la première fois qu'il travaillait de ses mains pour *quoi que ce soit,* à plus forte raison un endroit où dormir, et cela lui communiquait la sensation d'être... en phase avec une chose qu'il ne parvenait pas à définir, de faire partie, en quelque sorte, du majestueux paysage, de cette région de l'Ouest américain et de son lent flux vital intemporel.

Bien entendu, il choisit le sac de couchage qu'il emporta au bord de la rivière où il mangea son repas froid et but sa bière en contemplant les rapides écumants, phosphorescents à la lumière des étoiles.

Puis il se glissa dans le sac de couchage, délicieusement fatigué après cette longue journée riche en événements, et resta étendu à regarder les étoiles à travers les frondaisons qui se balançaient doucement.

Oh oui, il avait eu raison de quitter les villes et les aéroports pour voyager en stop le long des grand-routes car, de cette nouvelle perspective à ras de terre, une Amérique complètement différente lui était apparue.

Ici, les gens semblaient toujours vivre comme ils le faisaient depuis que d'autres fils de l'Europe s'étaient enfoncés vers l'ouest à travers ce vaste continent pour devenir des Américains. L'Ouest américain et ses habitants n'avaient pas fondamentalement changé depuis l'époque des cow-boys et des Indiens, et ils resteraient tels longtemps après que des villes auraient eu le temps de naître et de vieillir sur Mars.

Étendu là, sombrant dans le sommeil auprès d'une rivière américaine sous les scintillantes étoiles américaines, Bobby était content pour la première fois depuis qu'il avait débarqué dans ce pays. Il éprouvait enfin la sensation d'être arrivé chez lui. Il avait enfin trouvé un morceau de l'Amérique de ses rêves, une Amérique qu'il pouvait vraiment aimer.

Le lendemain matin, Bobby entreprit les occupants des tentes pour essayer, selon les conseils de Duke, de trouver quelqu'un qui lui ferait traverser le désert pour aller à Las

Vegas. Le mieux qu'il put trouver fut un couple de retraités, Ed et Wilma Carpenter, en route vers la vallée de la Mort, d'où, lui assurèrent-ils, il pourrait facilement se faire emmener jusqu'à Los Angeles même à cette époque de l'année ; en fait, avec le dôme Fuller, c'était une villégiature d'été pour les Angelinos, en dépit de la chaleur.

« Tu sais conduire, petit, dis ? lui demanda Ed Carpenter. Wilma et moi, on se fait vieux et ça ne nous fera pas de mal de nous reposer un peu. »

Bobby fut tenté de mentir, mais il leur avait déjà dit être un étudiant de l'UCLA de retour d'une visite à ses parents dans l'Est, et en plus il ne savait absolument pas s'il pourrait donner le change une fois au volant.

« Je crains que non, dit-il. Je n'ai jamais appris. »

Ed le regarda d'un drôle d'air. « Tu es étudiant à *Los Angeles* et tu ne sais pas conduire ?

— Euh... j'habite sur le campus et j'ai une bicyclette, dit-il, donnant une bonne explication pour un Européen. Et... euh... mes parents n'ont pas beaucoup d'argent », ajouta-t-il en voyant qu'Ed n'avait pas l'air de couper dans son histoire.

Ed regarda Wilma. Wilma regarda Ed. Ils haussèrent tous deux les épaules.

« Eh bien, pourquoi pas ? dit Ed. Cette voiture se conduit pratiquement toute seule et il n'y a pas de flics par ici. Ça changera agréablement d'avoir un jeune à qui parler. Qu'en dis-tu, Bob ? Tu veux essayer d'apprendre à conduire ? Après tout, tu es californien, en un sens...

— Oh, Ed ! » s'écria Wilma. Mais elle gloussa et tous trois montèrent à bord de l'électrocruiser.

La voiture était un véhicule à pile à combustible pourvu de quatre roues motrices, avec air conditionné, confortables sièges baquets à l'avant et à l'arrière, rafraîchisseur d'eau et petit réfrigérateur. Wilma l'appelait « notre petit salon sur roulettes ».

Ed et Wilma avaient tenu un magasin d'ameublement à Golden et, au bout de dix ans dans les affaires, avaient mis assez de côté pour un premier versement sur l'immeuble où il était situé. Ils n'avaient jamais pensé qu'ils gagneraient assez pour prendre un jour leur retraite mais, trois ans plus tôt, un promoteur s'était présenté et avait acheté tout le pâté de maisons pour faire un centre commercial ; il leur avait offert un bon prix et, après avoir remboursé le reste de leur crédit, il leur était resté assez pour s'acheter une rente annuelle leur permettant de prendre leur retraite et de voyager un peu. Ils avaient visité Yosemite, le Grand Canyon, Zion, et ils faisaient maintenant la vallée de la Mort. Leur fils Bill était capitaine d'aviation, il pilotait des Penetrators sur la base d'Edwards et ils iraient un peu plus tard lui rendre visite.

C'était un vieux couple assez agréable et, tandis que la voiture redescendait les Rocheuses vers le désert sec et rocailleux, ils avaient épuisé l'histoire de leur modeste petite existence et commencèrent à interroger Bobby sur la sienne.

Bobby avait redouté ce moment ; le voyage allait être long et il n'aimait pas l'idée de raconter des mensonges emberlificotés à ces gens ouverts et honnêtes, mais c'était devenu une seconde nature ; en outre, il avait peur de révéler ses origines européennes aux parents d'un capitaine de l'Armée de l'air américaine.

Il inventa donc une histoire : ses parents habitaient Akron, sa mère était institutrice et son père contremaître dans une aciérie, des gens simples, mais ils avaient réussi à économiser suffisamment pour l'envoyer, avec l'appoint d'une bourse qu'il avait décrochée, à l'UCLA où il étudiait l'histoire mondiale, il pensait essayer de devenir professeur, peut-être même d'université, qui sait... ?

« L'histoire mondiale ? demanda Ed d'un air dubitatif. Qu'est-ce qu'ils peuvent bien enseigner là-dessus à l'UCLA ?

— Pardon ?

— J'ai entendu dire que ce sont des *rouges* qui vous enseignent l'histoire en Californie, du moins c'est ce que dit Bill...

— Des rouges ? Vous voulez dire... des communistes ?

— Oh, Ed !

— Allons, Wilma, tout le monde a entendu ce genre de truc, pour une fois que nous avons l'occasion de savoir ce qu'il en est vraiment. Alors, Bob ?

— Alors quoi ?

— Eh bien, par exemple, est-il vrai que ces vendus vous racontent que ce sont les Russes qui ont gagné la Seconde Guerre mondiale ?

— En tout cas, ils ne nous disent pas que ce sont les Allemands, répondit Bobby, mal à l'aise.

— Bien sûr que non ! Nous sommes allés là-bas et avons donné à cet Hitler ce qu'il méritait après que les Européens se sont tous couchés en tendant leurs fesses aux Boches...

— Ed !

— Et le plan Marshall ? On t'apprend comment les Européens nous ont escroqué des milliards sans jamais rien rembourser.

— Hein ?

— Tu vois, Wilma, Bill avait raison, ils n'apprennent pas un foutu truc à ces gosses !

— Surveille ton langage, Ed Carpenter !

— Et le Viêt-nam ? Est-ce qu'on t'apprend comment le K.G.B. vendait de l'héroïne aux hippies et fomentait des émeutes à Chicago ?

— Euh...

— C'est bien ce que je pensais ! Et je parierais qu'ils ne disent même pas à ces gosses comment les agents du K.G.B. infiltrés dans le gouvernement Carter ont vendu le canal de Panama aux communistes ! Ou la façon dont les Anglais ont déclenché la guerre de Sécession pour mettre la main sur nos champs de coton. Ou comment Fidel Castro a fait assassiner John Kennedy.

— Ne sois pas stupide, Ed, tout le monde sait ça ! »

Malgré l'air conditionné, Bobby s'était mis à transpirer tandis que le brave vieil Ed Carpenter débitait le plus invraisemblable tissu d'absurdités historiques qu'il eût jamais entendu.

Les Mexicains avaient obligé les Américains à la guerre en envahissant le Texas. Le krach de 1929 était l'œuvre des agents communistes qui voulait faire élire Franklin Roosevelt dont la femme, Eleanor, était agent du K.G.B. Un Ronald Reagan sénile avait été hypnotisé par Mikhaïl Gorbatchev, lequel était secrètement diplômé de l'institut Pavlov. L'entrée de l'Union soviétique dans la Communauté européenne était le premier pas vers l'édification d'un empire soviétique mondial et Espaceville était une façade pour la création clandestine d'une Étoile d'Amérique à l'européenne destinée à obliger les États-Unis à rendre les biens qu'ils avaient si équitablement saisis...

« On t'apprend *ça* à l'UCLA ?

— Euh... pas exactement, marmonna Bobby, étourdi. C'est-à-dire...

— C'est bien ce que je pensais ! s'exclama triomphalement Ed. Tu vois, Wilma, Bill avait raison, ils n'apprennent pas un putain de truc à ces gosses !

— Je t'interdis de jurer devant ce garçon ! l'avertit Wilma, l'air sévère. Pour quel genre d'individus veux-tu qu'il nous prenne ? »

Sur le moment, Bobby dut se retenir pour ne pas éclater de rire, mais, au fil du voyage, il eut le temps de réfléchir sérieusement à la question et il se sentit extrêmement perplexe.

Ils émergèrent des contreforts occidentaux des Rocheuses dans le paysage le plus surprenant qu'eût jamais vu Bobby. Le Grand Désert américain s'étendait devant lui sous un ciel impitoyablement bleu, vaste étendue désolée de roc et de sable brûlant aux tons délavés, néant immense et apparemment vide de toute vie qui paraissait se poursuivre à l'infini.

La route y était absolument rectiligne, la circulation rare et, au bout d'une heure, Ed Carpenter s'arrêta sur le bas-côté.

« Pourquoi ne conduirais-tu pas un peu, Bob ? dit-il avec un large sourire. Il n'y a aucun risque de se faire surprendre par un flic, par ici ! »

Et Bob se retrouva au volant de l'électrocruiser qu'il conduisait à travers le Grand Désert, grisé de vitesse, tandis que Ed, et Wilma quand elle pouvait glisser un mot, bavardaient sans cesse.

Conduire cette voiture, même pour un néophyte, était la simplicité même ; il y avait une direction assistée si indulgente que l'on pouvait lâcher le volant cinq minutes d'affilée sur une route pareille, une pédale d'accélérateur et un bouton de blocage du régime de croisière, une pédale de frein dont Bobby n'eut jamais à se servir, un compteur de vitesse numérique et rien d'autre.

La conversation, néanmoins, le perturbait profondément. À un moment, Ed Carpenter s'extasiait sur l'immensité du paysage et le courage incroyable des pionniers qui avaient franchi ces espaces en chariots bâchés, et l'instant d'après il tempêtait contre la traîtrise des Européens qui saccageaient les ambassades et saisissaient les avoirs américains. Il se lançait dans un discours absolument fascinant sur les créatures qui vivaient dans ce désert, puis il enchaînait par une diatribe contre le gouvernement mexicain qui persécutait les braves Américains en Basse-Californie et allait bientôt recevoir une leçon bien méritée.

Plus dérangeant pour Bobby que ce chauvinisme haineux, ou la nécessité de tenir sa langue alors que tout son être lui criait de réfuter ces monstrueuses contre-vérités, était le fait que, malgré ces fielleuses sorties, il *aimait bien* Ed et Wilma Carpenter.

Ils avaient été gentils avec lui. C'étaient de vieilles gens polis et bienveillants avec le sens du pays qu'ils traversaient. Leur amour de l'Amérique était authentique et assez touchant. Ils le laissaient même conduire leur voiture.

Pourtant, ils croyaient sincèrement la plus méprisable et chauvine des propagandes. Les imprécations d'Ed Carpenter étaient exactement le genre de propos que les médias européens mettaient dans la bouche écumante des pires caricatures d'Américains. Qu'était-il arrivé à l'Amérique pour les rendre ainsi ? Comment de braves gens comme Ed et Wilma Carpenter pouvaient-ils croire de telles inepties ?

Qu'était-il censé penser d'eux ?

Wilma prit le volant environ cinquante kilomètres avant Las Vegas, alors que commençaient à apparaître les premiers panneaux publicitaires, et s'engagea sur une rocade qui contournait la ville.

« Nous ne traversons pas Vegas ? demanda Bobby, plutôt déçu.

— Grands Dieux, non ! répondit Wilma. La circulation dans le centre est épouvantable. En plus, c'est plein de Japonais venus jouer l'argent qu'ils nous ont volé, de toutes sortes de prostituées et de spectacles pour détraqués !

— Pas le genre de choses à montrer à un gentil garçon comme toi, acquiesça Ed. Les Japs l'appellent le Ginza américain, et ils peuvent se le garder ! Par contre, la vallée de la Mort où nous t'emmenons, *ça,* c'est un spectacle qu'il faut avoir vu. Tu ne l'oublieras jamais, Bob, je te le promets ! »

Las Vegas une fois contourné, une rangée de montagnes

basses commença à s'élever à l'ouest de la route et bientôt Wilma s'engagea sur une route transversale qui traversait une petite ville et gravissait leurs pentes pour parvenir à un point de vue qui coupa le souffle à Bobby.

À ses pieds s'étendait une longue vallée désertique encaissée entre les Hautes Sierras, le lit elliptique d'un lac asséché, tout en sable et en sel, miroitant sous le soleil de fin d'après-midi comme un immense mirage, comme quelque chose qui n'aurait pas été tout à fait là. et, scintillant en son centre comme l'œil à facettes d'un insecte gigantesque, un énorme dôme géodésique.

« Waou... » Ce fut pratiquement tout ce que parvint à dire Bob. « C'est comme... c'est comme une autre planète ! »

Ed Carpenter rit de bon cœur. « C'est quelque chose, hein ? C'est le point le plus bas de cette planète, Bob, et plus chaud en été que le derrière du diable. » Il montra un pic lointain parmi les montagnes déchiquetées, de l'autre côté de la vallée, au sommet duquel Bobby crut distinguer une calotte de *neige.* « Et pourtant tu as là le mont Whitney qui est le point culminant des États-Unis !

— Vous aviez raison, dit doucement Bobby. C'est un spectacle que je n'oublierai jamais, comme je ne vous oublierai jamais, vous qui me l'avez montré. » Et il était sincère.

Les Carpenter devaient descendre au Scotty's Inn, un petit hôtel où, lui dit Ed, il fallait réserver deux semaines à l'avance et qui tenait « un peu de l'hospice de vieillards, tu ne t'y plairais pas, de toute façon ». Les jeunes allaient au Dry Wells Dome, il y avait des tas de chambres à des prix abordables et ce serait le meilleur endroit pour se trouver une place pour L.A. le lendemain matin.

Ils le conduisirent donc au dôme Fuller, au centre de la vallée, et lui dirent au revoir sur le parking.

« Eh bien, nous avons été ravis de te connaître, mon garçon, dit Wilma. Bonne chance pour tes études.

— Et ne te laisse pas endoctriner par ces rouges de l'UCLA, entendu ? ajouta Ed Carpenter en lui serrant la main.

— Promis, Ed, répondit Bobby. Voyager avec vous a été très instructif. »

Il le pensait vraiment, et pas uniquement de façon ironique, car les Carpenter lui avaient appris une importante leçon : les gens pouvaient croire les choses les plus épouvantables tout en restant de braves gens au fond de leur cœur. Une bonne partie de ceux qui avaient jeté du sang et de la merde sur l'ambassade des États-Unis à Paris étaient probablement d'un commerce tout aussi agréable qu'Ed et Wilma Carpenter.

« *Politique politicienne !* » crut-il entendre dire son père et, pour la première fois, il pensa comprendre vraiment ce qu'il voulait dire.

Puis il quitta l'air conditionné de la voiture et fut pratiquement renversé par la muraille de chaleur. Vous parlez d'une autre planète ! On aurait cru émerger du sas d'un vaisseau spatial à la surface de Vénus. Le soleil lui brûlait cruellement les yeux. Il le sentait lui griller la peau. Il pouvait pratiquement voir les vagues de chaleur s'élever du métal surchauffé des voitures garées sur le parking.

Il resta un moment sur place à goûter l'incroyable expérience en adressant un dernier au revoir à Ed et Wilma, puis se dirigea rapidement vers l'entrée principale du dôme.

Le Dry Wells Dome était climatisé, bien entendu, mais la température y était maintenue à 27° pour simuler, en plus doux, l'atmosphère du désert. Il y avait des cactus et des palmiers, ainsi qu'une vaste piscine construite en une matière synthétique présentant l'aspect de dunes. Des cabanes rudimentaires étaient éparpillées parmi les arbres et il y avait un genre de rue principale évocatrice de Disney World ; une demi-douzaine de restaurants, un drugstore, une boutique de spiritueux, des magasins, un saloon, un petit hôtel, le tout dans le style d'une petite ville minière du Far-West flambant neuve.

Il y avait foule à l'intérieur, principalement des gens d'une vingtaine d'années et des adolescents, pour la plupart la peau bien bronzée et généreusement dévoilée, les garçons en maillots de bain ou slips minuscules, les filles exhibant leurs seins nus, comme sur la côte d'Azur.

Bobby entra dans l'hôtel pour louer une chambre, mais l'employé de la réception, ridicule avec son costume de cowboy moulant et son chapeau à large bord, lui dit qu'il n'y en avait pas de libre.

« Qu'est-ce que je vais *faire ?* » pleurnicha Bobby.

Le faux cow-boy le regarda de haut en bas. « Ouais, dit-il d'un ton traînant, tu peux poser ton barda chez moi, camarade, en attendant de t'être trouvé une minette, un beau gosse comme toi devrait pas avoir trop de mal à se dégoter quelqu'un avec une place dans son lit.

— Vous me faites marcher ?

— Tu cherches à *me* faire marcher, camarade ? Que viendrait-on faire d'autre à la Sale Mort ? »

Faute de mieux, Bobby lui confia son sac et alla faire un tour au saloon. Il y avait assurément des tas de filles non accompagnées dans le coin, mais il y avait aussi des tas de types qui avaient l'air sur le coup et, chez lui à Paris, Bobby n'était pas vraiment un tombeur. Il n'était pas puceau, mais il n'avait pas non plus besoin d'enlever ses chaussures pour compter sur ses doigts le nombre de filles avec qui il avait couché. Bien sûr, il faisait bien assez chaud pour dormir sous les arbres s'il arrivait à trouver un endroit d'où il ne risquait pas de se faire déloger...

Le saloon était plus ou moins aménagé en vieux bar du Far-West. Des murs rustiques et un plancher couvert de sciure. Un long comptoir de cuivre et de bois avec des tabourets derrière lequel officiaient trois barmen qui avaient l'air tout droit sortis d'un western. Des tables rondes en bois. Un grand lustre de cristal.

L'établissement était plein de jeunes gens bronzés et de jeunes filles aux seins nus qui se regardaient dans les yeux, se blottissaient l'un contre l'autre, buvaient ensemble, dansaient le slow peau contre peau. Bobby se sentait plouc avec son jean et son blouson des Dodgers, comme Holden Caulfield déambulant avec la trique sur la plage de Saint-Tropez.

Nerveusement, il prit un siège au bout du comptoir, laissant un tabouret vide de chaque côté, et commanda une bière. Le barman le regarda d'un drôle d'air mais, par chance, ne demanda pas à voir sa carte d'identité. Assis sur son tabouret, une insipide bière américaine à la main, Bobby jetait des regards obliques sur toute cette tentante chair dénudée et se préparait mentalement à passer une nuit à la dure.

Il avait le regard plongé dans les jaunes profondeurs en baisse de son verre quand il entendit une voix féminine dire : « Un kir. »

Un kir ? Il n'avait pas entendu ce mot depuis son départ de Paris.

« Un quoi ? demanda le barman.

— Un *kir,* gringo ! »

Une fille était penchée au-dessus du tabouret voisin, son sein nu se balançant délicieusement à quelques centimètres de l'avant-bras de Bobby. Elle avait de longs cheveux blonds décolorés par le soleil cascadant sur ses épaules bronzées, était raisonnablement jolie, semblait avoir à peu près son âge et était assez près pour qu'il puisse sentir son parfum musqué.

« Qu'est-ce que c'est que ce truc-là ? demanda le barman.

— Un verre de vin blanc avec un trait de crème de cassis », intervint Bobby.

La fille regarda Bobby et lui décocha un sourire radieux. « Putain ! s'exclama-t-elle. Un être civilisé en blouson des Dodgers en plein milieu de gringoville !

— Je... euh... j'ai passé un peu de temps en France, dit Bobby, poussé par un instinct.

— Tu es allé en *Europe ?* cria pratiquement la fille en s'asseyant sur le tabouret voisin. Mettez-en deux, dit-elle au barman. Un pour moi, et un pour... *monsieur* en blouson des Dodgers.

— Bob, dit Bobby.

— Eileen. Seigneur, Bob, comment t'es-tu débrouillé pour aller en Europe, avec les restrictions sur les visas de sortie et tout ? »

Bobby hésita. C'était la première fois depuis qu'il avait posé le pied hors de l'avion que quelqu'un exprimait autre chose que du mépris pour l'Europe. Au point où il en était, autant aller jusqu'au bout.

« Je suis né là-bas, dit-il. À Paris.

— *Paris !* s'écria-t-elle en se rapprochant, les yeux lançant pratiquement des étincelles. Super ! J'aurais jamais cru que j'arriverais à baiser un jour avec un Français !

— Euh... je ne suis pas exactement français..., balbutia Bobby. C'est-à-dire... mon père est américain, je n'ai pas vraiment la nationalité américaine, mais j'ai un passeport américain et...

— Oh, tu feras l'affaire ! déclara Eileen en lui effleurant l'avant-bras de la pointe de son sein. Eh bien, Bobby, parle-moi donc de Paris ! »

Ce qu'il essaya de faire devant trois kirs, passant sous silence sa mère russe, sa sœur qui allait étudier à Youri-Gagarine et la raison exacte pour laquelle son père s'était expatrié, inventant de toutes pièces ce qui concernait la vie nocturne parisienne, ses voyages sur la côte d'Azur et son expérience quasiment inexistante des petites Françaises sophistiquées.

« Qu'est-ce que tu fais donc dans ce trou de Californie ? » demanda Eileen. Ils avaient rapproché leur tabourets, elle lui avait passé un bras sur l'épaule et sa joue était pratiquement collée à la sienne.

« Je viens faire mes études aux États-Unis. UCLA ou Berkeley, je n'ai pas encore décidé.

— Nom d'un canard russe ! s'écria Eileen. Je vais à Berkeley ! Oublie l'UCLA ! J'ai été élevée à L.A., en fait je viens de passer l'été chez mes parents et je suis sortie avec des types de l'UCLA. Quelle bande de fachos ! Ça ne te plairait sûrement pas !

— Eh bien...

— Dis donc, tu veux bien me payer à dîner pendant que je te parlerai de moi ?

— Bien sûr.

— Super ! Et voilà pour te prouver que j'en vaux la peine. » Elle lui prit la tête à deux mains, posa les lèvres sur sa bouche et plongea soudain dedans sa langue tiède et palpitante.

Ils allèrent au restaurant chinois voisin et, devant du porc moo shu, du homard à la sauce aux haricots noirs et des œufs foo yung, Eileen fit presque toute la conversation, une main posée sur sa cuisse, sous la table, tandis qu'elle maniait ses baguettes de l'autre avec dextérité.

Elle s'appelait Eileen Sparrow. Son père était agent immobilier et ses parents avaient une maison à Berverly Hills, dans la plaine en dessous de Wilshire, d'accord, mais papa venait de reprendre un crédit pour acheter une propriété en Basse-

Californie et ils seraient sans doute bientôt assez riches pour Glen, ou même Bel-Air. Ce qui ne voulait pas dire qu'elle était une espèce de *gringo,* tu comprends, on ne choisit pas ses parents, malheureusement, n'est-ce pas ? Non qu'elle n'ait pas été la parfaite petite tête de linotte chauvine jusqu'à ce qu'elle entre à Berkeley, l'année précédente, où elle étudiait l'anglais comme matière principale — pour le moment — et fréquentait les rouges qui ne se laissaient pas avoir par les histoires des fachos et qui seraient *ravis* de rencontrer un vrai Français de Paris, *surtout* s'il était aussi un peu américain... « Je retourne à Berkeley lundi prochain, tu pourras dormir jusque-là dans la chambre de Tod, il est dans l'*Armée,* tu te rends un peu compte, il faudra dire à mes parents que tu es un camarade de classe, ils n'apprécieraient pas trop que je ramène à la maison un type que j'ai levé à la Sale Mort, et pour l'amour de Dieu, ne leur dis surtout pas que tu es allé en Europe, papa *déteste* les Européens, arrange-toi pour porter ton blouson, il *adore* les Dodgers, ce foutu connard de macho...

« O.K., dit-elle devant les sablés aux amandes, maintenant tu paies l'addition, qu'on puisse sortir d'ici pour aller baiser dans ma chambre. »

La chambre n'avait rien de luxueux — juste un poste de télévision, deux tables de nuit et un lit à eau — mais Bobby ne prêta pas trop d'attention au décor. La tête lui tournait, son sexe pressait impatiemment contre la fermeture de son jean et il sentait ses testicules prêts à exploser.

Sitôt la porte refermée, Eileen se jeta dans ses bras, replongea la langue dans sa bouche et les fit basculer sur le lit où ils se roulèrent en se caressant à l'aveuglette jusqu'à ce que Bobby se sente prêt à jouir dans son pantalon.

À ce moment stratégique, Eileen se dégagea, sauta du lit, se mit dos au mur et plongea la main dans son short. « Déshabille-toi », dit-elle d'une voix rauque en se passant lentement la langue sur les lèvres tout en tortillant des fesses contre le mur tandis que sa main s'activait dans sa culotte. « Fais ça bien, tout doucement. »

Bobby, chauffé au rouge, se dévêtit lentement sur le lit pendant qu'elle le regardait droit dans les yeux en gigotant contre le mur.

« Debout », lui dit-elle quand il fut enfin nu. Bobby se leva.

« Place-toi contre le mur.

— Me placer contre le mur ? »

Eileen hocha la tête en claquant langoureusement de la langue. « C'est un moment très important pour moi, dit-elle. Je suis sur le point de sucer ma première bite française. »

Je ne suis pas vraiment français, faillit bafouiller Bobby, mais les mots ne sortirent jamais car elle tomba soudain à genoux devant lui, lui saisit les fesses à pleines mains et sa bouche lui engloutit le sexe de tout son long. Avant d'avoir compris ce qui lui arrivait, il se faisait tailler la première pipe de sa vie.

C'était délicieux, c'était merveilleux, c'était meilleur que tout ce qu'il avait jamais imaginé et il aurait voulu que ça ne s'arrête jamais. Mais la cause était perdue d'avance et, en moins de deux minutes, il avait explosé d'une jouissance qui le laissa tout alangui et pantelant, et légèrement gêné.

« Pas mal, dit Eileen qui se releva en se léchant les lèvres. Un peu rapide, mais pas mal. » Elle le regarda d'un air expectatif. « Eh bien ?

— Eh bien quoi ?

— Eh bien, maintenant que je t'ai *frenché,* est-ce que tu ne vas pas me *frencher ?*

— Hein ?

— *Hein ?* Quel genre de *Français* es-tu ?

— Je te l'ai dit, je ne suis pas vraiment français…, bafouilla Bobby, aussi perplexe qu'embarrassé.

— Ouais, je sais, mais tu ne vas pas me dire que tu n'as jamais… tu sais…

— Je sais quoi ?

— Bon sang, sucé une chatte ! » s'écria Eileen, exaspérée.

Bobby sentit qu'il devait être écarlate. Eileen le dévisagea un moment avec de grands yeux, puis un large sourire s'épanouit sur ses lèvres humides. « Tu ne l'as jamais fait, c'est ça ? dit-elle doucement. Ça va être la première fois. Oh ouais ! C'est trop ! Quelle chance ! »

Elle le fit allonger sur le lit et, avant qu'il comprenne ce qui lui arrivait, elle se retrouva à califourchon sur sa figure, la tête de Bobby coincée entre ses cuisses et une main dans ses cheveux, le pubis plaqué contre sa bouche.

Bobby avait vu un certain nombre de films pornos, lu des romans érotiques et avait une vague notion de cet aspect de l'anatomie féminine, mais il ne s'était encore jamais retrouvé dans cette situation. Les on-dit lui avaient fait s'attendre à une certaine *odeur de poisson* et un mauvais goût, mais il n'en était rien, ce qui le surprit agréablement ; il eut néanmoins quelques difficultés à trouver son objectif.

Mais Eileen Sparrow était un professeur bien disposé — « Plus bas... non, un peu plus haut... ah, ça y est ! Avec le bout de la langue ! Plus fort ! Plus vite ! » — et une fois qu'il eut commencé à comprendre ce qu'elle attendait de lui, il constata qu'il aimait beaucoup ça, surtout quand elle se mit à geindre de plaisir, tendit la main derrière elle et commença à lui caresser la verge au rythme de sa langue.

Quand elle jouit contre sa bouche en poussant un grand cri, toute nervosité l'avait quitté et il ne tremblait plus, il se sentait détendu, viril, confiant et prêt à recommencer.

Il la fit rouler sur le dos et la prit dans la position du missionnaire. Cette fois, elle jouit bien avant lui et il lui donna un troisième orgasme avant de se laisser aller.

Après, tandis qu'ils gisaient côte à côte, il se sentait rêveur, satisfait, fier et macho. Pourtant, il se prit à rire.

« Hé, qu'est-ce qu'il y a de si *drôle,* Bobby ?

— J'étais simplement en train de me dire qu'à Paris, tout ce que je voulais c'était aller aux États-Unis pour apprendre à être un véritable Américain. Et maintenant que j'y suis, qu'est-ce que j'apprends ? Comment être *un vrai Français !*

— Oooh, tu es si *mignon !* s'écria Eileen en l'étreignant convulsivement. Ils vont *t'adorer,* à Berkeley, ma petite grenouille gringo ! »

Billy Allen : « Je ne comprends pas, monsieur le Sénateur... »

M. Carson : « Pas encore, Billy, le peuple du grand État du Texas ne m'élira pas avant novembre. »

Billy Allen : « Très bien, monsieur le Député, ou le futur sénateur, ou tout ce que vous voulez — Henry —, pourquoi avoir racheté tout ce que nous pouvons de la dette mexicaine ? Tout le monde sait qu'elle ne vaut même pas son poids de papier hygiénique. Comment pouvez-vous approuver une initiative aussi idiote, particulièrement une année d'élections ? »

M. Carson : « Ça a soulagé bon nombre de banques et d'investisseurs privés, dont beaucoup au Texas, qui se seraient autrement retrouvés dans un sacré pétrin. »

Billy Allen : « Aux dépens du contribuable ! Beaucoup de gens trouvent scandaleux d'aider un pays qui persécute les citoyens américains en Basse-Californie. Un tas de gens pensent que les Mexicains ne vont pas tenir leurs engagements et nous laisser le bec dans l'eau. Pourquoi ne pas tout simplement... »

M. Carson : « Nous ne sommes pas la Communauté européenne et le Mexique n'est pas les États-Unis. S'ils ne peuvent pas trouver l'argent, eh bien, nous pouvons toujours prendre quelque chose en échange... des terrains, par exemple. »

Billy Allen : « Vous voulez dire envahir la Basse Californie ? »

M. Carson : « Oh, je n'appellerais pas ça une *invasion,* Billy. Après tout, si vous détenez l'hypothèque d'une propriété et que les propriétaires ne peuvent pas payer les intérêts, que pouvez-vous faire d'autre pour protéger votre investissement que d'en demander la saisie ? »

Newspeak, présenté par Billy Allen

14.

Eileen fut stupéfaite d'apprendre que Bobby n'avait pas son permis de conduire, pas même un permis européen, ce qui n'aurait pas exactement plaidé en sa faveur s'ils s'étaient fait choper alors qu'il était au volant, mais lui aurait au moins évité, à *elle,* des ennuis avec la loi. « Pas question, déclara-t-elle quand il proposa de prendre quand même le risque de conduire, c'est une amende de mille dollars et une suspension de permis de trois mois... Papa me ferait *exécuter !* »

Ils quittèrent donc la vallée de la Mort avec Eileen au volant de sa petite Chevrolet sport électrique, la main de Bobby entre ses cuisses tout au long de la route qui courait à travers le désert aride et elle se laissa même convaincre de monter jusqu'à 120 km/h juste avant d'arriver à l'autoroute.

Celle-ci, large de six voies, franchissait les monts San Bernardino en direction du bassin de Los Angeles à travers une contrée encore plus aride, du moins pendant la première heure, mais Bobby eut le sentiment d'avoir soudain franchi une frontière invisible dès qu'ils s'y furent engagés.

La circulation était devenue dense, les voitures déboîtaient et se rabattaient agressivement, d'énormes semi-remorques filaient en grondant sur la file de droite, transportant presque tous d'inquiétants chargements dissimulés sous des bâches kaki ou bleu aviation, des hélicoptères de la police bourdonnaient dans les airs comme des libellules en colère et, plus haut, des appareils militaires évoluaient à vitesse supersonique.

Une quarantaine de minutes plus tard commencèrent à apparaître les panneaux d'affichage, suivis de lotissements à perte de vue, de zones industrielles entourées de barbelés, de centres commerciaux flanqués d'immenses parcs de stationnement et finalement un épais nuage de *smog,* brun sale de loin, gris-bleu de plus près, qui estompait le paysage.

« Bienvenidas a Los Angeles ! articula Eileen d'un ton traînant.

— C'est déjà Los Angeles ? »

Eileen rit. « C'est tout comme. C'est comme ça tout du long. »

Elle n'exagérait pas, loin de là. La circulation se fit de plus en plus dense, obligeant finalement les voitures à rouler pare-chocs contre pare-chocs, et les vastes étendues californiennes disparaissaient sous les lotissements, les centres commerciaux, les usines, les parkings, les panneaux publicitaires, les échangeurs autoroutiers, les immeubles d'habitation et un bric-à-brac industriel inidentifiable.

Et pourtant, même à l'intérieur de la voiture, Bobby discernait dans l'atmosphère quelque chose de nouveau en plus du *smog,* quelque chose qu'il n'avait encore jamais senti aux États-Unis, une sorte d'énergie frénétique, une agitation fiévreuse, une activité bouillonnante tendue vers quelque avenir inimaginable.

« Ça ne ressemble pas du tout à l'Est », murmura-t-il.

Eileen rit. « Ça ressemble à la *Californie du Sud,* dit-elle. Ça ne ressemble à *rien d'autre.* Ce n'est même pas sur la même *planète.*

— Il y a quelque chose dans l'air, et je ne parle pas d...

— Du smog ? dit-elle. L'ARGENT !

— Hein ?

— C'est là que se trouve l'argent, expliqua Eileen. C'est comme si quelqu'un avait soulevé le pays par le coin du Maine pour tout faire glisser par ici. Pendant que le reste des États-Unis en banqueroute se faisait acheter par les Européens et les Japonais, l'État doré devenait de plus en plus *doré.* Il produit toujours de tout et l'expédie partout. C'est toujours la capitale mondiale du show-biz. Et de la biotechnologie, sur laquelle le gouvernement n'a jamais laissé les étrangers mettre la main... »

Elle lui décocha un coup d'œil mauvais. « Mais ce qui dore par-dessus tout le blason de la Californie du Sud, c'est la *guerre !* Le plus gros du fric extorqué au reste du pays par le gouvernement se déverse dans une canalisation qui aboutit ici depuis que ce bon vieux Ronnie Reagan s'est arrêté de tourner des films de cow-boys ! Étoile d'Amérique ! Base d'Edwards ! Vandenburg ! Bombardiers Penetrators ! Chars d'assaut ! Napalm ! Munitions ! Nous leur fournissons tout ça et ils l'expédient en Amérique latine, ou bien ils les font sauter et viennent en redemander. Oh oui, le Pentagone est la Grande Pompe à Phynances de la Californie du Sud ! C'est ici que tous les bons gringos s'en foutent plein les poches !

— C'est horrible..., murmura Bobby.

— Je ne te le fais pas dire ! Et tu n'as pas encore rencontré *papa !* »

Ils émergèrent enfin de la vaste zone industrielle pour entrer dans la ville, qu'ils traversèrent, puis ils prirent à l'ouest à travers une autre friche industrielle, obliquèrent au nord sur un échangeur autoroutier et débouchèrent enfin sur Wilshire Boulevard, au beau milieu d'un monstrueux embouteillage.

Ils dépassèrent au ralenti de grands blocs d'habitation, des immeubles de bureaux, des galeries marchandes, puis traversèrent le centre de Beverly Hills avec ses hôtels cossus, ses halls d'exposition de voitures, ses boutiques de luxe et ses restaurants élégants.

« On appelle ça le “ kilomètre du Miracle ”, lui dit Eileen. C'est un miracle si on arrive à y parcourir un kilomètre en une heure. Il y a un souterrain qui vient directement du centre-ville, mais personne ne veut prendre le risque de s'y faire piéger... les tremblements de terre, tu sais, nous attendons toujours que le Big One détruise tout ça, et ce ne sera jamais trop tôt pour moi. »

Eileen sortit enfin de Wilshire par le sud et ils se retrouvèrent d'un seul coup dans un autre monde, un quadrillage de rues impitoyablement rectilignes bordées d'arbres et de maisons bien entretenues en faux styles espagnol, Tudor, méditerranéen ou même médiéval. Sur des blocs et des blocs, il n'y avait pas un café, un tabac ou un marché, et presque personne ne marchait sur les trottoirs.

« La seule raison pour laquelle il y a des *trottoirs* à Beverly Hills, dit Eileen comme si elle avait lu dans ses pensées, c'est que comme ça on a où se *garer* à neuf heures du soir. »

Ils s'arrêtèrent enfin dans l'allée d'une maison vraiment bizarre, un modèle réduit de manoir anglais vu par un illustrateur de livres pour enfants un peu dérangé... deux étages de crépi blanc à colombages, couronnés de tourelles miniatures et de parapets recouverts de mosaïques, sans une seule ligne droite ni un véritable angle droit. La porte d'entrée présentait l'apparence d'un pont-levis fermé et était abondamment garnie de bronzes pour figurer treuils et chaînes.

« Notre humble demeure », dit Eileen en pressant sur un bouton de sonnette dissimulé parmi les bronzes.

Le carillon de Big Ben retentit, lugubre, derrière la porte. Quelques instants plus tard, celle-ci s'ouvrit et une femme d'âge mûr en jupe écossaise dissymétrique et chemisier sans manches apparut dans l'encadrement. Le bronzage uniforme de son visage et de ses bras était parfaitement artificiel et sa chevelure blonde était savamment ramenée en une crête compliquée évoquant vaguement un casque romain.

« Eileen ! s'écria-t-elle. Ma chérie ! » Et elle bécota sa fille sur les joues, à la française. « Qui est-ce ? ajouta-t-elle en regardant Bobby d'un air méfiant.

— C'est Bobby Reed, un copain de Berkeley, il est de passage en ville au retour d'une visite à ses parents, dans l'Est, et je le ramène à l'école, alors je lui ai dit qu'il pouvait dormir à la maison jusqu'à notre départ, ça ne pose pas de *problème,* n'est-ce pas ?

— La chambre de Tod, dit assez froidement Mme Sparrow.

— Oh, *maman !* pleurnicha Eileen. Ce n'est pas comme si je faisais mine d'être vierge...

— *La chambre de Tod !*

— C'est parfait, madame Sparrow, dit vivement Bobby. Vous êtes chez vous.

— Quel charmant jeune homme », dit Mme Sparrow, adressant à Bobby un sourire inexpressif visiblement dû à la chirurgie esthétique. Mais elle les précéda dans la maison. Dans le salon, en contrebas de l'entrée, un homme aux cheveux ras vêtu d'une saharienne sans manches et d'un short était assis sur un grand canapé en cuir devant un écran mural.

« Salut, papa, c'est Bobby, je le ramène à l'école et il va dormir à la maison en attendant, dit Eileen. Bobby, je te présente papa. »

M. Sparrow s'extirpa du canapé, serra la main de Bobby d'une poigne ferme. Il était grand, large d'épaules, l'air athlétique malgré un début de brioche et son visage aux traits doux, qui semblait avoir été bronzé pour s'assortir à celui de sa femme, avait l'air déplacé sous sa coiffure pseudo-militaire.

« Dick Sparrow, dit-il en guise de salutation. Je regarde les informations. Les nouvelles ont l'air bonnes, ça ne vous dérange pas si on regarde la fin, n'est-ce pas ?

— Oh, *papa !*

— Tawny, pourrais-tu nous servir un peu de tequila ? » demanda Dick Sparrow, ignorant les protestations d'Eileen et se rasseyant sur le canapé. Il adressa à Bobby un clin d'œil complice. « On ferait aussi bien de commencer à s'y habituer, hein ? » ajouta-t-il d'un air énigmatique.

Bobby s'assit à l'autre bout du canapé tandis que Eileen prenait place entre eux. Sur l'écran, un présentateur, le regard solennellement braqué sur la caméra, annonçait d'un ton sépulcral :

« ... et a donné un mois au gouvernement mexicain pour se procurer les devises nécessaires ou présenter une solution de rechange acceptable.

— Une solution de rechange acceptable ! s'écria Dick Sparrow. Ouais, c'est ça, par exemple cinq milliards de tonnes de haricots rouges ! »

Sur l'écran, un porte-avions entrait au port, entouré de croiseurs et de destroyers, tandis qu'un gros ballon d'observation et des hélicoptères de combat planaient au-dessus.

« En attendant, les éléments de la flotte du Pacifique ont atteint San Diego où, vient-on d'apprendre, ils embarqueront un contingent additionnel de Marines et une brigade de la 82e division aéroportée... Tandis qu'à la base d'El Toro, au nord de San Diego... »

Images de chars d'assaut franchissant des dunes, Marines sautant d'hélicoptères de transport ou jaillissant de péniches de débarquement, chasseurs tactiques mitraillant à basse altitude une côte déserte.

« ... l'opération Alamo se poursuit...

— Que se passe-t-il ? » demanda Bobby.

Dick Sparrow le regarda d'un drôle d'air. « *Que se passe-t-il?* Mais où étais-tu, mon garçon ?

— Euh... sur la route... »

Sparrow secoua la tête et reporta son attention sur les

informations. « *Il se passe,* dit-il, que nous allons enfin passer à l'action !

— Passer à l'action ?

— D'où sors-tu, mon garçon ? Nous allons enfin récupérer nos billes. Le gouvernement a racheté la dette mexicaine à vingt cents le dollar — c'est trop cher payé, si tu veux mon avis — et maintenant les Péteux doivent cracher. S'ils ne le font pas, ce qui n'étonnera personne, vu qu'ils n'ont même pas de quoi payer leur propre armée, nous prendrons la Basse-Californie en compensation...

— A Mexico, le président s'est refusé à tout commentaire, mais le ministre de la Défense a déclaré que l'intégrité territoriale du Mexique serait défendue...

— Avec une douzaine de canons rouillés ! s'esclaffa Dick Sparrow. Les Péteux ne tiendront pas une semaine, ça se prend à trois contre un à Vegas ! »

Tawny Sparrow revint avec une bouteille de tequila, des verres à liqueur, des quartiers de citron et une salière sur un plateau.

« ... à Strasbourg, le Parlement européen a voté une motion...

— Aux chiottes les Europines ! hurla Dick Sparrow. Qu'ils s'en mêlent et ils se bouffent des antiprotons !

— ... et dans la finale très disputée du championnat de l'American League, Kazuo Konokawa a marqué un point de dernière minute, donnant à Miami... »

Dick Sparrow effleura une touche de sa télécommande et l'écran s'éteignit. Il remplit quatre verres de tequila, s'humecta le dos de la main, y versa du sel, lécha, vida le contenu de son petit verre, croqua dans un quartier de citron.

« À la Grande Californie ! s'écria-t-il.

— La Grande Californie ?

— Papa a acheté plusieurs hectares de désert au nord d'Ensenada, expliqua Eileen.

— Fais-moi confiance ! déclara Dick Sparrow. Dis, tes parents ont un peu d'argent, Bobby ? Je peux encore leur avoir une affaire : cinquante hectares à cent kilomètres de La Paz, mais il faut se décider vite, les meilleures affaires sont déjà parties et quand nos petits gars vont entrer dans la danse...

— Oh, papa !

— Allez, bois, mon garçon ! » dit Dick Sparrow en tendant à Bobby un verre, une tranche de citron et la salière. « Aux courageux petits gars qui vont nous rendre riches ! À la Grande Californie ! Aux grands événements à venir ! »

Bobby haussa les épaules, se mit du sel sur la main, lécha, avala la boisson puissante et croqua dans le citron. La tequila brûlante explosa dans son estomac comme un missile air-sol. Il ne refusa pas quand Dick Sparrow servit une autre tournée avant le dîner. Il allait en avoir besoin.

Le dîner consistait en une énorme salade d'étranges fruits tropicaux, un poulet rôti accompagné d'une curieuse sauce épicée, une tranche de gâteau au chocolat, le tout agrémenté des propos d'un chauvinisme atterrant de Dick Sparrow.

Après dîner, Tawny Sparrow montra à Bobby sa chambre à l'étage, l'ancienne chambre de son fils Tod, aux murs toujours recouverts de posters et de photos de matériel militaire américain. Puis ils regardèrent tous les quatre à la télévision un film horrible intitulé *Les Combattants de la liberté* — réécriture belliciste de l'histoire où les États-Unis gagnaient la guerre du Viêt-nam grâce à l'utilisation judicieuse d'armes nucléaires tactiques — tandis que Dick Sparrow continuait à déblatérer à propos de domaines en Amérique latine, de la perfidie européenne, de la prochaine renaissance américaine, de ce qu'il faudrait bien finir par faire pour remettre les Japs à leur place et de l'avenir doré de la Californie.

Enfin, après les informations et un talk-show au cours duquel le présentateur s'immisçait avec un féroce abandon dans la vie sexuelle de ses invités, les Sparrow se retirèrent, laissant Eileen et Bobby seuls au salon.

« Eh bien dis donc, mumura Bobby d'un air stupéfait.

— C'est *quelque chose,* papa, hein ?

— Comment fais-tu pour le supporter ? »

Eileen rit. « Je ne le supporte pas. Pourquoi penses-tu que je vais à *Berkeley ?* »

« Eh bien, nous sommes à L.A. pour trois jours, je ferais donc aussi bien de te faire un peu visiter le patelin pour que tu voies à quoi tu *échappes,* lui dit Eileen après le petit déjeuner. Je pense que nous devrions commencer par l'*UCLA*... »

Ils gagnèrent Wilshire à pied et prirent le métro. « Il est tout simplement *impossible* de se garer là-bas si l'on n'a pas de macaron d'étudiant, expliqua Eileen. Ce n'est qu'à deux stations, nous ne nous ferons *probablement* pas prendre dans un tremblement de terre. »

Ils sortirent juste en face d'une des entrées principales du vaste campus — l'idée de départ était d'inciter les étudiants à prendre le métro, lui dit Eileen, mais bien sûr aucun Troyen n'avait envie de mourir sur le chemin de l'école ailleurs que dans sa voiture.

« Troyen ?

— C'est comme ça que s'appellent les étudiants de l'UCLA. C'était le nom d'une peuplade grecque, je crois. Et aussi une marque de capotes, tu sais, ce que les types mettaient sur leurs bites malpropres pendant l'âge du Fléau, c'est tout indiqué, tu ne trouves pas ? »

L'UCLA était un vaste ensemble de bâtiments bas et de petites tours. On aurait davantage dit une énorme zone industrielle que l'idée que se faisait Bobby d'un campus universitaire. Des vélo-pousse conduits par de vieux Mexicains moroses transportaient pour quelques dollars les étudiants d'un bâtiment à l'autre.

« Cet endroit est si vaste..., dit Bobby. Pourquoi les étudiants ne s'y déplacent-ils pas à bicyclette ?

— À bicyclette ! s'exclama Eileen. Nous sommes chez les Gringos, pas dans le *Tiers-monde !* »

Ils passèrent la matinée à se balader sur le campus, puis déjeunèrent d'un infâme menu de cantine dans l'une des cafétérias de l'université. « Une expérience à ne *pas* manquer s'il te reste la moindre envie de t'inscrire ici. »

Bobby commençait à se faire une idée de l'endroit. Si immense fût-il, le campus semblait toujours surpeuplé, environ soixante mille personnes y suivaient des cours, lui dit Eileen, en majorité des Asiatiques et des Chicanos, proprement vêtus de T-shirts du collège et de jeans ou de shorts bien repassés, le cheveu ras, l'air on ne peut plus sérieux tandis qu'ils passaient en groupes d'un cours à l'autre au pas cadencé. On y voyait un nombre surprenant d'uniformes militaires ; quatre ans d'études gratuites en échange de quatre années comme chair à canon, telle était la façon dont beaucoup finançaient ici leurs études.

« Ce n'est pas exactement ce que j'imaginais, murmura Bobby.

— Et tu imaginais... ? »

Il haussa les épaules. « Je ne sais pas. La Sorbonne avec des palmiers... Ça ressemble plus à une *usine* qu'à un campus universitaire.

— C'est *exactement ça !* répondit Eileen. Une usine qui produit ingénieurs, techniciens, soldats et autres pièces détachées pour la Grande Machine à Dollars ! »

Ils prirent le métro pour rentrer chez les Sparrow. Tawny Sparrow était sortie faire des courses, de sorte qu'ils purent en profiter pour faire longuement l'amour dans la chambre d'Eileen, ce qui agrémenta le reste de leur après-midi. Mais la pensée d'une réédition du dîner de la veille donnait des sueurs froides à Bobby.

« Dans ce cas, allons en ville », dit Eileen quand il lui fit part de ses inquiétudes.

Elle les conduisit dans Chinatown, vaste alignement de magasins de souvenirs, boutiques orientales, galeries d'art kitsch, spectacles holographiques et restaurants chinois. Ils dînèrent d'un excellent repas dans un endroit qui ressemblait de l'extérieur à un fast-food et intérieurement à un palais chinois tout droit sorti de Disneyworld.

Ils allèrent ensuite au mondialement célèbre carrefour d'Hollywood and Vine et se promenèrent le long d'Hollywood Boulevard en regardant les empreintes des vedettes sur le trottoir. Le Chinese Theater, l'Egyptian Theater de l'autre côté de la rue, le Kyoto et l'Angkor Vat plus bas, le musée de cire d'Hollywood et autres lieux historiques étaient maintenant incorporés au rez-de-chaussée d'immenses tours de bureaux, comme *La Coupole* sur le boulevard Montparnasse. Bobby en retira le sentiment étrange qu'un quartier entier de la ville avait été transformé en version disneyland de lui-même.

« Une visite du pays des Rêves ne serait pas complète sans un tour sur Mulholland Drive », dit Eileen en remontant

Laurel Canyon Boulevard pour s'enfoncer dans les collines d'Hollywood, entièrement recouvertes de maisons bizarres et d'immeubles aux formes extravagantes accrochés au moindre accident de terrain, certains d'entre eux carrément plantés à flanc de colline sur de fragiles pilotis.

Mulholland Drive, cependant, était tout autre chose, une route qui courait tout le long de la crête des montagnes Santa Monica, de l'est jusqu'à la mer, lui dit Eileen, et l'une des rares parties de Los Angeles préservée de l'appétit des promoteurs avides de la couvrir d'horreurs, bien qu'elle fût sûre que son père faisait tout pour y remédier.

Les habitations y étaient grandes et largement espacées, construites loin de la route au milieu de la nature sauvage, et, au détour d'un virage, Bobby se retrouva devant un paysage qui lui coupa le souffle. Eileen arrêta la voiture sur un accotement de terre battue qui semblait servir à cette fin depuis des générations, et ils sortirent. Elle le laissa regarder en silence.

Les épaulements ténébreux des montagnes cascadaient vers le fond d'une large vallée constellée de millions de lumières, immense champ d'étoiles artificielles qui emplissait toute la vallée et remontait de l'autre côté à l'assaut des pentes comme une scintillante amibe. Le paysage était quadrillé d'un damier de réverbères miroitants le long desquels s'écoulaient les rivières de lumières blanches et rouges de la circulation. Une aura dorée semblait planer par-dessus tout cela, faisant complètement disparaître le ciel nocturne, à l'exception des lueurs mobiles des avions et des hélicoptères qui tournoyaient comme des lucioles. Cela scintillait, cela miroitait, cela frémissait d'une énergie électrique, on aurait dit un énorme organisme palpitant d'une vie presque surnaturelle.

« *Merde...*, murmura Bobby.

— Et ce n'est que *la vallée* », dit derrière lui Eileen.

Bouche bée, Bobby restait figé d'étonnement. Puis il entendit le son.

Composé du murmure des hélicoptères, du bourdonnement des avions légers, du rugissement lointain de la circulation qui se répercutait sur le flanc des montagnes et du frémissement de millions de vies, le paysage triomphalement artificiel donnait l'impression de bruire d'un chant électronique qui résonnait dans ses os. Des vagues palpitantes d'énergie s'élevaient vers lui, l'entraînant sur leur flux vers un lieu encore inconnu.

Là, baissant le regard depuis le toit du monde sur ce que les Américains avaient édifié au bord du continent et sentant monter vers lui le souffle vital de Los Angeles, Bobby se sentit immergé dans cette *puissance* débridée.

Là, il comprit ce que cela signifiait vraiment d'être américain, se sentit pour la première fois inextricablement lié, pour le meilleur et pour le pire, à la destinée collective de ce pays, à l'avenir imprévisible encore en gestation dans cette patrie hier perdue que n'avait pas encore désertée un grandiose et mystérieux esprit, si perverti fût-il.

« Allez, *viens,* dit impatiemment Eileen en le tirant vers la voiture.

— Hein ? marmonna Bobby dans un état second.

— Nous sommes sur *Mulholland Drive,* nous devons faire l'*expérience* de Mulholland.

— Quoi... ?

— Nous devons *baiser* dans la voiture, bien sûr !

— *Là-dedans ?* marmonna Bobby en regardant l'intérieur étriqué du coupé deux places. Je ne crois pas que nous puissions...

— Bien sûr que si ! insista Eileen. Les gens viennent faire ça ici depuis au moins *un siècle !* »

Il se révéla qu'elle avait raison. C'était inconfortable, c'était peu pratique, cela ne dura pas longtemps, mais il réussit à entrer en érection, à la pénétrer, à la faire décoller, et il réussit même à jouir. C'était néanmoins une déception.

« Comme ça, maintenant tu as fait l'expérience de Mulholland, dit ensuite Eileen. C'est *autre chose,* non ? »

Elle avait raison, mais pas forcément dans le sens où elle l'entendait.

Le samedi, Bobby convainquit Eileen de l'emmener à un match de base-ball ; ils partaient lundi pour Berkeley et ce serait la seule occasion qu'il aurait de voir le Dodger Stadium.

Ils se traînèrent une nouvelle fois dans les embouteillages sur la route de Venice pour arriver au stade sur pilotis cerné par l'océan sous un ciel d'azur mais, au moins pour Bobby, ça en valait la peine. C'était l'un des trois derniers grands terrains où l'on jouait encore sur de la vraie herbe et les Dodgers battirent les Mets 8 à 6 au cours d'une partie acharnée qui se termina par un coup spectaculaire de Hiro Yamagawa, qui était devenu l'année précédente le premier à dépasser les 400 points depuis des lustres.

Le public valait lui aussi le coup d'œil. Sur les sièges des premiers rangs derrière le batteur où, se souvenant du conseil de Duke, Bobby s'était précipité, étaient assis *Anglos* élégants, starlettes superbes et vedettes de télévision que lui montra Eileen, tout excitée. Autour, sur les pelouses en pente des « gradins » sans sièges, Noirs et Chicanos, qui semblaient se regrouper spontanément par sections, exultaient en poussant des cris à chaque point marqué. Toute une partie des tribunes supérieures était emplie de militaires en uniforme qui bénéficiaient d'entrées à demi-tarif. Une autre partie des tribunes constituait une section de claque organisée où, au signal du présentateur, des milliers de personnes brandissaient des cartons pour constituer des dessins — emblème des Dodgers, logos d'entreprises, drapeau américain et même un Aigle américain stylisé aux ailes étendues.

Des vendeurs proposaient du pop-corn au curry, des *burritos,* de la bière, des sushis, des hot dogs, et, l'un dans l'autre, c'était l'expérience parfaite de l'Amérique, la quintessence, en quelque sorte, de L.A.

Un type avec qui elle était allée au collège avait invité Eileen le dimanche à une *beach-party* près de Malibu. Tôt dans l'après-midi, ils affrontèrent durant une heure et demie la circulation sur l'autoroute, réussirent à trouver une place pour se garer, se mirent en maillot de bain et se frayèrent un chemin sur la plage surpeuplée vers l'endroit où un gros ballon rouge flottant haut au-dessus des acres de chair dénudée marquait le lieu de la fête.

« Souviens-toi bien, Bobby, *pas un mot* sur Paris ou sur l'Europe, le prévint-elle. Je suis allée au lycée à Beverly Hills avec presque tous ces abrutis, c'est une bande de fachos et je ne veux pas que ça dégénère en bataille rangée. »

Une vingtaine de personnes, assises sur des sorties de bain autour d'un tonneau de bière, se doraient au soleil en buvant, se pelotant, mangeant des cochonneries, tandis qu'une atroce musique max-métal aux accents martiaux que personne n'écoutait jouait à moyen volume sur un lecteur portatif.

Un grand blond, genre surfeur, du nom ridicule de Tab accueillit Eileen d'un baiser et d'une tape sur les fesses, alla leur chercher des bières et présenta Bobby aux autres. Ce dernier s'en tint à son histoire, maintenant bien au point, d'étudiant à Berkeley de retour d'une visite à ses parents à Akron.

Et ainsi débuta un long après-midi à lézarder au soleil correspondant parfaitement à l'image que se faisait Bobby d'une *beach-party* typique en Californie du Sud. Il se baigna. Il se rendit ridicule en essayant de piloter une planche à surf motorisée, n'arrêtant pas de chavirer, jusqu'à ce qu'il ait suffisamment avalé d'eau de mer pour déclarer forfait. Il flirta avec Eileen. Il joua à une sorte de volley-ball sans filet, au ralenti et très dispersé, avec un gros ballon rempli d'un mélange d'air et d'hélium.

Et, comme tout le monde, il but. Quand le soleil commença à descendre dans le ciel limpide de Californie vers le miroir du Pacifique, tout le monde était sérieusement imbibé, certains avaient déjà vomi, personne n'avait plus aucune velléité de prouesses athlétiques et les histoires d'ivrognes débutèrent.

Ils s'étaient mis à discuter boutique, se plaignant de leurs professeurs, faisant des commentaires obscènes sur qui couchait avec qui, ce dont Bobby se fichait éperdument. Il se contentait de rester étendu sur la sortie de bain près d'Eileen, buvant ce qui passait à sa portée, le regard perdu dans le bleu de plus en plus sombre du ciel de Malibu.

« ... j'ai entendu dire que Billy part avec le 82e...

— ... si ce con pouvait se faire descendre !

— Non, mon père dit que les Péteux détaleront sans tirer un coup de feu...

— Conneries ! Ça va être une boucherie...

— Mon cul !

— Moi, mon père dit qu'on va donner quarante acres de terrain aux soldats de la campagne de Basse-Californie, il me fait la gueule de ne pas m'être engagé.

— D'où tu sors ? Les gros bonnets se sont déjà réservé tout ce qui en vaut la peine !

— Ça va être une boucherie !

— Conneries ! Les Péteux ne pourront pas tenir une semaine, et ils le savent.

— C'est un gouvernement communiste, non ?

— Et alors ?

— Alors ils s'imaginent que les Russkoffs...

— Les Russkoffs vont rien faire, c'est une bande de lopettes. Ils ont pas sauvé le cul des Cubains, non ? Ils ont pas bougé un missile ! Trop occupés à enculer les Européens !

— C'est *nous* qui venons d'enculer les Européens !

— Ha ! Ha ! Ha !

— Je continue à dire que ce sera une boucherie, la guerre durera au moins six semaines !

— Ridicule !

— C'est une question économique.

— Qu'est-ce que tu peux bien connaître à l'économie, Butch ?

— Mon père travaille chez Zynodyne, il dit que c'est déjà décidé. Ils ne *laisseront pas* les Péteux s'en tirer comme ça.

— *Ils ?*

— Les fabriquants d'armes, trouduc. Les contrats de renouvellement sont déjà prêts. Ça fait du blé. Ils prévoient de balancer cent milliards de bombes, minimum, sur les Péteux. Ils font déjà pas mal d'heures supplémentaires et ils cherchent à embaucher.

— Ah ouais ? En intérim ?

— À la semaine. Cent dollars de l'heure, heures supplémentaires doubles, *triples* le week-end...

— Hé, c'est pas un mauvais plan... »

L'attention effarée de Bobby fut lentement attirée par cette dérive de la conversation. Il avait certainement entendu assez de cette cynique merde impérialiste chez Dick Sparrow et ailleurs, mais l'entendre dans la bouche de mecs de son âge avec qui il venait de se baigner, jouer au volley, boire, était bien pire.

« Tu penses que ton père pourrait m'avoir quelque chose ?

— Peut-être...

— Hé, Eddy, ton père bosse chez Collins, non ? Ils embauchent aussi des intérimaires ?

— Je peux me renseigner...

— Vous ne parlez pas sérieusement, les gars ! » finit par exploser Bobby.

Butch, un grand costaud aux cheveux bruns coupés court, lui adressa un large sourire amical. « Bien sûr, que je parle sérieusement, dit-il d'un ton aimable. Si tu veux, je pense que je pourrais glisser aussi un mot pour toi...

— *De la merde !* » lança Bobby sans réfléchir. Eileen, étendue à côté de lui, lui envoya un coup dans le bas du dos.

« Quoi ?

— Tu ne peux pas parler sérieusement d'aller travailler dans une *usine d'armement !*

— *Bobby !* siffla Eileen à son oreille.

— Et pourquoi pas, bordel ? Dis donc, *cent dollars de l'heure,* c'est du fric !

— Fabriquer des armes pour tuer des gens qui ne demandent qu'à rester tranquilles !

— *Qui ne demandent qu'à rester tranquilles !* Hé là, est-ce qu'ils laissent tranquilles les Américains qui ont honnêtement acheté des terres en Basse-Californie, eux ?

— C'est leur pays, non ?

— Conneries ! Tout le monde sait que le Mexique a piqué la Basse-Californie aux Américains pendant la Guerre civile, comment il s'appelait, Pancho Villa et ses *frito banditos !* Nous avons le droit de reprendre ce qui nous appartient, c'est ce que dit la doctrine Monroe !

— C'est une plaisanterie ?

— Et *toi,* qu'est-ce que tu es, un communiste ?

— Dis donc, Eileen, ton copain, ça serait pas une espèce de rouge de Berkeley ?

— Suceur de Péteux ! »

Il y eut un long silence. Ceux qui cuvaient leur alcool sans trop faire attention avaient soudain les yeux braqués sur lui. Oh merde, se dit Bobby.

« Bobby est juste un peu *bourré,* c'est tout, dit Eileen. Tu es déchiré, hein, Bobby ? »

Bobby se redressa, un peu laborieusement. Il esquissa un sourire et un haussement d'épaules. « Je ne suis pas le seul, dit-il d'un ton léger.

— Qu'est-ce que tu veux dire par là ? » demanda Eddie

d'un air agressif. Ses yeux bleus étaient franchement injectés de sang.

« Rien, répondit Bobby. Laissons tomber. »

Mais les choses étaient déjà allées trop loin. Bobby se retrouva au centre d'un maelström de vibrations hostiles.

« Tu es une espèce de *communiste ?*

— Mon père dit que Berkeley est plein de salauds du K.G.B. !

— Je ne suis pas communiste ! affirma nerveusement Bobby.

— Alors, pourquoi défends-tu ces foutus Péteux ?

— Ce sont des gens, c'est tout..., dit platement Bobby.

— C'est pas des *gens,* c'est des *péteux !*

— Je parie que ce petit connard est aussi un suceur d'Europines ! Qu'est-ce que t'en dis, *Bobby boy,* ces enfoirés d'Europines qui ont volé la moitié de notre pays pour le vendre à ces sales *Russkoffs,* c'est des *gens,* eux aussi ?

— C'est pas des *gens,* c'est des Europines !

— Atomisons-les, qu'ils brillent tout bleu !

— Faisons-leur bouffer des antiprotons !

— Faisons-leur bouffer des *fayots,* ha, ha, ha ! »

Bobby sentait le sang battre à ses oreilles. Ses poings se serraient malgré lui. Les visages furieux aux yeux exorbités devant l'ambassade des États-Unis à Paris remontèrent à sa mémoire, devinrent les visages de ces jeunes Américains qui le dévisageaient sous le ciel californien.

AMÉ-RI-*CAINS,* AS-SAS-*SINS !* AMÉ-RI-*CAINS,* AS-SAS-*SINS !*

L'écho des hurlements de la foule le narguait doublement. Quelle différence y avait-il entre ces deux bandes d'excités ? Aucune, sauf que ces petits cons commençaient à le convaincre que ce qu'il avait cru être un mensonge était peut-être vrai.

Eileen lui prit la main et il laissa son poing se détendre sous son étreinte. Mais une partie de son être, la *meilleure* partie de son être, ne pouvait laisser cette *merde* sans réponse. Il le devait à ses parents, il le devait à lui-même, et en un sens, il le devait aussi à l'Amérique.

« Comment pouvez-vous croire cette merde ? hurla-t-il en se levant d'un bond. Ne voyez-vous pas que vous parlez comme les gringos qu'ils nous accusent d'être ? Les Américains ne *peuvent pas* être comme ça ! Vous ne pouvez pas être comme ça !

— Quel genre d'Américain es-tu, sale communiste suceur d'Europines !

— Sale rouge de Berkeley ! »

D'un seul coup, tout le monde fut debout en train de pousser des hurlements d'ivrognes et Bobby se retrouva cerné par ce qui menaçait de devenir une autre foule en fureur, ou, peut-être, la *même* foule en fureur.

« *Les garçons !* gémit Eileen d'un ton condescendant. Arrêtez un peu ces gamineries ! Vous êtes tous *bourrés* à ne plus savoir ce que vous faites ! Vous êtes trop *saouls* pour vous battre ! Vous n'arriveriez qu'à vous *dégueuler* les uns sur les autres ! »

Des filles rirent et se mirent à faire semblant de boxer certains des garçons ; la tension retomba un peu.

« Viens, Bobby, dit Eileen en le tirant par la main. Partons. »

Titubant, se rendant compte à quel point il était saoul et combien il était passé près de se faire copieusement tabasser, Bobby se laissa entraîner jusqu'à la voiture. Il vit par-dessus son épaule que les anciens camarades de classe d'Eileen étaient retombés sur leurs sorties de bain et se repassaient déjà des bouteilles en riant.

« Je t'avais *dit* quelle bande de gringos abrutis c'était ! Tu aurais pu te faire *tuer !*

— Qu'est-il *arrivé* à l'Amérique ? » soupira misérablement Bobby.

Eileen haussa les épaules. « Tu as rencontré *mon père,* n'est-ce pas ? »

Bobby réussit à produire un petit rire faiblard. Eileen l'embrassa sur la joue. « Allez, Bobby, n'y pense plus, dit-elle gentiment. Je vais te montrer quelque chose qui te laissera un meilleur souvenir du pays des Rêves. »

« Faisons donc nos tendres adieux à la belle Los Angeles, dit Eileen. Quel *zoo !* Et pourtant, d'ici, c'est superbe, n'est-ce pas, on peut faire comme si on ne savait pas ce qu'il en est réellement… »

Bobby dut bien avouer qu'elle avait raison.

Ils avaient suivi l'autoroute de la côte pacifique avant de s'engager dans un long canyon où une route sinueuse s'élevait vers des collines arides en bord de mer, pour aboutir au sommet sur un terre-plein. Ils avaient garé la voiture et s'étaient avancés tout au bord de la falaise d'où ils surplombaient le Pacifique et la ville qui s'incurvait vers le sud.

Le soleil, orange et ambré sous les cieux virant au pourpre, était maintenant divisé par le miroir de l'océan qui reflétait l'éblouissante perfection d'un crépuscule californien typique, rose et violet dans le *smog*.

Les lumières de la cuvette de Los Angeles s'allumaient, scintillantes à travers la couche brune de *smog,* superbe énormité électronique escaladant les montagnes Santa Monica comme une grande vague déferlante avant de refluer le long de la courbe majestueuse de la baie vers San Diego, vers la frontière mexicaine, vers des choses qui semblaient parfaitement irréelles du haut de cette montagne altière.

Bobby savait que la ville extravagante se tordait à ses pieds dans d'âpres tourments, que quelque chose avait très mal tourné, que de noirs forfaits se dissimulaient sous cet habit de lumière. Pourtant, comme l'Amérique, elle était encore magnifique.

Tandis que l'océan engloutissait le soleil et que l'obscurité s'avançait lentement à sa surface, la vaste cité scintillante semblait surgir triomphalement du sol pour défier les étoiles estompées — comme l'Amérique elle-même, fière et superbe, qui était naguère l'espoir étincelant du monde.

Ou bien Los Angeles sombrait-elle lentement, comme l'Amérique, dans les ténèbres primordiales, condamnée à disparaître comme la légendaire Atlantide dans l'océan de l'oubli ?

En cet instant, tandis que Bobby, debout au bord du continent, contemplait l'ultime frontière du rêve, la réponse, comme la panorama, semblait encore ambiguë.

UNE INSULTE DÉLIBÉRÉE À LA SOUVERAINETÉ MEXICAINE

— En aucun cas le gouvernement mexicain ne peut prendre en considération la proposition américaine d'annuler notre dette extérieure en échange de la cession de la Basse-Californie. Ceux qui nous avertissent que cette insultante proposition est un ultimatum à peine voilé ont bien sûr entièrement raison. Mais suggérer que la République du Mexique n'a d'autre choix que de se résigner à l'inévitable est de la trahison pure et simple. Même si l'agresseur yankee, avec son écrasante supériorité militaire, a effectivement les moyens de nous imposer sa volonté.

Cent millions de Mexicains peuvent se faire déposséder de leur terre, comme en 1845, mais qu'il ne soit jamais dit que nous avons été dépossédés de notre honneur. Nous devons tenir tête contre l'adversité. Nous devons nous battre jusqu'à la mort pour chaque centimètre carré du territoire sacré de la patrie.

Noticias de Mexico

15.

Le trajet jusqu'à San Francisco fut une grande déception. Eileen n'avait pas voulu prendre l'autoroute de la côte pacifique, ni même la 101. « Ça prendrait *deux fois* plus longtemps, avait-elle dit à Bobby, et tu ne pourrais même pas conduire. » Il n'avait donc pas eu l'occasion de voir la pittoresque route côtière, Big Sur, Monterey et Carmel.

Eileen était passée par la vallée de San Joaquin en prenant l'Interstate 5, une autoroute rectiligne à travers ce qu'elle lui dit être la terre agricole la plus productive du monde.

Productif, ce l'était peut-être, mais certainement pas pittoresque. Ils avaient roulé près de trois heures dans une région désespérément plate, au milieu de champs à perte de vue grillés par un soleil impitoyable, humidifiés par d'énormes systèmes d'arrosage, moissonnés par des machines aux allures d'araignées, surveillés par de petits ballons d'observation. Cela ressemblait plus à une gigantesque usine à nourriture qu'à l'idée romanesque que se faisait Bobby de la campagne ou, pis encore, à une espèce d'opération militaire dirigée contre la nature elle-même.

Le paysage commença enfin à changer quand ils sortirent de la vallée pour s'enfoncer dans les collines basses du Nord-Est, plus fraîches, plus humides et plus vertes, mais l'amélioration fut de courte durée, car bien vite la circulation se fit plus dense, de vastes usines se dressèrent au bord de la route — usines d'armement pour la plupart, lui dit Eileen — puis apparut l'habituel assortiment de lotissements, centres commerciaux, stations-service, marchands de voitures d'occasion, fast-foods et panneaux publicitaires qui semblait caractéristique des abords de toute ville californienne.

Mais alors ils franchirent une nouvelle chaîne de collines et se retrouvèrent soudain sur une autoroute surchargée qui filait droit vers le nord et offrait une vue stupéfiante qui coupa le souffle à Bobby.

À l'ouest, par-delà une zone industrielle s'étendant comme une lèpre le long de la côte, la baie de San Francisco était une immense étendue d'eau bleue pailletée d'or par les rayons presque tangibles du soleil déclinant. Des voiles blanches faisaient comme un semis de nuages floconneux et les sillages des bateaux zébraient la surface azurée comme les traînées de réacteurs dans le ciel. Au loin, vers le nord-ouest, Bobby distinguait tout juste le Golden Gate Bridge, fantomatique dans un banc de brouillard qui déferlait au ralenti comme une énorme vague, montait à l'assaut des collines surplombant l'étroit goulet de la vaste baie et nimbait le contour des immeubles d'une féerique brume cristalline.

« *Ça,* c'est la *vraie* Californie ! s'exclama Bobby.

— Tu ne veux pas parler *d'Oakland,* j'espère. Berk ! »

Entre l'autoroute surélevée et les eaux bleues de la baie, enrobé d'un *smog* photochimique marron, s'étalait un spectacle franchement rébarbatif que Bobby n'avait pas daigné remarquer.

Le rivage était hérissé de jetées, cales sèches et cuves de stockage reliées par des entrelacs de passerelles, voies ferrées et ponts transbordeurs au-dessus desquels s'entrecroisaient des grues, des lignes électriques et des bandes convoyeuses. Derrière les quais s'élevaient des entrepôts, de grands hangars en tôle ondulée, des bâtiments délabrés séparés par de vastes aires de stockage ceinturées de hautes palissades surmontées de fils de fer barbelés. Camions, ouvriers et chariots élévateurs s'affairaient en tous sens.

Les objets de cette activité intense étaient amarrés le long des quais ou entourés d'échafaudages dans les bassins de radoub. Un gros porte-avions sur le pont duquel d'énormes grues chargeaient hélicoptères de combat, transports de troupes et hydroglisseurs. Quatre destroyers. Un croiseur lourd. Trois gros hydroglisseurs de transport de troupes en train de charger automitrailleuses, chars d'assaut et pièces d'artillerie. Des pétroliers et des cargos peints en gris avec de grands chiffres blancs sur leurs superstructures, tous en train d'embarquer de la cargaison. Et, en attente sur des parkings, encore d'autres chars, camions, automitrailleuses, hélicoptères de combat, lance-roquettes motorisés et autre matériel militaire.

« Ici aussi ? gémit Bobby.

— Comme tu vois ! lui répondit Eileen. Sans les chantiers de la Marine, Oakland serait encore plus pouilleux. Mais ne t'en fais pas, personne ne *met jamais les pieds* par ici. Berkeley est un autre *monde.* »

L'autoroute finit par s'enfoncer dans les collines où les arbres et les buissons masquèrent à leur vue ce qui s'étendait à l'ouest et au sud et, quand ils arrivèrent à Berkeley, on aurait effectivement dit un autre monde, beaucoup plus appétissant.

Ils redescendirent des collines le long d'une avenue ombragée bordée de maisons particulières et de petits immeubles, traversèrent une petite place entourée de restaurants et de boutiques qui rappela Paris à Bobby. Ils suivirent une large rue avec un grand campus universitaire d'un côté et des librairies, des restaurants franchisés, des magasins de vidéo, de location de disques, des supermarchés et des laveries automatiques de l'autre, puis tournèrent à gauche dans une autre artère importante, mais présentant un tout autre caractère.

« *Voilà,* Telegraph Avenue ! annonça Eileen. Le centre de l'univers ! »

Telegraph Avenue était relativement étroite et les voitures y roulaient au pas, laissant à Bobby tout le temps de s'imprégner de l'ambiance.

La rue était bordée de petites boutiques — librairies, magasins de matériel informatique, de vêtements, de disques, drôles de petites échoppes d'artisanat vendant des objets en cuir, des bijoux, des bibelots. Il y avait des brocantes proposant vieux meubles et objets pour la maison. Il y avait de tout petits restaurants, des bars, des cafés avec terrasses, un cinéma, un petit théâtre, des sex-shops, des magasins de spiritueux. De la musique s'échappait des cafés, des clubs et des lecteurs portatifs.

Et la rue était pleine de promeneurs, presque tous entre quinze et trente ans. La majorité d'entre eux ressemblait aux gosses que Bobby avait pris l'habitude de voir dans le reste des États-Unis : mecs en jeans, T-shirts, shorts, chemisettes de sport, rasés de près et les cheveux courts, filles dans le même genre de tenues en plus moulant, ou en bains de soleil, minijupes, pantalons en strech de couleurs vives.

Mais un quart ou un tiers des passants ne ressemblaient à rien que Bobby eût déjà vu.

Mecs en jeans asymétriques, une jambe courte, l'autre longue, brodés, cloutés, peints de délirants motifs multicolores. Ils portaient d'amples blousons d'allure médiévale, de grands chapeaux de cow-boy en cuir, des keffieh arabes teints en couleurs fluo. Des vestes de cuir noir ouvertes sur leur poitrine nue. De larges ceintures aux gigantesques boucles de bois sculpté. Des ceintures de soie. Certains avaient le crâne rasé et tatoué ou peint de motifs compliqués. D'autres avaient les cheveux teints de couleurs vives et coiffés à la mohican ou en hérisson. D'autres encore de longues boucles négligées qui leur descendaient *jusqu'aux fesses.* Oh oui, le cirque était en ville !

Et les *filles,* c'était encore autre chose ! La même profusion de coupes de cheveux démentielles. Des chemisiers de plastique coloré et des bains de soleil transparents. Des T-shirts moulants avec des seins nus peints dessus. De courtes jupes asymétriques et de hautes bottes de skaï de toutes les couleurs qui semblaient leur monter jusqu'au ras des fesses. De longues jupes amples décorées de paysages, de cieux étoilés et de motifs abstraits. Des filles qui semblaient entièrement nues sous de grandes capes aux dessins de tapis d'Orient. Des filles en courtes tuniques japonaises constellées de bijoux électroniques clignotants. Des filles qui avaient tout ce qu'il fallait et n'avaient pas peur de le montrer !

Si Telegraph Avenue rappelait quelque chose à Bobby, c'était les rues du Quartier latin, autour de la Sorbonne et dans le dédale de petites rues populeuses débouchant sur la place Saint-Michel, mais multiplié par dix, vingt, cent, et superbement américanisé.

Il tomba immédiatement amoureux. De qui ou de quoi, il n'en savait rien, mais il sentait l'esprit de la rue qui l'appelait, lui faisait de l'œil, comme si la plus belle fille qu'il eût jamais vue lui souriait et, l'index replié, l'invitait d'un air aguichant à venir se perdre dans le carnaval de ses yeux.

Telegraph Avenue débouchait assez brutalement dans un quartier résidentiel aux rues bordées d'arbres. Les maisons individuelles y étaient vieilles et plutôt décaties, les groupes d'immeubles bas semblaient quasiment retournés à la nature, et ce ne fut qu'à ce moment-là que Bobby retrouva l'usage de la parole.

« Où va-t-on, maintenant ? demanda-t-il à Eileen. Chez toi ?

— *Chez moi ?* Je vis en *foyer étudiant,* tu ne peux pas habiter chez moi.

— Mais je pensais...

— Allons, Bobby, je t'ai ramassé à la Sale Mort il y a quelques jours. Je t'aime bien, nous pouvons *sortir* ensemble et tout, mais ce n'est pas comme si tu étais devenu mon petit ami attitré ou un truc comme ça. Tu sais, je vois des tas de types par ici, je ne veux pas me *lier* avec un copain régulier pour vivre ensemble, même si je le pouvais... »

Elle le regarda d'un œil perspicace. « En plus, à la façon dont tu tirais la langue sur Telegraph Avenue, toi non plus, n'est-ce pas ? »

Bobby fut bien forcé de rire. « Tu m'as eu, dut-il reconnaître. Mais... qu'est-ce que je vais faire ? Je n'ai pas beaucoup d'argent, et je ne connais personne d'autre que toi, par ici.

— Ne t'en fais pas pour ça. Je crois que je connais un endroit où tu pourras pieuter pour vraiment pas cher, c'est là que nous allons, le petit Moscou.

— *Le petit Moscou ?* »

Eileen éclata de rire. « C'est comme ça que les *gringos* l'appellent, en tout cas. Les gens qui y vivent ne lui donnent pas de *nom.* Sauf peut-être " chez Nat ", quand ils veulent dire à quelqu'un où a lieu une soirée. Tu vas adorer, Bobby. Et ils vont t'adorer. »

Eileen gara la voiture devant une vieille maison en bois à deux étages assez déglinguée, dans une petite rue à l'air plutôt miteux pleine de maisons semblables avec des pelouses jamais tondues, des buissons pas taillés, des façades écaillées, des perrons et des porches branlants.

La porte était ouverte. Elle le fit entrer sans frapper et, après avoir traversé l'entrée qui donnait sur un vaste salon plein de meubles vermoulus où une demi-douzaine de personnes étaient assises en arc de cercle devant un écran mural, s'engagea dans un long couloir, passant devant des toilettes dont il entendit tirer la chasse, pour parvenir dans une grande cuisine assez mal tenue.

Il y avait là un fourneau, un four à micro-ondes, deux vieux réfrigérateurs, un grand évier de restaurant à double bac où s'empilait de la vaisselle sale et une grande table de pique-nique en séquoia avec deux longs bancs assortis. Une blonde en T-shirt blanc sale et jean effiloché touillait une énorme marmite avec une longue cuiller en bois. Un type aux longs cheveux noirs épluchait des légumes qu'il jetait dans un vieux saladier en bois.

« Salut ! dit joyeusement Eileen. Où est Nat ?

— Dans sa chambre, en train de corriger des copies », dit le mec sans lever les yeux de sa tâche.

Suivie de Bobby, Eileen ressortit dans le couloir, puis monta deux volées de marches pour se retrouver dans un autre couloir sur lequel s'ouvrait une rangée de portes, certaines ouvertes sur de petites chambres où des gens lisaient ou travaillaient devant des consoles d'ordinateur, d'autres fermées, comme celle qui se trouvait tout au bout du couloir et sur laquelle était collée une affiche grossièrement dessinée. Celle-ci représentait une main tenant cinq cartes à jouer : une quinte royale à pique.

« On peut entrer ? cria Eileen en cognant à la porte.

— Qui est là ? demanda une voix d'homme de l'autre côté.

— Euh... José...

— José qui ?

— José que l'on voit à la première lueur de l'aube... »

Un instant plus tard, la porte s'ouvrit. L'homme qui apparut dans l'encadrement paraissait environ trente ans, avec d'épaisses boucles noires, un grand nez légèrement crochu, de grosses lèvres et des yeux marron foncé sous d'épais sourcils, des yeux qui semblaient étinceler de quelque connaissance secrète et fort amusante. Il portait un vieux jean noir et une chemise à carreaux légèrement tendue sur un début de brioche.

« Tu es... ? dit-il d'une voix assez rude. Tu sais que je n'arrive jamais à me rappeler un nom, si tu me connais un tant soit peu.

— Eileen Sparrow, Nat, dit Eileen, légèrement exaspérée.

— Et lui ? demanda Nat en tournant la tête vers Bobby.

— Bobby Reed. Il vient tout droit de Paris. »

Nat haussa les sourcils. « Et tu veux ?

— Un endroit où pieuter pour Bobby.

— Tu peux payer ? »

Bobby haussa les épaules. « J'ai *un peu* d'argent.

— Combien peux-tu mettre ? »

Bobby réfléchit. « Pas beaucoup, dit-il, plutôt timidement. Trois cents la nuit ?

— C'est trop. Deux cents, si je t'accepte.

— Super ! s'exclama Bobby, surpris.

— Pas si vite. Tu es prêt à faire ta part de corvées ?

— Bien sûr.

— Tu es vraiment français ?

— Pas exactement. Voilà : je suis né à Paris, mais mon père est américain et j'envisage de faire mes études ici...

— Tu joues au poker ?

— Hein ?

— Je t'ai demandé si tu joues au poker.

— Eh bien... euh, non, pas vraiment, enfin, je connais les règles, mais..., marmonna Bobby, un peu ahuri.

— Tu veux apprendre ?

— Euh, oui, bien sûr, pourquoi pas ? »

Nat émit un ricanement positivement dément en frottant l'une contre l'autre ses grandes mains puissantes. « *Voilà* ce que j'aime entendre ! Première leçon après le dîner. Spaghetti et sauce à la viande, à ce qu'on m'a dit, mais quel genre de viande, mieux vaut ne pas le demander. Maintenant je retourne corriger ces merdes. Quelle bande d'abrutis ! Tout ce que ces gosses savent en histoire, c'est que Christophe Colomb a séduit les îles Vierges et que Ronald Reagan avait sous le bras une bite secrète dont il se servait au Congrès. Enfin, une moitié de bonnes réponses, c'est pas si mal ! »

Et il referma la porte derrière lui.

« C'est *tout ?* bafouilla Bobby.

— C'est *Nat Wolfowitz !* » répondit Eileen en levant les yeux au ciel.

Il y avait dix personnes à dîner ce soir-là, plus Bobby et Eileen. Devant la salade, servie au début du repas à la mode américaine, et les spaghetti nageant dans une sauce plutôt aqueuse, le tout abondamment arrosé d'un vin de Californie râpeux qui osait s'appeler bourgogne, Bobby apprit tout sur « le petit Moscou ».

« Pourquoi appelle-t-on cette maison le petit Moscou ? demanda-t-il ingénument alors que l'on servait les spaghetti. Vous n'êtes pas vraiment communistes, non ? »

Un silence de mort plana sur la table de pique-nique. Une grande Noire nommée Marla Washington lui lança un regard franchement hostile. « Qui es-tu, un salaud de gringo facho ? l'interpella-t-elle. Tu as peur qu'on te refile une maladie ?

— Hé là, rétorqua impulsivement Bobby, certains de mes meilleurs amis sont communistes.

— Très drôle, dit Jack Genovese, le type qui avait préparé la salade.

— Pas vraiment... », dit Bobby. Il réfléchit. S'il devait vraiment vivre ici, ces gens allaient finir par tout découvrir tôt ou tard. « Ma mère est membre du Parti, et je suppose que ma sœur finira par avoir sa carte, elle aussi...

— Tu es sérieux, fiston ? demanda Nat Wolfowitz. Je croyais que le dernier communiste américain avait disparu la même année que le dodo.

— Ma mère est *russe.*

— *Russe ?*

— Je croyais que tu étais français, dit Wolfowitz.

— Eh bien, je suis né à Paris, mais ma mère est soviétique et mon père a gardé la nationalité américaine, même si on lui a enlevé son passeport, et... » Bobby leva les mains au ciel. « C'est un peu compliqué...

— Raconte-nous ça », dit Nat Wolfowitz. Eileen le regarda bizarrement, l'air de lui reprocher de ne pas lui avoir tout expliqué. Les autres l'examinaient intensément, mais sans hostilité apparente, comme une créature étrange soudain tombée d'une soucoupe volante. Ce qu'il était à leurs yeux, se rendit-il compte.

Ainsi, devant les spaghetti et quelques verres de mauvais rouge, Bobby leur raconta l'histoire de sa vie et, ce faisant, il survint une chose bizarre.

Il était l'un des plus jeunes autour de la table et il ne se trouvait pas dans cette maison depuis plus de trois heures, mais il captait l'attention de tous ces étudiants à l'université ; même Nat Wolfowitz, qui était maître assistant ou un truc comme ça, écoutait avec une profonde attention, avec une espèce de respect, même. Qui plus est, quand il en eut terminé, ils lui sourirent, lui resservirent des spaghetti, remplirent son verre, le faisant se sentir plus bienvenu que n'importe où ailleurs de sa vie.

« Et me voilà, conclut-il. *Maintenant,* allez-vous m'expliquer pourquoi on appelle cet endroit le petit Moscou ?

— Parce que nous sommes des *rouges !* » s'exclama Cindy

Feinstein, la fille qui avait préparé les spaghetti, et tous, à part Eileen, éclatèrent bruyamment de rire.

« Alors, vous *êtes* communistes ? »

Nouveaux rires.

« Explique-lui, Nat », dit Karl Horvath, un gamin rondouillard qui portait un T-shirt Donald Duck.

Wolfowitz se servit un autre verre, s'accouda sur la table et débita à toute vitesse : « Berkeley, comme la Gaule, est divisé en deux. D'une part, tu as les gringos, que tu as peut-être remarqués, garçons et filles proprets, qui étudient pour la plupart les matières techniques, à l'affût de la grande occasion, à savoir un bon boulot dans la biotechnologie ou, encore mieux, dans l'industrie de l'armement, connards fachos qui bossent dur, organisent des fêtes mortellement chiantes, se biturent à la bière...

— Hou ! Hou !

— Aux chiottes !

— D'autre part, tu as les olibrius dans notre genre qui n'ont aucune ambition de s'intégrer à la Grande Machine à Dollars, prennent pour matières principales des conneries économiquement inutiles comme l'histoire ou la littérature, n'entrent pas en transes à la seule mention de la Festung Amerika, des Cochons dans l'espace ou de nos rapines en Amérique latine et ne sont pas absolument convaincus que les Européens ne sont qu'une bande de traîtres et de pédés bouffeurs de grenouilles...

— De vraies bêtes de parti !

— Avec de la merde plein la tête !

— Des pacifistes bêlants !

— Ce qui fait de nous, du point de vue des gringos, une bande de dégénérés communistes antiaméricains suceurs d'Europines qu'il faudrait plonger dans le goudron et les plumes avant de les expulser sur un rail de chemin de fer, surtout que nous ne *les* invitons pas à *nos* soirées...

— D'où les rouges !

— D'où le petit Moscou, leur repaire !

— *Je comprends,* murmura Bobby.

— Oooh, en *français !* se moqua gentiment Cindy. *Très chic !* »

Bobby rit. Il se sentait envahi d'une intense satisfaction, et ce n'était pas uniquement dû au vin et au copieux repas. Pour la première fois de sa vie, il éprouvait le sentiment d'avoir trouvé un groupe de gens de son âge, ou à peu près, qui l'acceptaient vraiment pour ce qu'il était, pour *tout* ce qu'il était, les premières personnes partageant ses sentiments qu'il eût jamais rencontrées, des Américains eux aussi dans une sorte d'exil, des gens qu'il sentait pouvoir devenir un cercle de vrais amis.

Comme il était inattendu, et comme il était réconfortant de les avoir rencontrés ici, aux États-Unis.

Après dîner, Bobby apprit les règles de la maison. Il y résidait actuellement quatorze personnes, ce qui voulait dire qu'il était responsable du dîner communautaire une fois tous les quatorze jours. Une fois tous les quatorze jours, il devait faire le ménage du salon et des couloirs. Une fois tous les quatorze jours, il devait nettoyer les sanitaires. Et une fois tous les quatorze jours, c'était son tour de vaisselle et comme il était nouveau dans la maison, il pouvait aussi bien commencer tout de suite. Quand il en aurait fini, il pourrait se joindre à la partie de poker.

L'arrangement semblait honnête et pas trop onéreux, aussi Bobby nota-t-il le numéro de téléphone d'Eileen, promit de l'appeler, lui souhaita bonne nuit et alla laver la vaisselle que les autres avaient empilée dans l'évier, autre règle de la maison.

Bobby ne s'était jamais retrouvé en face d'une telle pile d'assiettes et de plats ; en fait, ayant grandi avec un lave-vaisselle dans la cuisine familiale, il lui était rarement arrivé de laver une assiette, mais il se mit au travail avec ardeur, ce n'était pas si terrible et, au bout de moins d'une heure, tout était rangé sur l'égouttoir et il était prêt à se joindre à la partie de poker.

Wolfowitz, Marla, Jack, Barry Lee — un Oriental mince et dégingandé aux cheveux rouges coiffés à la mohican — et Ellis Burton, vêtu avec recherche d'un jean asymétrique peint et d'une veste en cuir, étaient déjà en train de jouer au salon autour d'une grande table ronde. Comme une autre règle voulait que Nat ne joue jamais au poker à moins de trois joueurs ou plus de cinq, ils dirent à Bobby de se contenter de regarder en attendant que quelqu'un abandonne ou soit lessivé.

« Ne t'en fais pas, fiston, lui dit Wolfowitz, avec ce score, ce ne sera pas long. »

Bobby connaissait les règles de base du poker, mais il y avait très peu joué ; néanmoins il ne lui fallut pas longtemps pour voir ce qu'avait voulu dire Nat.

L'enjeu maximum était fixé à dix dollars et une des autres règles stipulait que l'on était obligé de se retirer lorsqu'on avait perdu deux cents billets. « Je ne joue avec ces lourdauds que pour m'entraîner, déclara Wolfowitz en clignant de l'œil d'un air canaille tout en battant les cartes. De chacun selon ses capacités, qui sont plutôt légères par ici, à moi selon ma cupidité, qui tend vers l'infini, mais j'évite de rafler de grosses sommes à mes amis, je garde ça pour les gros pleins de soupe. »

La règle était au choix du donneur, mais limitée au *straight draw,* au *jacks and better* et au stud-poker à cinq ou sept cartes. Wolfowitz choisissait toujours le stud à sept cartes quand c'était à lui de distribuer.

« Le poker, comme la vie, doit au moins autant à la chance qu'au talent, apprit-il à Bobby, mais le stud à sept cartes laisse plus de place au talent. C'est ce qui sépare les hommes des petits garçons et les petits garçons de leurs biftons. »

Mais si le poker devait pour moitié à la chance, pourquoi donc les billets s'empilaient-ils si régulièrement devant Nat Wolfowitz ? Il semblait gagner presque toutes les donnes de stud à sept cartes, souvent avec des cartes médiocres, et quand il gagnait, il gagnait gros. Si quelqu'un choisissait le *jacks or better,* il se couchait immédiatement, à moins d'avoir au minimum un brelan. Au *straight draw,* il prenait deux cartes au maximum ou bien il se couchait. Au stud à cinq cartes, il ne semblait suivre aucune ligne de conduite particulière.

Il ne fallut guère plus d'une heure pour que Marla Washington perde deux cents dollars et se retire du jeu.

« Leçon numéro un, dit Wolfowitz tandis que Bobby prenait sa place à la table. Le secret pour gagner au poker, c'est d'éviter de perdre.

— C'est la leçon numéro *deux,* protesta Ellis Burton en distribuant un tour de *straight draw.* La leçon numéro *un* est : ne jamais jouer avec Nat. »

Bobby avait une paire de dix. Jack Genovese ouvrit. Barry Lee surenchérit. Wolfowitz se coucha. Bobby suivit. Ellis suivit. Jack prit deux cartes. Wolfowitz secoua la tête. Barry prit une carte. Wolfowitz poussa un grognement. Bobby prit trois cartes et tira un autre dix. Ellis se coucha.

« Stupide, dit Wolfowitz.

— Vois, dit Jack.

— Merde », grogna Wolfowitz.

Barry misa cinq dollars.

Bobby relança de cinq dollars.

Jack se coucha.

« Je ne peux pas y croire », dit Wolfowitz.

Barry suivit les cinq de Bobby et relança de dix.

Hésitant, Bobby suivit pour voir.

Barry Lee étala quatre piques et le roi de cœur. Bobby ramassa le pot, très fier de lui.

Une douzaine de donnes plus tard, et soulagé de cent cinquante dollars, il n'était plus si faraud. « Les enfants, les enfants », dit Nat Wolfowitz alors qu'il venait encore de gagner au stud à sept cartes avec un full aux trois par les cinq et sans rien d'autre de visible qu'une paire de cinq, « prendre ses désirs pour des réalités est l'opium du joueur de poker. »

Si Bobby croyait avoir commencé à comprendre en théorie ce que disait Nat Wolfowitz, en ce qui concernait la pratique, ce type était un joueur phénoménal. Il était capable de bavarder à jet continu sur sa façon de faire et de continuer à vous battre régulièrement même si vous pensiez utiliser ses propres principes contre lui. Comment faisait-il ? Était-ce de la chance ? Était-il télépathe ? Ou bien sa façon de baratiner faisait-elle partie du jeu ?

Quoi qu'il en soit, Wolfowitz gagnait vraiment. La seule chose qui empêcha Bobby de perdre le maximum fut qu'il lui restait encore vingt dollars quand Ellie, puis Jack furent lessivés par Nat, ne laissant que trois joueurs, ce qui mit fin à la partie, suivant la règle.

« Eh bien, fiston, tu as appris quelque chose ? » demanda Wolfowitz en l'accompagnant dans l'escalier pour lui montrer sa chambre.

Bobby haussa les épaules. « À ne pas jouer au poker contre toi, Nat », répondit-il.

Wolfowitz éclata de rire en ouvrant la porte d'une petite pièce. Il y avait là un lit, un bureau, une chaise, une lampe, le tout provenant apparemment des brocantes de Telegraph Avenue.

« C'est plus juste que tu ne penses. Le poker, comme la vie, ne fait qu'*avoir l'air* d'un jeu où les gains équilibrent les pertes. Un vrai joueur ne joue pas *contre* les autres joueurs, il joue *les cartes.* Ce malheureux pays sinistré ne comprend plus ça, c'est pourquoi il est dans un tel merdier, même s'il n'a pas à se plaindre de ce qui lui arrive. Si jamais nous réapprenons ce que nous savions autrefois, nous nous retrouverons en tête de la course. Si jamais tu comprends vraiment ce que je t'explique en ce moment, tu gagneras régulièrement au poker.

— Même contre toi ? »

Wolfowitz rit. Il secoua la tête. « Tu n'as toujours pas pigé, fiston. *Personne* ne gagne en jouant *contre* un vrai joueur. Lorsque tu auras compris ça, tu seras un vrai joueur toi aussi. C'est tout pour ce soir. Réfléchis-y bien, Bobby, et tu jugeras peut-être que tu en as eu pour tes cent quatre-vingt dollars. »

LE PRÉSIDENT SMERLAK EXPRIME LA SOLIDARITÉ SOVIÉTIQUE AVEC LE MEXIQUE

À l'issue d'un entretien avec Pedro Fuentes, ambassadeur du Mexique, le président Dimitri Pavlovitch Smerlak a réaffirmé le soutien des peuples d'Union soviétique à l'intégrité territoriale de la République du Mexique.

Interrogé sur les mesures concrètes que comptait prendre l'Union soviétique pour prévenir une invasion américaine du Mexique, le président Smerlak a annoncé que celle-ci allait déposer des projets de résolution condamnant par avance une telle invasion aussi bien devant l'assemblée générale des Nations-Unies que devant le Parlement européen, et il a fait part de sa confiance qu'elle serait adoptée par les deux assemblées à une majorité écrasante.

« Ça, une tortilla et une tasse de refritos, ça nous ferait presque un burrito », a déclaré énigmatiquement l'ambassadeur Fuentes.

Novosti

La semaine suivante fut comme un rêve pour Bobby.

Il passa de longs après-midi ensoleillés à se balader sur Telegraph Avenue et s'acheta des vêtements — blue-jean à la coupe asymétrique avec des rayures rouges et blanches, parfaite ambiguïté franco-américaine, un blouson de velours noir brodé d'un flamboyant coucher de soleil californien derrière la silhouette d'un palmier, et une paire de bottes de cow-boy d'occasion.

Il prépara pour le repas communautaire une grande marmite de *choucroute garnie* qui fut bien accueillie — même si la charcuterie consistait en hot dogs, chorizo, *knockwurst* et un truc nommé bacon canadien, tout ce qu'il avait pu trouver au supermarché, et si la choucroute sortait d'une boîte — probablement parce qu'il en avait proclamé haut et fort l'authenticité et qu'il avait réussi à dénicher de la moutarde de Dijon et deux cruchons de vin d'Alsace bon marché.

Il visita les bars et les clubs de Telegraph Avenue avec Ellis, Jack, et un mec de New York nommé Claude, rencontra des tas de gens, écouta une étrange musique rétro appelée « acid-rock » et un curieux jazz péruvien joué par un ensemble de flûtes, et fut présenté partout, pas seulement comme un nouvel arrivant en ville, mais comme un Parisien raffiné directement débarqué de France.

Il fit le ménage des couloirs et du salon, tâche simplement fastidieuse, et nettoya les salles de bains, travail plutôt pénible, mais il s'en fichait ; en un sens, ces corvées ménagères, qu'il n'avait jamais été obligé de faire chez lui, renforçaient son sentiment d'appartenir à une communauté.

Il se joignit encore quelques fois à la partie de poker vespérale, mais il se rendit vite compte qu'il ne pouvait pas se permettre de jouer tous les soirs. Une fois, même, il gagna grâce à une chance persistante et se dit qu'il avait peut-être appris quelque chose de Nat Wolfowitz, jusqu'à la partie suivante où, trop sûr de lui, il suivit toutes les enchères, bluffant éhontément, et se retrouva liquidé en moins d'une heure.

Enfin, après d'innombrables messages et rendez-vous manqués, il mit la main sur Eileen qu'il persuada de l'emmener visiter le campus de Berkeley. C'était presque aussi grand que l'UCLA, l'architecture des bâtiments et la façon dont ils étaient disséminés n'étaient guère différentes, et l'endroit était bourré du genre de gringos qu'il avait vus sur le campus des Troyens, mais les rouges de Telegraph Avenue étaient visibles un peu partout, se prélassant en groupes sur les pelouses, écoutant près de la grille d'entrée des orateurs qui s'élevaient contre la prochaine invasion du Mexique, discutant avec les gringos, et cela faisait toute la différence. L'université de Berkeley était aussi vivante que celle de Los Angeles était morte et il ne fallut pas plus d'un après-midi à Bobby pour comprendre que c'était assurément là qu'il devait s'inscrire.

Il invita Eileen à dîner dans un petit restaurant africain de Telegraph Avenue, puis l'emmena dans sa chambre du petit Moscou pour faire l'amour, après quoi elle insista pour rentrer dans son foyer.

Il protesta galamment, mais à vrai dire il s'en fichait un peu car, en dehors du lit, sa compagnie lui semblait avoir pâli face à celle de ses nouveaux amis ; il se sentait maintenant membre du petit Moscou et Eileen Sparrow, qui vivait en *foyer,* que ses compagnons connaissaient à peine, qui était originaire de *L.A.*, ville que les rouges de Berkeley méprisaient en tant que citadelle de la Grande Machine à Dollars, et qui, bien que ses inclinations politiques la fissent pencher plutôt du bon côté et qu'elle *parlât* comme eux, n'était manifestement pas l'une d'entre eux.

Le lendemain, c'était samedi, soir de fête au petit Moscou. Bobby tirait une certaine fierté de pouvoir, en tant que membre de la communauté, l'inviter, et il n'aurait pas eu la grossièreté de ne pas le faire, mais son plaisir était tempéré d'un certain détachement, d'un désir d'être libre de ses mouvements. Il ne lui proposa pas d'aller la chercher et ne fut pas déçu quand elle ne le lui demanda pas.

À neuf heures, la maison était pleine de monde, bien approvisionnée en bouteilles de vin, de vodka et de tequila apportées par les invités.

Comme disait Wolfowitz : « Il n'y a peut-être plus de repas gratuit en Festung Amerika, mais *nous,* nous avons trouvé une façon de rester bien approvisionnés en gnôle à peu de frais. »

De la musique jouait sur la platine du salon — toutes sortes de trucs, car les invités apportaient aussi leurs disques favoris —, le vin et l'alcool coulaient à flots et il y avait même des gens qui fumaient des cigarettes roulées à la main qu'un type en veste de cuir noir prétendait être de la *véritable marijuana,* rapportée en douce dans des *body-bags* de la zone des combats au Venezuela.

Bobby errait dans la maison en attendant l'arrivée d'Eileen, tout en espérant à demi qu'elle ne viendrait pas, avec toutes les filles proprement incroyables qui traînaient dans le coin, habillées d'étourdissante façon de kimonos électroniques ultra-courts, chemisiers de plastique transparents, shorts quasiment inexistants, et même les seins nus sous des chemises ouvertes jusqu'à la taille.

En outre, elles étaient plus que disposées à bavarder avec un type dans son genre, s'il se trouvait quelqu'un comme Marla, Karl ou Claude pour le présenter comme le produit exotique en importation directe de Paris, et dans l'ensemble leur conversation n'était pas idiote non plus. Elles voulaient savoir comment était la vie à Paris, ce qu'il pensait de l'entrée de l'Union soviétique dans la Communauté européenne, ce qu'il avait appris au cours de sa romantique odyssée en stop à travers le pays, si l'Europe allait *vraiment* rompre les relations diplomatiques avec les États-Unis au cas où ils envahiraient le Mexique et, bien sûr, quelles étaient les différences, s'il y en avait, entre les Européennes et les Américaines.

Bobby se retrouvait au centre mobile d'une conversation vraiment intéressante ; les filles, et aussi les mecs, entraient et sortaient de sa sphère d'influence tandis qu'il se déplaçait dans la maison, suivi d'une véritable cour pour la première fois de sa vie, et il y prenait énormément de plaisir.

Un plaisir qui n'était pas exclusivement égoïste ; il constatait que le sentiment d'appartenance qu'il avait éprouvé parmi ses colocataires s'étendait aux rouges de Berkeley en général.

Eux aussi étaient des Américains vivant une sorte d'exil, rêvant confusément d'une future Renaissance américaine dans la lignée de la longue tradition révolutionnaire de Berkeley, d'une Amérique qui renoncerait à ses expéditions en Amérique latine, jetterait bas les murailles de Festung Amerika, rejoindrait la Communauté européenne et redeviendrait la lumière qui avait jadis illuminé le monde.

Centre de l'attention de toutes ces filles superbes et intelligentes, dévidant de longues histoires sur une Europe qu'il n'avait été en réalité que trop content de quitter, Bobby Reed avait l'impression d'être rentré chez lui, au pays de ses rêves les plus utopiques.

Quand il fit son entrée dans le salon, se sentant comme le coq de la basse-cour, il traînait derrière lui une demi-douzaine de personnes dont, au tout premier rang, une fille vraiment époustouflante nommée Shandra. Elle avait d'immenses yeux marron pétillants de malice, de délicats traits aquilins, une longue chevelure noire coiffée en anglaises négligées, était vêtue d'une sorte de chasuble en plastique arc-en-ciel translucide qui ne laissait pas ignorer qu'elle ne portait rien dessous, et l'écoutait depuis plus longtemps que quiconque en le buvant des yeux.

Quand il trouva un endroit où s'asseoir dans le salon surpeuplé, à un bout d'un vieux canapé déglingué, une poignée de personnes s'assirent par terre devant lui. Shandra croisa ses longues jambes brunes sous elle, à la mode indienne, se cala les coudes sur les genoux, la tête entre les mains, et resta là à le regarder d'un air captivé. Il en était arrivé à l'épisode de l'émeute devant l'ambassade des États-Unis.

« ... j'étais en train de retirer mon passeport quand tout a commencé, ils se sont mis à lancer de la merde et du sang pardessus le mur et...

— Ils lançaient vraiment de la *merde ?* s'exclama un mec qui portait un chapeau de cow-boy.

— De la merde et du sang mélangés, je me suis moi-même fait éclabousser, je peux vous dire que c'était...

— Je croyais que c'étaient des conneries de propagande facho !

— Bon sang, j'y étais, l'ambassade était couverte de merde

et de sang, la foule chargeait le mur, ils ont dû mettre en marche les disrupteurs...

— Pour défendre le drapeau et ce genre de conneries !

— Pour protéger les gens enfermés dans l'ambassade, répondit Bobby.

— Ç'aurait été mieux s'ils avaient *saccagé* l'ambassade, ça aurait donné une bonne leçon aux fachos.

— Tu ne dirais pas ça si tu avais été là, répliqua Bobby. Ces gens étaient assoiffés de sang, tu aurais dû voir la haine dans leurs yeux... » Il frémit à ce souvenir.

Shandra, qui avait gardé jusque-là le silence, prit enfin la parole d'une douce voix chantante qui lui fit passer des frissons le long de la colonne vertébrale. « Et *toi,* les *haïssais-tu ?* »

Bobby plongea son regard dans ses grands yeux bruns, se demandant... se demandant à la fois ce qu'elle désirait vraiment lui entendre dire et quels étaient réellement ses sentiments sur le moment, pour s'apercevoir que c'était une seule et même chose, du moins lui semblait-il.

« Non, répondit-il. J'avais peur, et j'étais en colère, peut-être, mais comment aurais-je pu réellement haïr ces gens ? À vrai dire, ils avaient *raison,* n'est-ce pas, l'Amérique venait de jouer un sale tour à l'Europe et ils avaient de bonnes raison de haïr les États-Unis.

— C'est la voix de la sagesse », ronronna Shandra et, bien qu'elle ne fît pas un geste, elle parut se pencher vers lui.

« Alors, pourquoi défends-tu ces enfoirés de Marines ? »

Bobby haussa les épaules, il regarda Shandra droit dans les yeux, cherchant les mots qui la rapprocheraient encore de lui, et tout d'un coup ce que lui avait dit Nat Wolfowitz sembla prendre tout son sens. « Les Marines venaient de toucher des cartes merdiques. Ils les ont jouées du mieux qu'ils ont pu. L'ambassade n'a pas été mise à sac, et personne n'a été sérieusement blessé. Il y a de quoi vous rendre fier d'être américain.

— *Fier d'être américain !* fit d'un air méprisant le type au chapeau de cow-boy.

— N'es-tu pas fier d'être américain ? rétorqua Bobby, regardant toujours Shandra droit dans les yeux.

— Et toi ?

— Fier de ce que nous venons de faire aux Européens ? Fier de ce que nous nous préparons à faire au Mexique ? »

Bobby poussa un soupir. « Ouais, il n'y a pas lieu d'être fier de ce que l'Amérique a fait depuis que je suis né. Mais nous *sommes* américains, nous aussi, non ? Si nous commençons à haïr l'Amérique, ne finirons-nous pas par nous haïr nous-mêmes ? N'est-ce pas abandonner notre pays aux fachos !

Il y eut un long moment de silence. Shandra déplia lentement ses jambes, se leva et vint s'asseoir sur le canapé à côté de lui. « Ça ne te dérange pas ?

— Pas du tout », dit Bobby, lui adressant un sourire radieux en sentant la chaleur de sa cuisse contre la sienne.

« Tu as vraiment traversé le pays en stop ? demanda-t-elle. C'était très courageux, plus personne ne fait ça.

— Vraiment ? » demanda innocemment Bobby.

Shandra éclata de rire. Elle se blottit davantage contre lui. « Tu es *vraiment* européen, n'est-ce pas ? »

Bobby leva les mains au ciel, haussa les épaules et, dans le mouvement, réussit à passer son bras sur le dossier juste derrière son dos. « J'ai passé toute ma vie à me le demander. A Paris, je me sentais américain, mais à New York, Washington et Miami, c'est bien la dernière chose que j'aurais voulu être... »

Shandra se rapprocha encore. Il pouvait sentir son odeur de jasmin, la chaleur de son corps. « Et maintenant que tu es à Berkeley ? demanda-t-elle en posant doucement la main sur sa cuisse.

— Maintenant que je suis ici, je me sens parfaitement bien », chuchota Bobby en laissant glisser son bras du dossier. Shandra s'y cala la nuque ; sans savoir exactement quand c'était arrivé, Bobby s'aperçut que ses auditeurs avaient disparu, le laissant seul avec cette créature splendide et apparemment consentante.

« Tu as une chambre, ici, non... ? suggéra Shandra.

— Salut, Bobby ! » gazouilla une voix féminine. Bobby leva les yeux et vit Eileen Sparrow. Oh merde !

« Euh, salut, Eileen..., murmura Bobby d'un air coupable.

— Ne vous gênez surtout pas pour moi », dit Eileen d'un ton sec.

Seigneur ! « Euh, nous étions en train de...

— C'est ce que je vois. Mignon, n'est-ce pas ? dit-elle à Shandra sans une trace de méchanceté. Et il suce pas mal du tout, en plus, c'est moi qui lui ai appris. »

Bobby sentit qu'il devait être écarlate.

Eileen rit. « Où est ta sophistication européenne ? » dit-elle, et elle rit encore.

Shandra rit aussi.

« Tu... euh... tu t'en fiches ? » balbutia Bobby.

Eileen regarda théâtralement à la ronde en se passant la langue sur les lèvres. « Avec tous ces *types* dans la baraque ? s'exclama-t-elle. Allons, Bobby, nous sommes à *Berkeley !* » Et elle décampa, lui lançant un baiser par-dessus l'épaule avant de disparaître.

Il lui fallut encore quatre jours pour rassembler le courage de passer le coup de fil redouté à la maison, mais ce fut le dimanche après-midi suivant la soirée que Bobby prit conscience d'avoir depuis longtemps décidé qu'il ferait ses études à Berkeley, quoi que puisse dire sa mère.

Shandra Corday avait été merveilleuse au lit, du moins à la lumière de son expérience limitée de la chose, mais ce n'était pas cela qui avait causé la grande révélation de Bobby. En fait, Shandra lui avait nettement fait savoir après coup que ce n'était pour elle qu'une agréable petite aventure comme ce l'était pour lui, s'il était franc ; elle voyait trois autres types et ne cherchait pas, à ce point de son évolution, l'amour de sa vie.

« Après tout, nous sommes à Berkeley », lui avait-elle dit au matin, et ils en avaient tous deux ri amicalement.

Non, ce qui l'avait causée, assez bizarrement, c'était le coup de fil d'Eileen Sparrow alors qu'il était encore au lit avec Shandra. Marla Washington avait ouvert la porte et, sans la moindre manifestation de surprise, lui avait annoncé qu'on le demandait au téléphone. Bobby avait enfilé son pantalon et pris l'appel dans la cuisine.

« Salut, Bobby », dit gaiement la voix d'Eileen dans l'appareil américain démodé — liaison audio uniquement. « Tu t'amuses bien ?

— Euh...

— Moi, je me suis bien amusée, j'ai rencontré un type avec des muscles partout qui m'a *baisée à mort !*

— Pourquoi me racontes-tu ça, Eileen ? bafouilla Bobby.

— Mais pour te remercier de m'avoir invitée, bien sûr ! »

Bobby ne savait que répondre.

Mais Eileen, comme d'habitude, n'était pas à court de mots. « Enfin, ce n'est pas tout à fait vrai, Bobby, dit-elle comme il ne répondait pas. C'est que tu as été si *bizarre* hier soir, tu t'es comporté comme si j'étais ta *mère* ou un truc comme ça ! Je voulais simplement mettre les choses au clair, vois-tu, je ne t'en ai absolument pas voulu, vraiment, pas du tout. D'accord ?

— D'accord, répondit Bobby, très touché.

— Vois-tu, tu ne me dois pas de comptes et je ne t'en dois pas, alors, s'il te plaît, prenons du bon temps et ne sois pas si *coincé.* Nous sommes jeunes, nous avons envie de baiser, c'est tout *naturel,* nous sommes à...

— Je sais, je sais, nous sommes à *Berkeley !* » dit Bobby, et ils rirent tous les deux.

« Bon, maintenant je dois te laisser, Bobby. Mr. America a encore la trique, tu te rends compte ?

— Amuse-toi bien », répondit Bobby, et il s'aperçut, quelque peu surpris, qu'il était sincère.

« Oh, ne t'en fais pas, je vais en profiter ! Bye ! »

Ce fut à ce moment qu'il eut sa révélation, dans la cuisine avec Karl et Cindy qui se servaient à la cafetière communautaire, tandis que Shandra Corday était en haut dans son lit, et Eileen Sparrow au lit ailleurs avec quelqu'un d'autre, mais suffisamment bonne copine pour l'avoir appelé afin de le mettre à l'aise.

C'était là qu'était sa place. C'était une heure, un lieu et un sentiment qu'il aurait voulu ne jamais oublier. Il irait à l'université de Berkeley. Il choisirait l'histoire comme matière principale et peut-être même pourrait-il aussi passer ici sa licence, enseigner à l'université comme Nat Wolfowitz et, avec un peu de chance, rester pour toujours à Berkeley.

Trouver le courage d'appeler Paris était une autre histoire. Sa mère allait sauter au plafond. Il était censé revenir à Paris pour la rentrée et aller à la Sorbonne, son père avait déjà dû sérieusement s'engueuler avec elle rien que pour qu'il puisse faire ce voyage. L'ambiance n'était pas si terrible entre eux quand il était parti, ce qui était peut-être une des raisons pour lesquelles il n'avait pas encore appelé. Et maintenant...

Bobby avait retardé le moment, mais finalement, tard dans la nuit, après avoir encore une fois perdu au poker, à une heure où il savait pouvoir joindre ses parents à la table du petit déjeuner et où la fatigue lui avait suffisamment embrumé le cerveau, il se rendit dans la cuisine déserte et composa le numéro avant d'avoir pleinement conscience de ce qu'il faisait.

Ils sont peut-être déjà partis, se dit-il à la troisième sonnerie.

« Allô ? » fit la voix de son père au bout du fil.

Pas de chance.

« Salut, papa, c'est Bobby.

— Bobby ! Bon sang, comment vas-tu ? Nous nous faisions un sang d'encre ! Sonia, c'est Bobby, va décrocher dans la chambre !

— Je suis à Berkeley, papa, je te demande pardon, mais...

— Robert !

— Salut, maman...

— Où diable es-tu ?

— Il est à Berkeley, Sonia...

— Pourquoi n'as-tu pas appelé ? demanda sa mère. Tu n'as même pas envoyé une carte postale !

— Je...

— Et que se passe-t-il avec l'image ? Nos écrans sont vides.

— C'est *l'Amérique,* Maman, les maisons particulières ne sont pas raccordées au visiophone, tu te souviens ?

— Mais un hôtel correct devrait...

— Je ne suis pas à l'hôtel, j'ai une chambre dans une grande maison avec des gens super, c'est très bon marché et je peux rester aussi longtemps que je veux, alors ça ne vous coûtera pratiquement *rien* que j'aille à l'université ici, à part l'inscription... »

Voilà, c'était sorti.

« Oh que non, Robert !

— Si ! Ma décision est prise et tu n'y changeras rien. Je vais à Berkeley !

— Non, pas avec notre argent, Robert. Pas un écu, pas un rouble, pas un dollar !

— Sonia ! s'exclama son père.

— Il oubliera ces âneries quand il sera à court d'argent.

— Sonia, il a le droit de vivre sa vie, nous ne pouvons pas nous livrer à un chantage...

— Tout ça, c'est de ta faute, Jerry Reed ! Je *savais* que nous n'aurions jamais dû le laisser mettre les pieds chez ces cinglés ! Pas un sou, Robert, tu rentres à la maison et tu vas à la Sorbonne !

— Jamais ! hurla Bobby. Je reste ici !

— Nous verrons combien de temps tu pourras subvenir à tes besoins et payer tes études...

— Je... je me trouverai un travail ! balbutia Bobby.

— Je suis sûre qu'il y a en Californie des tas de boulots pour un jeune de dix-huit ans sans expérience qui rapportent assez pour payer tes études dans une université capitaliste, dit sa mère d'un ton sarcastique.

— Je... je m'engagerai dans l'armée ! Ils vous paient quatre ans d'études en échange de quatre ans de service !

— Bob !

— Vas-y, Robert. Je ne suis pas prête à me laisser impressionner par ce genre de bluff. »

Bobby se força à réfléchir calmement. *Joue les cartes,* se dit-il. Tu n'as pas grand-chose à montrer, mais ils ne peuvent pas être sûrs de ce que tu as en main.

« Comme tu voudras, maman, dit-il du ton le plus détaché qu'il put. Je peux toujours revendre de la *drogue,* ils rapportent de la marijuana dans des *body-bags* des zones de conflit en Amérique du Sud, tu savais ça ? Je connais les types qui font ça. Personne ne se retrouve dans la dèche en vendant de la dope à Berkeley...

— Bob ! hurla son père d'une voix horrifiée. Pour l'amour de Dieu, ne fais rien d'aussi stupide ! Je t'enverrai de l'argent d'une façon ou d'une autre, je te le promets !

— Jerry !

— Bordel de Dieu, Sonia, tu veux que notre propre fils devienne trafiquant de *drogue ?* Tu veux le voir pourrir au fond d'un cul-de-basse-fosse pendant vingt ans ?

— Pas question, nous ne céderons pas à un ignoble chantage, Robert !

— Alors maintenant, c'est le Politburo qui traite le Soviet suprême de bande de bolcheviques ? » rétorqua Bobby.

Il entendit le bruit d'un récepteur que l'on raccrochait.

« Promets-moi de ne pas faire de bêtises, Bob, supplia son père. Donne-moi ton numéro, je te rappellerai quand j'aurai ramené ta mère à la raison. Mais, s'il te plaît, ne fais rien d'inconsidéré, laisse-moi arranger ça, d'accord ?

— D'accord, papa. Mais je suis sérieux, je ferai tout pour rester ici. Tu me crois ?

— Je te crois, Bob, répondit son père d'un ton accablé. Attends que je t'aie rappelé avant de faire quoi que ce soit. »

Et, après avoir noté le numéro de Bobby, il raccrocha, laissant Bobby seul dans la cuisine au cœur de la nuit. Il se demandait ce qu'il aurait *vraiment* fait s'ils ne s'étaient pas laissé prendre à son bluff.

Deux jours plus tard, ses parents le rappelèrent ensemble. C'était très étrange. « Tous les trois, nous devons résoudre ce problème en famille au lieu de nous chamailler, dit son père d'une voix curieusement implorante.

— Ton père et moi sommes arrivés à un compromis, dit sa mère, d'un ton étrangement distant. Tu rentres à Paris pour faire tes études et tu peux passer tes étés en Amérique.

— Non, dit Bobby.

— S'il te plaît, Bob, supplia son père. Tu nous rends les choses très difficiles.

— Je passerai mes étés à Paris si vous payez mes études à Berkeley.

— Je t'avais *dit* que c'était inutile, Jerry ! intervint sa mère d'un ton excédé.

— Bob, je t'en prie, ta mère et moi...

— Je croyais que tu étais de mon côté, papa ! Toutes ces histoires que tu m'as racontées sur l'Amérique depuis que j'étais tout petit...

— Bob...

— ... c'étaient des mensonges, hein ? Tu n'en as jamais cru un mot !

— C'est faux ! Si je n'avais pas été là, tu ne serais pas en Amérique, pour commencer !

— C'est la première chose intelligente que tu aies sortie depuis une semaine, Jerry Reed !

— Sonia !

— Il n'y a pas de Sonia qui tienne !

— Je t'en prie, Bob, ne vois-tu pas que ta mère et moi...

— Les cours reprennent ici dans dix jours, et si lundi je n'ai pas d'argent pour mes frais de scolarité, je vais devoir emprunter à mes copains dealers de quoi payer l'inscription et me mettre à revendre de la drogue pour rembourser, sinon c'est *moi* qui me retrouverai dans un sac-poubelle ! »

Et il leur raccrocha au nez pour leur laisser le temps de réfléchir.

Finalement, tard dans la soirée du dimanche, Bobby reçut le coup de fil tant attendu. Son père semblait las, distant et étrangement abattu.

« Très bien, Bob. Je t'envoie un mandat télégraphique dès demain.

— Ouais, super, papa, vraiment super ! s'écria Bobby. Comment t'y es-tu pris pour convaincre maman ? »

Il y eut un long silence suivi d'un profond soupir à l'autre bout de la ligne. « C'est... c'est entre ta mère et moi, finit par dire son père. Tu sais... elle t'aime *beaucoup,* à sa façon...

— Elle a une drôle de façon de le montrer.

— Euh, eh bien... ce n'est pas toujours facile d'aimer, Bob, répondit tristement son père. L'amour ne fait pas toujours bien les choses, non plus. Parfois, eh bien, les gens qui s'aiment se font du mal, comme... comme... Enfin, un jour, si tu es malheureux, tu comprendras peut-être...

— Ça va bien, papa ? »

Il y eut une longue pause. « Parfaitement bien, répondit son père d'une voix sans timbre. Je n'ai pas le moindre souci... Prends bien soin de toi, Bob.

— Euh, oui, toi aussi, papa », répondit Bob, un peu mal à l'aise, et ce fut ainsi que prit fin la conversation, sa jubilation ternie, au moins pour le moment, par un vague sentiment de culpabilité.

La morosité de Bobby ne se prolongea guère après le petit déjeuner. Il alla à Berkeley remplir ses formulaires d'inscription, passa l'après-midi à se balader sur le campus, rentra à la maison, appela Eileen et Shandra pour leur annoncer la bonne nouvelle et, avant le dîner, son argent arriva de Paris. Ce soir-là, il gagna quarante dollars au poker, encaissa le mandat de son père le lendemain matin, paya ses frais de scolarité dans l'après-midi, dîna avec Eileen, fit l'amour avec elle, passa la nuit suivante avec Shandra Corday. L'étrange comportement de son père au téléphone était complètement oublié.

Jusqu'au surlendemain, quand Marla Washington lui tendit une lettre qui venait d'arriver. « Tout droit de Russie ! »

Elle était de Franja. Sa connaissance du russe était encore assez bonne pour lire les caractères cyrilliques de l'enveloppe. Celle-ci était à en-tête de l'université Gagarine. La lettre pesait dans sa main comme un poisson très froid et très crevé. Franja ne lui avait jamais écrit et il avait comme le pressentiment que cela n'allait pas être particulièrement agréable. Et quand il l'eut montée dans sa chambre pour la lire tranquillement, c'était encore pire que ce qu'il avait imaginé.

Cher Bobby,

J'espère que tu t'amuses bien chez les gringos, petit frère. Je suppose que cela ne t'intéresse pas trop de savoir l'effet de ton ignoble petit chantage sur nos parents, mais je vais quand même te le dire.

Papa est sorti et t'a envoyé l'argent pour tes études sans même prévenir maman, le savais-tu ? J'aurais voulu que tu sois là quand il a fini par le lui dire au cours du dîner, tu n'aurais eu que ce que tu mérites. Ils se sont engueulés pendant une heure. C'était horrible.

Ils se sont traités de tous les noms et quand maman a fini par le traiter de sale gringo fasciste unilatéraliste, papa a été jusqu'à l'accuser d'avoir une liaison avec Ilya Pachikov. Et la « conversation » s'est terminée quand maman s'est écriée : « Eh bien, ce n'est peut-être pas une mauvaise idée ! »

Maman a dormi sur le canapé et, quand je suis partie pour Moscou, ils ne s'adressaient plus la parole.

Quand tu as dit à papa de signer mes formulaires d'admission à Gagarine, j'ai commis l'erreur de penser que tu pouvais avoir une soupçon d'humanité, après tout. Comme j'étais stupide ! Tu n'es pas différent des autres gringos. Tu as détruit le mariage de nos parents pour protéger tes petits intérêts mesquins tout comme Washington menace de détruire la paix et la prospérité internationales au service de la cupidité américaine.

Mais c'est vrai, tu es fier d'être américain, n'est-ce pas ?
Un triple ban pour les rouge-blanc-bleu

Franja Yourovna

Bobby sortit en trombe de la maison, pleurant de rage, et courut jusqu'à Telegraph Avenue. Il savait exactement ce qu'il cherchait. La moitié des papeteries de l'avenue vendaient l'exécrable objet et c'était la réponse idéale à sa sœur.

Il acheta une des cartes postales, écrivit l'adresse sans rien ajouter d'autre et la glissa dans la boîte avant d'avoir eu le temps de réfléchir, se demandant malicieusement ce qu'en feraient les postiers soviétiques.

La carte postale représentait un ours hideux portant un grand sombrero décoré d'une faucille et d'un marteau, au cas où quelqu'un n'aurait pas saisi l'allusion. Les genoux pliés et le cul en l'air, il arborait une expression piteuse.

L'oncle Sam le sodomisait avec phallus à rayon laser.

Franja ne répondit jamais.

Huit jours avant le début des cours à Berkeley, il y eut un coup d'État à Mexico. Deux jours plus tard, le régime fantoche ouvertement manipulé par la C.I.A. cédait aux États-Unis la Basse-Californie en échange de l'annulation de la dette mexicaine. Le lendemain, des éléments de l'armée mexicaine prenaient la capitale et exécutaient les traîtres.

Le jour qui suivit, la flotte américaine entrait dans le port de Vera Cruz, les appareils de l'aéronavale bombardaient la ville et les Marines débarquaient. Une autre escadre débarquait des unités amphibies à Rosarita Beach et deux divisions blindées franchissaient la frontière pour occuper Tijuana tandis qu'une troisième flotte établissait une ligne de blocus le long de la côte pacifique.

Les gringos arrosèrent l'événement tout le week-end. Il n'y eut pas de fête au petit Moscou ce samedi. Tout le monde était réuni dans le salon pour suivre les reportages des zones de combat à la télévision.

Les Marines nettoyaient les dernières poches de résistance

à Vera Cruz. Les forces amphibies débarquées à Rosarita Beach avaient déjà fait la jonction avec les éléments des forces terrestres qui avaient pris Tijuana. Le Président parut à la télévision pour déclarer que les États-Unis n'avaient aucune visée territoriale sur le reste du Mexique. Le président de l'Union soviétique dénonça l'impérialisme américain mais ne fit rien d'autre. Le Parlement européen vota une pieuse résolution condamnant l'intervention. Le chef d'état-major mexicain avait apparemment donné l'ordre à ses troupes de se disperser en petites unités pour mener des actions de guérilla.

Tout était fini.

« Et à Berkeley, en Californie…, annonça le présentateur.

— Hé, c'est Telegraph Avenue ! » s'écria Bobby.

Effectivement, la caméra, apparemment installée sur un camion, descendait Telegraph Avenue — environ deux heures plus tôt, d'après la hauteur du soleil. Elle faisait un lent travelling le long des trottoirs grouillants de gros fachos titubants qui brandissaient des boîtes de bière, faisaient des grimaces à la caméra, promenaient au bout de perches des sombreros géants enflammés, collaient des drapeaux américains sur les vitrines des boutiques et restaurants fermés, chantaient en chœur *Dieu bénisse l'Amérique* d'une voix épaissie par la bière.

« N'y a-t-il pas de quoi vous rendre fier d'être américain ? marmonna Claude d'un ton amer.

— Une pacifique manifestation pour fêter la victoire…

— De tous les trous-du-cul bourrés de la ville ! cria Karl en direction de l'écran.

— … a été troublée par un petit groupe d'agitateurs…

— Oh merde », gémit Nat Wolfowitz tandis que la caméra zoomait soudain le long de Telegraph Avenue pour finir en plan serré sur un petit groupe de manifestants, pas plus d'une douzaine, des rouges d'après leurs vêtements. Ils portaient un cercueil de bois noir et défilaient derrière un grand drapeau américain accroché à l'envers sur une corde à linge tendue entre deux bâtons.

« … qui seraient membres d'un groupuscule marxiste connu sous le nom d'Armée rouge américaine…

— N'importe quoi ! s'écria Marla Washington. Ça n'existe pas !

— Tu parles... », grogna Wolfowitz.

Les manifestants remontaient lentement la rue sous une grêle de boîtes de bière et de gobelets de carton. Un connard en T-shirt blanc et short de sport les dépassa en courant pour venir cracher à la figure d'une fille du premier rang. Puis tout se déclencha d'un coup. Des bandes de gringos assaillirent les manifestants de toutes parts. Les coups de poing volèrent. Un type empoigna un des poteaux auxquels était suspendu le drapeau. Quelqu'un s'empara de l'autre.

La caméra fit un zoom arrière, puis la scène apparut sous un autre angle. Les fachos avaient le drapeau. Ils étaient toute une meute à défiler derrière sur le trottoir, brandissant le poing et poussant des cris.

« ... obligeant les Américains patriotes à sauver de la profanation l'Emblème sacré.

— Les pauvres gars. Aussi stupides que courageux, dit Nat Wolfowitz.

— Et à New York, les New York Yankees ont battu les Red Sox de Boston, ce qui les met à un jeu et demi de la première place...

— Je crois qu'on peut se passer de ces putains de résultats de base-ball », dit Jack Genovese en coupant le récepteur.

Il y eut un long moment de silence. Ils se dévisageaient tous sans rien dire.

« Eh bien, Bobby, dit sombrement Marla Washington, tu veux toujours faire tes études à Berkeley ?

— Ouais, tu ferais peut-être mieux de rentrer à Paris tant que tu le peux.

— Tu n'es pas coincé chez les fachos, toi...

— Pas encore, en tout cas...

— Qu'en dis-tu, Bobby, tu es sûr que tu ne préfères pas rentrer en France ?

— Et nous emmener avec toi ? »

Bobby prit soudain conscience, non sans embarras, que tous les yeux étaient braqués sur lui. Même Nat Wolfowitz le regardait d'un air bizarre.

« Qu'en penses-tu, fiston ? demanda Wolfowitz. Vas-tu quitter la partie et retourner en lieu sûr comme un joueur intelligent ? Ou bien vas-tu continuer comme un imbécile ? »

Bobby se rendit compte qu'il devait dire quelque chose.

Qu'es-tu maintenant, Bobby Reed ? avaient-ils tous l'air de lui demander. Tu es le seul ici qui ait le choix. Tu veux toujours être américain ?

Bobby songea à ce qu'il venait de voir. Il songea à ces angoissantes conversations téléphoniques avec ses parents, au dernier appel de son père, en particulier. Il songea à la lettre de Franja et à la carte postale qu'il lui avait envoyée en réponse. Il songea aux jours de bonheur avec ses nouveaux amis de Berkeley. Et il revit une autre foule devant l'ambassade des États-Unis maculée de merde et de sang.

« Traite-moi donc d'imbécile, Nat, parce que je reste, dit-il. Je voudrais seulement avoir été là-bas avec eux pour défiler derrière ce drapeau.

— Pour te faire massacrer devant les caméras de la télévision ? demanda Marla.

— Il fallait que quelqu'un le fasse, répondit Bobby. Ces foutus fachos ont peut-être traîné *notre* drapeau dans la merde et le sang, mais quand ces types l'ont accroché à l'envers et ont remonté Telegraph Avenue derrière lui, ils l'ont lavé de tout ça, ils en ont fait quelque chose dont on peut à nouveau être fier. Ils ont montré au monde qu'il restait encore quelques *véritables* Américains.

— Est-ce bien le moment de faire des gestes futiles ? » demanda sarcastiquement Wolfowitz. Mais son regard démentait ses paroles.

« Dis-moi, Nat, répliqua Bobby en le regardant droit dans les yeux, nous avons touché une mauvaise donne. Mais ce sont les cartes et c'est le seul jeu en ville, alors il nous faut bien les jouer. »

Q : Combien faut-il de Russes pour raser complètement un ours sauvage ?

R : Cent mille trois. Deux pour le tenir, un pour manier le rasoir, et cent mille pour élire le résultat au Soviet suprême.

Krokodil

UN HÉROS DU PARKING SOCIALISTE

Lorsque la police municipale a fait enlever sa Mercedes flambant neuve pour stationnement en triple file dans la rue Iverskaya, Ivan Leonidovitch Joukovski a décidé de ne pas se laisser faire. Il a donc dérobé un laser à souder sur son lieu de travail, s'est introduit à trois heures du matin dans le garage de la police, a fait fondre la transmission de dix-sept remorqueuses municipales, s'est rendu aux autorités après s'être longuement vanté de ses exploits d'une voix avinée à la rédaction de ce journal et a fait valoir ses droits à être jugé par un jury populaire selon la loi soviétique.

« On va voir si ces tordus peuvent trouver un jury de patriotes prêts à me condamner ! a-t-il déclaré. Je ne suis coupable de rien d'autre que ce que tout bon automobiliste russe digne de ce nom souhaiterait avoir le courage de faire lui-même ! »

Moscou en Folie

16.

En mal comme en bien, la vie en Union soviétique ne correspondait pas tout à fait à ce qu'en attendait Franja Youriovna Gagarine.

En bien, l'Union soviétique étant désormais économiquement intégrée à la Communauté européenne, Moscou était déjà une ville complètement différente de ce qu'elle se rappelait de ses précédentes visites.

Il y avait toujours la même animation, les gens vous bousculaient toujours négligemment dans le métro et dans la rue, il y régnait toujours le sentiment d'être le centre du monde, les gens vendaient toujours tout et n'importe quoi sur les trottoirs, mais Moscou évoluait pratiquement à vue d'œil pour devenir une cité véritablement européenne ; toutes les fleurs printanières éclosaient en une profusion de néon dans les neiges fondantes.

Toutes les barrières économiques abattues, le plus gros nouveau marché de l'histoire mondiale s'était brusquement ouvert sous la forme de trois cents millions de citoyens soviétiques auxquels était proposé pour la première fois de leur vie un crédit facile. Les biens de consommation de toutes sortes affluaient vers l'Union soviétique tandis que les sociétés européennes se battaient pour avoir leur part du gâteau.

Des milliards d'écus passaient en campagnes publicitaires pour vendre de tout, transformant radicalement le paysage urbain moscovite à coups de panneaux d'affichage, enseignes au néon, écrans vidéo et vitrines aux luxueux étalages. Le moindre autobus était décoré d'affiches, aussi bien intérieurement qu'extérieurement, les taxis vendaient de l'espace publicitaire, les arbres, les murs, les lampadaires étaient recouverts d'autocollants. Un énorme écran vidéo avait même été érigé sur la façade du GOUM, face au tombeau de ce pauvre Lénine, et la rue Iverskaya était devenue une sorte de Champs-Élysées en réduction, avec enseignes au néon, terrasses de café, écrans muraux animés, luxueuses vitrines, minables boutiques de souvenirs, fast-foods, pickpockets et touristes japonais ou d'Asie centrale bouche bée.

Les embouteillages étaient épouvantables ; rues, ruelles et parkings installés dans les cours regorgeaient d'automobiles en stationnement, licite ou illicite, le vieux rêve de tout Moscovite de posséder une voiture ou une moto se voyant soudain instantanément exaucé par petites mensualités sans apport personnel. Les miliciens chargés de la circulation étaient partout, agitant leurs bâtons blancs, la plupart du temps en vain, car la nouvelle génération d'automobilistes soviétiques se souciait comme d'une guigne de la traditionnelle injonction de s'arrêter pour accepter avec soumission une contravention d'un simple piéton assermenté. Il avait fallu créer une brigade à scooter pour les prendre en chasse. Les feux tricolores semblaient pousser à tous les carrefours, ce qui n'était pas trop tôt pour quiconque essayait de traverser, au mépris du droit imprescriptible de tout conducteur de virer à droite. Les grandes artères étaient un cauchemar de tôles froissées alors que les vieux automobilistes persistaient à tenter, malgré la récente interdiction, de faire demi-tour en coupant la route à de multiples colonnes de voitures roulant au pas.

Il semblait s'ouvrir chaque semaine des dizaines de nouveaux cinémas, magasins de location de vidéo, boîtes de nuit, theâtres, discothèques, bars et restaurants. On voyait partout des librairies et des galeries d'art flambant neuves. Vingt nouveaux hôtels avaient déjà été construits et d'autres étaient en projet. Il y avait un casino près du parc Kulturi et des sex-shows vers le ministère des Relations économiques extérieures, sur la rue Arbat. La quantité d'alcool disponible — liqueurs fortes, vin et bière — n'était plus limitée que par la capacité apparemment sans fond de la population et la ville était submergée de trafiquants de drogue venus de toute l'Europe.

Les prostituées travaillaient sur la place Djerzinski, en pleine vue de la Loubianka, et l'Arbat était devenue un petit Saint-Germain. Même à deux heures du matin, on pouvait s'enivrer de la pure énergie de la foule du côté de la station de métro Arbatskaya alors que le réseau était depuis longtemps fermé, les noctambules poursuivant leurs réjouissances en plein air parmi les colporteurs, les joueurs et les bateleurs.

Après plus d'un siècle de soumission à l'austère morale socialiste, Moscou apprenait à faire ouvertement la bringue et suivait des cours accélérés dans un effort démentiel pour rattraper le temps perdu. C'était bien Moscou en folie !

En mal, Franja trouvait peu de temps pour en profiter.

L'université Gagarine s'était développée autour du vieux centre d'entraînement des cosmonautes Youri-Gagarine, dans la Cité des étoiles, et si le métro conduisait directement au centre-ville, Franja s'était aperçue qu'elle ne pouvait consacrer qu'un samedi soir de temps en temps à s'amuser en ville.

Adolescente fortement motivée, Franja avait été étudiante en astrophysique à Paris. Ici, elle était entourée de milliers d'autres anciens étudiants en astrophysique en concurrence pour une poignée de places à l'école des Cosmonautes.

L'Union soviétique avait maintenant six cosmograds en orbite et deux autres en construction. Elle avait une base permanente sur la Lune et parlait d'en établir une sur Mars. Elle possédait trois sites d'envol pour lanceurs lourds, des usines de construction de matériel sur tout le territoire, des terminaux de satellites, des installations de traitement des données, des laboratoires et des centres de recherche.

Le nombre de cosmonautes nécessaires à cet effort — pilotes, mécaniciens de bord, explorateurs — n'était que de quelques centaines. Mais le nombre d'ingénieurs, techniciens, ouvriers qualifiés et autre personnel chargé des corvées annexes se comptait par dizaines de milliers et l'université Gagarine avait pour mission de les produire à la chaîne.

Les deux premières années, tout le monde suivait les mêmes cours de base, après quoi les premiers 5 %, déterminés selon une équation secrète tenant compte des résultats universitaires, de la condition physique, de la kharakteristika et, bien sûr, des relations, étaient admis à l'école des Cosmonautes.

Le reste suivait une dernière année dans une spécialité moins glorieuse — entretien du matériel, fabrication, communications, contrôle au sol, programmation d'ordinateurs, analyse et traitement de données. Une fois le diplôme en poche, environ 10 % du corps étudiant poursuivait des études scientifiques tandis que le reste devenait la classe laborieuse du Programme spatial soviétique.

Il en résultait une concurrence absolument impitoyable. Les cours occupaient six heures par jour cinq jours par semaine et, si la quantité de travail à la maison était officiellement limitée à trois heures, ceux qui n'y consacraient pas au moins quatre ou cinq heures après la classe n'avaient aucune chance de réussir. Les samedis et dimanches étaient théoriquement libres, mais quiconque ne se portait pas volontaire pour les activités du Komsomol était considéré comme peu motivé.

Les étudiants étaient tenus de vivre en résidences universitaires, énormes blocs de béton conçus pour les « préparer psychologiquement à la vie en cosmograd ». Chacun disposait d'un lit, un placard, une table, une chaise et un terminal d'ordinateur dans un vaste dortoir divisé par de minces parois d'isorel. Les salles de bains, spartiates, étaient communes. Il y avait des cuisines et des garde-manger communs, et les étudiants étaient tenus de faire les corvées de cuisine ainsi que de tenir les bâtiments dans un parfait état de propreté. Les dortoirs étaient mixtes, mais ceux, rares, qui voulaient faire l'amour devaient se montrer discrets pour ne pas déranger le travail des plus studieux — apparemment une autre facette de « l'entraînement psychologique » à la vie en cosmograd.

Le travail était le plus exigeant intellectuellement qu'eût jamais connu Franja, mais travailler dur ne lui avait jamais fait peur. Les rares fois qu'elle trouvait le temps et l'envie de sortir avec un garçon se résumaient généralement à la visite des installations, musées et expositions de la Cité des étoiles, petite métropole presque entièrement consacrée au programme spatial soviétique. Les rares rapports sexuels qu'elle se permettaient étaient rapides, fonctionnels et, bien sûr, silencieux, histoire de prendre juste assez d'exercice érotique pour se libérer l'esprit en vue des études, attitude très répandue à Gagarine où un amant était aussi un concurrent.

L'un dans l'autre, elle aurait probablement été heureuse à Gagarine, ou tout au moins trop préoccupée pour avoir le temps de se sentir malheureuse, s'il n'y avait eu la politique.

Le président de l'Union soviétique et les délégués au Soviet suprême, à l'instar des présidents des républiques constitutives, étaient élus au suffrage universel dans des élections multipartites. Mais la politique du Printemps russe avait transformé le Soviet suprême en une épouvantable foire d'empoigne où s'affrontaient sauvagement tenants du « fédéralisme soviétique » et partisans d'une confédération.

Le Parti communiste n'existait plus vraiment. Il avait dégénéré en un conglomérat confus de factions et de partis communistes nationaux, chacun en compétition à l'échelon local avec au moins un parti ouvertement nationaliste, et chacun, par conséquent, défendant avec virulence les intérêts cocardiers de ses électeurs bien plus qu'une quelconque idéologie centrale.

Les Russes eux-mêmes étaient devenus une simple minorité ethnique de plus, quoique de loin la plus importante et toujours maîtresse du gouvernement central, de la machine du Parti, de l'appareil économique et de l'Armée rouge, au point que la nuance entre « fédéralisme soviétique » et « nationalisme grand-russe » échappait totalement aux confédéralistes, également connus sous le nom de « nationalistes ethniques ».

Les nationalistes ethniques étaient une vague alliance d'intérêt de tout groupement national possédant sa propre république ou même région autonome. Rien ne semblait apaiser leur appétit d'indépendance — pas plus l'élection de leurs propres présidents et parlements que la maîtrise des impôts locaux et budgets nationaux ni même que la formation de leurs propres forces de sécurité interne indépendantes, les milices nationales.

Plus ils en obtenaient, plus ils en demandaient. La moindre concession, le moindre pas vers la « confédération » tournant le dos au « fédéralisme » était considéré comme une victoire sur « l'hégémonie chauvine russe ». Les candidats nationalistes ethniques gagnaient les élections en surenchérissant les uns sur les autres pour réclamer une autonomie de plus en plus large et même, dernièrement, l'adhésion directe à la Communauté européenne comme États souverains.

Les Russes n'étaient pas davantage unis. Les « euro-russes » dominaient toujours la délégation russe au Soviet suprême mais, dans la République de Russie, et encore plus chez les minorités russes des autres républiques, un inquiétant sentiment nationaliste remontait des couches les plus profondes de la société vers les cercles supérieurs.

Ce pouvait être aussi apparemment bénin que la vague de nostalgie néo-tsariste ou les bouffonneries télévisées de l'Église orthodoxe, aussi troublant que le foisonnement de mystiques et de thaumaturges en blouses paysannes ou les insanités déversées par le noyau dur du Pamiat, aussi ridicule que les tentatives d'expurger le rock soviétique des progressions d'accords occidentales ou aussi terrifiant que la rhétorique des démagogues proclamant que l'Union soviétique avait besoin de la main de fer des maîtres slaves pour mettre au pas les « asiatiques ».

Subtil ou grossier, tout cela participait d'un chauvinisme qui associait la menace de disparition de l'hégémonie russe sur l'U.R.S.S. à l'entrée de l'Union soviétique dans la « Communauté européenne bourgeoise dégénérée ».

Ce mouvement de la « Mère Russie » était peut-être minoritaire, mais il était fort voyant. Dans les rues de Moscou, c'étaient les Tontons Joseph — hooligans du Pamiat en T-shirts à l'effigie de Staline avec moustaches assorties — qui brisaient les vitrines des magasins étrangers et les baraques de hamburgers, terrorisaient les foules à la sortie des théâtres et cinémas passant des pièces ou des films occidentaux, violaient collectivement les filles « occidentalisées » et molestaient les gens dont ils mettaient en doute la « pureté raciale russe ». Dans les médias, c'étaient les interminables séries télévisées exaltant Pierre le Grand, les versions max-métal de musique traditionnelle russe et les sanglantes bandes dessinées obsédées par la Grande Guerre patriotique. Au Soviet suprême, c'étaient les délégués en blouse paysanne, pantalon cosaque et cuissardes qui, l'écume aux lèvres, face aux caméras de télévision, harcelaient impitoyablement les orateurs non russes.

Et, à l'université Gagarine, cela signifiait qu'une Franja Youriovna Gagarine *Reed* devait constamment prouver sa russité.

Son léger accent français pouvait être considéré comme chic par ses condisciples qui se piquaient de modernité eurorusse et traitaient avec mépris les mère-russiens de moujiks, d'ours ou pire, mais il y avait dans la faculté une poignée de ces créatures bornées qui la tourmentaient pour cette même raison.

« En *russe,* veux-tu, Franja Youriovna », lui disaient-ils, affectant de ne pas comprendre ses bonnes réponses à leurs questions.

Être une Eurorusse rapatriée affligée d'un accent français était déjà assez moche, mais quand ils s'aperçurent que son père était américain, leur attitude dégénéra en franche hostilité que trop de ses camarades de classe en vinrent à partager.

Et comme le système de notation faisait la part aussi belle à une évaluation subjective du comportement en classe qu'aux résultats obtenus, la défaveur de ces misérables ours réactionnaires nikulturni était suffisante pour rabaisser sa moyenne générale à quelques points seulement au-dessus du passable.

Pis encore, elle ne savait que trop bien que sa kharakteristika, sur laquelle son éducation parisienne et la nationalité de son père faisaient déjà assez mauvais effet, et dont dépendait aussi tout espoir d'entrer à l'école des Cosmonautes, était *également* injustement noircie par ses professeurs mère-russiens.

C'était la plus amère des ironies. Franja était victime de discrimination en tant qu'*Américaine !*

Sa mère aussi, à en juger par ses lettres, souffrait indirectement des méfaits des impérialistes américains, pour ne pas parler de l'obstination égoïste de Bobby à vouloir poursuivre ses études aux États-Unis.

Après le Grand Coup en bourse, on aurait pu croire que sa mère allait être promue chef de service ou quelque chose comme ça. Mais, après que Bobby fut entré à l'université de Californie au moment même où les Américains envahissaient le Mexique, le Parti l'avait convoquée pour un examen politique et seule l'intervention de son bon ami Ilya Pachikov avait sauvé sa carte du Parti et, avec celle-ci, son poste de directrice adjointe.

Pourtant Franja était de tout cœur avec son Américain de père, même s'il était la source involontaire de ses tourments. Tout comme il n'avait tourné le dos à l'Amérique que pour se retrouver injustement aiguillé sur une voie de garage en raison de sa nationalité, elle se voyait déloyalement privée de sa chance d'entrer à l'école des Cosmonautes par des origines américaines qu'elle avait toujours rejetées.

Lors de la publication des résultats de fin de première année à l'université Gagarine, il n'était que trop évident qu'elle n'avait aucune chance d'entrer à l'école des Cosmonautes quoi qu'elle puisse faire en seconde année et, quand elle rentra à Paris pour les vacances d'été, elle songeait sérieusement à abandonner.

La situation à la maison n'était pas vraiment de nature à lui remonter le moral.

Son père était plein d'amertume en raison de la façon dont se présentait sa carrière à l'ESA. Et il n'était que trop douloureusement manifeste que ses parents ne s'entendaient plus du tout.

Ils dormaient toujours dans le même lit, mais ce qui se passait une fois refermée la porte de la chambre était une chose que Franja s'efforçait de ne pas imaginer. Ils se disputaient souvent en sa présence, sous les prétextes les plus futiles, et quand ils ne se disputaient pas, ils se comportaient l'un envers l'autre avec une politesse glaciale tout en s'efforçant de faire bonne figure devant elle, ce qui rendait les choses encore plus difficiles.

Sa seule consolation était que les Américains avaient imposé d'extrêmes restrictions à la délivrance de visas d'entrée dans le cadre du durcissement de leur répugnante Loi sur la sécurité nationale, ce qui signifiait que si Bobby voulait venir comme prévu à Paris pour l'été, il avait de fortes chances de ne plus pouvoir repartir, ce dont il ne prendrait certainement pas le risque. Par conséquent, Franja se verrait au moins épargner sa présence durant cette déprimante réunion de famille.

Mais c'était loin d'être suffisant. Elle passa deux semaines à se traîner lamentablement à travers la ville, ressassant ses problèmes sans pouvoir vraiment en discuter à fond de peur que cela ne dégénère en tirades antirusses de la part de son père, et assistant, impuissante et horrifiée, au naufrage du mariage de ses parents.

Elle se prit à regretter la spartiate dortoir de l'université Gagarine, où elle avait au moins suffisamment de travail pour se changer les idées, et une fois constaté qu'elle se languissait de ce lieu de tourments, elle sut qu'il lui fallait partir. Où, elle n'en savait rien, mais elle devait s'en aller. Dans le Midi, peut-être, ou au bord de la mer Noire, n'importe où elle pourrait rester toute la journée allongée sur la plage, avoir la nuit des aventures sans lendemain, et essayer de déterminer ce qu'elle allait faire le reste de sa vie.

Il lui fallut plusieurs jours pour rassembler le courage de l'annoncer à ses parents, mais finalement, un soir après le dîner, alors que l'*entrecôte bordelaise* s'était révélée parfaite, que le saint-émilion avait été excellent et qu'ils avaient tous réussi à finir sans drame la salade, suivie d'un bon gâteau au chocolat et d'un excellent café, elle se lança.

« Je crois que ce serait une bonne idée si je partais seule quelque temps dans un endroit tranquille et ensoleillé. Je repasserai par Paris vous voir, environ une semaine, avant de retourner à Gagarine… si j'y retourne…

— *Si* tu y retournes ? Tu n'es pas vraiment *sérieuse* en parlant d'abandonner, j'espère. D'accord, ton année n'a pas été très bonne, mais il suffit de te reprendre et de bosser dur.

— Je te l'ai dit mille fois, maman, j'ai travaillé aussi dur que je l'ai pu, mais je ne peux tout simplement pas lutter contre la politique.

— Tu es bien sûre que ce n'est pas une bonne excuse ?

— Tu me connais assez, rétorqua Franja, exaspérée. Est-ce que je suis une glandeuse ? Est-ce que j'ai jamais eu peur de travailler dur ?

— Non, mais…

— J'avais bien raison, Sonia, dit amèrement son père. D'abord ils me font le coup, et maintenant ils…

— Ça suffit, Jerry ! La question est de savoir ce que nous allons faire.

— Ce que nous *pouvons* faire.

— Je peux glisser un mot à Ilya…

— Le golden boy !

— Ilya a des relations, il l'a prouvé…

— Loin de moi l'idée de contester que ton *collègue* Ilya Pachikov a de bonnes relations avec les autres connards de Moscou, répliqua son père avec mépris. Mais puis-je faire remarquer qu'un mot d'*Ilya* serait la dernière chose au monde pour améliorer la situation de Franja ?

— Oh, vraiment ?

— Imagine avec quelle sollicitude ces Ours Enculeurs de Mère Russie, ou je ne sais comment ils s'appellent, vont traiter notre fille s'ils se font sonner les cloches sur ordre d'un dégénéré occidentalisé en costumes Yves Saint Laurent ! Ce serait presque aussi efficace qu'une lettre de recommandation du président des États-Unis ! »

Sa mère le dévisageait en silence. Franja aurait voulu se trouver déjà quelque part au bord de la mer Noire.

« Alors, que suggères-tu, Jerry ? finit-elle par demander.

— Je pourrais en glisser un mot à Émile Lourade...

— Tu n'arrives même pas à l'avoir au téléphone !

— Eh bien, à Corneau, alors..., murmura faiblement son père. Il est mon débiteur, Franja pourrait obtenir son transfert dans le programme de l'ESA et...

— Corneau ! Tu n'as même pas pu obtenir de lui un bureau avec une fenêtre ! »

Son père soupira. Il avait l'air si abattu que Franja eut envie de se lever pour le serrer dans ses bras. Pour la première fois, elle comprit vraiment ce que cela pouvait être pour lui de voir tous ses rêves avortés, de voir les rêves de sa fille avortés, et d'être incapable de faire quoi que ce soit pour l'aider.

« Je suppose que nous ne pouvons pas faire grand-chose pour toi, Franja, finit-il par dire doucement. Ce n'est pas une chose agréable à avouer pour des parents, tu sais...

— C'est ce que tu as dit de plus vrai depuis des mois, Jerry, dit tristement sa mère. Nous nous plaisons à croire que nous sommes maîtres de nos vies, mais parfois des forces qui échappent à notre contrôle... » Elle leva les mains au ciel. « Il est parfois difficile de savoir quand se mettre à en vouloir aux autres et cesser de s'en vouloir soi-même... »

Ses parents échangèrent un étrange regard, l'ombre d'un sourire, la triste évocation d'un souvenir partagé. Mais cela sembla avoir passé l'instant d'après, le visage de son père se durcit et il détourna le regard pour regarder sa fille droit dans les yeux.

« Mais ce n'est pas une excuse pour abandonner, dit-il. Accroche-toi. Et si tu ne peux pas entrer à l'école des Cosmonautes, accepte tout ce qui pourra t'arracher à l'attraction terrestre. Tu es jeune, l'âge d'or de l'exploration spatiale ne fait que commencer, et quand les Navettes de grande croisière seront opérationnelles, il leur faudra ratisser large. Va là-haut, Franja, vas-y de la façon que tu pourras. Et un jour, tu verras, ce sera toi et moi, là-haut, en route pour la Lune, pour Mars, même. Toi et moi, Franja ; ils ne nous rendront pas les choses faciles, mais nous y arriverons. Tu y crois, n'est-ce pas ? Hein, Franja ? »

Les yeux de Franja s'emplirent de larmes. « Tu es un vrai Cadet de l'espace, papa, balbutia-t-elle. Tu ne crois à tout ça que parce que tu es un romantique incorrigible. »

Les yeux de sa mère parurent s'embuer eux aussi, et elle regarda Jerry avec une tendresse nostalgique que Franja n'avait pas vue entre eux depuis deux semaines qu'elle était rentrée à la maison. Aujourd'hui, ironiquement, à la veille même de son départ... En fait, elle le sentait, c'était d'une certaine façon dû à son départ imminent.

« Je n'abandonnerai pas, balbutia hâtivement Franja dans l'espoir de préserver cet instant. Je le promets. Parce que j'y crois, moi aussi. »

Ce n'était pas vrai, bien sûr, mais il ne lui fallut pas plus de quelques jours de réflexion sur la plage, près de Nice, pour se rendre compte qu'il ne lui restait rien d'autre à faire.

En outre, elle avait donné sa parole, et même si elle l'avait fait à la légère, elle n'avait pas le cœur de rompre une promesse faite à ses parents dans la triste passe qu'ils traversaient. Si Bobby était la cause de cette rupture, elle devait tout faire pour la guérir et, en particulier, ne pas les décevoir, même si ce n'était pas grand-chose.

Donc, à la fin de l'été, elle retourna à l'université Gagarine et se plongea dans les études comme si travailler encore plus dur pouvait suffire à lui faire surmonter tous les obstacles. Mais ses notes eurent beau s'améliorer, à la fin de l'année, quand furent publiés les noms de ceux qui étaient admis à l'école des Cosmonautes, elle n'était pas du nombre.

Elle était évidemment d'une humeur massacrante en se rendant à son rendez-vous avec Vassili Yourovets, le conseiller d'orientation, rencontre qui devait décider du cours de sa dernière année à Gagarine.

Yourovets était un quinquagénaire solide et rougeaud aux cheveux blonds clairsemés qui avait l'air de lutter contre une tendance à l'empâtement grâce à des exercices rigoureux et une volonté de fer. Il avait lui-même été pilote cosmonaute avant qu'un excès de tension artérielle ne le cloue définitivement au sol et les murs de son bureau étaient décorés de photographies de cosmograds, de vaisseaux martiens, de lui sur la Lune en compagnie de vieux camarades en combinaisons spatiales avec, en arrière-plan, la station lunaire soviétique.

« Alors... Franja Gagarine Reed... », commença Yourovets en affichant son dossier scolaire sur son terminal. Il fronça les sourcils, secoua la tête. « Beau nom ! Tu es apparentée à *Youri* Gagarine ?

— Non », répondit Franja. Si je l'étais, se dit-elle avec amertume, j'aurais probablement été admise sans problème à l'école des Cosmonautes.

Yourovets jeta un nouveau coup d'œil à l'écran, puis il examina Franja d'un air songeur. « Je vois que ton père est un Américain du nom de Jerry Reed... »

Oh non, se dit lamentablement Franja, encore un ours !

« Ne s'agirait-il pas par un hasard extraordinaire *du* Jerry Reed ? demanda Yourovets.

— *Le* Jerry Reed ?

— Le transfuge américain à l'origine de l'idée de Navette de grande croisière... ?

— C'est bien mon père, reconnut Franja à contrecœur. Tu as entendu parler de lui ?

— Bien sûr que j'ai entendu parler de lui ! déclara Yourovets. J'ai lu ce fameux article bien avant... eh bien, quand j'étais encore cosmonaute. Quelle inspiration ! Et maintenant que nous sommes sur le point de réaliser sa vision... » Il fronça les sourcils. « Euh, tu... tu voudras bien excuser mon indiscrétion, mais ton père est-il toujours en vie ? ? »

Franja hocha la tête.

« Comment se fait-il donc qu'il ne soit pas à la tête du projet ?

— C'est une longue et triste histoire, camarade Yourovets, répondit prudemment Franja. La politique... »

Yourovets hocha la tête, fit la moue. « Je vois..., murmura-t-il. Ces salauds sont donc partout, même à l'ESA...

— Camarade Yourovets ? »

Vassili Yourovets eut l'air de revenir sur Terre. « Bon, nous ne sommes pas là pour discuter du glorieux passé de ton père, mais de l'avenir de sa fille, dit-il vivement.

— Ce qu'il en reste », marmonna Franja d'un air lamentable.

Yourovets haussa un sourcil interrogateur.

« Vois-tu, balbutia hâtivement Franja, tout ce que je veux, c'est être cosmonaute, mais...

— Louable ambition. Mais tes notes...

— Je sais...

— Et ta kharakteristika... et qu'est-ce que c'est que ça, tu n'es même pas citoyenne soviétique ! Quel bazar !

— J'ai l'intention d'opter pour la nationalité soviétique dès ma majorité, dit Franja.

— Pourquoi pas tout de suite ? Tu te rends bien compte...

— Certainement, camarade Yourovets ! déclara Franja. Mais mon père...

— Refusera de signer les papiers car il est hors de question qu'il laisse sa fille devenir citoyenne soviétique parce que les Russes l'empêchent de réaliser ses ambitions ?

— C'est ça », répondit tristement Franja.

Vassili Yourovets tambourina du bout des doigts sur son bureau. « Je commence à piger l'orbite. Creusons un peu la chose... »

Il passa plusieurs minutes à pianoter sur son clavier, l'œil rivé à son écran, en marmonnant entre ses dents. Finalement il regarda Franja, joignit les mains, eut l'air d'hésiter avant de reprendre la parole.

« Cela ne doit pas sortir d'ici, tu comprends, et je nierai catégoriquement que cette conversation ait jamais eu lieu...

— Camarade Yourovets... ?

— J'ai comparé tes résultats scolaires à tes notes aux examens et dans de nombreux cas ils ne concordent absolument pas. Quant aux professeurs en cause, leurs tendances ne sont que trop connues...

— Leurs tendances... ?

— Ne mâchons pas nos mots ! dit Yourovets avec colère. Ce n'est qu'une bande de sales chauvins d'ours russes ! Les ordures ! Ça fait bouillir mon sang d'honnête Ukrainien ! Ne va pas penser que tu es la seule à avoir jamais souffert d'injustice de la part de ces porcs ! Des peuples entiers ploient sous leur joug ! »

Franja ne savait pas exactement comment prendre cette sortie mais, pour la première fois depuis longtemps, elle se permit d'entrevoir une lueur d'espoir.

« Exprimons-nous donc avec une brutale franchise, poursuivit Yourovets. Tu n'aurais de toute façon probablement pas obtenu les notes nécessaires pour entrer à l'école des Cosmonautes, mais le fait demeure que tu as été victime autant que n'importe quel Ukrainien du chauvinisme russe rétrograde, et dirigé contre la fille de *Jerry Reed*, qui plus est. L'honneur de cette institution, du corps des Cosmonautes et de ce qu'est *censée* être l'Union soviétique exige que soit réparée d'une façon ou d'une autre cette injustice... »

Sa colère retomba un peu et il leva les bras au ciel. « Non que je sois en position de faire grand-chose, reconnut-il. Cependant... Du fond du cœur, Franja Reed... que désires-tu *vraiment ?*

— Devenir cosmonaute ! » répondit Franja.

Yourovets soupira. « L'admission à l'école des Cosmonautes est hors de question. Mais il y a peut-être une autre voie... difficile, c'est vrai, problématique aussi, mais... À quel point tiens-tu à être cosmonaute ? À quels sacrifices es-tu disposée ? Quels risques es-tu prête à prendre ?

— Tous ceux que tu voudras ! déclara Franja.

— Cet entretien est censé concerner ta spécialisation pour la dernière année d'études. Les étudiants sont autorisés à choisir sur la base de leur classement tant que les quotas pour les différentes spécialités ne sont pas atteints et comme, malgré les machinations des ours, tu es dans la première moitié de ta classe, tu as un assez large choix. Je te conseillerai néanmoins d'opter pour une spécialité considérée parmi les moins désirables. Technicienne du service d'entretien du matériel.

— Technicienne du service d'entretien ! gémit Franja. Simple débardeuse !

— Exactement, répondit Yourovets. Peu d'étudiants se portent volontaires pour ça ! Mais ça te fera aller dans l'espace et, c'est en cosmonaute que je te parle, d'ici cinq ou dix ans, quand les Navettes de grande croisière seront opérationnelles,

les diplômés de l'école des Cosmonautes ne pourront satisfaire complètement les besoins en équipages. Et, crois-moi, quand nous serons obligés de tirer des gens du rang, ce sera des gens ayant l'expérience de l'espace, pas une bande de rampants aux diplômes bidons ! »

Franja regarda Vassili Yourovets d'un œil rond, stupéfaite. « Mon père m'a dit la même chose !

— Vraiment ? » s'exclama Yourovets. Il lui décocha un sourire positivement rayonnant. « Quel honneur ! » Il rit. « Les grands esprits se rencontrent, dirait-on ! »

Il se fit plus sérieux, sombre, même. « Cette situation changera peut-être un jour, mais pour le moment ta kharakteristika est un vrai désastre et tu as un urgent besoin d'une bonne grosse étoile d'or, si l'on peut dire, que j'ajouterai avec joie à ton dossier, si tu es d'accord...

— D'accord pour quoi ?

— Si tu suis mon conseil de suivre une formation de technicienne du service d'entretien, je vais, disons, arranger un peu ton dossier. On pourra y lire que tu t'es présentée à moi comme une brave petite stakhanoviste, l'œil brillant de ferveur patriotique et que, sans me laisser le temps d'ouvrir la bouche, tu as positivement *exigé* l'honneur de devenir technicienne du service d'entretien pour servir la mère patrie, ne sachant que trop bien que le regrettable égoïsme bourgeois de tant de tes condisciples moins idéalistes les pousse à se dérober à ces honnêtes et vitales tâches prolétaires pour la satisfaction d'un cynique carriérisme individualiste. Ou quelque chose comme ça. »

Franja ne put se retenir d'éclater de rire. « Quelqu'un pourra-t-il vraiment croire une telle absurdité ? » demanda-t-elle.

Vassili Yourovets haussa les épaules. « Des gens capables de croire que Joseph Staline était autre chose qu'un fou sanguinaire ou que les Russes doivent gouverner à jamais notre grande nation par droit héréditaire sont parfaitement capables de croire *n'importe quoi !* Même qu'une fille comme toi puisse être aussi sentencieuse qu'eux ! »

SOMMES-NOUS TOUJOURS VRAIMENT SEULS ?

Il peut sembler curieux que la découverte incontestable d'une civilisation extraterrestre sur la quatrième planète de l'étoile de Barnard ait eu si peu d'effet sur la nôtre. Après une certaine excitation et l'envoi de quelques messages, nos contemporains ont bien vite oublié les Barnardins. Plus qu'oublié, peut-être, délibérément écarté de leurs préoccupations.

Après tout, nous serons tous morts avant que puisse nous parvenir une réponse des Barnardins, si elle vient jamais. Cela nous rappelle trop notre condition mortelle. Et les rares à y penser se sentent frustrés, sachant qu'ils ne vivront pas assez longtemps pour connaître la réponse à ce grand mystère.

On se demande si les Barnardins éprouveront le même sentiment quand ils recevront nos messages. Mais hélas, c'est là aussi une question à laquelle nous sommes condamnés à ne pas avoir de réponse de notre vivant.

Nous mourrons en sachant que nous sommes nés à la mauvaise époque.

Space and Time

17.

Franja avait voyagé à bord de Concordski sur les lignes régulières entre Paris et Moscou, mais *là* c'était autre chose.

Avec une demi-douzaine d'autres techniciens du service d'entretien frais émoulus de l'école, elle avait été emmenée à l'aéroport de la Cité des étoiles où ils avaient embarqué sans attente ni formalité. Ce Concordski était un appareil du ministère de l'Espace, avec une cabine réduite de moitié afin de faire de la place à l'arrière pour un supplément de cargaison. Les écrans vidéo disposés au-dessus des sièges pour remplacer les hublots avaient été supprimés et personne ne se donna la peine de venir rappeler les habituelles consignes de sécurité ou expliquer le mode d'emploi des masques à oxygène.

La porte fermée, l'avion roula sur la piste, s'immobilisa, la carlingue vibra quand il procéda aux essais de réacteurs, puis il décolla. Il y avait à bord une quarantaine de passagers qui lisaient, se passaient des flacons de vodka ou faisaient simplement un somme. L'expérience aurait pu être ennuyeuse, déprimante, propre à engendrer la claustrophobie.

Mais il n'en était rien. Car ce n'était pas un vol à destination de Paris mais du cosmograd Sagdeev, en orbite ; l'année était enfin finie et Franja était sur le point de s'arracher à l'attraction terrestre.

Le mieux que l'on puisse dire à propos de son année de formation comme technicienne du service d'entretien était que, après ses deux premières années à Gagarine, le travail était facile, la concurrence inexistante et les professeurs parfaitement indifférents à ses anticédents autant qu'à son accent.

Ses condisciples étaient la lie de l'université — cancres qui s'estimaient heureux d'être allés aussi loin ou flemmards qui passaient la majeure partie du temps à maudire leur infortune. Les professeurs étaient pour la plupart d'anciens techniciens spatiaux d'âge mûr dont le principal souci était de familiariser leurs élèves avec les outils et le matériel, authentiques prolétaires se désintéressant de la politique et se considérant comme privilégiés d'avoir décroché cette sinécure. Ils considéraient leurs élèves indifférents avec un mépris tout aussi indifférent et étaient plutôt satisfaits, pour ne pas dire amusés, de l'enthousiasme et de l'application de Franja.

Mais c'était maintenant du passé, la grande aventure allait commencer !

La seule déception de Franja avait été d'être privée de la vue et de devoir se contenter de son imagination : le ciel bleu passant au violet puis au noir, la Terre s'éloignant sous ses pieds tandis que les réacteurs principaux du Concordski prenaient le relais, la collant à son siège, la surface de la planète qui s'incurvait et les étoiles qui apparaissaient à mesure que l'avion s'élevait de plus en plus vite dans les couches supérieures de l'atmosphère, une secousse, une hésitation, suivies d'un soudain changement de musique des vibrations alors que les moteurs passaient en combustion autonome pour la dernière accélération afin d'atteindre la vélocité orbitale, puis…

Les vibrations cessèrent et l'avion poursuivit son vol dans un silence absolu tandis que Franja éprouvait une soudaine sensation de flottement légèrement nauséeuse. Elle desserra sa ceinture et se sentit soulevée de son siège. Elle glissa une main sous ses fesses et glapit de joie en la sentant passer sans encombre.

« Chute libre ! Nous sommes en apesanteur ! Nous sommes en *orbite !*

— Hein ? »

Son voisin, un homme d'âge mûr qui avait passé tout son temps à lire, leva enfin les yeux de son livre pour la regarder.

« J'ai dit : nous sommes en orbite !

— Étant donné que nous allons sur Sagdeev, ça n'a rien de surprenant, dit-il d'un air docte. C'est la première fois que tu t'y rends ?

— Oui ! répondit Franja, toute frétillante.

— Eh bien, ne t'en fais pas, tu t'y habitueras. Mais si tu veux vomir, n'oublie pas d'utiliser le sac prévu pour ça, s'il te plaît. Envoyer des globules de dégueulis se balader dans toute la cabine serait considéré comme très nikulturni. »

Et il replongea le nez dans son livre.

Il y eut une série de petites secousses accompagnées de sifflements alors que le Concordski mettait à feu ses fusées de manœuvre, puis une longue glissade silencieuse, et encore d'autres secousses et sifflements tandis qu'il ajustait son orbite à celle du cosmograd. Franja avait un peu mal au cœur, mais il n'était pas question de vomir, elle n'allait pas donner cette satisfaction au bouquineur. Il y eut quelques légers chocs contre la coque lorsque les techniciens fixèrent les câbles, puis un soupçon d'accélération tandis que le cosmograd tirait le Concordski vers le sas.

De nouveaux chocs et une explosion assez incongrue alors qu'ils fixaient la passerelle au sas de l'avion. Puis la porte s'ouvrit, les oreilles de Franja se bouchèrent tandis que s'égalisaient les pressions, les passagers détachèrent leurs ceintures et, se cognant un peu partout, nagèrent maladroitement vers la sortie.

Franja franchit la courte passerelle tubulaire en s'accrochant à une série d'anneaux fixés le long de la paroi et pénétra dans le cosmograd.

La première chose qu'elle remarqua fut l'odeur, une senteur légèrement sure de vieille espadrille, de dessous de bras, de chou et d'effluves chimiques rappelant vaguement le désinfectant pour toilettes.

Elle flottait au milieu d'une vaste salle sphérique d'une quinzaine de mètres de diamètre aux parois recouvertes de peinture bleu ciel écaillée. Les orifices de cinq passages menaient vers le reste du cosmograd et un entrecroisement de cordes reliait le centre de la pièce aux rangées d'anneaux qui en quadrillaient la paroi. Franja réussit à s'accrocher à une des cordes tandis que les passagers qui débarquaient s'élançaient de l'une à l'autre, se tiraient le long des poignées et s'engouffraient dans les passages comme une bande de gibbons, la laissant flotter là avec ses six camarades néophytes, ne sachant que faire.

« Où sont les nouveaux singes ? Ah, vous êtes là, comment aurais-je pu le deviner ? »

Une femme solidement bâtie en combinaison verte sans manches avait surgi du passage situé « en dessous » de Franja et s'accrochait d'une main, la tête en bas, à un des anneaux.

« Je m'appelle Melnikov, je suis chargée de veiller sur vous et de vous montrer vos cages, alors collez-moi au train, essayez de ne pas vous marcher sur la queue et allons-y », dit-elle avant de replonger dans le passage.

Après une certaine confusion ponctuée de rebonds et de jurons, Melnikov réussit à les rassembler tous derrière elle dans le passage, tube vert sale avec la sempiternelle rangée d'anneaux le long d'un plafond arbitraire et des lignes bleues, vertes, rouges, jaunes et noires peintes sur un plancher tout aussi arbitraire.

« Bienvenue à bord du cosmograd Sagdeev, dit-elle. Nous nous rendons maintenant aux quartiers de l'équipage, c'est la ligne jaune, si jamais vous vous perdez ; la rouge mène au centre de contrôle, la bleue aux sas et aux aires de chargement que vous aurez amplement l'occasion de voir, la verte c'est les installations scientifiques, qui ne sont guère nombreuses, et la noire c'est les ateliers, qui seront votre principal lit de douleur ; gardez vos questions pour plus tard et suivez-moi. »

Le passage le long duquel s'était engagée Melnikov débouchait dans un autre module sphérique, plus petit, d'où rayonnaient d'autres passages. Elle s'engouffra dans l'un de ceux-ci, traversa un autre module, suivant la ligne jaune dont se détachaient peu à peu les autres, et finit par atteindre, après plus de tours et de détours que n'aurait pu espérer se rappeler Franja, un module sphérique où tous les passages n'étaient marqués que de jaune et de grands chiffres blancs.

« À partir d'ici, tous les chemins mènent aux cages à singes, leur annonça-t-elle. Souvenez-vous du numéro de votre module d'habitation, il n'y en a que cinq, vous pouvez compter jusque-là, non ? » Elle sortit un petit calepin de sa combinaison. « Lermitskovski, Bondarov, suivez-moi, les autres attendez ici votre tour. »

Elle entraîna les deux recrues dans le passage n° 1, revint quelques minutes plus tard et appela deux autres noms. « Khoukhov, Reed... »

Franja, progressant d'anneau en anneau, s'engagea dans le couloir n° 2 sur les talons de Melnikov, suivie de Khoukhov, une petite brune qui avait l'air un peu verdâtre. Une rangée de portes circulaires, marquées chacune d'un gros chiffre blanc, s'alignait de chaque « côté » arbitraire du couloir.

« Voilà la tienne, Reed », dit Melnikov, suspendue à un anneau près de la porte marquée 4. « Orientation dans une demi-heure, tu vas au bout de ce couloir et tu te guides à l'odeur jusqu'au réfectoire. Bortsch et saucisses fumées... impossible de se tromper. Bon, viens, Khoukhov, tu pourras dégueuler plus tard, pendant tes heures de loisirs ! »

Franja poussa la porte et se hala à l'intérieur d'une pièce cylindrique peinte en jaune pâle. Une table ronde en plastique gris était boulonnée au « plafond » ainsi que quatre chaises assorties équipées de ceintures. Quatre placards à vêtements étaient alignés sur le « plancher ». Une petite cabine de toile était disposée sur le mur de droite, par l'ouverture de laquelle on apercevait une cuvette de W.C. accrochée au mur. Sur le mur de gauche était fixée une espèce de tente plus vaste, celle-ci en toile caoutchoutée, avec des robinets et un curieux système de drainage. Il y avait des anneaux un peu partout dans la pièce.

La moitié postérieure de la chambre était divisée en quatre secteurs égaux par des cloisons de toile verte. Des rabats permettaient de masquer l'ouverture des compartiments et l'un d'eux était fermé. Deux des alcôves étaient vides et on y apercevait, fixés à la cloison, des hamacs constitués de deux filets de caoutchouc superposés et des lampes de chevet à monture flexible.

Dans le quatrième compartiment, un homme en combinaison verte, sanglé dans son hamac, lisait une revue sur la couverture de laquelle s'étalait une femme nue.

« Bonjour... », fit timidement Franja.

L'homme leva les yeux, détacha les sangles qui le retenaient, se propulsa hors de l'alcôve, dériva vers elle la tête en bas, donna une petite poussée contre le « plafond ».

« Tu dois être le nouveau singe, dit-il. Assieds-toi. Je suis Sacha Gorokov.

— Franja, euh, Gagarine », dit Franja en s'agrippant à une des chaises pour se hisser vers le haut — ou était-ce le bas ? — afin de s'y installer et de boucler la ceinture autour de sa taille. Avec une série de petits mouvements qui faisaient penser à un phoque, Gorokov s'assit, boucla sa ceinture, et ils se retrouvèrent soudain de part et d'autre d'une table fixée au sol, comme des êtres humains qui se respectent.

Gorokov la détailla franchement de la tête aux pieds. « Pas mal, dit-il. La dernière était bâtie comme un ours, avec les poils sous les bras qui vont avec. Tu te rases sous les bras, j'espère ?

— *Quoi ?* » s'exclama Franja.

Gorokov rit. Il avait une épaisse tignasse noire, des yeux marron paresseux et un sourire assez dédaigneux. « J'ai horreur de baiser avec les filles qui ont des poils sous les bras. Enfin, ça peut dépanner en cas d'urgence, mais...

— Si tu crois... »

Gorokov rit à nouveau, plus fort, cette fois. « Oui, oui, je sais, je suis un grossier moujik et tu ne me toucherais pas avec des pincettes, mais ne t'en fais pas, tu t'y habitueras. Nous sommes tous des singes, ici, avec la vie sexuelle que ça implique. Attends d'avoir essayé de baiser accrochée par les pieds aux anneaux. Je peux te montrer tout de suite, si tu veux.

— Certainement pas ! »

Gorokov haussa les épaules. « Ce n'est pas grave, nous aurons tout le temps plus tard, crois-moi. Buvons un coup. »

Ce disant, il détacha sa ceinture, se propulsa jusqu'à un placard, revint avec un flacon de plastique souple muni d'une paille, aspira, claqua de la langue, le tendit à Franja. « Vas-y, goûte, ça fait plus d'une semaine que ça vieillit dans le plastique ! »

Faute de mieux à faire, Franja aspira prudemment une goulée qu'elle recracha en un fin brouillard de gouttelettes qui se mirent aussitôt à dériver dans la pièce. Ça devait titrer 150 degrés et avait un goût de kérosène.

« Ne t'en fais pas, dit Gorokov, tu t'y habitueras.

— Je dois y aller, dit Franja d'un ton glacial. Veux-tu bien au moins me dire quel est mon compartiment ?

— Eh quoi, celui qui est voisin du mien, bien sûr !

— Mais ils sont *tous* voisins ! »

Gorokov lui adressa un clin d'œil lubrique. « Tu commences déjà à piger le truc ! Sympathique, n'est-ce pas ! » Et il éclata d'un rire rauque.

À sa façon, Sacha Gorokov avait raison. Il était parfaitement étonnant de voir à quoi l'on peut s'habituer quand on n'a pas le choix.

Le cosmograd Sagdeev était constitué de cinq modules de

base et de diverses additions. Les modules d'habitation étaient reconfigurables en laboratoires scientifiques, salles de contrôle, dépôts d'outils ou ateliers. Les grosses sphères du type de celle qui servait de salle de débarquement étaient également utilisées pour abriter les deux réfectoires, la bibliothèque, la salle de détente de l'équipage, le centre de commandes principal, les deux gymnases et le pont d'observation ; elles servaient aussi de dépôt de matériel lourd. Six modules servaient de sas pour les sorties dans l'espace et un grand sas pouvait s'ouvrir comme une huître afin d'avaler les satellites pour les réparer. Il y avait à l'extérieur des appontements pour les navettes lunaires et les vaisseaux qui se rendaient sur Mars, ainsi que des antennes, des panneaux solaires, des groupes de sondes et des réacteurs de correction d'assiette.

Tout cela avait évolué au petit bonheur au fil des ans et l'ensemble était interconnecté par des modules-couloirs et des sphères-carrefours. De l'extérieur, Sagdeev avait l'air assemblé par un comité d'écoliers qui se seraient amusés avec un antique meccano. À l'intérieur, c'était un labyrinthe démentiel au sein duquel il n'était possible de se retrouver qu'au moyen du système de lignes colorées, et à l'odeur.

Sagdeev n'était pas un des prestigieux cosmograds consacrés à la science ou à l'observation de la Terre. C'était essentiellement un centre de réparation, d'entretien et, à l'occasion, de construction en orbite basse qui s'occupait des satellites, étages supérieurs de lanceurs lourds, navettes lunaires, cargos en route pour Espaceville et parfois un vaisseau martien, autrement dit une simple station-service de l'espace.

Ce qui signifiait pour son personnel de cent singes de l'espace un travail harassant, uniquement allégé par le fait qu'une partie de celui-ci s'accomplissait dans l'espace, expérience en tout point aussi enivrante que l'avait imaginé Franja, quand elle avait le temps d'y songer, ce qui était rare. Même les sorties dans l'espace, considérées comme les tâches les plus intéressantes, se résumaient pour l'essentiel à de fastidieuses manipulations rendues délicates par les gants des combinaisons spatiales ou les waldos, encore plus récalcitrants.

Cela signifiait aussi que les quartiers d'habitation étaient alloués selon une structure de classe encore plus rigide que tout ce qui avait pu exister sous les tsars ou la bureaucratie brejnevienne. Le commandant du cosmograd, ses subordonnés immédiats et les V.I.P. de passage bénéficiaient d'une cabine pour eux tout seuls. Les superviseurs étaient répartis à deux par cabine avec entre eux une cloison pour préserver leur intimité et chacun ses toilettes et une douche.

Les singes dormaient à quatre par cabine, partageant ronflements, bruits de toilettes et pets, lesquels étaient nombreux, en raison de la nourriture que le dernier des paysans bulgares aurait jetée sans hésiter aux cochons. Rationnés à une douche de trois minutes tous les trois jours, les odeurs corporelles étaient également mises en commun.

Pour des raisons que Franja mit plusieurs semaines à bien comprendre, les cages à singes étaient mixtes. Outre Sacha Gorokov, elle partageait la sienne avec Boris Waseletski, un stakhanoviste du sexe blond et musclé qui semblait accueillir dans son hamac une fille différente tous les jours, et Tamara Ryamskolya, une femme assez quelconque et mal bâtie pour qui les « manœuvres d'appontement », comme elle les appelait, étaient un impossible rêve devenu réalité.

Les singes travaillaient par roulements de huit heures et avaient seize heures de repos par « jour » pour conserver le cycle terrestre. Seize heures durant lesquelles ils n'avaient guère autre chose à faire que dormir, avaler l'infecte nourriture, faire leurs exercices obligatoires au gymnase, regarder la télévision dans la salle de détente, s'envoyer l'infâme tord-boyaux distillé en cachette à partir de valait mieux ignorer quoi, et baiser.

Bref, boire et baiser constituaient la principale activité durant les heures de loisir.

Tout le monde s'envoyait en l'air avec n'importe qui comme, eh bien, une bande de singes en cage qui cherchent à tromper l'ennui. Toute intimité étant virtuellement inexistante, Franja s'habitua au spectacle de la nudité de ses compagnons de cage plus vite qu'elle ne l'aurait cru possible. De même, elle s'accoutuma rapidement aux bruits de baise de l'autre côté des rideaux de toile.

Lorsque toute intimité est impossible, les tabous sexuels

deviennent ridicules et chercher à s'y conformer ne peut qu'être source de tensions et de frustrations. Des individus des deux sexes en bonne santé confinés ensemble finiraient de toute façon par faire l'amour et, les occasions de le faire dans l'intimité étant si rares, il était tout naturel d'ignorer ce qui se passait dans les hamacs voisins.

De sorte que la nature indiscriminée et fréquemment alcoolisée des rapports sexuels entre singes de l'espace était une adaptation nécessaire, sagement encouragée par les autorités en faisant cohabiter hommes et femmes. Dans un espace aussi mesuré, les passions romanesques et les relations suivies n'auraient conduit qu'à des jalousies, des rivalités et des bagarres.

Les rapports sexuels, à bord de Sagdeev, tenaient plus du sport que d'une expression d'affection personnelle ou même de désir. L'apesanteur ouvrait tout un nouvel univers de possibilités et la préférence allait à l'inventivité, aux configurations les plus bizarres possible, plutôt qu'à l'acte en lui-même.

On pouvait simuler l'amour à terre en le faisant dans les filets, mais cela n'impressionnait pas grand monde. On pouvait le faire assez facilement contre une cloison, tête-bêche ou en croix, pour ajouter un peu de diversité. Le faire tout en planant au milieu de la pièce était une figure plus élaborée qui entraînait souvent bleus et égratignures lorsqu'on en perdait le contrôle. Les vrais experts pouvaient baiser en faisant le tour d'un module selon une trajectoire contrôlée.

Franja s'habitua vite à ces prouesses, car les rapports sexuels entre singes tendaient également à être un sport *avec spectateurs,* surtout après ingestion d'une bonne dose de « vodka de l'espace ». Des couples faisaient la démonstration de leurs dernières inventions ou essayaient des figures expérimentales devant un parterre de critiques. Certains prenaient même des paris. Les partenaires atteindraient-ils l'orgasme avant que la configuration perde de sa stabilité ? Tel couple parviendrait-il à faire le tour d'un module en baisant en moins de deux minutes ?

Au début, Franja était horrifiée par ce comportement et elle n'aurait jamais imaginé qu'elle tomberait assez bas pour s'y adonner elle-même. Mais le travail était pénible, la télévision et la bibliothèque ennuyeuses au possible, il n'était pas dans sa nature de boire pour oublier, elle était là pour un an, c'était une jeune femme vigoureuse aux besoins normaux, toute espèce de relation suivie était absolument exclue et, lentement mais sûrement, elle commença à se faire à l'idée qu'il lui faudrait tôt ou tard effectuer la dernière adaptation à la vie en cosmograd.

Ce n'étaient certes pas les propositions qui lui avaient manqué, mais l'étiquette simiesque, scrupuleusement observée même par le dernier des voyous, voyait d'un très mauvais œil toute insistance excessive et, du moment qu'elle ne s'offusquait pas des invites bon enfant, on la laissait plus ou moins tranquille.

Boris Vaseletski était recommandé par toutes les femmes. D'après ce qu'elle avait pu voir de ses prestations en public, c'était un héros du sexe en apesanteur ; elle était pratiquement la seule femme dans les cages qu'il n'avait pas *encore* baisée et il ne laissait pas ignorer qu'il était fort désireux de compléter sa collection.

Mais, pour cette raison même, sans parler du fait que Boris était un voyou nikulturni, Franja décida qu'elle ferait mieux de commencer avec Sacha Gorokov. Sacha était peut-être grossier, mais pas plus que le singe moyen, et au moins sa grossièreté était tempérée d'un certain sens de l'humour.

De sorte que, un jour où ils étaient tous les deux seuls dans leur cabine, Franja demanda s'il voulait lui offrir de l'alcool qu'il gardait toujours dans son placard. Sacha haussa un sourcil étonné, mais n'eut à part cela aucune réaction déplacée tandis qu'il allait chercher son flacon, puis ils s'installèrent de part et d'autre de la table, comme le premier jour, qui semblait à présent bien loin.

Cette fois, malgré tout, Franja se força à avaler une impressionnante quantité de l'horrible tord-boyaux, décidée à se saouler vite fait bien fait pour en finir le plus rapidement possible. Avec un peu de chance, ils arriveraient peut-être à ressortir du hamac avant que quiconque les aperçoive.

« Je t'avais bien dit que tu t'y habituerais », dit enfin Sacha alors que la tête commençait à lui tourner. Elle n'aurait pas pu avaler une goutte de plus.

« Oui, peut-être, marmonna Franja. Je suppose que, puisque je suis ici pour un bout de temps, je n'ai pas trop le choix.

— Nous ferons de toi un vrai singe. »

Franja eut un gloussement d'ivrogne. « Je crois que je me débrouille très bien toute seule, merci.

— Non, pas encore..., dit lentement Sacha.

— Je *commence à m'habituer,* non ?

— Tu crois qu'il n'y a que ça ?

— Et merde ! déclara Franja. Allons-y, baisons comme deux braves singes ! Il est temps que je m'habitue aussi à ça, non ? » Elle détacha sa ceinture, fit le tour de la table en vol plané, passa maladroitement les bras autour du cou de Sacha, chercha à tâtons sa ceinture, le détacha, repoussa du pied la table, les propulsant en direction des alcôves, extrêmement soulagée d'en finir enfin avec cette histoire.

« Attends une minute ! dit Sacha en se dégageant. Pour ta première fois, nous devrions faire quelque chose de vraiment spécial. »

Il la prit par la main et, progressant de l'autre, il l'entraîna hors de la cabine pour se rendre, rebondissant à travers les couloirs, jusqu'au grand sas de réparation des satellites.

Il était vide pour le moment, à part la Pieuvre. C'était le tout dernier matériel expédié sur Sagdeev pour évaluation. Il s'agissait d'une capsule de réparation dans l'espace munie de six bras robots, cylindres flexibles se terminant par des grappes de pinces et d'outils qui ressemblaient effectivement à des tentacules métalliques. Trois personnes pouvaient travailler en même temps à l'intérieur en atmosphère respirable ; elle possédait son propre système de manœuvre et une bulle-verrière à double vitrage chauffée intérieurement pour éviter les brûlures accidentelles par le froid à son contact.

« Que dirais-tu de donner un peu d'exercice à la Pieuvre ? demanda Sacha. Cette pauvre vieille en a bien besoin ! »

Franja fit la grimace. La Pieuvre s'était avérée un cauchemar pour les singes de l'espace. En théorie, trois personnes pouvaient travailler ensemble à l'intérieur, mais les tentacules ne cessaient de se gêner les uns les autres et les génies au sol avaient négligé de doter l'un des tableaux de commandes d'un système de contrôle général.

« La Pieuvre ! s'écria Franja. Cette putain de machine est absolument inutilisable…

— Tout à fait d'accord, répondit Sacha, mais c'est idéal pour baiser ! »

Ce disant, il ouvrit la bulle de la Pieuvre. Ils se glissèrent à l'intérieur, refermèrent la verrière et ouvrirent le sas. Sacha mit à feu le réacteur principal et ils s'élevèrent dans les ténèbres étoilées.

La Pieuvre n'était peut-être pas particulièrement spacieuse selon les normes terrestres, mais comme l'habitacle était prévu pour un équipage de trois, l'endroit était suffisamment vaste pour eux deux. On y trouvait trois sièges munis de harnais de sécurité, trois tableaux de commandes des bras robots et la console du système de manœuvre ; en dehors de cela, l'espace était libre, quoique Franja ne puisse voir de surface confortable dépourvue d'angle ou de protubérance contre laquelle accomplir la chose, et pas beaucoup de place pour planer en chute libre, non plus.

Sacha conduisit la Pieuvre bien à l'écart du cosmograd, puis il la fit basculer, de sorte que la vue depuis la verrière était vraiment féerique.

La Terre planait au-dessus d'eux, immense boule bleue, verte et brune parsemée des volutes neigeuses des nuages, brillamment illuminée du côté derrière lequel le soleil semblait être en train de se coucher, le limbe de la planète rougeoyant dans la lumière zodiacale. Des milliers d'étoiles multicolores les contemplaient sans scintiller dans l'obscurité veloutée.

Le cosmograd Sagdeev éclipsé par la masse de la Pieuvre, l'illusion était complète. Ils étaient là, dépourvus de poids, apparemment seuls dans l'immensité de l'espace, planant librement au-dessus de la Grosse Bille bleue. On aurait presque pu qualifier cela de romantique…

Sacha ôta sa combinaison, Franja fit de même, et ils flottèrent nus au centre de la Pieuvre, le cou tendu pour contempler la Terre et les étoiles. Étant des singes, et compagnons de chambre par-dessus le marché, leur nudité réciproque n'était pas exactement une nouveauté et guère excitante en elle-même, du moins en ce qui concernait Franja, même si Sacha, en bon singe qu'il était, n'eut aucun mal à hisser immédiatement les couleurs.

« Et maintenant ? » demanda Franja d'un air indécis en cherchant des yeux un point d'appui confortable à l'intérieur de la capsule.

« Maintenant, je vais te montrer un tout nouveau sens de l'expression “ s'envoyer en l'air ” », dit Sacha, puis, l'empoignant à pleines mains par les seins, il la souleva, de sorte qu'elle se retrouva le dos collé à la bulle transparente.

La perspective bascula brusquement. Franja eut soudain l'impression de flotter dans les ténèbres étoilées avec la Terre *sous* ses pieds. Elle eut un bref réflexe de peur et se sentit prise de vertige car, avec le dos à la verrière, ses yeux lui disaient qu'elle tombait en arrière dans le vide vers la planète, sans rien de visible pour la retenir d'une chute interminable.

Sacha rit en voyant son expression. « Ne t'inquiète pas, dit-il, la verrière est conçue pour résister à l'impact d'un météorite de cent grammes, elle tiendra sûrement le coup pour ce que nous avons en tête, alors allonge-toi et laisse-toi aller. »

Ce disant, il nagea en dessous d'elle, lui écarta les jambes et plongea la figure entre ses cuisses.

Lorsque Franja glissa une main dans ses cheveux et le regarda qui flottait entre ses cuisses tandis que commençaient les ondes vibrantes de plaisir, la perspective changea à nouveau et le *bas* se retrouva dans la direction de Sacha. Elle avait maintenant l'impression de flotter, légère comme l'air, sur le bout de sa langue, en appui sur une pointe de plaisir, soulevée de plus en plus haut dans les cieux, s'élevant comme une déesse vers les étoiles sur une vague d'énergie éthérée.

Elle rejeta la tête en arrière et s'abandonna à ses sens, regardant la Terre qui flottait au-dessus d'elle, reine du monde chevauchant dans les ténèbres infinies, jusqu'à ce qu'un violent orgasme la secoue dans une explosion d'étoiles.

Les membres en coton, l'œil vague, nageant dans une satisfaction béate sans sensation de haut ni de bas, elle ouvrit les bras, et les jambes, et, langoureusement adossée à la verrière, elle l'accueillit en elle et ils s'accouplèrent, nus dans le vide interstellaire, comme de vrais singes de l'espace.

« C'était... c'était... », murmura plus tard Franja, tandis qu'ils redescendaient littéralement du plafond constellé d'étoiles.

« Cosmique ? » suggéra Sacha avec un large sourire. Il rit. Puis, en complète contradiction avec l'étiquette des singes de l'espace, il se pencha et lui posa un baiser sur les lèvres.

« En quel honneur ? »

Sacha rit de nouveau. « En l'honneur d'un moment particulier. Tu es enfin un vrai singe de l'espace, Franja ! »

Elle en était devenue un, au moins pour un temps. Après cela, Franja passa par une période de plusieurs semaines durant laquelle elle était déterminée à essayer tout et tout le monde.

Elle n'avait jamais été très libertine. En fait, pour une fille née en pleine deuxième révolution sexuelle post-sidéenne, elle était plutôt prude, canalisant une bonne part de son énergie libidinale dans ses études et sa poursuite obstinée d'une existence délivrée du carcan de l'attraction terrestre.

Mais elle y était maintenant parvenue, après tout, et pour la première fois de sa vie il n'y avait aucune raison valable pour ne pas se relâcher.

Malgré tout, après avoir baisé avec une vingtaine de ses compagnons, après avoir appris à le faire en chute libre au centre d'un module, après s'être décoincée au point où baiser en public ne lui semblait pas plus pervers que particulièrement excitant, quand il n'y eut finalement plus rien de très nouveau, rien qu'elle n'eût déjà fait, même la sexualité de singe de l'espace perdit de son piment comme palliatif à la monotonie de la vie en cosmograd et elle se réfugia de plus en plus souvent dans ses pensées.

Elle passait des heures à flotter en apesanteur sur le pont d'observation, contemplant la Terre et les étoiles à travers la grande bulle, tandis que ses pensées vagabondaient.

Elle regardait la Terre ; énorme, lumineuse, avec le vert de ses forêts et de ses savanes, le bleu de ses océans, avec les volutes blanches toujours recommencées de ses nuages animés d'une vie presque tangible, seule chose vivante dans cette froide immensité noire. Elle regardait les lumières de ses villes scintillant dans la zone nocturne tandis que le cosmograd tournait autour de la planète.

Puis elle tournait le dos à la Terre pour regarder les myriades d'étoiles et imaginer chacune comme un possible havre de vie, chacune comme un autre Soleil, une autre étoile de Barnard.

Elle les imaginait entourées de planètes vivantes, chacune hébergeant une civilisation aussi riche et complexe que celle qui se trouvait derrière elle et elle voyait, en orbite dans quelque station spatiale comme celle où elle se trouvait, des êtres lui ressemblant en train de lever les yeux vers une configuration différente de ces mêmes étoiles, vers la lointaine Terre inconnue, vers *elle,* et d'avoir les mêmes pensées.

C'était là le rêve qui lui avait fait échapper à l'attraction terrestre, le rêve qu'elle et son père partageaient, c'était la vision vers laquelle se tournaient les meilleurs de son espèce... franchir cette immensité effrayante, rencontrer ces autres êtres vivant parmi les étoiles, briser la coquille du système solaire pour renaître dans un plus vaste univers.

Mais plus elle contemplait les lointaines étoiles, plus elle prenait conscience que c'était un futur qu'elle n'avait aucun espoir de jamais connaître. Elle ne vivrait même pas assez longtemps pour entendre la réponse aux messages envoyés vers l'étoile de Barnard, si les Barnardins répondaient un jour. Les distances étaient si énormes, la technologie actuelle de l'humanité si chétive face à cette immensité. Le mieux qu'elle pût espérer était de jouer un petit rôle dans ces premières étapes de la grande aventure avant de mourir.

De son vivant, jamais l'homme ne foulerait le sol d'une autre planète habitée, ne respirerait l'enivrante atmosphère exotique d'un autre monde, n'explorerait une biosphère inconnue, ne rencontrerait les habitants d'un monde entièrement nouveau. La Lune était morte. Mercure et Vénus étaient des enfers. S'il y avait de la vie dans les nuages de Jupiter ou les océans surchauffés d'Uranus, on ne pourrait jamais l'approcher. Au mieux, elle vivrait assez longtemps pour fouler la surface de Titan dans un encombrant scaphandre et entrevoir des êtres vivants à travers la vitre de son casque.

Et Mars était un amer tourment. La vie y était apparue quand la planète était jeune et humide — preuve, comme la découverte des Barnardins, que la vie sur Terre n'était pas un improbable enchaînement de coïncidences — mais elle avait depuis longtemps disparu, laissant les humains seuls dans ce système solaire.

Non, de son vivant, tout serait comme sur Sagdeev : petits espaces confinés, longues heures d'ennui, frêles bulles de vie ballottées au sein d'une accablante immensité, sous-marins dans une mer cosmique.

Quand elle essayait de faire part de ces pensées à ses compagnons, elle n'obtenait en retour que regards vitreux, avances sexuelles, plaisanteries, invitations à boire un coup de tord-boyaux pour se remonter le moral. Il était contraire à l'étiquette des singes de l'espace, peut-être par nécessité, de songer à ces choses, ou au moins de les énoncer à haute voix, et elle renonça bientôt à s'y essayer.

De plus en plus, elle se retrouvait seule avec ses pensées, seule avec ses doutes. Le but de toute son existence avait été de venir ici, mais elle s'apercevait maintenant qu'il n'y avait ici que dur labeur, morne ennui et bestiale copulation, et elle n'y voyait pas d'issue.

De plus en plus, elle se surprenait à regarder la Terre en souhaitant s'y trouver. Il y avait plus de vie et de sensations dans le Moscou en folie qu'elle avait à peine connu que dans ces boîtes de conserve. Les étoiles étaient froides et inaccessibles, mais la Terre s'étalait devant elle, immense, vivante et éternellement tentante.

Dans sa zone nocturne, la Terre était une galaxie d'étoiles scintillant dans les ténèbres, mais chaque étoile était une ville — Pékin, Tokyo, Djakarta, Rio, des centaines, des milliers d'endroits où elle n'était jamais allée — grouillante de vie, riche de possibilités, phare d'aventures. Face à cela, que représentait une vie de confinement dans ces misérables petits sous-marins de l'espace ?

Jour après jour, Franja se rendait sur le pont d'observation pour contempler la Terre pleine de vie, se languissant, en fin de compte, aussi profondément qu'elle avait aspiré à être où elle se trouvait maintenant.

Elle s'était arrachée à l'attraction terrestre en quête de quelque transformation magique. Mais cela s'était révélé totalement différent de ce qu'elle avait imaginé.

De là-haut, elle avait vu la Terre sous un nouvel angle et celle-ci ne lui semblerait plus jamais la même. C'était *ça,* la transformation. Elle avait cherché un nouveau terrain de merveilles et d'aventure, alors qu'il se trouvait là, scintillant devant elle dans les ténèbres, où elle avait passé toute sa vie.

Il lui avait fallu longtemps pour se l'avouer, mais elle savait enfin qu'elle voulait rentrer chez elle, chez elle dans un monde que la femme qu'elle était devenue n'avait jamais vu auparavant. Elle se mit à compter les jours la séparant de sa délivrance.

CARMELO CANDIDAT CONTRE MICHAELSON

Albert Carmelo, député démocrate de Berkeley à l'Assemblée de Californie, a annoncé son intention de briguer le mandat actuellement détenu au Congrès par le républicain Dwayne Michaelson. « Berkeley a une longue tradition démocrate, a déclaré Carmelo, et sans l'aura présidentielle pour aider mon adversaire, cette fois-ci, je crois fermement avoir une bonne chance de lui ravir son siège. »

Oakland Express

18.

Durant la première année de Robert Reed à l'université de Berkeley, Nat Wolfowitz décida de se présenter au Congrès. Il annonça son intention au beau milieu d'une partie de poker, après avoir raflé le pot au stud à sept cartes sans rien de plus que deux paires.

« Tu as perdu la tête, Nat, lui dit Bobby. Ça serait déjà beau que tu sois élu sur Telegraph Avenue !

— Tu t'es couché devant mon bluff à la sixième carte, alors que je n'avais de visible qu'une malheureuse paire de six, non ?

— Ce n'est pas tout à fait la même chose !

— Vraiment ?

— Allons, Nat, tu n'es pas sérieux ! » dit Marla Washington.

Elle était la seule personne présente qui habitait le petit Moscou quand Bobby avait débarqué à Berkeley et elle n'avait jamais été très forte au poker. Les deux autres joueurs, Johnny Nash et Frieda Blackwelder, étaient des nouveaux venus dont le talent était loin d'égaler l'enthousiasme, et si Bobby savait qu'il ne serait jamais du niveau de Wolfowitz, il avait depuis longtemps appris qu'en jouant un jeu défensif derrière Nat sans se montrer trop gourmand, il pouvait gagner assez régulièrement des petites sommes pour compléter la modeste allocation que ses parents lui envoyaient de Paris.

« Ça dépend ce que tu entends par *sérieux,* répondit Wolfowitz. Ce n'est pas comme si je m'attendais à *gagner.*

— Hein ?

— Bien sûr, je n'ai pas une chance de gagner, avoua joyeusement Nat. La circonscription comprend une bonne partie d'Oakland, en plus de Berkeley, toute son économie repose sur les chantiers navals de la Marine, même Berkeley est plus gringo que rouge, la majorité ne va pas du tout apprécier ce que je vais dire, et même si les républicains et les démocrates se partageaient également les voix, je n'ai aucun espoir de me glisser entre les deux. »

Il rit. « Qui diable voudrait vivre à Washington, de toute façon ? »

C'était à Bobby de donner. « *Straight draw* », annonça-t-il prudemment, ne désirant pas se risquer à quelque chose de plus compliqué pendant que Nat se livrait à son petit exercice de psychothérapie de groupe. Si c'était bien ce qu'il faisait. Nat avait un air très étrange, démoniaque et ironique, certes, mais aussi légèrement rêveur. Il ne pouvait pas être *vraiment* sérieux, n'est-ce pas… ?

« Allez, Nat, que mijotes-tu donc ? demanda Bobby en distribuant les cartes.

— Teddy Roosevelt, Jesse Jackson, dit Wolfowitz, songeur.

— Qu'est-ce que tu racontes ? demanda Marla.

— Teddy Roosevelt disait que la présidence est une tribune idéale. Jesse Jackson était un pasteur noir extrémiste des années 80-90 qui se présentait à toutes les élections pésidentielles même s'il savait n'avoir aucune chance. »

Bobby regarda ses cartes. Un roi, sans même une paire ou trois cartes d'une même couleur. « Parce que la *candidature* à la présidence était aussi une tribune idéale ? »

Frieda examina ses cartes. Johnny misa cinquante dollars. Marla monta de cinquante. Wolfowitz jeta un coup d'œil à son jeu et se coucha. Bobby le regarda un moment dans les yeux et se coucha aussi. Frieda suivit. Johnny suivit.

Wolfowitz adressa un large sourire à Bobby. « Tu commences à piger, petit », dit-il.

Frieda demanda une carte, comptant probablement tirer une suite ou une couleur. Johnny en demanda trois, il devait avoir une paire. Marla en demanda deux, un brelan, sans doute.

Bobby, de même que Nat Wolfowitz, se désintéressa du jeu qui continuait. « J'ai gagné suffisamment dans les grosses parties pour financer quelques milliers d'affiches, peut-être quelques spots à la radio, et nous pourrions réclamer quelques dollars d'entrée à nos soirées du samedi. Assez pour m'assurer une petite couverture par la presse libre, si je m'en tiens toujours au même couplet provocateur.

— Qui est ?

— Les États-Unis doivent faire tout ce qu'ils peuvent pour entrer dans la Communauté européenne... »

Marla leva les yeux de ses cartes. « C'est dingue, Nat ! s'exclama-t-elle.

— Nous savons tous que c'est la seule chose à faire, répondit Wolfowitz.

— Ouais, mais nous, nous sommes une bande de rouges !

— Mise, veux-tu, Marla !

— Ouais, on joue au *poker !*

— Euh... suivi..., fit distraitement Marla en rajoutant cinquante dollars au pot.

— Et toi, camarade eurocrate ? demanda Wolfowitz à Bobby. Ça te semble dingue, à toi aussi ? »

Bobby était maintenant un des membres les plus anciens du petit Moscou et ses origines européennes lui conféraient une certaine aura intellectuelle. Il sentit donc qu'il lui fallait absolument trouver quelque chose d'intelligent à dire ; c'était indispensable à son personnage.

Le prétendu « Marché commun de l'hémisphère occidental » offrait aux États-Unis un énorme marché captif et des matières premières à des tarifs artificiellement bas. Mais cela maintenait l'Amérique latine dans la misère et, avec les États-Unis bannis de la Grande Europe, l'Afrique dans les choux et le Japon pratiquement maître des marchés asiatiques, c'était le seul marché extérieur qu'il leur restât.

Les interminables guérillas d'un bout à l'autre du continent faisaient tourner à plein les usines d'armement américaines, maintenant le taux de chômage à un niveau tolérable. Mais, ayant entubé la Communauté européenne, les États-Unis s'étaient forgé une solide réputation d'escrocs internationaux, ce qui ne leur laissait aucun moyen d'éponger le déficit de leur commerce extérieur.

Il avait fallu réduire les dépenses intérieures à la portion congrue, mais le budget fédéral restait malgré tout déficitaire, ce qui signifiait que la planche à billets tournait à plein régime, entraînant une hausse continuelle des taux d'intérêts qui ne faisait qu'aggraver l'inflation déjà galopante...

Si l'économie ne s'effondrait pas totalement, ce n'était que grâce aux matières premières à bon marché en provenance d'Amérique centrale, au bas prix des produits alimentaires engendré par les surplus inexportables et à la pression du gouvernement pour maintenir la hausse des salaires en dessous du taux d'inflation et les marges de profit au-dessus des taux d'intérêts.

Le niveau de vie ne cessait donc de baisser, mais pas assez spectaculairement pour faire chavirer le navire qui sombrait lentement. Surtout avec l'Europe, le Japon et les guérilleros d'Amérique latine sur qui faire rejaillir la responsabilité des malheurs du peuple américain et des contraintes sans cesse renforcées de la Loi sur la sécurité nationale, constamment amendée pour réduire au silence tout citoyen suffisamment peu patriote pour exprimer à haute voix l'atroce vérité.

« Bien sûr, Nat, nous savons tous que l'adhésion à la Communauté européenne est la seule planche de salut, finit par dire Bobby. Mais *comment ?* Ils ne laissent même pas entrer nos exportations. Comment proposes-tu de les amener à simplement envisager d'accepter notre candidature ? »

Marla étala un brelan de huit. Johnny et Frieda la regardèrent en marmonnant ramasser les mises.

« Remboursons nos dettes, dit Nat.

— Mais elles s'élèvent à des milliards de dollars ! » s'exclama Bobby.

Wolfowitz rassembla les cartes. C'était à lui de donner. Il coupa et se mit à battre les cartes avec son brio habituel. « Ils ne pourraient pas refuser une telle proposition, dit-il.

— Oui, bien sûr, mais où trouverions-nous les fonds ? répliqua Bobby. Et même si nous les trouvions, comment diable ferais-tu avaler ça à un électorat de fachos europhobes ? »

Wolfowitz haussa les épaules. « Je n'ai pas encore trouvé, avoua-t-il. Mais, de toute façon, je ne serai pas élu, alors je n'ai pas besoin de me préoccuper de ce genre de détails, non ? Tout ce que je veux, c'est forcer les gens à commencer au moins à en *parler*.

— La tribune idéale ? De la merde, si tu veux mon avis ! »

Wolfowitz haussa à nouveau les épaules. « Ça ne me rend pas pire que les démocrates ou les républicains, non ? Stud à sept cartes, bande de tocards, la mise de départ n'est que de cinquante dollars, alors allongez la monnaie, vous pouvez quand même vous débrouiller pour trouver ça ! »

Wolfowitz donna le coup d'envoi de sa campagne au cours d'une grande fête du samedi soir. Bobby et les autres pensionnaires du petit Moscou avaient collé des affiches dans tout le campus et sur Telegraph Avenue, tandis que Nat avait envoyé un communiqué de presse qui lui avait valu un court article dans le journal du collège et une brève mention sur une radio F.M. « Nathan Wolfowitz au Congrès — Le moment est venu d'un geste futile », proclamait son slogan.

Bobby avait du mal à prendre tout ça au sérieux mais il fut très surpris de voir la maison pleine à craquer dès neuf heures le samedi soir. Les gens se répandaient jusque sur le perron, la pelouse et même dans l'arrière-cour encombrée de vieilleries malgré le brouillard glacial venu de la baie. Wolfowitz avait décidé de ne pas réclamer de prix d'entrée, au moins pour ce soir-là, de façon à attirer le plus de monde possible, mais il avait chargé Bobby et les autres de passer avec des corbeilles, des chapeaux et des cuvettes pour solliciter la contribution des invités et peu à peu, à leur grand étonnement, l'argent s'accumulait.

Avec une telle foule, Nat ne pouvait envisager de faire un discours mais, à l'écoute des bribes de conversation qu'il surprenait en passant le chapeau, Bobby constata au bout d'une heure ou à peu près que cela aurait été superflu.

Les rouges de Berkeley, ceux qui osaient encore afficher la couleur, bravant le courroux des gringos qui tenaient le haut du pavé depuis la funeste soirée de l'Émeute du drapeau, attendaient depuis longtemps semblable occasion. Ç'aurait pu être Wolfowitz ou n'importe qui d'autre. Il était effectivement grand temps de faire un geste futile, en ce qui les concernait, et, futile ou non, Bobby n'avait pas vu une telle énergie politique ni même un espoir aussi insensé depuis l'annexion de la Basse-Californie.

Bobby devait sans cesse aller vider son chapeau sur le tas sans cesse croissant de pièces et de petits billets dans la chambre de Nat Wolfowitz, et il avait les poches bourrées de morceaux de papier où étaient gribouillés le nom et le numéro de téléphone de personnes désireuses de participer activement à la campagne.

C'était grisant, certes, à tout le moins cela faisait une sacrée soirée, et certains des numéros de téléphone qu'il avait dans sa poche étaient ceux de jolies filles déjà impressionnées par ses origines européennes, le fait qu'il résidait au petit Moscou et était un proche de Nat.

Il trouvait malgré tout cela assez troublant. Tous ces gens, tout cet argent, toute cette énergie, tout cet espoir, et Nat Wolfowitz n'avait pas l'ombre d'une chance d'être élu au Congrès, ni même employé de la fourrière, à vrai dire, même à Berkeley. Que tous ces gens aient réussi à se persuader que c'était *possible,* qu'ils soient prêts à investir leur temps, et même leur argent, dans ce « geste futile », eh bien, ce n'était peut-être pas si mal, cela leur donnait un espoir, un but, le sentiment d'accomplir quelque chose.

Le plus troublant était que Nat lui-même ne faisait même pas semblant d'y croire. Il se baladait en parlant de l'adhésion des États-Unis à la Communauté européenne, de la nécessité d'un « Gorbatchev américain », lui en l'occurrence, et en même temps il qualifiait ouvertement tout ça de « geste futile ». Pourtant, il le faisait avec le sourire madré qu'il arborait toujours pour persuader ses adversaires que le jeu minable qu'il *semblait* avoir allait se retrouver gagnant quand il aurait abattu ses autres cartes.

Mais Bobby savait foutrement bien que, dans *ce* jeu, Nat n'avait rien de mieux en mains qu'une suite incomplète.

« Tu es Bobby Reed, non ? » dit une fille en déposant un billet dans son chapeau alors qu'il se dirigeait vers l'escalier pour aller décharger une nouvelle fournée sur le lit de Wolfowitz.

Elle était de taille moyenne, avec des cheveux queue-de-vache coupés court, et elle portait un sweat-shirt bleu informe avec une longue jupe rouge en jean qui ne laissait guère deviner ce qu'il y avait en dessous. Mais il y avait quelque chose dans son visage…

« En personne, reconnut Bobby.

— Le type qui vient de France…

— *Bien sûr* », répondit Bobby d'un ton traînant.

Il y eut un éclair intense, presque effrayant, dans ses yeux verts. Elle avait un mignon petit nez retroussé, comme une caricature de collégienne américaine, mais le dessin de sa bouche paraissait de dix ans plus vieux et plus dur. Pour tout l'or du monde, Bobby n'aurait su dire pourquoi, mais il avait été séduit au premier coup d'œil.

« Le célèbre Casanova franchouillard ? lança-t-elle, les traits soudain déformés par la colère. Tu crois que tu vas me faire craquer avec tes belles manières européennes ?

— Hein… ? bafouilla Bobby.

— Eh bien, ne va pas te faire des idées, dit-elle en lui tendant un bout de papier froissé. J'ai vraiment très envie de donner un coup de main pour cette campagne, mais pas au point de devenir une autre pièce à ton tableau de chasse.

— Si je suis un séducteur si notoire, qu'est-ce qui te fait penser que j'irais m'intéresser à une fille comme *toi ?* » rétorqua Bobby.

Elle subit soudain une transformation radicale. « Hé là, où est passé ton raffinement français ? dit-elle avec un petit sourire matois. Ne vois-tu pas quand on te fait marcher ?

— Hein ?

— C'est que tu as une sacrée réputation. Tu crois pouvoir baiser la moitié des filles de Berkeley sans que les autres connaissent ton cirque par cœur et la longueur de ta bite au millimètre près ? »

Bobby se sentit devenir écarlate. La tête lui tournait. En même temps il était de plus en plus fasciné.

« Quel est ton nom, au fait ?

— Sara Conner.

— Eh bien, écoute, Sara, si tu tiens vraiment à donner un coup de main pour cette campagne, tu ferais mieux d'apprendre un peu les bonnes manières. Tu ne t'imagines quand même pas qu'on va courir après quelqu'un qui trouve intelligent d'insulter les gens qu'elle n'a jamais vus. »

L'attitude de Sara Conner changea à nouveau. « Hé, je suis désolée, dit-elle, apparemment sincère. Vraiment, je voulais juste voir ta réaction. J'ai peut-être un peu poussé, les gens me disent souvent que je vais un peu loin...

— Ça, je peux le croire...

— Mais j'ai vraiment envie de travailler pour la campagne de Wolfowitz, alors s'il te plaît, aie un peu le sens de l'humour et ne retiens pas ça contre moi. »

Elle resta plantée là, l'air nerveux et plein d'espoir, à le regarder d'un air suppliant.

« Nous pourrions peut-être tout recommencer depuis le début ? suggéra Bobby. Viens en haut avec moi et...

— Dans ta chambre ? »

Bobby leva les yeux au ciel. « Dans la chambre de *Nat !* grogna-t-il. Je dois aller vider ce chapeau pour pouvoir continuer ! »

Sara rit, et cette fois Bobby, qui commençait à saisir, réussit à rire avec elle.

Sara ouvrit des yeux ronds en voyant le tas d'argent sur le lit de Wolfowitz. « Waouh ! dit-elle. Ça doit faire une jolie somme ! »

Bobby vida son chapeau sur le tas. « Pas tant que ça en a l'air, ce n'est que de la petite monnaie », répondit-il en baissant les yeux sur l'argent, sur l'évidence concrète de l'inanité de tous ces espoirs. Sur le moment, cela lui rappelait surtout un pot de poker que Nat aurait raflé avec une main que personne n'aurait voulu payer pour voir.

« Qu'est-ce qu'il t'arrive ? » demanda Sara, ayant apparemment senti son changement d'humeur.

Bobby soupira. Il s'assit au bord du lit. « Nat est un bon ami et je n'irai certainement pas dire que tout ça est une escroquerie, mais... » Il haussa les épaules. « Tu ne penses pas *vraiment* qu'il a une chance de gagner ?

— Non. Et alors ?

— *Et alors ?* s'exclama Bobby en montrant le tas d'argent. Alors *ça !*

— Tu crois qu'il va *garder* l'argent ?

— Bien sûr que non. Il le dépensera jusqu'au dernier dollar, et sans doute aussi tous ses gains au poker, mais...

— Mais quoi ?

— Mais il ne peut pas gagner ! Il sait qu'il ne peut pas gagner ! Ce n'est pas juste !

— Je *sais* qu'il ne peut pas gagner et une partie de cet argent est à moi, répondit Sara. Tu *sais* qu'il ne peut pas gagner et pourtant tu as passé toute la soirée à le ramasser.

— Je ne m'en sens pas plus fier pour autant, avoua Bobby. Enfin, regarde cet énorme tas de fric que nous avons extorqué à des centaines de gens. Ce n'est pas tant l'argent, c'est... c'est... c'est le chantage aux sentiments, la futilité de tout ça...

— Mais tu as une conscience ! s'écria Sara.

— C'est censé être encore une insulte ? murmura Bobby d'un ton amer.

— Non, non, dit Sara avec le plus grand sérieux en s'asseyant à côté de lui. Je comprends ce que tu ressens, et c'est très... louable. Mais tu te trompes complètement.

— Vraiment ? »

Sara hocha la tête. « Complètement. Personne ne cherche à rouler qui que ce soit. Je sais que Wolfowitz ne va pas gagner, la plupart des gens qui ont donné leur argent savent qu'il ne va pas gagner, bon sang. Lui-même, il sait qu'il ne va pas gagner et il le reconnaît ouvertement. La question n'est pas de gagner les élections, c'est...

— Oh non, s'il te plaît, ne me dis pas que c'est comme ça que tu joues le jeu ! »

Sara ne rit pas. « C'est de *changer* la règle ! déclara-t-elle sur un ton passionné. À l'époque de Thomas Jefferson, il n'y avait qu'un parti, les Républicains démocrates, et maintenant la boucle est bouclée, il n'y a pas eu une élection significative dans ce pays depuis notre naissance. Démocrates et Républicains se renvoient la balle et ils sont tous d'accord pour n'emmerder personne avec les vrais problèmes, parce qu'ils sont fondamentalement interchangeables. Tous les deux ans, une équipe ou l'autre décroche la timbale et rien ne change, le pays continue à dévaler la pente et même les gens qui voient ce qui se passe ne font rien, parce que, de la façon dont est fait le jeu, ils ne voient rien qu'ils puissent faire... »

Bobby plongea son regard dans les profondeurs de ses farouches yeux verts, stupéfait. Elle était penchée en avant, vibrante, les poings serrés. Il était fasciné, le souffle coupé.

« Vois-tu, Nathan Wolfowitz est parti pour changer tout ça ! Il dit l'indicible. Il va se faire traiter de communiste, d'europhile, de traître, et il va perdre. Mais tout en l'insultant comme ça, ils seront obligés de parler de ce dont il parle. Il va être la *nouveauté,* tout au moins dans la région de la Baie. Il va perdre gros, mais ça va faire du bruit ! Et d'autant plus de bruit qu'il criera dans le vide.

— Et alors ? demanda Bobby. Un rouge de Berkeley se présente au Congrès ! Un chien mordu par un homme ! Un éleveur de cochons enlevé par une soucoupe volante ! »

Sara secoua la tête. « Tu sais ce qui compte chez un chien qui parle, Bobby ? » demanda-t-elle.

Bobby haussa un sourcil interrogateur.

« Ce n'est pas qu'il parle *bien,* mais qu'il *parle,* tout simplement ! »

Bobby rit. Il se pencha davantage vers elle. Sara ne parut même pas s'en apercevoir.

« Le moment est vraiment venu de faire un geste futile ! dit-elle. Mon arrière-grand-père était un terroriste de l'IRA. Ma grand-mère est une des personnes qui ont réussi à ne *pas* se faire toucher quand la Garde nationale a ouvert le feu sur les étudiants à la Kent State University. Mon grand-père était un putain de Weatherman ! Et même si mon père est courtier en assurances et ma mère puéricultrice, j'ai un long héritage de gestes futiles à assumer !

— Tu parles de faire la *révolution ?* s'exclama Bobby. De jeter des bombes dans la rue, d'assassiner des gens et de fomenter des émeutes ?

— Je parle de faire *quelque chose !* Peu importe de gagner ou de perdre ! Agir selon mes convictions, plutôt que de rester sur mon cul à en parler ! Voilà *pourquoi* je veux travailler pour Wolfowitz. Voilà pourquoi il y a tout cet argent sur son lit. Les gens qui sont ici veulent *faire quelque chose !* Ne comprends-tu pas ça, Bobby Reed ? Ne le sens-tu pas ? N'as-tu jamais eu toi-même envie de faire quelque chose de ce genre ? »

Bobby se trouva forcé d'y réfléchir vraiment, autant par la force de conviction de Sara Conner que par la logique de ses propos. Il songea à l'Amérique de ses rêves d'enfant. À sa longue campagne pour venir ici. Et à la façon dont il avait dû lutter pour y rester. Il se revit assis devant la télévision le soir de l'Émeute du drapeau.

Enfin, il se souvint des mots qu'il avait dits ce soir-là quand tous les regards étaient tournés vers lui, exactement comme en ce moment les yeux de Sara Conner.

J'aurais simplement voulu avoir été là-bas avec eux pour défiler derrière ce drapeau. Ces foutus fachos ont peut-être traîné notre drapeau dans la merde et le sang, mais quand ces types l'ont accroché à l'envers et ont descendu Telegraph Avenue derrière lui, ils l'ont lavé de tout ça, ils en ont fait quelque chose dont on puisse à nouveau être fier. Ils ont montré au monde qu'il restait encore quelques véritables *Américains.*

Et il était resté. Il était resté aux États-Unis pour faire il ne savait quoi. Depuis il n'en était plus reparti de peur qu'on ne le laisse jamais revenir. Il avait lui-même été ce soir-là un véritable Américain, mais qu'avait-il fait depuis ? Qu'avait fait qui que ce fût sinon gémir et se plaindre ?

Ceux-là avaient effectivement été de véritables Américains, derrière ce drapeau accroché à l'envers, leur geste était futile mais nécessaire, il le comprenait à présent mieux que jamais. C'étaient de véritables Américains et ils l'avaient rendu fier, lui avaient donné un moment de courage.

La fille assise à côté de lui sur le lit recouvert de pièces et de billets était certainement de leur trempe.

« Oui, dit-il tranquillement. J'en ai eu envie. Merci de me l'avoir rappelé. »

Sara Conner lui sourit pour la première fois, un petit sourire hésitant, mais aux yeux de Bobby il était radieux. « C'est Wolfowitz que nous devrions tous deux remercier de nous offrir l'occasion de tenter quelque chose », dit-elle.

Bobby avait envie de la prendre dans ses bras et de lui faire l'amour ici même, sur l'argent de la campagne de Nat. Mais il savait qu'il valait mieux ne pas essayer. « Je crois que je vais retourner passer le chapeau », dit-il.

Il ramassa le couvre-chef, se leva, tendit la main. Elle la prit et se laissa aider à se relever. Au moins, c'était déjà quelque chose.

« Euh… est-ce que je… euh… peux t'appeler bientôt ? » demanda-t-il gauchement.

Sara Conner le regarda d'un œil circonspect. « Dès qu'il y aura quelque chose à faire pour moi, ici, répondit-elle, quémandant habilement la vraie question.

— Tu es vraiment une coriace, hein ? dit Bobby, arrondissant les angles d'un sourire.

— Peut-être. Mais les temps sont durs, n'est-ce pas ? »

Impulsivement, Bobby lui prit la main pour la porter à ses lèvres et lui donna un rapide baiser. Sara Conner la lui arracha comme si cela l'avait brûlée.

« Qu'est-ce que c'était que ça ? » demanda-t-elle coléreusement.

Bobby soutint son regard. Il haussa les épaules. « Quoi d'autre ? dit-il avec un petit rire. Le moment m'a simplement paru venu de faire un geste futile. »

Elle le fixa longuement d'un air imperturbable, mais il voyait de petites rides se former aux coins de sa bouche, puis elle ne put plus se retenir et le gratifia à contrecœur d'un bref gloussement.

Et c'est ainsi que tout commença.

Donna Darlington : « Ne craignez-vous pas que tout ce que vous allez réussir à faire avec ce “ geste futile ” soit d'assurer la réélection de Dwayne Michaelson en prenant des voix à Carmelo ? »

Nathan Wolfowitz : « Vous pensez vraiment que je vais recueillir assez de voix pour ça ? »

Donna Darlington : « Pas *vous ?* »

Nathan Wolfowitz : « Je n'en sais rien et je m'en fous. »

Donna Darlington : « Alors pourquoi vous présentez-vous au Congrès ? Juste pour passer à la télévision ? »

Nathan Wolfowitz : « Vous avez tout compris, Donna ! Je suis là, non ? »

Donna Darlington : « C'est donc tout bêtement pour votre petite satisfaction personnelle ! »

Nathan Wolfowitz : « Pas *bêtement.* Ce qui est *bête,* c'est ce que racontent mes imbéciles d'adversaires. »

Donna Darlington : « Et ce que vous racontez ne l'est pas ? Que la solution à tous nos problèmes économiques est d'adhérer à la Communauté européenne ? »

Nathan Wolfowitz : « Quelqu'un a une meilleure idée ? Certainement pas les abrutis qui se présentent contre moi ! »

Donna Darlington : « Mais les Européens ne peuvent pas nous sentir ! Et nous leur devons des milliards de dollars ! »

Nathan Wolfowitz : Remboursons-les. »

Donna Darlington : Avec quoi ? »

Nathan Wolfowitz : « Vous attendez de moi *toutes* les réponses ? »

Donna Darlington : « C'est la chose la plus irresponsable que j'aie jamais entendue. »

Nathan Wolfowitz : « Et alors ? Je ne vais pas être élu, n'est-ce pas ? »

Donna Darlington : « Tout ça, ce n'est qu'un stupide coup médiatique pour pouvoir déballer vos immondices de gauchiste suceur d'Europines à la télévision ! »

Nathan Wolfowitz : « Pas mal réussi, non ? »

Têtes d'affiche de la Baie
présenté par Donna Darlington

Le petit Moscou était devenu le quartier général de la campagne de Nathan Wolfowitz. On y donnait des soirées tous les vendredis et samedis pour récolter des fonds, le salon était encombré de bureaux et de téléphones, des gens entraient et sortaient à toute heure, d'abjectes manifestations de fachos avaient parfois lieu devant, les parties de poker avaient été annulées pour la durée de la campagne, les repas communautaires avaient été remplacés par des plats à emporter engloutis à la hâte, le bruit qui régnait à toute heure du jour et de la nuit rendait le sommeil problématique. En résumé, la vie de la maison s'était rapidement transformée en un épuisant chaos permanent.

Mais Bobby s'en fichait. La première personne qu'il avait appelée quand les lignes supplémentaires avaient été installées était Sara Conner. Comme il s'y était attendu, elle s'était révélée une championne du démarchage par téléphone, faisant rentrer les contributions, persuadant les gens de se faire inscrire sur les listes électorales, harcelant impitoyablement les électeurs hostiles sans leur laisser le temps de placer un mot, peut-être même, qui sait, persuadant quelques indécis, s'il y en avait, de voter pour Nat, et cela absolument tous les jours après ses cours, de cinq heures à minuit.

Pendant dix jours bien sonnés, il put donc avaler tous les soirs un rapide dîner en sa compagnie, l'écouter parler au téléphone, baigner dans son aura, mais pas grand-chose d'autre. Il n'avait jamais rencontré une fille pareille. Question politique, c'était la traditionnelle rouge de Berkeley, en plus virulent, mais en ce qui concernait la liberté sexuelle tout aussi traditionnelle à Berkeley, elle se comportait comme un anachronisme tout droit sorti de l'ère du sida, juste avant la seconde révolution sexuelle.

Quand il lui proposait galamment de partager son lit pour ne pas avoir à se traîner tard dans la nuit jusqu'à la résidence universitaire, elle lui lançait un regard qui aurait fait fondre du verre. Mais elle continuait à partager ses repas avec lui. Le cinquième jour, quand il lui donna un baiser sur la joue en la raccompagnant à la porte, elle le gratifia d'un sourire. Mais quand il essaya de l'embrasser sur la bouche le lendemain, elle le repoussa.

Bobby ne comprenait pas. Elle était amicale, elle était disposée à discuter, elle allait même le chercher pour le dîner, mais elle continuait à jouer les princesses de glace. Ce comportement le dépassait complètement.

Il avait assurément rencontré son lot de filles qu'il n'intéressait pas. Mais, sur tous les plans sauf un, Sara Conner se conduisait comme s'il l'intéressait. Alors, pourquoi le tourmentait-elle ainsi ?

C'en était presque devenu une obsession. Il perdit tout intérêt pour les autres filles. Il était excité en permanence. Et il finit par essayer de l'impressionner de la seule façon qui semblait possible.

Il se lança à corps perdu dans la campagne de Wolfowitz, du moins quand Sara était présente, prenant son tour au téléphone, près d'elle quand il le pouvait, préparant des enveloppes, comptant des reçus, encourageant les autres, rédigeant des communiqués de presse, bref, bossant comme un damné pour prouver son dévouement à la cause.

Assez bizarrement, il se surprit à y prendre un plaisir pervers. Assis dans le salon en train de passer des coups de téléphone auprès de Sara avec une trique d'enfer. Bavardant avec enthousiasme avec d'autres militants tout en sentant son regard sur sa nuque. Mangeant des pizzas et des hamburgers en face d'elle, dans la cuisine, tout en discutant politique et en fantasmant sur son corps énigmatique. La tension sexuelle était immensément frustrante, mais elle avait aussi quelque chose, eh bien, d'excitant, de stimulant, en quelque sorte.

Et malgré lui, il se prit à se consacrer de tout son cœur à la campagne de Wolfowitz, comme si le rôle qu'il jouait pour impressionner Sara Conner s'était emparé de lui, comme si en essayant de la convaincre il s'était convaincu lui-même, comme si, d'une certaine façon, les discussions politiques qu'il avait eues avec elle tandis qu'il était possédé d'une érection sauvage avaient transféré toute son énergie sexuelle inassouvie vers son cerveau.

Non, Wolfowitz n'allait pas gagner, les premiers sondages lui accordaient environ 10 % des voix et il n'allait pas monter beaucoup plus haut, mais la campagne en elle-même, la fièvre et l'épuisement, la frénésie et l'atmosphère survoltée, même les manifestations des fachos devant la maison et les menaces d'attentats, les coups de téléphone d'intimidation, la couverture insidieuse des médias, ainsi que le sentiment de participer à une aventure noble mais désespérée, étaient comme une drogue, une décharge permanente d'adrénaline.

Il avait raté sa participation à l'Émeute du drapeau. Il

n'avait pas défilé derrière cet emblème accroché à l'envers. Mais il se rattrapait, et s'il savait parfaitement que ce ne serait qu'un geste futile, l'esprit de cet effort était une chose qu'il n'aurait manqué pour rien au monde.

Et il le devait à l'étrange comportement de Sara Conner. Ce qui ne la rendait que plus désirable.

Un matin, alors qu'ils prenaient le café, seuls tous les deux sur la véranda, il fit part de ses frustrations à Nat Wolfowitz.

Nat rit. « Ce genre de phénomène n'est pas tout à fait inconnu, petit. Le terme consacré est “ allumeuse ”. »

Bobby fit la grimace. « Merci du renseignement, Nat. Mais *pourquoi* fait-elle ça ? »

Wolfowitz haussa les épaules. « Tu ne le sauras pas avant d'avoir vu les cartes qu'elle garde dans la main, si je puis dire.

— Mais quand ça ?

— À la fin de la partie, bien sûr. À moins que tu ne te couches avant, auquel cas tu ne le sauras jamais. La vie est comme le poker, petit, il faut payer pour voir. Et il semblerait que c'est ce qu'elle te fait faire en ce moment.

— Bon sang, Nat, qu'est-ce que je peux faire ? »

Wolfowitz rit. « Ce sont les cartes, petit. Joue-les, ou bien passe ton tour. »

Bobby soupira. « Que dois-je faire ? demanda-t-il.

— Ça dépend de ce que tu as en main.

— En main, je n'ai que ma *bite,* Nat ! » geignit Bobby.

Wolfowitz rit à nouveau. « On dirait que tu es déjà allé trop loin pour laisser tomber.

— C'est le meilleur conseil qu'ait à donner le Gorbatchev américain ?

— Eh bien..., répondit lentement Wolfowitz. Tu pourrais tenter un geste futile. Réfléchis-y, petit. »

Bobby y réfléchit. Il y réfléchit longuement. Ouais, bien sûr, tenter un geste futile ! Mais quoi donc ?

Puis, le dixième jour, au cours de la pause-repas, alors qu'ils se trouvaient tous deux dans la cuisine, une tranche de pizza à la main, il eut une illumination et il comprit que c'était évident depuis le début.

Quel était le geste le plus futile qu'il puisse faire ?

Abattre ses cartes, bien sûr ! Se jeter à l'eau et lui dire exactement ce qu'il ressentait. Alors, au moins, elle *devrait* lui faire voir son jeu et, d'une façon ou d'une autre, la partie serait enfin finie. Wolfowitz avait raison, c'étaient les cartes, après tout, et s'il ne voulait pas quitter la partie, il n'avait pas d'autre choix que de suivre la mise.

« Euh, pouvons-nous aller manger sur la véranda, Sara ? Je voudrais te dire quelque chose en particulier.

— Quelque chose qui a à voir avec la campagne ?

— Euh, oui, en quelque sorte », répondit Bobby. Mais pas exactement ce que tu penses, ajouta-t-il *in petto*.

Ils sortirent sur la véranda branlante et prirent place sur deux vieilles chaises pliantes. De l'autre côté de la rue, une poignée de fachos marchaient de long en large avec des pancartes qui disaient : « Aux chiottes les Europines », « Communistes = Enculés », « Wolfowitz = Traître » et « Allez bouffer des antiprotons, suceurs d'Europines ». Deux flics à l'air morose faisaient le pied de grue à l'autre bout de la rangée de chevaux de frise. À l'apparition de Bobby et Sara, les fachos poussèrent des hurlements pendant une minute ou deux, mais ils se désintéressèrent rapidement d'eux.

Ce n'était pas exactement romantique, et pourtant, en un sens…

« Eh bien, qu'y a-t-il Bobby ? » demanda Sara en plantant les dents dans la pointe de sa tranche de pizza.

Bobby prit une profonde inspiration, sentit une boule se former dans son estomac, hésita. Allons bon, au diable tout ça !

« J'ai très envie de coucher avec toi, Sara, dit-il. Tu l'as sûrement remarqué. »

À sa grande surprise, Sara n'eut aucune réaction. Elle ne le regarda même pas. Elle mordit dans un autre morceau de pizza et le mastiqua lentement avant de lui répondre.

« J'ai remarqué, dit-elle enfin.

— Alors ?

— Alors quoi ?

— Seigneur ! grogna Bobby. Alors, c'est oui ou c'est non ? »

Sara tourna enfin les yeux vers lui, mais son expression était indéchiffrable. « Pourquoi as-tu envie de coucher avec moi ?

— Parce que tu m'excites, bon sang, quoi d'autre ?

— Qu'est-ce qui t'excite, en moi ?

— Allez, Sara, cesse ton petit jeu, tu crois que c'est facile ? »

L'esquisse d'un sourire se dessina sur ses lèvres. Elle lécha lentement du bout de la langue un morceau de pizza qui y était resté collé. « Non, dit-elle. Pourquoi ça le serait ?

— Ça te fait prendre ton pied, hein ? » s'écria Bobby.

Sara rit d'un air entendu. « Pas toi ? Tu ne bandes pas, en ce moment ? »

Bobby rougit. « Sara !

— Réponds-moi et je te répondrai. Qu'est-ce qui t'excite, chez moi ? Mes seins ? Mon cul ?

— Tu vas être sérieuse !

— C'est *très* sérieux pour moi, Bobby, dit gravement Sara. Je veux que tu sois franc avec moi. Je veux que tu sois franc avec toi-même. Pourquoi as-tu envie de me baiser ? »

Bobby soupira. Il réfléchit un long moment à ce qu'il était censé répondre, puis il y renonça. Très bien, décida-t-il, donnons-lui ce qu'elle veut, parlons-lui à cœur ouvert.

« De la façon dont tu t'habilles, je ne sais même pas à quoi ressemblent ton cul et tes seins, alors ça ne peut pas être ton corps de déesse. C'est peut-être tes yeux, c'est-à-dire qu'il y a quelque chose, dedans, qui... » Il leva les mains au ciel, exaspéré. « Je ne sais pas comment expliquer ça, avoua-t-il. Je me sens simplement différent, avec toi, tu sais, j'agis différemment, je pense différemment, je suis une autre personne, en quelque sorte... »

Sara lui sourit avec douceur. « Tu aimes ça ? demanda-t-elle tranquillement.

— Bien sûr que j'aime ça ! rétorqua-t-il. Mais je ne peux pas dire que je suis ravi de ce qui se passe en ce moment ! »

Sara rit, puis redevint soudain sérieuse. « Es-tu amoureux de moi ? » demanda-t-elle.

Bobby demeura figé. Personne ne lui avait jamais posé cette question. « Tu m'aimes ? fut tout ce qu'il parvint à dire.

— Je l'ai demandé la première. »

Bobby haussa les épaules. Il soupira. Contempla la pointe de ses chaussures. « Je n'ai jamais été amoureux de personne, jusqu'ici, marmonna-t-il, alors comment saurais-je si c'est ça que je ressens ?

— Moi non plus », dit Sara, et elle lui adressa un sourire positivement radieux.

« Alors ? demanda Bobby.

— Alors je crois que nous ferions mieux de le découvrir avant la fin de la soirée. » Puis elle se pencha, posa les lèvres sur les siennes et ouvrit la bouche. De l'autre côté de la rue, les fachos poussèrent des huées et hurlèrent des obscénités. Il sentait le goût de la pizza sur sa langue. Mais rien de tout cela ne comptait. En un sens, cela ne faisait que rendre l'instant plus agréable.

À Berkeley, depuis longtemps connu pour ses cinglés gauchistes, le candidat farfelu Nathan Wolfowitz déchaîne l'hilarité par sa campagne indépendante pour le Congrès. Wolfowitz, professeur assistant d'histoire à l'université de Berkeley et joueur notoire, préconise l'adhésion des États-Unis à la Communauté européenne et reconnaît publiquement que sa campagne est principalement financée par ses gains au poker.

« Pourquoi pas ? déclare celui qui se fait appeler le Gorbatchev américain. Au moins, je ne distribue pas des cartes biseautées prises sous le paquet. C'est plus que vous ne pouvez dire de ce que font au peuple américain Démocrates et Républicains ! »

Times, « People »

Ils montèrent dans la chambre de Bobby à minuit et demie. Bobby avait fantasmé sans fin sur ce moment, mais maintenant qu'il était enfin arrivé, il se sentait l'esprit vide pour ce qui était d'imaginer une manœuvre préliminaire. Ils s'assirent gauchement tous les deux au bord du lit, sans se toucher, sans dire un mot, se dévisageant simplement durant une éternité.

« C'est bizarre..., réussit enfin à dire Bobby.

— Hm-hm...

— Alors... ?

— Alors... ?

Puis, d'un seul coup, ils se retrouvèrent dans les bras l'un de l'autre en train de s'embrasser et tout changea. Ils roulèrent d'un bout à l'autre du lit, se caressant gauchement et se débattant avec leurs vêtements sans interrompre leur long baiser.

Ils réussirent à se débarrasser de leurs vêtements, puis Bobby se retrouva enfin étendu, nu dans son lit, sur le corps nu de Sara Conner.

Il se redressa sur les mains et regarda longuement ce corps enfin révélé. Elle avait les côtes légèrement saillantes sous de petits seins aux larges pointes roses durcies. Sa toison était noire et clairsemée et elle avait un petit grain de beauté juste en dessous du nombril, à gauche.

À vrai dire, c'était un corps assez ordinaire. Bobby avait vu bien mieux mais, en cet instant, en ces circonstances, le spectacle n'en était pas moins magique.

Il l'embrassa sur le ventre, à l'intérieur de chaque cuisse, il lui suça un sein, puis l'autre, lui donna un long baiser sur la bouche, puis glissa sans difficulté son sexe en elle.

Jusque-là, tout avait été simple, mais cela devint alors complètement différent de tout ce qu'il avait connu auparavant. Pendant qu'il lui faisait l'amour, Sara le regardait droit dans les yeux, soupirant et gémissant, mais presque sans ciller et finalement, quand il l'eut amenée au bord de l'orgasme, elle lui prit la tête entre les mains et l'attira contre elle pour l'embrasser et quand elle se cabra en criant de plaisir, elle lui insuffla son orgasme, son esprit, son essence, jusqu'au tréfonds de son être.

Puis, un moment plus tard, lui caressant les testicules, elle interrompit son baiser et il se retrouva le regard plongé dans ses yeux verts tandis qu'il jouissait, et elle sourit en se passant lentement la langue sur les lèvres puis, juste après, l'embrassa avec une grande douceur.

« Alors ? demanda-t-elle avec un soupir de satisfaction.

— Alors… ? répondit-il.

— Alors, c'est le début de quelque chose de sérieux ? »

Bobby roula sur le côté pour se nicher au creux de son bras. Il se pencha sur elle pour l'embrasser tendrement sur la bouche. « Peut-être, dit-il. Mais je vais te dire une chose : ce n'était certainement pas un geste futile. »

Billy Allen : « Et pourquoi vous faites-vous appeler le Gorbatchev américain ? »

Nathan Wolfowitz : « Parce que c'est mon héros. Il a pris un pays dans un état critique de constipation depuis soixante-dix ans, s'est bouché le nez et lui a administré le lavement dont il avait si désespérément besoin. Vous me trouvez vulgaire, Billy ? »

Billy Allen : « S'il vous plaît ! Nous passons sur une *chaîne publique.* »

Nathan Wolfowitz : « Tout comme les atrocités que nous commettons chaque jour en Amérique latine, Billy... Vous avez vu un bon reportage sur les disrupteurs neuroniques, dernièrement ? »

Billy Allen : « Envoyez les pubs, bon Dieu ! »

Newspeak, présenté par Billy Allen

La campagne électorale de Nathan Wolfowitz s'était avérée un geste futile, comme promis, mais la soirée électorale au petite Moscou ne fut en rien une veillée funèbre. Pour une fois, la nourriture et les boissons étaient à la charge de Wolfowitz, pas des invités — pensionnaires et militants uniquement.

Sara Conner était alors plus ou moins les deux à la fois ; elle n'avait pas exactement déménagé toutes ses affaires dans la chambre de Bobby, mais elle y dormait tous les soirs après le travail et elle y avait apporté trois ou quatre tenues de rechange ainsi que son ordinateur.

Les bureaux et les téléphones avaient été déménagés du salon et tout le monde était rassemblé devant l'écran mural pour suivre les résultats. Même si l'issue ne fit jamais de doute, Wolfowitz attendit jusque bien après minuit pour faire sa déclaration officielle.

98 % des bureaux avaient alors annoncé leurs résultats et les derniers chiffres ne feraient pas varier les pourcentages de plus d'un ou deux points. Michaelson, le républicain, avait gagné avec 48 % des voix. Carmelo, le démocrate, recueillait 39 %. Wolfowitz arrivait loin derrière avec 13 %.

« Eh bien, nous avons au moins empêché ce salaud d'obtenir la majorité absolue », dit Sara à Bobby. Ils étaient assis sur le canapé, main dans la main, pour assister à l'inévitable. « Pas si mal pour un geste futile.

— Ça coûtera peut-être à Carmelo son élection..., murmura Bobby.

— Et alors ? Ils se valent tous, n'importe comment. Nous leur avons au moins donné à réfléchir. »

Nathan Wolfowitz se leva de son fauteuil et éteignit l'écran. Il resta un moment debout tandis que tous attendaient l'oracle du sage. Le silence se fit dans la pièce. Tous étaient assis, sombres et vidés.« Eh bien voilà, les enfants, dit enfin Wolfowitz. C'est terminé. Quelqu'un veut jouer au poker ?

— Bon sang, Nat, c'est tout ce que tu as à dire ? » s'écria quelqu'un.

Wolfowitz haussa les épaules. « Nous avons misé, nous avons joué, nous avons perdu. Qu'y aurait-il d'autre à dire ?

— Tu te représenteras. Nat ? demanda quelqu'un d'autre.

— Au Congrès ? répondit Wolfowitz. Pas question. La prochaine élection, c'est la présidentielle, non ? Alors je serai le premier à annoncer ma candidature à la présidence des États-Unis. »

Il y eut de francs éclats de rire.

« Non, je suis sérieux, déclara Wolfowitz. Tout ce qu'il y a de sérieux.

— Bien sûr, Nat !

— Réfléchissez un peu, dit Wolfowitz. Nous nous sommes contentés cette fois de passer un chapeau et, grâce à ça et mes gains au poker, nous avons financé ma campagne. Nous avons même réussi à tailler quelques bonnes croupières sur les chaînes nationales, non ? Merde, il me restait même encore cinq minutes dans l'émission de Billy Allen quand ils ont arraché la prise ! Il y a la possibilité d'obtenir des *fonds fédéraux de compensation,* dans une campagne présidentielle. Qui sait, avec quelques astuces de comptabilité, la prochaine fois, je pourrais même m'en tirer avec des *bénéfices.* Se présenter à l'investiture pour les présidentielles pourrait être une toute nouvelle carrière. C'est mieux que d'essayer d'enseigner l'histoire à des abrutis, en tout cas, non ?

— Ouais, *quelle* investiture, Nat ? »

Wolfowitz haussa les épaules. « Quelle importance ? » il sortit de sa poche une pièce de dix dollars à l'effigie de Ronald Reagan. « Pile, je suis démocrate, face, je suis républicain », dit-il, lançant en l'air la pièce qu'il rattrapa à plat entre ses paumes.

« Eh bien, dit-il en la regardant, je crois que je viens de devenir républicain ! Allez, maintenant, cette campagne m'a mis à sec, alors jouons au poker, bande de tocards ! »

Bobby ne se joignit pas à la partie. Il préféra sortir dans la cour avec Sara. Là, ils restèrent debout, main dans la main, au milieu des bidons d'huile et des cartons pleins de vieux listings d'ordinateurs et autres reliefs de la campagne électorale.

« Eh bien, c'est terminé, dit Bobby.

— Tu veux parler de la campagne ?

— Ouais. C'était quelque chose, hein ?

— Hon-hon. »

Bobby la connaissait maintenant assez bien pour savoir qu'il allait devoir le dire. « Mais c'est fini, murmura-t-il. Je suppose que tu vas retourner dormir dans ton foyer, maintenant... ? »

Sara se retourna vers lui. Ses yeux lui étaient désormais parfaitement déchiffrables et ce qu'il y vit l'emplit de bonheur. « C'est ce que tu veux ? demanda-t-elle.

— Tu sais bien que non.

— Alors ? » dit-elle. Elle regardait ses pieds en cognant ses chaussures l'une contre l'autre.

« Alors...

— Dis-le, Bobby... »

Bobby se mit lui aussi à contempler ses chaussures. « Alors je t'aime, Sara, et je n'ai jamais dit ça à personne. Reste ici avec moi. »

Sara tendit la main, lui prit le menton, lui releva la tête et l'embrassa. « Je croyais que tu ne le dirais jamais. »

Bobby rit. « Tu mens », dit-il.

Sara rit avec lui. Ses yeux semblaient lancer des étincelles. « Je crois que tu m'as eue, dit-elle.

— Je crois que oui...

— Alors ?

— Alors... », répondit Bobby, et il la serra dans ses bras.

MARS EST-ELLE VRAIMENT MORTE ?

Si aucun organisme vivant n'a encore été découvert sur Mars, il faut bien se dire que les cosmonautes n'ont jusqu'alors exploré qu'une infime fraction de sa surface. Une réponse catégoriquement négative serait des plus difficiles à étayer. Et si le projet visionnaire de terraformer un jour la planète à l'aide de glace rapportée des lunes de Jupiter devait jamais se réaliser, la question pourrait se révéler d'un intérêt plus qu'académique.

Outre l'aspect moral, écologiquement parlant, d'une destruction des restes d'une éventuelle forme de vie martienne par une altération de l'environnement, se pose l'inquiétante question de savoir ce qui pourrait émerger de sous le permafrost si une telle forme de vie se révélait capable de s'adapter à un climat plus doux. Risquons-nous de lâcher inconsciemment de terribles fléaux sur nos colons martiens par l'acte même de rendre vivable la planète ?

Argument i Fakti

19.

Franja se trouvait depuis six mois sur le cosmograd Sagdeev quand débuta l'assemblage du *Nikita-Khrouchtchev,* le vaisseau qui devait emporter la prochaine expédition sur Mars, et elle se retrouva, comme la plupart des autres singes de l'espace, la plus grande partie du temps affectée à sa construction.

Le *Khrouchtchev* était bricolé à partir de modules cosmograd. Il fallut d'abord assembler une charpente. Puis une des grosses sphères fut arrimée à l'avant pour servir de salle des commandes. Quatre modules d'habitation, reliés entre eux et au module de commande par des couloirs standards, furent alors fixés derrière pour abriter luxueusement l'équipage de huit personnes — seulement deux par module ! — pendant la longue mission de deux ans et demi. Derrière le groupe d'habitation, une autre sphère devint la salle de repos et le gymnase. Encore derrière, vinrent deux autres modules destinés à servir de laboratoires scientifiques. Derrière ceux-ci fut fixée une grappe de quatre grosses sphères pour abriter les réserves d'oxygènes, d'eau, de nourriture, et toute la machinerie.

Derrière tout *ça* étaient accrochées quatorze autres sphères. Quatre d'entre elles destinées à être remplies d'hydrogène et d'oxygène liquides pour les réacteurs conventionnels et les fusées de manœuvre. Les dix autres renfermeraient la masse de réaction pour les propulseurs ioniques. Cent cinquante mètres plus loin, un réacteur atomique était fixé à la poutrelle centrale, et enfin, derrière celui-ci, les fusées et le propulseur ionique.

La tâche était simple, quoique pénible et épuisante, mais une fois la structure du vaisseau achevée, le cauchemar commença vraiment pour les singes de l'espace.

Il y avait des kilomètres et des kilomètres de câbles et de tuyauteries de toutes sortes à installer, connecter, vérifier et revérifier autour de ce dédale de modules, de couloirs et de poutrelles, avant d'en faire un vaisseau interplanétaire viable ; tout devait fonctionner à la perfection, et l'essentiel du travail s'effectuait en scaphandres, avec les contremaîtres hurlant constamment dans vos écouteurs.

C'était peut-être un travail important, mais il n'avait rien de drôle, et Franja, comme le reste de ses infortunés compagnons, en arriva vite à détester le *Khrouchtchev*, ne l'appelant plus que l'Horreur, ce qu'il était certainement, eu égard à leur humble rôle dans la grande aventure.

Franja passait toujours des heures et des heures sur le pont d'observation à contempler mélancoliquement la Terre, mais la vue était à présent occultée par le disgracieux spectacle de l'Horreur amarré à Sagdeev, un quart de kilomètre plus « bas », ce qui ne faisait rien pour lui remonter le moral.

Si improbable que cela puisse paraître, ce disgracieux bricolage allait partir vers *Mars* et, si les choses s'étaient passées autrement, elle aurait pu être du voyage, fouler le sol d'une autre planète sous des cieux étrangers, lever les yeux vers les cimes majestueuses du mont Olympe, plonger le regard dans les énormes canyons asséchés où avait jadis coulé de l'eau, ou même, qui sait, découvrir les derniers restes de la défunte biosphère martienne.

Pour cela, elle aurait été prête à supporter une année de voyage dans un environnement encore plus étriqué que Sagdeev, une autre pour le retour, et encore six mois enfermée dans d'autres boîtes de conserve à la surface de Mars. Au lieu de ça, elle était condamnée à passer encore six mois dans ce foutu cosmograd, accablée d'ennui et travaillant comme une damnée, sans même la promesse d'une grande aventure.

Elle finit par souhaiter que l'Horreur disparaisse, s'en aille vers Mars une fois pour toutes et qu'elle cesse de la tourmenter.

Mais elle n'eut pas cette chance. Le Véhicule d'exploration martienne fut apporté en pièces détachées par cargos lourds et les singes durent assembler ce putain de truc en orbite, puis l'amener en place et l'arrimer sous la charpente principale de l'Horreur.

Il fallut monter la cabine sur la carcasse interne avant d'installer les moteurs, les systèmes de commande et le module de transport. Puis le ballon avec son réservoir d'hydrogène, le réservoir principal et celui d'oxygène. Enfin, pour couronner le tout, il fallut coller le revêtement métallique sur le châssis, panneau par panneau.

Le VEM pénétrerait dans l'atmosphère martienne comme un planeur hypersonique, se servant du frottement de celle-ci pour ralentir suffisamment avant de déployer l'énorme ballon qui le poserait en douceur à la surface. Six mois plus tard, le ballon l'enlèverait dans la haute atmosphère tout aussi en douceur, les moteurs seraient mis à feu et le VEM rejoindrait le *Khrouchtchev*.

Oh oui, le VEM était élégant, un triomphe de la technologie soviétique, et Franja ne put s'empêcher d'éprouver un élan d'orgueil en regardant depuis le pont d'observation une équipe de singes installer l'engin tout juste terminé sous l'Horreur. Les heures sans fin de dur labeur qu'elle y avait consacrées n'en étaient pas oubliées pour autant. Toute cette sueur, toute cette fatigue, et pour quoi ? Pour que huit autres personnes disposant de relations haut placées puissent y prendre place.

Était-ce donc là ce que l'on ressentait à être un héros du travail socialiste ? se demandait-elle.

Cinq jours après l'arrimage du VEM à l'Horreur, une authentique célébrité débarqua sur Sagdeev : le colonel cosmonaute Nikolaï Mikhaïlovitch Smirnov. Smirnov était déjà allé sur Mars. Smirnov était Héros de l'Union soviétique. Smirnov était le futur commandant du *Nikita-Khrouchtchev* et il allait résider à bord de Sagdeev pour le mois à venir afin de superviser les derniers équipements de l'Horreur avant l'embarquement de son équipage et le départ du vaisseau pour Mars.

Nikolaï Mikhaïlovitch Smirnov était aussi, eh bien, un homme très séduisant. Après tout, Sagdeev était une toute petite ville et Franja, comme toute autre femme à bord, eut maintes occasions de bien le détailler au cours des jours qui suivirent. Grand, mince, la musculature élégante, les traits anguleux avec des yeux bleus au regard perçant, Nikolaï Mikhaïlovitch avait tout du prince cosaque, impression qu'il ne faisait rien pour démentir, avec ses uniformes ajustés, sa longue chevelure noire cascadant sur ses épaules et sa moustache en guidon de vélo outrageusement théâtrale.

Les singes de l'espace du genre féminin l'appelaient « Camarade cosmonaute vedette de cinéma ». « Le Comte » était la moins injurieuse des appellations dont le gratifiaient les singes mâles envieux, les autres étant d'obscènes spéculations sur sa virilité. En fait, Franja finit-elle aussi par se poser des questions à ce sujet car, même au bout d'une semaine, pas une femme à bord ne s'était encore vantée d'avoir partagé son hamac, et la sexualité des singes étant ce qu'elle était, on pouvait être sûr que là où il n'y avait pas de fumée, il n'y avait certainement pas de feu.

Franja, n'étant pas de pierre, n'aurait certainement pas craché sur l'occasion si elle s'était présentée, mais elle n'était pas prête à s'abaisser aux bouffonneries simiesques de ses compagnes pour inciter le « Camarade cosmonaute vedette de cinéma » à apporter la preuve de sa virilité contestée, manœuvres qui s'étaient de toute façon révélées absolument vaines. En tant que cosmonaute de passage, Nikolaï Mikhaïlovitch avait droit à un module entier et, quand il n'était pas en train de manger, de superviser les derniers aménagements de l'Horreur ou de s'entraîner au gymnase devant un public bavant, il le gardait égoïstement pour lui tout seul.

La surprise de Franja fut donc totale quand l'Objet de tous les désirs l'aborda.

Lorsque survint cet instant magique, elle flottait sur le pont d'observation, accrochée à un anneau, comme elle le faisait si souvent, regardant la Terre derrière la masse confuse du vaisseau martien, contemplant les blanches volutes des bancs de nuages, les lumières des villes dans l'obscurité de la zone nocturne, laissant libre cours à ses pensées tandis que Sagdeev orbitait autour de la planète, perdue dans la succession des scintillantes mers bleues, des déserts écrasés de soleil, des verdoyantes forêts tropicales et des lumières nocturnes tandis que le monde palpitant tournait, tentateur, à ses pieds dans l'obscurité glaciale et que...

« Oui, c'est très beau », fit derrière elle une voix chaude et profonde.

Franja sursauta, se retourna gauchement sans lâcher son anneau et le vit qui flottait librement derrière elle, debout, les bras croisés sur la poitrine, le regard perçant de ses yeux bleus braqués sur elle avec un sourire étrangement pensif qui étirait ses lèvres pleines.

« Depuis combien de temps es-tu là à m'observer ? demanda-t-elle, toute troublée.

— Oh, un bon moment, répondit Nikolaï Mikhaïlovitch Smirnov.

— Tu as l'habitude d'espionner les gens comme ça ? C'est ta façon de te distraire ? »

Il fronça les sourcils. « Je suis désolé, dit-il. Je t'ai vue là, contemplative, et je me suis dit que je n'avais pas le droit de te déranger, et puis... »

Il haussa les épaules et le mouvement l'envoya vers le sommet de la bulle. Il se retourna d'un saut de carpe, détendit les jambes, nagea vers le bas, saisit un anneau et s'immobilisa à côté d'elle, éblouissante démonstration d'acrobatie simiesque à l'aisance souple et naturelle.

« Et puis je me suis rendu compte que je t'observais, après tout, et il m'a semblé relativement nikulturni de ne pas révéler ma présence, alors je me suis dit qu'il fallait trouver quelque chose à dire. Mais c'est effectivement très beau et, crois-moi, je comprends à quel point un peu de solitude peut être précieux par ici, alors si tu le souhaites, je vais te présenter mes excuses et te laisser...

— Non, s'il te plaît, ne t'en va pas », se surprit à dire Franja, charmée de ses manières prévenantes, si différentes du comportement des singes de l'espace auquel elle n'était que trop habituée, différentes aussi de ce qu'elle aurait attendu d'un puissant colonel cosmonaute.

« Tu en es sûre ? dit-il. Tu ne dis pas ça par simple politesse ? »

Seigneur, songea Franja, serait-ce possible ? Le Camarade cosmonaute vedette de cinéma n'aurait-il jamais profité de ce qui lui était constamment proposé pour la simple raison que cette superbe créature était en fait un *gentleman* de la vieille école ? C'était ce qu'il semblait car, de si près, son instinct lui disait sans ambiguïté que cet homme n'avait pas la moindre tendance à l'homosexualité !

Franja lui sourit : « Où as-tu appris des manières si désuètes, colonel Smirnov ? À l'école des Cosmonautes ? »

Nikolaï rit. Elle fut parcourue d'un frisson. « Pas exactement... Comment as-tu dit que tu t'appelais, déjà ?

— Je n'ai rien dit. Je m'appelle Franja Gagarine Reed, colonel Smirnov, répondit-elle, toute fondante.

— Appelle-moi Nikolaï, veux-tu. Où j'ai appris mes manières, nous ne nous donnons pas nos grades. Là-haut, nous ne... » Et, pendant un instant, il parut regarder au-delà d'elle, non pas la Terre ou son vaisseau, mais à côté, droit vers les ténèbres étoilées.

— Là-haut ?

— Sur Mars, ou peut-être plutôt durant le voyage... » Il sembla revenir de très loin. « Un an pour y aller, six mois à la surface, un an pour revenir, en compagnie du même petit groupe... C'est un voyage qui transforme ceux qui le font, Franja. À tout le moins, nous apprenons à être très, très polis les uns avec les autres. Les manières, comme tu dis, deviennent une absolue nécessité. Parfois c'est... c'est... » Il fronça les sourcils, haussa les épaules, eut l'air à court de mots.

« Et sur le plan sexuel ? ne put se retenir de demander Franja. Je veux dire, deux ans et demi... je me suis toujours demandé...

— Ce n'est pas comme ici, répondit Nicolaï, très sombre. Ce ne serait tout simplement pas tolérable, quelques personnes dans un espace si limité. À vrai dire, c'est un problème que nous n'avons pas encore résolu ; je me demande si nous y arriverons jamais. Des équipages mixtes de célibataires n'ont pas trop bien marché. Quatre couples seraient préférables, mais les chances de rassembler un tel équipage sont minimes, et si certains font l'amour alors que les autres, eh bien... Nous en sommes donc revenus à essayer un équipage entièrement masculin, et cela n'a rien à voir avec un quelconque machinisme slave réactionnaire.

— Mais que faites-vous pendant deux ans et demi ?

— Nous souffrons, nous nous masturbons, répondit Nikolaï d'un ton égal.

— Pendant deux ans et demi.

— Durant des siècles, les marins et les explorateurs ont été forcés de faire la même chose...

— Mais les marins... eh bien, tu sais... »

Nikolaï grimaça. « Si quelqu'un essayait *ça,* nous le balancerions par le sas ! déclara-t-il.

— Ça semble absolument atroce.

— Ce ne l'est pas. Ou peut-être si, mais c'est le prix à payer pour une expérience merveilleuse.

— Une expérience merveilleuse... ? »

Nikolaï Mikhaïlovitch Smirnov s'accrocha à un deuxième anneau et parut faire des tractions tout en regardant droit dans les profondeurs infinies, comme un petit garçon devant la vitrine d'une confiserie. Il ne sembla même pas remarquer que Franja le contournait pour venir à son côté, assez près pour sentir son eau de Cologne parfumée au lilas, assez près pour percevoir la chaleur de son corps.

« Le voyage lui-même n'est pour l'essentiel que privations et ennui, dit-il. Avec aussi une subtile pointe de terreur insidieuse quand le disque de la Terre n'est plus visible et que l'on se retrouve dans le néant glacé qui semble se poursuivre à l'infini. Puis ça passe et l'on éprouve un sentiment impossible à décrire, une sorte d'extase hideuse, ce que doivent ressentir les bouddhistes et les hindous quand ils sont confrontés à la réalité du Grand Vide, on se retrouve tout seul, parcelle insignifiante, et pourtant... pourtant... »

Son corps fut parcouru d'un frisson. Franja se rapprocha insensiblement.

« Et pourtant on a conscience de faire aussi partie de quelque chose de vaste et d'éternel, poursuivit Nikolaï d'un ton rêveur. Puis Mars commence à grossir, grossir, et on éprouve un immense soulagement, du seul fait de voir une autre planète, n'importe quelle planète, quoique mêlé d'une sensation de perte, et, avant que l'on s'en rende compte, survient l'excitation de la mise en orbite, suivie de la vertigineuse plongée dans l'atmosphère, et on se retrouve en train de descendre en vol plané vers un autre monde... »

Hésitante, n'osant pas vraiment le toucher, Franja passa derrière son épaule un bras qu'elle laissa là en suspens sans qu'il s'en aperçoive.

« Un autre monde ! s'écria Nikolaï. Bien sûr, on ne peut pas en respirer l'atmosphère mais, durant l'été martien, à midi, en tenue d'atmosphère raréfiée, il y a des fois où l'on peut sentir la lointaine chaleur du soleil, et le vent ; on est là, debout sur un sol étranger, plongeant le regard dans une vallée au fond de laquelle court le lit asséché d'une rivière où jadis l'eau a coulé, où la vie s'est autrefois développée, et on sent au fond des tripes que l'on se trouve *vraiment* sur un autre monde. Puis, au cours du long voyage de retour, on regarde les étoiles et on se dit que, quelque part parmi elles, il y a des gens, oui, appelons-les ainsi, *des gens,* qui vous regardent et qu'un jour, peut-être... »

Il se tut. Se retourna. Lui adressa un sourire penaud de petit garçon qui lui alla droit au cœur. « Voilà, tu n'aurais pas dû me lancer, dit-il avec un embarras désarmant. Nous sommes comme ça, nous autres “ Martiens ”, nous ne pouvons nous empêcher de devenir mystiques ; malgré les réalités du matérialisme dialectique, je suppose que nous sommes restés de vieux Slaves romantiques au fond du cœur… »

Franja ne put se retenir. Elle se pendit à son cou et l’embrassa.

« Que… que signifie ? » bafouilla Nikolaï Mikhaïlovitch.

Franja baissa les yeux, plutôt mortifiée. « Je... je... je... n’avais jamais rencontré de véritable héros.

— Voyons, ne dis pas de bêtises ! »

Franja regarda droit dans ses grands yeux bleus. Elle y vit un homme qui avait contemplé des paysages qui lui auraient fait chanceler la raison — ou qui l’auraient transformée en elle ne savait quoi. Elle y vit un homme qui avait enduré une solitude, un isolement, une frustration sexuelle indicibles au service d’une chose si vaste qu’elle dépassait sa compréhension, un homme qui allait bientôt se relancer courageusement dans la même aventure. Elle y vit aussi un touchant petit garçon tout gêné de voir une femme le couver tendrement des yeux.

« Non, c’est vrai, Nikolaï Mikhaïlovitch, dit-elle. Et si tu ne t’en rends pas compte, ce n’en est que plus vrai. Tu es un authentique héros, dans le meilleur sens du terme.

— Quelle absurdité ! dit-il en détournant les yeux.

— Pas du tout, insista Franja.

— Je ne suis pas un héros. Rien qu’un homme ordinaire qui a eu la chance de pouvoir vivre une expérience extraordinaire…

— Vraiment ? dit Franja en rassemblant son courage. Eh bien, puisque tu nies avec tant de force être un héros, le code des héros ne t’interdira peut-être pas d’accepter mon modeste présent…

— Un présent ? Quel présent ?

— Quelque chose à quoi tu puisses penser durant ton expédition. Si tu dois passer deux ans et demi à te masturber, permets-moi de t’offrir un souvenir qui t’y aidera. »

Le colonel cosmonaute Nikolaï Mikhaïlovitch Smirnov piqua un fard.

Franja rit. « Un Héros de l’Union soviétique qui a bravé l’immensité cosmique ne se dérobera certainement pas devant ce que commande la galanterie ?

— Vraiment, je ne devrais pas...

— Oh si, tu dois ! insista Franja. L'honneur du corps des Cosmonautes n'en exige pas moins !

— Eh bien, si tu insistes pour présenter la chose ainsi... »

Nikolaï était extrêmement nerveux tandis que Franja l'entraînait à travers le dédale de couloirs vers le grand sas, sentant sans doute que tout le monde les regardait, ce qui était effectivement le cas. Il fut proprement scandalisé quand elle lui proposa de réquisitionner la Pieuvre pour leurs desseins amoureux mais, finalement, elle eut raison de lui, car en ces matières le colonel cosmonaute était vraiment un petit garçon.

Comme l'avait fait Sacha Gorokov de si longs mois auparavant, Franja manœuvra la Pieuvre de façon à tourner la bulle vers les vastes ténèbres étoilées.

Cela fait, elle se retrouva en train de flotter dans la capsule en compagnie d'un héroïque cosmonaute plutôt empourpré qui ne paraissait absolument pas prêt à faire le premier geste. Eh bien, ce n'étaient certainement pas la timidité et la pruderie qui l'avaient menée jusque-là !

Elle dégrafa sa combinaison avant de s'en extirper et, repoussant du pied un anneau de maintien, elle se propulsa vers le haut de la bulle où elle s'étendit, bras et jambes écartés, contre la paroi chauffée, offrant ce qu'elle espérait être une irrésistible vision de chair nue nimbée d'un halo de gloire par le scintillant champ d'étoiles.

À en juger à la façon dont Nikolaï flottait sous elle, les yeux levés vers elle et la bouche grande ouverte, elle avait produit l'effet désiré, mais il ne faisait pas un geste pour ôter son uniforme ou pour la rejoindre.

« Eh bien ? demanda-t-elle.

— Eh bien ! soupira-t-il, indécis.

— Eh bien, déshabille-toi et monte ici, ou bien *descend,* si tu préfères... »

Sans la quitter des yeux, Nikolaï entreprit de se débarrasser de ses vêtements, plutôt gauchement pour quelqu'un qui avait fait montre d'une telle aisance en apesanteur. Sa nervosité, fut-elle cependant soulagée de constater, ne l'avait pas empêché de parvenir à une fort belle érection.

Il repoussa du pied une console et s'éleva vers elle. Elle tendit la main et l'attira contre elle.

Une fois cette manœuvre d'appontement accomplie avec succès, il devint un tout autre homme, l'embrassant rudement, lui pétrissant les seins et la pénétrant presque aussitôt, comme si tous ces mois de frustration et de politesse prudente dans l'espace lui avaient fait perdre tout contrôle au premier contact de la chair féminine.

Il semblait bien que c'était le cas, car après moins d'une douzaine de brusques va-et-vient, il grogna, fut secoué d'un spasme et se répandit en elle.

Aussitôt après, il se retira, s'écarta d'elle et, à demi roulé en boule, resta là à flotter, les yeux braqués vers l'espace, incapable de soutenir son regard, l'air profondément malheureux.

« Je… »

Elle l'arrêta en lui posant doucement un doigt sur les lèvres. « Ne dis rien. Je comprends… Pauvre homme… »

Quoique, en vérité, quand il se retourna vers elle, elle ne se retrouva pas devant les yeux d'un héroïque colonel des cosmonautes, mais ceux d'un petit garçon profondément gêné. Rien n'aurait su la toucher davantage.

« Nous avons tout notre temps, Nikolaï, dit-elle doucement. Elle l'enlaça et lui donna un très long baiser.

Puis, se souvenant des paroles de Sacha, elle le fit adosser à la bulle, l'empoigna par les genoux, lui écarta les jambes, lui sourit et dit : « Je vais maintenant te montrer un tout nouveau sens de l'expression “ s'envoyer en l'air ”. »

Elle passa sous lui et prit sa chair flasque dans la bouche. La perspective s'inversa alors et elle se retrouva *au-dessus* de lui, légère comme l'air, tandis qu'il était allongé le dos à la bulle, surgi de l'immensité cosmique comme un dieu de l'espace avec sa longue chevelure noire qui roulait et se brisait comme les vagues de la mer étoilée, sombre couronne stellaire nimbant son pur visage de héros.

Bien vite, en fait peut-être plus vite qu'elle aurait pu le souhaiter, sa virilité s'éveilla entre ses lèvres et il se pencha pour passer les mains dans ses cheveux et l'attira à lui, souriant et rêveur, pour un tendre baiser.

Puis il repoussa du pied la verrière, prit Franja dans ses bras et la pénétra à nouveau, cette fois avec douceur et assurance, puis, la serrant contre lui, il lui fit l'amour, lui fit vraiment l'amour, avec douceur et gentillesse, les maintenant à l'écart de la verrière, des consoles et du plancher par d'habiles petits coups de pied quand ils s'en rapprochaient trop.

C'était une expérience proprement incroyable, peut-être la plus incroyable de l'existence de Franja. Nikolaï était vraiment le maître pour ces manœuvres en apesanteur et, sans rien d'autre qu'eux contre quoi prendre appui, leurs gestes étaient, par nécessité, lents, paresseux et tendres, leurs rythmes se fondant rapidement dans la plus intime des synchronisations.

Le plaisir de Franja monta lentement et atteignit un plateau qui semblait devoir se prolonger à jamais ; elle planait, dépourvue de poids, dans l'immensité stellaire des bras de Nikolaï, soudée à lui, dansant dans les airs, dans le vide, dans l'extase, et quand elle parvint enfin à l'orgasme, celui-ci lui sembla littéralement fracassant ; elle n'était plus qu'une explosion d'étoiles, projetée dans le firmament pour se dissoudre dans l'océan de l'univers.

Ensuite, ils planèrent en silence un long moment, quotidien et cosmique, dans les bras l'un de l'autre, reprenant leur souffle.

« Où as-tu appris à faire *ça ?* » fit-elle quand elle eut suffisamment retrouvé ses esprits pour parler.

Nikolaï se tourna dans ses bras pour lui faire face, positivement rayonnant, un attendrissant sourire enfantin aux lèvres, ses yeux bleus baissés avant de les braquer droit dans les siens.

« Là, répondit-il. À l'instant, avec toi. »

Puis il lui prit la main et, ensemble, ils flottèrent nus, frêles créatures de chair et de sang, les yeux plongés dans la froide et glorieuse immensité du cosmos infini.

LE PROJET DE LOI CARSON VISE À RENFORCER LES RESTRICTIONS DE VISAS DE SORTIE

Le sénateur Harry Carson (Rép-Texas) a déposé un projet de loi destiné à accorder une plus grande latitude à l'Agence pour la sécurité nationale dans le refus de délivrance de visas de sortie en lui permettant de faire appel à la notion d' « intérêt national » plutôt qu'à celle de « sécurité nationale » actuellement en vigueur.

« Bien sûr, le changement d'un simple mot peut sembler un pinaillage bureaucratique, a reconnu Carson, mais selon l'interprétation actuelle de la loi, les ordures antipatriotiques obtiennent le bénéfice du doute. Nous devons délier les mains de l'A.S.N. en lui accordant un plus large pouvoir discrétionnaire. Parfois un petit mot peut faire une sacrée différence. »

Associated Press

« Tu penses que c'est vraiment sérieux, nous deux ? demanda un soir Sara Conner, vers la fin du trimestre de printemps.

— Bien sûr que c'est sérieux, répondit Bobby sans réfléchir.

— Eh bien, si nous restons ensemble, nous devrions avoir notre propre appartement, dit Sara avec sa fermeté coutumière. Je commence à en avoir un peu assez de vivre comme ça. Pas toi ? »

Bobby réfléchit. Ils vivaient dans cette petite chambre du petit Moscou depuis maintenant plus de cinq mois et il fallait bien reconnaître qu'ils étaient sacrément à l'étroit, encombrée qu'elle était de livres, journaux, disques, dossiers, sous-vêtements, produits de beauté, chaussettes, tout un fatras... Il y avait toujours des tas de trucs à virer du lit tous les soirs et aucun autre endroit pour les ranger que par terre.

Il était vrai qu'ils ne faisaient rien d'autre dans cette

chambre que dormir, étudier et faire l'amour, mais il était quand même assez surprenant qu'ils ne se tapent pas davantage sur les nerfs, surtout avec le caractère de Sara. Par ailleurs, il fallait bien reconnaître que la pièce était une vraie porcherie, et il n'aimait pas trop avoir à dégager le lit chaque fois qu'ils voulaient baiser.

Un *appartement ?* C'était vraiment une décision sérieuse. Et en plus...

« Mais comment ferons-nous pour le loyer ?

— J'ai déjà trouvé quelque chose. Ce n'est pas très grand, un tout petit deux-pièces, mais c'est dans nos moyens.

— Vraiment ? »

Que Sara, ayant décidé de ce qu'elle voulait, leur ait déjà trouvé un appartement n'était pas si surprenant. Bobby commençait à la connaître et, en fait, il la soupçonnait d'avoir agi d'une façon tout aussi réfléchie, et même machiavélique, pour le séduire.

« Nous n'y habiterons que pendant l'été et les deux prochains trimestres en attendant d'avoir nos diplômes, lui dit-elle. Avec ce que tu paies ici, plus la pension que m'envoient mes parents, plus ce que j'ai déjà économisé en quittant ma chambre à la résidence, nous pouvons nous en sortir avec ce que nous gagnerons tous les deux en travaillant durant l'été.

— Tu as déjà tout combiné, hein ? demanda Bobby, un peu contrarié, mais non sans admiration.

— Oui.

— J'avais espéré que nous pourrions aller voir mes parents à Paris, cet été..., marmonna Bobby d'un air désolé.

— Oh, *Bobby,* nous en avons parlé un millier de fois, ne lis-tu même pas les journaux ? » gémit Sara.

Bobby soupira. C'était là encore une chose qu'il avait appris à accepter, et même à admirer, chez Sara. En plus d'être issue d'une famille douée d'une conscience politique depuis des générations, elle étudiait le journalisme dans l'idée bien arrêtée de devenir chroniqueuse politique, pour un journal si possible, à la télévision si elle y était obligée. En résumé, pour Sara politique et vie personnelle étaient indissociables.

Jusqu'en ce qui concernait le propre nom de Bobby.

Bob est un nom si facho, lui avait-elle expliqué. Il me fait penser à ces enfoirés en short de gymnastique qui boivent leur bière à la boîte. Mais quand je t'appelle *Bobby,* ça me fait penser à Bobby *Kennedy,* le dernier homme politique à peu près estimable qu'ait produit ce pays. Vivre avec un type que je peux appeler *Bobby* me donne la sensation, je ne sais pas, que quelque chose est toujours vivant. Et Bobby *Reed,* eh bien... »

Elle lui demanda s'il était apparenté à John Reed. Bobby ne savait même pas qui c'était, ce qui exaspéra fort Sara.

« Vous avez beaucoup en commun, toi et lui. John Reed était un journaliste américain qui est parti en Russie couvrir la révolution d'Octobre, et qui est resté là-bas par conviction. Toi, tu as *choisi* d'être américain de la même façon qu'il est devenu soviétique. Pour l'amour de Dieu, Bobby, tu devrais au moins voir *Reds !* »

Elle lui dégota une vieille cassette du film et, si Bobby trouva déprimante la triste histoire d'idéalisme trahi, l'histoire d'amour l'émut beaucoup. Cela devint un lien secret entre eux et, après ça, il s'aperçut que ça ne le dérangeait plus de se faire appeler Bobby.

C'était là tout Sara. Elle était capable de prendre ce vieux nom américain courant, de le passer à la moulinette de sa sensibilité politique, et de le lui rendre comme un cadeau personnel avec une toute nouvelle signification.

Mais cette même sensibilité politique l'avait convaincue qu'il était hors de question d'aller à Paris.

Vu le contexte politique, les dispositions de la Loi sur la sécurité nationale, ses antécédents familiaux et le dossier qui existait certainement sur elle dans quelque ordinateur de l'Agence centrale pour la sécurité à Washington, Sara était sûre de n'avoir aucune chance de se faire délivrer un visa de sortie pour visiter l'Europe.

Elle était également persuadée que si jamais Bobby quittait les États-Unis, vu ses propres antécédents, il n'avait aucune chance de pouvoir revenir un jour.

Il était donc exclu, malgré les supplications de son père au téléphone, qu'il quitte le pays s'il voulait revoir Sara.

Alors...

Alors Bobby alla visiter avec elle l'appartement qu'elle

avait trouvé dans un vieil immeuble délabré de Shattuck. Il était minuscule, à peine trente mètres carrés, la chasse d'eau ne marchait pas très bien, l'équipement de la minuscule kitchenette était antédiluvien et il aperçut un ou deux cafards mais, par rapport à leur chambre du petit Moscou, c'était immense et il y *avait* une porte pour séparer le petit salon d'une chambre à coucher encore plus petite. De toute façon, Sara avait déjà tout décidé, si bien qu'ils le prirent.

Bobby se trouva un travail pour l'été par l'intermédiaire de l'université — traduire du français des articles barbants pour des revues spécialisées — tandis que Sara se bouchait le nez et acceptait un emploi de serveuse. Ça ne rapportait pas beaucoup mais, à la fin de l'été, ils avaient économisé assez pour payer le loyer jusqu'à la fin de leur dernière année. Après ça...

Eh bien, là-dessus aussi, Sara avait des idées bien arrêtées et, à son accoutumée, elle avait engagé une campagne pour le convaincre. Avant la fin du trimestre, elle y avait parfaitement réussi.

« Bien sûr, Berkeley est merveilleux, lui dit-elle, mais nous ne pouvons pas vivre comme ça à jamais. Tu ne te vois quand même pas finir comme tous ces types qui passent directement d'étudiant à professeur sans jamais sortir de l'université et pensent que le reste du monde est une chose dont ils n'ont pas à se préoccuper...

— Comment ça ? » répondit Bobby. À vrai dire, c'était plus ou moins ce qu'il avait envisagé avant de rencontrer Sara Conner.

« Non, insista Sara. Pour ma part, je n'ai aucune intention de finir femme de professeur à Berkeley ! Je veux vivre dans le *monde réel* et faire quelque chose d'utile, avec ou sans toi ; je ne peux pas passer toute ma vie la tête dans le sable comme une autruche ! »

C'était un peu dur à avaler pour Bobby. L'allusion voilée au mariage était le moins gros morceau ; leurs vies et leurs finances étaient déjà tellement inextricablement liées qu'un document de plus ou de moins dans une vie depuis si longtemps régie par la paperasse ne semblait pas si important. En fait, la pensée de vivre sans Sara avait déjà un avant-goût de divorce.

Ce fut ce qui emporta sa décision. Il l'aimait et l'idée de la perdre lui était insupportable. Il était persuadé qu'elle l'aimait aussi, mais il était également sûr qu'il lui faudrait adapter ses projets d'avenir à la vie qu'elle désirait mener s'il voulait que leur amour dure au-delà de l'université.

Sara désirait donc vivre dans ce qu'elle appelait « le monde réel », pour *faire quelque chose d'utile,* ce qui signifiait, comme il la connaissait, faire quelque chose pour changer le monde, ou au moins quelque chose qui puisse lui en donner l'illusion ; être chroniqueuse politique pour un journal, pas languir dans le milieu protégé de l'académie en compagnie d'un professeur à l'université de Berkeley.

Loin de lui en vouloir, Bobby ne l'en aimait que plus. En fait, il enviait même son idéalisme passionné, sachant fort bien en être lui-même dépourvu.

Mais Sara le connaissait aussi et, plutôt que le menacer ou le brusquer, elle entra en campagne pour lui communiquer sa propre ardeur, pour le convaincre intellectuellement, pour l'amener à partager ses vues.

« Tu as tant d'atouts, Bobby, disait Sara. Tu parles un excellent français et mieux le russe que tu ne veux bien l'avouer. Tu as de bonnes bases en histoire, tu as vécu en Europe et ton style est bien meilleur que le mien. Tu serais un reporter formidable, un correspondant étranger, même, si un journal avait assez envie de t'engager pour se donner la peine de t'obtenir les visas nécessaires... »

Finalement, Bobby ne fut pas si difficile à convaincre. Les traductions qu'il avait faites au cours de l'été lui avaient montré qu'il écrivait assez facilement en anglais. Il n'y avait pas beaucoup de journalistes américains parlant couramment le français et passablement le russe, et encore moins qui avaient été élevés de l'autre côté de la Grande Mare. Il pouvait se faire beaucoup d'argent comme journaliste, bien plus que tout ce qu'il pouvait espérer en rejoignant la horde de professeurs assistants qui se débattaient pour gravir les échelons universitaires...

« Tu le dois à toi-même et à ton pays, Bobby ! disait aussi Sara. Les médias sont si désespérément fachos et tu as un point de vue absolument unique à exprimer. Ce serait tout simplement honteux de tout gaspiller en végétant dans une serre universitaire comme Berkeley alors que tu as tout ce qu'il faut pour *faire quelque chose,* pour être quelqu'un qui a du poids ! »

Bobby aurait aimé penser que c'était *ça* qui l'avait convaincu de changer de matière principale pour le journalisme en début de dernière année. Mais Sara lui avait montré à quel point politique et vie personnelle pouvaient être indissociables.

Il choisissait un métier bien payé où il pourrait pleinement tirer parti de ses dons et de son expérience, il choisissait un métier qui pouvait effectivement lui permettre d'améliorer le monde, d'être quelqu'un d'important.

Mais par-dessus tout, il choisissait de faire sa vie avec la femme qu'il aimait, la femme qui l'avait poussé dans cette voie plus aventureuse, et il s'agissait indubitablement là d'un parfait exemple d'intérêt bien compris.

UNE AUTRE CIVILISATION EXTRATERRESTRE ?

Les astronomes soviétiques pensent avoir découvert une autre civilisation extraterrestre, beaucoup plus avancée que celle de l'étoile de Barnard. Leur observatoire de la base lunaire a détecté un objet, à environ cinq mille années-lumière en direction du centre galactique, qui pourrait être une « sphère de Dyson », une étoile entièrement enfermée dans une coquille artificielle dans le but de capter la totalité de sa production d'énergie.

Les perturbations des ondes gravitationnelles dénotent un objet d'environ une demi-masse solaire, les occlusions stellaires suggèrent un solide d'un diamètre approximativement égal à celui de l'orbite de Jupiter et les observations infrarouges laissent présager une température de surface comprise entre 0 et 100°.

« Si ce n'est pas une sphère de Dyson, a déclaré le porte-parole de l'Académie des sciences soviétique, il doit s'agir de quelque chose d'encore plus étrange. Malheureusement, il n'existe aucun moyen d'obtenir la moindre sorte d'image visuelle à une telle distance. »

L'envoi d'un message radio ne serait pas davantage un moyen envisageable de résoudre le mystère, étant donné qu'une communication dans les deux sens prendrait au moins dix mille ans.

Nouvelles de la Science

À bord du cosmograd Sagdeev, il n'était question que de la liaison de Franja avec le colonel cosmonaute Nikolaï Mikhaïlovitch Smirnov qui faisait scandale. Inutile de dire que toutes les femmes des cages à singes la jalousaient mais, selon les règles de conduite des singes de l'espace, il n'en aurait résulté rien de pire que d'innocentes plaisanteries obscènes si elle avait joué le jeu.

Mais ce n'était pas le cas. Si elle n'avait pas transporté ses vêtements ou ses affaires personnelles dans la cabine de Nikolaï, étant donné que déménager des quartiers qui vous avaient été assignés constituait une violation manifeste des règlements officiels, elle passait toutes ses périodes de sommeil seule avec lui dans son hamac, et c'était là une violation du code tacite des singes de l'espace.

Non que les rapports sexuels entre singes et personnel d'encadrement, ou même dirigeant, fussent mal vus ; les privilégiés qui jouissaient d'une cabine pour deux, ou pour eux tout seuls, étaient aussi des êtres humains, et par conséquent un gibier de choix. Cependant, tirer profit de telles liaisons pour bénéficier de périodes complètes de repos dans de si luxueux quartiers sentait l'utilisation des rapports sexuels comme monnaie d'échange ; trahison de classe, prostitution, toutes choses extrêmement nikulturni.

Pis encore, bien pis, Franja et Nikolaï avaient une liaison exclusive. Aucun des deux ne baisait avec qui que ce fût d'autre. Ils ne baisaient même pas *ensemble* en public. Bref, ils avaient établi une *relation suivie,* la pire transgression imaginable de l'étiquette simiesque. Une telle relation signifiait passion, jalousie, envie et qui sait quelles autres émotions fortes ne pouvant qu'entraîner des complications dans un milieu si confiné.

En fait, cela frisait dangereusement la violation des règlements en vigueur et seul le statut élevé de Nikolaï le mettait à l'abri de la réprobation officielle.

Franja en était plus ou moins consciente, mais franchement, camarades, elle s'en souciait comme d'un guigne.

Elle avait déjà bien assez de mal à ne pas tomber amoureuse.

Elle n'avait jamais rencontré un homme comme Nikolaï. Elle n'avait même jamais rencontré personne qui lui arrive à la cheville. Qu'il soit un splendide spécimen physique et que ses prouesses en apesanteur en fassent un amant fantastique était la moindre des choses, ce qui ne voulait pas dire que ce n'était pas déjà beaucoup.

Qu'il soit allé sur Mars, qu'il soit colonel cosmonaute pouvait y être pour quelque chose, non pas à cause de son statut élevé, et probablement même pas parce qu'il était ce qu'elle avait autrefois rêvé de devenir, mais à cause de ce que ses expériences avaient fait de lui.

Curieusement, Nikolaï lui rappelait son père, un Jerry Reed plus jeune, plus fort et, en un sens, plus innocent, qui aurait eu les relations voulues, qui aurait eu toutes les chances, qui aurait réussi à concrétiser son rêve et, par conséquent, n'aurait jamais perdu sa candeur de petit garçon.

Nikolaï était un petit garçon idéaliste dont l'innocence n'avait jamais été brisée. Nikolaï était un homme mûr à la vision cosmique. Nikolaï était un homme courageux et passionné, endurant volontairement d'incroyables privations au nom de ce en quoi il croyait, ce qui faisait que baiser le plus souvent et le mieux possible avec lui était un honneur autant qu'un plaisir.

« Héros de l'Union soviétique » était à l'époque une distinction largement décriée. Franja elle-même s'était toujours représenté ce genre de personnages comme une silhouette empesée en uniforme constellé de médailles ridicules. Mais Nikolaï Mikhaïlovitch Smirnov conférait une nouvelle dimension à ce titre.

Nikolaï était *vrai.*

En vérité, cela aurait pu être insupportable si Nikolaï n'avait été, eh bien, *Nikolaï.* Ses manières courtoises étaient authentiques. C'était un amant attentionné. Il n'était pas dépourvu d'humour. Quand ils n'étaient pas en train de travailler, de faire l'amour ou de prendre de l'exercice au gymnase — Nikolaï était très tatillon là-dessus — ils passaient des heures et des heures à regarder ensemble les étoiles, à parler de Mars et des chances de découvrir des spécimens survivants de l'ancienne écosphère martienne, de ce qu'il pouvait y avoir sous les nuages de Titan, de l'atmosphère de Jupiter, de l'océan d'Uranus, des mystérieux Barnardins, de la destinée de la conscience dans l'univers, des origines et des aboutissements de l'évolution.

Nikolaï ranimait en elle des rêves qu'avaient tués des mois d'ennui à bord de Sagdeev. Nikolaï lui donnait le courage d'aspirer de nouveau à ce qu'elle n'obtiendrait peut-être jamais. Nikolaï lui faisait voir en elle les secrets de son âme.

Qu'il était difficile de ne pas tomber éperdument amoureuse d'un tel homme !

Mais quel désastre si jamais elle s'y laissait aller !

Dans moins d'un mois, Nikolaï serait en route pour Mars et il ne reviendrait pas avant deux ans et demi. Toute idée de vivre ensemble après son départ était sans espoir. À moins que...

C'était idiot, c'était condamné d'avance, mais elle sentait qu'il lui fallait quand même essayer et, dix jours avant la date de départ du *Nikita-Khrouchtchev,* alors qu'ils étaient blottis l'un contre l'autre dans le hamac, elle se jeta à l'eau.

« Nikolaï, dit-elle, je voudrais aller sur Mars avec toi. »

Nikolaï rit. « Et moi aussi je voudrais que tu viennes avec moi, dit-il d'un ton léger. J'aimerais aussi vivre jusqu'à deux cents ans et commander la première expédition vers l'étoile de Barnard...

— Je suis sérieuse !

— Moi aussi !

— Nikolaï !

— Franja, s'il te plaît !

— Tu as des relations haut placées, ronronna Franja. C'est toi qui commandes l'expédition. Et ne m'as-tu pas dit que ta sœur était la femme du maréchal Donets ?

— Ah, je vois, c'est tout simple, dit sèchement Nikolaï. Je n'ai qu'à dire à mon beau-frère que j'ai envie de virer un membre d'équipage qui se prépare depuis des années pour pouvoir emmener avec moi ma petite amie dans une expédition entièrement masculine sur Mars. Et bien sûr, il passera un coup de fil au Président et notre histoire fera fondre son romantique cœur slave...

— Eh bien, présenté comme ça...

— C'est comme ça, Franja, tu le sais aussi bien que moi », répondit Nikolaï avec douceur.

Franja soupira. « Enfin, qui ne risque rien n'a rien », dit-elle. Assez bizarrement, elle se sentait plutôt soulagée, sachant qu'elle avait au moins essayé.

Nikolaï l'embrassa tendrement sur les lèvres. « Je voudrais vraiment te laisser un souvenir avant de partir. Après tout, je suis colonel cosmonaute et Héros de l'Union soviétique, j'ai effectivement des relations haut placées et le maréchal Donets est mon beau-frère... Fais un autre vœu, Franja, un peu plus réaliste, et je te promets de faire mon possible pour l'exaucer.

— Qu'as-tu en tête ?

— Qu'attends-tu de la vie, Franja ? »

Franja y réfléchit longuement et, avec Nikolaï, elle avait appris à réfléchir à haute voix. « Toute mon enfance j'ai voulu être cosmonaute comme toi, j'ai travaillé dur pour entrer à Gagarine et, quand je m'y suis retrouvée, j'ai travaillé encore plus dur pour entrer à l'école des Cosmonautes, puis, quand j'ai échoué, je me suis laissé persuader de devenir singe de l'espace dans l'espoir qu'un jour...

— Un jour quoi ?

— Qu'un jour, avec mon expérience de l'apesanteur, je pourrais entrer dans le corps des Cosmonautes lorsque les Navettes de grande croisière seraient opérationnelles et qu'il y aurait un besoin urgent de sang neuf... Mais, au bout de quelques semaines à bord de Sagdeev, j'ai compris que je n'avais pas envie de passer ma vie dans une succession de sous-marins de l'espace, que tout ce que je voulais, c'était rentrer chez moi, et que je me fichais bien de savoir ce que je ferais une fois de retour sur Terre, et... et... »

Elle lui plaqua un baiser sur la joue. « Et puis je t'ai rencontré, Nikolaï, et maintenant je me surprends à rêver de Mars, de Titan et au-delà, mais il ne semble y avoir aucun espoir et... et je ne sais plus où j'en suis...

— Hum, murmura Nikolaï. Eh bien, je peux te dire une chose, c'est que les Navettes de grande croisière vont effectivement créer un important besoin en personnel supplémentaire. Il y aura d'autres cosmograds, une cité lunaire ou deux, une colonie sur Mars, de nombreuses expéditions plus lointaines… Mais ce qu'ils iront chercher, ce ne sont pas tant des singes de l'espace que des pilotes.

— Des pilotes ?

— Pour être plus précis, des pilotes de Concordski. Après tout, le Concordski est déjà une sorte de vaisseau spatial. Il se comporte en missile balistique même à l'apogée d'un simple vol terrestre. Il se place en orbite et rejoint les cosmograds. Il va même en orbite géostationnaire pour rallier Espaceville. Quiconque sait piloter un Concordski peut facilement apprendre à piloter une navette en quelques semaines. Si tu es vraiment sérieuse, tu dois décrocher ton brevet de pilote de Concordski. Avec ça et un an d'expérience en apesanteur, tu te retrouveras en tête de liste le moment venu.

— Comment faire ? » demanda Franja.

Nikolaï rit. « *Ça,* au moins, le maréchal Donets devrait pouvoir l'arranger pour son beau-frère Héros de l'Union soviétique. »

PREMIÈRE ANNONCE DE CANDIDATURE

Nathan Wolfowitz, professeur à l'université de Berkeley et ancien candidat indépendant au Congrès, est devenu le premier candidat déclaré à l'investiture républicaine pour l'élection présidentielle au cours d'une conférence de presse tenue dans un casino de Las Vegas.

« D'accord, c'est un peu tôt, mais j'ai un problème de notoriété, a déclaré Wolfowitz aux journalistes. En outre, il n'est jamais trop tôt pour se mettre à récolter des fonds pour quelqu'un comme moi qui ne peut pas compter sur les commanditaires habituels. »

Interrogé sur la raison qui lui avait fait choisir un endroit si inhabituel pour sa déclaration, le candidat a répondu qu'il avait l'intention de récolter des fonds au moyen d'une série de parties de poker à fort enjeu, avant d'inviter les journalistes médusés à participer à la première de ces parties aussitôt après la conférence de presse.

Selon des sources tout à fait officieuses, le candidat est ressorti grand gagnant dix heures plus tard.

People

Quand Bobby commença à chercher une place de journaliste, deux mois avant la remise des diplômes, il eut la désagréable surprise de se heurter à un mur. Ses notes étaient bonnes, il avait des centaines de pages d'excellente prose déjà publiée, trois ans d'étude de l'histoire en sa faveur, ainsi que sa connaissance du français et du russe, et même ses origines européennes, au moins dans certains milieux.

Mais la réponse était toujours la même. « Nous aimerions vous engager, monsieur Reed, mais cela nous est impossible. Vous n'êtes pas citoyen américain. »

Selon la loi fédérale, une entreprise assujettie à l'impôt fédéral ne pouvait engager un non-citoyen dépourvu de permis de travail fédéral. Et vu la situation de l'emploi, on ne délivrait tout simplement pas de cartes vertes, à part dans de rares cas où pouvait être établie une raison de sécurité nationale, ce qui ne s'appliquait certainement pas aux journalistes.

Bobby le savait plus ou moins depuis le début, mais il avait évité le plus longtemps possible de regarder la réalité en face.

La seule façon qu'il avait de pouvoir travailler aux États-Unis était de rendre son passeport européen pour prendre la nationalité américaine.

Mais en tant que citoyen américain, il lui serait impossible de quitter le pays sans visa de sortie. Et avec le statut discutable de son père, ses origines européennes, ses antécédents de rouge de Berkeley et la manière arbitraire dont était appliquée à l'époque la Loi sur la sécurité nationale, on ne lui en accorderait jamais un.

« C'est une grave décision, dit-il à Sara au cours du dîner. Si je prends la nationalité américaine, il y a de fortes chances que je ne puisse jamais revoir mes parents.

— Si tu ne la prends pas, fit-elle remarquer, tu ne trouveras jamais de travail, c'est une absolue certitude. Tu ne comptes quand même pas sur moi pour t'entretenir le reste de ton existence... ?

— Non, répondit Bobby d'un air malheureux. Mais...

— Voyons les choses de cette façon : ce n'est un problème qu'en raison de choses comme la Loi sur la sécurité nationale et c'est le genre de trucs contre lesquels nous sommes décidés à lutter, n'est-ce pas ?

— Et alors... ?

— Alors, ta mère est marxiste, non ? Ne t'approuvera-t-elle pas ? Ne considérera-t-elle pas cela comme un parfait exemple de conscience de classe ?

— Tu ne connais pas maman..., répondit Bobby. Et papa...

— Seigneur, Bobby, ton père a fait défection pour pouvoir travailler à ce en quoi il croyait, non ? Tu essaies de me dire que c'est un parfait hypocrite ?

— Non, mais...

— Et *moi ?* le coupa Sara. Je me suis engagée envers toi, non ? Nous ne pouvons tout simplement pas vivre ensemble si tu ne deviens pas citoyen américain, point final, et tu le sais aussi bien que moi. »

Bobby poussa un soupir. « Oui, dit-il. Oui ! déclara-t-il plus fermement. D'accord, Sara, je vais le faire. Mais seulement si tu t'engages de même envers moi... Marions-nous ! »

Sara laissa tomber sa fourchette dans l'assiette. Elle regarda Bobby. « Je croyais que tu ne le demanderais jamais, dit-elle.

— Vraiment ? »

Sara éclata de rire. « Non. Mais je pensais que ce serait un peu plus romantique.

— Que pourrait-il y avoir de plus romantique ? » rétorqua vigoureusement Bobby. Il fut le premier surpris de constater qu'il le pensait vraiment. « Je suis peut-être en train de me coincer à vie dans ce putain de pays dans l'espoir de le faire évoluer et pour rester avec la femme que j'aime ! De mon point de vue, c'est sacrément plus romantique que des fleurs et des violons ! »

Sara lui adressa un sourire éclatant. « Présenté comme ça, comment pourrait-on dire non ? » dit-elle, et elle se pencha par-dessus la table pour l'embrasser.

Et ainsi, une semaine plus tard Bobby remplit sa demande de naturalisation. Un mois après les papiers arrivaient. Encore une semaine plus tard, ils se mariaient civilement.

Après la cérémonie, Bobby embrassa sa jeune épouse, puis il prêta le Serment d'allégeance.

DES COSMONAUTES VERS L'ÉTOILE DE BARNARD ?

Le professeur Vassili Igorovitch Iermakov, du centre d'Études spatiales de l'Académie des sciences soviétique, a suggéré qu'il serait possible d'envoyer un jour un vol habité vers l'étoile de Barnard sans recourir à rien de plus qu'une version perfectionnée des Navettes de grande croisière actuellement en cours de construction.

Un tel vaisseau interstellaire mettrait sans doute des siècles pour arriver à destination, mais il pourrait être piloté par une intelligence artificielle et les cosmonautes voyageraient en état d'animation suspendue électroniquement induit ou, mieux encore, en suspension cryogénique.

« Les Américains travaillent tout comme nous à la mise au point de telles techniques, a fait remarquer Iermakov. Quel dommage que nous ne puissions conjuguer nos efforts. »

Izvestia

Le pont d'observation était bondé de gens venus regarder le *Nikita-Khrouchtchev* s'écarter lentement du cosmograd Sagdeev mais Nikolaï Smirnov avait une fois de plus usé de son influence en faveur de Franja pour lui permettre d'assister au départ, accrochée, en tenue spatiale, à la charpante du cosmograd, seule dans l'immensité étoilée qui s'apprêtait à engloutir le seul homme qu'elle eût jamais aimé.

Elle avait les yeux embués de larmes ; il ne lui était pas possible de les sécher à l'intérieur du casque, et elle n'en avait d'ailleurs pas vraiment envie car elles rehaussaient le vaisseau en partance d'un miséricordieux et diaphane voile de cristaux scintillants, atténuant l'éclat des étoiles, conférant à son chagrin une tonalité romantique.

Il y avait eu beaucoup de messages échangés entre Nikolaï et le maréchal Donets au cours de la semaine écoulée, mais Nikolaï avait tenu parole. Son beau-frère allait la faire entrer à l'école des pilotes de Concordski, en Asie centrale, et il ne restait plus à remplir que quelques paperasses et formalités.

Ils avaient partagé des nuits d'amour passionnées et quelques larmes, mais il n'y avait pas eu de sombres drames car il était Héros de l'Union soviétique, après tout, et elle était un singe de l'espace aguerri, n'est-ce pas ? De plus, ils savaient tous deux depuis le début ce moment inéluctable. Ils étaient des amants des étoiles dans tous les sens du terme.

Franja reculait le moment de regarder la Terre vers laquelle elle allait bientôt retourner. La nouvelle vie qui l'y attendait était aussi un cadeau d'adieu de Nikolaï, un but, une carrière, la résurrection d'un rêve. Il avait fait de son mieux pour la laisser dans un meilleur état qu'il ne l'avait trouvée et, même maintenant, les larmes aux yeux, Franja était encore capable de s'émerveiller de la façon dont il y avait si bien réussi.

Le *Nikita-Khrouchtchev* se trouvait maintenant à cinq kilomètres du cosmograd et, soudain, sans un bruit, une langue de flammes bleues jaillit de ses propulseurs principaux, se stabilisa, devint un rayon presque tangible de lumière bleue et le vaisseau martien commença à accélérer, s'élançant sur l'océan de l'espace vers sa lointaine destination.

Franja resta dans le vide pour le voir s'amenuiser dans les brumes noires brouillées de larmes jusqu'à ce que les flammes de ses réacteurs ne soient plus qu'une étoile parmi les autres, un minuscule point de lumière bleue perdu dans l'immensité à travers laquelle il s'élançait courageusement. Alors seulement, pour la première et dernière fois, elle le dit :

« Je t'aime, Nikolaï Mikhaïlovitch Smirnov », murmura-t-elle enfin avant il n'y eut plus personne pour l'entendre, quand cela n'eut plus aucune importance.

À moins que ce ne fût la chose la plus importante au monde.

MOISSON RECORD EN UKRAINE

Le ministère de l'Agriculture a annoncé que la récolte de blé de cette année en Ukraine est la plus abondante de l'histoire. La nouvelle semence mise au point par les chercheurs et le perfectionnement des techniques de culture n'y sont pas pour rien, mais les agronomes du ministère reconnaissent que la tendance au réchauffement de la planète, entraînant une saison de maturation plus longue et une pluviométrie plus abondante, en était largement responsable.

« Nous ne croyons pas à un phénomène isolé, a déclaré le porte-parole du ministère. Nous assistons finalement au début du changement climatique prédit depuis des décennies. »

Novosti

20.

Sonia Gagarine Reed attendait dans l'angoisse la suite des événements depuis que Robert avait appelé pour annoncer, tout guilleret, qu'il venait de prendre la nationalité américaine et s'était marié avec une fille qu'ils n'avaient jamais vue. Pour enfoncer un peu plus le clou, Jerry avait refusé de comprendre sa colère et avait fini par s'en prendre à la pauvre Franja. Depuis, ils ne cessaient de se disputer.

« Comment as-tu pu faire une chose pareille sans nous consulter ? » avait-elle demandé, sans excès d'enthousiasme maternel, faut-il bien avouer.

« Nous nous aimons, maman, avait répondu Robert.

— Ce n'est pas de ça que je parle, tu le sais !

— Non, je ne sais pas, maman, je ne sais absolument pas de quoi tu parles.

— Je parle de prendre la nationalité américaine sans réfléchir aux conséquences, rétorqua-t-elle.

— Oh, mais si, j'ai réfléchi aux conséquences ! Sans la nationalité américaine, je ne pourrais jamais trouver de travail !

— Et mon travail à moi, tu y as pensé, Robert ? » s'était écriée Sonia.

Dans l'euphorie consécutive au Grand Coup en bourse, Sonia s'était attendue à une promotion. Comme celle-ci n'arrivait pas, Ilya lui avait assuré que c'était simplement parce qu'ils lui réservaient son poste pour le jour où il grimperait d'un échelon. Après tout, avait-il fait remarquer, il aurait été idiot de la promouvoir à la tête d'un autre service où son expérience aurait été beaucoup moins précieuse.

Mais un an et demi plus tard, quand Ilya avait été nommé directeur du bureau parisien de l'Étoile-Rouge, ils avaient parachuté de Moscou une emmerdeuse à roulettes nommée Raïssa Chortchov à la tête du service de stratégie économique.

Le soir où il le lui avait annoncé, Ilya avait invité Sonia à *La Mer Noire,* un coûteux restaurant où il l'avait gavée de champagne, de caviar sevruga, d'esturgeon grillé, de pouilly-fuissé, de framboises romanov et de cognac hors d'âge. Il n'avait pas trouvé le courage de lui en parler avant le deuxième pousse-café, l'amenant à croire que c'était une façon de fêter une bonne nouvelle.

Ce l'était d'ailleurs, pour lui.

« Eh bien, comme disent les Américains, il y a une bonne nouvelle et une mauvaise, avait-il fini par dire quand il avait été assez ivre. La bonne nouvelle, c'est que j'ai été nommé directeur du bureau parisien...

— Oh, Ilya, c'est merveilleux !

— La mauvaise nouvelle, c'est... », avait-il marmonné, le nez dans son verre à cognac.

Et il avait craché le morceau.

Sonia en était restée abasourdie, pas même capable de pleurer.

« J'ai fait tout ce que j'ai pu, je te le jure, je suis moi-même passé dangereusement près de voir ma promotion me filer sous le nez ; je ne dis pas que nous n'avons pas été discrets, mais quand je me suis mis à téléphoner à Moscou sans suivre la voie hiérarchique, eh bien, même ce qui reste du K.G.B. est encore capable d'additionner un et un si on lui met le nez dedans...

— Mais *pourquoi ?* avait demandé Sonia. Je l'ai largement mérité ! »

Ilya avait soupiré, haussé les épaules. « En gros, il semblerait que les Mandarins ne te trouvent pas assez politiquement sûre pour occuper un tel poste. Avec ton fils qui va à l'université en Amérique et Jerry qui n'arrête pas d'essayer de passer par-dessus la tête de Boris Velnikov à l'ESA...

— Ce n'est pas juste ! » s'était exclamée Sonia, retenant ses larmes.

Ilya lui avait pris la main au-dessus de la table. « Je suis tout à fait d'accord. Mais les ours s'en prennent aussi à d'autres, tu sais...

— Tu es allé trop loin en essayant de m'aider, n'est-ce pas ? » avait demandé doucement Sonia.

Ilya avait souri tristement. « Tu sais ce que je leur réponds ? » Il dressa le majeur de sa main droite. « Voilà ce que je leur réponds ! Quant à aller trop loin... ce sont ces misérables salauds de chauvins qui finiront par aller trop loin ! Comme l'a si bien Nikita Khrouchtchev, nous les enterrerons, tu verras !

— Oh, *Ilya !* » avait dit Sonia dans un soupir.

Finalement, elle était allée passer la nuit chez lui pour se consoler. C'était un ami si dévoué. Et si elle devait prendre un amant, qui faisait mieux l'affaire qu'Ilya Pachikov ?

Ilya, avec ses nombreuses maîtresses, n'était pas envahissant. L'idée de tomber amoureuse d'un tel homme et de commettre l'irrévocable était ridicule, comme il avait lui-même si souvent pris la peine de le souligner. Ilya était un vrai camarade dans le meilleur sens du terme. Et si elle était bien consciente de tromper Jerry, eh bien, elle le trompait avec quelqu'un qui savait où s'arrêter.

Ilya avait aussi fait de son mieux pour lui rendre le plus supportable possible son calvaire sous la coupe de Raïssa Chortchov. Celle-ci était de dix ans sa cadette, ce qui était déjà assez humiliant. À la différence d'Ilya, elle traitait Sonia comme une subordonnée et non comme une collègue, prenant apparemment le plus grand plaisir à écraser de sa supériorité une femme plus âgée et expérimentée. Peut-être était-ce parce qu'elle était totalement incompétente, guère capable d'autre chose que de collecter rapports et prévisions, les signer de son nom et les transmettre à ses supérieurs comme s'ils étaient d'elle.

En fait, Chortchov était une déléguée politique jetée à la gorge de l'Étoile-Rouge par les ours de Moscou. Sa conception de la stratégie économique semblait être la leur, à savoir que l'Étoile-Rouge était un instrument de la politique russe, et que la politique russe était de prendre le plus rapidement possible le contrôle de la plus grosse partie de l'appareil industriel européen, sans se soucier des conséquences pour le bilan de la société.

Chortchov n'avait que la Destinée slave à la bouche et ne cachait à personne qu'elle considérait son séjour à Paris comme un exil qu'il lui fallait supporter dans l'attente de jours meilleurs, une fois de retour saine et sauve sur le sol sacré de la patrie.

Seule Sonia empêchait le moral du service de stratégie économique de sombrer complètement sous pareille férule et Ilya refusait pratiquement de rencontrer Raïssa Chortchov en dehors de sa présence. « Camarade directrice du service de stratégie économique », voilà comment il appelait Chortchov en face, mais la véritable contribution du service à la politique de l'Étoile-Rouge provenait de ses discussions privées avec Sonia.

Néanmoins, si cela permettait à Sonia de tenir le coup au lieu de s'avouer vaincue et de se laisser aller à quelque bêtise, cela ne faisait certainement rien pour prédisposer sa supérieure en sa faveur et elle savait parfaitement que Raïssa Chortchov sauterait sur la première occasion de se débarrasser d'elle.

C'était pourquoi, quand Robert lui avait si cavalièrement annoncé qu'il avait pris la nationalité américaine, un prétexte idéal pour Chortchov, Sonia avait plus ou moins perdu son sang-froid.

Mais cela n'excusait certainement pas la façon dont Jerry avait traité Franja quand celle-ci avait appelé deux jours plus tard pour leur annoncer la bonne nouvelle.

L'appel venant d'orbite, il n'y avait pas l'image, mais quand Sonia avait branché le haut-parleur afin qu'ils puissent entendre tous les deux la voix surexcitée de leur fille, elle n'avait pas eu besoin de liaison vidéo pour se représenter le visage rayonnant de Franja tandis que celle-ci expliquait l'heureuse tournure prise par les événements.

Un de ses amis cosmonautes, très intime, à en juger d'après le son de sa voix, avait obtenu d'un parent apparemment haut placé qu'il la fasse entrer à l'école des pilotes de Concordski à l'issue de son séjour sur Sagdeev.

« N'est-ce pas merveilleux ? s'était écriée Franja. En tant que pilote de Concordski et avec un an d'expérience en orbite, je serai en tête de liste quand tes Navettes de grande croisière ouvriront plein de nouveaux postes, papa, Nikolaï est tout à fait d'accord avec toi là-dessus ! »

Sonia vit Jerry tiquer en l'entendant dire « tes Navettes de grande croisière ».

« Nous sommes très contents pour toi, Franja », dit-elle précipitamment pour couvrir le silence de Jerry, heureuse pour une fois qu'il n'y ait pas de liaison vidéo pour montrer à Franja la tête que faisait son père. « Tu es sûre que tout a été bien arrangé ?

— Aucun problème, maman, la rassura Franja. Le maréchal Donets a déjà présenté lui-même ma candidature, et dès que j'aurai reçu les papiers pour ma naturalisation…

— Ta *quoi ?* s'écria Jerry.

— Ma naturalisation soviétique. Les papiers ont déjà été transmis à Moscou, mais tant que l'école des pilotes n'en a pas reçu copie, ils ne peuvent pas officiellement…

— Tu as fait ça sans même m'en demander la permission ? dit Jerry d'une voix pâteuse.

— Je suis majeure légale et je n'ai plus besoin de ta permission, papa ! » répliqua Franja. Puis, sur un ton plus conciliant : « En plus, un maréchal de l'Armée rouge pouvait difficilement appuyer la candidature de quelqu'un qui n'aurait même pas été citoyenne soviétique. Il aurait eu l'air ridicule, sinon pire, et...

— Tu as fait ça pour éviter à un putain de général russe de se sentir ridicule ! hurla Jerry.

— Je... je croyais que tu serais content, papa, dit Franja, plus peinée qu'en colère.

— Content ! Content que tu aies pris la nationalité soviétique pour lécher les fesses velues d'un général russe !

— Arrête, veux-tu, Jerry.

— Content parce que je vais avoir enfin une chance d'embarquer à bord d'une de tes Navettes, peut-être même de la piloter... Toi et moi ensemble, en route vers la Lune, vers Mars, même, comme tu le disais, papa... »

En entendant sa fille parler ainsi, Sonia comprit aussitôt que Franja, avec les meilleures intentions du monde, disait la pire chose possible. Jerry était totalement irrationnel à ce propos, ces jours-ci, et cela n'allait certainement rien faire pour le calmer.

La véhémence de sa tirade ne l'en stupéfia pas moins. Jerry s'empourpra, les larmes lui montèrent aux yeux, il serra les poings, les veines de son cou enflèrent et il perdit tout contrôle.

« *Mes* Navettes de grande croisière ! hurla-t-il d'une voix qui se brisa en sanglots. Ces foutus Russes m'ont dépouillé de ce putain de projet ! Je ne volerai *jamais* à bord d'une Navette de grande croisière, grâce à ces putains de Russes ! Je ne mettrai jamais les pieds sur la Lune ! Je n'échapperai jamais à l'attraction terrestre ! Ces salauds de Russes m'ont pris ce qui était toute ma vie ! Tu me dégoûtes, Franja ! Tu me donnes envie de vomir !

— Jerry...

— Papa... »

Il sortit en trombe du salon pour aller s'enfermer dans la chambre dont il claqua la porte derrière lui.

Et à présent ils poursuivaient au salon, bien après que leur seconde tasse de café se fut refroidie autant que leur lit conjugal, une autre dispute commencée à la table du dîner.

« *S'il te plaît,* Jerry, supplia pour la millième fois Sonia. Il faut que tu fasses la paix avec Franja, tu ne peux renier ta propre fille comme ça !

— Comme tu as fait la paix avec Bobby ? rétorqua Jerry.

— Je te l'ai dit, Jerry, j'appellerai Robert pour essayer d'arranger les choses dès que tu auras fait des excuses à Franja. Je l'appellerai même en premier, si tu veux.

— Ce serait à elle de me faire des excuses !

— Pourquoi ? demanda Sonia. Pour s'être donné les moyens d'entrer à l'école des pilotes ?

— En quoi est-ce différent de ce qu'a fait Bobby ? »

Sonia soupira. « En rien, reconnut-elle. Je me suis trompée et je suis prête à faire amende honorable. Tu es buté, c'est tout, Jerry ! Tu reportes ta rogne contre Boris Velnikov sur le premier Russe qui te tombe sous la main. Par malheur, il se trouve que c'est ta fille. Sans parler de... »

Le téléphone sonna.

« Sauvé par le gong », dit sèchement Jerry, et il enfonça la touche de réponse.

Un drapeau soviétique apparut sur l'écran, aussitôt remplacé par le visage d'une jeune femme.

« Quelque chose me dit que c'est pour toi », dit Jerry, et il lui céda la chaise près du téléphone, dans le champ de la caméra.

« Sonia Gagarine Reed ?

— Oui...

— Je suis chargée de t'informer que tu es convoquée dans le bureau d'Ivan Josefovitch Ligatski, second conseiller du directeur adjoint de la section politique, jeudi prochain à quinze heures à l'ambassade.

— Es-tu... es-tu aussi chargée de me dire à quel sujet ? balbutia Sonia.

La jeune femme jeta un coup d'œil hors du champ de la caméra, ou du moins fit semblant. « Révision du statut de membre du Parti.

— Révision du statut de membre du Parti ?

— C'est ce qui est écrit ici, dit la fonctionnaire. Il serait préférable de ne pas être en retard. » Puis elle raccrocha.

Sonia demeura immobile, fixant l'écran vide d'un air hébété.

« Qu'est-ce que c'était ? demanda gaiement Jerry. Encore des chinoiseries bureaucratiques ? »

Sonia leva les yeux vers lui et l'expression de son visage se transforma ; elle vit comme dans un miroir la tête qu'elle devait faire.

« C'est grave ? » demanda-t-il doucement en la regardant avec une sollicitude qu'il ne lui avait pas témoignée depuis très, très longtemps.

« Très grave, dit-elle sombrement. J'ai l'affreux pressentiment que c'est exactement ce dont j'ai eu peur quand Robert est devenu citoyen américain. Je *savais* que Chortchov essayerait d'utiliser ça contre moi, mais là... » Elle frissonna.

Jerry se rapprocha. Il posa même le bras sur le dossier de la chaise, sans vraiment lui toucher les épaules.

« Tu n'as... tu n'as pas d'ennuis avec le K.G.B. ? »

Sonia aurait ri si la situation n'avait pas été si catastrophique. « J'aimerais bien que ce ne soit que ça. Le K.G.B. n'est plus en position d'intimider les cercles supérieurs de l'Étoile-Rouge, aujourd'hui. Ilya n'aurait qu'à passer un coup de fil pour les obliger à laisser tomber. Mais ça... c'est bien pire... »

Révision du statut de membre du Parti ? Deuxième conseiller du directeur adjoint de la section politique ? Autrefois, il y aurait eu un terme plus simple pour ça... commissaire.

« Pire que le K.G.B. ? demanda nerveusement Jerry. Que peut-il y avoir de pire que le K.G.B. ?

Sa colère avait complètement disparu. Il était visiblement inquiet. Était-il possible qu'il se fît encore vraiment du souci pour elle ?

« Tout ce qui peut avoir un rapport avec une révision du statut de membre du Parti, lui répondit-elle. Chortchov n'aimerait rien tant que de me voir retirer ma carte du Parti...

— Ils feraient vraiment ça ? »

Sonia haussa les épaules. « Probablement pas, dit-elle. Ils veulent sans doute simplement me faire peur. Mais la révision du statut de membre du Parti est une procédure officielle qui apparaîtra dans ma kharakteristika. Ce qui est assez embêtant, avec tous les mauvais points que je me traîne déjà... »

Le bras de Jerry toucha son épaule. « Ce genre de conneries bureaucratiques t'inquiète vraiment tant que ça ? »

Sonia le regarda dans les yeux, hocha la tête. « Oui, ça m'inquiète. »

Jerry la regarda aussi et elle ne vit que du chagrin dans ses yeux. Elle sentit alors la honte lui nouer les tripes, sachant combien cela devait lui coûter. « Ton bon ami le golden boy peut sûrement arranger ça, non ? demanda-t-il sans ironie dans la voix.

— Pas ça, dit-elle. S'il essayait, ce serait en soi un mauvais point dans sa kharakteristika.

— Et tu ne veux pas en prendre le risque, n'est-ce pas ? » répliqua Jerry, et d'un seul coup elle le vit se refermer.

« Je ne pourrais pas lui faire ça », répondit-elle de l'autre côté du mur qui, tout compte fait, se dressait toujours entre eux.

LE CONGRÈS DES PEUPLES SE RÉUNIT À PARIS

Aujourd'hui s'est ouverte, au Palais des congrès de la porte Maillot, l'assemblée des mouvements séparatistes européens. Au cours des trois prochains jours, les délégués venus de toute la Communauté — Basques Écossais, Ukrainiens, Wallons, Slovaques, Gallois, Bavarois, Ouzbeks, Corses, Catalans et Bretons — sont chargés de rédiger la charte du futur Congrès des peuples destiné à promouvoir les droits des minorités nationales.

Si un accord général ne semble pas en vue concernant les buts ultimes du mouvement, un consensus paraît se dégager sur le fait que les minorités dépourvues d'État national au sein de la Communauté européenne ont intérêt à s'unir pour obtenir des modifications constitutionnelles qui réduiront encore la souveraineté déjà limitée des États membres, dans l'optique de l'avènement d'« Une Europe des peuples, pas des nations », comme le réclame une énorme banderole tendue derrière la tribune.

Le Monde

Oh, comme Jerry Reed détestait cette cellule de prison !

Quand Corneau lui avait assigné ce bureau sans fenêtre. Jerry n'y avait pas attaché grande importance, même s'il savait ce que cela impliquait sur le plan hiérarchique. Il se désintéressait de ces jeux bureaucratiques. Il avait un bureau, une chaise, un terminal d'ordinateur ; c'était tout ce dont il avait besoin pour travailler.

Alors que tout le monde était coincé par d'interminables réunions pour organiser le projet, il pouvait passer son temps devant son ordinateur à mettre au point le fruit de ses réflexions. Le temps que s'organise sans lui, sous l'autorité de Steinholz, la section du système de manœuvre, il avait des plans assez détaillés pour lancer un appel d'offres à des sous-traitants.

Plutôt que d'infliger à Steinholz une gifle en pleine face, il les avait apportés directement à Patrice Corneau. « Je vois que tu n'as pas perdu ton temps, Jerry. Il est possible que nous puissions nous servir de certains détails. Je les transmettrai à Velnikov et lui demanderai de les faire voir à Steinholz.

— Qu'est-ce que tu racontes, Patrice ? Ce sont les plans complets du système de manœuvre, prêts pour un appel d'offres. Nous pouvons gagner des mois ! »

Le directeur de projet avait secoué la tête. « C'est vraiment naïf de ta part, Jerry. Nous ne pouvons pas lancer un appel d'offres tant que les descriptifs de *tous* les systèmes et composants ne sont pas définitivement au point. Ton système de manœuvre a l'air très bien, pris isolément, mais comment savoir dans quelle mesure il s'intégrera aux autres systèmes tant que les descriptifs de ceux-ci ne sont pas prêts ? »

À contrecœur, Jerry avait été obligé de le reconnaître et, au cours des mois suivants, tandis qu'il continuait à mettre au point ses propres versions de divers sous-systèmes, il regardait, via son terminal, dans un amer mélange de fureur personnelle et de satisfaction professionnelle, l'équipe de Steinholz reproduire méticuleusement son propre travail à une allure d'escargot, n'y apportant que des modifications mineures pour justifier leur existence.

Mais quand il avait montré à Corneau ses croquis préliminaires pour la structure portante et les systèmes de propulsion, Patrice avait secoué la tête. « C'est très élégant, Jerry, mais complètement à côté de la plaque.

— À côté de la plaque ? Qu'entends-tu par là ? »

Corneau avait haussé les épaules. « Dans l'ensemble, ton travail fait double emploi. Il est partiellement parallèle, partiellement tangent à celui des autres, rien ne s'y intègre à la conception d'ensemble. À quoi peut servir une structure porteuse conçue indépendamment du réservoir de carburant ou de la cabine ? Quel intérêt y a-t-il à dessiner un système de propulsion sans tenir compte de la charge utile ?

— Dans ce cas, bon sang, Patrice, pourquoi ne pas me laisser accéder aux banques générales de données, que je sache au moins de quoi il retourne ? répondit Jerry, irrité. Tu viens de reconnaître que j'ai besoin d'être au courant. »

Le terminal de Jerry lui permettait d'accéder aux données de la section du système de manœuvre, mais celles des autres sections lui étaient interdites. Patrice évoquait toujours vaguement un « accès selon les besoins spécifiques » et promettait de rectifier la situation « le moment venu ».

Corneau voulait sûrement dire là que ce moment était venu.

Celui-ci haussa les épaules et détourna les yeux. « Je crains de ne pas pouvoir faire ça, Jerry.

— Comment ça, tu ne peux pas ? Tu es le directeur de ce projet, non ? »

Patrice ne le regardait toujours pas. « C'est un poste politique, après tout, tu sais..., murmura-t-il.

— Non, je *ne sais pas !* Qu'est-ce que ça veut dire ? »

Corneau soupira. « Ça veut dire que Velnikov sautera au plafond si je t'accorde un accès général.

— Velnikov ! Qui est directeur de projet, Patrice, toi ou ce salaud de Russe ?

— Disons que Velnikov... exerce son influence en dehors de la voie hiérarchique normale. Les Russes ont mis beaucoup d'argent dans ce projet et il est, eh bien, l'homme de Moscou. Je n'aime pas ça plus que toi, mais il faut faire avec.

— Nous allons voir ce qu'en dit Émile Lourade !

— Ça vient d'Émile. Jerry, lui répondit Corneau. Le projet a été organisé de telle sorte qu'il est lui aussi responsable devant Velnikov dans certains domaines...

— Tel mon accès aux banques générales de données ?

— Tu y es, Jerry, reconnut Patrice.

— Bon Dieu, Patrice, tu m'avais *promis* que j'aurais accès à l'ensemble du projet par ton intermédiaire !

— Que ta *contribution* serait prise en compte, Jerry, pas que tu aurais un droit de regard. Et je ne reviens pas là-dessus. Je vais mettre ces plans dans les banques principales de données où les bureaux d'étude de la structure et de la propulsion pourront les consulter à loisir. Et je ferai de même pour tout ce que tu m'apporteras.

— La belle affaire !

— C'est tout ce que je peux faire, dit tristement Patrice. Je suis vraiment désolé, Jerry. »

Si bien que, faute d'autre chose à faire, Jerry continua à mettre au point son propre matériel pour le projet N.G.C., déversant à l'aveuglette les plans dans les banques principales de données et imprimant ses propres copies dont il tapissait les murs de son bureau, essayant même d'en construire de maladroites maquettes qui s'entassaient sur ses étagères.

Il faisait de son mieux pour ne pas penser à ce qu'il adviendrait de lui quand serait terminée la phase d'étude, tout comme il s'efforçait d'éviter de penser à son fils qu'il ne reverrait peut-être jamais ou à la liaison de Sonia avec Ilya Pachikov.

Il n'y aurait guère de place pour un « consultant metteur au point du système de manœuvre » quand commencerait la construction et il semblait certain que Velnikov ne laisserait pas Corneau le nommer à la tête d'une équipe. Passé la fin de la phase d'étude, l'avenir était un néant sombre et informe qu'il n'osait pas scruter de trop près.

Il n'osait pas davantage affronter directement Sonia. Il savait qu'elle baisait de temps en temps avec le golden boy, et il ne manquait pas de le lui laisser entendre, mais elle refusait de reconnaître que c'était vrai et il ne voulait pas l'y forcer. Il préférait ne pas essayer d'en imaginer les conséquences s'il l'avait fait.

Il pouvait précipiter une crise à tout moment, simplement en l'affrontant directement. Et elle pouvait assez facilement l'y obliger. Mais elle n'en faisait rien. Elle ne passait jamais la nuit ailleurs que dans leur appartement de l'avenue Trudaine. Tout comme il se contentait de dénigrer Pachikov de façon détournée, elle ne faisait jamais rien de plus que dire que c'était un « bon ami ».

Et, assez bizarrement, il réussissait à se persuader qu'elle jouait ainsi le jeu parce qu'elle l'aimait encore. Après tout, Pachikov était bien connu pour coucher avec toutes les femmes sur qui il pouvait mettre le grappin, Sonia elle-même en plaisantait. C'était peut-être sa façon de lui dire que cette liaison ne pouvait pas aller plus loin, qu'elle avait pris Pachikov pour amant occasionnel parce qu'il n'y avait pas de risque, parce qu'une relation avec lui était impossible et que, par conséquent, il ne constituait pas une menace pour ce qui subsistait de la leur. En fait, c'était peut-être même ça qui les faisait rester ensemble.

Et *lui,* l'aimait-il encore ? C'était là une autre question qu'il n'osait pas considérer ouvertement.

Et pourtant...

Et pourtant, si douloureuse fût-elle, la configuration était stable. La vie sans Sonia était littéralement inimaginable, aussi inimaginable qu'une vie sans ce travail, si vain soit-il. C'étaient les deux pôles de son existence, c'était tout ce qu'il avait. Et si tous deux étaient des lits de frustration, chacun, en un sens, rendait l'autre supportable ; là aussi, la configuration était stable et il n'osait pas la bousculer, car il ne pouvait en concevoir d'autre.

Mais si l'achèvement de la phase d'étude appartenait à un avenir indéfini, le coup de téléphone de la veille au soir et la réaction de Sonia avaient fini par éveiller en lui aussi une crainte diffuse.

Mais pourquoi avait-il *peur ?* De quoi avait-il peur ?

Bien qu'il ne puisse mettre un nom dessus, il le sentait venir. Cela se précipitait vers lui à une vitesse hypersonique, missile silencieux et invisible jusqu'au moment de l'impact, menaçant de fracasser la fragile stabilité de son existence aussi sûrement que la fin de la phase d'étude du projet.

Mais dans ce cas, la menace n'attendait pas, inévitable mais encore inoffensive, dans un futur indéterminé, comme la fin de la phase d'étude ou l'instant de la mort. Elle avait beau être informe et sans visage, elle toucherait son objectif jeudi prochain.

Alors que la moisson exceptionnelle en Union soviétique a fait chuter le cours du blé sur le marché international, les prix à terme se sont envolés en raison de la sécheresse dans le Midwest. Le raisonnement semble être que Washington résistera aux pressions pour autoriser la vente de céréales russes sur le marché américain et que les agissements des révolutionnaires auront pour effet de diminuer l'importante récolte qui arrive à maturité en Patagonie.

Néanmoins, des rumeurs contraires prédisent une chute des cours à terme, comptant sur les nouveaux champs du centre canadien pour peser lourdement sur les prix dans les prochaines semaines.

À notre sens, le mieux est de se tenir en dehors des achats de blé à terme. Le changement climatique apparent a engendré trop d'incertitudes. Il n'y a pas de base de renseignements fiable sur les nouveaux champs du Nord canadien et les guérilleros patagoniens pourraient très bien laisser rentrer la moisson dans le but de s'attirer des sympathies locales tout en lâchant un désastre économique sur la place de Chicago. Cela ressemble trop à un coup de dés. Restez en dehors et attendez que la situation se soit décantée.

Les Échos de Wall Street

Ivan Josefovitch Ligatski n'évoquait en rien la caricature du reître tchéquiste des jours sombres, habituellement représenté sous les traits d'une grosse brute chauve en costume bleu mal coupé, pas plus qu'il n'évoquait la caricature du garde-chiourme du Parti, maigre, ascétique, avec des lunettes démodées à fine monture et des lèvres minces et exsangues.

Son costume, assez bien coupé, était d'un audacieux gris clair. Il avait des cheveux mi-longs, noirs et ondulés, des lèvres normales et d'assez grands yeux marron qu'il n'abritait pas derrière des lunettes.

Mais sa lèvre supérieure s'ornait d'une grosse moustache, et si ce n'était pas un de ces guidons de vélo à la Staline qu'affectionnaient les hooligans du Pamiat, il portait, en guise de chemise et de cravate, une blouse paysanne stylisée, blanche avec un col brodé, qui annonçait la couleur, subtilement, peut-être, mais assez clairement pour que Sonia se sente défaillir en entrant dans son bureau.

Ligatski était un ours et ne s'en cachait pas.

« Assieds-toi, veux-tu, camarade Reed », dit-il sans se lever de derrière son bureau. Qu'il ait employé son nom d'épouse américaine au lieu de l'appeler « Sonia Ivanovna » était un autre mauvais signe, et lui donner du « camarade » ne semblait pas davantage fait pour la mettre à l'aise. À moins qu'elle ne devînt paranoïaque ? Ou plutôt que l'effet recherché fût de la rendre paranoïaque ?

Ne te laisse pas démonter, Sonia, se dit-elle en prenant place sur l'inconfortable chaise de plastique devant le sévère bureau métallique. Tu es directrice adjointe du service de stratégie économique de l'Étoile-Rouge et, à en juger par son titre et son bureau, tu as un rang supérieur à ce petit fonctionnaire, au moins théoriquement.

Le bureau possédait une fenêtre sans vraie vue, une moquette beige bon marché, un terminal d'ordinateur, mais ni canapé ni table basse. Il y avait malgré tout un antique samovar électrifié assez tape-à-l'œil et un service à thé sur une petite tablette. Et un portrait en couleurs de Lénine. Ainsi que, Seigneur, une *icône* posée sur la bibliothèque.

Ligatski ne lui offrit pas de thé, manifestation de grossièreté certainement significative, surtout de la part d'un néotraditionnaliste comme lui.

« J'irai droit au fait, dit Ligatski. Tu as apporté ta carte du Parti, bien sûr ?

— Bien sûr », répondit Sonia d'un ton glacial. Adopter un profil bas n'aurait servi à rien face à un tel personnage.

« Veux-tu bien me la confier ?

— Hein ?

— Es-tu depuis si longtemps en Occident que tu ne comprennes plus une requête courtoise en russe ? demanda-t-il perfidement. Je vais donc essayer de m'exprimer plus simplement. Donne-moi ta carte du Parti, camarade Reed. »

Tremblant de peur autant que de rage, Sonia sortit son portefeuille de son sac et y prit le petit rectangle de plastique. Au lieu de le tendre à Ligatski, elle le plaqua sur le bureau à égale distance de chacun. Ligatski la dévisagea attentivement un instant, puis ramassa la carte, y jeta un coup d'œil, regarda à nouveau Sonia. Après avoir tapoté trois fois le bord de la carte sur le bureau, il maintint celle-ci droite, coincée entre le meuble et le bout de ses doigts.

« Il est écrit là que tu es de nationalité russe, dit-il.

— Évidemment, répondit Sonia d'un ton froid. Je suis aussi russe que toi.

— Vraiment ? Moi, je ne suis pas le genre de cosmopolite occidentalisé qui choisirait de s'imposer vingt ans et plus d'exil volontaire loin du pays où il a vu le jour !

— En loyale citoyenne soviétique et membre du Parti, je me fais une joie de servir mon pays où il me le demande, répondit Sonia d'un ton égal.

— Et je suppose qu'épouser un Américain était aussi une manifestation de patriotisme ?

— Cela ne regarde pas le Parti, et tu le sais ! rétorqua rageusement Sonia.

— C'est au *Parti* de décider de ce qui le regarde ou pas, camarade Reed », répliqua Ligatski d'un ton glacial.

Maîtrise-toi, Sonia, maîtrise-toi, se redit-elle. Le fait était que Ligatski était bien trop correct. « Très bien, camarade Ligatski, dit-elle d'une voix égale. Si le Parti juge à propos de mêler ma vie sentimentale à la procédure en cours, je me dois de faire remarquer que le Parti était loin de voir mes actes d'un mauvais œil, à l'époque. En fait, il m'avait été discrètement suggéré que je rendrais service à mon pays en épousant Jerry Reed. C'est sûrement noté dans ma kharakteristika.

— Il est également noté dans ta kharakteristika que tu en as tiré avantage pour te faire transférer de Bruxelles à Paris.

— Chacun apporte sa contribution, chacun reçoit selon ses besoins », répliqua sèchement Sonia.

Ligatski se renfrogna. « Très subtil. Peut-être arriveras-tu aussi à détourner une citation de Lénine pour expliquer comment la défection de ton fils pour les États-Unis peut s'analyser comme un service rendu au Parti ?

— Robert n'a pas *fait défection* pour les États-Unis ! Il avait le droit d'opter pour la nationalité américaine, selon la loi américaine.

— Il avait aussi le droit d'opter pour la nationalité soviétique, rétorqua Ligatski. Pourquoi a-t-il plutôt choisi de devenir américain ? »

Sonia sentit que sa colère prenait le pas sur ses craintes, et peut-être sur son bon sens bureaucratique. « Il est adulte. Il a fait son choix. Et ça ne te regarde pas !

— Ça regarde le *Parti,* camarade Reed. En tant que membre du Parti, tu aurais dû élever correctement ton fils de sorte que, une fois adulte, il fasse librement le bon choix. Ton échec en la matière peut être considéré comme un grave manquement à ton devoir envers le Parti autant qu'envers ton rôle maternel ! »

Sonia en resta bouche bée. Elle ne pouvait trouver de mots qui n'eussent empiré les choses si elle avait osé les prononcer. Ça se tenait, un ours pareil ne pouvait qu'être également un phallocrate atavique !

« Alors, camarade Reed, qu'as-tu à dire pour ta défense ?

— Qu'ai-je à dire pour ma défense ? balbutia Sonia. Tout ce que je trouve à dire à ce stade de la discussion, camarade Ligatski, c'est : vas-tu, s'il te plaît, en venir au fait ?

— Le fait est, camarade Reed, que tu es indigne de rester membre du Parti communiste », répondit Ligatski. Il ramassa sa carte et ouvrit un tiroir où il la glissa avant de refermer celui-ci avec un claquement métallique.

« Tu ne peux pas faire ça ! hurla Sonia en se levant d'un bond. C'est une violation de tous les principes de la légalité socialiste ! »

Ligatski s'était levé et hurlait lui aussi. « Ça te va bien, de chapitrer le Parti sur la légalité socialiste, camarade *Reed !* Tu te dis russe ? Complètement corrompue par vingt ans de vie en Occident ! Mariée à un Américain ! Avec un fils qui a fait défection pour les États-Unis ! Tout en entretenant une liaison avec un supérieur, par-dessus le marché, et te servant de lui pour échapper aux conséquences de ta déloyauté !

— Alors, c'est donc ça ? C'est l'œuvre de Raïssa Chortchov !

— Raïssa Chortchov est une loyale patriote russe, c'est plus que je n'en puis dire à ton sujet !

— J'exige que tu me rendes immédiatement ma carte du Parti ! Tu n'as aucun droit d'agir ainsi ! Il n'y a pas eu de procédure légale ! J'exige le respect de mes droits ! »

Ligatski se rassit et croisa les bras sur sa poitrine. « L'appartenance au Parti est un privilège, pas un droit. Et je suis parfaitement habilité à t'en exclure. Comprends-tu ce que cela signifie ? »

Sonia savait ce que cela signifiait. Elle se laissa retomber sur sa chaise, à peu près vidée de toute combativité.

De toute évidence, Raïssa Chortchov avait fini par trouver un moyen de se débarrasser d'elle. Elle s'était manifestement servie du fait que Robert avait pris la nationalité américaine pour en référer directement à ses amis ours de l'appareil du Parti, court-circuitant la bureaucratie de l'Étoile-Rouge. L'exclusion du Parti signifiait pour Sonia, au strict minimum, la perte de son travail à Paris pour se voir offrir un poste abominable en Union soviétique, de préférence quelque part à l'est de l'Oural.

Et si elle refusait cette offre, aucune grande société européenne n'avait envie de contrarier l'Étoile-Rouge et l'Union soviétique au point d'engager quelqu'un figurant sur leur liste noire.

Il lui serait impossible de décrocher autre chose qu'un poste subalterne à Paris, et si elle capitulait pour retourner en Union soviétique, elle ne reverrait jamais Ilya, il lui faudrait quitter Jerry et elle se retrouverait coincée toute seule dans une minable ville de province, avec un boulot minable, probablement pour le restant de sa vie.

« Je suppose qu'il n'y a rien que je puisse dire pour te faire changer d'avis ? geignit-elle misérablement.

— Absolument rien. Si cela ne tenait qu'à moi, un individu dans ton genre serait jugé pour trahison et condamné à une longue peine d'exil intérieur, le plus loin possible au-dessus du cercle polaire.

— Il n'y a plus de goulag », fit remarquer Sonia.

Ligatski la regarda de travers. « C'est malheureusement vrai pour le moment », reconnut-il d'un air contrarié.

Sonia se mit debout en vacillant.

« Rassieds-toi, camarade.

— Pourquoi ? Je n'ai plus aucune raison de supporter tes insultes, non, vu la façon dont tu m'as bien fait sentir que je ne peux rien faire pour redresser la situation. En fait, maintenant que je n'ai plus rien à perdre, je peux aussi bien te dire ce que je pense de toi et de tes...

— Assieds-toi, camarade, nous n'en avons pas fini ! dit Ligatski en élevant le ton.

— Vraiment ?

— Absolument. Mes sentiments personnels n'entrent pas en ligne de compte. Mon devoir est de parler au nom du Parti, que ça me plaise ou non. » Et il eut soudain l'air furtif, gêné. Il se leva, alla au samovar, versa deux verres de thé. « Un peu de thé, camarade Reed ? » dit-il en lui tendant un verre.

L'instinct bureaucratique de Sonia lui fit entrevoir une lueur d'espoir. Tout ce qui avait précédé n'était-il que la phase préliminaire du jeu du « Bon et du mauvais flic », avec Ligatski contraint et forcé, pour quelque mystérieuse raison, de jouer les deux rôles à la fois ?

« Je parle donc maintenant au nom du Parti, pas en mon nom propre. Je suis habilité à ou, si tu préfères, il m'a été enjoint de te proposer un moyen de prouver ta loyauté, à la suite de quoi ta carte du Parti te sera rendue et toute mention de cette entrevue effacée des archives, dit Ligatski en se tortillant comme s'il était assis sur un pal.

— Parle, dit calmement Sonia en sirotant son thé.

— Malheureusement, il s'est créé une situation pour se sortir de laquelle le Parti a besoin de ton assistance, expliqua Ligatski d'un air stupide. La candidature de ta fille à l'école des pilotes de Concordski a été fermement appuyée par le maréchal Donets en personne, une personnalité... importante de l'Armée rouge. Le maréchal s'est engagé dans cette affaire avant que ton fils n'opte pour la nationalité américaine et que la camarade Chortchov ne signale à l'appareil du Parti ta liaison avec Ilya Pachikov. Le Parti n'était pas au courant de ce que faisait le maréchal Donets, et le maréchal ignorait que ta carte du Parti allait t'être retirée... Tu comprends la situation... ?

— Pas du tout », répondit sincèrement Sonia.

Ligatski poussa un soupir. « Certaines différences idéologiques, dirons-nous, s'expriment au sein du Parti aussi bien que de l'Armée rouge et, euh, il y existe des regroupements politiques transversaux...

— Les eurorusses et les ours... »

Ligatski se rembrunit. « Si tu tiens à présenter les choses brutalement, oui, reconnut-il à contrecœur. Le maréchal Donets est un des plus fervents patriotes russes au sein de l'Armée rouge...

— Un vieil ours réactionnaire...

— ... et c'est un important allié de certains hauts dignitaires du Parti qui, pour des raisons évidentes, ne souhaitent pas le voir embarrassé par ce dysfonctionnement entre les structures de l'Armée et du Parti.

— Embarrassé par *quoi?* demanda Sonia qui ne voyait absolument pas où il voulait en venir.

— Par toi et ta fille, bien sûr.

— Mais de quoi parles-tu ?

— Dois-je te faire un dessin? rétorqua Ligatski. Donets s'est mis en difficulté en faisant entrer ta fille à l'école des pilotes sans savoir que ta carte du Parti était sur le point de t'être retirée. Il est absolument hors de question pour quelqu'un dont la mère a été exclue du Parti de suivre les cours de l'école des pilotes et, franchement, Donets aura l'air d'un imbécile, ou pire, quand son admission sera annulée. »

Sonia porta son verre à ses lèvres et but une gorgée de thé. « Je vois, dit-elle en souriant à Ligatski par-dessus le bord de son verre. Tout cela n'était donc qu'une comédie. Tu ne peux pas vraiment me confisquer ma carte du Parti parce que cela créerait une situation qui embarrasserait un ours haut placé dans l'Armée rouge !

— Non, tu ne vois rien ! Les choses sont allées trop loin pour qu'on les enterre sans un geste de ta part. Cela fournirait des munitions aux éléments occidentalisés dégénérés du Parti et de l'Armée rouge dans leur campagne pour discréditer l'intégrité des forces patriotiques ! Il y a au sein des deux organismes des créatures sans principes qui n'hésiteraient pas à révéler toute l'histoire à la presse pourrie et à créer un scandale public pour servir leur lutte contre le renouveau patriotique !

— Et nous ne voulons pas voir arriver une telle chose, n'est-ce pas ? » ronronna Sonia. De mieux en mieux ! On aurait dit que c'était *elle* qui avait *les ours* à sa merci ! C'était là sans nul doute la raison de la manœuvre d'intimidation du début !

« Certainement pas ! déclara Ligatski. C'est pourquoi l'issue de cette affaire doit être suffisamment exemplaire si elle devait jamais être publiquement révélée ! Voilà pourquoi le pur pragmatisme exige, contre toute justice, qu'il te soit permis de conserver ta carte du Parti en échange d'un geste qui tirera une morale idéologiquement correcte de cette histoire si elle devait être exposée au grand jour. Voilà pourquoi tu dois divorcer d'avec ton mari, Jerry Reed. »

Sonia en resta sans voix, incapable même de penser, comme si on venait de lui frapper sur la tête avec un maillet, tandis que Ligatski continuait à déblatérer.

« Si tu obéis aux ordres, tu conserveras ta carte du Parti, ta fille pourra suivre les cours de l'école des pilotes, tu resteras à Paris où tu seras promue au poste de Raïssa Chortchov tandis qu'elle sera rappelée pour avoir, par sa stupidité, créé cette lamentable situation.

— C'est monstrueux ! s'écria Sonia. Tu n'es pas sérieux !

— Crois-moi, camarade Reed, ce n'est pas une plaisanteric !

— C'est de la démence !

— Pas du tout. En rompant avec ton mari américain, tu te dégages de toute responsabilité pour les actes de ton fils et tu prouves ton patriotisme. Nous savons tous deux que ton mariage n'est qu'une coquille creuse mais, néanmoins, l'idée de faire passer ton pays avant ton amour en appellera aux meilleurs instincts de l'âme slave, ce qui revient à dire que, si l'histoire s'ébruitait, nous te dépeindrions comme une patriote héroïque. Tu pourrais même recevoir une médaille. Nous serons seuls à connaître la sordide vérité.

— Tu bluffes ! s'écria Sonia. Je refuse !

— Alors, tu seras exclue du Parti et envoyée en poste à Alma-Ata. Inutile de dire qu'il ne sera pas permis à ton mari de te rejoindre, à supposer que tu parviennes à le persuader d'essayer. Ton mariage ne sera de toute façon plus qu'un souvenir tandis que tu subiras toutes les conséquences de tes actes sans récolter aucun des bénéfices que t'apporterait une patriotique coopération.

— Je… je resterai à Paris avec Jerry… je me trouverai un autre travail ! »

Ligatski haussa les épaules avec un sourire sardonique.

« Techniquement parlant, ce serait une possibilité, je suppose. Bien sûr, si tu fais ça, le maréchal Donets sera extrêmement embarrassé...

— J'emmerde le maréchal Donets !

— ... et si le maréchal Donets est embarrassé, il ne nous restera plus que la vengeance, et tu peux être sûre que cette vengeance sera totale. Nous ferons savoir que tu as été renvoyée pour avoir eu une liaison avec ton supérieur dans le but d'échapper aux conséquences de tes agissements délictueux, à savoir t'être servie d'informations confidentielles de l'Étoile-Rouge pour t'enrichir en bourse durant la panique du Jeudi yankee.

— C'est un mensonge !

— Ce n'est pas le propos, dit Ligatski d'un ton dégagé. Le problème est pour nous de nous assurer ainsi qu'aucune société européenne de quelque importance ne t'engagera.

— Jerry gagne récemment sa vie, les enfants sont grands, nous pourrons nous en sortir...

— Notre vengeance, comme je l'ai dit, sera totale. Ton mari ne sera peut-être pas si empressé à subvenir à tes besoins quand le scandale de ta liaison avec Pachikov éclatera au grand jour. En tout cas, il en sera incapable lorsque Moscou aura exigé de l'Agence spatiale européenne son renvoi en tant que taupe américaine. Pachikov lui-même souffrira d'une perte de crédibilité suffisamment grave pour que ses amis de Moscou soient incapables d'empêcher sa mutation à Novossibirsk. Et, bien sûr, les espoirs de ta fille de décrocher son brevet de pilote de Concordski seront réduits à néant, tout comme ceux d'entrer un jour au Parti.

— Vous feriez vraiment tout ça... ? murmura Sonia.

— Non, camarade Reed, c'est *toi* et non le Parti qui serais responsable de la destruction des vies de ton mari, de ta fille, de Pachikov et de la tienne propre. Le choix t'appartient. Pachikov peut conserver son poste actuel, ta fille peut devenir pilote de Concordski, ton mari peut rester à l'ESA et tu peux devenir directrice du service de stratégie économique de l'Étoile-rouge à Paris. Tu peux même continuer à voir ton mari, du moment que le divorce est prononcé et que vous ne vivez pas ensemble. Ou bien tu peux tout faire s'écrouler sur vos têtes. »

Ligatski la gratifia d'un sourire glacial. « Il ne sera pas dit que je n'ai pas l'âme romantique. Tu es autorisée à rapporter tout ou partie de cette conversation à ton mari. » Il haussa les épaules. « S'il est raisonnable, il devrait accepter l'inévitable. Dans le cas contraire, eh bien, qu'auras-tu perdu ?

— Tu dis que tout ce qu'on nous demande, c'est de divorcer légalement et de vivre chacun de notre côté ? demanda Sonia, se raccrochant aux branches. Que nous pourrons toujours nous voir ? Que nous pourrons toujours nous rencontrer dans l'appartement l'un de l'autre ?

— Mais bien sûr, voyons, camarade Reed, nous ne sommes pas des monstres sans cœur, nous ne sommes pas de pierre, nous désirons te rendre les choses aussi faciles que conformes aux besoins du Parti, dit Ligatski d'un ton mielleux et l'air candide. Réfléchis-y. Discutes-en avec ton mari. Je suis sûr que tu verras la voie de la raison. Prends ton temps. Tu as jusqu'à mardi prochain quinze heures pour me donner ta réponse. »

L'INTÉGRATION DES FORCES EUROPÉENNES TOUJOURS BLOQUÉE À STRASBOURG

Les négociations en coulisses ont une fois de plus échoué dans la recherche d'un compromis pour faire sauter le verrou bloquant l'accord sur l'intégration des forces européennes proposé par l'Allemagne et soutenu par la majorité des petits pays. La France, la Grande-Bretagne et l'Union soviétique refusent toujours la fusion de leurs forces armées sous un commandement unique directement responsable devant le Parlement européen.

Les Russes prétextent des besoins de sécurité intérieure, les Français et les Britanniques agitent l'épouvantail de l'aventurisme américain, mais il semble qu'il s'agisse plutôt de préserver les derniers oripeaux d'une souveraineté nationale obsolète, concept démodé qui a du mal à mourir dans les milieux militaires.

Les Britanniques ont bien proposé de placer leurs forces nucléaires sous commandement européen, mais cela semble un geste vide de sens destiné à se gagner les bonnes grâces des membres non nucléaires, car ils savent parfaitement bien que ni les Français ni les Russes ne voudront entendre parler d'une telle chose.

Die Welt

Sonia était assise sur le canapé du salon, une bouteille de vodka devant elle sur la table basse et un grand verre à moitié plein à la main, quand Jerry rentra de son travail. Elle n'avait pas vraiment l'air ivre, mais la façon qu'elle eut de le regarder suffit à lui dire que le pire était arrivé.

« Alors... ? » dit-il.

Sonia détourna les yeux, plongeant le nez dans son verre. « Alors, ils m'ont retiré ma carte du Parti..., marmonna-t-elle. Et ça c'est la *bonne* nouvelle...

— Pourquoi ? » demanda Jerry en s'asseyant à côté d'elle sur le bord du canapé.

Sonia lampa une gorgée de vodka. « Et voici la *mauvaise* nouvelle. Ils m'ont retiré ma carte du Parti pour me forcer à faire ce qu'ils veulent afin de la récupérer.

— Et c'est... ? »

Sonia soupira. Elle avala une autre gorgée de vodka. Elle évitait son regard. Un frisson lui secoua le corps. « Je ne sais pas comment te l'annoncer, Jerry. Mais je dois... je dois... »

Elle se leva, alla chercher un verre à vin dans le placard, se rassit sur le canapé, emplit le verre à ras bord de vodka et le lui tendit. « Tu ferais mieux de boire ça d'abord », dit-elle. Elle le regardait maintenant droit dans les yeux et il vit qu'elle était au bord des larmes.

« Seigneur, de quoi s'agit-il, Sonia ?

— De la pire chose du monde.

— Vas-tu arrêter de jouer aux devinettes ? Quoi que cela puisse être, tu rends les choses dix fois pires.

— Bois d'abord un verre, Jerry, supplia Sonia. *S'il te plaît...*

— Tu es vraiment sérieuse, hein ? »

Sonia se contenta de hocher la tête. Et Jerry sentit un étau glacial lui enserrer la nuque, l'onde de choc de ce qu'il avait pu redouter et qui était maintenant prêt à retomber sur lui aussi inexorablement qu'un missile balistique pour faire voler en éclats la fragile stabilité de la pauvre chose qu'était devenue sa vie.

Il porta le verre à ses lèvres et avala une longue gorgée d'âcre et brûlante vodka. Elle lui cautérisa la gorge au passage et explosa dans son estomac avec l'amertume du fiel.

Lorsque Sonia avait quitté l'ambassade soviétique, tout avait paru horriblement simple. À la froide lumière de la logique bureaucratique, elle pouvait même trouver des excuses à ce qu'elle savait devoir faire. Ligatski ne lui avait pas laissé le choix. Elle devait divorcer pour sauver Franja, Ilya et Jerry lui-même, en dehors de toute considération sur ce qu'ils pouvaient lui faire d'autre ; la responsabilité morale de cette abjecte nécessité retombait donc sur le Parti, sur les ours, sur Ligatski, sur Donets, pas sur elle.

De plus, leur union était effectivement depuis longtemps une coquille creuse. Si elle sacrifiait Franja, Ilya, elle-même et ce qui restait de la carrière de Jerry pour la sauver, qu'en resterait-il, après tout, sinon une formalité vide de sens ?

Mais ensuite, assise toute seule au salon, dans l'appartement où ils avaient vécu vingt ans de leur vie, alors qu'elle attendait, et attendait, en buvant de la vodka tiède, les souvenirs de toutes ces années étaient revenus en rangs serrés, balayant complètement cette froide logique.

Comment se résoudre à une telle chose ? Comment laisser le Parti prendre une telle décision à sa place ? Si elle y consentait, comment pourrait-elle jamais se persuader d'être en rien meilleure que Ligatski ?

« Alors, Sonia, tu vas cracher le morceau ? » dit Jerry.

Elle soupira. Elle s'envoya une énorme goulée putride de vodka pure. Il avait raison. Il ne lui restait rien d'autre à faire que de cracher cette répugnante histoire.

« Tout ça pour pouvoir garder ta putain de *carte du Parti !* hurla Jerry. Pour éviter d'*embarrasser* une sale ordure de général bolchevique ! » Il vida d'un coup le reste de sa vodka et jeta le verre de l'autre côté de la pièce où il rebondit contre le mur avant de retomber sur le tapis sans se casser. « Bordel d'enculé de salopard de fils de pute ! »

Sonia restait plantée à côté de lui sur le canapé, la tête

ballante entre ses épaules voûtées. « Il fallait que je te le dise, non ? murmura-t-elle d'un air lamentable. Oh, Jerry, Jerry, qu'allons-nous faire ? »

Je ne peux pas en croire mes oreilles ! se dit-il. Quoique, d'un autre côté, bien sûr, il était assez facile de croire que les salopards de Russes qui l'avaient évincé de son propre projet étaient suffisamment impitoyables et dépourvus de tout principe pour inventer un truc pareil si cela servait leurs vils desseins.

Mais que Sonia ne leur ait pas dit tout simplement d'aller se faire foutre...

« Qu'est-ce que tu veux dire, qu'allons-nous faire ? hurla Jerry. Tu ne me racontes quand même pas que tu vas vraiment divorcer pour un putain de bout de papier ! Tu n'envisages quand même pas sérieusement d'accepter ces conneries ? »

Sonia ne le regardait toujours pas. « Je sais que c'est difficile pour toi, Jerry, balbutia-t-elle, mais tu devrais...

— *Difficile !*

— ... te calmer et bien réfléchir.

— C'est tout réfléchi ! rétorqua Jerry. La seule chose à faire, c'est d'aller tout droit à l'ambassade soviétique foutre une bonne branlée à cet Ivan Ligatski ! »

Sonia releva lentement la tête et le regarda. Elle avait les yeux rouges et embués de larmes, mais l'expression de son visage le glaça jusqu'aux os. « Cesse d'avoir des réactions épidermiques et réfléchis un peu, dit-elle d'une sinistre voix mécanique. Nous devons prendre une décision.

— Une décision ! » ricana Jerry. Mais toute force avait déserté sa voix. Une froideur débilitante semblait irradier du creux de son estomac, le long de ses membres, remonter le long de sa nuque vers son cerveau. Des grains de poussière semblaient miroiter à la lueur de la lampe. Tout paraissait se passer dans le lointain. Un amer arrière-goût de vodka lui brûlait le fond de la gorge.

« Ça ne concerne pas ma carte du Parti. Ça nous concerne, toi, moi et Franja. Ils ne bluffent pas, Jerry, ils n'ont aucune raison de bluffer. Ils mettront Franja à la porte de l'école des pilotes. Ils me licencieront pour faute grave et veilleront à ce que je ne puisse jamais retrouver de travail ailleurs que de l'autre côté de l'Oural. »

Elle eut un rire amer et forcé. « De la façon dont ils ont combiné les choses, si nous ne divorçons pas, il ne nous restera rien d'autre que notre contrat de mariage. Ils me rappelleront en Union soviétique et nous ne nous reverrons plus jamais.

— Qu'ils aillent se faire foutre ! marmonna Jerry. L'appartement est presque fini de payer. Les enfants sont grands. Nous pouvons vivre avec mon salaire de l'ESA. Nous pouvons nous en tirer…

— N'as-tu rien écouté ? Si je ne divorce pas, tu n'auras *plus* de travail, ils t'accuseront d'être un espion américain et obligeront l'ESA à te mettre à la porte, ils te *déporteront,* peut-être…

— Ils n'y arriveront pas ! s'écria Jerry. Émile Lourade est toujours mon ami, il me protégera…

— Comme il t'a protégé jusqu'ici de Boris Velnikov ? rétorqua Sonia. Regarde les choses en face, Jerry : légalement, tu es toujours citoyen américain. Ton bureau est plein de plans de projet N.G.C...

— Ce sont *mes* plans, pas les leurs !

— Comment pourras-tu le prouver ? Ils l'investiront et filmeront tout, copieront tout ce que tu as sur disquette. C'est même probablement déjà fait. Et ils n'ont rien à prouver, juste à fournir une feuille de vigne à l'ESA. C'est de la politique, Jerry. L'Union soviétique contribue pour 40 % au financement du projet N.G.C., souviens-toi. Même si Lourade tentait de te protéger, ce qu'il ne fera pas, il serait remplacé par quelqu'un à leur botte. Personne ne va risquer d'offenser le gouvernement soviétique pour te protéger.

— Seigneur…, gémit Jerry.

— En plus, il ne s'agit pas que de nous. Tu as pensé à Franja ? Trois ans à bûcher comme une forcenée à Gagarine pour rien. Un an à bord d'un affreux cosmograd. Aujourd'hui il lui est enfin offert une chance de réaliser son rêve. Si nous les défions, ils lui retireront tout.

— Tu as vraiment tout calculé, hein ? » demanda Jerry d'un ton amer.

Sonia se détourna de lui, se pencha en avant, la tête entre

les mains. « C'est *eux* qui ont tout calculé, dit-elle doucement. J'ai passé des heures, assise ici, à essayer de trouver une façon de nous en sortir. Et je n'en ai trouvé aucune. »

Elle releva lentement la tête et le regarda droit dans les yeux. « Tu peux en trouver une, toi ? demanda-t-elle d'un air implorant. Si tu peux, dis-le-moi ! Je ne veux pas faire ça, vraiment, je ne veux pas !

— Mais tu le feras, n'est-ce pas ? dit Jerry d'un ton sec.

— Je te laisse décider, Jerry. Je ferai ce que tu voudras.

— Mon cul ! s'écria-t-il. Tu as déjà décidé. Tu essaies juste de tout me mettre sur le dos !

— Non, je suis sincère. Dis-moi ce que je dois faire. »

Jerry la regarda d'un œil furibond.

Il songea à leur mariage, à la façon dont ces salauds de Russes l'avaient obligée à l'épouser pour être bien sûrs qu'il accepterait de travailler pour l'ESA afin de mettre la main sur la technologie de la luge orbitale ; quelle ironie amère mais parfaite qu'ils mettent maintenant fin à ce que leurs propres machinations avaient déclenché. Il songea à cette merde de Boris Velnikov qui avait, lentement mais sûrement, brisé son rêve tout comme des merdes de la même engeance, au Pentagone, avaient détruit Rob Post des années plus tôt. Il songea au fils qu'il avait élevé en exil, qu'il ne reverrait peut-être jamais. Il songea à sa fille russe, la fille qui avait partagé son rêve, forcée de le trahir au profit de ces enfoirés de Russes pour réaliser celui-ci.

Et il essaya de trouver une issue. Il essaya de toutes ses forces, et il ne put rien trouver. Plus il essayait, plus sa fureur augmentait. Contre Ligatski. Contre le Parti. Contre l'Union soviétique. Contre Sonia. Et, de façon détournée, contre lui-même.

« Alors, Jerry ? »

Jerry leva les mains au ciel. Il soupira. « Dis-le moi, toi, Sonia, finit-il par répondre. Dis-le-moi… »

Sonia baissa à nouveau les yeux. « Voyons les choses ainsi, murmura-t-elle d'une toute petite voix. Cela n'a pas besoin d'être autre chose qu'une simple formalité. En fait, ils n'exigent rien de plus de nous que le divorce et de ne plus vivre ensemble. Nous pourrons toujours nous voir. Nous garderons nos places. Franja pourra entrer à l'école des pilotes. Le maréchal Donets ne sera pas embarrassé. Tôt ou tard, cette histoire se dégonflera et le Parti ne s'y intéressera plus, alors nous pourrons à nouveau vivre ensemble comme mari et femme en tout sauf de nom... »

Mari et femme en tout sauf de nom! Cette inversion du mensonge qu'ils vivaient déjà fut la goutte d'eau qui fit déborder le vase. C'était là un degré d'aveuglement auquel ce qu'il lui restait de dignité ne pouvait se résoudre. C'était *vraiment* lui mettre le nez dedans !

« Comme nous le faisons depuis que tu as rencontré Ilya Pachikov ? cria Jerry. Et pendant ce temps tu pourras baiser avec lui quand tu en auras envie ! Comme c'est pratique pour toi, Sonia ! »

Sonia le regarda d'un œil rond et tout sortit d'un coup. « Tu me prends vraiment pour un imbécile ? Tu crois vraiment que je ne sais pas que tu couches avec ton golden boy depuis... depuis que vous avez passé ces longues nuits ensemble à préparer vos magouilles en Bourse ? Eh oui, Sonia, je l'ai toujours su ! Et tu savais que je savais ; la vérité toute nue est qu'aucun de nous deux n'avait le cran de l'avouer ! » Les larmes lui brûlaient les yeux. Un haut-le-cœur lui souleva l'estomac. Aveuglé par une colère noire, il serra les poings.

« À quoi bon, hein, Sonia ? brailla-t-il. Nous ne sommes mari et femme *que de nom !* Pourquoi aller tout gâcher pour une *simple formalité ?* Vas-y, lèche le gros cul rouge plein de poils du Parti ! Demande ton putain de divorce ! »

Il s'aperçut qu'une partie de lui-même accueillait avec joie le relâchement de cette atroce tension accumulée, l'éclatement de ce furoncle empoisonné dans un brutal jaillissement de pus. « Je vais te faciliter les choses ! ajouta-t-il d'une voix dure et froide. C'est *moi* qui vais le demander ! J'ai suffisamment de matière pour ça, tu ne crois pas ? »

Et il sut qu'en ces mots résidait la véritable fin de leur mariage, le véritable divorce. Au moins il avait trouvé le courage de le faire lui-même.

Sénateur Carson : « En un sens, ce que dit ce Wolfowitz n'est pas complètement creux, même s'il raisonne comme un tambour. »

Billy Allen : « Comment ça, sénateur ? »

Sénateur Carson : « Eh bien, il a raison sur un point, Billy... une bonne partie de nos problèmes économiques viennent du fait que le plus vaste et le plus riche marché du monde est fermé à nos exportations. »

Billy Allen : « Vous ne suggérez quand même pas vous aussi que nous adhérions à la Communauté européenne ? »

Sénateur Carson : « Grand Dieu non ! Tout d'abord, les Europines ne nous laisseraient pas faire. Mais... s'il arrivait quelque chose qui foute ce satané truc en l'air... si les Européens pouvaient être amenés à comprendre que tout ça fait partie d'un plan général des Russes pour contrôler le monde... Eh bien, ce serait une tout autre histoire. »

Billy Allen : « Mais *comment,* sénateur ? »

Sénateur Carson : « Ça, si je le trouve, Billy, je me présente à la présidence ! »

Newspeak, présenté par Billy Allen

Il fallut deux bonnes semaines à Jerry pour se trouver un appartement. Il cherchait après ses heures de travail et, en un sens, les longues heures passées à harceler les agents immobiliers, courir dans tout Paris et visiter une kyrielle interminable d'appartements hors de prix le maintenaient en état de marche, l'empêchaient de penser. Il avalait le petit déjeuner dans son petit hôtel, se rendait au travail en métro, se plongeait dans son boulot, passait le reste de la journée à la chasse aux appartements, prenait dans une quelconque brasserie son dîner qu'il arrosait, solitaire et morose, d'une bouteille de vin, regagnait son hôtel d'un pas incertain, suffisamment ivre pour s'écrouler d'un bloc, et se réveillait le lendemain pour recommencer le cycle, branché sur pilotage automatique.

En fait, il laissait peut-être délibérément traîner la situation, car il finit par louer un petit deux-pièces ni plus grand ni moins cher qu'une dizaine d'autres. Peut-être aussi y avait-il quelque chose de perversement masochiste dans son choix définitif, car cet appartement se trouvait dans l'île Saint-Louis, à seulement deux pâtés de maisons de celui qui avait abrité ses premières années de bonheur avec Sonia.

Leur appartement de l'époque était clair et ensoleillé, avec une vue magnifique sur la Seine, sur un avenir radieux, l'endroit idéal pour un couple de jeunes mariés prêts à s'embarquer ensemble pour la vie. Celui-ci était sombre et glacial, avec vue sur une vieille cour décrépite, et cela semblait aussi parfaitement approprié à ce stade de sa vie.

Le temps de louer l'appartement, faire installer le vidéotel, brancher le gaz et l'électricité, acheter quelques meubles et déménager ses vêtements de l'avenue Trudaine, les papiers pour le divorce étaient arrivés.

Il insista pour attendre que Sonia les ait signés avant d'aller les porter lui-même à l'avocat, de façon à éviter de la voir. C'était un jeudi. Il prit son vendredi, se monta une réserve de cognac et s'autorisa enfin à se laisser aller.

Il but sans discontinuer pendant deux jours, confiné dans la cellule où il s'était lui-même enfermé, regardant d'un œil vide par la fenêtre du salon les vieilles pierres grisâtres de la cour, tout en songeant à la Californie, à l'espace, à ses vingt ans de mariage, ces vingt années de rêves et d'espoirs, et à cette dernière nuit désastreuse où son univers s'était écroulé.

Le dimanche, il se réveilla vers midi, avec un mal de tête lancinant et l'estomac retourné, complètement affamé. Sans prendre la peine de se doucher ni de raser sa barbe de trois jours, il se traîna sur le quai de Bourbon dans l'éclat cruel du soleil.

Pour qui avait le cœur d'en profiter, c'était une magnifique journée ensoleillée, avec les bateaux-mouches voguant sur la Seine, les rues pleines de promeneurs et les peintres amateurs sortis en force. Jerry se traîna jusqu'à la pointe aval de l'île et s'effondra sur une chaise à la terrasse d'une brasserie, près du pont Saint-Louis.

Il commanda une omelette Parmentier et un double café à un serveur qui considéra d'un œil méfiant son aspect négligé. Puis, tout en avalant son déjeuner, il regarda passer les gens comme un Martien, seul, abandonné, sans prêter attention aux bavardages des autres clients et des passants qui déferlaient sur lui comme un flot de musique de supermarché.

Et il se permit enfin de penser vraiment. Son mariage était terminé. Sa fille était citoyenne soviétique et il l'avait reniée. Son fils avait fait sa vie en Amérique et l'Amérique, ce pays qui l'avait trahi, aurait aussi bien pu se trouver sur la face cachée de la Lune. Sa Navette de grande croisière lui avait été ôtée des mains et il ne la récupérerait jamais.

Que lui restait-il ? Qu'était-il supposé faire du reste de sa vie ?

Un lointain rugissement lui fit lever les yeux. Là, au-dessus de Paris, le sillage d'un Concordski traçait une ligne blanche bien nette dans le ciel sans nuage ; sans doute, en réalité, un vol pour Rome, Tokyo ou Melbourne mais, dans son esprit, il voyait la pointe argentée s'élever vers les ténèbres glacées, vers la mise en orbite, vers Espaceville, vers la Lune et au-delà.

Vers où il rêvait toujours d'aller.

Il s'élevait de plus en plus haut, pur et solide, éclatant point focal argenté condensant derrière lui la vapeur atmosphérique, libéré de l'attraction terrestre, ayant rompu les amarres avec la planète, et Jerry sut enfin, il vit enfin la trajectoire de sa vie, dépouillée de toute illusion terrestre.

Sa place était là-haut, où il n'y avait pas de pesanteur pour enchaîner sa chair aux déceptions du monde. Voilà ce qu'il lui restait, l'espace interplanétaire où il pourrait flotter, libéré des liens de l'atmosphère, de la chape de plomb de la pesanteur, là-haut dans le vide noir et glacé, où son esprit se trouvait déjà, où son cœur avait toujours été.

Voilà ce qu'il lui restait. C'était là le rêve qui l'avait attiré dans cette nasse, tant d'années plus tôt. Sonia, Franja, Robert, l'Amérique, tout lui faisait à présent l'effet d'un rêve, de fantômes, d'étapes le long de sa route.

Une seule chose était encore réelle. Une seule chose comptait. Avant de mourir, il irait là-haut. Il flotterait en apesanteur au-dessus du naufrage de sa vie. De l'espace, il verrait la Terre en sa totalité.

Quoi qu'il doive faire. Quel qu'en soit le prix. N'avait-il pas déjà tout payé ?

Europe. Amérique. Union soviétique. Des mots sur une carte. Le passé. Là-haut se trouvait l'avenir.

« *L'addition, s'il vous plaît* », dit-il au garçon.

Quel que soit le prix, il était prêt à le payer.

[illegible] sur le [illegible]

[illegible]

[illegible] Europe, Amérique, Union Soviétique. [illegible]

[illegible]

Quel que soit le prix, [illegible]

Troisième partie

Le Printemps américain

C.N.N. : « Monsieur le Président, le président Gortchenko a qualifié la présence d'un tel nombre de conseillers, sondeurs d'opinion et experts en communication américains d'ingérence flagrante dans les affaires intérieures de l'Union soviétique... »

Président Carson : « Je pense que la question est plutôt de savoir si, oui ou non, le peuple d'Ukraine veut continuer à subir le joug de l'oppresseur russe. »

C.N.N. : « Vous n'avez pas répondu à ma question. »

Président Carson : « Mais si, parfaitement. Kronkol promet de faire sortir l'Ukraine de l'Union soviétique, alors, s'il gagne, le choix de ses collaborateurs ne regarde en rien Moscou, et s'il perd je ne vois pas pourquoi Gortchenko irait râler. »

San Francisco Chronicle : « Mais Gortchenko accuse aussi le Front de libération d'Ukraine d'avoir choisi Vadim Kronkol comme candidat à la présidence sur les conseils de spécialistes américains. Après tout, il n'a jamais été qu'une vedette de télévision dépourvue de toute expérience politique. »

Président Carson : « Et alors ? Je ne vois pas pourquoi le FLU n'aurait pas le droit d'engager qui il veut. Il se trouve simplement que les experts en communication américains sont les meilleurs. La plupart des politiciens d'Amérique latine font appel à eux, les Israéliens, même les Chinois font appel à eux, pourquoi le Front de libération d'Ukraine ferait-il exception ? »

New York Times : « Le vice-président Wolfowitz a accusé la C.I.A. d'avoir choisi Kronkol parce que, parmi les candidats sécessionnistes qui sachent se vendre à la télévision, c'était le plus enragé... »

Président Carson : « Cette description convient mieux à Nathan Wolfowitz qu'à Vadim Kronkol. »

(Rires.)

Atlanta Constitution : « Le vice-président prétend également que tout ça n'est qu'un complot de la C.I.A. pour faire voler en éclats l'Union soviétique... »

Président Carson : « Comme d'habitude, le vice-président ne sort que des âneries. »

(Bruits divers.)

Houston Post : « Mais vous ne seriez pas trop fâché de voir se désintégrer l'Union soviétique, n'est-ce pas, monsieur le Président ? »

Président Carson : « Comme tout bon Américain, je verserai de bonnes grosses larmes de crocodile sur le chemin de la banque. »

(Rires.)

Conférence de presse présidentielle

21.

Comme d'habitude, Jerry Reed se réveilla bien avant la fin de la sonnerie de son réveil. Il s'extirpa de ses draps à la propreté douteuse et, comme d'habitude, se traîna, nu, jusqu'à la fenêtre de la chambre, ouvrit les rideaux déchirés et regarda dans la cour.

Il avait beau ne pas vraiment pleuvoir, les pierres grises étaient luisantes d'humidité et la petite tranche de ciel visible par-dessus les toits était gris sale dans la lumière blafarde du petit matin. Mais rien n'aurait pu tempérer son enthousiasme : c'était le grand jour.

Il se rendit aux toilettes, se prenant les pieds dans le linge sale, pissa un coup, puis passa dans le salon, entrouvrit une fenêtre, finit de se réveiller, clignant des yeux dans le courant d'air humide, et se força à faire sa gymnastique matinale.

Vingt-cinq flexions des genoux avec un poids de cinq kilos dans chaque main. Cinquante extensions des bras avec ces mêmes poids. Vingt-cinq abdominaux. Vingt-cinq pompes. Dix minutes de course sur place, toujours avec les poids.

On n'encaissait même pas 3 g lors de la mise sur orbite d'un Concordski et l'apesanteur ne requérait pas exactement un corps d'athlète, mais même si les vols commerciaux emmenaient toutes les semaines de riches invalides vers les modules de repos d'Espaceville, l'ESA exigeait toujours de son personnel susceptible d'être envoyé dans l'espace une excellente forme physique.

La raison officielle était que les employés de l'ESA devaient être aptes à travailler en apesanteur et — à la différence des invalides en route pour Espaceville où ils devaient passer le reste de leur vie artificiellement prolongée — qu'ils devaient pouvoir survivre au retour sur Terre.

Jerry soupçonnait que c'était davantage une perpétuation de la vieille tradition de machisme physique qui avait eu un sens quand les astronautes et cosmonautes s'envolaient au sommet d'énormes fusées à la poussée brutale.

Mais c'était le règlement et il n'y avait pas à discuter. Si tous ces efforts étaient le prix à payer, il le paierait volontiers, dans le même esprit purement pragmatique qui lui avait fait renoncer à sa nationalité américaine quand il était devenu évident que c'était indispensable pour accéder à son poste actuel.

Cela avait été une longue et dure corvée, mais dans deux semaines il en serait récompensé. Le rêve de sa vie allait enfin se réaliser. À bord d'un Concordski, il allait s'arracher à l'attraction terrestre pour se rendre en orbite basse où l'assemblage de la première N.G.C. se terminait enfin. Il devait passer dix jours à bord pour superviser les dernières étapes de l'installation du système de manœuvre, puis il en testerait le comportement durant le voyage d'essai vers la Lune.

Ce ne serait pas un long voyage — deux jours et demi jusqu'à la Lune et autant pour le retour. Il n'y poserait même pas le pied — la Navette ferait deux fois le tour de la Lune avant de repartir. Mais il flotterait enfin en chute libre, libéré des contraintes de la pesanteur. Il verrait la Terre entière de l'espace. Il contemplerait la froide fixité du firmament par-delà les voiles de l'atmosphère. Il verrait la Lune à moins de deux cents kilomètres.

« Tu peux marcher sur l'eau, fiston, lui avait dit Rob Post bien des années auparavant. Il te faudra renoncer à tout pour cela, mais tu peux marcher sur l'eau. »

Jerry y croyait désormais plus fermement, quoique plus amèrement, que jamais, mais le fait était, avait-il enfin appris, qu'il fallait d'abord être sacrément sûr de ce que l'on entendait par « marcher sur l'eau ».

Lors de cette atroce matinée, après sa beuverie prolongée pour enterrer son mariage, le sillage d'un Concordski prenant son essor avait écrit dans le ciel de Paris un message sans ambiguïté, une ligne blanche bien nette pointant avec une inexorabilité balistique vers sa vraie place.

Assis à cette terrasse de bistrot où il buvait son café en regardant disparaître le Concordski, il s'était enfin rappelé ce qu'il entendait vraiment par marcher sur l'eau. D'une façon ou d'une autre, il irait là-haut avant de mourir.

La première chose à faire était de se reprendre. Il se débarrassa du reste de sa provision de cognac. Il se mit à faire de la gymnastique. Il refusa de voir Sonia et réduisit leurs conversations téléphoniques au strict minimum. Il perdit pratiquement tout contact avec Franja. Il parlait de temps en temps à Robert au téléphone, mais gardait ses distances sur le plan affectif. Il mangeait, il dormait, il faisait sa gymnastique, il allait au travail. Il passait les périodes de loisir auxquelles il ne pouvait se soustraire à lire de la science-fiction et des revues techniques. Sa vie personnelle était devenue inexistante.

Cela n'avait pas d'importance. Il allait marcher sur l'eau et il n'était plus question de laisser quoi que ce fût le détourner de son obsession.

La seconde priorité était de réussir à persuader Patrice Corneau de le garder à l'issue de la phase d'étude. Et s'il fallait pour cela renoncer au peu de fierté qu'il lui restait, il y était prêt. Il alla voir celui qui avait été son ami et protégé à l'époque où ce genre de choses avaient encore une importance et le supplia sans honte de lui trouver quelque chose, n'importe quoi.

« Qu'as-tu derrière la tête, Jerry ? répondit Patrice. Tu n'as plus aucune expérience sur le terrain depuis des années et tu n'as jamais dirigé une équipe. Que veux-tu que je fasse de toi ?

— Allons, Patrice, j'ai vingt ans d'expérience, je connais ce projet à fond, tu peux certainement me trouver *quelque chose.* »

Corneau soupira : « Tu m'obliges à être désagréablement brutal, Jerry..., dit-il d'un air malheureux.

— Vas-y, Patrice, après tout ce par quoi je suis passé, je crois que je pourrai encaisser. »

Corneau haussa les épaules : « Tu es un concepteur, Jerry, et la conception est pratiquement finie. En tant qu'ingénieur de terrain, tu étais simplement compétent et ton expérience est dépassée depuis des années...

— Bon sang, Patrice, c'est mon projet que tu diriges, tu sais ! Pourquoi pas une place auprès de toi, directeur adjoint ou un truc comme ça ? Ne pourrais-tu pas créer un poste pour moi ? Tu vois, Patrice, je te supplie !

— J'aimerais pouvoir le faire, Jerry, mais j'ai les mains liées. Tu es politiquement inacceptable pour n'importe quel poste de ce niveau, tu le sais comme moi... à moins...

— À moins ?

— J'hésite à seulement en parler, mais... Je pourrais peut-être te nommer... directeur-adjoint chargé de l'intégration conceptuelle...

— Qu'est-ce que c'est que ce truc-là ? »

Corneau éclata de rire. « Qui sait ? Un prétexte pour te garder sur le projet en souvenir du bon vieux temps. Il nous faudra improviser au fur et à mesure. Mais... mais le prix à payer sera très élevé.

— Parle ! »

Corneau évita de le regarder en face. « Il te faudra renoncer à la nationalité américaine pour devenir citoyen européen, dit-il d'un air gêné. C'est la seule façon dont Émile et moi pourrons faire avaler la pilule aux Russes. Ils n'accepteront jamais à un poste administratif quelqu'un qui n'aurait pas la citoyenneté européenne. » Il soupira. « Crois-moi, je prendrais grand plaisir à enfoncer ça dans la gorge de ce Velnikov ! » Il haussa les épaules. « Mais après toutes ces années, sachant ce que tu ressens...

— J'accepte ! » répondit immédiatement Jerry.

Corneau ouvrit des yeux ronds. « *Maintenant ?* Au bout de tant d'années ? Merde, Jerry, si seulement tu avais fait ça plus tôt ! »

Boris Velnikov éleva de vigoureuses objections, mais Émile Lourade soutint Corneau et Patrice installa Jerry dans un bureau voisin du sien, pas plus grand que le précédent, mais beaucoup plus près des centres de décision. En fait, Jerry n'avait pas grand-chose à faire sinon assister à d'interminables réunions et servir de garçon de courses à Corneau.

Celui-ci trouvait très pratique de laisser son adjoint annoncer ses décisions quand il fallait écraser les pieds de quelqu'un. Cela lui permettait de jouer le bon flic alors que Jerry jouait le mauvais flic, et ce dernier était exactement l'homme de la situation pour mettre un terme aux querelles avec un minimum de grincements de dents.

Tout le monde savait qu'il avait mis au point, de son côté, un véhicule entièrement différent. Tout le monde savait qu'il était obsédé par ce projet avant même qu'il soit officiel. Tout le monde savait aussi qu'il n'avait pas davantage d'intérêt personnel dans un quelconque dessin de sous-système que d'ambition politique à servir. C'était le messager idéal, le moins susceptible de se faire couper la tête pour avoir transmis de mauvaises nouvelles.

C'était également un excellent instrument pour battre en brèche Velnikov quand l'ingénieur en chef venait délivrer le message spirituel de Moscou. Si Patrice Corneau soupçonnait qu'il allait entendre quelque chose qu'il n'avait pas envie d'entendre, il se débrouillait pour être indisponible et Velnikov, à son grand déplaisir, se trouvait forcé de passer par l'intermédiaire de Jerry.

Velnikov savait exactement à quel jeu jouait Corneau, mais il n'y pouvait rien. Jerry essayait d'éviter au maximum de retourner le fer dans la plaie, ne voulant pas s'aliéner davantage quelqu'un qui lui avait déjà créé suffisamment d'ennuis.

Patrice Corneau s'était astucieusement arrangé pour qu'ils ne puissent pas se permettre d'être ennemis. Et si leurs rapports étaient pour le moins froid, ils étaient devenus malgré tout presque civilisés.

Jerry fut néanmoins fort surpris quand Boris Velnikov lui proposa d'aller boire un verre à l'issue d'une réunion qui s'était prolongée tard dans l'après-midi. Dans un état de complète stupéfaction, il se laissa enfourner dans un taxi qui les déposa aux *Deux Magots,* le repaire historique des intellectuels de Saint-Germain-des-Prés conservé en l'état à l'intention des touristes friands de culture.

Velnikov choisit une table à l'intérieur, commanda deux cognacs et alla droit au but. « Nous ne nous sommes jamais tellement appréciés, Reed, mais de grands changements sont en gestation à l'ESA et il me semble que notre intérêt mutuel serait mieux défendu par une alliance de circonstance. Il n'est pas indispensable de nous aimer pour servir notre intérêt de classe.

— Épargnez-moi le matérialisme dialectique, voulez-vous, Boris ? » Si Velnikov l'appelait toujours « Reed », Jerry prenait un malin plaisir à l'appeler « Boris », comme si c'était son privilège naturel en tant qu'adjoint de Corneau.

Velnikov se permit un froncement de sourcils, sans plus. C'était un individu épais au crâne dégarni qui portait des costumes amples réussissant à le faire paraître énergique plutôt que corpulent, l'archétype du « patron ». Quand il fronçait ainsi les sourcils, c'était généralement le prélude à une tentative d'intimidation.

Mais pas cette fois. « Mes contacts à Moscou m'ont dit qu'Émile Lourade allait bientôt devenir ministre européen du Développement technologique », dit-il d'un ton de conspirateur assez surprenant.

Si Jerry était censé être impressionné par ce renseignement confidentiel, il n'était pas disposé à le laisser paraître. « Quel rapport avec nos intérêts mutuels ? demanda-t-il d'un ton hésitant.

— Corneau va très certainement être nommé directeur à sa place », répondit Velnikov, et cela donna à réfléchir à Jerry. Qui allait remplacer Patrice comme directeur de projet ? Combien de temps pourrait-il espérer rester « directeur-adjoint chargé de l'intégration conceptuelle » alors que ce titre fantaisiste n'était qu'un euphémisme pour dissimuler ses rapports personnels avec Corneau ?

Velnikov, bien sûr, n'avait aucun mal à lire dans son esprit. Il eut un large sourire. « Oui, l'Agence va se retrouver en plein bouleversement, Jerry. Vous avez beaucoup à y perdre et j'ai beaucoup à y gagner.

— Comme c'est gentil à vous, Boris », dit sèchement Jerry. Il fronça les sourcils, ne sachant trop que penser. « Ce que j'ai à perdre n'est que trop évident, mais que pensez-vous avoir à y gagner ?

— J'ai l'intention de remplacer Corneau comme directeur de projet », répondit Velnikov.

Jerry but une gorgée de cognac et déglutit pour réfléchir à la situation. Si Velnikov devenait directeur de projet, Jerry était déjà viré à coups de pied au cul, ou tout comme. Qu'essayait-il de lui dire cet enfoiré ?

« Je vois que vous ne trouvez pas la perspective particulièrement plaisante, lui dit Velnikov avec un hideux sourire.

— Ils n'accepteront jamais de nommer un Soviétique directeur du projet, vous le savez, Boris.

— Je tiens à avoir ce boulot, Jerry, déclara Velnikov avec une force qui frisait la colère.

— J'en ai eu jadis envie, moi aussi, répondit Jerry. Vous me pardonnerez si je ne suis pas trop catastrophé de vous voir dans mon rôle, pour changer. »

Mais Velnikov garda un parfait sang-froid. « Un point pour vous, Reed », reconnut-il — assez courageusement, dut admettre Jerry. « Mais c'est le passé. La question est : à quoi aspirez-vous *maintenant ?*

— Pourquoi vous en occuper ?

— Parce que je suis prêt à vous l'accorder pour services rendus. Vous êtes proche de Corneau. Quand le moment sera venu de recommander un successeur, il en discutera avec vous...

— Et vous attendez de moi que je place un mot pour vous, Boris ? s'exclama Jerry, éberlué.

— Oui, répondit mielleusement Velnikov.

— Pourquoi diable ferais-je une chose pareille ?

— Dites-moi ce que vous désirez vraiment, Reed, et je vous dirai pourquoi je sais que vous ferez tout ce que vous pourrez pour m'aider à devenir directeur de projet.

— Vous parlez vraiment sérieusement ? »

Velnikov se contenta de hocher brièvement la tête.

« Je veux aller là-haut, Boris. Je veux arriver au moins en orbite géostationnaire. Je veux voir Espaceville flotter dans les ténèbres. Je veux voir la Terre de l'espace. Je veux voler à bord de ma création. »

Velnikov pencha la tête de côté et examina attentivement

Jerry. « C'est vraiment tout ce à quoi vous aspirez ? demanda-t-il d'un air dubitatif. Vous ne voulez pas un poste plus élevé ? Vous n'exigez même pas de garder votre poste actuel ?

— *Politique politicienne,* dit Jerry d'un air méprisant. De la roupie de sansonnet. Si vous voulez mon aide, vous m'envoyez là-haut. Rien de plus, rien de moins. »

Velnikov le dévisagea un long moment en silence. « Je vous crois, Reed, finit-il par dire. Je ne vous comprends pas, mais je vous crois. Très bien, je vous en fais la promesse. Quand je serai devenu directeur de projet, je vous offrirai littéralement la Lune.

— La Lune..., dit doucement Jerry. Qu'entendez-vous par là ? »

Velnikov arbora un large sourire suffisant. « Si vous avez été sincère avec moi, ça ne devrait pas être trop difficile. Pas si vous êtes vraiment prêt à accepter une rétrogradation pour devenir ingénieur en chef du système de manœuvre et de propulsion.

— Ingénieur en chef ! » s'écria Jerry. Quelle ironie ! Le poste même que Velnikov l'empêchait d'occuper depuis tant d'années ! La véritable raison pour laquelle il avait dû extorquer à Patrice la création d'un poste bidon pour lui !

Mais cette fois Velnikov semblait avoir mal interprété sa réaction. « Oui, je sais, cela semble impensable, mais c'est un poste qui *exigerait* que vous alliez superviser l'intégration des systèmes du prototype en orbite et que vous soyez à bord au cours du vol d'essai. Et, à cette occasion, il est fortement question de frapper un grand coup en allant faire un tour du côté de la Lune. Il ne vous serait pas possible de conserver un poste administratif, il n'y aura à bord que du personnel technique.

— Comment savoir si je peux vous faire confiance ? demanda Jerry. Nous sommes, euh, ennemis depuis si longtemps...

— Je n'ai jamais été votre ennemi, Reed.

— Allons donc, Boris !

— Non, croyez-moi. Je ne vous ai certes jamais aimé, je n'ai jamais eu confiance en vous, et vous avez été une épine dans mon flanc, mais je ne vous ai jamais créé de difficultés par ressentiment personnel. Tout ce que j'ai fait, je l'ai fait pour de légitimes raisons politiques et, croyez-moi, cette politique n'était pas toujours décidée à mon niveau. Je n'y ai pris aucun plaisir particulier. Vous étiez un risque sur le plan de la sécurité et une gêne sur le plan politique, mais à présent la situation a évolué et nous pouvons nous rendre mutuellement service. Nos intérêts personnels ne sont plus contradictoires, c'est aussi simple que ça.

— Simple pour vous, peut-être..., marmonna Jerry.

— Allons, Reed, qu'avez-vous à perdre, après tout ? »

Rien que je n'aie déjà perdu, fut-il forcé de s'avouer.

« D'accord, Boris, *si* vous êtes nommé directeur de projet, j'accepte le boulot. Mais en dehors de ça, je ne vous promets rien. »

Velnikov but une gorgée de cognac. « Vous n'avez pas à le faire, Reed. Contentez-vous d'agir au mieux de vos intérêts. C'est la raison pour laquelle nous pouvons nous faire confiance... précisément parce que la confiance est superflue. »

Jerry trinqua avec le Russe. « Vous savez, Boris, pour une fois je crois savoir exactement ce que vous voulez dire. »

Quand Patrice Corneau l'avait enfin appelé dans son bureau pour lui faire part de la nouvelle, Jerry était presque décidé à jouer le jeu de Velnikov. Après tout, de son point de vue, c'était le seul jeu possible.

Quand Jerry eut fini de le féliciter, Patrice se carra dans son fauteuil et sourit. « Bien entendu, en tant que directeur de l'ESA, je dois nommer un nouveau directeur du projet N.G.C., sous réserve du processus habituel d'approbation. Je ne sais pas trop que faire. Le choix logique, du point de vue du projet, va être assez dur à faire avaler aux politiciens, je le crains. Qu'en penses-tu, Jerry, dois-je tenter ce qui risque d'être un coup d'épée dans l'eau, ou bien jouer la sécurité en nommant quelqu'un comme Clark ou Steinholz ?

— Ça peut sembler étrange venant de ma part, Patrice, répondit Jerry. Mais je pense que tu devrais te jeter à l'eau et désigner Velnikov.

— *Velnikov !* s'exclama Corneau. Je ne parle pas de Velnikov, je parle de toi !

— Moi ? balbutia Jerry.

— Tu as assez souvent dit que c'était toi qui aurais dû avoir mon poste et j'ai toujours été d'accord, tu le sais bien. Personne ne connaît mieux le projet. Étant mon adjoint, tu es au centre de tout. Les gens de l'équipe te respectent. Ce serait une bonne pub. Rationnellement parlant, il n'y a pas de choix plus logique. N'es-tu pas d'accord ?

— Bien sûr que si ! s'exclama Jerry, complètement éberlué. Mais.. mais... »

La tête lui tournait. Il se débattit pour reprendre psychiquement pied. « Mon Dieu, Patrice, après tout ce qui s'est passé, qu'est-ce qui te fait croire qui tu parviendras à faire passer ma nomination ? »

Corneau se pencha en avant et regarda Jerry droit dans les yeux d'un air très étrange. « J'ai *une chance* de réussir à la faire passer, Jerry. Tu as pris la citoyenneté européenne, ça aide. Tu es plus ou moins mon représentant officieux. Une chance sur *combien ?* » Il haussa les épaules. « C'est là un des impondérables. Peut-être une toute petite chance. Mais le bien du projet et la simple justice font de toi le seul choix possible. Bien sûr, je risque d'échouer. Tu pourrais te retrouver dans une situation inconfortable. C'est pourquoi je remets la décision entre tes mains, Jerry. Qu'en dis-tu, je fonce ?

— Mais... mais Velnikov...

— Désire énormément se retrouver directeur de projet, oh oui, je sais, dit Corneau qui se pencha en avant en fronçant les sourcils. Et Moscou est très désireux de nous le coller sur le dos. Mais un directeur de projet russe serait inacceptable pour Strasbourg.

— Et tu t'imagines qu'il y a la moindre chance pour que les *Russes* m'acceptent, *moi !*

— Ils le pourraient bien si, en contrepartie, Velnikov devenait directeur adjoint de l'ESA. Leur homme se retrouverait plus haut placé qu'ils ne l'espéraient et, étant mon adjoint, cet enfoiré se retrouverait efficacement écarté du circuit. »

Patrice lui adressa un grand sourire. « Alors, Jerry, entre anciens Cadets de l'espace, je tente le coup ? Qu'en dis-tu ? »

Qu'en disait-il ? Jerry ne savait même pas quoi en penser.

La proposition de Velnikov ne représentait-elle pas tout ce à quoi il aspirait ? N'avait-il pas depuis longtemps décidé de ce qu'il entendait par marcher sur l'eau ? N'avait-il pas déjà renoncé à tout pour ça ? Devait-il vraiment tirer un trait là-dessus pour offrir à Patrice Corneau l'occasion d'un geste symbolique ?

Ça lui tournait dans la tête, et ça ne tournait pas sans à-coups. Il manquait un élément, il ne savait pas quoi, mais il le sentait grincer douloureusement dans son cerveau comme une boîte de vitesses à un pignon de laquelle il aurait manqué une dent. Quelque chose ne cadrait pas.

« Je ne sais que dire, Patrice, finit-il par avancer prudemment. C'est une telle surprise... Il faut me laisser un peu de temps pour réfléchir...

— *Naturellement.* Mais, malheureusement, le temps nous est compté. Afin d'éviter la confusion qu'entraîneraient des semaines de rivalités politiques, il a été décidé d'annoncer les trois nominations conjointement — Émile comme ministre du Développement technologique, moi pour le remplacer en tant que directeur, et un directeur de projet pour *me* remplacer. Si bien qu'il ne se passera rien tant que nous n'aurons pas un directeur de projet à annoncer. Je peux te laisser deux jours pour y réfléchir, Jerry, mais je crains que tu ne doives me donner ta réponse avant le week-end. »

Jerry sortit d'un pas chancelant du bureau de Corneau et rentra tout droit chez lui bien qu'il ne fût que quatre heures de l'après-midi. Il avait besoin d'être seul pour réfléchir. Mais au bout de plusieurs heures, assis, les yeux dans le vague, sur le dur cuir noir du canapé de son petit salon dépareillé, il avait toujours l'esprit aussi embrouillé.

Sinon davantage. Il avait le bizarre sentiment qu'il se cachait là-dessous quelque chose qu'il ne comprenait pas. Qu'il n'était peut-être tout simplement pas équipé pour comprendre. Une chose qui se tortillait comme un hideux serpent dissimulé dans les entrailles fétides de ce qu'il avait toujours appelé avec un profond mépris la *politique politicienne.*

Il avait désespérément besoin de se confier à quelqu'un qui comprenait ces sordides jeux bureaucratiques, quelqu'un qui puisse lui dire ce que Corneau lui cachait.

Velnikov ? C'était certes un expert en intrigues bureaucratiques et il avait assurément des relations haut placées à

Moscou. Mais il ne pouvait quand même pas parler de ça à *Velnikov !*

Il ne connaissait qu'une personne au monde qui puisse l'aider efficacement.

Elle avait passé toute sa vie au milieu des magouilles bureaucratiques. Le golden boy avait des relations au moins aussi haut placées que Velnikov et l'Étoile-Rouge jouissait d'une certaine influence à Strasbourg.

En plus, elle lui devait bien ça, non ? Elle lui devait plus qu'elle ne pourrait jamais payer.

Mais comment se résoudre à appeler Sonia ? Il ne l'avait pas vue depuis plus d'un an. Il ne lui avait pas parlé au téléphone depuis environ six mois. Et durant plus de trois ans, leurs occasionnelles conversations téléphoniques avaient été d'une glaciale brièveté. Comment oserait-il rouvrir cette vieille blessure en l'appelant à l'aide ?

Il te faudra renoncer à tout pour cela...

Tout ?

Même ça ?

Même ça, fiston, crut-il entendre Rob Post lui chuchoter à l'oreille d'un ton insidieux.

Il se versa un petit cognac, le but d'une lampée, s'en resservit un autre et, sans se laisser aller à penser davantage à ce qu'il faisait, s'installa dans le champ de la caméra du vidéotel pour composer le numéro de l'avenue Trudaine.

Sonia répondit à la troisième sonnerie. Elle était tout près de la caméra. Il ne voyait rien d'autre que sa tête et le col d'un simple chemisier blanc. Elle paraissait plus vieille que dans son souvenir... un souvenir qui datait d'un an, mais avait-elle vraiment vieilli à ce point ? Elle avait des rides sur le visage là où il l'aurait cru lisse et quelque chose de différent dans le pli de la bouche, ainsi qu'une certaine sévérité dans ses cheveux coupés au carré. Et ses yeux semblaient las et cyniques.

Il essaya de ne pas songer à ce que son propre vidéotel devait lui montrer.

« Bonjour, Jerry, dit-elle, ne se permettant qu'un haussement de sourcil pour manifester sa surprise.

— Salut, Sonia, balbutia Jerry. Euh... comment ça va ?

— Je fais aller, dit-elle froidement. Et toi ?

— J'ai besoin de tes conseils », lâcha Jerry. Puis il alla droit au fait. « Tu me dois bien ça.

— Bien sûr, dit-elle avec une tendresse inattendue. Ça n'a jamais été mon idée de nous perdre de vue. »

Ça n'a jamais été mon idée de divorcer! faillit rétorquer Jerry. *Coucher avec Pachikov non plus!*

Mais le visage de Sonia s'était radouci, laissant percer une certaine tristesse, et il se retint.

« Ce n'était notre idée ni à l'un ni à l'autre, hein, Sonia? dit-il à la place. Nos vies se sont simplement fait happer par la machinerie politique. Cela ne sert à rien de rejeter la faute l'un sur l'autre, non?

— Je suis contente que tu sois enfin parvenu à cette triste conclusion. Jerry », répondit Sonia, et le masque de la bureaucrate professionnelle se remit en place. « Explique-moi ton problème et je ferai de mon mieux pour t'aider. »

Peut-être cela valait-il mieux. Quoi qu'il en fût, il se mit à débiter son histoire, non pas tant à l'ancienne épouse qu'à la bureaucrate d'âge mûr au détachement tout professionnel qu'il voyait sur l'écran, à la directrice du service de stratégie économique de la succursale parisienne de l'Étoile-Rouge.

Le visage de Sonia ne laissa rien paraître tandis qu'il lui parlait de son cynique accord avec Velnikov, pas plus qu'elle ne réagit à la nouvelle qu'Émile Lourade allait devenir ministre et Patrice Corneau être promu directeur de l'ESA. Dans sa position, elle devait probablement l'avoir appris avant lui. Mais quand il lui dit que Corneau avait offert de le proposer comme directeur de projet, sa mâchoire s'affaissa, et quand il eut terminé, elle tremblait de rage pour une raison incompréhensible.

« C'est dégueulasse! s'écria-t-elle, fronçant le nez en une expresion de dégoût visiblement sincère.

— Dégueulasse? Qu'est-ce qu'il y a de dégueulasse à essayer de faire ce qui est juste?

— *Merde,* Jerry, comment peux-tu être aussi naïf? Corneau sait parfaitement qu'il n'a absolument aucune chance de réussir à te nommer directeur de projet! Ne vois-tu pas ce qu'il y a derrière tout ça?

— Non, je ne vois pas, dit simplement Jerry. C'est pourquoi je t'ai appelé.

— Corneau *se sert* de toi, Jerry, dit Sonia avec emportement. Moscou tient beaucoup à ce que Velnikov obtienne ce poste et nous avons assez d'influence pour opposer notre veto à tout autre candidat jusqu'à ce qu'ils déclarent forfait pour sortir de l'impasse. Nos négociateurs sont toujours équipés de caleçons blindés. Mais si Corneau refuse de proposer qui que ce soit d'autre que toi tant que nous n'aurons pas retiré Velnikov, ce sera un signe manifeste qu'ils sont sérieux, que la situation ne pourra se dénouer qu'avec l'adoption d'un compromis. Après ça, tu peux être sûr que Moscou exigera ta tête sur un plateau pour avoir été le pantin de Corneau et que ce salaud la leur accordera. »

Présentée aussi crûment sur le ton de la colère, la chose avait toute la saveur de la répugnante vérité. C'était aussi, après brève réflexion, la seule théorie qui s'accommodait de toutes les données.

« L'heure est aux cadeaux entre bons copains, dirait-on ?

— C'est toujours l'heure aux cadeaux entre copains, quand vas-tu te mettre ça dans la tête ? C'est la deuxième loi de la bureaucratie.

— Que diable suis-je censé faire ?

— Appliquer la première loi de la bureaucratie : couvrir tes arrières.

— Et comment ça ? »

Le visage de Sonia se durcit et, quand elle parla, ce fut le vétéran des guerres bureaucratiques qui s'exprimait, pas son ex-épouse ou la jeune femme qui l'avait ensorcelé, ni même la femme qui l'avait quitté pour sauver sa carte du Parti.

« En donnant à Corneau ce qu'il mérite largement. En donnant à Moscou ce qu'ils veulent.

— Quoi ?

— Laisse-le te proposer comme directeur de projet. Attends que la situation soit bien bloquée. Puis retire-toi en faveur de Velnikov dans l'intérêt du projet, de la solidarité européenne, de la paix mondiale et de l'avenir de l'humanité dans l'espace ; ne t'en fais pas, Tass te rédigera un discours poignant pour le communiqué de presse. Ils n'auront pas le choix, pas après que le parrain de la

Navette de grande croisière se sera magnanimement retiré et aura embrassé publiquement Velnikov sur les deux joues. »

Jerry regarda d'un œil rond la femme au regard dur qu'il voyait sur son écran. La femme qu'il avait épousée était-elle vraiment capable de ça ?

Et lui ?

« Et pourquoi Velnikov tiendrait-il sa part du marché ? » demanda Jerry, se rendant compte à l'instant où il parlait qu'il avait déjà pris sa décision.

« Parce que, malgré tout ce que tu peux penser, les Russes ne sont pas des porcs dépourvus de principes dont la parole d'honneur n'a aucune valeur ! » répliqua Sonia. Puis, plus froidement : « En outre, l'Étoile-Rouge veillera à ce qu'il honore sa promesse. Quand le moment sera venu de te retirer en sa faveur, tu approcheras Moscou par l'intermédiaire de l'Étoile-Rouge — par mon intermédiaire —, ils trouveront certainement cela assez crédible. Ilya transmettra directement ton offre au siège central. Et le directeur général de l'Étoile-Rouge appellera en personne le président Gortchenko qui donnera l'ordre à Tass d'annoncer la nouvelle. D'un bout à l'autre de la chaîne, tout le monde saura ce que Velnikov t'a promis. Tu auras le cul plaqué or. Personne n'ira ternir un tel triomphe pour l'Étoile-Rouge par une minable entourloupe si nous avons notre mot à dire, et comme ce sera nous qui aurons fait nommer Velnikov directeur de projet, et non un quelconque gouvernement ou appareil du parti, crois-moi, nous aurons notre mot à dire !

— Et le golden boy s'en sortira encore plus rutilant, n'est-ce pas ? » marmonna Jerry. Il le regretta instantanément. Sonia ne sembla grimacer qu'un bref instant, comme s'il s'était agi d'un simple défaut dans la transmission, ses yeux étincelèrent de colère un plus long moment, puis son expression se fit plus distante, moins froide qu'étrangement inexpressive.

« Son standing n'en souffrira certainement pas, dit-elle d'un ton égal.

— Le tien non plus, hein ? Vous formez toujours... une équipe, n'est-ce pas ?

— D'une certaine manière, répondit Sonia d'une voix sans timbre.

— Que veux-tu dire par là ?

— Inutile d'approfondir, dit Sonia d'un ton las. Ne pourrions-nous pas essayer d'être amis ?

— Je ne pense pas que je puisse vraiment être ton ami après ce qui s'est passé, Sonia.

— Je voudrais être ton amie, Jerry, si tu me le permets. Tu m'as demandé de t'aider, tu te rappelles... ? Alors laisse-m'en au moins la possibilité. Ne fais pas confiance à Patrice Corneau. Aie confiance en moi. »

Jerry soupira. « Je suppose que je n'ai pas le choix. Mais ça fait tout de même bizarre d'aller au lit avec tous ces sales Russes... »

Puis il faillit se sectionner la langue en voyant l'expression de Sonia. Sa bouche se tordit tandis que les larmes lui montaient aux yeux.

« Je suis désolé, Sonia, c'est sorti tout seul.

— Je suis désolée, moi aussi, Jerry, pour un tas de choses. Si nous ne pouvons pas être amis, laisse-moi au moins être ton alliée dans cette affaire, d'accord ?

— D'accord, Sonia. » Il fixa son image sur l'écran, essayant de trouver quelque chose à dire, n'importe quoi pour terminer la conversation autrement que sur ces mondanités. Mais rien ne lui venait.

Sonia le regardait apparemment de la même façon. « Je te tiens au courant, Jerry, finit-elle par dire platement.

— Ouais, c'est ça », répondit Jerry, et ils raccrochèrent.

Après cela, Jerry était resté un long moment assis dans le petit salon, contemplant l'écran vide, les piles de journaux débordant de la table basse, les romans de science-fiction entassés sur les étagères et le long des murs, les amas de disquettes et de feuillets d'imprimante éparpillés autour de l'ordinateur, la poussière et les verres sales, la preuve matérielle de ce qu'était devenue son existence solitaire.

Ce soir-là, quelque chose l'avait poussé à faire le ménage de tout l'appartement avant de s'écrouler de fatigue, empilant le plus nettement possible livres et magazines, redressant le support de l'ordinateur, changeant les draps pour la première fois en deux semaines, lavant les monceaux d'assiettes sales, nettoyant l'évier et la cuisinière, allant jusqu'à récurer la baignoire et la cuvette des W.-C.

C'était arrivé bien longtemps auparavant et il n'avait jamais rien fait de tel depuis, mais à dater de ce jour il n'avait plus laissé les choses en arriver à ce point. Le salon était plus ou moins revenu à son état primitif, le linge sale s'entassait toujours dans la chambre et les draps étaient souvent douteux, mais à présent, la cuisine était à tout le moins fréquentable quand il branchait la cafetière et la baignoire plus ou moins propre quand il se douchait après sa gymnastique.

Le miroir devant lequel il se rasait était lui aussi plus ou moins propre et le visage qu'il y voyait, malgré les cheveux striés de gris, les rides plus que légèrement marquées et le début de poches sous les yeux, avait l'air aujourd'hui plus jeune qu'avant. Avant son coup de téléphone à Sonia, avant que Velnikov ne devienne directeur de projet, avant qu'il ne devienne lui-même ingénieur en chef du système de propulsion et de manœuvre, avant qu'il ne soit en mesure d'envisager avec certitude de voler vers la Lune à bord de sa Navette. Plus vieux en âge, en rides, en poches sous les yeux, en cheveux gris, en barbe poivre et sel, ce visage était plus jeune autour des yeux et de la bouche, plein d'espoir et presque détendu et non plus crispé par la frustration et l'amertume des anciennes défaites.

Le temps de se raser et de s'habiller, le café était prêt. Il en emporta une grande tasse avec un pain au chocolat légèrement rassis au salon où il petit déjeuna rapidement sur le canapé en pensant à l'essai de la journée.

Les moteurs principaux étaient déjà certifiés et attendaient sur le pas de tir, au sommet d'un lanceur conventionnel, la mise sur orbite du lendemain. Il ne restait plus qu'à procéder aux essais statiques des réacteurs d'appoint, rien d'excitant en soi.

Mais ensuite, une fois ceux-ci déclarés bons pour le service, ils seraient emballés, expédiés à Tiouratam pour être transférés en orbite et ce serait la fin de son travail au sol. Prochaine étape… l'assemblage en orbite, puis la Lune.

Quelle serait sa vie après ces quinze jours dans l'espace ? Il n'y avait pas vraiment réfléchi jusque-là. Que fait-on lorsque l'on a enfin réussi à marcher sur l'eau ? Il était trop vieux pour espérer sérieusement une place comme membre d'équipage quand la flotte de navettes serait opérationnelle, trop vieux pour rêver d'explorer Mars, il ne possédait pas les qualifications requises pour quoi que ce fût dans les bases lunaires.

Mais après s'être désisté en faveur de Boris Velnikov, les choses avaient changé pour lui à l'ESA. Patrice Corneau avait peut-être adopté une attitude froide et distante mais, assez ironiquement, Jerry était devenu plus ou moins le chouchou des Russes.

Velnikov n'avait pas fait que tenir sa promesse, il lui avait également obtenu une augmentation. Il semblait que les amis de Velnikov ne l'avaient jamais informé que la manœuvre de Jerry avait été préparée par Sonia et Ilya Pachikov au siège parisien de l'Étoile-Rouge. Ils ne l'avaient même pas prévenu de l'annonce de Tass. Le lendemain de la parution de la nouvelle dans la presse, Velnikov était entré dans le bureau de Jerry, l'air assez ahuri, avec une bouteille emballée dans du papier doré.

« Je ne sais que dire, Reed... *Jerry*. Je dois avouer que je me sens un peu idiot... toutes ces années... » Il avait haussé les épaules d'un air bourru et posé bruyamment la bouteille sur le bureau de Jerry. « Voilà, un geste bien modeste, peut-être, mais... »

Jerry avait déballé une bouteille d'alcool brunâtre avec une étiquette rédigée en caractères cyrilliques tourmentés et constellée de médailles d'or et d'argent.

« Authentique vodka de pommes de terre russe, avait dit Velnikov. Réservée à l'exportation. Cent pour cent pure et vieillie sept ans en fût de chêne. La meilleure vodka du monde, au dire des connaisseurs.

— Merci, Boris », avait répondu Jerry, très touché. L'émotion de Velnikov était manifestement sincère.

« C'est moi qui vous remercie, Jerry. À vrai dire, j'ai encore du mal à croire ce que vous avez fait pour moi. Nous n'avons jamais été exactement amis.

— Et je n'ai jamais exactement eu une chance de devenir directeur de projet, vous le savez comme moi, avait répondu Jerry en toute honnêteté.

— Mais moi non plus, du moins c'est ce que je croyais encore hier. Ils se servaient de nous l'un contre l'autre. »

Velnikov avait hésité, scruté le visage de Jerry. « Cela ne vous dérange pas de me dire la *véritable* raison de votre désistement ?

— Nous avions passé un accord, Boris, vous vous souvenez ?

— Bien sûr ! Et vous pouvez être sûr que je tiendrai parole ! Mais tout de même...

— Vous vouliez une chose, j'en voulais une autre, Boris, et quand j'ai été forcé de regarder les choses en face, j'ai compris que je n'avais pas envie de renoncer à ce à quoi j'aspirais pour obtenir ce que vous désiriez. Ce n'était donc qu'en partie une habile manœuvre. Mais... eh bien, de la façon dont ces salauds avaient combiné la chose, nous allions nous faire baiser tous les deux. Et, que je vous aime ou non, je voyais bien que chacun de nous deux se trouvait à la place de l'autre. Connais ton ennemi... vous savez ? Mais quand on le connaît vraiment, eh bien...

— Il est difficile de rester ennemis, oui, avait enchaîné Velnikov. Vous permettez ? » avait-il ajouté en tendant la main vers la bouteille.

Jerry avait acquiescé et Velnikov avait ouvert la vodka, puis ils avaient partagé la boisson puissante et parfumée dans des tasses en plastique.

« Votre geste va vous attirer une certaine hostilité parmi les cercles de l'Agence qui relèvent de Strasbourg, lui avait dit ensuite Velnikov. Ils ne pourront rien faire ouvertement, bien entendu, mais il va falloir vous méfier. Je veux donc que vous sachiez que les cercles qui relèvent de Moscou veilleront à ce que vous ayez toujours un avenir à l'Agence quand la N.G.C. sera devenue opérationnelle. Je vous ai coûté le soutien de Corneau, mais je veux que vous sachiez que vous aurez toujours le mien, pour ce qu'il vaut. »

Velnikov avait tenu parole. Il avait nommé Jerry ingénieur en chef du système de propulsion et nommé au-dessus de lui un directeur russe appelé Igor Kalitski qui était jeune, enthousiaste et déférent, et dont le travail consistait essentiellement à tenir les bureaucrates et la paperasserie à l'écart de Jerry Reed pour qu'il puisse se consacrer entièrement à sa tâche.

Récemment, Boris avait suggéré que Jerry soit promu au

poste de Kalitski au retour du voyage d'essai ; sa section resterait en activité jusqu'à ce que la flotte entière soit opérationnelle et à ce moment-là, peut-être, l'ESA serait prête pour un directeur russe, lui en l'occurrence, et Jerry pourrait terminer sa carrière en tant que directeur adjoint de l'Agence spatiale européenne dans le meilleur des mondes possibles.

Jerry finit son café et sortit de chez lui sans prendre la peine de ranger la tasse vide dans l'évier. Était-ce là son ambition ? Devenir chef de projet, puis directeur adjoint ? Après ce qu'il avait fait, on ne le nommerait jamais directeur, mais ce serait certainement un couronnement décent à sa carrière.

Pour une raison mystérieuse, il fut pris d'un frisson en descendant l'escalier, un funeste pressentiment parfaitement inapproprié à cette journée entre toutes. Pour la première fois depuis des années, l'avenir semblait vide, flou, bouché, et dans son esprit s'insinuaient des pensées qu'il s'efforça de repousser.

Mais quand Jerry arriva dans la rue, le soleil commençait à percer les nuages. Les passants se pressaient le long des étroits trottoirs du quai de Bourbon vers le pont Saint-Louis et le métro Saint-Michel. Un hydrobus qui filait vers la porte de Bery fendait la Seine de ses deux sillages parallèles. Les embouteillages matinaux du quai de la Tournelle étaient déjà bien avancés quand Jerry atteignit la rive gauche. Les avertisseurs couinaient, les piétons jacassaient, les chauffeurs de taxi juraient, les chiens chiaient sur les trottoirs et Jerry se retrouva immergé dans l'énergie du jour levant.

Les inquiétudes sur ce que serait sa vie après son voyage autour de la Lune semblaient vaines et lointaines, un effet de la grisaille par laquelle avait commencé ce qui promettait d'être une journée ensoleillée.

Après tout, si tout ce qu'on lui avait dit et qu'il avait lu était vrai, l'homme qui reviendrait de là-haut ne serait plus le même qu'avant.

Le R.E.R., bien sûr, était bondé, mais le trajet n'était pas long jusqu'à la gare du Nord pour attraper la nouvelle ligne express qui le déposerait devant le complexe de l'ESA au Bourget, et, le matin, le train était toujours pratiquement vide au départ de Paris, à contre-courant du flot des travailleurs de banlieue se rendant dans la capitale.

Au début, Jerry supporta l'entassement avec bonne humeur. Bientôt, il serait loin de l'odeur et du bruit, dégagé des corps entassés et des liens de la gravitation eux-mêmes, là-haut où il faisait frais, propre et clair, et où les étoiles ne cessaient jamais de briller.

Après, eh bien...

Il n'avait pas envie d'y songer pour le moment.

Mais, debout dans le wagon surpeuplé, Jerry se prit soudain à y penser malgré tout. Peut-être était-ce l'odeur de l'humanité entassée. Peut-être était-ce la pression de ces corps. Peut-être étaient-ce les jeunes amoureux qui s'embrassaient passionnément au milieu de la foule sans s'en soucier le moins du monde. Peut-être était-ce tout ce à quoi il avait renoncé pour marcher sur l'eau qui lui retombait brusquement dessus, maintenant qu'il était sur le point d'y arriver, que le compte à rebours était commencé, que la concrétisation du rêve de toute une vie n'était plus qu'à deux semaines.

« Tu es un vrai Cadet de l'espace, lui avait dit Bob. Tu mériterais d'être citoyen de Mars. »

Et c'est ainsi qu'il se sentit soudain, là, dans le R.E.R., coincé au milieu de tous ces inconnus : un Martien. Il prit soudain conscience de sa propre étrangeté. Ses années de solitude, sans un ami. Le caractère obsessionnel de son existence. L'énorme distance entre ce qu'il avait voulu devenir et le commun des mortels, avec leurs amours ordinaires, leurs petites vies, leurs enfants, entassés contre lui dans ce wagon de R.E.R.

Il fut parcouru d'un frisson. La vérité était qu'il s'était transformé en créature sans vie personnelle. La politique lui avait enlevé son fils, l'avait poussé à renier sa propre fille, avait brisé son mariage. Et il avait fait le reste.

Oh oui, il l'avait fait ! Sonia ne lui avait-elle pas offert son amitié le soir où elle lui avait rendu sa vie, *cette* vie, qui se précipitait inexorablement vers son apothéose ? Et ne l'avait-il pas rabrouée ? Pourquoi avait-il fait ça ? Pourquoi avait-il continué à insister pour réduire au strict minimum les contacts entre eux ? Pourquoi n'avait-il même pas accepté de fêter avec elle le succès de leur plan au restaurant, en terrain neutre ? Pourquoi refusait-il de la voir encore maintenant, après que le golden boy était enfin sorti de leurs vies, rappelé à Moscou pour y recevoir une promotion ?

Pourquoi ressassait-il ces sombres pensées en ce moment entre tous, dans ce foutu R.E.R. qui le menait vers sa dernière corvée à Terre avant de tout laisser loin derrière lui ?

De quoi avait-il soudain si peur ?

Il avait renoncé à tout pour marcher sur l'eau. Il était devenu un Martien.

Que fait-on *après* avoir marché sur l'eau ?

Rob Post ne lui avait pas donné la réponse à cette question

Mais il allait la trouver.

Aussi sûrement que ce qui monte finit toujours par redescendre.

Art Collins : « Au fond, monsieur le Vice-Président, qu'est-ce que ça peut nous faire ? Ne serait-ce pas une bonne chose si l'Ukraine faisait sécession de l'Union soviétique ? Cela n'encouragerait-il pas les autres peuples asservis à faire de même ? Tout Américain n'aimerait-il pas voir s'effondrer l'Union soviétique, si possible en entraînant l'Europe avec elle ? »

Vice-président Wolfowitz : « Certainement pas moi. »

Art Collins : « Pourquoi donc ? Cela ne signifierait-il pas l'ouverture du vaste marché à l'exportation dont nous avons si désespérément besoin ? Cela ne referait-il pas des États-Unis la première puissance économique mondiale ? »

Vice-président Wolfowitz : « Comme le reste du pays, Art, vous avez trop écouté les discours de notre commandant en chef microcéphale ; le seul dossier que connaisse Harry Carson, c'est celui de son fauteuil. Vous avez pensé aux milliards de dollars que nous leur avons escroqués ? Oh oui, tout ce que nous avons à faire pour les convaincre de nous accueillir à bras ouverts, c'est d'utiliser nos gros bras médiatiques pour détruire la structure politique et économique qu'ils ont mis des dizaines d'années à édifier ! »

Art Collins : « Le président Carson pense...

Vice-président Wolfowitz : « Harry Carson est un con. »

Art Collins : « Ce n'est pas très poli envers le Président !

Vice-président Wolfowitz : « S'il parle comme un con, dirige le pays comme un con et s'entoure de cons, il y a toutes les chances pour que ce soit un con, même s'il ne conduisait pas ce malheureux pays vers une conflagration généralisée comme le plus grand de tous les cons. »

Newspeak, présenté par Art Collins

22.

La journée allait être chargée, comme d'habitude, pour la directrice du bureau parisien de l'Étoile-Rouge.

Dans la matinée, il y aurait l'habituel compte rendu du service de stratégie économique, puis le rapport financier mensuel à approuver avant transmission à Moscou. Il lui faudrait régler ensuite la question de la cargaison de chrome qui n'était pas arrivée à Lyon dans les délais. Au cours du déjeuner, qui ne manquerait pas d'être généreusement arrosé, elle allait devoir marchander avec le président de l'Association des négociants en vins de Bordeaux les prix exorbitants qu'ils réclamaient pour une année médiocre. Dans l'après-midi, elle devrait s'occuper de la question des oranges de Crimée, du contrat de coopération avec Renault, du rachat des Hydroglisseurs du Midi et de l'accord de construction de la torche à fusion avec les Français et les Britanniques. Au milieu de tout ça, il lui fallait caser un rendez-vous parfaitement superflu avec le producteur délégué de Sovfilm qui s'était mis en tête l'idée ridicule que c'était à elle de lui trouver un distributeur français pour une superproduction sur la conquête du Mexique par les Espagnols tournée en Ouzbekistan avec des fonds allemands et des acteurs tartares et italiens.

Et pourtant, assise dans son vaste bureau d'angle où elle buvait une tasse de café en se préparant à la journée à venir, Sonia Ivanovna Gagarine se prit à songer à Jerry.

Elle n'avait guère pensé à son ex-mari depuis qu'elle s'était arrangée pour le faire nommer ingénieur en chef du système de propulsion de la N.G.C. Cela avait été la vraie sentence de divorce, le remboursement de sa dette envers lui et sa délivrance après des années de culpabilisation.

Le divorce n'avait été qu'une nécessité pragmatique, du moins le lui avait-elle présenté ainsi à l'époque, une simple convention légale ; ils pouvaient continuer à se voir, ils pourraient même vivre un jour à nouveau ensemble.

Le pensait-elle vraiment ?

Bien sûr, depuis longtemps leur mariage n'existait plus que nominalement. Quel fantasme cela avait-il été de supposer qu'ils pourraient conserver des rapports d'amitié après le divorce, sans parler de rester amants !

Sa liaison avec Ilya Pachikov avait-elle été la cause ou un effet de sa brouille avec Jerry ? Une conséquence naturelle de sa collaboration avec un homme séduisant qui avait bien plus en commun avec elle que son mari aigri et obsédé par l'espace ? Ou bien la recherche d'un substitut à ce qu'elle ne trouvait plus à la maison ?

La pensée d'avoir divorcé avec lui après ce qu'il avait supporté pour sauver ce qui subsistait de leur mariage l'emplissait de honte.

C'était peut-être la raison pour laquelle elle avait tout fait pour se croire amoureuse d'Ilya. D'une certaine façon, cela rendait son acte moins froidement délibéré. Si elle arrivait à se persuader qu'elle était depuis longtemps amoureuse d'Ilya, que le chantage de Ligatski lui avait simplement fourni une bonne excuse pour suivre les penchants de son cœur, cela atténuait le sentiment de culpabilité qui la rongeait.

Et puis, aussi, elle s'était retrouvée seule pour la première fois depuis plus de vingt ans dans le grand appartement vide où elle avait élevé sa famille. Jerry n'était peut-être plus guère un compagnon depuis longtemps mais c'était au moins un être humain à retrouver en rentrant chez soi.

Alors, ce qui avait si longtemps été une simple coucherie occasionnelle était devenu, du moins de la part de Sonia, le début d'une relation potentielle. Elle était désormais libre, après tout, et Jerry refusait d'avoir quoi que ce fût à voir avec elle. Et Ilya Pachikov avait toujours été libre. De plus, maintenant qu'Ilya était directeur du bureau parisien et elle chef du service de stratégie économique, que leurs rapports professionnels étaient devenus moins intimes et permanents, n'étaient-ils pas plus libres, en un sens, de poursuivre leurs affaires de cœur ?

Ilya, au moins au début, avait été un ami et un amant parfait. Il l'invitait à dîner trois ou quatre fois par semaine. Ils passaient plus ou moins régulièrement la nuit ensemble chez l'un ou l'autre. Ils partaient en week-end à Londres, Rome ou dans le Midi. Ilya était un meilleur amant que ne l'avait jamais été Jerry. Ilya était raffiné. Ilya était quelqu'un avec qui on ne se lassait jamais de discuter.

Mais Ilya était... *Ilya.*

Il était magnifiquement beau, s'habillait avec recherche et était plus jeune qu'elle. Les femmes avaient du mal à détourner de lui les yeux ou les mains, et il n'était guère du genre à les en dissuader. Ilya était ambitieux, il rêvait de devenir un jour directeur général de l'Étoile-Rouge et cela signifiait tôt ou tard une promotion à Moscou. Pour tout cela, et sans doute d'autres raisons, Ilya Pachikov avait toujours soigneusement évité les relations monogames.

Réflexion faite, l'étonnant n'était pas tant que Sonia n'eût finalement pas réussi à faire changer de pelage ce superbe animal, mais bien qu'il lui fût demeuré, par pure amitié, plus ou moins fidèle durant près de six mois, du moins pour ce qu'elle se souciait d'en savoir.

En fait, c'était elle-même qui l'avait involontairement obligé à dissiper ses illusions.

Ils avaient pris le T.G.V. pour passer le week-end à Amsterdam et loué une suite au dernier étage d'un petit hôtel au bord d'un canal. Celle-ci faisait davantage penser à un petit appartement qu'à des chambres d'hôtel. Il y avait un lit de châtaignier patiné, avec sa couette multicolore, des tables de chevet et une armoire assorties, des bibelots un peu partout et au mur un tableau représentant un moulin à vent. Le salon était meublé d'un canapé et d'un profond fauteuil disposés devant une cheminée, d'une table et de quelques chaises sorties d'une cuisine de grand-mère, d'une collection de porcelaines de Delft dans une vitrine fermée à clef et d'une bibliothèque pleine de vieux livres en hollandais et en anglais.

Tout semblait si douillettement romantique, alors qu'ils étaient assis là comme un vieux couple, à siroter du genièvre en regardant distraitement les étroites maisons vertigineusement penchées au-dessus du canal. Cela rappelait à Sonia les premiers jours avec Jerry dans le vieil appartement de l'île Saint-Louis ; l'endroit n'était pas le même, ni l'homme, mais le sentiment oui. Le sentiment d'avoir vraiment sa place quelque part auprès de quelqu'un ; elle n'avait pas ressenti cela depuis très longtemps, elle l'avait cru à jamais disparu de son univers.

« N'as-tu jamais envisagé de faire ta vie avec quelqu'un, Ilya ? avait-elle demandé d'une voix un peu pâteuse. T'installer ? Avoir un foyer ? Te marier, même ? »

Ilya s'était figé, le verre à la main, l'air de quelqu'un qui vient de s'apercevoir un peu trop tard que son verre est plein de pisse. Il l'avait regardée de l'autre côté de la table et avait secoué lentement la tête avec un sourire forcé.

« Merde non ! avait-il dit d'un ton léger. Quel désastre je serais comme mari !

— Pas avec la femme qui te convient. Tu es doux, tu as de la sensibilité, tu es...

— Un coureur impénitent, tu le sais aussi bien que moi ! Et qui plus est, j'aime ça. Je suis aussi un bon communiste. De moi selon mes capacités, qui ne m'ont jamais failli jusqu'ici, aux femmes libérées selon leurs besoins, qui sont sans limites !

— Oh, Ilya, tu n'es pas vraiment la créature superficielle que tu prétends être !

— Oh, que si ! Crois-moi, Sonia, je n'ai que ma belle gueule.

— Tu n'as pas été comme ça avec moi. Tu as été compréhensif et gentil ; tu m'as aidée à traverser une période difficile en véritable ami. Tu as été un prince. »

Ilya avait levé les yeux au ciel, affectant de tout prendre à la légère comme d'habitude. « D'abord, tu m'accuses d'être du bois dont on fait les maris, et maintenant tu me traites de tsariste réactionnaire ! avait-il dit sur un ton de gaieté forcée. Le prochain coup, tu vas te jeter à genoux avec une rose et un anneau pour me proposer le mariage !

— Ce serait si terrible ? » avait demandé doucement Sonia.

L'expression d'Ilya s'était faite plus grave, sombre, même. « Tu es sérieuse... ?

— Je pourrais l'être si tu le voulais », avait répondu Sonia en toute sincérité.

Ilya avait soupiré. « Tu m'obliges à être sérieux avec toi, Sonia, et ça ne me ressemble pas du tout. Pourquoi penses-tu que je suis un tel coureur, d'abord ?

— Parce que tu es constamment tenté ?

— Parce que, malgré les apparences, je ne veux pas être un porc. Je ne désire exposer personne à de cruelles désillusions. Je ne tiens pas à briser les cœurs.

— Tu as failli m'avoir », avait répliqué Sonia pour essayer de détendre l'atmosphère, sentant qu'elle était allée un peu trop loin.

Mais l'humeur d'Ilya avait changé. Il était devenu mortellement sérieux, larmoyant, même. Il avait soudain semblé de dix ans plus vieux, faisant vraiment son âge pour la première fois.

« Je suis un carriériste, Sonia, et je l'avoue sans honte. Je suis déterminé à devenir directeur de l'Étoile-Rouge, et qui sait quoi après. Cela signifie que j'irai où voudra bien m'envoyer l'Étoile-Rouge. Cela signifie qu'une hypothétique épouse devrait me suivre comme une bonne petite victime du machisme slave. Et je ne pourrais jamais respecter une telle femme. Donc, si je dois être fidèle à moi-même et ne pas devenir un tyran domestique, je dois rester célibataire et me consoler avec les nombreuses conquêtes féminines que me valent les hasards de la génétique.

— Et quand tu seras un vieillard chenu... ? » avait demandé doucement Sonia. Tout cela était si triste.

« Quand je serai un vieillard chenu, je me contenterai de vieillardes chenues, je suppose.

— Comme moi ? avait laissé échapper Sonia. Veuves, vieilles filles et épouses délaissées ?

— Tu n'as rien d'une vieillarde chenue, Sonia, avait répondu Ilya en se penchant pour lui prendre la main. Tu es une camarade, une collègue et une amie. Et tu me ressembles davantage que tu ne veux bien l'admettre. Tu es précisément le genre de femme avec qui j'aurais envie de passer ma vie. Et précisément le genre de femme que je n'ose pas chercher à avoir.

— Je ne comprends pas...

— Oh si, tu comprends ! avait-il répliqué d'un air entendu. Tu es une carriériste comme moi. Si tu ne l'étais pas, tu serais encore mariée à Jerry Reed. Si demain j'étais envoyé à Moscou et que je te demande de venir avec moi pour être ma femme, renoncerais-tu à Paris et à ta carrière pour me suivre ? »

Sonia n'avait pu soutenir son regard.

Ilya lui avait tapoté la main. « Nous sommes du même tonneau, lui dit-il. C'est pour ça que nous sommes de vrais amis. C'est aussi pour ça qu'un mariage ou une liaison exclusive entre nous serait un désastre. Tôt ou tard, nous finirions par devoir nous séparer ou par nous démolir mutuellement le moral. Sinon les deux.

— Oh, Ilya…, avait gémi lamentablement Sonia.

— Oh, Sonia ! » s'était écrié Ilya, faisant visiblement un effort de volonté pour se remettre dans la peau de son personnage. « Il ne faut pas être triste ! Pour l'instant, nous vivons une véritable amitié et nous nous entendons bien au lit. Est-ce vraiment si triste d'avoir un vrai camarade avec qui coucher ? Combien de gens n'ont même pas ça ? Allons, nous ne sommes que deux vieux Slaves lugubres qui ont trop bu, oublions donc cette déprimante conversation et continuons comme avant. »

Puis il l'avait prise dans ses bras et entraînée au lit où il avait fait de son mieux pour la convaincre. Mais après cela, les choses avaient changé. Ilya continuait de l'inviter à dîner, mais ce n'était plus qu'un soir ou deux par semaine. Ils étaient toujours amants, si c'était bien le mot, mais leurs rapports étaient moins fréquents. Et Ilya se faisait une règle d'assister à des réceptions en compagnie d'autres femmes. Et de partir en week-end avec elles.

À la fin, leurs rapports étaient redevenus à peu près ce qu'ils étaient quand elle était mariée avec Jerry, la culpabilité en moins. Elle l'accompagnait même à des soirées et se laissait planter là sans larmes s'il repartait avec une autre.

Ce n'était peut-être pas grand-chose, mais cela apportait une certaine stabilité à son existence. Si elle n'était pas à proprement parler heureuse, elle arrivait à se persuader qu'elle était satisfaite. Elle avait le poste auquel elle avait toujours aspiré, une vie sexuelle acceptable, un ami et confident sous la main, et de temps en temps la visite de sa fille qui menait une existence étrangement similaire à la sienne.

À sa sortie de l'école, Franja était entrée à l'Aeroflot comme pilote de Concordski sur les lignes internationales. Elle partageait un appartement à Moscou avec son petit ami, Ivan Yortsine, lui aussi pilote à l'Aeroflot, et ils avaient apparemment un accord qui rappelait, en plus passionné, son amitié avec Ilya.

Un point du globe n'étant pas, en Concordski, à plus d'une heure et demi de n'importe quel autre, les pilotes effectuaient deux ou trois vols par jour, quatre jours par semaine, passant parfois leurs jours de congé à Moscou, parfois aux antipodes. Avec leurs emplois du temps également déréglés, Franja et Ivan se retrouvaient rarement ensemble à Moscou et une relation scrupuleusement monogame était impensable.

Ils limitaient donc celle-ci à Moscou et faisaient ailleurs ce qu'il leur plaisait, ce qui revenait à dire que sa fille semblait mener la même existence insouciante que Sonia dans sa jeunesse quand, membre en vue du Péril rouge, elle écumait l'Europe durant ses week-ends de congé, mais d'une part condensée et décuplée par la perpétuelle vitesse hypersonique, de l'autre stabilisée par un rapport de couple relativement stable.

Lors des brefs et occasionnels séjours de Franja à Paris, elles discutaient plus comme deux copines que comme une mère et sa fille. Franja lui racontait ses aventures, sexuelles ou autres, et Sonia évoquait les souvenirs de sa folle jeunesse de membre du Péril rouge nouvellement arrivée en Occident. Franja parlait de temps en temps d'Ivan et Sonia enjolivait peut-être un peu son aventure avec le séduisant Ilya Pachikov.

Elles évitaient le sujet épineux des affaires de famille mais chaque passage de Franja à Paris ravivait, bien malgré elle, le souvenir de Jerry — le vide au centre de leurs bavardages quand sa fille était là, le fantôme qui hantait l'appartement de l'avenue Trudaine quand elle repartait.

C'était alors que Sonia avait commencé à faire appel à ses relations pour suivre l'évolution de la carrière de Jerry.

Elle fut surprise quand il renonça à la nationalité américaine pour demander sa naturalisation. Ce n'était assurément pas le Jerry qu'elle avait connu, celui qui refusait obstinément depuis vingt ans de faire un tel geste par loyauté déplacée envers le pays qui l'avait trahi.

Elle fut confondue quand Patrice Corneau prit Jerry pour adjoint. Le Jerry qu'elle avait connu aurait été un désastre complet à un poste si éminemment bureaucratique. Le divorce l'avait-il changé à ce point ?

Mais lorsqu'elle apprit la façon dont Corneau se servait de lui, la situation commença à lui apparaître avec une répugnante clarté.

Boris Velnikov était une menace pour le directeur de projet et celui-ci obligeait Velnikov à traiter avec lui par l'intermédiaire de Jerry. C'était à la fois une habile manœuvre et une mesquine vengeance personnelle. Sonia était bien obligée d'admirer la tactique destinée à mettre Velnikov à la torture et à réduire son influence.

Mais l'utilisation cynique d'un vieil ami comme chair à canon dans leur petite guerre bureaucratique était un tantinet moins admirable et Sonia redoutait ce qui arriverait à Jerry lorsque Velnikov obtiendrait une promotion.

Et celui-ci *obtiendrait* une promotion, Moscou y veillerait.

Les Russes finançaient le budget de la N.G.C. à hauteur de 40 %, mais ils n'en récuperaient que 27 % sous forme de contrats de sous-traitance, et les ours comme les nationalistes ethniques exploitaient cyniquement la situation pour créer des difficultés au président Gortchenko. La propre faction de Gortchenko faisait d'ailleurs pression sur lui pour qu'il prenne des mesures à cet égard.

Les contrats étant déjà signés, des ajustements économiques étaient hors de question. Grotchenko avait besoin de *quelque chose* pour maintenir le couvercle en place et, vu les circonstances, cela ne pouvait venir que d'un changement symbolique de personnel.

Tôt ou tard, Émile Lourade serait appelé à de plus hautes fonctions et il y aurait alors un grand chambardement.

Faire nommer Velnikov directeur était exclu ; le choix se porterait inévitablement sur Patrice Corneau. Cela laisserait libre le poste de directeur de projet. Velnikov était le choix logique et Moscou insisterait pour qu'il soit nommé, soutenant, à juste titre, qu'un refus ne pourrait être qu'une manœuvre de discrimination antirusse.

Dans un tel cas les ours exigeraient la suspension de la participation financière de l'U.R.S.S. au projet, l'opinion publique se rangerait de leur côté, et cela nuirait aussi bien à la cause eurorusse en Union soviétique qu'à la position soviétique en Europe.

Moscou allait donc tout faire pour assurer la nomination de

Velnikov. Il allait y avoir une épouvantable lutte pour le pouvoir et le pauvre Jerry allait une fois de plus se retrouver pris au milieu. Si Moscou perdait, le projet entier capoterait. Et si Moscou gagnait, si Velnikov devenait directeur de projet, il se vengerait impitoyablement de Jerry.

Sonia suivait l'évolution de la situation avec une horreur croissante, sans voir ce qu'elle pouvait y faire, quand le bruit lui parvint de Moscou qu'Émile Lourade allait être nommé ministre européen du Développement technologique. La machine était en marche. Si elle pouvait faire quelque chose, il lui fallait agir maintenant.

« Nous devons faire quelque chose pour protéger Jerry, dit-elle à Ilya. Son travail est tout ce qu'il lui reste. »

Ilya haussa les épaules. « Je comprends tes sentiments mais, crois-moi, nous allons avoir assez de mal à faire nommer Velnikov. Ils vont lutter bec et ongles.

— Ont-ils une chance de réussir à faire barrage à Velnikov ?

— Ils semblent le croire ; Ils n'ont pas l'air de comprendre la situation intérieure en U.R.S.S., ou, s'ils la comprennent, ils s'en battent l'œil, répondit Ilya. Pour ma part, je ne le pense pas. Gortchenko a beaucoup plus d'intérêt politique en la matière que les Européens de l'Ouest. Il ne peut pas se permettre de faire machine arrière, même si cela signifie la mort du projet. Eux si, et ils y seront obligés, mais ça risque de leur prendre du temps pour se faire à l'idée.

— Ne peut-on vraiment *rien* faire ? »

Ilya fit la grimace. « La seule solution, ce serait que tu persuades Jerry de faire la paix avec Boris Velnikov.

— Jerry ne veut même pas me parler. En plus, il déteste Velnikov. Et le sentiment semble réciproque.

— Hummm... », fit pensivement Ilya. Puis son regard s'éclaira et il afficha son plus beau sourire. « On pourrait peut-être convaincre *Velnikov* qu'il serait dans son intérêt de faire la paix avec Jerry Reed !

— Quoi ?

— Jerry a l'oreille de Corneau. Qui plus est, il est devenu une sorte de symbole transnational, un Américain européanisé en chair et en os. Je pourrais glisser un mot à Velnikov. Je pourrais lui dire que tu as gardé une certaine influence sur

Jerry. Et que, par conséquent, l'Étoile-Rouge a des raisons de penser que l'on pourrait faire passer Jerry de son côté. Que son appui pourrait être, au moins marginalement, utile. J'irais même jusqu'à laisser entendre que je ne fais que transmettre l'opinion de personnes haut placées.

— Mais Jerry ne fera jamais rien pour aider Velnikov !

— Il le pourrait, si Velnikov lui proposait ce qu'il faut en échange… peut-être la place d'ingénieur en chef…

— Tu ferais ça pour moi, Ilya ? demanda Sonia, très émue. Pour Jerry ? »

Ilya haussa les épaules. « Disons que je me sens en partie responsable de ses malheurs. » Puis le sourire bureaucratique revint en place. « En outre, si Moscou pouvait s'imaginer que je suis pour quelque chose dans la nomination de Velnikov, cela ne ferait pas mauvais effet dans ma kharakteristika. »

Ilya avait eu sa discussion avec Velnikov et celui-ci avait eu son tête-à-tête avec Jerry, un entretien apparemment fructueux, d'après ce qu'en avait rapporté l'intéressé à Ilya, et Sonia s'était sentie l'âme en paix comme jamais depuis des années.

Elle avait remboursé sa dette d'honneur. Elle avait écrit, dans la mesure de ses moyens, la fin la plus heureuse possible au long chapitre de sa vie commune avec Jerry et elle pouvait désormais considérer celui-ci comme terminé.

Du moins l'avait-elle cru jusqu'au soir où Jerry lui avait téléphoné, la replongeant en plein dans cette merde.

Il avait l'air lamentable : vieux, fatigué, déboussolé et peut-être un peu ivre. Il n'avait pas non plus, après tous ces mois sans le moindre contact, perdu de temps en mondanités.

Elle sourit intérieurement quand il lui parla de son accord avec Velnikov, mais quand il lui dit que Corneau lui avait proposé, à *lui,* de le nommer directeur de projet, le cœur lui manqua et elle fut stupéfaite de voir jusqu'où son « ami » était prêt à s'abaisser.

Que lui dire ? Certainement pas que cela risquait de fiche en l'air tout ce qu'elle et Ilya avaient fait pour lui ! Certainement pas la raison pour laquelle la cynique manœuvre de Corneau était presque assurée d'échouer ! Mais il *fallait* lui faire comprendre à quel jeu jouait Corneau…

« Corneau *se sert* de toi, Jerry », lui avait dit Sonia,

tremblant de colère. Puis elle lui avait expliqué comment. Mais elle ne lui avait pas dit pourquoi cela ne pouvait pas marcher, ni comment *Ilya Pachikov* était monté en ligne pour protéger les intérêts de Jerry.

Non, elle lui avait fait croire que Moscou aurait sa tête s'il était fait obstacle à la nomination de Velnikov. Mais comment le guider à travers le champ de mines bureaucratique sans lui révéler des choses qu'il n'était tout simplement pas préparé à entendre ?...

Puis elle avait eu une idée.

« Laisse Corneau te proposer comme directeur de projet », lui avait-elle dit, et elle avait tout mis au point avec lui. Impeccable ! Non seulement Corneau et les Européens de l'Ouest se retrouveraient dans un situation intenable quand Jerry se désisterait en faveur de Velnikov, mais ce serait en outre une manifestation de solidarité transnationale de la part d'un *Américain* européanisé et cela donnerait aux ours une sérieux coup de pied au cul !

Elle avait dit à Jerry qu'elle le tiendrait au courant et ils avaient eu par la suite quelques indispensables et maladroites conversations téléphoniques pendant que tournaient les rouages. Mais après la nomination de Jerry comme ingénieur en chef du système de propulsion, elle avait tiré un trait sur tout cela et il n'avait pas semblé non plus très empressé de la revoir.

Elle avait permis à Jerry d'obtenir ce qu'il désirait le plus au monde, n'est-ce pas ? Il allait voler dans l'espace. C'était lui qui avait détruit l'âme de leur mariage avec sa puérile obsession, non ? Celle-ci avait fini par la pousser dans les bras d'Ilya Pachikov. Elle avait seulement été contrainte d'écrire une fin légale à la coquille creuse de leur union, et elle avait agi en partie pour préserver son rêve d'adolescent. Elle n'avait plus de raison de se sentir coupable. Tout ça, c'était fini. Tout ça, c'était le passé.

Sonia soupira et termina son café. Il était dix heures et demie, l'heure du rapport quotidien.

Elle avait, elle aussi, obtenu tout ce qu'elle avait toujours désiré, ou presque, n'est-ce pas ? Quand Ilya avait été promu vice-président adjoint de l'Étoile-Rouge et transféré à Moscou, en partie grâce à son rôle dans l'issue heureuse de l'affaire Velnikov, elle l'avait remplacé à Paris.

Et si elle ne parvenait pas tout à fait à se persuader qu'Ilya ne lui manquait pas, eh bien, leur « liaison » s'était réduite à une simple complicité bien longtemps avant son départ et elle avait toujours su qu'il devait quitter Paris pour qu'elle puisse prendre sa place.

Elle se retrouvait donc directrice du bureau parisien de l'Étoile-Rouge, buraucrate mûrissante au faîte de sa carrière. Elle avait son travail. Elle avait les visites de Franja. Elle avait autant d'argent qu'il lui en fallait. Elle avait une vie à l'Ouest dont rien ne permettait d'envisager la fin. Elle avait tout ce dont la petite fille de Lenino avait toujours rêvé, et même davantage.

N'est-ce pas ?

Malgré tout, après le départ d'Ilya, elle s'était remise à suivre de loin la carrière de Jerry. Pour passer le temps, par simple curiosité, se disait-elle, histoire de meubler ses loisirs...

La journée allait être chargée pour la directrice de l'Étoile-Rouge et il était temps de s'y mettre.

Mais, quelque part en banlieue, de l'autre côté de Paris, cette journée allait être très spéciale pour Jerry Reed et elle ne pouvait s'empêcher d'y songer.

C'était le dernier jour des essais au sol de ses fusées. Dans deux semaines, il s'envolerait pour l'espace à bord d'un Concordski, s'envolerait enfin là-haut où avait toujours été sa place.

Sonia soupira. Il était vraiment temps de se mettre au travail.

Mais elle savait qu'elle ne connaîtrait jamais une journée comme celle que devait vivre en ce moment Jerry. Elle ne connaîtrait jamais ce qu'il allait éprouver à l'apogée de son vol en Concordski, ne s'embarquerait jamais à bord d'un rêve pour l'espace interplanétaire.

Superficiellement, leurs vies avaient connu une évolution similaire. Ils étaient deux solitaires à qui ne restait plus que leur travail. Mais aujourd'hui Jerry possédait une chose qu'elle n'aurait jamais.

Elle était bureaucrate professionnelle, c'était un métier honorable, et elle était au sommet de sa carrière. Objectivement, sa vie était une réussite.

Lui était un concepteur d'astronefs qui n'avait jamais eu l'occasion de travailler au maximum de ses possibilités, n'avait jamais reçu le juste fruit de son labeur et, selon tous les critères objectifs, sa carrière était un tragique échec.

Mais selon d'autres critères, moins immédiatement perceptibles, plus absolus, c'était Jerry dont la vie possédait, tout compte fait, la plus profonde signification. C'était un homme possédé d'une vision et bientôt, enfin, contre toute attente et grâce à l'aide de la femme dont il avait divorcé, de l'homme qui l'avait cocufié et d'un pays qu'il méprisait, il allait vivre l'accomplissement de cette vision, parachèvement que ne pourrait jamais connaître la bureaucrate arrivée.

Sonia se l'avoua enfin.

Elle enviait à Jerry son incompréhensible vision.

Peut-être la lui avait-elle toujours enviée.

LE REAGAN UKRAINIEN

Assez ironiquement, c'est le vice-président Nathan Wolfowitz, « le Gorbatchev américain » selon ses propres termes, qui a mis le doigt dessus en qualifiant Vadim Kronkol de « Ronald Reagan ukrainien ». S'il est vrai que Reagan était un acteur médiocre et que Kronkol est une des plus grandes vedettes de la télévision soviétique, tous deux étaient des néants politiques avant d'être choisis par des forces politiques occultes pour postuler à leur charge et tous deux ont été choisis pour leur indéniable talent de marchands de soupe télévisée, Reagan par la General Electric, Kronkol par les nationalistes ukrainiens.

Si Kronkol n'est jamais allé jusqu'à partager l'affiche avec un chimpanzé, ses pitreries comme maître de cérémonies du cirque intitulé « Ce soir en Ukraine », avec son curieux mélange de propagande nationaliste, de thaumaturgie, de variétés traditionnelles et de prêchi-prêcha uniate, auraient pu en remontrer à M. Reagan lui-même en matière de singeries.

Et, bien sûr, la horde de mercenaires américains qui dirigent la campagne de Kronkol s'active avec diligence à appliquer certaines des techniques qui ont rendu les campagnes du « Kronkol américain » si diaboliquement efficaces.

Moscou en folie

Jusque-là tout avait marché comme sur des roulettes, comme il fallait s'y attendre. Des clones de ces réacteurs avaient été testés des milliers de fois et tous les défauts de conception avaient été corrigés depuis longtemps, de sorte que le travail d'aujourd'hui se résumait à la mise à feu statique des moteurs définitifs qui devaient être montés sur la Navette.

Il y en avait un certain nombre à tester, de différentes tailles et de différentes puissances, installés sur des bancs d'essai tout autour du complexe de l'ESA.

Les plus gros étaient les réacteurs de correction de trajectoire, capables d'infléchir la course de la Navette même quand les moteurs principaux étaient en service. Ils étaient au nombre de quatre, prévus pour être montés en croix à mi-hauteur du longeron, entre le corps de la Navette et les réacteurs principaux. Travaillant de conserve, ils étaient capables aussi bien de la plus subtile correction de trajectoire que de faire demi-tour sur place lorsque les moteurs principaux étaient coupés.

Cela signifiait que la mise à feu statique devait avoir lieu sur le grand banc d'essai en extérieur, habituellement utilisé pour les réacteurs principaux. C'était le premier essai de la journée, et de loin le plus spectaculaire. Les moteurs étaient disposés côte à côte sur leur énorme berceau, et Jerry dirigeait les tests à distance, de l'intérieur d'un blockhaus.

Une fois les réacteurs de correction en place sous la Navette, les changements de trajectoire pourraient s'effectuer en entrant des chiffres sur l'ordinateur de bord, mais Jerry avait conçu le système de sorte que l'on puisse également diriger l'astronef depuis le siège du pilote à l'aide d'une manette. Cela avait donné lieu à beaucoup de discussions, mais tous les pilotes potentiels s'étaient rangés à mille pour cent derrière lui.

Si bien que lorsque Jerry procéda aux essais, il s'offrit l'innocent plaisir de le faire d'abord avec la manette. Les quatre directions de contrôle mettaient à feu chacun des réacteurs tour à tour et la distance de la manette par rapport au centre modulait la puissance.

Quelqu'un avait apporté un lecteur laser qui jouait l'ouverture de *Guillaume Tell* et, sur cet accompagnement, Jerry improvisait à « l'orgue de fusées ». Il essayait de suivre les variations de la musique en passant d'un réacteur à l'autre. Petites gouttes incandescentes et longs panaches de flammes dansaient follement d'un bout à l'autre de la rangée de réacteurs au rythme de la musique vieillotte, sous les rires et les acclamations des techniciens qui marquaient le tempo sur les tableaux de commandes.

Lorsque l'ouverture fut terminée, Jerry salua ironiquement et mit en route la séquence préprogrammée, laissant l'ordinateur travailler seul. Jerry doutait qu'il serait jamais un virtuose de l'orgue de fusées, mais tout s'était déroulé parfaitement jusqu'à la cinquième décimale.

Le reste n'était que routine. Les correcteurs automatiques d'assiette étaient tout petits, conçus pour maintenir simplement la Navette en position stationnaire quand les propulseurs étaient coupés. Il y en avait plusieurs dizaines qui seraient disposés tout autour de l'astronef. Ils étaient installés sur une série de six bancs d'essai en intérieur et les tests prirent le reste de la matinée.

Après un bref déjeuner auquel personne ne tint vraiment à s'attarder, Jerry se rendit dans le hangar où deux douzaines de réacteurs d'appoint étaient fixés côte à côte sur un long banc d'essai. Ils étaient destinés aux manœuvres à proximité des cosmograds, stations spatiales, Concordski, navettes lunaires et véhicules d'excursion martiens. La plus grande délicatesse étant de mise, le système comprenait quatre douzaines de réacteurs à très faible poussée qui seraient montés sur des cardans contrôlés par ordinateur autour du longeron et le long des deux côtés de la structure principale, ainsi qu'à l'avant et à l'arrière de la cabine, afin que la Navette puisse manœuvrer au millimètre près à très faible vitesse.

Avec ces réacteurs de faible puissance, la sécurité ne nécessitait rien de plus qu'une cloison d'acier sertie d'un hublot entre le banc d'essai et le tableau de commandes. Quand Jerry commença les essais, le bruit des fusées ne dépassait pas le niveau d'un fort sifflement et les flammes qu'elles crachaient étaient à peine visibles. Les instruments affichaient les résultats et, jusqu'au dix-septième essai, tout se passa bien.

Mais quand Jerry bascula le dix-huitième interrupteur, la fusée ne s'alluma pas.

« *Merde !* » s'exclama Albrecht, le chef d'équipe.

Jerry bascula à nouveau l'interrupteur.

Toujours rien.

Jerry se retourna en haussant un sourcil interrogateur. Albrecht haussa les épaules. « Sans doute un mauvais branchement », suggéra-t-il sans conviction.

Jerry n'était pas amusé. Il montra du menton le fouillis inextricable de fils électriques courant sur le sol entre le tableau de commandes et le banc d'essai. « Il faudrait une journée entière pour trouver un court-circuit là-dedans, dit-il d'un air accablé.

— Ça vient peut-être de l'interrupteur, suggéra Albrecht, plein d'espoir.

— Faisons comme si c'était le cas et remplacez-le », dit sèchement Jerry, puis il attendit impatiemment durant vingt minutes tandis qu'un technicien remplaçait l'interrupteur suspect.

Quand Jerry le bascula, il ne se passa rien.

« Merde ! s'écria-t-il.

— J'espère que ce n'est pas le moteur..., dit Albrecht, mal à l'aise.

— Et moi donc !

— Que faisons-nous ? »

Jerry réfléchit. S'ils se mettaient à farfouiller dans les connexions électriques, les essais seraient interrompus pendant plusieurs heures, sinon toute la journée. Si le moteur était défectueux... eh bien, il préférait ne pas y penser.

« Nous allons essayer les autres moteurs avant de nous occuper de celui-ci. Comme ça nous perdrons moins de temps.

— Bonne idée », approuva Albrecht, et ils mirent à feu les six autres fusées. Tout se déroula normalement.

« Et maintenant ? demanda Albrecht.

— Allons jeter un coup d'œil à ce moteur, soupira Jerry. Si le problème vient de là, nous sommes baisés, mais cela prendrait beaucoup plus longtemps de repérer un mauvais branchement, alors mieux vaut éliminer d'abord la pire des possibilités.

— Vous avez raison, répondit Albrecht d'un air abattu. Éteignez la console pour ne pas prendre de risques s'il y a un court-circuit, ordonna-t-il à son équipe. Et je suppose qu'il est inutile de vous préciser que ce n'est *pas* une pause-cigarette ! »

En compagnie de Jerry, il sortit de derrière la cloison de sécurité et ils gagnèrent le banc d'essai en enjambant les câbles électriques. « Alors ? demanda-t-il devant le numéro dix-huit.

— La première chose à faire, c'est de vérifier les arrivées de carburant et d'oxygène », répondit Jerry.

Albrecht acquiesça, sortit une clé à molette de la poche de sa combinaison et desserra soigneusement les écrous maintenant en place la partie supérieure du capot du petit réacteur. Il souleva la plaque de métal ovale qu'il tendit à Jerry, se pencha au-dessus de l'ouverture et regarda dans les entrailles de la machine.

« Alors... ? demanda Jerry, tenant de la main droite le capot au-dessus de sa tête et se penchant impatiemment pour regarder par-dessus l'épaule d'Albrecht...

— *Scheissdreck !* » s'écria ce dernier en faisant un bond en arrière. Il bouscula Jerry qui perdit l'équilibre. « L'arrivée d'hydrogène est desserrée, il faut... »

Jerry vacilla en arrière, battit l'air des bras pour essayer de reprendre son équilibre, le capot lui échappa tandis qu'il tournoyait et commençait à tomber...

... le capot s'abattit bruyamment sur le moteur...

... il entendit le souffle d'une explosion...

... quelque chose le frappa à la base du crâne...

LE BLITZ MÉDIATIQUE CONTINUE

Vadim Kronkol, après s'être payé une nouvelle heure d'antenne sur un satellite de télécommunications américain avec de l'argent qui rentrait dans une poche pendant qu'il sortait de l'autre, vient de nous asséner un de ses discours incendiaires, plusieurs fois remanié entre Washington et Hollywood, invoquant tout et n'importe quoi, du génocide des koulaks ukrainiens par Staline à la prédilection supposée de la Grande Catherine pour les beaux étalons, dans le but de démontrer que les Russes sont des barbares pervers et nikulturni qui dévorent d'innocents bébés ukrainiens au petit déjeuner.

Ce fut là à une remarquable prestation du Raspoutine ukrainien, les sondages du lendemain montrent qu'il a encore creusé l'écart de cinq points sur la plus proche voix de la raison pour monter à 69 % des intentions de vote. Cette fois, le satellite américain visait également Moscou et Saint-Pétersbourg, où il n'y a aucune voix à gagner pour le Front de libération ukrainien, comme pour inciter les Russes à fournir aux caméras quelques bonnes scènes d'émeutes.

Ce que se sont empressées de faire dans les deux villes des bandes hirsutes menées par les hooligans du Pamiat, mais auxquelles se sont joints bon nombre de leurs aînés nationalistes russes qui auraient pu faire preuve d'un peu plus de bon sens. Maintenant, les sorciers des médias américains disposent, pour les spots publicitaires de soixante secondes dont ils inondent l'Ukraine, d'un choix de scènes de Tontons Joseph en train de briser des vitrines et de rosser de présumés Ukrainiens.

L'étape suivante n'est que trop prévisible. Le prochain discours télévisé de Kronkol aura un bon prétexte pour être encore plus haineux, les Américains arroseront probablement la Russie entière, déclenchant des scènes encore plus croustillantes d'atrocités d'où ils pourront tirer des publicités encore plus provocatrices pour Kronkol.

Ces ours mal léchés sont de simples figurants entre les mains des mercenaires américains des médias. Ne nous faisons aucune illusion. Ces gens seraient capables de vendre de l'eau déshydratée dans le désert du Sahel, ils peuvent sans mal vendre un fou furieux comme Vadim Kronkol aux Ukrainiens.

Ils ont bien vendu Harry Burton Carson aux Américains, non ?

Moscou en folie

Sonia était en discussion avec les représentants de Renault et le fonctionnaire anonyme de l'ESA qui avait téléphoné à l'Étoile-Rouge n'avait pas pu la joindre. Il fallut un second appel, cette fois de Boris Velnikov en personne, pour obtenir du standard qu'on la dérange en pleine réunion. Il lui avait dit qu'une voiture et une escorte policière étaient déjà en route. Elles furent là en moins d'un quart d'heure, mais l'heure de pointe était déjà commencée et il leur fallut une heure pour se frayer un chemin dans la circulation, même précédés par des motards.

Tout ce que Velnikov avait pu lui dire, c'était qu'il y avait eu un accident, une explosion d'hydrogène ou quelque chose comme ça. Jerry était vivant, mais gravement blessé à la tête. On l'avait transporté en hélicoptère à l'hôpital de l'aéroport voisin qui était, assurait Velnikov, le nec plus ultra pour le traitement des traumatismes crâniens.

Quand elle arriva enfin à l'hôpital, Velnikov l'attendait à l'entrée en compagnie d'une femme aux cheveux gris en blouse de chirurgien qu'il lui présenta comme Hélène Cordray, chef du service de neurochirurgie.

« Comment va-t-il ? Qu'est-il arrivé ? demanda Sonia tandis qu'ils l'entraînaient à l'intérieur.

— L'état de votre mari s'est stabilisé et sa vie n'est plus en danger, madame Reed, répondit le Dr Cordray.

— Il y a eu un accident au cours des essais, dit Velnikov, une fuite d'hydrogène, une explosion...

— ... un petit morceau de métal s'est logé dans son cortex médullaire, nous avons pu l'extraire rapidement et les dégâts sont localisés, mais il a subi un grave traumatisme entraînant la perte définitive des fonctions... »

Ils étaient arrivés devant une rangée d'ascenseurs. Une des portes s'ouvrit, le docteur les fit entrer, appuya sur le bouton du troisième étage. « Je vous expliquerai ça plus en détail dans mon bureau...

— Je veux le voir, dit Sonia. Immédiatement. »

Le docteur regarda Velnikov, secoua la tête.

« C'est *mon* mari, pas le sien, et vous allez me conduire immédiatement près de lui, lança Sonia d'un ton tranchant.

— Très bien, madame Reed, si vous insistez », répondit le docteur en appuyant sur le bouton du cinquième étage.

Le reste de la montée se fit dans le silence et ils parcoururent rapidement un couloir vert où régnait une odeur de désinfectant et de lilas synthétique, dépassant de lourdes portes métalliques et de grandes baies vitrées à travers lesquelles Sonia ne put s'empêcher d'entrevoir les silhouettes peu rassurantes de patients sous perfusion à divers stades d'infirmité, raccordés à des ordinateurs et des batteries d'appareils de réanimation.

« Votre mari est dans une chambre stérile, aussi ne pouvons-nous pas entrer, lui dit le docteur en s'arrêtant devant une baie vitrée.

— *Merde...* », murmura Sonia en regardant par la vitre.

Le lit, au milieu de la pièce, disparaissait presque derrière des rangées d'appareils. À son pied, une infirmière était assise sur une chaise devant une batterie d'écrans. Jerry était étendu sur le lit, les yeux clos et la tête enveloppée de bandages. Il avait une perfusion dans chaque bras et un cathéter disparaissait sous les bandages près du sommet de son crâne. Deux câbles électriques lui reliaient la base du crâne à une paire de consoles de la taille d'un gros poste de télévision ressemblant à des terminaux d'ordinateur. Il avait des électrodes collées un peu partout sur la poitrine et raccordées à d'autres appareils massifs. Un masque à oxygène transparent lui recouvrait le nez et la bouche.

« Les centres moteurs de la respiration et du myocarde sont détruits, dit doucement le Dr Cordray. Nous simulons les fonctions défaillantes par ordinateur. Les centres supérieurs n'ont pas subi de détérioration et nous pensons que les fonctions motrices sont intactes. Sauf complication imprévisible, nous croyons qu'il se remettra complètement.

— Qu'il se remettra... complètement ? balbutia Sonia.

— À l'exception des fonctions déjà détruites. Il aura toujours besoin de l'assistance d'un ordinateur pour respirer et suppléer à l'activité cardiaque, bien sûr...

— Il va devoir passer le reste de sa vie comme ça ! s'écria Sonia. Vous appelez ça se remettre complètement !

— Ce n'est que temporaire, madame Reed, essayez de vous contrôler, s'il vous plaît, il y a d'autres patients...

— L'équipement va nous être expédié par avion de la Cité des étoiles, dit Velnikov, et il est bien plus sophistiqué que celui-ci.

— De... de la Cité des étoiles... ? bafouilla Sonia.

— J'aurais voulu discuter du diagnostic avant de vous infliger ce spectacle, madame Reed, mais vous avez insisté pour le voir immédiatement, dit le docteur d'un ton conciliant. Je vous assure que la situation n'est pas aussi désespérée qu'elle le semble de prime abord. Maintenant, voulez-vous bien passer dans mon bureau où nous pourrons examiner plus calmement la question. »

Comme un automate, Sonia se laissa guider jusqu'à l'ascenseur qui les ramena au troisième étage. Ils suivirent le couloir jusqu'à une petite pièce où le docteur prit place derrière un bureau métallique tandis qu'elle et Velnikov s'asseyaient sur des chaises inconfortables.

« Les Soviétiques nous envoient un tout nouveau matériel, dit le Dr Cordray.

— Il s'agit d'un appareil expérimental que nous avons mis au point pour les voyages spatiaux de très longue durée, dit Velnikov. L'idée est de ralentir la respiration et l'activité cardiaque pour induire un état d'hibernation artificielle, mais le programme de pilotage peut être facilement modifié pour suppléer aux fonctions respiratoire et cardiaque normales.

— Avec votre permission, nous allons garder votre mari sous sédatifs et implanter des électrodes permanentes dans son cerveau avant de refermer l'incision. L'appareil soviétique ne nécessite pas de connexion matérielle, il utilise des électrodes externes qui complètent le circuit par induction électromagnétique. Cela prévient le risque d'infection engendré par une ouverture permanente à travers le crâne et le tissu conjonctif.

— Et comme il a été conçu à l'usage de cosmonautes, la miniaturisation est très poussée et les besoins en alimentation ont été réduits pour pouvoir fonctionner sur une batterie de douze volts.

— Votre mari aura une mobilité considérable, madame Reed.

— Une mobilité considérable… ? » dit Sonia en les regardant l'un après l'autre d'un air hagard. « Une miniaturisation très poussée… ?

— Il ne pèse que onze kilos, batteries comprises, dit Velnikov. Il est de la taille d'un téléviseur portatif et peut être monté sur chariot. Le câble de raccordement peut être aussi long qu'on le désire, de sorte que Jerry pourra se mouvoir librement dans une même pièce sans être obligé de déplacer l'appareil.

— C'est horrible, dit Sonia. Ne peut-on rien faire d'autre ? Une greffe, peut-être ? »

Le docteur secoua la tête. « Seuls les Américains travaillent là-dessus et il leur faudra encore au moins cinq ans avant d'aboutir. D'ici là... »

Velnikov lui lança un regard noir. Mais il était trop tard.

« D'ici là, *quoi ?* » demanda Sonia.

Le regard du docteur devint fuyant.

« Dites-le-moi ! insista Sonia. J'ai le droit de savoir ! »

Le docteur soupira. « L'appareil soviétique ne peut que simuler *approximativement* les fonctions normales du cerveau postérieur. Il s'ensuivra donc un déficit hormonal dû à la perte de tissu cérébral difficile à compenser artificiellement. Votre mari finira par être victime d'une accumulation de dommages artériels et veineux, petites attaques, hémorragies cérébrales, emphysème progressif...

— Je vois..., murmura Sonia. Combien de temps ?

— Deux ans, peut-être trois, en dehors du milieu hospitalier. Bien entendu, il pourrait y avoir d'ici là de nouvelles découvertes, on ne sait jamais...

— Vous parlez de deux ou trois ans de... de... d'une lente et horrible détérioration menant... menant...

— Je suis navrée, madame Reed, c'est le mieux que nous puissions faire, dit le docteur. Un an plus tôt, il n'y aurait rien eu du tout. »

Elle plongea la main dans un tiroir de son bureau d'où elle sortit des formulaires imprimés et un stylo qu'elle tendit à Sonia.

« Qu'est-ce que c'est ? bafouilla celle-ci.

— Une décharge. Dans le cas de mesures de prolongation des fonctions vitales, l'autorisation du plus proche parent nous est indispensable pour implanter des électrodes. Nous avons aussi besoin de votre permission pour le maintenir en réanimation au-delà de quatre-vingt-seize heures.

— Vous voulez dire que si je ne signe pas ces papiers, vous débrancherez tout et le laisserez mourir ?

— C'est la loi. En tant qu'épouse, vous êtes légalement son plus proche parent.

— *Ex*-épouse », balbutia Sonia.

Le Dr Cordray lança un coup d'œil à Velnikov. « Je croyais... ? » Elle regarda Sonia et fronça les sourcils. « Juridiquement, c'est assez ambigu. Y a-t-il quelqu'un d'autre qui pourrait venir signer rapidement ? Un fils ? Une fille ?

— Notre fils est en Amérique. Notre fille est pilote à l'Aeroflot et j'ignore où elle se trouve en ce moment. »

Le docteur fit la grimace. « Cela soulève un problème juridique », dit-elle. Elle tambourina sur son bureau. « Au diable tout ça ! finit-elle par s'exclamer. Je vais accepter votre signature comme plus proche parente et laisser les avocats en discuter plus tard. Je ne vais pas laisser mourir un homme pour d'aussi mesquines considérations.

— À supposer que je veuille bien signer...

— Il n'y a pas d'autre solution, madame Reed.

— Oh si, il y en a une, docteur.

— Vous ne pensez tout de même pas... »

Mais Sonia y pensait. Jerry n'aurait jamais sa promenade dans l'espace. Il ne serait sans doute plus jamais capable de retravailler. Il serait irrémédiablement lié à onze kilos de matériel électronique pour le peu de temps qu'il lui restait à vivre. Et ce ne serait qu'une lente mais inexorable détérioration physique. Peut-être également mentale. Et pendant tout ce temps-là, il serait conscient de sa propre déchéance. Ne serait-ce pas lui rendre service qu'il ne se réveille jamais ?

Ce serait un invalide, sans personne pour prendre soin de lui, sans...

Elle se sentit submergée de honte en y pensant. C'est ça, hein, Sonia ? se dit-elle, pleine de dégoût. Il n'a personne d'autre que *toi* pour s'occuper de lui, n'est-ce pas ? Personne d'autre que toi pour s'asseoir à son chevet et le regarder mourir à petit feu en l'écoutant se plaindre et raconter sans fin ses angoisses.

Durant plus de vingt ans, elle avait vécu avec cet homme. Ils avaient élevé ensemble un fils et une fille. Elle avait vu son existence se réduire à une unique obsession, une obsession désormais définitivement hors de sa portée. Elle l'avait trahi. Elle avait obtenu le divorce. Elle lui avait brisé le cœur.

Et maintenant, plutôt que d'envisager quelques courtes et

tristes années à prendre soin de lui, elle était prête à le laisser mourir.

Le laisser mourir ?

Non, Sonia, rien d'aussi passif. Si tu ne signes pas ces papiers, si tu refuses de faire le nécessaire, ce que tu es seule à pouvoir faire, tu ne le laisses pas mourir, tu le *tues*. Aussi sûrement que si tu arrachais la prise de ta propre main.

Sonia soupira et prit le stylo. « Non, bien sûr que non, dit-elle, nous allons faire tout ce que nous pourrons. »

LE CERVEAU DE TESSA TINKER MIS EN BOCAL !

Nous apprenons de source exclusive proche (très proche !) de Tessa Tinker, la reine du porno d'Hollywood morte la semaine dernière au volant de sa Maserati-Mercedes encastrée à 120 km/h dans une benne à ordures de Beverly Hills, que le cerveau de la vedette aurait été conservé selon un procédé dérivé de recherches militaires ultrasecrètes par une entreprise de pompes funèbres du nord de la Californie, où l'on n'en est plus à une excentricité près. Il pourrait un jour être réanimé et transplanté dans un nouveau corps cloné à partir de cellules prélevées sur l'actrice pour tourner de nouveaux chefs-d'œuvre du genre.

Si la carrière de l'actrice ressuscitée suit la voie tracée par ses précédents exploits, d'éventuelles lésions cérébrales ne devraient pas être un trop gros inconvénient, pourvu que son nouveau corps soit fidèlement reproduit par le processus de clonage, implants siliconés et le reste.

Guettez le retour de la reine-zombi du porno sur vos écrans d'ici un siècle ou deux !

The National Enquirer

KRONKOL VA TROP LOIN, DÉCLARE LE PRÉSIDENT GORTCHENKO

Le président Constantin Semyonovitch Gortchenko a fermement réaffirmé que l'Ukraine n'avait aucune base légale pour sortir de l'Union soviétique après que Vadim Kronkol, candidat du Front de libération ukrainien à la présidence de la R.S.S. d'Ukraine, a déclaré qu'il considérerait son élection comme un référendum sur l'indépendance nationale.

« La loi soviétique ne nous offre peut-être pas de base juridique pour empêcher les agents américains d'imposer Kronkol au peuple ukrainien, a reconnu le Président. Mais son élection ne constitue pas davantage, selon la Constitution, un référendum l'autorisant à faire sécession, et la loi soviétique fournit des moyens amplement suffisants pour l'empêcher d'entraîner la population d'Ukraine dans un acte de rébellion ouverte, jusqu'à et y compris la mobilisation de la milice nationale ukrainienne et son placement sous commandement de l'Armée rouge », a-t-il mis en garde les revanchistes ukrainiens.

La Pravda

23.

Un élancement continu, le contact d'une râpe, une sensation d'écrasement, surgis du néant. L'élancement se localisa lentement à la base de son crâne. La râpe était sa gorge desséchée. La sensation d'écrasement provenait du poids de son corps en position allongée. Des images lui vinrent à l'esprit… une grande coupe de glace au chocolat nappée de crème de cacao, le salon de l'appartement de l'avenue Trudaine, une silhouette revêtue d'une encombrante combinaison spatiale se déplaçant lentement à la surface de la Lune, le sillage immaculé d'un Concordski déchirant le bleu du ciel au-dessus de l'île Saint-Louis, une rangée de fusées crachant alternativement des flammes au rythme d'une musique, un wagon de R.E.R. à l'heure de pointe, sa main manipulant un interrupteur, Dieter Albrecht en train de lui tendre un capot de réacteur, le sol qui montait vers lui alors qu'il tombait, le souffle étouffé d'une explosion, le noir...

Jerry Reed constata qu'il était éveillé. Conscient. Et en vie.

Non sans effort, il ouvrit ses paupières collées, grimaça dans la cruelle lumière qui l'aveuglait, cligna rapidement des yeux, plissa les paupières, attendit que sa vue se soit accoutumée à la lumière atténuée, puis ouvrit grands les yeux.

Il se trouvait dans une pièce aux murs blancs. Allongé sur un lit. Il essaya de porter les mains à son visage pour essuyer les larmes qui lui brouillaient la vue et s'aperçut qu'il avait les bras entravés. Il tourna la tête à gauche, à droite, vit ses avant-bras attachés au cadre du lit, les tuyaux de perfusion plantés au creux de ses bras, regarda son corps et vit les électrodes collées sur sa poitrine.

Une chambre d'hôpital. Un tas d'appareils électroniques autour de son lit. Il agita les doigts de pieds. En état de marche. Il cligna plusieurs fois des yeux et sa vue s'éclaircit progressivement.

Il y avait deux personnes assises au pied de son lit. En blouses vertes. Deux femmes. L'une d'elles regardait quelque chose que lui cachait une console électronique. La télévision ? L'autre lisait le journal.

La femme qui lisait le journal était... était...

« S... Sonia ? » croassa-t-il faiblement, sentant une curieuse résistance.

La femme sursauta, se leva, jeta son journal, se précipita à la tête du lit. « Jerry ! s'écria-t-elle. Tu es réveillé ! »

C'était elle ! C'était Sonia ! L'air hâve et épuisé, mais lui souriant.

« On dirait », réussit à articuler Jerry. Mais les mots avaient du mal à sortir ; on aurait dit qu'il lui fallait lutter contre le rythme de sa propre respiration.

« Je vais chercher le Dr Cordray, dit l'autre femme, sans doute une infirmière. Je vous laisse seuls quelques minutes.

— Sonia... je me sens drôle... »

Elle avait les larmes aux yeux. « Il y a eu un accident. Tu as été blessé. » Elle hésita. Sa lèvre inférieure tremblait.

Elle se pencha pour l'embrasser sur la joue. « Mais je suis là pour m'occuper de toi et tu vas te remettre.

— T'occuper de moi... ?

— Le docteur a dit que tu pourras quitter l'hôpital dans quelques jours. Je te ramène à la maison.

— La maison ?

— L'avenue Trudaine, tu te souviens, Jerry ?

— Mais nous... mais tu... »

Sonia essuya ses larmes du dos de la main. « Tu vas avoir besoin de quelqu'un pour s'occuper de toi... pendant que... tu récupères. Qui vois-tu d'autre ? Tu ne veux pas passer des semaines tout seul à l'hôpital, non ?

— Mais toi et moi... ça fait des années... »

Sonia lui mit un doigt sur les lèvres. « Pas maintenant, veux-tu, Jerry ? dit-elle doucement. Nous aurons tout le temps de discuter de ça plus tard. »

Elle l'embrassa. « Pour l'instant, laisse-moi me réjouir que tu sois en vie, dit-elle ensuite. Ne remuons pas le passé pour l'instant. »

Jerry avait encore l'esprit embrumé, mais pas au point de ne pas se rendre compte que quelque chose n'allait pas, sinon Sonia n'aurait pas été là, après toutes ces années, en train de pleurer comme ça, de l'embrasser et de lui dire qu'elle allait le ramener à la maison pour s'occuper de lui.

« Qu'est-ce qui cloche, Sonia ? demanda-t-il. Qu'est-il arrivé ?

— Tu as été frappé à la tête par un morceau de métal au moment de l'explosion. Tu as... tu as... » Elle avait l'air de buter sur les mots.

Il ne pouvait s'agir que d'une chose.

« Mon cerveau est atteint ? » murmura Jerry.

Sonia baissa les yeux et hocha la tête.

Jerry agita les doigts de la main droite, puis de la main gauche. Il remua à nouveau les orteils. Il bougea les bras dans leurs attaches. Il donna des coups de pieds sous les draps. Il n'avait rien aux yeux ou aux oreilles. Il avait maintenant les idées claires. Il sentait l'âcre odeur chimique de l'hôpital, la légère senteur d'ozone de l'appareillage électronique qui l'entourait, le jasmin du parfum de Sonia.

« J'ai l'air d'être en parfait état de marche..., dit-il.

— Tu l'es, Jerry, tu l'es.

— Alors... »

À cet instant, l'infirmière revint avec une femme aux cheveux gris en blouse de médecin.

« Jerry, voici le Dr Cordray, lui dit Sonia. Elle t'expliquera tout ça mieux que moi. »

Sonia lança un coup d'œil en coin à Hélène Cordray alors que celle-ci s'approchait du lit, histoire de lui rappeler de ne pas violer l'accord qu'elles avaient passé après l'opération d'implantation des électrodes.

Il n'y avait aucune raison d'aggraver les choses en disant à Jerry toute la vérité. Il aurait été inutilement cruel de lui apprendre que l'attendaient deux ou trois ans de lente dégradation physique et mentale suivie d'une mort inéluctable. Mieux valait lui laisser l'espoir.

« Je n'ai pas pour habitude de mentir à mes patients, avait protesté le Dr Cordray.

— Je ne vous demande pas de mentir, avait répondu Sonia. Parlez-lui en détail de ses blessures. Dites-lui tout au sujet de l'appareil qui le maintient en vie... croyez-moi, il sera fasciné et il en comprendra probablement le fonctionnement mieux que vous. Passez simplement sous silence les détails atroces de ce qui l'attend et ne lui racontez pas qu'il n'en a plus que pour deux ou trois ans. Ce n'est pas vraiment un mensonge, puisque vous n'avez aucune certitude. En deux ans, tout peut arriver. Il y a moins d'un an, cet appareil n'existait même pas.

— Mais s'il a de telles connaissances scientifiques...

— C'est un visionnaire, docteur Cordray. Il lit de la science-fiction. On construit en ce moment l'astronef qu'il a conçu il y a plus de quinze ans. Pour lui, le présent et le futur se confondent d'une façon qui nous restera toujours incompréhensible. Tout ce que vous avez à faire, c'est lui laisser croire qu'une guérison complète reste *possible* et, croyez-moi, Jerry fera le reste. »

Le docteur avait haussé les épaules. « Très bien, madame Reed, j'essayerai. » Puis elle avait regardé Sonia droit dans les yeux. « Divorcée ou pas, vous aimez toujours beaucoup cet homme, n'est-ce pas ? » avait-elle ajouté, abandonnant son masque professionnel. Sonia n'avait rien trouvé à lui répondre.

« Alors, monsieur Reed, comment vous sentez-vous ? demanda Hélène Cordray.

— Bien, je pense, répondit Jerry. Combien de temps suis-je resté inconscient ?

— Environ soixante-dix heures… mais c'était en partie dû au fait que nous avons été obligé de procéder à une seconde opération.

— Une *seconde* opération ?

— Nous avons dû vous retirer un morceau de métal du bulbe rachidien et nous avons décidé de vous garder sous anesthésie en attendant d'implanter les électrodes…

— Implanter les électrodes ? Que m'est-il arrivé ? » demanda Jerry d'un air horrifié.

Le Dr Cordray lui adressa un sourire professionnel. « Votre… femme m'affirme que vous avez de solides bases scientifiques. Alors, si vous voulez bien avoir un peu de patience, je vais vous donner tous les détails. »

Ce qu'elle fit, sans violer son accord avec Sonia.

Jerry sentit son estomac se nouer quand le médecin lui dit que les centres cérébraux contrôlant sa respiration et les battements de son cœur avaient subi des dommages irréversibles. Et lorsqu'elle lui montra l'appareil sur une table roulante près de son lit, avec le câble relié à l'électrode à induction fixée à la base de son crâne, il éprouva une désagréable sensation de désarroi teinté d'une espèce de dégoût.

Mais quand elle commença à lui expliquer comment marchait la chose, il fut assez fasciné, et même amusé, car il avait pas mal lu à propos de ce que les Russes appelaient l' « hibernautika », suffisamment pour savoir qu'il en comprenait mieux qu'elle le fonctionnement et s'apercevoir que ce à quoi il était raccordé n'était pas la version complète de l'appareil qu'ils cherchaient à mettre au point. Ce dernier était censé induire le sommeil et l'hibernation, pas simplement contrôler les rythmes cardiaque et respiratoire, en prenant le relais de l'ensemble des fonctions cérébrales. Cela rendrait possibles les voyages interstellaires à des vitesses subluminiques, au moins en théorie.

Il n'aurait pas cru le projet aussi avancé, et ce qu'elle lui décrivait n'était qu'une partie de l'appareil. Malgré tout, le degré de miniaturisation était impressionnant et il trouvait plutôt satisfaisant d'être maintenu en vie par un sous-produit de la recherche spatiale qui pourrait, une fois au point, permettre un jour aux hommes de partir vers les étoiles. Et s'il s'agissait d'une machine *soviétique,* eh bien, il s'était depuis longtemps fait une raison à ce sujet.

« Cette version de l'appareil est-elle programmable pour d'autres fonctions ? » demanda-t-il.

Le médecin le regarda en haussant le sourcil. « D'autres fonctions ? »

Jerry examina la console. C'était une boîte en aluminium anodisé de la taille d'un petit poste de télévision. Il y avait deux boutons et deux cadrans d'affichage à cristaux liquides, mais pas de clavier et, d'où il était, il ne pouvait voir s'il y avait à l'arrière une prise pour une interface.

« Ce que vous venez de décrire est la version simplifiée d'un appareil nommé “ hibernautika ”, lui dit-il. Celui-ci est censé posséder d'autres fontions. Contrôle des ondes alpha. Induction du sommeil. Stimulation musculaire sélective. Puis-je programmer cette chose pour l'un ou l'autre ?

— Je n'en ai pas la moindre idée, monsieur Reed. En tout cas, je vous déconseillerais de tripoter les circuits ! »

Elle échangea un coup d'œil bizarre avec Sonia qui secoua la tête et dont le visage s'éclaira d'un petit sourire chaleureux mais ironique.

« Quel sera mon degré de mobilité ? demanda nerveusement Jerry.

— Assez élevé, en fait. Le câble actuel n'est que temporaire ; vous pourrez en avoir un plus long avec enrouleur. Il y a même une batterie d'accumulateurs permettant de s'éloigner du réseau électrique.

— Je peux voyager ?

— Dans une certaine mesure. Les escaliers constitueront, bien entendu, un obstacle, et vous ne pourrez certainement pas prendre le bus ou le métro. Ni vous risquer à vous promener dans la foule. Mais les déplacements en automobile ne devraient poser aucun problème.

— Et en Concordski ? En apesanteur ?

— Vous parlez d'avions, monsieur Reed ? s'exclama le médecin. Vous parlez de voyages spatiaux ? Vous voulez plaisanter, n'est-ce pas ? »

Ce ne fut qu'alors que l'idée le frappa. Il était vivant, d'accord, mais sa vraie vie était terminée. Il ne volerait jamais à bord de sa Navette. On ne le laisserait même pas faire un saut de puce en avion, encore moins monter dans un appareil hypersonique capable d'accélérations de plus de 3 g. On ne lui laisserait probablement même pas reprendre son travail au sol.

C'était la fin de tout ce pour quoi il avait jamais vécu.

Il aurait mieux valu ne jamais se réveiller pour être confronté à ce cauchemar vivant.

Il secoua la tête, roula des yeux vers le plafond et éclata en sanglots, se fichant bien de qui pouvait le voir. « Je ne pourrai pas le supporter, Sonia, s'écria-t-il. Rends-moi un service, veux-tu ? Arrache la prise ! »

« Tout espoir n'est pas perdu, Jerry ! dit Sonia. Tu ne seras pas enchaîné pour toujours à cette chose ! N'est-il pas exact, docteur Cordray, que l'on peut s'attendre pour bientôt à de nouveaux progrès ? »

Il avait été si courageux quand le médecin lui avait expliqué son état qu'elle en avait eu envie de pleurer. Et lorsqu'il s'était lancé dans des considérations enthousiastes sur la machine qui le maintenait en vie, elle avait eu envie de le serrer dans ses bras — c'était le petit garçon trop vite grandi, un peu fou et passionné, dont elle était tombée amoureuse il y avait si longtemps.

Elle n'allait pas laisser mourir ce Jerry-là.

Elle décocha au Dr Cordray un coup de pied dans la cheville. Elle fut éternellement reconnaissante à celle-ci de n'en laisser rien voir à Jerry.

« Euh, oui, il se peut que ce ne soit qu'un expédient temporaire, dit-elle. Vous le savez mieux que moi, monsieur Reed, ce qui pèse aujourd'hui onze kilos pourrait ne plus peser que quelques grammes dans un avenir plus ou moins proche. Avec une miniaturisation suffisante, nous pourrions implanter l'appareil entier… »

Jerry tourna la tête sur l'oreiller pour la regarder. Sonia le vit se reprendre par un effort de volonté. « Commutation au niveau atomique..., murmura-t-il. Cela permettrait certainement de réduire l'encombrement des circuits d'un facteur deux ou trois...

— Une source d'énergie isotopique implantable comme celles que nous utilisons pour les stimulateurs cardiaques vous rendrait alors votre entière mobilité..., dit le Dr Cordray, grâce lui soit rendue.

— Un module externe remplaçable serait mieux, répondit Jerry d'un air songeur. Il devrait être assez facile d'alimenter l'implant par induction...

— Si vous le dites, monsieur Reed.

— Et pourquoi pas une solution organique ? Un implant cérébral ?

— Ce n'est pas hors du domaine des possibilités, quoique les connexions neuroniques seraient assez délicates à effectuer...

— Peut-être pas, s'il était cloné à partir de mon propre matériel génétique...

— Effectivement... j'ai entendu dire que les Américains ont réussi le clonage intégral d'un cerveau de rat...

— Pour servir de système de guidage à des missiles, mais ils ne semblent pas avoir encore résolu le problème de la programmation... »

Sonia était complètement perdue dans leur jargon scientifique. Mais son cœur débordait d'allégresse de voir Jerry sortir de son marasme, s'animer de plus en plus, se hisser à nouveau dans le monde des vivants à la force du poignet.

« Eh bien, monsieur Reed, cette conversation a été fort intéressante, dit finalement le Dr Cordray. Mais il est grand temps que vous vous reposiez un peu. »

Elle prit Sonia par le bras et montra la porte du menton.

« Je repasse demain, dit Sonia en envoyant un baiser à Jerry.

— Eh bien, je pense que je serai là, hein ? » répondit-il en clignant de l'œil, et Sonia se sentit remontée.

« Pas pour longtemps, Jerry. Bientôt nous serons à la maison.

— *Mon Dieu,* quel homme ! s'exclama le Dr Cordray, une fois dans le couloir. Quelle tête ! Quel courage ! Vous voudrez bien excuser une vieille femme de vous dire ça, mais j'en serais facilement tombée amoureuse moi-même ! Comme vous avez de la chance ! Comment avez-vous jamais pu laisser un tel homme vous échapper ?

— C'est *moi* qui ai demandé le divorce.

— *Incroyable !* Pourquoi diable avez-vous fait ça ? »

Sonia soupira. « *Je ne comprends pas,* avoua-t-elle.

— Mais vous l'aimez toujours, non ? »

Sonia acquiesça. « *C'est vrai,* dit-elle doucement. Je crois bien. »

L'HÉROÏQUE UKRAINIEN DÉFIE MOSCOU

Le candidat ukrainien à la présidence, Vadim Kronkol, a traité par le mépris la menace du président Constantin Gortchenko d'absorber la milice nationale ukrainienne dans l'Armée rouge et de s'en servir pour écraser la République indépendante d'Ukraine qu'il se propose de décréter unilatéralement après son élection.

« Je voudrais bien voir Gortchenko essayer de placer les patriotiques soldats ukrainiens sous commandement russe, a déclaré Kronkol lors d'une conférence de presse à Kiev. Pense-t-il vraiment pouvoir retourner nos propres fils contre nous ? Les derniers sondages montrent que la milice nationale ukrainienne est à 80 % favorable à l'indépendance ! »

New York Post

Après une interminable attente de quarante minutes sur le taxiway, ils parvinrent enfin à l'entrée de la piste d'envol avec autorisation de décollage des ploucs de la tour de contrôle de Narita. Franja lança les turbofans, attendit le signe de son mécanicien de bord, hocha la tête en direction de son copilote, desserra les freins, et le Concordski s'élança. Quand sa vitesse atteignit 289 km/h, elle tira sur le manche et le vol Aeroflot Tokyo-Paris prit enfin l'air, avec cinquante et une minutes de retard, ce qui était parfaitement exaspérant, vu que le vol lui-même ne durerait que quatre-vingt-dix minutes.

En fait...

Elle brancha les haut-parleurs de cabine. « Bonjour. Ici le capitaine Gagarine. L'Aeroflot vous prie d'accepter ses excuses pour le retard au décollage, entièrement dû à la congestion aéroportuaire. Étant donné que nous allons suivre une trajectoire balistique suborbitale à la vélocité maximale, je crains qu'il ne nous soit impossible de rattraper le temps perdu. La durée de notre vol sera d'environ quatre-vingt-dix minutes, à peine plus du double du temps que nous avons dû attendre au sol avant l'autorisation de décollage. Nous vous souhaitons un agréable voyage. »

Constantin Boulanine, son copilote, éclata de rire. « Pas vraiment conforme au règlement, dit-il.

— La prochaine fois, je le balancerai aussi sur la fréquence de la tour, dit sèchement Franja. C'est tout ce que nous pouvons faire pour dire notre façon de penser à ces abrutis ! »

Quand la vitesse atteignit 620 km/h, elle alluma le réacteur principal, coupa les turbofans et se sentit le dos agréablement plaqué par l'accélération au dossier de son siège alors que le moteur à hydrogène faisait rapidement passer le Concordski à vitesse hypersonique en brûlant l'oxygène de l'atmosphère.

Et ce fut, hélas, la fin du vol manuel jusqu'à l'approche de Roissy. Elle entra la séquence de vol préprogrammée pour Paris et l'ordinateur prit le relais. L'angle d'ascension s'inclina à 63 degrés, le ciel, de l'autre côté du petit pare-brise, s'obscurcit rapidement, du bleu au violet puis au noir. À 13 000 mètres, alors que les étoiles commençaient à apparaître et que l'atmosphère se faisait trop raréfiée pour permettre la combustion, il y eut une légère secousse suivie d'une nouvelle accélération lorsque le moteur se mit à brûler l'oxygène de ses réservoirs.

Cela continua ainsi encore cinq minutes afin de permettre au Concordski d'atteindre une vitesse inférieure d'exactement 1 000 km/h à la vitesse d'évasion à une altitude d'environ 30 kilomètres, puis, moteur coupé, l'avion poursuivit en silence sa course vers l'apogée de sa trajectoire parabolique et ils se retrouvèrent en apesanteur.

Franja desserra son harnais et se laissa flotter à quelques centimètres au-dessus de son siège. À partir de maintenant jusqu'à la fin de la séquence de rentrée atmosphérique, dans une petite demi-heure, elle n'aurait absolument rien à faire que surveiller les instruments et regarder la mince tranche de ciel étoilé visible à travers le pare-brise.

La vie d'un pilote de Concordski n'était pas particulièrement exaltante en ce qui concernait le vol lui-même. Vous poireautiez au sol en avançant pas à pas vers la piste d'envol, vous décolliez, vous passiez en hypersonique avant de confier l'avion à l'ordinateur de bord, vous attendiez, vous repreniez les commandes après la rentrée atmosphérique, vous tourniez en rond en attendant l'autorisation de la tour de contrôle et vous atterrissiez.

Autant pour le romantisme aérien ! Même son travail à bord du cosmograd Sagdeev était plus passionnant avec les sorties dans l'espace et la bizarre sensation de puissance que l'on éprouvait en apesanteur à déplacer des masses énormes à la main.

Mais si elle rongeait toujours son frein à l'idée qu'il lui faudrait attendre encore deux ans avant de se voir confier des vols orbitaux vers les cosmograds, puis encore deux ans avant tout espoir de décrocher l'affection recherchée à la desserte d'Espaceville, et si Mars, ou même la Lune, était encore un rêve lointain, Franja se surprenait rarement à regretter sa décision d'échanger sa vie de singe de l'espace contre celle de chauffeur d'autobus de l'Aeroflot.

Car, si piloter des Concordski d'une ville à l'autre ne présentait guère d'intérêt, une fois à terre, c'était une autre histoire ! Quatre jours de vol, trois de repos. Avec les trajets qui ne dépassaient pas une heure et demie, vous pouviez effectuer deux ou trois vols par jour, et avec la possibilité d'échanger les missions avec les collègues grâce au réseau interactif de l'Aeroflot, vous pouviez, en marchandant un peu, passer vos trois jours de repos à peu près n'importe où. Paris ! Rome ! Tokyo ! Sydney ! Londres ! Saint-Pétersbourg ! Kiev ! Munich ! Amsterdam ! Vienne !

Vous ne voyiez peut-être de l'espace guère plus qu'une tranche de firmament à travers un petit pare-brise, mais vous voyiez incontestablement du pays !

Si Franja était toujours prête à troquer avec enthousiasme sa vie de pilote de Concordski pour une expédition vers Mars ou Titan, elle ne l'aurait certainement échangée contre rien d'autre au monde. Les pilotes de Concordski étaient citoyens du monde. Les fuseaux horaires n'avaient pour eux aucun sens, pas plus que les jours de la semaine. Grâce au réseau interactif, on trouvait toujours un appartement disponible bien situé dans n'importe quelle ville desservie par l'Aeroflot. Ou une compagnie pour le long week-end, si vous en aviez envie, et vos trois jours de repos étaient *toujours* le week-end, au club des Concordski.

Et elle avait Ivan. Seul un autre pilote de Concordski pouvait vraiment comprendre leurs rapports.

Franja avait décidé qu'elle habiterait rue Arbat dès l'instant où elle avait appris qu'elle serait basée à Moscou, car si la folle vie nocturne du quartier s'était un peu assagie en raison de la hausse des prix de l'immobilier, elle représentait encore tout ce qu'elle avait le sentiment d'avoir manqué au cours de ses années d'études acharnées à l'université Gagarine.

Malheureusement, elle n'était pas la seule Moscovite à en avoir envie, ce qui expliquait pourquoi l'Arbat était devenue si chic et pourquoi une personne seule, même disposant du salaire d'un pilote de Concordski menant la grande vie autour du monde, ne pouvait se permettre d'en payer les loyers exorbitants.

Quand Franja passa son annonce sur le réseau interactif du club des Concordski pour partager éventuellement un appartement, elle ne s'attendait certainement pas à avoir une réponse d'un homme, mais Ivan Fedorovitch Yortsine était beau et charmeur, le courant était immédiatement passé entre eux, et lorsqu'il fit remarquer qu'un simple studio était le mieux que deux pilotes de l'Aeroflot puissent espérer s'offrir sur l'Arbat, qu'il leur serait plus agréable à tous deux de partager le même lit qu'une chambre avec un compagnon platonique et qu'il le lui prouva à son entière satisfaction, il emporta sa décision.

Surtout quand il souligna que chacun aurait le plus souvent l'appartement pour lui tout seul, vu les horaires des pilotes de Concordski, et qu'il lui expliqua les règles en usage au club des Concordski, dont il était depuis longtemps membre.

Ils louèrent donc un studio à un pâté de maisons de la rue Arbat et respectèrent scrupuleusement les règles du club.

Pour un ex-singe de l'espace, cela n'avait rien des abîmes de dépravation que les pères la pudeur se complaisaient à décrire.

Quand ils se trouvaient tous deux ailleurs, l'appartement de l'Arbat était mis à disposition sur le réseau interactif. Quand l'un ou l'autre se trouvait seul à Moscou, il disposait en exclusivité de l'appartement. Quand ils étaient tous deux en ville, ils sortaient toujours ensemble et n'avaient jamais le mauvais goût de ramener quelqu'un à la maison. Mais ce qu'ils faisaient en déplacement ne regardait pas l'autre.

Les feuilles à scandales et les journaux de cul pouvaient dire ce qu'ils voulaient de la vie amoureuse des membres du club, ce dont ils ne se lassaient jamais, le code du club n'en fonctionnait pas moins bien.

Tout comme la trajectoire de son avion, la vie d'un pilote de Concordski était pour l'essentiel un long vol plané en apesanteur.

L'appareil avait à présent dépassé son apogée, l'ordinateur lui avait fait repiquer du nez et une tranche de la planète était tout juste visible dans le bas du pare-brise. Il était temps pour Franja de reboucler son harnais et de se préparer à la rentrée atmosphérique, au retour vers les soucis terrestres et les dures réalités de la vie.

D'ordinaire, elle accueillait avec plaisir le retour au vol manuel, attendait avec impatience de se retrouver plongée dans l'agitation d'une nouvelle ville à l'autre bout de la planète.

Mais pas cette fois.

Quand l'accident était arrivé, elle se trouvait entre Lisbonne et Melbourne et, lorsque sa mère avait essayé de la joindre, elle était déjà en route pour Vladivostok. Le temps que le message y parvienne, elle était à Pékin. Sa mère avait fini par la joindre à Singapour, mais elle devait partir pour Tel-Aviv et il était trop tard pour échanger avec un vol pour Paris.

À Tel-Aviv, il lui avait fallu de complexes négociations pour trouver ce vol pour Paris au début de sa période de travail suivante. Elle avait réussi à échanger son vol pour Vienne contre un pour Kiev où elle récupéra un vol pour Londres qui lui permit de faire un saut à Barcelone où elle se décrocha un vol pour Tokyo où elle fut obligée de rester trois jours à terre avant que le règlement ne l'autorise à piloter ce vol pour Paris.

Pendant tout ce temps, sa mère lui avait appris au téléphone, par bribes, ce qui s'était passé. À Singapour, elle l'avait mise au courant de l'explosion et de la blessure à la tête de son père. Celui-ci se trouvait en réanimation et on allait faire venir de Moscou un appareillage spécial.

À Tel-Aviv, les électrodes avaient été implantées dans le cerveau de son père, il était raccordé en permanence à un stimulateur cardiaque et respiratoire portatif et ses jours n'étaient plus en danger.

Avant son départ de Tokyo, sa mère lui avait annoncé que son père allait bientôt sortir de l'hôpital et qu'ils seraient tous deux avenue Trudaine quand Franja arriverait.

L'ordinateur mit à feu les réacteurs auxiliaires par petites saccades, faisant pivoter l'appareil de 180°, de sorte que celui-ci avait maintenant l'air de tomber à reculons. Le réacteur principal cracha pendant trois minutes pour le ralentir, puis l'ordinateur le refit pivoter de façon qu'il descende le ventre en avant et le nez en l'air.

Une fois, deux fois, trois fois, le Concordski ricocha sur les couches supérieures de l'atmosphère, perdant ainsi encore de la vitesse, avant de descendre en vol plané à vitesse hypersonique.

Quand il fut arrivé assez bas dans l'atmosphère pour que le réacteur puisse fonctionner en brûlant l'oxygène atmosphérique, l'ordinateur ralluma le moteur principal et repassa en contrôle manuel, volant à 4000 km/h à 10000 mètres d'altitude, descendant droit vers Paris sur une trajectoire inclinée à 20°.

Franja tira sur le manche, décrivit une étroite spirale descendante, nez en l'air, inversant la poussée du réacteur principal jusqu'à ce que la vitesse soit tombée à 2000 km/h. Puis elle coupa le réacteur et continua à voler en spirale en attendant que la vitesse ait suffisamment décru pour pouvoir enclencher les turbofans.

Elle ferma alors les prises d'air des turbofans, alluma les réacteurs conventionnels, et *voilà,* le Concordski était un avion de ligne ordinaire en attente au-dessus de Roissy.

Pour une fois, elle ne fut pas contrariée quand la tour lui annonça vingt minutes d'attente avant de pouvoir atterrir. Pour une fois, elle n'était pas pressée de se retrouver à terre.

Au cours de leur dernière conversation avant son départ de Tokyo, sa mère l'avait suppliée de rester avec eux pour la durée de son séjour à Paris. Elle avait déjà obtenu pour elle, par l'intermédiaire de l'Étoile-Rouge, une permission spéciale de quatre jours.

Il aurait été inutilement cruel, en ces circonstances, de contrarier sa mère en s'installant dans l'appartement d'un de ses collègues. Elle était condamnée à passer quatre jours en famille avenue Trudaine. Avec une mère qui venait d'endosser la responsabilité d'un homme avec qui elle ne vivait plus depuis près de dix ans. Avec un père qui avait renié sa fille des années plus tôt.

Elle préférait ne pas songer à quel genre de mise en scène familiale cela allait donner lieu.

Franja soupira en engageant son Concordski dans une nouvelle boucle autour de l'aéroport. L'accélération était peut-être négligeable, mais la pression la collait néanmoins doucement au dos de son siège.

La liberté du vol en apesanteur était depuis longtemps oubliée.

Le carcan de l'attraction terrestre prenait sa revanche.

LE CONGRÈS DES PEUPLES AJOURNE LE VOTE DE LA MOTION KRONKOL

Ian MacTavish, secrétaire du Congrès des peuples, a annoncé au cours d'une conférence de presse qu'il ne serait pas donné suite pour le moment à la demande de Vadim Kronkol que le Congrès apporte son soutien à l'indépendance de l'Ukraine.

« Bien que nous ayons accueilli le Front de libération de l'Ukraine en tant qu'organisation-membre et bien que la position de celui-ci jouisse de la sympathie des autres peuples d'Europe privés de nation, voter une telle résolution avant les élections en Ukraine ne ferait que nous exposer aux accusations habituelles de subversion des processus politiques nationaux, a déclaré M. MacTavish.

« Une fois les élections passées, lorsque M. Kronkol sera en mesure de présenter sa résolution en tant que président dûment élu de la République d'Ukraine, le peuple ukrainien peut être assuré de nos fraternels encouragements », a-t-il ajouté.

The Guardian

« Bonjour, Franja », dit Jerry, ne sachant pas trop que dire d'autre à sa fille, à qui il n'avait pas adressé la parole depuis des années.

« Bonjour, papa. »

Dire qu'il y avait comme un malaise eût été l'euphémisme du siècle. Il était là, dans ce salon où Franja ne l'avait pas vu depuis des années, et elle était debout devant lui, froide et distante — et c'était fort compréhensible, fallait-il bien reconnaître —, essayant en vain de dissimuler le choc qu'elle avait eu en voyant ce qu'il était devenu.

Il s'en sentit désolé pour elle. Qu'était-elle censée ressentir ? Comment *pouvait-elle* réagir ? Elle était là, face à face avec le père qui l'avait reniée, et au lieu de pouvoir lui exprimer la colère, la haine, même, qu'elle devait sûrement éprouver, tout avait été instantanément consumé par la pitié qu'il voyait dans ses yeux.

Jerry savait quel spectacle pathétique il devait présenter, avec son électrode collée par une croix de ruban adhésif à la base du crâne, la large bande de caoutchouc enroulée, pour plus de sécurité, autour de sa tête, et le câble reliant celle-ci au dévidoir posé sur le chariot de l'hibernautika, près du canapé.

Il le voyait sans cesse dans les yeux de Sonia, dans la façon dont elle le pouponnait depuis deux jours qu'ils étaient de retour dans l'appartement, allant lui chercher du café, lui apportant des oreillers, ne lui disant rien d'autre que des mots tendres, le traitant comme un frêle vieillard.

Elle se tenait maintenant à côté de Franja, la lèvre inférieure tremblante, les yeux tout embrumés, paralysée comme eux, incapable de trouver les mots pour briser ce long silence gêné.

Jerry soupira. Il avait été obligé de se plier à tant de choses inhabituelles depuis son réveil à l'hôpital, depuis son retour dans cet appartement.

La seule raison pour laquelle Sonia lui avait fait réintégrer sa vie, c'était parce qu'il n'y avait pas d'autre solution. Il était incapable se débrouiller seul. C'était ça ou un établissement spécialisé. Et Sonia aurait eu trop mauvaise conscience de l'abandonner ainsi.

Si c'était de l'amour, il était exclusivement dû à la pitié, c'était un amour qui lui restait en travers de la gorge. C'était humiliant et, pour la première fois de sa vie, il avait été obligé de se livrer à une longue introspection.

En se rendant à son travail, le matin de l'accident, il avait soudain senti la distance qui s'était creusée entre lui et les hommes ordinaires. Il avait renoncé à tout pour marcher sur l'eau et, quelque part en route, il s'était transformé en Martien.

L'accident avait tout changé. Il ne pouvait plus se permettre de rester un Martien. Il était à présent dépendant de Sonia en tout et il lui fallait trouver ce qu'il pouvait faire pour elle en contrepartie. Ou bien se résigner à n'être qu'un fardeau, un objet de pitié, une chose et non un homme.

C'était donc à lui que revenait de dire ce qu'il fallait pour briser le silence.

« Écoute, je voudrais te remercier d'être venue, Franja, bafouilla-t-il. Je sais quel piètre père j'ai été et...

— S'il te plaît, papa, pas maintenant ! s'écria Franja. Je voulais te dire... »

Jerry eut un sourire forcé. « Je sais, je sais. Ça doit te faire un sacré choc de voir ton père transformé en cyborg.

— Papa...

— Et en cyborg russe, qui plus est ! poursuivit Jerry en tapotant la console près du canapé. J'ai tant de circuits soviétiques pour me remplacer une partie du cerveau que, qui sait, ça finira peut-être par me transformer en bon marxiste. » Et il réussit à rire de sa plaisanterie idiote.

Le visage figé de Franja s'éclaira de l'ombre d'un sourire. Les yeux de Sonia s'emplirent de larmes. « Je vais faire du café », dit-elle gauchement, et elle les laissa seuls.

Jerry contempla un long moment sa fille en silence, ne sachant une fois de plus que dire. Franja le regarda aussi, détourna les yeux, puis s'assit à l'autre bout du canapé.

« Alors... comment te sens-tu ? demanda-t-elle sans le regarder.

— Très bien, malgré les apparences. »

Un silence suivit.

« Écoute, Franja, je sais combien cela doit être difficile pour toi..., finit par dire Jerry.

— Et pour toi aussi, papa », répondit-elle d'un ton froid.

Jerry soupira. Il n'y avait rien à y faire. Après tout, c'était à lui de prendre l'initiative.

« Je sais à quel point ça doit te paraître un peu léger après toutes ces années, mais je suis vraiment désolé. Pour tout. »

Franja regardait le tapis.

« J'ai eu tort, poursuivit Jerry. J'étais si furieux contre les Russes que je n'ai pas compris que tu devais penser à ta carrière. Tu as fait simplement ce que tu devais.

— Ce que je *voulais,* papa ! rétorqua Franja en dardant sur lui un regard furieux. J'ai toujours voulu être citoyenne soviétique et je suis fière de l'être devenue !

— Et je suis fier de toi, Franja, répondit Jerry. J'avais espéré que ce serait Bob qui... » Il frissonna à la pensée de Bob, coincé aux États-Unis par cette foutue Loi sur la sécurité nationale et qui, même en de telles circonstances, ne pouvait obtenir un visa de sortie pour une simple visite à sa famille.

« Mais tu es là, réussit-il à poursuivre. Tu as ton brevet de pilote de Concordski et un jour ce sera toi qui iras où je... où je... »

Le visage de Franja s'adoucit. « Ne parlons pas de ça maintenant, s'il te plaît, papa. Je sais à quel point ça doit te faire souffrir de... de... » Et elle détourna à nouveau le regard.

« Je... je tenais simplement à te dire combien je suis fier de toi..., balbutia Jerry.

— Il t'aura fallu du temps pour le dire, papa ! » lâcha Franja en le regardant d'un air blessé. Puis, plus doucement : « Je te demande pardon.

— Je ne réclame pas ta pitié, Franja, mais je voudrais que

nous essayions d'être à nouveau comme un père et sa fille. En toute franchise, je ne peux pas te dire que je vais essayer de rattraper le temps perdu, mais... pouvons-nous tout reprendre à zéro ? »

Franja le regarda dans les yeux. « Je ne sais pas, papa, je ne sais vraiment pas, ça fait si longtemps et il s'est passé tant de choses...

— Ne pouvons-nous pas au moins essayer ? supplia Jerry. Pour l'amour de ta mère ? Tu sais, ce n'est pas facile pour elle, de m'avoir brusquement de nouveau ici comme... comme ça. Elle... elle va avoir besoin de ton aide. Essayons au moins d'être polis l'un envers l'autre, pour elle, d'accord ? »

L'expression de Franja se radoucit. Elle examina attentivement le visage de son père, comme si elle regardait quelqu'un qu'elle n'avait jamais vu. Et c'est peut-être le cas, se dit Jerry.

« Très bien, papa, présenté de cette façon... », dit-elle tranquillement.

Jerry tendit une main hésitante et lui prit la sienne. Le visage de Franja ne laissa voir aucune réaction. Mais, au moins, elle ne retira pas sa main.

Los Angeles Times : « Monsieur le Président, que ferez-vous si les Russes envoient l'Armée rouge réprimer par la force une sécession de l'Ukraine ? »

Président Carson : « Je soutiendrai les combattants de la liberté ukrainiens. »

N.B.C. : « De quelle façon ? »

Président Carson : « De tout mon cœur et de toute mon âme, comme tout Américain épris de liberté ! »

C.B.S. : « Par les armes ? »

C.N.N. : « En envoyant des conseillers américains ? »

New York Times : « En fournissant une aide militaire ? »

Président Carson : « Un instant, voulez-vous. Qui a parlé d'un conflit ouvert avec les Russes ? »

Houston Post : « Vous, monsieur le Président ! Vous venez d'assurer les combattants de la liberté ukrainiens de vote soutien total ! »

Président Carson : « Oh non, je n'ai pas dit ça ! »

N.B.C. : « Vous dites maintenant que vous regarderez sans réagir l'Armée rouge envahir l'Ukraine ? »

Président Carson : « Qui avez-vous dit représenter, Bill, *l'agence Tass ?* Bien sûr que je soutiens les combattants de la liberté ukrainiens, mais j'ai toute confiance en leur capacité à ramener les Russes à la raison sans intervention militaire américaine. »

C.N.N. : « Comment pouvez-vous dire cela, monsieur le Président ? Comment les Ukrainiens peuvent-ils espérer tenir tête seuls à l'Armée rouge ? »

Président Carson : « Parce que Gortchenko n'osera pas envoyer l'Armée rouge. »

San Francisco Chronicle : « Pourquoi donc ? »

Président Carson : « Hum... euh... disons simplement que certains renseignements confidentiels me conduisent à... euh... penser que... euh... les Ukrainiens disposent de... euh... du nécessaire pour repousser l'agression russe. »

Conférence de presse présidentielle

« Comment peux-tu t'infliger une telle chose, maman ? » demanda Franja, assise à table en face de sa mère devant une tasse de café, quand son père fut parti se coucher. « As-tu bien réfléchi à ce que va être ta vie ? »

Sa mère faisait le dos rond, le nez plongé dans sa tasse. Franja devait avouer que la soirée s'était passée beaucoup mieux qu'elle ne l'avait craint. Ses parents ne s'étaient pas disputés une seule fois. Le dîner avait été parfaitement civilisé. Sa mère avait même semblé assez gaie, même si Franja soupçonnait que c'était légèrement forcé.

Et son père... Il fallait bien reconnaître que ce n'était plus l'homme dont elle se souvenait. Il lui avait présenté des excuses. Il s'était efforcé de faire la paix par égard pour sa mère. Il avait l'air complètement différent. Les années lui avaient peut-être adouci le caractère ou, plus vraisemblablement, son accident l'avait changé. Après tout, cela faisait un temps fou qu'elle ne l'avait pas vu.

Mais quand même...

« Il n'a personne d'autre pour s'occuper de lui, Franja, tu le sais. Qu'aurais-tu voulu que je fasse, le mettre dans un établissement spécialisé pour le restant de ses jours ? »

Franja soupira. « Mais quel genre de vie allez-vous mener ? demanda-t-elle doucement.

— Il peut se débrouiller tout seul dans la journée. Lundi, je reprends le travail. »

Franja prit la main de sa mère dans la sienne. « Ce n'est pas que j'aie le cœur sec. Je comprends certainement ce que tu dois ressentir en ce moment. Mais dans deux ans ? Cinq ? Dix ? Vingt ans ? »

Sa mère fut secouée d'un sanglot. Puis elle fondit en larmes.

« Maman... ? »

Sa mère continuait à pleurer, l'air accablé.

« Maman, qu'y a-t-il ? »

Sa mère ravala ses larmes et s'essuya les yeux. « Il est en train de mourir, Franja. Il ne sera plus là, dans deux ans. Cet appareil n'est pas parfait, ce n'est qu'un pis-aller. Il va avoir de petites attaques, des hémorragies cérébrales, un emphysème, une détérioration des facultés mentales... Il va mourir à petit feu, de manière horrible, d'ici deux ou trois ans, conscient de sa propre déchéance...

— Mon Dieu !

— ... je ne peux pas lui laisser vivre ça seul, non ? Enfermé dans une maison de santé, abandonné, sans personne à son côté, personne pour le consoler, sans rien à faire que de rester planté là à se regarder pourrir.

— Mais... mais il a l'air si... enjoué... si...

— Courageux ? Oh oui, il a été très courageux, à vous en briser le cœur.

— Tu ne lui as pas dit, c'est ça ? s'exclama Franja.

— Bien sûr que non ! Comment aurais-je pu faire une telle chose ? Et tu ne vas pas lui dire, toi non plus, Franja ! Nous ne pouvons pas le laisser mourir comme ça, nous ne pouvons pas lui enlever l'espoir.

— Mais tôt ou tard...

— Ce sera toujours bien assez tôt ! déclara sa mère. Nous lui devons au moins ça ! C'est tout ce que nous pouvons faire.

— Bien sûr. » Les murs semblaient se resserrer autour de

Franja. D'abord l'accident, puis cette pénible réunion avec un père qui ne lui avait pas adressé la parole depuis des années, et maintenant… ça.

« Je sais que tu as ta vie, Franja, mais s'il te plaît, s'il te plaît, aide-moi ! supplia sa mère.

— Bien sûr, murmura Franja. Que puis-je faire ?

— Fais la paix avec lui, Franja. Viens nous voir chaque fois que tu le pourras. Sois une fille pour lui. Laisse-le être un père pour toi. Pardonne-lui, Franja. Tout ce qu'il a jamais désiré lui a été arraché, et maintenant… maintenant c'est sa vie. »

Franja se mit debout, fit le tour de la table, jeta les bras autour du cou de sa mère et la serra contre elle. « Tu peux compter sur moi, maman. Je ne te laisserai pas tomber. »

Sa mère se leva en tremblant et se jeta dans les bras de Franja.

« Grand Dieu, j'espère bien ! s'écria-t-elle. Oh, Franja, j'ai tant besoin d'une amie ! Et je n'ai que toi ! »

SUCCÈS TOTAL POUR LE PREMIER VOL DE LA NAVETTE DE GRANDE CROISIÈRE

Patrice Corneau, directeur de l'Agence spatiale européenne, a annoncé que le vol d'essai de la première Navette de grande croisière s'est déroulé à la quasi-perfection. Aucun problème significatif avec les divers systèmes n'a été décelé au cours du voyage de quatre jours qui l'a emmenée, la semaine dernière, autour de la Lune. Le vol a été un succès complet.

« C'est l'aube d'un nouvel âge de l'espace pour l'humanité, a déclaré M. Corneau. Les Navettes de grande croisière rendront possible l'existence de véritables cités lunaires, nous permettront d'établir une base permanente sur Mars, feront enfin d'Espaceville une entreprise rentable, nous emmèneront jusqu'à Jupiter, Saturne et au-delà. Christophe Colomb a découvert l'Amérique et Magellan a fait le tour du monde par la voie maritime, mais il a fallu l'avènement du navire à vapeur pour que commence à s'édifier une société vraiment planétaire. Nous en sommes à ce stade dans l'espace. »

A.F.P.

24.

Quand Sonia eut repris le travail, Jerry n'avait pas grand-chose d'autre à faire que regarder la télévision, lire de la science-fiction et pianoter sur son ordinateur. Il avait toujours détesté les feuilletons télévisés, les informations n'en avaient ces jours-ci que pour les élections en Ukraine qui mettaient toute l'Europe en effervescence et elles ne faisaient que de temps en temps allusion aux retards du vol d'essai de la N.G.C.

Lorsque, enfin, assis tout seul au salon, il fut contraint d'assister à la mise à feu des moteurs principaux de *sa* Navette, de regarder le grand vaisseau quitter majestueusement son orbite pour partir sans lui vers la Lune, de le voir s'amenuiser lentement dans les ténèbres étoilées jusqu'à ne plus être qu'un point de lumière bleutée se déplaçant au firmament comme une étoile artificielle, il ne put en supporter davantage. Pas plus qu'il ne pouvait supporter l'amère pensée de continuer à lire de la science-fiction.

Alors il se plongea dans les bits et les octets, se servant de son ordinateur pour accéder à toutes les banques de données imaginables à la recherche de tout ce qui s'était publié sur le clonage des tissus cérébraux et les implants électroniques dans l'espoir de débusquer une nouvelle découverte qui serait applicable à son cas.

Il ne trouva pas grand-chose. Question électronique, l'hibernautika était le nec plus ultra. Personne ne travaillait directement sur les implants électroniques dont il aurait eu besoin pour mener une vie normale. Au prix d'environ six mois de recherches intensives dans ce domaine, il aurait très bien pu arriver à dessiner lui-même les circuits nécessaires — et il disposait certainement de tout le temps voulu — mais le niveau de miniaturisation indispensable ne semblait pas devoir être atteint avant une dizaine d'années.

Le clonage des tissus cérébraux était une autre affaire et, en un sens, c'était encore plus frustrant. Les Américains conservaient une bonne avance en biotechnologie — c'était un des seuls domaines, avec l'élaboration incessante de nouvelles armes spatiales, où les États-Unis étaient encore en pointe — maus les dernières dispositions de la Loi sur la sécurité nationale interdisant l'accès des banques de données américaines aux utilisateurs ne résidant pas aux États-Unis, il lui était impossible de franchir les barrages, et la seule façon d'avoir un simple aperçu de ce qui se passait là-bas était de lire ce qui se publiait dans la presse généraliste.

Les Américains avaient réussi à cloner le cerveau de rats, mais dans le cadre de quelque macabre programme militaire. Ils semblaient procéder à partir du génome de l'animal, soumettant immédiatement le cerveau obtenu à un processus de polymérisation, ce qui le conservait sous cloche, de sorte qu'une matrice biologique était inutile. Les cerveaux morts — s'ils avaient jamais été biologiquement viables, point qui semblait délibérément passé sous silence — pouvaient alors, du moins théoriquement, être utilisés à la place de circuits hautement miniaturisés dans de complexes systèmes de guidage de missiles.

Ça n'avait pas vraiment l'air adaptable à son propre cas et, de toute façon, c'était couvert par le secret défense. Malgré tout, si jamais quelqu'un reprenait ces travaux en Europe, il pouvait y avoir là quelque chose. La capacité de cloner le cerveau de rongeurs impliquait la possibilité de faire la même chose pour le tissu cérébral humain. Et même si le résultat n'était pas biologiquement viable, la polymérisation permettrait certainement de surmonter les problèmes de miniaturisation, il serait possible de remplacer le tissu cérébral endommagé par du tissu cloné.

Ce n'était pas grand-chose, cela ne serait peut-être pas au point avant une dizaine d'années, mais c'était quelque chose. Et c'était le seul espoir qu'il avait pu trouver, si vague et lointain fût-il, en plusieurs semaines de recherches.

Savoir cela l'avait forcé à regarder dans la seule direction qu'il n'avait pas osé explorer.

Son rythme cardiaque avait l'air, dans l'ensemble, normal et régulier, et il n'avait pas vraiment de problème pour respirer. Il n'éprouvait pas de gêne et il se sentait solide et en bonne santé. Mais par moments...

Parfois, quand il prononçait de longues phrases à haute voix, il sentait une certaine tension entre le contrôle volontaire de son souffle et le rythme respiratoire forcé de la machine. S'il passait outre, accumulant le bioxyde de carbone et le déficit en oxygène, il y avait un délai avant que l'appareil n'augmente son débit respiratoire involontaire, le laissant quelques instants le souffle court et pris de vertiges.

De temps à autre, il se réveillait après un cauchemar, le cœur battant la chamade. Il lui semblait parfois sentir le sang battre derrière ses tympans. Les érections avaient tendance à lui faire tourner la tête, elles étaient de courte durée et il craignait d'en faire quoi que ce fût. S'il se levait trop brusquement, il éprouvait un vertige. Quand il essayait quelques exercices de gymnastique, il avait l'impression que ses poumons travaillaient trop et sa tête pas assez.

L'hibernautika était un bon appareil, mais les circuits avaient été conçus pour contrôler les rythmes cardiaque et respiratoire de cosmonautes en état d'hibernation. La programmation avait été modifiée pour permettre une activité normale, mais il soupçonnait que les complexes interactions naturelles entre battements de cœur et respirations n'avaient pas été parfaitement modélisées.

Jusqu'où pouvait-on faire confiance à l'hibernautika ? Sa santé n'allait-elle pas se dégrader au fil des ans ?

Jerry évita tant qu'il put de se pencher sur ces questions, mais une fois qu'il eut épluché tout ce qu'il était possible sur les implants électroniques, les perspectives de miniaturisation et les cerveaux de rats polymérisés, une fois qu'il eut une idée des possibilités à long terme, il ne lui resta plus rien à faire que se renseigner enfin sur ce que l'on savait de son état présent.

Rien n'avait jamais été publié sur les effets biologiques à long terme de l'hibernautika. Si les Russes avaient procédé à de telles expériences, le secret en était soigneusement gardé.

Mais, après tout, l'hibernautika n'était que la version miniaturisée du volumineux équipement de réanimation que l'on avait utilisé à l'hôpital, le matériel était en service depuis des années et il n'y avait pas de secret en ce domaine.

Ce genre de lésions cérébrales était très rare et ce matériel était principalement utilisé pour maintenir en vie végétative le corps de victimes au cerveau gravement touché destinées à fournir des organes à transplanter, ou encore comme expédient temporaire au cours d'opérations, ou le temps que le patient se remette d'un œdème cérébral.

Des recherches très poussées ne lui avaient fait découvrir que sept cas similaires où ce matériel avait été utilisé comme moyen permanent de maintenir en vie des patients par ailleurs viables.

Aucun n'avait survécu plus de vingt-deux mois.

L'historique de leur cas était effrayant.

Embolies. Athérosclérose. Ruptures d'anévrismes. Emphysème. Hémorragies cérébrales. Fibrillation cardiaque.

Deux d'entre eux étaient morts d'une soudaine crise cardiaque. C'étaient les plus chanceux.

Les autres avaient décliné lentement d'une accumulation de petites attaques, d'accidents cardiaques mineurs, d'emphysème progressif, d'éclatements des vaisseaux sanguins. Ils avaient été victimes d'une succession de lésions cérébrales, de pertes de contrôle des intestins et de la vessie, de lente détérioration des fonctions cérébrales supérieures ; ils avaient fini leur existence dans un état végétatif, mais pas avant de s'être vus pendant des mois perdre lentement leurs facultés mentales. Il n'y avait pas d'autre perspective.

Avec de la chance, il mourrait rapidement d'une crise cardiaque.

Dans le cas contraire, il devait s'attendre à succomber d'ici deux ans dans d'atroces souffrances physiques et mentales, après une lente détérioration.

Il éteignit l'ordinateur et resta assis un très long moment devant l'écran vide, sans même penser, ni même sentir quoi que ce fût, comme s'il était déjà devenu un légume.

Puis il se mit à pleurer. Il pleura longtemps, assis là, se vautrant dans son malheur, vide de toute pensée cohérente.

Puis, finalement, il fut capable d'éprouver de la colère.

Ces foutus docteurs lui avaient menti ! Ils l'avaient traité comme un enfant !

Quel droit ces salauds avaient-ils de lui mentir comme ça ? Quel droit avaient-ils de mentir à Sonia ?

Sonia...

Bien sûr.

Soudain, toute rage le quitta. Non, les docteurs n'avaient pas été cruels, ils avaient été miséricordieux, à leur façon. Il était un homme, il avait supporté déception, désespoir et frustration toute sa vie, il avait perdu son pays, son fils, son épouse et ses rêves. Il pouvait le supporter. Il le supportait bien maintenant, non ?

Mais Sonia…

Non, les docteurs avaient eu raison de ne rien dire à Sonia. Elle se serait effondrée. Le sentiment de culpabilité que lui inspiraient sa liaison avec Ilya Pachikov, le divorce, le succès de sa propre carrière et le tragique échec final de la sienne à lui, lui serait retombé dessus, l'aurait fait sombrer dans la honte et le désespoir.

Jerry soupira. Regardons les choses en face, se dit-il, elle ne t'a ramené à la maison que parce qu'elle se sentait responsable, coupable ; cela n'a rien eu de retrouvailles passionnées. Nous dormons dans le même lit, mais nous ne faisons pas l'amour. Je suis un patient, pas un mari.

Et pourtant…

N'était-ce pas malgré tout une expression d'amour, si pâle et atténué fût-il ? Si elle apprenait la vérité, le peu qu'il en restait ne se changerait-il pas en une insupportable pitié ?

Insupportable, finalement, pour tous les deux.

Sonia ne devait jamais savoir.

Et si, vers la fin, cela devenait vraiment impossible, eh bien, laissons-la se bercer d'espoir le plus longtemps possible, que les mois de désespoir soient comparativement courts, que le peu de temps qu'il leur restait à vivre ensemble lui soit aussi facile qu'il pouvait le lui rendre.

Il lui devait bien ça, non ? Un dernier acte d'amour avant de partir.

Lorsque Sonia rentra du travail, Jerry s'était repris. Il avait effacé toute mention de la vérité des mémoires de son ordinateur, à tout hasard. Il vint l'accueillir à la porte, l'embrassa, sourit, il l'aida même à préparer le repas comme il en avait l'habitude bien longtemps auparavant.

Durant le dîner, il acquiesça poliment tandis qu'elle lui racontait par le menu sa journée de travail et il essaya même de donner l'impression de s'intéresser à ses considérations sur la crise ukrainienne.

Sonia avait été ravie, quoique légèrement étonnée, de cet intérêt inhabituel pour la politique, mais elle avait eu l'air de ne nourrir aucun soupçon. Après le dîner, quand elle lui avait demandé ce qu'il avait fait de sa journée, il avait prétendu avoir effectué des recherches sur les ponts d'Einstein-Rosen et les cordes cosmiques, ce qui avait à peu près autant de sens pour elle que la politique pour lui. Le reste de la soirée s'était écoulé paisiblement.

En fait, quand le moment fut venu d'aller se coucher, à force de parler, Jerry avait réussi à se sortir du tunnel et il sombra rapidement dans le sommeil.

Mais, au milieu de la nuit, il rêva qu'il flottait enfin librement dans l'espace, en orbite autour de la Terre, regardant passer les nuages et les continents tandis qu'il nageait joyeusement dans le vide, sans effort, comme un marsouin cosmique, enfin capable de marcher sur l'eau...

Puis il y eut une avarie, le froid de l'espace s'engouffra dans sa combinaison spatiale, ses poumons manquèrent d'air et...

Il se réveilla dans son lit, cherchant à reprendre son souffle, le cœur battant lentement et stupidement dans sa poitrine. Il ne fallut que quelques instants aux circuits de l'hibernautika pour synchroniser son rythme cardiaque et sa respiration, mais durant ces quelques instants le tableau fut aussi net que cruel.

Il allait mourir, et rapidement.

À ce moment, l'imminence de sa mort fut plus réelle qu'elle ne l'avait été de toute la journée, déclenchant en lui une terreur irrésistible.

Mais, étendu dans le noir, il y puisa aussi de la force. Car une fois que vous avez été confronté à l'inéluctabilité de votre mort, vraiment confronté, il vous vient une puissance.

Car la vie est la dernière chose à quoi renoncer. Et une fois que vous savez avec certitude qu'il va vous falloir bientôt renoncer aussi à cela, tout devient d'une limpidité de cristal, aussi limpide, aussi dur, aussi inflexible que les étoiles vues par-delà les brumes de l'atmosphère.

Que faites-vous quand tout le reste s'est enfui ? Quand vous savez qu'il ne vous reste plus rien, littéralement, à quoi renoncer ?

Vous marchez sur l'eau.

Ne serait-ce qu'un instant, juste avant la fin.

KRESKOV RÉCLAME UNE RÉFORME DE LA LOI ÉLECTORALE

Piotr Andreïovitch Kreskov, délégué de Novossibirsk, a déposé devant le Soviet suprême un projet de réforme de la loi électorale, avant de le retirer sous les huées des nationalistes ethniques aussi bien que des eurorusses.

« Alors que toute l'attention est fixée sur la prochaine élection présidentielle en Ukraine, il semble avoir échappé à tout le monde que du système actuel qui permet aux républiques fédérées de choisir la date de leurs propres élections va résulter un affreux gâchis, a-t-il fait valoir. Si, comme cela semble inévitable, Vadim Kronkol est élu président de la République d'Ukraine, nous allons nous retrouver plongés dans la crise la plus grave depuis la Grande Guerre patriotique, avec en préparation une campagne électorale pour cette assemblée et la présidence de l'Union ! Si le Soviet suprême adoptait une loi pour synchroniser ces élections, cela nous épargnerait la paralysie que cette situation entraînera à coup sûr. »

Les nationalistes ethniques ayant bruyamment exprimé leur indignation devant cette nouvelle tentative des hégémonistes centralistes grand-russiens d'usurper les prérogatives souveraines des républiques fédérées, et les délégués eurorusses s'étant tordu les mains de désespoir devant cette grossière provocation de la part d'un ours notoire, Kreskov a assez platement expliqué qu'il ne suggérait pas de faire quoi que ce fût pour le moment, mais que la crise actuelle avait simplement mis en évidence une faille de la constitution à laquelle il faudrait remédier une fois que la situation serait revenue à la normale.

« Il savait parfaitement ce qu'il faisait, ont accusé après coup plusieurs délégués eurorusses. C'était une tentative manifeste de réveiller les vieux démons du chauvinisme entre Russes et nationalistes ethniques, et il y a sans conteste réussi. »

Novosti

« Il reste pendu au téléphone toute la journée, Franja, il les entraîne tous dans ce projet insensé, dit sa mère. Je ne sais pas comment l'arrêter, je ne sais pas quoi lui dire, je suis à court d'idées. »

Cela faisait cinq jours que Franja était revenue à Paris et durant tout ce temps son père avait eu l'air aussi surexcité que ces cinglés d'Ukrainiens. La dernière fois qu'elle était venue chez ses parents, cela n'avait semblé qu'une inoffensive lubie, sa mère elle-même l'encourageait plus ou moins pour qu'il garde le moral et il donnait assurément l'impression d'être toujours comme avant, avec son obsession de l'espace, moins l'amertume et les tirades antisoviétiques.

Il discourait sans fin à ce propos durant les repas et sa mère le laissait délirer en souriant.

Le vol d'essai de la première N.G.C. avait été un succès si complet que l'on commençait déjà à envoyer en orbite les composants de la deuxième. La couverture médiatique avait été intensive, c'était une diversion idéale à la crise qui couvait en Ukraine, et *Vremia* avait même passé une longue interview du père de la N.G.C.

Franja l'avait regardée chez elle à Moscou. Ivan était pour une fois en ville en même temps qu'elle et il commençait à lui reprocher de ne l'avoir guère vue depuis l'accident de son père, de passer à Paris les jours de congé qu'elle aurait pu prendre avec lui à Moscou. Il s'était même mis à être *jaloux* des attentions qu'elle prodiguait à son père invalide — à ses dépens, du moins était-ce la façon dont Ivan avait l'air de voir les choses. Elle s'était donc arrangée pour qu'ils regardent ensemble l'interview, dans l'espoir de l'amener à comprendre.

Et ça avait marché.

Ivan piaffait en jurant entre ses dents durant l'inévitable reportage sur les élections en Ukraine, mais lorsque l'image de Jerry Reed était apparue à l'écran — son père assis sur le canapé du salon avec la console de l'hibernautika bien en évidence — son large visage viril s'était adouci, il avait cessé de froncer les sourcils et lui avait pris la main.

L'interview aurait arraché des larmes au cœur le plus endurci : dans une longue métaphore entrecoupée de plans de la N.G.C. en orbite autour de la Terre, de son voyage autour de la Lune, du retour triomphal, la journaliste anglaise avait comparé Jerry Reed à Moïse posant enfin les yeux, après quarante ans d'errance dans le désert, sur la Terre promise dont il était condamné à ne jamais fouler le sol.

Elle avait essayé de dramatiser au maximum l'état actuel de son père, mais celui-ci, un sourire rêveur aux lèvres, avait semblé tout faire pour ne pas se laisser entraîner dans cette voie, s'enthousiasmant pour le merveilleux appareil soviétique qui le maintenait en vie, soulignant que c'était justement une retombée de la recherche spatiale, détail tout à fait symbolique de l'esprit transnational de l'Agence spatiale européenne, et disant combien il était reconnaissant d'avoir pu jouer un rôle dans ce moment épique de l'histoire de l'humanité. Tass n'aurait pas fait mieux si elle lui avait écrit ses répliques.

« J'espère que ces salopards d'Ukrainiens regardent ça ! s'exclama Ivan. Un *Américain* qui parle ainsi de solidarité internationale ! Mais tu m'as toujours dit que ton père n'avait que mépris pour l'Union soviétique... ? »

Franja ne comprenait pas non plus. « Cela a toujours été le cas, dit-elle. Je suppose qu'il a dû prendre un sacré coup sur la tête pour revenir à la raison.

— Hummm... je voudrais que Gortchenko ait les couilles d'appliquer la même thérapie aux abrutis de Kiev...

— Finalement, comment voyez-vous l'avenir, monsieur Reed ? » demanda la journaliste tandis que la caméra faisait un dernier gros plan sur son père.

Celui-ci n'en avait pas profité pour exposer sa vision de la destinée de l'homme dans l'espace. Il avait au contraire regardé la caméra en face d'un air songeur et esquissé avec courage un petit sourire absolument déchirant.

« Ce merveilleux appareil soviétique qui me maintient en vie a été mis au point pour permettre aux cosmonautes de s'envoler un jour vers les étoiles en état d'hibernation, avait-il répondu. Il n'y a donc aucune raison pour qu'il ne me permette pas d'aller jusqu'à Espaceville, ou sur la Lune. Je ne me vois donc pas comme un Moïse à jamais banni de sa Terre promise, je me vois là-haut, à bord d'une Navette de grande croisière, en route pour la Lune. En simple touriste, peut-être, mais là-haut tout de même. Et si certains disent que c'est un rêve impossible, eh bien, c'est ce qu'on disait de la Navette de grande croisière il y a vingt ans, non ? Nous vivons l'âge d'or de la conquête spatiale. Il arrive tous les jours des choses naguère réputées impossibles.

— Et tu me dis que ton père n'a jamais rien compris à la politique ? fit doucement Ivan. Si c'était une question de vote populaire, ça serait dans la poche. Quel homme ! Tu es *sûre* qu'il est américain ? Il a l'âme d'un véritable Russe ! »

Lors du voyage suivant de Franja à Paris, son père pétillait d'enthousiasme, complètement absorbé par son impossible rêve, parlant sans cesse des lettres qu'il recevait de toute l'Europe, expliquant qu'après tout, Espaceville était plein de retraités en bien plus mauvais état que lui, que c'était son *droit* de voyager à bord de la N.G.C.

Et sa mère le laissait faire en souriant, l'encourageant, même. Mais quand elle s'était retrouvée seule avec Franja, elle avait laissé parler son cœur.

Bien entendu, toute cette histoire était hors de question. Même s'il était possible de persuader l'Agence spatiale européenne de lui offrir sa balade en Navette, la fatigue de la mise en orbite, si elle ne le tuait pas, ne ferait qu'accélérer la détérioration du cerveau et des poumons dont il souffrait déjà. Il ne lui était même pas permis de monter à bord d'un petit avion ; l'hibernautika serait incapable de gérer correctement les variations de pression dans la cabine et aucune compagnie d'assurances n'accepterait de le couvrir.

« Mais alors, pourquoi l'encourages-tu, maman ? » avait demandé Franja.

Sa mère avait haussé les épaules et poussé un profond soupir. « Ça lui permet de garder le moral. C'est sa petite histoire de science-fiction à lui. Je crois qu'il sait lui-même que c'est impossible, mais... Qu'est-ce que je peux lui dire, de toute façon ? La vérité ? Qu'il est en train de mourir ? Que cela me brise deux fois plus le cœur de l'entendre délirer ainsi ?... »

Puis elle avait fondu en larmes et s'était écroulée dans les bras de Franja en sanglotant. Mais le lendemain matin, au petit déjeuner, elle était à nouveau tout sourire et enthousiasme quand son père avait exhibé son dernier tas de lettres. Le séjour entier s'était déroulé de la même façon.

Mais c'était le passé.

À présent, semblait-il, son père s'efforçait de faire pression, moralement ou de quelque autre façon, sur ses amis et collègues de l'ESA. Il n'avait pas cessé de tout le dîner de raconter ce qu'il avait déjà accompli.

À l'en croire, Patrice Corneau avait accepté de le laisser monter à bord de la deuxième N.G.C. pour son vol d'essai en tant qu' « observateur honoraire », à condition d'y être autorisé par une résolution du Parlement européen. Résolution qu'Émile Lourade avait promis de soutenir, pourvu qu'elle soit déposée par le gouvernement d'un État membre. Boris Velnikov avait promis de se charger de la question grâce à ses mystérieux contacts à Moscou.

Pendant ce temps, sa mère gardait le sourire, mais Franja voyait bien à quel point celui-ci était factice et qu'elle ne desserrait pratiquement pas les dents. Elle avait l'air épuisée et vibrante de tension contenue. Au dessert, elle se laissa même aller au point de manifester un peu de colère.

« Bien sûr, je doute que Velnikov ait des relations aussi haut placées qu'il aime le laisser entendre, poursuivit son père. Il a un peu d'influence, mais cela ne ferait certainement pas de mal si la direction de l'Étoile-Rouge faisait un peu pression...

— Je te l'ai dit cent fois, Jerry, l'Étoile-Rouge n'a aucune influence sur...

— ... mais elle en a suffisamment sur ses sous-traitants, et ceux-ci...

— N'ont rien à voir avec la politique du gouvernement !

— Mais c'est le cas de Tass, et leur bureau parisien adorerait une telle histoire, non ? Avec...

— Ce n'est pas la queue qui remue le chien !

— Mais *l'Étoile-Rouge* est un gros chien et tu es directrice du bureau parisien ! Ici, tu es haut placée, Sonia, il doit bien y avoir d'autres bureaucrates haut placés qui aimeraient une faveur de ta part, tu pourrais te débrouiller pour qu'ils t'obtiennent un tampon du ministère des Affaires étrangères sur requête de Velnikov, et puis...

— Ça ne marche pas comme ça, Jerry !

— Tu pourrais au moins essayer !

— Je te l'ai dit, *j'essaie !* Mais je ne peux pas te promettre les résultats que tu espères ! Ce n'est pas si facile pour la directrice du bureau parisien de l'Étoile-Rouge de réquisitionner les services de l'appareil central du gouvernement !

— Ce n'est pas ça que je te demande ! »

Sa mère prit une profonde inspiration et poursuivit d'un ton plus conciliant : « Si, c'est ce que tu me demandes, Jerry. Et je fais mon possible. Mais s'il te plaît, s'il te plaît, n'attends pas de moi des miracles !

— Il arrive tous les jours des choses impossibles », dit son père d'une voix plus calme. Sa mère hocha la tête en souriant, et tout sembla oublié.

Mais quand Jerry partit se coucher, Sonia entraîna sa fille au salon, versa deux cognacs et laissa libre cours à son angoisse et sa colère.

« Je ne sais que faire, Franja, ils l'encouragent tous sans vergogne — Velnikov, Corneau, Lourade —, ils lui racontent tout ce qu'il veut entendre.

— Mais ne sont-ils pas au courant... pour... tu sais... ?

— Bien sûr que si ! répliqua rageusement sa mère. Ils ne font que lui passer de la pommade et essayer de faire retomber la responsabilité du refus sur quelqu'un d'autre ! Corneau lui dit : Bien sûr, tout ce dont j'ai besoin c'est d'une résolution du Parlement européen. Lourade lui dit : Pas de problème, je soutiendrai cette résolution dès qu'elle aura été déposée par un État membre. Velnikov lui dit : D'accord, je suis avec vous, mais mes relations à Moscou... C'est le plus vieux jeu bureaucratique homologué. Personne ne veut dire non, personne ne peut dire oui, alors tout le monde se repasse la balle jusqu'à ce que ça tombe sur quelqu'un qui n'a personne à qui la passer. »

Elle soupira, but une longue gorgée de cognac. « Et de la façon dont ces lâches ont magouillé, aux yeux de Jerry, ce quelqu'un c'est moi. »

Franja but à son tour une gorgée de cognac. Comme l'avait demandé sa mère, elle avait essayé de se conduire en bonne fille. Elle avait évité toute récrimination au sujet du passé. Elle avait été chaleureuse, elle avait été amicale, elle avait été compatissante. Au début, c'était un peu comme si elle jouait un rôle. Mais son père avait lui aussi été chaleureux, gentil, attentionné, et ce qui avait commencé pour faire plaisir à sa mère était peu à peu devenu vrai.

Car cet homme était différent du père qui l'avait reniée et c'était peut-être Ivan qui lui avait ouvert les yeux. « Quel homme ! s'était-il exclamé. Il a l'âme d'un vrai Russe ! »

Franja devait bien reconnaître que c'était vrai. Comme un vrai Russe, son père était un rêveur, un romantique, un esprit courageux qui défiait la fatalité, qui était prêt à tout oser pour accomplir ce qu'il considérait comme sa destinée, même défier la mort. Comment aurait-elle pu refuser son amour à un tel homme ?

Pour la première fois depuis bien des années, elle se surprit à repenser à son ancien amour, Nikolaï Smirnov, à présent quelque part sur Mars. Encore mieux qu'Ivan, Nikolaï aurait compris ce qu'elle ressentait.

Il aurait compris pourquoi elle se sentait maintenant, au bout de si longtemps, si fière d'être la fille de Jerry Reed.

« Peut-être... peut-être pourrais-tu faire ce que demande papa ? dit Franja. Tu le pourrais, non ?

— Faire quoi ? L'aider à se tuer ? »

Franja vit alors sa mère d'un œil différent. Elle vit une femme qui ne lui ressemblait en rien, une femme qui ne comprendrait jamais ce qu'elle et son père avaient en commun. « À mettre une fin heureuse à son histoire, dit-elle.

— Franja ! Que dis-tu ?

— Rien, maman », répondit Franja, le nez plongé dans son verre.

Tu as peut-être vécu trop longtemps à l'Ouest, se dit-elle.

Tu as peut-être oublié ce que cela signifie d'avoir l'âme russe.

LE RAZ DE MARÉE KRONKOL

Les derniers résultats des élections en Ukraine montrent que Vadim Kronkol a raflé 69 % des voix pour la présidence. De son côté, le Front de libération d'Ukraine a obtenu 221 sièges sur 302 au Parlement.

Au nom du peuple américain, le président Harry B. Carson a félicité M. Kronkol pour sa victoire écrasante, qualifiant le dirigeant ukrainien de « compagnon de combat pour la liberté » et de « George Washington de son pays ».

Le vice-président américain, Nathan Wolfowitz, ennemi juré du président Carson désigné pour le « ticket » républicain par les dirigeants du parti à la suite, du propre aveu des deux hommes, d'un accord de circonstance destiné à sortir la convention de l'impasse, n'a pas été long à se désolidariser, comme d'habitude, du chef de son propre gouvernement.

« Le bruit que vous entendez, c'est le Père de notre Nation en train de grincer des dents dans sa tombe, a déclaré le vice-président. Ce qui me fait frémir, c'est la pensée qu'il va bientôt se retrouver en très nombreuse compagnie si Harry Carson continue à ouvrir sa grande gueule sans réfléchir, en démagogue bravache qu'il est. »

The Times (Londres)

C'était si frustrant, si proche et pourtant si éloigné. Il avait réussi à amener Patrice Corneau à partager ses vues, il avait convaincu Émile Lourade, il avait même convaincu son vieil ennemi Velnikov. Pourquoi ne pouvait-il pas convaincre sa propre femme ?

Sonia, malgré ses beaux discours, ne faisait strictement rien. Elle le traitait en infirme, en porcelaine fragile qu'il fallait garder dans le coton, en objet délicat à protéger soigneusement contre tout risque.

Il en comprenait certes la raison. Les docteurs lui avaient fait croire que s'il faisait bien attention, s'il ne prenait pas de risques, il pourrait survivre ainsi indéfiniment, ou du moins assez longtemps pour que devienne possible une greffe du cerveau ou un implant électronique.

Il fallait bien reconnaître que, de son point de vue, elle agissait au mieux.

La seule façon qu'il voyait de changer ce point de vue était de lui dire la vérité.

Mais il ne pouvait s'y résoudre. Il était peut-être prêt à renoncer à tout, y compris le peu de vie qu'il lui restait, pour marcher sur l'eau, mais il lui était impossible d'ôter l'espoir à Sonia. Il n'avait pas la cruauté d'aller si loin.

Cela laissait Franja.

Franja partageait son rêve. Elle était elle-même allée là-haut. Franja, au moins, comprendrait ce qu'il ressentait. Elle pourrait peut-être convaincre Sonia sans avoir à lui dire... sans avoir à lui dire...

Il avait un urgent besoin d'un allié. Il avait un besoin, peut-être tout aussi urgent, de se confier à quelqu'un. Mais cela signifiait dire à Franja toute la vérité.

Pouvait-il s'y résoudre ?

Y avait-il autre chose qu'il puisse faire ?

Jerry soupira. Il quitta le canapé, alla se servir un grand cognac qu'il vida d'un trait. Il n'y avait rien d'autre à faire. Sonia était à son travail, Franja préparait le déjeuner dans la cuisine ; s'il devait le faire, autant en finir tout de suite.

Il enroula soigneusement le câble, attrapa la poignée de l'hibernautika et se rendit à la cuisine en traînant cette foutue machine derrière lui.

Franja, debout devant le plan de travail, beurrait des tranches de pain pour les sandwichs. Les tomates, le fromage, le jambon et les oignons rouges étaient déjà coupés.

« C'est prêt dans quelques minutes, papa, dit-elle sans lever les yeux. Tu veux un peu de vin blanc ? »

Comme un automate, Jerry prit une bouteille de bordeaux entamée dans le réfrigérateur, enleva le bouchon, attrapa deux verres ballon dans le lave-vaisselle, les remplit, en descendit un, le remplit à nouveau et tendit l'autre à Franja.

« Pose-le dans la salle à manger, j'arrive, dit-elle sans le regarder.

— Bois-le maintenant, Franja, répondit Jerry en poussant le verre dans sa direction.

— Il y a quelque chose ? demanda Franja en levant enfin les yeux pour le regarder d'un air intrigué.

— Je... je dois te dire quelque chose..., balbutia-t-il. Et... et ça ne va être facile... pour aucun de nous deux. »

Il tendit le verre à Franja. Elle haussa les épaules, avala une petite gorgée. Jerry la dévisageait. Elle le regarda aussi. Aucun des deux ne parla d'un long moment.

« Eh bien, papa, finit par demander Franja. Parle, pour l'amour de Dieu ! »

Jerry soupira. Il but une autre gorgée, prit son courage à deux mains et se jeta à l'eau.

« Je... j'ai une bonne raison de monter à bord de la prochaine Navette de grande croisière, Franja, commença-t-il d'une voix mal assurée. J'ai... j'ai une bonne raison de vouloir aller là-haut le plus vite possible... Ta mère... elle ne... La vérité, c'est que je suis en train de mourir, Franja, il me reste un an ou deux, pas plus, et ça ne va pas être rigolo...

— Pourquoi... pourquoi me racontes-tu ça, papa ? demanda Franja d'une voix étrangement détachée.

— Parce que je ne veux pas en passer par là, Franja ! Je veux échanger un an ou deux de lente agonie contre quelques heures lumineuses ! Je veux mourir heureux, est-ce si dur à comprendre ? Hein, Franja ? Hein ? »

Franja regarda fixement son père, ne sachant que dire ni que faire, mais sachant combien elle devait lui sembler dure et froide, debout là, l'œil sec, face à cette atroce révélation. Elle essaya de se forcer à pleurer, mais l'échec fut total. Elle le savait depuis trop longtemps, elle avait pleuré toutes les larmes de son corps avec sa mère quand celle-ci le lui avait appris.

Et son père était au courant, lui aussi ! Bien sûr, qu'il était au courant ! Elle aurait dû savoir que Jerry Reed se plongerait à la première occasion dans les banques de données. Et sa mère aussi aurait dû le savoir. Il avait toujours été comme ça.

Et ils cherchaient tous les deux à épargner l'autre en lui cachant la vérité !

Ce fut finalement cela qui lui amena de vraies larmes aux yeux. « Je crois que je comprends, dit-elle. Mais pourquoi me dis-tu ça ?

— Parce que j'ai besoin de ton aide, Franja. Je n'ai personne d'autre vers qui me tourner. Je ne peux certainement pas le dire à ta mère. Je te le dis à toi parce que tu vas devoir m'aider à trouver un moyen de la convaincre de faire le nécessaire sans lui dire une vérité qui lui briserait le cœur. »

Franja regarda son père d'un œil nouveau. Branché à cet appareil qui le maintenait en vie et en même temps le faisait mourir à petit feu, il envisageait sa fin avec un courage qu'elle n'aurait sans doute jamais.

C'était toujours, en un sens, le petit garçon trop vite grandi, déterminé à poursuivre son rêve jusqu'au bout et refusant pourtant, même maintenant, de briser le cœur de sa mère au passage.

Cet homme m'a peut-être mal jugée par le passé, se dit-elle. Il a peut-être été injuste, et même cruel envers moi. Mais il m'a légué ce rêve, non ? Et à présent, à l'heure du besoin, vers qui se tourne-t-il ?

Dans quelle mesure n'est-ce pas moi qui l'ai mal jugé ?

Elle se retrouvait devant la plus grave décision de son existence. Devait-elle tenir sa langue, comme le lui avait demandé sa mère ? Ou bien dire la vérité et mettre enfin un terme à cette touchante mais stupide comédie ?

Elle poussa un soupir et prit la main de son père.

Oh oui, il avait l'âme slave !

Mais elle aussi.

« Maman est au courant », dit-elle.

Son père la dévisagea sans réagir pendant un très long moment. Puis il posa son verre sur le plan de travail et la prit dans ses bras.

« Imbécile que je suis, je t'aime très fort, lui murmura-t-il à l'oreille. Quel idiot j'ai pu être, quel idiot stupide et aveugle. »

Franja fondit en larmes. « Moi aussi, je t'aime, dit-elle en enfouissant son visage dans le cou de son père. Moi aussi. »

Personne ne vint accueillir Sonia à la porte à son retour du travail et, quand elle entra dans le salon, Franja et Jerry étaient assis côté à côté sur le canapé, leurs cuisses se touchant presque, plus proches qu'elle ne les avait jamais vus depuis que Franja avait quitté la maison, et ils arboraient une expression solennelle étrangement identique.

Ce spectacle d'un père et de sa fille enfin tendrement assis l'un près de l'autre aurait dû lui réchauffer le cœur, mais leur regard déterminé et leurs mâchoires crispées la glacèrent au contraire d'un frisson prémonitoire. Elle avait deviné avant que Franja n'ouvre la bouche.

« Papa est au courant. Il sait tout.

— Tu lui as dit ! s'écria Sonia, furieuse. Franja, comment as-tu pu !

— C'est moi qui lui ai dit, fit tranquillement Jerry.

— Tu... tu lui as dit ? bafouilla Sonia. Tu... tu savais depuis longtemps ?

— Bien sûr. Tu me crois vraiment idiot à ce point ? Tu t'imaginais vraiment que je ne me renseignerais pas ?

— Pourquoi ne m'as-tu rien dit ? Pourquoi m'avoir laissée...

— Pourquoi ne m'as-tu rien dit, *toi ?* demanda-t-il doucement, sans rien d'accusateur dans la voix.

— Parce que... parce que... » Les yeux de Sonia s'emplirent de larmes. Elle vit que Jerry était lui aussi sur le point de pleurer.

« Exactement, Sonia, dit-il. Tu ne pouvais pas me le dire, et je ne pouvais pas te le dire. Quelle paire d'idiots !

— D'idiots *amoureux*, Jerry, d'idiots amoureux..., murmura Sonia.

— Tu ferais mieux de t'asseoir, maman », dit Franja. Elle s'écarta de Jerry, laissant entre eux une place pour sa mère.

Sonia s'installa sur le canapé entre sa fille et son mari, dans la chaleur qui irradiait de leurs corps, le réconfort qu'ils lui prodiguaient, se sentant plus chez elle dans son appartement — dans *leur* appartement — qu'elle ne s'y était sentie depuis des années. Maintenant, seulement maintenant...

« Et maintenant ? soupira-t-elle.

— Maintenant, nous regardons la réalité en face comme une famille d'adultes, dit Franja avec une fermeté fort peu filiale.

— Et la réalité, c'est que je vais mourir d'ici un an ou deux, dit Jerry. Mes poumons vont se gonfler d'eau, mes veines et mes artères vont se durcir, je vais avoir des petites attaques, je...

— Jerry, s'il te plaît !

— C'est la vérité, Sonia. Tu ne peux rien faire pour me sauver. Personne ne peut rien faire.

— Tu ne peux pas abandonner tout espoir comme ça, Jerry !

— Je n'ai pas abandonné tout espoir, Sonia. J'ai tout

l'espoir du monde en une chose merveilleuse, une chose que tu *peux* m'aider à...

— Oh non, Jerry, pour l'amour de Dieu, pas *ça* maintenant ! s'écria Sonia. Tu n'es pas sérieux ! »

Mais un coup d'œil à son visage lui dit à quel point il était sérieux.

« Je suis... mortellement sérieux, dit-il. C'est maintenant ou jamais. J'embarque à bord de la prochaine Navette, ou bien je meurs sans jamais connaître ce moment, pour rien, bouffon d'une farce absurde. Est-ce vraiment là ce que tu veux pour moi ? Sonia ?

— Jerry...

— Espaceville grouille de gens en plus mauvais état que moi, poursuivit-il impitoyablement. J'ai fait mon travail. Bon sang, j'ai mis au point la N.G.C., tu te souviens ? Elle m'emmènera jusqu'à la Lune et retour sans m'infliger à aucun moment plus d'un demi-g. » Il esquissa un petit sourire idiot. « En fait, je me porterai mieux là-haut qu'ici, sur Terre.

— Je... je me suis un peu renseignée, mais aussi, Jerry, avoua Sonia. La rentrée dans l'atmosphère... les changements de pression dans la cabine... et il te faudrait supporter près de 3 g pour te rendre en orbite. Ça raccourcirait ta vie de plusieurs mois, d'un an, peut-être...

— Et alors ? répliqua Jerry. Je serais allé là-haut.

— Je ne veux pas ! Je ne te laisserai pas te tuer ! Au cours des mois dont tu veux te priver, il peut arriver *n'importe quoi !*

— Bon sang, Sonia, que dois-je faire pour te convaincre de m'aider ? Me jeter à genoux et te supplier ?

— Dis-lui, toi, Franja ! Dis-lui que c'est insensé !

— Je ne peux pas faire ça, maman. Il a raison.

— *Quoi ?*

— Il va mourir, maman. Rien de ce que nous pourrons faire ne va le sauver.

— Je ne peux pas accepter ça ! sanglota Sonia.

— Il le faut, Sonia ! Je l'ai bien accepté !

— Comment peux-tu rester assis là et... et...

— Parce que j'ai toujours un rêve. Je ne veux pas passer le temps qu'il me reste à vivre à me regarder mourir.

Quelques mois de souffrance et d'angoisse contre une chance d'obtenir ce que j'ai toujours désiré. Ne vois-tu pas que ce qui serait insensé, ce serait de ne *pas* faire l'échange ?

— Non, Jerry, je ne peux pas, je ne peux pas...

— Parce que ce n'est pas ton rêve, maman, c'est ça, hein ? demanda Franja. Tu ne l'as jamais compris. Tu ne sais pas ce que cela signifie. »

Et elle regarda Jerry en parlant, lui parlant, parlant pour lui, comme Sonia ne l'avait jamais entendue parler.

« Sentir la puissance des réacteurs lutter contre la pesanteur, sentir la planète elle-même résister à votre volonté... Puis, brusquement, c'est terminé, il n'y a que le silence et on n'a plus de poids, on regarde au-dehors et on voit la Terre qui brille dans les ténèbres, immense, magnifique, merveilleusement vivante. Puis les étoiles, plus qu'on n'en pourrait dénombrer, et on sait qu'il y a autour d'elles des planètes, d'autres mondes vivants avec à leur surface des créatures comme nous qui nous regardent par-delà les années-lumière, par-delà les siècles, et cela dure à jamais, des mondes et un temps qui n'ont pas de fin... »

Franja soupira. Elle se tourna vers Sonia. « C'est comme... cela ne ressemble à rien d'autre, maman. C'est... c'est tout ce qui existe et tu y connais ta place. Tu te sens grand, et tu te sens minuscule et, d'une certaine façon... tu sais à quoi tu sers. Des gens sont morts pour beaucoup moins que ça, maman. Pour beaucoup, beaucoup moins. Permets-lui de connaître ça. Aide-le à y aller. »

Jerry avait les larmes aux yeux. Il se pencha au-dessus de Sonia pour étreindre la main de sa fille.

« Écoute-moi, maman, poursuivit Franja. Je suis sa fille et je *sais*. Je suis allée là-haut. »

Alors Sonia la comprit presque, cette vision qui ne serait jamais sienne, un peu comme ce que l'on peut éprouver au milieu des croyants dans l'église d'une religion dont on ne partage pas la foi.

Elle leur enviait cette vision. Même si c'était un peu pour ça qu'elle les aimait. Tout en éprouvant une pointe de jalousie mâtinée du bonheur de faire à nouveau partie d'une famille unie. Et de l'amertume d'être juste un peu à l'écart.

Si seulement...

L'injustice de tout cela la faisait enrager. Je suis une bureaucrate soviétique, se dit-elle. Je suis une bonne marxiste élevée dans le matérialisme dialectique. Mais, juste pour une fois, j'aimerais croire en un Dieu. J'aimerais croire que tu es là qui m'écoutes, misérable salopard phallocrate ! J'aimerais penser que tu peux m'entendre te dire quelle brute sadique tu es !

Mais aucune voix ne lui répondit dans un bruit de tempête. Il n'y avait que Franja et Jerry qui ne tenaient par la main, la regardant en silence avec la même profondeur infinie dans les yeux.

Sonia soupira. Elle tendit le bras et leur prit la main. Ce contact lui réchauffa le cœur. Elle ne s'était jamais sentie si près d'eux, et pourtant si loin. C'était le plus beau moment de sa vie, et aussi le pire.

« Je ne sais pas, dit-elle. Ce que tu me demandes est si difficile...

— Je sais, dit doucement Jerry. Je sais bien...

— Il faut me donner un peu de temps..., dit Sonia d'un air malheureux.

— J'aimerais bien, répondit Jerry. J'aimerais te donner tout ce que tu veux. J'aimerais te donner tout le temps du monde. »

Il haussa les épaules et sourit courageusement. « Mais je n'en ai pas tant que ça à donner », ajouta-t-il tendrement.

VADIM KRONKOL POURRA S'ADRESSER AUX NATIONS-UNIES

Malgré tous les efforts de l'Union soviétique pour l'en empêcher, Vadim Kronkol, le nouveau Président ukrainien, a été autorisé à prendre la parole la semaine prochaine devant l'Assemblée générale des Nations-Unies et l'on pense qu'il en profitera pour proclamer l'indépendance de l'Ukraine.

En 1945, lors de la fondation de l'ONU, l'Union soviétique a réclamé quinze sièges à l'Assemblée générale, un pour chacune de ses républiques constitutives. Les États-Unis ont proposé d'accepter, à conditon qu'il leur soit accordé 48 sièges, un pour chaque État. Les négociateurs ont fini par se mettre d'accord sur un compromis accordant trois sièges à l'U.R.S.S., un pour chacune des républiques de Russie, d'Ukraine et de Biélorussie.

En fait, c'est le gouvernement central d'Union soviétique qui a toujours désigné les délégués biélorusses et ukrainiens mais, après la démission de Iegor Chivlets, la commission de vérification des pouvoirs a bien été obligée d'accepter les lettres de créance du gouvernement ukrainien légitimement élu, malgré les vigoureuses protestations des Soviétiques.

Les experts juridiques des Nations-Unies ont cependant fait remarquer que, puisque l'Ukraine occupait un siège à l'Assemblée générale depuis la fondation de l'organisation, il ne s'agissait en aucun cas d'une reconnaissance implicite de l'indépendance de cette république.

« Les Russes ne peuvent pas jouer sur les deux tableaux », a souligné un haut responsable de l'ONU qui a demandé à ne pas être identifié. Pour des raisons de représentation, ils ont toujours soutenu que l'Ukraine était un État quasi souverain, le gouvernement Kromkol a été légitimement élu selon les lois soviétiques et ukrainienne, il n'y a donc aucune base juridique pour remettre en question les pouvoirs de sa délégation. C'est l'Union soviétique elle-même qui s'est mise dans cette situation, en 1945. »

Robert Reed, *StarNet*

25.

« Bobby, c'est encore ton père, cria Sara.

— Seigneur..., murmura Bobby entre ses dents. Dis-lui que j'ai la figure pleine de crème à raser et que j'arrive dès que je me serai essuyé ! »

Quel idée d'appeler ce matin ! C'était aujourd'hui que ça allait chier, à coup sûr, il allait pour une fois se passer quelque chose d'important aux Nations-Unies, Bobby allait faire les gros titres et il n'avait la tête qu'à la crise imminente.

Vadim Kronkol devait prendre la parole à onze heures devant l'Assemblée générale et ce n'était un secret pour personne qu'il allait profiter de cette tribune pour proclamer l'indépendance de l'Ukraine vis-à-vis de l'Union soviétique.

Personne ne pouvait deviner ce qui allait se passer ensuite. Qu'allaient faire les Russes ? Présenter une délégation ukrainienne rivale ? Claquer la porte ? Envoyer l'Armée rouge ?

Plus précisément, quels mots ce microcéphale de Harry Carson allait-il mettre dans la bouche de Reagan Smith, le délégué américain ?

C'était *ça* qui allait faire un scoop ! Tout le monde savait que Kronkol allait déclarer l'indépendance de l'Ukraine. Tout le monde savait que les Soviétiques n'allaient pas l'accepter.

Mais personne ne savait ce que ferait le président Carson. Comment prévoir la réaction d'un cinglé ?

Certes, Carson avait annoncé clairement qu'il reconnaîtrait l'indépendance de l'Ukraine dès l'instant où elle serait formellement proclamée. Mais jusqu'où irait-il dans son soutien aux Ukrainiens contre les Russes ?

Menacerait-il de leur envoyer des armes en cas d'intervention de l'Armée rouge ? Était-il vrai qu'il y avait déjà des armes américaines en Ukraine ? Carson menacerait-il d'envoyer des « conseillers » américains ? Un corps expéditionnaire ? Passerait-il aux actes si les Russes ne se laissaient pas prendre au bluff ? Ou se cognait-il simplement la poitrine, en bon gorille qu'il était ?

Avec Harry Carson, tout était possible. Bobby n'aurait pas aimé être à la place des Russes.

Les États-Unis avaient hermétiquement fermé l'hémisphère occidental, transformé en un ensemble de petits fiefs économiques. La résistance en Amérique latine avait été laminée au point où les forces locales pouvaient la tenir en échec sous la conduite de conseillers américains. Et, si cela rendait la guérilla endémique beaucoup moins populaire maintenant que la chair à canon locale en faisait les frais, c'était désastreux pour l'industrie de l'armement qui maintenait à flot l'économie américaine sclérosée.

Le résultat était que des milliards de dollars continuaient à s'engouffrer dans le puits sans fond de l'Étoile d'Amérique. Le Pentagone ne savait probablement même plus quelle quantité d'artillerie était déployée dans l'espace. Tout ce que les fabricants d'armes pouvaient rêver de vendre au Pentagone avait été produit en telles quantités qu'il fallait tous les ans inventer autre chose pour éviter la dépression.

Et tout ça était maintenant entre les petites mains fébriles du président Harry Carson.

Tout ce que les Russes et les Européens possédaient dans l'espace entre la Terre et la lune était l'otage de l'Étoile d'Amérique. Un mot de Carson, et tout pouvait être volatilisé dans les cinq minutes — satellites, cosmograds, Espaceville, même Lunagrad, tout, des milliards et des milliards d'investissements en écus, des milliers de vies.

Même si Carson envoyait des divisions américaines se battre en Ukraine contre l'Armée rouge, les Russes n'oseraient sans doute pas se défendre sans recourir à autre chose que l'armement conventionnel. Car, s'ils employaient les armes nucléaires tactiques, Carson riposterait en détruisant tout ce qui se trouvait dans l'espace cislunaire ne portant pas les couleurs américaines. Et même dans ce cas, il était fort improbable que les Soviétiques osent réagir par une attaque nucléaire stratégique sur les États-Unis. Certains de leurs missiles réussiraient sans doute à passer, mais l'Étoile d'Amérique en anéantirait près de 95 %, laissant l'U.R.S.S. à l'improbable merci d'une Amérique toujours bardée de missiles balistiques, de sous-marins nucléaires, de bombardiers Penetrator, de missiles de croisières hypersoniques et des tout nouveaux Slam-Dunkers, pratiquement impossibles à intercepter.

Le principe de la dissuasion voulait qu'il ne s'agisse que d'une monstrueuse partie de poker où les États-Unis détenaient toutes les cartes maîtresses. La Russie ne prendrait pas le risque d'une confrontation nucléaire avec un fou furieux comme Carson, et celui-ci en était bien conscient. Si l'Armée rouge envahissait l'Ukraine, cela pouvait finir en affrontement avec les soldats ukrainiens armés par les États-Unis, mais tant que les Soviétiques ne recourraient pas aux armes atomiques, il n'y aurait pas d'engagement direct des Américains.

Mais, d'après la théorie paranoïaque de Sara, Harry Carson *voulait* vraiment engager les forces américaines dans un interminable conflit conventionnel en Ukraine.

« De son point de vue dément, c'est *idéal,* Bobby. Une bonne grosse guerre terrestre qui engloutirait plus de matériel militaire en une semaine que toutes les guérillas sud-américaines ne réussissent à en détruire en un an. Et il y aura d'autres mouvements indépendantistes, dans le Caucase, en Asie centrale, Dieu sait où, à soutenir avec la production américaine. Une réédition de l'Amérique latine, mais cette fois avec une kyrielle de nouveaux gouvernements pour supporter le poids de la dette à la place du contribuable américain. Des dizaines d'années de prospérité pour l'industrie de l'armement, et quand ce sera enfin terminé, si jamais ça se termine, les États-Unis auront mis la main sur la moitié de l'ex-Union soviétique ! »

Bien sûr, Sara était une extrémiste, même aux yeux de Bobby, et sa théorie était paranoïaque, cynique et dépravée.

Mais, d'un autre côté, c'était aussi le cas de Carson.

Et c'était vraisemblablement aujourd'hui que le monde allait s'apercevoir à quel point Harry Carson était dément.

C'était aujourd'hui que le minable poste de Bobby à l'ONU allait enfin lui donner un sujet important, au lieu des sempiternels discours aussi impuissants qu'enflammés de délégués du tiers-monde.

Il avait fallu des années à Bobby pour décrocher ce boulot, des années à couvrir la stupide politique municipale de Santa Barbara et l'encore plus stupide politique gouvernementale de Sacramento, des années à réécrire les dépêches de Tass, Reuters et de l'A.F.P. dans l'optique chauvine d'un torchon puant de San Diego, pendant que Sara publiait ses papiers pour pratiquement pas un rond dans les canards minables qui en voulaient bien, comptant sur lui pour se vendre à la presse facho afin de faire rentrer le fric qui leur permettait de ne pas crever de faim.

Il avait sauté sur l'occasion quand StarNet lui avait proposé ce poste à l'ONU, même s'il fallait pour cela habiter New York et dépenser plus de la moitié de son salaire pour un minuscule deux-pièces dans un immeuble de haute sécurité à Manhattan. Il y avait vu la chance de sa vie, couvrir les Nations-Unies, couvrir la *politique internationale,* pour le deuxième réseau d'information des États-Unis.

Ça valait le coup de se saigner aux quatre veines pour vivre dans un îlot de haute sécurité entouré d'un océan de misère qui faisait ressembler le tiers-monde au Paris de ses souvenirs. De subir les étés caniculaires. De supporter la claustrophobie et les cafards. De payer deux fois plus cher chaque repas au restaurant et chaque sac d'épicerie.

Après tout, il était le correspondant de StarNet à l'ONU, non ? Ses papiers seraient repris par une centaine de journaux, certains porteraient même sa signature, il serait cité d'un bout à l'autre du pays par les présentateurs de télévision.

Même Sara, qui avait depuis longtemps cessé de s'enthousiasmer pour tout ce qu'il faisait, qui n'avait jamais rien trouvé de bon à dire sur New York, l'avait pressé d'accepter.

« Bon Dieu, Bobby, c'est une occasion de faire quelque chose qui compte vraiment ! » avait-elle dit le jour où StarNet avait appelé.

Bien sûr, en pratique cela s'était révélé n'avoir rien de si glorieux. L'ONU avait depuis longtemps dégénéré en forum pour récriminations du tiers-monde. La plupart des sièges d'Amérique latine étaient occupés par des gouvernements révolutionnaires en exil. Les Africains mendiaient l'argent qui leur faisait toujours défaut. Les Chinois condamnaient l'impérialisme économique occidental. Les Latino-Américains invectivaient les États-Unis. Et les vrais protagonistes, les États-Unis, la Communauté européenne et le Marché commun est-asiatique, se contentaient de bâiller, vaquant tranquillement à leurs affaires en ignorant les cris de douleur du reste du monde.

Au début, Bobby avait bien essayé de rendre compte avec finesse et passion de ces vains bavardages. Mais au bout du énième article parti au panier ou réécrit d'une façon totalement insipide, Bobby avait fini par comprendre ce que ses confrères américains à l'ONU, la pire bande d'opportunistes qu'il eût jamais rencontrés, essayaient de lui dire depuis le début.

Personne aux États-Unis ne s'intéressait à ce qui se passait à l'ONU ou dans le tiers-monde. Il fallait bien que quelqu'un couvre les Nations-Unies pour les grands réseaux et les principaux journaux. Mais il s'agissait strictement de matériau de remplissage pour la dernière page des journaux ou les brèves de fin de bulletin d'informations, au même titre que les nouvelles scientifiques, les observations de soucoupes volantes, les statistiques agricoles et les chiens écrasés.

Jusqu'à aujourd'hui.

Aujourd'hui Vadim Kronkol allait se servir des Nations-Unies comme tribune pour proclamer l'indépendance de l'Ukraine.

Pour Bobby, c'était la chance de sa vie. S'il parvenait à y mettre sa patte, il avait une chance de signer un article qui établirait sa réputation, qui le ferait sortir du lot.

Il ne faisait aucun doute que tous ses soi-disant collègues se disaient la même chose, mais leur mordant s'était depuis longtemps émoussé. Il tenait sa chance de briller à la face du monde.

Mais pour cela il devait être en possession de tous ses moyens. Il devait être concentré. Il devait être plus pénétrant que jamais.

Bobby poussa un grognement en terminant en vitesse de se

raser et essuya les restes de mousse sans prendre la peine de se frictionner à l'after-shave.

C'était bien le jour où recevoir un coup de téléphone de son père avant de partir !

Il ne pouvait *tout simplement pas* quitter le pays. Au début, parce qu'il craignait de ne pas pouvoir revenir, mais ça, c'était avant que l'Agence centrale pour la sécurité ait serré encore un peu la vis. Maintenant il ne pouvait même plus obtenir un visa de sortie.

Pas avec une sœur naturalisée soviétique et une mère haut placée à l'Étoile-Rouge. Et certainement pas avec une épouse qui insistait pour continuer à s'engager auprès de tous les groupes extrémistes cinglés pouvant figurer sur la liste noire de l'Agence.

Il savait tout ça avant l'accident de son père, c'était ce qui l'avait empêché de travailler comme correspondant à l'étranger ; pourtant il avait *essayé* de se faire délivrer un visa de sortie après l'accident, il était prêt à prendre le risque de ne jamais pouvoir revenir.

Vraiment ?

N'était-ce pas là l'origine de son sentiment de culpabilité ? Il avait essayé de sortir uniquement parce qu'il était sûr de ne pas y arriver, afin de se sentir moins coupable vis-à-vis de ses véritables priorités, son épouse et son travail. Et il y avait de quoi culpabiliser.

C'était cette culpabilité qu'il ressentait quand il avait son père au téléphone.

Il avait toujours su qu'il n'aurait jamais vraiment tout risqué pour celui-ci, et Sara le savait aussi. Elle avait bien protesté quand il était allé solliciter un visa de sortie, mais ses protestations étaient de pure forme.

En fait, elle avait pris la chose à la légère quand il était rentré et lui avait raconté ce qui s'était passé.

« Eh bien, Bobby, je suppose que tu pourrais essayer de passer par Nat Wolfowitz, avait-elle dit d'un ton sardonique. Après tout, il est vice-président des États-Unis. Il se souviendrait peut-être de toi. »

Bobby avait poussé un grognement.

Nathan Wolfowitz, comme il l'avait dit si longtemps auparavant au petit Moscou, avait fait carrière de se présenter à la présidence. La première fois, il s'était présenté à l'investiture républicaine et avait recueilli environ 900 000 voix. Sitôt l'élection terminée, il avait annoncé qu'il était désormais démocrate et candidat à l'investiture dans quatre ans.

Il continuait à se faire appeler « le Gorbatchev américain » et son programme pour « ramener l'Amérique dans le concert des nations » proposait l'abrogation de la Loi sur la sécurité nationale, la dissolution de l'Agence centrale pour la sécurité, le retrait d'Amérique latine, la réduction de 70 % du budget de la défense pour employer l'argent économisé au remboursement sur vingt ans de la dette unilatéralement dénoncée en échange de l'entrée immédiate dans le Marché commun.

Si sensé que son programme pût être, il avait généralement autant de succès qu'un pet dans une église, mais cela faisait de lui un invité de choix pour les débats télévisés, dans le rôle du repoussoir, asseyant ainsi sa notoriété.

Au bout de quatre ans, il réussit effectivement à se qualifier pour les primaires démocrates et récolta trois millions de voix. Il alla à la convention avec trois cents délégués, mais en tant que premier candidat à violer l'antique tradition de ne pas paraître dans l'enceinte avant la nomination, il fut la vedette médiatique d'un événement par ailleurs dépourvu d'intérêt.

Aussitôt après les élections, il annonça qu'il était à nouveau républicain et commença sa campagne pour la nomination. C'était désormais une figure familière parmi une nombreuse concurrence, dominée d'un côté par Creighton Laxatl, le candidat des puissances de l'argent, et de l'autre par le bouillant sénateur du Texas, Harry Carson.

Les débats télévisés dégénérèrent rapidement en une suite d'empoignades entre Carson et Wolfowitz. Il y avait quelque chose de perversement rafraîchissant, après des décennies d'âneries insipides, dans une campagne présidentielle où deux des candidats se détestaient si cordialement.

Carson était arrivé en tête devant Laxatl à la convention, après s'être assuré l'indéfectible inimitié des autres candidats, mais il lui manquait environ deux cents délégués pour assurer sa nomination. La convention était restée dans l'impasse durant trente-trois tours de scrutin.

Le parti avait bouclé douze heures d'affilée tous les candidats dans une pièce enfumée. Ce qui s'y était passé était miséricordieusement perdu pour l'histoire, mais il en était sorti le plus sordide et le plus étonnant des accords d'arrière-boutique de l'histoire politique américaine.

Nathan Wolfowitz était arrivé à la convention bon quatrième avec 281 délégués.

Mais c'était suffisant pour faire émerger du lot Harry Carson.

Et les dirigeants du parti avaient réussi à sortir de l'impasse en les persuadant de figurer sur le même « ticket ».

Lorsque les journalistes stupéfaits avaient demandé à Wolfowitz comment il pouvait avoir accepté de se présenter comme vice-président de *Harry Carson,* il avait cligné de l'œil en haussant les épaules.

« Le seul boulot du vice-président est d'attendre tranquillement que le Président tombe raide mort, avait-il dit. Les Américains savent maintenant qu'ils ont un candidat qui prendra son travail à cœur. »

Carson et Wolfowitz n'avaient jamais fait campagne ensemble. Wolfowitz s'était contenté de continuer à faire les discours qui plongeaient régulièrement Carson dans une rage noire à la télévision. Carson n'avait pas une seule fois cité le nom de Wolfowitz.

Le vice-président Wolfowitz présidait occasionnellement le Sénat, mais Carson ne l'aurait même pas laissé aller assister à un enterrement, à moins que ce ne fût le sien propre. Cela semblait convenir parfaitement à Wolfowitz. Il passait presque tout son temps à attaquer son propre gouvernement et à suggérer que Harry Carson servirait au mieux les intérêts de son pays en se brûlant la cervelle.

« Wolfowitz ! Wolfowitz ne pourrait même pas faire sauter une contredanse. »

Sara s'était contentée de hausser les épaules en souriant. Qu'elle eût suggéré qu'il essaie de demander à *Wolfowitz* de lui obtenir un visa de sortie était son étrange façon de lui pardonner, de lui dire qu'elle était parfaitement au courant qu'il n'avait jamais envisagé sérieusement de la quitter pour se rendre au chevet de son père.

Bobby entra dans le petit salon, encore nu, prit le téléphone des mains de Sara et s'assit sur le canapé. « Bonjour, papa, comment ça se passe ?

— Ça avance, Bob, ça avance. Mais j'ai besoin de ton aide. »

Oh non !

« Je te l'ai déjà dit, papa, il m'est impossible de sortir...

— Tu peux faire quelque chose pour moi aux États-Unis, Bob.

— Vraiment ? » Sara lui apporta du coin-cuisine une tasse de café et un *bagel* grillé. Il jeta un coup d'œil à la pendule... 8 h 36 ! Seigneur, et il n'était même pas habillé !

« Peux-tu aller chercher mes vêtements dans la chambre ? demanda-t-il à Sara. Je dois être parti dans cinq minutes. » Sara hocha la tête et sortit.

« Je veux que tu te renseignes sur une organisation nommée Immortality, Inc..., à Palo Alto.

— Pour savoir *quoi ?*

— Il paraîtrait qu'ils ont mis au point une technique de suspension de la mort.

— Une quoi ?

— D'ici, je n'ai pu en trouver qu'une description sommaire dans les bases de données. Ils prennent un échantillon de tissu et le congèlent dans l'azote liquide après en avoir fait une copie de sauvegarde en enregistrant le génome sur disquette. Puis ils enregistrent je ne sais trop comment votre conscience instantanée et vous polymérisent le cerveau. »

Sara revint avec ses vêtements. « Je ne te suis pas, papa, dit-il en enfilant son caleçon.

— Ça paraît assez fiable. Il y a des tas de doubles sécurités. Ils cloneraient un nouveau corps à partir de mon génome puis, soit répareraient ce qui cloche dans mon cerveau avant de le transplanter, soit copieraient simplement l'enregistrement dans un nouveau.

— *Quoi ?* s'exclama Bobby tout en réussissant à enfiler sa chemise sans laisser tomber le combiné.

— Ça serait une façon de me ramener à la vie.

— On dirait une histoire de science-fiction, papa. Ils ne peuvent pas vraiment faire ça, non ?

— Pas pour le moment, bien sûr. Plus tard, quand la technique aura évolué. Dans cinq ans, dix ans, un siècle, ça n'a pas vraiment d'importance, pas si mon génome est correctement enregistré et si ma personnalité est préservée sur support numérique. »

Bobby boutonna sa chemise et passa les pieds dans les jambes de son pantalon tout en essayant de trouver ce qu'il pouvait répondre à *ça.* C'était complètement dingue, mais comment aurait-il pu le dire à son père, à un homme confronté à sa mort imminente ? Ce n'était pas pire que de croire au ciel ou au nirvâna, n'est-ce pas ? Mais enfin, ce n'était pas vraiment mieux...

« Bob ? Bob ? Tu es toujours là ?

— Oui, je suis toujours là, papa, mais je vais devoir y aller. Je... je... Écoute, papa, tu... euh... tu parles... sérieusement ? Enfin, tu crois vraiment... ?

— Ce qui compte, c'est ce que nous pouvons faire croire à ta mère, répondit sèchement son père. Si elle croit que j'ai une chance d'être ramené à la vie, alors nous arriverons peut-être à la convaincre de faire le nécessaire pour me permettre de monter à bord de la N.G.C. »

Grands Dieux ! se dit Bobby en fermant sa braguette avant de boucler sa ceinture. Qu'est-ce qui se passe là-bas ? Ils ont parlé de détérioration progressive du cerveau. Serait-ce commencé ?

« Et toi, papa ? demanda-t-il en enfilant ses chaussettes. Tu crois vraiment à cette histoire ? »

Il y eut un long silence à l'autre bout de la ligne. « Ce que je crois n'a aucune importance, finit par répondre doucement son père.

— Pour moi, ça en a une », dit Bobby en glissant les pieds dans ses chaussures. *J'aimerais savoir si tu as complètement perdu les pédales.*

Nouveau silence. « Eh bien, c'est toujours mieux que de se faire jeter au fond d'un trou », dit finalement son père.

Bobby poussa un soupir. C'était d'une logique irréfutable. L'idée était peut-être dingue, mais son père n'était pas fou. On lui avait distribué des cartes pourries et tout ce qu'il avait était dans le pot, alors qu'aurait-il pu faire d'autre que de tout risquer ?

8 h 44 ! Merde, je dois me tirer d'ici !

« Écoute, papa, je vais vraiment être en retard. Que veux-tu que je fasse ?

— Va à Palo Alto. Apprends tout ce que tu peux sur

Immortality, Inc. Et mets la main sur tout le matériel publicitaire que tu pourras leur soutirer. Raconte-leur que tu prépares un article.

— Aller en Californie ! Écoute, papa, au cas où tu ne l'aurais pas remarqué, une crise importante est près d'...

— Une heure et demie aller, une heure et demie retour, deux ou trois heures à Palo Alto, est-ce tant demander, Bob ?

— Il n'y a pas de Concordski aux États-Unis, souviens-toi ! C'est un voyage d'une journée et je rentrerais complètement déphasé au beau milieu du plus gros coup que j'ai jamais eu l'occasion de couvrir. »

8 h 50 ! Bobby avait essayé de nouer sa cravate en tenant le téléphone d'une main, mais cela s'avérait impossible. Et il aurait dû être parti depuis dix minutes !

« C'est ma vie qui est en jeu, Bob, dit plaintivement son père. Tout ce pour quoi j'ai jamais vécu. Je t'en supplie, Bob, il faut faire ça pour moi, et il faut le faire tout de suite. »

D'accord, se dit Bobby, c'est ton père, il lui reste environ un an à vivre et tu es sur le point de l'envoyer balader parce que tu ne veux pas sacrifier une journée de crainte de rater un scoop !

Tu pourrais prendre un vol de nuit samedi soir et rentrer dimanche après-midi. Il ne se passe jamais rien le dimanche, pas même la fin du monde...

Tu lui dois bien ça, non ?

« D'accord, papa, d'accord, j'irai et je te rappelle dimanche. Maintenant, il faut vraiment que je me sauve.

— Tu vas aller où ? demanda Sara quand il eut raccroché.

— En Californie, juste pour le week-end », répondit Bobby en nouant maladroitement sa cravate sans prendre le temps d'aller devant un miroir.

« Quoi faire ? demanda Sara.

— Tu ne me croirais pas si je te le disais », lança-t-il en enfilant sa veste tout en attrapant son ordinateur. Il l'embrassa rapidement sur la joue et sortit en trombe.

LES EURORUSSES CONTINUENT À BAISSER DANS LES SONDAGES

Si la concurrence dispersée qui se présente contre lui ne peut qu'assurer la réélection de Constantin Semyonovitch Gotchenko à la présidence de l'Union soviétique, les eurorusses continuent à chuter dans les sondages. Le dernier en date laisse entrevoir un Soviet suprême presque également divisé entre ours réclamant une invasion immédiate de l'Ukraine, nationalistes ethniques soutenant l'indépendance ukrainienne et eurorusses comme le président Gortchenko, atermoyant en se rongeant les ongles jusqu'au sang.

Autrement dit, sauf événement parfaitement imprévu, nous sommes sur le point d'élire un Président qui a l'air de ne savoir que faire et un Soviet suprême si efficacement bloqué qu'il l'en empêcherait probablement si jamais il prenait une décision.

Argumenti i Fakti

Comme tout un chacun à Moscou, et sans doute dans toute l'Union, Franja était restée chez elle pour regarder le désastre se nouer à la télévision. Elle regrettait qu'Ivan ne soit pas là, ou même de ne pas être à Paris avec sa mère, car le moment n'était pas rêvé pour se trouver seule.

Le fatidique discours de Vadim Kronkol à l'ONU s'était déroulé plus ou moins comme on pouvait s'y attendre. Le président ukrainien, toujours fagoté dans son costume d'animateur de télévision — blouse paysanne richement brodée, bottes noires et pantalon cosaque —, s'était gargarisé du génocide des koulaks ukrainiens, de la persécution de l'Église uniate, des atrocités de Khrouchtchev, de l'hégémonisme économique et culturel russe et ainsi de suite, pour se porter comme d'habitude au paroxysme de la fureur avant d'en venir au fait.

Avec sa longue chevelure noire, sa barbe fournie, ses yeux bleus au regard perçant, c'était le portrait craché de Raspoutine. En fait, *Moscou en folie* allait jusqu'à dire que les conseillers en communication américains l'avaient choisi en programmant sur ordinateur les paramètres physiques et psychologiques de Raspoutine avant d'explorer la banque nationale de données ukrainienne.

À le voir à l'heure de son triomphe, Franja n'avait aucun mal à le croire. Le numéro de Kronkol n'aurait pu être plus parfaitement au point pour en appeler aux pires instincts alimentés par des siècles de jalousie haineuse des Ukrainiens pour les Russes et conforter l'image chauvine que les ours se faisaient de la race traîtresse d'ingrats qui s'étaient vendus en masse aux nazis pendant la Grande Guerre patriotique.

C'était précisément ce que le *véritable* Raspoutine, celui de Washington, avait sans doute voulu.

« Il ne reste donc plus au peuple libre d'Ukraine d'autre solution que de secouer une fois pour toutes le joug de l'oppresseur russe et réclamer la place qui lui revient de droit dans la communauté des nations souveraines, rugit Kronkol pour finir. L'heure est venue ! C'est le jour que le peuple ukrainien attend depuis des siècles d'asservissement ! En tant que Président légitimement élu, je déclare solennellement l'indépendance totale et absolue de l'Ukraine vis-à-vis de l'Empire russe ! La République socialiste soviétique d'Ukraine est morte ! Vive la République ukrainienne ! »

Entendre les Ukrainiens déclarer effectivement leur indépendance était peut-être encore un choc pour le système nerveux, mais Franja y était préparée et elle en éprouva presque un soulagement.

Ce qui importait vraiment, c'était le discours du délégué américain et la réaction du président Gortchenko.

Si Gortchenko laissait l'Ukraine faire sécession sans suivre le lent et fastidieux processus adopté durant la crise balte pour empêcher précisément cela, combien d'autres républiques essayeraient d'agir de même ? Pire encore, l'Ukraine était la deuxième république d'Union soviétique pour l'importance de sa population et, sans les Ukrainiens, alliés ambivalents des Grands Russes depuis des siècles, la Russie serait submergée par le flot des Asiatiques.

Du point de vue eurorusse, c'était la survie de l'Union en tant qu'État multinational qui était en jeu, de celui des ours c'était la suprématie russe.

Mais si Gortchenko envoyait l'Armée rouge, le bain de

sang qui en résulterait polariserait à coup sûr la haine de toutes les autres minorités, accroissant le poids au Soviet suprême des chauvinistes russes aussi bien que des nationalistes ethniques, aux dépens des eurorusses. Et mieux valait ne pas songer à ce que ferait un fou comme Carson.

La seule ligne de conduite pour Gortchenko serait donc de temporiser jusqu'aux élections, de contenir l'Armée rouge malgré les vociférations bellicistes des ours et, jouant les uns contre les autres, d'assumer la stature d'un homme d'État modéré. Ce n'était pas grand-chose, mais c'était tout ce qu'il pouvait faire.

Kronkol lança alors sa bombe.

« En tant que président de la République indépendante d'Ukraine, je dépose maintenant devant le Parlement européen notre candidature officielle de membre de la Communauté, déclara-t-il avec un clin d'œil machiavélique. Et, ce faisant, j'exprime notre solidarité avec les peuples opprimés du monde entier ! Puisse le courage de l'héroïque peuple ukrainien vous inspirer à tous de choisir d'être maîtres de votre propre destinée ! Je ne vous demande pas seulement de voter notre admission, je vous demande de vous joindre à nous ! Ensemble nous bâtirons une nouvelle Europe, une Europe libre, une Europe constituée, non pas d'États-nations, mais de peuples libres et indépendants ! »

Puis il quitta la tribune pour remonter l'allée centrale dans un chahut indescriptible, parmi les huées, les acclamations et les poings brandis, avec aux lèvres un large sourire simiesque d'autosatisfaction.

« Une Europe des peuples, pas des États-nations », comme ne le savait que trop bien Vadim Kronkol, était le slogan du Congrès des peuples, l'organisation-parapluie des mouvements nationalistes qui voyaient le jour un peu partout en Europe. Basques. Bretons. Écossais. Gallois. Bavarois. Slovaques. Serbes. Croates. Flamands. Frisons. Lapons. Catalans. Macédoniens. Il n'y avait guère d'État européen qui ne fût une mosaïque ethnique, qui ne comportât pas de minorité parlant sa propre langue, revendiquant sa propre culture, se considérant comme un peuple asservi.

Et maintenant ces damnés Ukrainiens les incitaient à passer à un nouveau stade du tribalisme transnational. Depuis longtemps, dans toute l'Europe, les mouvements nationalistes faisaient campagne pour diverses formes d'autonomie, mais aucun n'avait encore osé déclarer unilatéralement son indépendance ni déposer sa candidature comme membre de la Communauté.

En transférant le problème devant le Parlement européen, les Ukrainiens avaient transformé leur cause, d'affaire intérieure soviétique, en débat international sur la nature même de la Communauté européenne au sein de laquelle les nationalistes de tout poil seraient leurs alliés inconditionnels.

Et le pire était sûrement encore à venir.

Le président de l'Assemblée tapa de son marteau pour rappeler les délégués à l'ordre, puis l'élégante silhouette aux cheveux argentés de Reagan Smith, ambassadeur des États-Unis auprès de l'ONU, descendit lentement l'allée centrale en direction de la tribune.

« Nous donnons maintenant la parole au délégué des États-Unis », dit le président. Franja retint son souffle, ainsi sans doute que le reste du monde, tandis que Reagan Smith montait à la tribune, suivi en plan serré par la caméra, et les cris firent place à un silence oppressant.

Smith tira lentement une unique feuille de papier de sa poche de poitrine, la posa devant lui et sortit une paire de lunettes à fine monture métallique qu'il posa sur son nez comme pour prendre ses distances avec la nature officielle de ce qu'il était sur le point de lire.

« J'ai été chargé de vous lire la déclaration suivante du président des États-Unis, commença-t-il d'une voix étrangement mate, comme s'il essayait très fort de ne pas buter sur les mots.

« Par la présente, le gouvernement des États-Unis reconnaît formellement le gouvernement souverain et légitimement élu de la République d'Ukraine et éprouve un grand plaisir à accueillir dans la communauté des nations libres le peuple ukrainien délivré de l'oppression. En accord avec sa longue et honorable tradition de protection de l'intégrité territoriale des peuples menacés par l'impérialisme soviétique, le gouvernement des États-Unis notifie formellement au gouvernement de l'Union des républiques socialistes soviétiques que la République d'Ukraine a été placée sous le bouclier nucléaire de l'Étoile d'Amérique. Toute attaque nucléaire contre la République d'Ukraine sera considérée comme une agression contre le territoire des États-Unis et il y sera répondu en conséquence à l'aide de toutes les ressources défensives en notre possession. »

Franja fixa son écran d'un œil rond tandis que le tumulte éclatait à New York. Que diable voulaient-ils dire par placer l'Ukraine « sous le bouclier nucléaire de l'Étoile d'Amérique » ?

Jusqu'où iraient-ils si Gortchenko ne se laissait pas prendre à leur bluff ? Se contenteraient-ils d'utiliser leurs armes défensives pour neutraliser les missiles soviétiques ou lanceraient-ils une frappe stratégique ? Et que feraient-ils si l'Armée rouge marchait sur Kiev, Lvov et Odessa ?

Tandis que l'écran montrait un plan de la délégation soviétique, Franja constata que les représentants de son gouvernement avaient l'air tout aussi perplexes qu'elle. Les têtes se penchaient vers Malinine, l'ambassadeur soviétique qui, tour à tour, haussait les épaules, faisait la grimace et tournait la tête à droite et à gauche comme à un match de tennis.

Finalement, il se leva en chancelant et demanda la parole. Quand le président de l'Assemblée la lui eut accordée et qu'il s'avança lentement dans l'allée centrale comme un homme en route vers l'échafaud, le silence qui s'abattit était angoissant.

« L'Union soviétique tient le discours de Vadim Kronkol pour un acte de trahison et, non seulement ne reconnaît pas l'existence d'un prétendu État ukrainien indépendant, mais ne reconnaît plus Vadim Kronkol comme président légitime de la République socialiste soviétique d'Urkaine. L'Union soviétique est parfaitement capable de régler ce problème intérieur sans recourir à la force nucléaire, rendant vides de sens les menaces belliqueuses des États-Unis. L'Union soviétique avertit néanmoins le gouvernement des États-Unis que toute ingérence des forces armées américaines dans la répression d'une insurrection interne sera considérée comme un acte de guerre et qu'il y sera répondu en conséquence. »

Ce fut *tout* ce qu'il dit. Il quitta la tribune sans avoir répondu à aucune question essentielle et l'image fut remplacée par celle d'un quelconque studio de Moscou où un général, un délégué eurorusse, un ours notoire et deux commentateurs étaient réunis pour un débat inepte.

Franja éteignit la télévision et resta assise plusieurs minutes devant l'écran vide, l'esprit également vide. Les murs de l'appartement semblaient se refermer sur elle. Le silence était terrifiant.

Ce dont elle avait besoin, c'était de se retrouver au milieu de gens, au milieu de Russes, au milieu de ses compatriotes, et plus ils seraient anonymes, mieux cela serait. Ce dont elle avait besoin, tout de suite, c'était de se retrouver dans la rue.

C'était une belle nuit de début de printemps et la température était fraîche. Les restaurants à la mode de la rue Arbat étaient fermés et les bars et clubs, toujours grouillants de monde à cette heure, auraient dû être plutôt vides, tout le monde étant resté chez soi assister au désastre à la télévision ; aussi Franja fut-elle surprise de trouver la large voie piétonnière noire de monde.

Mais ce n'était pas la foule habituelle de l'Arbat qui allait et venait d'un bar à l'autre, faisait du lèche-vitrine, marchandait avec les camelots, s'attroupait autour des musiciens de rue.

Emmitouflés dans leurs manteaux et coiffés de chapeaux pour se protéger du froid, déambulant par petites groupes, en bandes ou bien seuls comme Franja, tous semblaient s'avancer en direction du boulevard, au bout de la rue, vers son confluent avec l'avenue Kalinine à la station de métro Arbatskaya.

Autour de la station de métro, la foule était encore plus dense que d'habitude. Les colporteurs et musiciens étaient toujours là, mais personne ne leur prêtait attention. Du passage souterrain parvenaient les vitupérations d'un agitateur du Pamiat, mais le flot des piétons ne semblait nullement ralenti par ses efforts pour s'attirer un public.

La plupart des gens avaient l'air soit de descendre l'avenue Kalinine, soit de se frayer un chemin dans la cohue de la station de métro.

Franja pensa comprendre, car le métro fonctionnait encore, l'avenue Marx n'était qu'à deux stations et la même impulsion l'attirait vers le centre-ville, vers le cœur symbolique du pays, vers la place Rouge.

La dernière chose dont elle avait envie, c'était bien d'être entassée dans un wagon de métro. De plus, ce n'était pas si loin à pied. Elle s'éloigna donc de la foule qui s'engouffrait dans le métro et traversa l'avenue Kalinine pour se mêler à une autre foule qui s'avançait vers l'est sur chaque trottoir, procession spontanée se dirigeant vers le centre-ville dans une bousculade typiquement moscovite.

L'avenue était prise dans un gigantesque embouteillage mais, malgré la congestion totale du trafic, les avertisseurs restaient étrangement silencieux, comme si, dans cette conjecture, se trouver dans sa chère voiture était bien suffisant.

Les magasins avaient beau être fermés, les néons criards et les panneaux d'affichage éteints depuis longtemps, les trottoirs de cette scintillante artère commerciale vouée à la société de consommation étaient encore plus peuplés que d'ordinaire par un beau samedi après-midi. Mais si les trottoirs grouillaient de monde, les passants s'avançaient sans être ralentis par les habituels tourbillons et contre-courants. Tout le monde semblait se diriger spontanément dans la même direction — vers le centre, vers la place Rouge.

Franja le sentait tandis qu'elle s'avançait au fond des canyons de béton au cœur du torrent humain, laissant derrière elle boutiques obscures et halls d'exposition automobile, immeubles de bureaux et énormes écrans muraux désactivés, cafés et restaurants, cinémas, librairies et kiosques à journaux, le long de cette rue qui semblait symboliser tout ce qu'était devenue la nouvelle Russie, tout ce qui avait été gagné au cours du long voyage dans le temps depuis les premiers frémissements de la perestroïka jusqu'à la glorieuse floraison du Printemps russe.

Mais ce soir, avec les sombres tractations en cours à l'autre bout du monde, dans les couloirs de Washington et de New York, l'avenue Kalinine paraissait aussi symboliser tout ce que la Russie avait à perdre.

Elle le voyait sur tous les visages. Jeunes gens habillés comme elle à la dernière mode européenne, vieilles babouchkas à l'allure de réfugiées d'un autre temps, ouvriers en blue-jeans et blousons de cuir noir, un soldat de-ci de-là, même les hooligans avec leurs moustaches à la Staline, tous progressaient sombrement, en silence, comme une sorte de procession vers la place Rouge, à rebrousse-temps vers les époques de Brejnev, de Khrouchtchev et de Staline, des tsars et des boyards, vers une vaste et immobile entité, vers le cœur intemporel de la Russie.

Elle le sentait également en elle, le sentait peut-être réellement pour la première fois, cet indicible sentiment d'unité communautaire, cette submersion de l'individu dans l'âme slave qui avait toujours été la force et la malédiction de la Russie. Qui avait défait les Tartares et les Polonais, qui avait édifié une nation et un empire, qui avait enfanté la Révolution bolchevique et permis à un monstre de la gouverner pendant des dizaines d'années, qui avait vaincu les nazis et cherché à s'imposer au monde entier, qui avait envoyé les premiers hommes dans l'espace et semblait s' être dissipée aux premiers rayons matinaux du Printemps russe.

Mais ce soir, alors qu'une ombre menaçante s'étendait une fois de plus sur cette terre ancienne et tragique, quelque chose de primitif, de terriblement et glorieusement *russe* semblait avoir ressurgi dans ce pèlerinage spontané vers les racines slaves, vers les bases, vers le centre, vers la place Rouge.

Sur l'avenue Marx, les piétons avaient même réussi à balayer de leur route les automobilistes, car ici, parmi les vieilles bâtisses gouvernementales de pierre et les tours vitrées commerciales, ils avaient envahi la chaussée aussi bien que les trottoirs, marée humaine affluant vers les accès à la place Rouge.

Rue Tverskaïa, avenues Kalinine, Mira, toutes venaient buter contre les murs du Kremlin et Franja imaginait sans peine les foules se déversant de chacune d'elles, car les gens de l'Arbat n'étaient certainement pas les seuls attirés ce soir vers le centre de leur univers.

Franja joua des coudes au milieu de la bousculade, mais quand elle eut enfin réussi à se frayer un chemin jusqu'au vieil hôtel Moskva, au débouché de l'avenue Kremlinovski, elle constata qu'elle ne pouvait aller plus loin.

La place Rouge était une masse compacte de gens. Le mausolée de Lénine, au loin, était minuscule, la garde d'honneur entièrement cachée par la foule. Derrière, des lumières éparses brillaient aux fenêtres du siège du gouvernement.

D'où elle se trouvait, Franja pouvait voir que la plupart des gens regardaient en direction du Kremlin, en direction des grandes étoiles rouges qui brillaient toujours, rassurantes, sur ses remparts, en direction du mausolée de Lénine, comme s'ils attendaient une spectaculaire apparition au sommet du tombeau, ou même de la muraille, comme s'ils attendaient que Gortchenko en personne, que *n'importe* quel dirigeant surgisse pour donner voix à leur sentiment informulé, comme s'ils attendaient d'être rassurés, d'être rassemblés pour œuvrer à un but commun, comme s'ils attendaient que Lénine se dresse au-dessus de la foule pour l'exhorter.

Effectivement, debout au milieu d'eux, attendant elle-même à demi l'apparition d'une telle silhouette, Franja s'aperçut que la foule ne se contentait pas d'attendre, qu'elle réclamait.

Il y avait une bousculade devant le mausolée. Le brouhaha lui en parvenait, coléreux et impatient. Des voix criaient des choses qu'elle ne parvenait pas à distinguer. Des gens brandissaient des drapeaux soviétiques et des portraits de Gorbatchev ou de Staline, modernes icônes des eurorusses et des ours. Des bouteilles commençaient à voler. Elle devinait des algarades qui éclataient aux premiers rangs de la foule. Quelqu'un promenait un mannequin à l'effigie de l'oncle Sam au bout d'une corde, un autre un drapeau américain enflammé.

Mais il n'apparaissait toujours personne de l'autre côté des murs du Kremlin. Et Franja comprit que personne ne s'y risquerait. Qu'aurait pu dire Gortchenko ? Qu'aurait pu dire qui que ce fût pour canaliser l'énergie de la foule, tous les rassembler, ours comme eurorusses, les craintifs et les enragés, la vieille Russie et la nouvelle, le sombre passé qui survivait même au fond du plus moderne des cœurs et les espoirs d'avenir sur le point de se faire écraser par des forces échappant à tout contrôle ?

Elle avait l'impression que la Russie tout entière s'était rassemblée au centre du monde, eurorusses et ours, le présent et le passé, les espoirs et les craintes, tous réunis sur la place Rouge au plus noir d'une nuit de printemps sur laquelle soufflait un vent glacé.

Puis elle remarqua que beaucoup de gens ne regardaient

pas vers le Kremlin. Des personnes âgées, pour la plupart, mais aussi des jeunes, avaient les yeux fixés dans une tout autre direction, de l'autre côté de la place, une expression totalement différente sur le visage, une étrange quiétude intemporelle qui semblait bien plus vieille et plus forte que les murs de brique rouge du Kremlin.

Et, suivant leur regard, elle comprit ce qui les avait pétrifiés.

Au-delà de la marée humaine, au loin, de l'autre côté de la place Rouge, les bulbes fantasmagoriques de Saint-Basile étaient brillamment illuminés par les projecteurs, les somptueuses arabesques rouge, turquoise et or flottaient au-dessus du tumulte comme une impérissable icône, symbole éclatant de l'immortelle âme slave, d'une Russie éternelle hors d'atteinte du temps et des péripéties de l'histoire.

Mais tandis qu'elle admirait la superbe irréalité de la vieille église exaltée par la magie électrique des temps modernes, son regard fut attiré vers le ciel nocturne par l'envolée des dômes et des flèches.

Là, parmi les étoiles, atténués par l'éclat des lumières de la ville, se déplaçaient des points de lumière, et elle se représenta mentalement ce qu'était chacun d'eux.

Stations militaires. Missiles. Lasers orbitaux. Bombes à antiprotons. Miroirs incendiaires.

En bas se dressait la basilique, précieuse et magnifique, parfaite représentation de l'âme russe, glorieuse, romantique, mais si fragile sous les cieux implacables.

En haut, aux aguets dans les ténèbres, l'Étoile d'Amérique tournoyait comme un nuage de charognards guettant leur proie.

WOLFOWITZ RÉCLAME L'EMPÊCHEMENT DU PRÉSIDENT CARSON

Lors d'une conférence de presse improvisée sur les marches du Capitole, le vice-président Wolfowitz a souhaité que le Congrès décide immédiatement l'empêchement du président Carson.

« Des motifs ? Vous voulez des motifs ? a hurlé Wolfowitz aux journalistes scandalisés. Il a fomenté une révolution dans un pays étranger, en violation de plus de lois que quiconque depuis trente ans, et maintenant il nous implique dans une conflagration nucléaire potentielle sans même se soucier d'obtenir une résolution du Congrès. Si nous ne nous débarrassons pas sur-le-champ de Carson pour nous retirer honorablement de cette histoire de fous, cet idiot est capable de réduire le monde entier en cendres radioactives. Des motifs d'empêchement ? Il y en a assez pour l'enfermer à perpétuité dans une chambre capitonnée et jeter la clef ! »

Interrogé sur la réaction du Président, le secrétaire de presse présidentiel, Marvin Watson, a répondu que le Président n'avait rien à déclarer que l'on puisse décemment imprimer.

Associated Press

« Hein… ? grommela la voix au bout du fil.

— Papa ? C'est moi…

— Bobby… ? Seigneur… il est…

— J'appelle de Palo Alto, papa.

— Alors… ? grogna son père.

— Eh bien, il y a bien ici une entreprise nommée Immortality, Inc., dit Bobby, et ils proposent bien une prétendue “ suspension de la mort ”, mais, euh… »

Il y eut un long silence à l'autre bout de la ligne tandis que son père s'efforçait sans doute de finir de se réveiller, car si Bobby pouvait voir par la fenêtre de sa chambre de motel les gens se dorer autour de la piscine au brillant soleil californien, à Paris, c'était le milieu de la nuit.

Immortality, Inc. était installé dans un bâtiment de béton au milieu d'une pelouse plantée d'arbres, derrière un mur de briques, indiscernable des laboratoires biotechniques, usines d'électronique et officines de marchands de mort constituant la principale base économique de la région de Palo Alto.

Bobby avait été accueilli à la réception par un certain Dr John Burton, individu au sourire suave et aux longs cheveux blonds. Il avait l'air d'un surfer qui se serait incongrûment engoncé dans un coûteux costume de soie grise.

Burton l'avait emmené dans un bureau impeccablement

rangé, plein de plantes tropicales, où il avait expliqué l'opération au « journaliste de StarNet ». Ses yeux bleus avaient l'éclat de ceux d'un mystique, ou peut-être du champion des marchands de voitures d'occasion.

« Vous le découvrirez tôt ou tard, alors je peux aussi bien vous l'avouer tout de suite, monsieur Reed : nous travaillons avec une licence d'entrepreneurs de pompes funèbres.

— Une licence *d'entrepreneurs de pompes funèbres?* s'exclama Bobby. Cet endroit ne ressemble guère à un salon funéraire.

— Ce n'en est pas un. Mais, selon les lois en vigueur en Californie, il nous a fallu faire enregistrer la suspension de la mort comme une forme légale d'inhumation sous peine de ne pas pouvoir opérer du tout. Inutile de préciser que cela nous pose certains problèmes. Malheureusement, cela signifie aussi qu'il ne nous est pas permis de traiter un client avant sa mort clinique dûment certifiée, ce que nous ne pensons pas être le *blue max.*

— Le *blue max?*

— Polymériser avant la mort du cerveau pour minimiser les risques de détérioration cérébrale. Le *blue max,* c'est ça. Prendre le cerveau avant que le matériel n'ait eu le temps de se dégrader.

— Vous voulez dire le *tuer?*

— Allons, mon vieux, ne soyez pas morbide ! Nous parlons de clients au stade terminal ! dit Burton avec un haussement d'épaules. Mais la loi c'est la loi, il faut faire avec », poursuivit-il d'un air désolé. Puis il s'épanouit de nouveau. « Bien entendu, à long terme, ce n'est rien que nous ne puissions contourner, ajouta-t-il hâtivement.

— À long terme ?

— D'ici quelques années ou dizaines d'années, répondit Burton d'un ton expansif. Nous savons comment conserver nos clients, mais bien entendu nous ne savons toujours pas de quelle technique nous aurons besoin pour les ramener à la vie. C'est pourquoi nous multiplions les redondances... échantillons de tissus *et* enregistrement du génome, polymérisation du cerveau *et* stockage magnéto-optique des schémas électroholographiques instantanés. »

Son regard sembla se faire un peu fuyant. « Évidemment,

puisqu'il nous faut assurer indéfiniment la conservation du matériau biologique et le stockage de données, tout en couvrant le coût de recherches qui pourraient prendre des dizaines d'années, nous sommes forcés de réclamer des honoraires de deux millions de dollars.

— *Deux millions de dollars !* » s'exclama Bobby. Même au cours actuel, c'était plus que ne pouvait se permettre toute la famille réunie.

« Bien sûr, c'est une grosse somme, poursuivit Burton d'un ton badin. C'est pourquoi nous pouvons vous obtenir un prêt bancaire. À condition de présenter les garanties suffisantes, vous pouvez signer un contrat de prévoyance avec un apport modique de 20 % pour un prêt à 6 % sur vingt ans. »

Bobby s'étrangla. Que faisaient les banques si vous ne pouviez honorer les traites, elles reprenaient possession du cerveau ? Mais il tint sa langue, hocha poliment la tête et se laissa entraîner pour une visite des installations.

À l'œil profane de Bobby, Immortality, Inc. avait l'air fort bien équipé. Il y avait une salle d'opérations complète et des salles pleines d'ordinateurs. Il y avait une chambre de stockage où les échantillons de tissus étaient conservés dans l'azote liquide refroidi par des unités de réfrigération supraconductrices capables de fonctionner de manière autonome pendant quatre mois en cas de coupure de l'alimentation extérieure. Il y avait des laboratoires de recherche. Il y avait une pièce pleine d'un matériel ésotérique censé enregistrer sur disquettes l' « hologramme instantané de la conscience ».

Burton lui montra l'unité de stockage des cerveaux. C'était la seule partie des installations qui rappelât plus ou moins une entreprise de pompes funèbres. Il s'agissait d'une pièce de taille modeste, hermétiquement close, ressemblant étrangement à une morgue.

« Aimeriez-vous voir un de nos clients ? demanda Burton.

— Vous voulez dire que vous avez déjà vraiment... euh... traité des clients ? s'exclama Bobby.

— Nous avons traité Tessa Tinker, c'était dans tous les journaux ! Et nous avons déjà trente-trois autres clients. Plus une centaine de contrats de prévoyance, dont certains avec de très importantes personnalités dont je ne suis pas libre de divulguer l'identité. Vous-même, vous pourriez être intéressé par un plan de prévoyance.

— Un plan de prévoyance… ? » balbutia Bobby. Cette histoire devenait de plus en plus macabre.

« Dès maintenant, nous prélevons sur vous un échantillon de tissu et enregistrons votre génome. Ainsi que votre hologramme de conscience instantané, avec mise à jour gratuite aussi souvent que vous le désirez. Le moment venu, votre cerveau sera polymérisé, de sorte que vous conserverez tous vos souvenirs à long terme, et nous y réintégrerons tout jusqu'à la dernière mise à jour holographique quand nous l'installerons dans le clone. »

Comme si ce n'était pas déjà assez macabre, Burton ouvrit un des tiroirs pour laisser Bobby regarder à l'intérieur. Là, comme un œuf démesuré au creux d'un nid de polystyrène expansé, il vit un cerveau humain emballé dans un film plastique.

« Seigneur…, murmura Bobby.

— Allez-y, touchez », dit Burton.

Bobby le dévisagea d'un œil rond.

« Juste pour vous rendre compte », l'encouragea Burton en souriant.

Timidement, Bobby avança la main et tapota deux fois le cerveau de l'index replié.

Il était dur comme de la pierre.

« Ce n'est plus de la viande. La polymérisation le rend dur comme le roc et chimiquement deux fois plus inerte. Il pourrait tomber de trois mètres de haut sans le moindre dommage. Il ne nécessite aucune réfrigération ni aucune précaution particulière. Il pourrait se conserver ainsi pendant des siècles. »

C'était le clou de la visite. Burton ramena ensuite Bobby dans son bureau, lui donna un gros paquet de documentation abondamment illustrée et lui demanda s'il avait des questions.

Bobby, complètement sidéré, ne put penser qu'à une question, la seule qui comptait : « Écoutez, docteur Burton, vous voudrez bien pardonner ma franchise, mais êtes-vous vraiment *sérieux* dans tout ça ? Pensez-vous sérieusement qu'un jour vous serez vraiment en mesure de cloner des corps, de dépolymériser les cerveaux et de ramener ces gens à une vie normale ? »

Burton se contenta d'arborer son large sourire de surfer. « Pouvons-nous vraiment ramener les morts à la vie ? Eh bien, c'est là une question philosophique. Seront-ils la même personne, ou en auront-ils simplement l'impression ? Cela dépend de vos croyances en une âme… »

Il haussa les épaules. « Nous n'avons pas la réponse à cette question, reconnut-il. Mais si voulez une certitude, vous pouvez toujours vous faire jeter au fond d'un trou dans la terre. »

Bobby avait eu l'intention d'attendre qu'il soit une heure décente à Paris pour appeler son père mais, rentré à son motel, l'expérience la plus macabre de son existence lui faisait encore tourner la tête, il sentait le sens des réalités lui échapper et il avait besoin de se confier à quelqu'un *tout de suite*.

Il alla donc droit au téléphone et réveilla son père au milieu de la nuit.

« Raconte-moi tout ça, Bob », dit celui-ci au bout d'un long silence au cours duquel il avait dû finir de se réveiller.

« Eh bien, Bob, qu'en penses-tu ? demanda son père quand il en eut terminé.

— Hé là, papa, je ne suis pas un spécialiste en…

— Mais tu es journaliste. Dis-moi ton impression. Est-ce une combine louche ou bien ont-ils du répondant ?

— Ça m'a eu l'air d'être du solide.

— Penses-tu que ces gens sont sincères ou bien qu'il s'agit d'une escroquerie ? »

Bobby dut réfléchir longuement à cette question. « Les deux, je pense, finit-il par répondre. Ça m'a fait l'effet d'un coûteux décor pour film de science-fiction à gros budget, mais si c'est du bidon, ils ont fini par se laisser prendre à leur propre histoire.

— Ça me suffit, dit immédiatement son père.

— Papa, je viens de te dire…

— Si ces savants se sont convaincus eux-mêmes qu'ils étaient vraiment sur quelque chose, alors nous pouvons certainement en persuader ta mère, elle a tellement envie de croire… »

Bobby grogna. « C'est tout, hein, papa ? dit-il d'un ton las. Tu veux simplement te servir de ça pour convaincre maman de t'aider à aller faire ta balade dans l'espace. Je me suis traîné le cul jusqu'ici alors que la planète est sur le point de sauter simplement pour…

— Il faut que tu rentres à Paris, Bob ! Ensemble, je sais que nous arriverons à la persuader, le simple fait que tu y croies suffisamment pour…

— Grands Dieux, papa, tu sais que c'est impossible ! Surtout maintenant ! As-tu une idée de ce qui se passe dans le monde ? Cet abruti de Carson a placé l'Étoile d'Amérique en alerte jaune ! Des unités de l'Armée rouge font mouvement vers la frontière ukrainienne ! Tous les vols vers l'Europe ont été suspendus. *Personne* ne peut entrer ni sortir du pays, à plus forte raison les types dans mon genre !

— Tu dois essayer, Bob, tu dois essayer !

— J'ai essayé, papa, tu le sais bien, répondit Bob, se sentant un peu coupable. Peut-être que, quand tout ça sera fini, si nous n'avons pas tous été réduits en…

— Maintenant, Bobby, maintenant, il ne me reste pas si longtemps. »

Ni peut-être à aucun d'entre nous, se dit sombrement Bobby.

Alors qu'il se disait cela, il comprit enfin l'idée fixe de son père.

Le monde entier regardait en ce moment la mort en face, tout comme son père depuis son accident. La seule différence, c'était qu'il savait avec une quasi-certitude quand et comment.

Assis dans sa chambre de motel de la Californie ensoleillée, Bobby se prit soudain à envier à son père sa folie inspirée, sa vision d'une chose qui justifiait de renoncer à ce qui lui restait de vie. Il parvenait même à considérer avec indulgence les projets délirants d'un John Burton.

Le fanatisme des nationalistes ukrainiens et l'indécrottable stupidité de l'imbécile qui trônait à la Maison-Blanche allaient bientôt gâcher pour rien des millions de vies.

La sienne y compris.

Ce ne fut qu'à ce moment que l'atroce réalité s'insinua dans ses os et dans ses tripes, seulement à cet instant que cela devint quelque chose d'autre qu'un article d'actualité. Le temps pouvait très bien manquer à tout le monde. Cette macabre conversation avec son père avait soudain rendu cette vérité théorique terriblement personnelle.

Il pouvait mourir d'un instant à l'autre, il pouvait être atomisé sans avertissement. Les choses qu'il n'aurait pas le temps de faire, les dettes qui resteraient à jamais impayées, les mots qu'il ne prononcerait jamais...

« Tu es fou, papa, dit tendrement Bob. Tu es un vrai Cadet de l'espace. Mais je t'aime beaucoup.

— Ça veut dire que tu vas m'aider, Bob ? Ça veut dire que tu es de mon côté ? »

Bobby soupira. « Oui, je suis de ton côté », répondit-il, et il s'aperçut, avec une certaine surprise, qu'il le pensait vraiment. Le rêve n'était peut-être pas son rêve, mais le sentiment qui se trouvait derrière ne lui était maintenant que trop compréhensible. « Je vais faire tout ce que je peux. »

CARSON RÉCLAME LA DÉMISSION DE WOLFOWITZ

Après plusieurs jours de silence officiel, le président Harry Carson a enfin réagi aux déclarations du vice-président Wolfowitz demandant son empêchement.

Devant un parterre de journalistes réunis dans le Bureau ovale, le président Carson, que les personnes présentes ont décrit comme tendu et contenant à peine sa fureur, a exigé la démission du vice-président.

« S'il n'obtempère pas, il va voir qui va destituer qui ! a précisé le Président. Ce fils de p... est un traître, il l'a toujours été, et il vient maintenant d'en administrer la preuve ! Il faudrait le rouler dans le goudron et les plumes avant de l'expédier en Sibérie, en sous-vêtements sur un rail, pas simplement le destituer ! »

Le Président a ajouté qu'il avait convoqué le vice-président demain à une réunion du cabinet où il lui demanderait de remettre sa démission, à moins qu'il ne préfère être poursuivi pour haute trahison.

Invité à commenter ces déclarations, le vice-président Wolfowitz a déclaré qu'il « accepterait l'invitation ». En ce qui concerne sa démission, le vice-président a affirmé qu'il n'avait aucune intention de céder, à moins que le Président ne démissionne simultanément.

« J'espère bien qu'il va essayer de me faire destituer, a déclaré le vice-président Wolfowitz. Ça forcera au moins la Chambre à débattre de vrais problèmes au lieu de se contenter de claquer des talons en hurlant *Heil Carson* au coup de sifflet. Allez, Harry, vas-y, frappe-moi de tes petits poings rageurs. Vas-y, ça me fera plaisir. »

San Francisco Chronicle

À Prague, la tension était à couper au couteau et, si les Américains étaient toujours considérés comme les principaux méchants de la pièce, et si les Tchèques n'avaient aucune sympathie pour les Ukrainiens, il y avait eu sur la place Wenceslas d'importantes manifestations de nationalistes slovaques pour soutenir l'adhésion de la « République d'Ukraine » à la Communauté européenne sous l'étendard d'une « Europe des peuples, pas des États-nations ». Le sentiment antirusse était virulent et Franja n'était pas mécontente de repartir sur le vol pour Moscou.

À en croire les bulletins d'informations, c'était pareil dans toute l'Europe. Une vaste coalition de délégués basques, bretons, écossais, catalans, slovaques, corses, flamands, gallois et lapons avait déposé au Parlement européen un projet de résolution en faveur de l'admission de l'Ukraine et, s'ils n'étaient manifestement pas assez nombreux pour la faire adopter, il semblait probable qu'ils parviendraient à l'amener en délibération.

Il devenait de plus en plus clair que les Américains ne visaient pas simplement le démembrement de l'Union soviétique, mais aussi la destruction de l'unité européenne en encourageant le pire tribalisme par l'intermédiaire de leur marionnette ukrainienne, dressant les minorités nationales contre leur autorité tutélaire et réciproquement.

La « République d'Ukraine » proclamait haut et fort sa « solidarité avec les peuples opprimés d'Union soviétique » et les invitait à la rejoindre pour bâtir une « Communauté européenne des peuples libérés ». Il y avait eu des manifestations de soutien en Ouzbekistan, en Biélorussie, en Arménie, en Azerbaïdjan et pour la première fois, aussi loin que remontaient les souvenirs de Franja, il avait fallu faire intervenir les brigades anti-émeutes, avec canons à eau et disrupteurs neuroniques, pour les disperser.

Mais à part cela et une vaine tentative de placer la milice nationale ukrainienne sous commandement de l'Armée rouge, le président Gortchenko n'avait rien fait. Comme ce vol pour Moscou, qui tournait en rond depuis maintenant vingt minutes au-dessus de l'aéroport, il avait l'air condamné à l'attente.

Assise aux commandes de son avion, Franja s'aperçut que, malgré la situation qui se détériorait, elle comprenait ce pauvre Gortchenko. Qu'aurait-il pu faire d'autre, après tout ?

Certainement pas accepter la sécession de l'Ukraine. Mais s'il envoyait l'Armée rouge, on ne pouvait pas savoir ce que feraient les cinglés de Washington. Il ne lui restait donc qu'à masser des troupes le long de la frontière, soutenir que c'était une affaire intérieure soviétique et se servir des élections générales imminentes comme excuse toute trouvée pour « attendre que se soit exprimée la voix du peuple soviétique ».

Mais ce qui semblait devoir émerger des élections, à supposer que Gortchenko puisse vraiment contenir la catastrophe jusque-là, c'était un Soviet suprême grouillant d'ours et de nationalistes ethniques au sein duquel il serait impossible de dégager une majorité viable, laissant Gortchenko, élu par défaut face à une opposition fragmentée, le cul sur un fourneau encore plus brûlant.

Ce qui se passerait alors était une chose sur laquelle même *Moscou en folie* n'avait pas envie de spéculer sur la place publique.

Quant à Franja...

Soudain Lentski, son copilote, laissa échapper une exclamation.

Franja sortit instantanément de sa morose rêverie. « Que se passe-t-il, Sacha ? » demanda-t-elle en vérifiant ses instruments pour constater que rien ne clochait.

Levant les yeux sur Lentski, elle vit qu'il souriait d'une oreille à l'autre comme un idiot.

« Ça vient d'arriver à la radio et il nous est ordonné d'en

informer immédiatement nos passagers, dit-il. Harry Carson est mort. Selon Tass, il a été victime d'une attaque foudroyante au cours d'une réunion de cabinet. Apparemment alors qu'il hurlait des obscénités au vice-président Wolfowitz, même si la version officielle omet cette précision.

— Carson est mort ? bafouilla Franja.

— Aussi mort qu'un rat crevé. Tu dois annoncer immédiatement la triste nouvelle. »

Ce fut le tour de Franja d'arborer un sourire imbécile. « Je vais essayer de contenir mes larmes, dit-elle en branchant son micro sur les haut-parleurs de cabine.

— Triste moment, n'est-ce pas ? » dit Lentski, et il éclata de rire.

« Camarades, votre attention s'il vous plaît, ici le capitaine Gagarine. Il est de mon... euh... devoir solennel de vous informer que nous venons d'apprendre le décès du président des États-Unis, Harry Carson. Il semblerait que son cerveau a explosé au cours d'une crise de fureur. Je répète, Harry Carson est mort. Nous vous tiendrons au courant des détails au fur et à mesure qu'ils nous parviendront. »

Même à travers la porte de la cabine, les applaudissements des passagers étaient assourdissants. Car, bien entendu, ours comme eurorusses, exécraient Harry Carson. Les premiers parce que sa menace d'utiliser l'Étoile d'Amérique pour protéger le régime fantoche de Kiev empêchait l'Armée rouge de donner aux traîtres ukrainiens la leçon qu'ils méritaient, les seconds parce que son aventurisme aveugle était responsable de la crise qui menaçait de balayer les eurorusses du Soviet suprême et de mettre un terme au Printemps russe lui-même.

Seuls les nationalistes ethniques ne nourrissaient pas que mépris pour Carson et, s'il en y avait à bord, ils se gardaient bien d'ouvrir leur grande gueule.

À présent, l'architecte de la catastrophe imminente était mort et Nathan Wolfowitz, le pire ennemi de Carson, celui qui se faisait appeler « le Gorbatchev américain », était apparemment président des États-Unis.

C'en était presque assez pour amener un bon marxiste à croire en une justice divine.

QUI DÉTIENT LE POUVOIR À WASHINGTON ?

Si le monde n'a guère de motifs de pleurer la soudaine disparition de Harry Burton Carson, il n'en a pas davantage de se réjouir de l'accession de Nathan Wolfowitz à la présidence des États-Unis.

Alors que l'Union soviétique et les États-Unis sont au bord de la confrontation nucléaire, l'homme qui vient de s'installer à la Maison-Blanche s'est toujours vigoureusement opposé à la politique qui a mené à cette situation. Il y aurait là des raisons de se féliciter si le nouveau Président n'était un homme qui n'a jamais occupé aucun poste de responsabilité.

Pis encore, toutes les fuites émanant de personnalités de l'administration Carson toujours en place au sein de la prétendue administration Wolfowitz semblent calculées pour donner l'impression que le nouveau Président sera politiquement prisonnier de son cabinet, du Pentagone, de l'Agence centrale pour la sécurité et de la C.I.A. Si c'est exact, qui sera vraiment à la tête du gouvernement américain durant la crise la plus grave depuis la Seconde Guerre mondiale ?

Dans le cas contraire, comment un néophyte comme Nathan Wolfowitz s'en sortira-t-il face à un appareil ministériel et militaire hostile ? Selon la constitution américaine, il a le pouvoir de se débarrasser des fonctionnaires dont la loyauté ne lui serait pas acquise, mais ceux qu'il nomme pour les remplacer doivent recevoir l'approbation du Congrès et, à en juger par les rumeurs de procédure d'empêchement qui commencent à courir, s'il devait essayer de purger son administration des nostalgiques de Carson, nous risquons de nous retrouver sans gouvernement du tout à Washington.

Le Monde

26.

Cela faisait une dizaine d'années que Bobby n'avait pas vu Nathan Wolfowitz en chair et en os, mais celui-ci ne ressemblait ni à l'homme avec qui il avait joué au poker, ni à l'image qu'il avait pu en voir à la télévision, et pas uniquement parce que Wolfowitz était maintenant auréolé du prestige de la présidence.

Il n'avait absolument pas l'air d'un homme à qui le destin vient brusquement d'accorder l'inaccessible rêve de toute une vie. Il n'avait pas l'air d'un homme dont le pire ennemi vient de tomber raide mort.

Wolfowitz avait l'air d'une épave.

Son épaisse chevelure poivre et sel était hirsute. On aurait dit qu'il avait dormi tout habillé dans son costume bleu. Il avait le teint cendreux, les traits tirés et les yeux positivement hagards.

Et sa prestation n'était pas plus rassurante pour ceux qui avaient apporté leurs voix au « Gorbatchev américain » que pour les partisans de l'administration Carson dont il avait si brusquement hérité la politique cauchemardesque et l'appareil malsain.

Bobby s'était attendu à trouver Wolfowitz nerveux. Il se retrouvait face à un Congrès hostile, à un cabinet encore plus hostile, un Pentagone désemparé, une C.I.A. et une Agence centrale pour la sécurité rebelles, avec l'Étoile d'Amérique en alerte jaune, l'Armée rouge en train de se masser à la frontière avec l'Ukraine et les États-Unis engagés dans les termes les plus vagues à défendre cette dernière.

Mais ni le champion de poker contre qui Bobby avait joué à Berkeley, ni le Nathan Wolfowitz prompt à la repartie qu'avaient rendu célèbre un millier de passages à la télévision n'avait jamais eu l'air aussi à côté de ses pompes, n'aurait été physiquement capable d'une telle langue de bois, même sans rien de plus qu'une paire de deux dans la main.

Bobby avait remué ciel et terre pour qu'on l'envoie couvrir la première conférence de presse du président Wolfowitz. Il avait sans vergogne fait valoir auprès de ses supérieurs ses « liens personnels » avec le nouveau Président.

Car la suggestion ironique de Sara de s'adresser à Nat Wolfowitz pour obtenir un visa de sortie avait acquis un nouveau sens. Ce n'était plus un vice-président pestiféré. Il avait la haute main sur tout. Il pouvait tout d'un mot, d'un trait de plume. Il suffisait d'arriver jusqu'à lui.

Perdu au milieu de la foule des journalistes de la Maison-Blanche, Bobby se demandait ce qu'il avait bien pu s'imaginer. Comment arriver à se rapprocher suffisamment de Wolfowitz pour lui demander quoi que ce fût ? Qu'est-ce qui lui faisait penser que le nouveau Président irait se souvenir de quelqu'un avec qui il avait joué au poker dix ans plus tôt ?

À la façon dont il se comportait, cela semblait déjà un petit miracle que ce type ait pu se souvenir de fermer sa braguette.

« Monsieur le Président, que signifie exactement “ les États-Unis ont placé l'Ukraine sous le bouclier nucléaire de l'Étoile d'Amérique ” ?

— Euh… je n'en sais pas plus que Moscou pour le moment…

— Vous voulez dire que vous ne savez même pas quelle est notre politique ?

— Je veux dire que la politique précédente est morte avec Harry Carson et que je n'ai pas eu le temps de m'occuper de ça.

— Mais, monsieur le Président, que feront les États-Unis si l'Armée rouge envahit l'Ukraine ?

— Euh… je suis sûr que M. Gortchenko aimerait lui aussi avoir la réponse à cette question…

— Monsieur le Président, êtes-vous pour l'indépendance des peuples opprimés d'Union soviétique ?

— Euh… il ne serait pas diplomatique de ma part de faire des commentaires pouvant être interprétés comme une tentative d'influencer la campagne électorale en cours en Union soviétique. »

Et ainsi de suite, des réponses évasives à chaque question et pendant tout ce temps Wolfowitz roulait des yeux affolés, ses lèvres s'agitaient nerveusement, ses mains pétrissaient le rebord du pupitre.

Il avait l'air d'un homme qui a tout misé sur une quinte et voit la carte sur laquelle il comptait sortir à découvert dans le jeu d'un autre à la sixième donne. Il parlait comme un homme qui vient d'apprendre un horrible secret, une chose assez atroce pour le transformer en politicien bafouillant des phrases creuses.

Cela rappelait à Bobby un roman qu'il avait lu dans son enfance, *La Malédiction du Bureau ovale.* Dans cet ouvrage, Timothy Leary, le gourou du L.S.D., supposait qu'une malédiction planait sur le bureau présidentiel, rendant fou tout individu normal qui en venait à l'occuper. Leary visait Lyndon Johnson et la guerre du Viêt-nam, Richard Nixon et le Watergate. À l'époque, Bobby avait trouvé ce livre plein d'humour.

Cela ne lui semblait plus si drôle.

« Monsieur le Président, êtes-vous en contact avec le gouvernement ukrainien ?

— Euh... pas de commentaire...

— Monsieur le Président, envisagez-vous de discuter de la crise directement avec le président Gortchenko ?

— Euh... je suis prêt à discuter avec n'importe qui de n'importe quoi qui puisse nous sortir de ce merdier... »

Seigneur, quel désastre ! se dit Bobby. Qu'a-t-il pu lui arriver ? Wolfowitz s'était mis à regarder furtivement par-dessus son épaule à chaque question, vers le couloir qui s'ouvrait derrière le pupitre, comme s'il espérait que quelqu'un allait apparaître pour l'arracher à cette épreuve.

Une longue tradition voulait que ce ne soit pas le Président qui mette fin aux conférences de presse, mais le doyen des correspondants à la Maison-Blanche, par une ferme : « Merci, monsieur le Président. » Mais personne n'avait l'air d'humeur à mettre un terme à ce supplice. Les visages des journalistes étaient de plus en plus hargneux, des murmures consternés couraient après chaque réponse, certains juraient même entre leurs dents.

Bobby avait depuis longtemps renoncé à essayer de poser

une question. La seule qui lui venait à l'esprit était : « Mais qu'est-ce qui t'arrive, Nat ? » Il avait entrepris de se glisser vers le podium, ce qui n'était pas trop difficile avec tout le monde en train de sauter sur place en agitant les bras. Il ne savait pas exactement ce qu'il allait faire, mais il n'allait pas partir sans avoir au moins *essayé* d'échanger un mot avec Nathan Wolfowitz.

« Monsieur le Président, ne pensez-vous pas que vous devez au peuple américain une déclaration cohérente sur la politique que vous entendez mener pour prévenir un holocauste nucléaire ? Enfin, franchement, monsieur le Président, vous ne nous avez absolument rien dit ! »

Cette question suscita un hoquet de surprise collectif suivi d'un brusque silence. Quelque chose du vieux Nathan Wolfowitz parut enfin se rallumer dans l'œil de la silhouette affolée debout derrière le pupitre revêtu du sceau présidentiel.

« Que voulez-vous que je vous dise ? rétorqua Wolfowitz. Le monde est au bord de la catastrophe et je viens d'hériter de la politique du cinglé qui est responsable de cette situation ! Vous ne vous attendez quand même pas que j'ouvre ma grande gueule comme un idiot avant même d'avoir eu le temps de réfléchir ? Eh bien, que ça vous plaise ou non, je ne suis pas Harry Carson. Ne trouvez-vous pas qu'il s'est déjà dit assez de conneries dans cette pièce ? »

La tirade du Président stupéfia même les vétérans du corps journalistique de la Maison-Blanche. C'était la première fois qu'un président traitait en public son prédécesseur immédiat d'idiot et de cinglé alors que son cadavre n'était pas encore froid. Aucun président n'avait jamais employé le terme de « connerie » à la télévision nationale. Aucun président n'avait jamais avoué avoir besoin de temps pour réfléchir.

Un silence de mort s'était abattu sur la pièce.

Enfin, le doyen des journalistes de la Maison-Blanche prononça la formule magique : « Merci, monsieur le Président », et ce fut une pagaille indescriptible.

Tout le monde se mit à crier en même temps. Une partie des journalistes se précipita vers la sortie. D'autres se portèrent en avant et se mirent à hurler au milieu du vacarme d'autres questions au président Wolfowitz qui restait planté là, hébété, l'air indécis.

Trois agents des services de sécurité surgirent du couloir derrière le Président. L'un d'eux le prit doucement par le coude, un autre lui dit quelque chose, puis ils l'entraînèrent.

Sans réfléchir, Bobby se fraya un chemin dans la mêlée et bondit sur le podium en criant : « Nat ! Nat ! » en direction de Wolfowitz qui était sur le point de disparaître dans le couloir avec son escorte.

Il n'eut pas le temps d'aller plus loin.

Des bras le saisirent par derrière. Le Président fit volte-face pour voir ce qui se passait. Leurs regards se croisèrent.

« Nat ! Nat ! S'il te plaît ! Je dois te parler ! » cria Bobby de toutes ses forces tandis qu'on commençait à l'embarquer.

Avait-il vu une ombre de récognition dans l'œil du Président ? « Berkeley ! Le petit Moscou ! Bobby Reed ! hurla désespérément Bobby. Le moment est venu d'un geste futile, tu te souviens, Nat ?

— Tu parles ! » grogna énigmatiquement le Président, et il eut presque l'air de sourire.

Deux malabars des services de sécurité tordaient les bras de Bobby derrière son dos. Les gardes du Président lui firent un barrage de leur corps.

« Nat ! S'il te plaît ! J'ai besoin de ton aide ! »

Le président Wolfowitz se glissa entre ses gardes. « Arrêtez ! cria-t-il. Je veux parler à cet homme !

— Monsieur le Président...

— Obéissez ! hurla Nathan Wolfowitz. Vous ! ordonna-t-il en désignant les hommes qui maintenaient Bobby. Amenez-moi cet homme ! »

Pendant un moment, personne ne fit un geste. Un des gardes du Président essaya de venir se replacer devant lui. Wolfowitz l'écarta rageusement. « Je suis le Président, oui ou merde ? s'écria-t-il. Faites ce que je vous dis, ou vous pourrez dire adieu à votre retraite ! »

On poussa Bobby en avant, les bras toujours tordus dans le dos. Les gardes du Président avaient glissé la main sous leur veste. Wolfowitz tourna les talons, entraîna la procession trois mètres plus loin dans le couloir, se retourna, regarda Bobby, sourit bizarrement.

« C'était idiot », dit le Président. Il examina attentivement Bobby. « Je te connais, n'est-ce pas, dit-il lentement. Le petit

Moscou... ? Berkeley ? L'émeute du drapeau... ? Tu es... tu es...

— Le type de Paris, tu te souviens, Nat ? La campagne pour le Congrès ? Le...

— Bobby ! s'exclama le Président avec un large sourire. Je n'oublie jamais une enchère ! Tu es Bobby... Bobby...

— Reed.

— C'est ça, Bobby Reed », dit le Président. Et il éclata de rire. « Alors, petit, qu'est-ce qu'un gentil garçon comme toi fait dans un endroit pareil ? »

Bobby poussa un énorme soupir de soulagement. Il faillit éclater de rire à son tour. C'était le vrai Nathan Wolfowitz, l'homme qui avait été son ami.

« Je suis au désespoir, Nat, dit précipitamment Bobby. Mon père est mourant à Paris et je ne peux pas obtenir de visa de sortie, tu es mon seul espoir. Puis-je te parler, Nat, ça ne prendra que cinq minutes de ton temps, s'il te plaît...

— Lâchez-le », dit le Président.

Les hommes des services de sécurité ne firent pas un geste pour relâcher Bobby.

« J'ai dit : lâchez... cet... homme », articula lentement et distinctement le Président, comme s'il s'adressait à un petit enfant. « Je commence à en avoir par-dessus la tête de devoir toujours tout vous répéter deux fois. »

À contrecœur, les gorilles lâchèrent enfin les bras de Bobby.

« D'accord, Bobby, dit Nathan Wolfowitz, cinq minutes.

— Monsieur le Président, vous devez...

— Je dois aller pisser un coup ! Où sont les chiottes les plus proches ?

— Monsieur le Président... ?

— Les *toilettes,* bordel ! Nous avons besoin de pisser, tous les deux. Hein, Bobby ?

— J'ai la vessie sur le point d'éclater, monsieur le Président », répondit Bobby d'une voix traînante.

Les hommes des services secrets les escortèrent le long du couloir, tournèrent à gauche, les conduisirent le long d'un autre couloir, s'arrêtèrent devant la porte des toilettes pour hommes. L'un d'eux ouvrit la porte pour le Président, qui fit signe à Bobby de passer le premier. Bobby entra, suivi du

Président. Comme Wolfowitz commençait à refermer derrière lui, un des gardes se glissa par l'ouverture, bloquant la porte.

« Où pensez-vous que nous allons ? demanda le Président.

— Nous ne sommes pas censés vous laisser seul avec…

— Je crois que je peux tenir ma bite tout seul, merci, fit le Président d'un ton sec. Maintenant, tirez vos fesses et laissez-nous pisser en paix !

« Seigneur, j'ai toujours détesté ce genre de brutes, dit Nathan Wolfowitz quand ils furent seuls, et maintenant ils grouillent autour de moi comme des mouches à merde ! »

Il se dirigea vers l'urinoir en ouvrant sa braguette. « J'avais *vraiment* envie de me vider la vessie. Raconte-moi donc ta triste histoire, Bobby, je voudrais tellement pouvoir te raconter la mienne. »

Et ainsi, dans les toilettes pour hommes de la Maison-Blanche, Bobby confia ce qu'il avait sur le cœur au président des États-Unis tandis que celui-ci se soulageait dans l'urinoir.

« Résumons-nous, dit Nathan Wolfowitz en refermant sa braguette. Ton père est mourant à Paris, il faut que tu ailles là-bas pour convaincre ta mère de l'aider à exaucer sa dernière volonté en lui faisant croire qu'une entreprise de pompes funèbres de Palo Alto peut le ressusciter après avoir polymérisé son cerveau et l'Agence centrale pour la sécurité refuse de t'accorder un visa de sortie…

— Je sais que ça a l'air complètement dingue, Nat, mais..

— Dingue ! s'exclama le Président. Tu crois que c'est dingue ? » Ses yeux se perdirent dans le vague, comme s'il regardait ailleurs, comme s'il voyait quelque chose qui le faisait frissonner, lui voûtait les épaules. « Je pourrais te raconter quelque chose de vraiment dingue, Bobby, murmura-t-il. Mais je ne peux pas… je ne peux pas…

— Tu m'aideras, Nat ? »

Le président Wolfowitz eut l'air de faire un effort pour revenir à la réalité. Il adressa à Bobby un petit sourire et agita les mains comme un illusionniste.

« C'est comme si c'était fait, dit-il. Je te ferai avoir un visa diplomatique pour Montréal, de là tu pourras attraper un avion pour Paris, j'enverrai un de ces gorilles te remettre les papiers en mains propre, ouais, ça me fera marrer… » Il eut un sourire étrange. « Comment je m'en sors ? C'est assez présidentiel pour toi ?

— Oh seigneur, merci, Nat. » Ce fut tout ce que Bobby réussit à dire.

« Monsieur le Président ! Vous êtes déjà en retard pour la réunion du cabinet !

— Bon sang, vous ne pourriez pas apprendre à frapper ? » Un homme des services de sécurité était entré dans les toilettes sans y avoir été invité et restait planté là, tapotant nerveusement le sol du pied droit. « Monsieur le Président... ?

— J'arrive, gros lard », fit Nathan Wolfowitz d'un ton traînant. Il haussa les épaules, tourna le dos, s'avança vers la porte. Il fit halte, regarda Bobby par-dessus son épaule.

« À propos, ça t'intéressera peut-être de savoir qu'ils ont polymérisé le cerveau de *Carson.* Il était hors service depuis des années, de toute façon. Je songe à m'en servir comme système de guidage pour le premier missile que nous enverrons sur Moscou, ça lui fera les pieds, à ce con. Et puis non, tout compte fait, cet enfoiré serait trop content. »

Sur cette dernière tirade, il sortit.

LES SOVIÉTIQUES ACCUSENT LES AMÉRICAINS D'ENVOYER CLANDESTINEMENT DES ARMES EN UKRAINE

Reuters

KRONKOL DEMANDE CONFIRMATION DES PROMESSES DE CARSON

A.F.P.

LE PENTAGONE FERME LES AÉROPORTS AMÉRICAINS

Le Monde

LE CONGRÈS DES PEUPLES VOTE
LE SOUTIEN À L'UKRAINE

Libération

L'AMBASSADE DES ÉTATS-UNIS À BUDAPEST
SACCAGÉE

The Times (Londres)

UKRAINE
LA MILICE PLACE LES OFFICIERS RUSSES
EN DÉTENTION

Die Welt

Bobby n'avait jamais voyagé en Concordski et il en fut un peu désorienté. Le vol de New York jusqu'en Californie lui avait pris cinq heures, puis il lui avait fallu deux jours pour arriver jusqu'à Montréal, tous les vols au départ des États-Unis étant toujours annulés, et maintenant, moins de trois heures plus tard, il se retrouvait, après un passage éclair à la douane de Roissy, dans le R.E.R. pour Paris, où il n'avait pas remis les pieds depuis son adolescence.

La situation n'avait cessé de se dégrader depuis la désastreuse conférence de presse du président Wolfowitz. La presse facho prétendait qu'il avait essayé de virer les ministres de la Défense, de la Justice et des Affaires étrangères, mais les chefs des deux partis au Congrès lui avaient fait savoir que, s'il faisait ça, ils déclencheraient immédiatement une procédure d'empêchement. Des fuites en provenance du Pentagone avaient révélé que les chefs militaires lui avaient demandé de décréter l'état d'urgence en accord avec la Loi sur la sécurité nationale et de placer le pays sous la loi martiale.

Vadim Kronkol avait publiquement demandé une déclaration politique de Washington sur « l'invasion imminente de l'Ukraine par les Soviétiques ». À Tbilissi, un irresponsable avait proclamé la Géorgie république indépendante au cours d'une réunion illégale dans un restaurant, à la suite de quoi une manifestation de masse s'était répandue dans les rues. Les brigades anti-émeutes y avaient mis fin en quelques heures et avaient arrêté des centaines de personnes, mais pas avant que la « République de Géorgie » n'ait été officiellement reconnue par la « République d'Ukraine ».

Pourtant, moins de deux jours après la conférence de presse, Bobby avait pu constater, non sans surprise, que malgré ses ennuis, le Président n'avait pas oublié sa promesse à un vieil ami.

Il était en train de dîner avec Sara quand un agent des services secrets s'était présenté à leur appartement, l'air revêche, avec une enveloppe revêtue du sceau présidentiel.

Elle renfermait le visa diplomatique de Bobby pour Montréal, valable deux semaines. Un mot sur un morceau de papier ordinaire y était joint.

Désolé. C'est le mieux que j'ai pu faire avec la merde où je suis plongé. Crois-moi, personne n'a envie de payer pour voir cette carte. J'espère simplement que le type de l'autre côté de la table n'est pas plus doué que tu ne l'étais pour contrer un bluff.

Nat

Après l'avoir lu, l'attitude de Sara avait complètement changé. « Je suppose que ça veut dire que tu pars, hein, Bobby ? avait-elle tranquillement demandé.

— Il le faut, Sara. Je n'ai plus d'excuses.

— J'aimerais pouvoir venir avec toi…

— Je sais… »

Elle avait soupiré, souri faiblement et tendu le bras audessus de la table pour lui prendre la main. « C'est bon, Bobby. Je comprends.

— Vraiment ? Mais je croyais…

— À l'époque, Carson était encore Président. Si tu étais parti à ce moment-là, ils ne t'auraient jamais laissé revenir, mais maintenant… nous pouvons faire confiance à Nat Wolfowitz, nous allons voir la fin de toute cette merde fasciste…

— Si nous ne voyons pas d'abord la fin de *tout* », rétorqua Bobby. Il regretta aussitôt ses paroles en voyant Sara se rembrunir. « C'est que... si je pars, nous pourrions ne jamais...

— Tais-toi, Bobby ! Nous nous en sortirons. Tu vas passer deux semaines à Paris et quand tu rentreras tout sera terminé. » Sara respira profondément et lui étreignit la main. « Je... je crois qu'on peut faire confiance à Wolfowitz pour y voir clair...

— Tu dis encore ça après sa conférence de presse ?

— Allez, Bobby, tu sais que Nat Wolfowitz n'ira jamais appuyer sur le bouton.

— Ouais, acquiesça Bobby, mais si Gortchenko le fait, le Pentagone est capable de le lui retirer des mains.

— Gortchenko n'en fera rien. Quel besoin en aurait-il ? L'Armée rouge n'a pas besoin d'armes nucléaires pour écraser les Ukrainiens !

— Exact. Mais si elle envahit l'Ukraine, nous serons tenus de...

— Nous ne sommes plus tenus de quoi que ce soit ! déclara Sara avec force. Ce sale enfoiré de Carson est mort, souviens-toi ! Wolfowitz n'a aucune obligation.

— Tu as peut-être raison », avait dit Bobby, et il s'était vraiment senti mieux de la laisser seule. « Mais... mais tu n'étais pas sur place, Sara, il était si... il avait l'air lui-même si déboussolé, si... si terrifié...

— Qui ne l'aurait pas été ? À part un abruti comme Harry Carson. » Elle avait eu un petit sourire courageux qui lui était allé droit au cœur. « Il y aurait beaucoup à dire sur un Président capable de se dresser, aussi terrorisé que n'importe quel individu un peu sain d'esprit, pour dire en langage clair au peuple américain qu'il est temps d'arrêter les conneries, non ? »

Ils avaient tous deux réussi à en rire et Sara était restée jusqu'au bout ferme comme un roc. Elle n'avait même pas pleuré en le voyant partir à Grand Central Station. Elle avait souri, l'avait embrassé et lui avait fait au revoir sur le quai avec le même sourire immuable tandis que le train démarrait.

Dans le train pour Montréal, comme à bord du Concordski, Bobby avait gardé l'espoir au cœur. Sara avait raison, après tout. C'était Harry Carson qui avait amené le monde au bord du gouffre et il était mort. Wolfowitz se trouvait en état de choc lors de la conférence de presse, c'était tout. Dans les toilettes, il était plus ou moins redevenu le vieux Nat, non ?

C'était une toute nouvelle donne et qui aurait pu mieux la jouer que le vieux champion de poker en personne ?

Mais maintenant, dans le R.E.R. à voir les visages hagards des autres passagers et lire la version européenne de la situation dans *Le Monde, Libération* et *Europe d'aujourd'hui,* Bobby sentait à nouveau l'espoir l'abandonner.

D'ici, les choses semblaient plus sombres. Les Européens n'étaient pas sous le parapluie de l'Étoile d'Amérique. Si les missiles américains tombaient sur l'Union soviétique, les Européens en subiraient les retombées.

Même si la guerre était évitée, l'Europe avait déjà subi d'immenses dommages politiques. Si Gortchenko ne mettait pas fin à la sécession ukrainienne, l'Union soviétique éclaterait et chaque minorité ethnique d'Europe voudrait déclarer son indépendance.

Libé publiait un article sur les cargaisons clandestines d'armement américain qui parvenaient à Odessa et soutenait donquichottesquement l'indépendance ukrainienne au nom de la démocratie. *Le Monde* plaidait pour une invasion soviétique de l'Ukraine, indispensable à la préservation de la stabilité européenne.

Tout le monde semblait s'accorder pour dire que l'affaire avait plus ou moins commencé comme une manœuvre américaine pour déstabiliser la Communauté européenne et affaiblir la première puissance économique mondiale. Et si personne ne pleurait Harry Carson, personne ne semblait non plus prendre très au sérieux Nathan Wolfowitz.

Du point de vue européen, un dangereux maniaque avait été remplacé par une nullité aux mains liées par le Pentagone, la C.I.A. et l'Agence centrale pour la sécurité, qui de toute façon dirigeaient les États-Unis depuis des années. L'attitude générale était : *C'est normal. C'est l'Amérique. C'est la même merde.*

À droite, à gauche ou au centre, la haine de l'Amérique avait l'air maintenant bien pire que tout ce dont se souvenait Bobby. Dans les couloirs du métro, à la gare du Nord, il vit partout des graffiti antiaméricains. Dans les kiosques, les couvertures de magazine disaient la même chose. Dans le métro, les gens étaient sombres et renfrognés, ils regardaient dans le vide, un peu comme les foules new-yorkaises. Sa paranoïa était telle qu'il avait l'impression que tout le monde pouvait voir le passeport américain caché dans la poche de sa veste.

L'avenue Trudaine était restée plus conforme à ses souvenirs : les boucheries et les pâtisseries, les étalages de légumes et les bureaux de tabac, les marchands de fleurs et les brasseries, les odeurs de pain frais, de café torréfié et la fugace senteur d'ozone de la ville... la *joie de vivre* d'une journée parisienne mystérieusement ordinaire.

Enfant, il ne s'y était jamais senti vraiment chez lui, et aujourd'hui qu'il y revenait après tant d'années, le charme en semblait artificiel, version disneyland d'un Paris éternel où les commerçants et les ménagères avec leurs cabas auraient été là à jamais, immuables et immortels quoi qu'il puisse se passer à l'extérieur, dans le monde réel.

À moins que ce ne fût beaucoup plus personnel. Peut-être, se dit Bobby en entrant dans le petit ascenseur pour gagner l'appartement de ses parents, est-ce de se retrouver plongé dans une réalité qui pendant des années s'est limitée à des voix au téléphone. Le divorce, les années de séparation, l'accident, la réconciliation si c'en était une, il n'avait rien vécu de tout ça. C'était l'histoire de gens qui lui étaient depuis longtemps devenus étrangers.

Et en sonnant à la porte il se sentit lui-même furieusement étranger, cent pour cent américain, qui plus est, ce dont il n'y avait apparemment pas lieu d'être fier.

Sa mère vint lui ouvrir la porte. Elle avait l'air vieilli, mais pas autant qu'il s'y était attendu. Son visage était un entrelacs de petites rides autour de la bouche et des yeux, mais son menton était toujours ferme et ses cheveux n'étaient absolument pas grisonnants, mais elle pouvait les teindre. La plus grosse différence avec ses souvenirs, c'était l'air halluciné de son regard et l'indéfinissable sensation de maturité qui émanait d'elle, l'aura d'une femme affectée par des tragédies, mais depuis longtemps habituée à l'exercice de l'autorité. Une bureaucrate professionnelle au faîte de sa carrière.

Ils se dévisagèrent un long moment dans un silence gêné. « Finalement tu es venu, Robert », dit sa mère, et elle l'embrassa sur les deux joues, à la française, bien qu'elle ne semblât y mettre aucune chaleur.

Son père était assis sur le canapé du salon. Le spectacle qu'il offrait fut un choc terrible que Bobby essaya de dissimuler de son mieux. Il ne l'avait jamais vu si maigre. Il avait les joues creuses et le teint plombé. Ses cheveux étaient maintenant à moitié gris et se dégarnissaient sur les tempes. Son regard était fiévreux, trop brillant.

Et la machine...

Son père la lui avait assez souvent décrite au téléphone, mais rien n'aurait pu prémunir Bobby contre la première vision de son père, une électrode fixée à la base de la tête par un énorme bracelet de caoutchouc et reliée par un câble à un dévidoir au sommet de la console de métal gris qui le maintenait en vie.

La seule chose vivante en lui étaient ses yeux, toujours fixés sur des paysages que ne pouvaient voir les autres hommes, et Bobby se dit qu'il avait eu raison de faire l'aller-retour jusqu'à Palo Alto en plein milieu de la crise, qu'il avait eu raison de tout risquer pour venir ici, qu'il avait eu raison d'accoster le président des États-Unis en plein désastre, qu'il avait raison de faire ce qu'il allait maintenant faire.

Son père se leva pour venir à sa rencontre, le câble se déroulant doucement derrière lui à partir de la console de l'hibernautika. Il ne dit rien. Il tendit juste les bras et y accueillit Bobby. Ils s'étreignirent longuement avant d'ouvrir la bouche.

« Content de te voir, Bob, finit par dire gauchement son père.

— Content de te voir, papa. »

Debout face à face, ils se regardaient par-dessus le gouffre des années. Sa mère, à côté d'eux, les regardait, l'air tristement isolée.

« Je... je vais préparer à manger, dit-elle d'un ton détaché. Nous avons beaucoup de choses à nous raconter.

— As-tu apporté les dépliants d'Immortality, Inc. ? demanda anxieusement son père dès qu'elle fut sortie.

— Oui, oui, ils sont dans mon sac », répondit Bobby, mi-exaspéré, mi-amusé par l'obsession de son père, mais néanmoins profondément touché.

Après dix ans de séparation, raccordé à cette machine qui le maintenait en vie, mourant à petit feu tandis que le monde lui-même menaçait de s'écrouler, son père était toujours le même vieux Cadet de l'espace. C'était comme si Bobby était sorti acheter une baguette de pain à la boulangerie et était revenu dix ans plus tard sans qu'il se soit écoulé, par un phénomène bizarre, un seul instant.

LES EURORUSSES TOUJOURS AU PLUS BAS DANS LES SONDAGES

Izvestia

LE MARÉCHAL BRONKSKY DEMANDE L'ENVOI DE L'ARMÉE ROUGE

Tass

Durant tout le repas, atrocement guindé, Jerry piaffa, guettant une occasion. Ils bavardaient interminablement de choses et d'autres. Lentement, au fil de la discussion, Sonia commença à se réchauffer, au moins au point de laisser tomber son masque de politesse glaciale pour laisser paraître ses émotions.

« Les choses n'ont pas été faciles, par ici, tu sais, Bob. Si seulement tu avais pu venir plus tôt...

— J'ai déjà expliqué tout ça, maman, dit Bob d'une voix soigneusement contrôlée. Ils n'auraient jamais accordé un visa de sortie à quelqu'un dont la mère est haut placée à l'Étoile-Rouge.

— La situation n'était quand même pas si...

— Oh que si ! Pour l'amour de Dieu, maman, *Harry Carson* était président !

— Quand même, je...

— Laisse-le, Sonia ! dit Jerry. Le principal, c'est qu'il soit enfin ici. » Sentant soudain l'ouverture qu'il attendait, il ajouta : « Et pour ça, il a dû s'adresser directement au président Wolfowitz !

— Crois-moi, maman, s'il n'y avait pas eu Nathan Wolfowitz, je n'aurais *toujours* pas pu venir. »

L'expression de Sonia s'adoucit. « Tu as vraiment connu ce Wolfowitz à l'université, Robert ? demanda-t-elle d'un ton moins rude. Il est vraiment différent de Harry Carson ?

— C'est le jour et la nuit, maman. »

Sonia fronça les sourcils. « Il ne m'a pas fait grosse impression à la télévision. Et les trucs qu'il a racontés ! En tout cas, il n'exerce pas vraiment le pouvoir, n'est-ce pas ? La C.I.A., l'Agence centrale pour la sécurité, le Pentagone et l'ancien cabinet de Carson détiennent toujours les rênes, non ? »

Bob haussa les épaules. « Je pense qu'il est encore en train de lutter pour prendre les commandes. Tu aurais dû l'entendre engueuler les types des services secrets.

— Il a l'air de... d'un tel clown.

— Tu n'as jamais joué au poker contre lui. Ne le sous-estime pas.

— Le président Wolfowitz a dit à Bob une chose étonnante. Sonia, intervint Jerry.

— Vraiment ? » répondit Sonia.

Bob regarda son père d'un air perplexe.

« Le cerveau de Carson, dit Jerry.

— Que diable le cerveau d'un cinglé peut-il avoir d'étonnant ? Sinon peut-être que l'autopsie a montré qu'il en avait un, malgré les apparences. »

Bob regarda son père. Celui-ci cligna de l'œil en lui donnant un coup de pied sous la table. « Il a été polymérisé, maman, dit-il, un peu hésitant.

— Il a été *quoi ?*

— Bob et moi, nous avons une surprise pour toi, Sonia. Une chose positivement merveilleuse. Dis-lui, Bob.

— Seigneur, papa, gémit Bob.

— Il faudra bien lui en parler tôt ou tard. »

Le regard de Sonia alla de l'un à l'autre. « Qu'est-ce que vous mijotez, tous les deux ?

— Tu ferais mieux de lui expliquer, toi, papa, dit Bob. Tu comprends ces trucs bien mieux que moi. »

Jerry but une gorgée de vin, rassembla son courage et ses esprits, puis se lança.

LE PRÉSIDENT GORTCHENKO
APPELLE AU CALME

La Pravda

LE DÉFILÉ DU PREMIER MAI AURA LIEU
COMME D'HABITUDE MALGRÉ LA CRISE

Moscou en folie

« Tout ça est insensé, dit Sonia quand Jerry eut achevé son histoire extravagante. Enregistrer ton génome et ton esprit sur ordinateur ! Polymériser ton cerveau ! Tu ne parles pas sérieusement !

— Les bases scientifiques sont solides, répondit Jerry. Ils ont déjà cloné des cerveaux de rats.

— Tu n'es pas un rat, Jerry ! Tu as un esprit ! Un... une âme !

— Certaines données se perdront peut-être, mais quand ils m'auront cloné un nouveau corps et auront transplanté le cerveau polymérisé après y avoir incorporé l'enregistrement holographique, ce sera moi !

— Tu ne veux quand même pas dire qu'il n'y a rien de plus chez un homme ; il a une âme, un esprit ! »

Jerry lui adressa un clin d'œil ironique. « Je croyais que c'était *toi* la matérialiste dialectique. »

Sonia regarda Robert qui n'avait rien dit durant tout l'exposé de Jerry. « Tu crois que c'est possible, toi aussi ? demanda-t-elle d'un air incrédule. Tu le crois vraiment ?

— Eh bien..., marmonna Robert d'un ton hésitant.

— Montre-lui la documentation », s'empressa de le couper Jerry.

Robert hocha la tête, passa au salon et revint avec un épais classeur revêtu du logo d'Immortality, Inc.

C'était certainement une documentation bien faite. Il y avait une introduction qui expliquait le processus en termes simples, abondamment illustrée de photos des laboratoires et des installations. Il y avait une longue section de baratin technique pleine de formules, de graphiques, de diagrammes et d'équations. Et il y avait un bilan annuel qui montrait que la société était solidement financée, dégageait un petit bénéfice, mais investissait la plus grosse partie de ses rentrées dans la recherche et le développement.

L'un dans l'autre, cela rappelait à Sonia des milliers de brochures du même type, toutes destinées à donner une impression de sérieux.

« Ça présente bien, finit-elle par avouer. Mais une escroquerie bien montée en ferait autant.

— Ils ont traité le président Carson, dit Jerry. Bob l'a appris de la bouche même du président Wolfowitz.

— Et alors ? rétorqua Sonia. Le cerveau de ce type était momifié avant même qu'il soit élu Président et s'il revient en zombi, personne ne verra la différence ! »

Jerry jeta un bref coup d'œil à Robert qui haussa les épaules.

« Papa n'a pas tort, dit-il. Carson était Président, ça veut dire que l'Agence centrale pour la sécurité doit avoir mené sa petite enquête. »

Lentement, cette idée dingue commençait à prendre une certaine consistance. Il était dur de croire qu'une escroquerie aurait échappé à l'Agence centrale pour la sécurité.

Pourtant...

« Tu y crois vraiment, Jerry ? » demanda-t-elle d'une voix douce.

Jerry la regarda droit dans les yeux. Branché à l'appareil qui le maintenait en vie, livide et émacié, en train de mourir à petit feu, seuls ses yeux, toujours brillants, étaient encore pleins de vie. Il ne lui restait plus longtemps à vivre et ils le savaient tous les deux.

Jerry soupira en haussant les épaules. Il hésita et, quand il parla, Sonia comprit qu'il lui disait cette fois la dure vérité du fond de son cœur. « Je *veux* y croire, Sonia. Oui, le pari est risqué, oui, c'est un grand saut dans l'inconnu. Oui, ce n'est peut-être qu'un coup d'épée dans l'eau. Mais c'est au moins un espoir, non ? »

Les yeux de Sonia s'embuèrent. Il avait été si courageux depuis l'accident, beaucoup plus qu'elle, elle s'en rendait compte. Et brusquement elle comprit à quoi tout cela était *vraiment* destiné. S'il désirait si fort lui faire croire à la suspension de la mort, ce n'était pas uniquement pour soulager son angoisse, mais parce que cela lui enlevait sa dernière excuse pour ne pas l'aider à faire sa balade probablement fatale dans l'espace.

Cela montrait à quel point c'était important pour lui. Littéralement plus important que le chagrin qu'il lui causait ou même que sa propre vie. Elle le comprenait enfin du fond des tripes. Elle en était impressionnée. Elle en éprouvait une curieuse espèce d'envie. Et cela lui faisait l'aimer comme ni l'accident ni ces dernières semaines ensemble n'avaient pu le faire.

C'était un cinglé de Cadet de l'espace. Et s'il voulait mourir comme il avait vécu, quel droit avait-elle de l'en empêcher ? Quel genre d'amour était-ce là ?

Sonia poussa un soupir. Elle sourit faiblement et lui prit la main. « On ne peut pas dire que je suis vraiment convaincue, Jerry, mais, mon Dieu, je voudrais tellement y croire, moi aussi. »

À CHACUN SON PETIT PUTSCH !

Si ce n'était pour aggraver une situation déjà préoccupante, la manie actuelle des déclarations d'indépendance au fond d'une brasserie pourrait fournir l'argument d'une excellente comédie musicale. Des ivrognes et des traîne-savates ont déjà déclaré des républiques indépendantes à Tbilissi, Alma-Ata, Minsk, Tachkent, Bakou ainsi que, paraîtrait-il, dans un petit village esquimau au-dessus du cercle polaire. Chacune sans exception a immédiatement été reconnue par la République d'Ukraine.

Nous envisageons nous-mêmes de nous déclarer république indépendante, citoyenneté disponible uniquement par abonnement.

Moscou en folie

Assez perversement, Franja regrettait de ne pas être à Moscou pour assister au défilé du 1er Mai ; quoique, pour être réaliste, c'était peut-être une chance qu'Ivan soit à Londres et elle à Paris chez ses parents, même si cela devait signifier partager le même appartement que Bobby.

Un vent mauvais soufflait sur Moscou, avec Gortchenko qui ne parvenait pas à prendre une décision à deux semaines des élections, tandis que les ours du K.G.B. et de l'Armée rouge réclamaient à grands cris l'invasion immédiate de l'Ukraine.

De désespoir, Gortchenko en avait publiquement appelé au Président américain pour modérer les ardeurs de la clique de Kronkol, et Nathan Wolfowitz avait répondu par cette curieuse déclaration : « Les États-Unis seront les derniers à recourir aux armes nucléaires, mais nous emploierons résolument l'Étoile d'Amérique pour empêcher quiconque de retirer le moindre avantage d'avoir été le premier à le faire. »

Se raccrochant aux branches, Gortchenko avait été jusqu'à qualifier ce charabia de « conduite digne d'un homme d'État ». Les Ukrainiens, bien entendu, avaient pris cela pour une déclaration de soutien des États-Unis et félicité Wolfowitz pour sa « solidarité avec le peuple ukrainien à l'heure du besoin ».

Les eurorusses avaient encore baissé dans les sondages et le ministre de la Défense, le maréchal Bronksky, avait ouvertement réclamé la démission de Gortchenko.

Des rumeurs inquiétantes circulaient depuis plusieurs jours à Moscou. Gortchenko avait essayé d'annuler le défilé du 1er Mai, mais l'Armée rouge s'y était opposée. Gortchenko allait s'adresser au peuple du haut du mausolée de Lénine pour annoncer sa démission. Il allait y avoir un coup d'État militaire, Gortchenko saisirait l'occasion pour envoyer l'Armée rouge en Ukraine dans l'espoir de sauver sa place.

Le défilé devait être déjà commencé à Moscou quand Franja sortit du métro à la station Anvers. Elle pressa le pas vers l'immeuble de l'avenue Trudaine, attendit avec impatience l'arrivée de l'ascenseur poussif et appuya à coups répétés sur la sonnette jusqu'à ce que sa mère vienne ouvrir.

Sa mère sur les talons, elle se précipita au salon où son père se leva pour l'accueillir tandis que Bobby restait assis, immobile, évitant son regard.

« Bonjour, papa », dit-elle en l'embrassant sur les deux joues. Puis elle traversa la pièce, alluma l'écran mural et passa sur la chaîne de Tass.

Un immense détachement d'écoliers en blouse paysanne immaculée, pantalon rouge vif et bottes de feutre noir passait devant la tribune dressée au sommet du tombeau de Lénine. Sur une grande plate-forme, au milieu de leur formation, un énorme cosaque robot dansait avec un ours robot géant.

« Bon Dieu, Franja, s'écria Bobby, je ne m'attendais pas que tu fasses semblant d'être contente de me voir, mais ce n'est pas vraiment le moment de regarder la télévision.

— La ferme, Bobby, il faut que je regarde le défilé du 1er Mai !

— Franja !

— Toi aussi, maman, il va se passer quelque chose de terrible, je le sais ! »

Un groupe d'athlètes, uniquement vêtus d'un short rouge et d'un maillot de sport malgré le froid, défilait devant la caméra derrière des rangées de drapeaux soviétiques et olympiques, quelques privilégiés brandissant des reproductions géantes en carton de leurs médailles.

« Ouais, dit Bobby, nous allons tous mourir d'ennui.

— Allons, Franja, est-ce vraiment indispensable ? demanda son père. Tu n'as même pas dit bonjour à ton frère que tu n'as pas vu depuis dix ans ! »

Franja détourna les yeux de la télévision le temps de jeter un coup d'œil à Bobby. « Salut, frangin », dit-elle d'un ton venimeux.

Derrière les athlètes venait un immense détachement de cosaques à cheval en costume traditionnel revu pour le cinéma, avec longue cape rouge et toque de fourrure noire, faisant tournoyer des épées démesurées en cercles paresseux au-dessus de leurs têtes tandis que les sabots de leurs montures produisaient un bruit de tonnerre sur les pavés de la place Rouge.

Derrière venait une unité de l'Armée rouge. En première ligne s'avançait une escouade de tanks sur coussin d'air, leurs rotors rugissant comme des fusées sous leurs jupes blindées, leurs tourelles tournées vers l'arrière, de sorte que leurs longs canons avaient l'air posés sur leurs épaules d'acier selon le même angle que les fusils des fantassins en grand uniforme qui entraient sur la place à leur suite. Après l'infanterie venait une rangée de rampes lance-roquettes autopropulsées, véhicules à chenilles sur lesquels étaient montés, comme des télescopes, d'énormes barillets capables de tirer dix miniroquettes à la seconde.

« Va te faire foutre, toi aussi, Franja ! dit Bobby.

— S'il te plaît ! »

Les tanks parvinrent devant le mausolée de Lénine. Gortchenko, debout au centre de la tribune à côté du maréchal Bronksky en uniforme constellé de médailles d'opérette, salua. Ce ne fut que lorsque les blindés eurent largement dépassé le monument, devant lequel défilait maintenant l'infanterie, que le maréchal baissa le bras.

Les blindés s'arrêtèrent. Ils coupèrent les moteurs et se posèrent sur leurs supports. Le brusque silence fit l'effet d'un coup de tonnerre. Lentement, presque majestueusement, avec un ensemble parfait, leurs tourelles pivotèrent pour braquer leur canon droit sur le tombeau de Lénine.

« Mon Dieu, que se passe-t-il ? s'écria Sonia.

— À ton avis, maman ? » murmura Franja en s'asseyant par terre devant l'écran.

De l'autre côté de la place Rouge, les lance-roquettes autopropulsées prenaient aussi le tombeau en ligne de mire. Le détachement d'infanterie marcha sur place quelques instants, puis effectua un quart de tour à droite pour faire face au mausolée. L'instant d'après ils épaulaient leurs fusils. Le suivant, ils mettaient genou à terre et se plaçaient en position de tir.

« Bon Dieu de merde... », murmura Bobby, juste derrière Franja.

Le maréchal Bronksky dit quelque chose au président Gortchenko. Celui-ci sembla se dissoudre dans la foule de dignitaires, derrière lui. Bronksky s'avança vers le micro de la tribune centrale. La caméra ne zooma pas pour faire un gros plan. Elle resta en plan large, centré sur la petite silhouette au sommet du mausolée tandis que résonnait sa voix fortement amplifiée.

« Citoyens d'Union des républiques socialistes soviétiques ! Afin de préserver l'intégrité territoriale de l'U.R.S.S. et de protéger la Démocratie socialiste, j'ai reçu autorité du commandement central de l'Armée rouge de placer la nation sous la loi martiale conditionnelle pour la durée de la campagne électorale. La présidence est déclarée vacante pour la durée de cette même campagne. Lorsque le peuple soviétique se sera exprimé, le contrôle de l'appareil gouvernemental sera rendu à ses représentants dûment élus.

— La loi martiale conditionnelle ? murmura Bobby. Qu'est-ce que c'est que ça ? »

Regardant derrière elle, Franja vit que son frère était maintenant agenouillé par terre devant l'écran et la regardait avec un air aussi atterré qu'elle.

« Tais-toi, Bobby, s'il te plaît, le supplia-t-elle.

— Durant la période de transition, les pouvoirs civils seront assurés par les fonctionnaires actuellement en poste et les citoyens soviétiques conserveront tous leurs droits civiques. Le commandement central de l'Armée rouge assumera la pleine responsabilité des affaires militaires et de la politique étrangère. »

La caméra se rapprocha enfin pour faire un gros plan sur Bronkski, homme d'âge mûr aux traits épais et à l'air solennel dont le visage, à la surprise de Franja, ne trahissait aucun plaisir après ce qu'il venait de faire. On aurait dit le visage d'un honnête citoyen soviétique parfaitement convaincu de faire son douloureux devoir patriotique.

Du moins jusqu'à ce qu'il reprenne la parole. Un éclat s'alluma alors dans ses yeux et une satisfaction carnassière étira ses lèvres.

« Le premier acte officiel du commandement central de l'Armée rouge sera de mettre un terme à la traîtresse insurrection contre la légalité socialiste en Ukraine. Si Kronkol et sa clique se rendent à l'Armée rouge dans les quarante-huit heures, il leur sera permis, malgré leurs crimes et dans l'intérêt de la paix, de trouver l'asile politique dans tout pays disposé à supporter leur présence. S'ils refusent cette offre magnanime, les forces de l'Armée rouge entreront en action pour écraser leur rébellion. »

L'écran clignota, puis le maréchal Bronksky fut remplacé par une image de drapeau soviétique flottant glorieusement au vent sur fond de ciel bleu. La chaîne diffusa *L'Internationale* en entier, puis Moscou cessa d'émettre.

Sonia resta plantée un long moment sans réagir devant l'écran vide. Puis elle se dirigea d'un pas chancelant vers le canapé sur lequel elle se laissa tomber auprès de Jerry. « Je n'arrive pas à y croire..., bafouilla-t-elle. Cinquante ans de progrès anéantis comme ça... Un général qui lance des ultimatums du haut du mausolée de Lénine... »

Jerry lui prit la main. Franja se leva, vint s'asseoir à son côté, lui passa un bras sur les épaules, et elles se blottirent l'une contre l'autre comme mère et fille, deux citoyennes soviétiques, deux enfants perdues orphelines du Printemps russe.

Bobby éteignit la télévision. Debout de l'autre côté de la pièce, il les regarda tous les trois d'un air indécis. Non, toutes les deux, vit Sonia dans *ses* yeux. Il regardait deux Russes et Franja dévisageait un *Américain*, de la haine plein les yeux.

« Ne dis rien, Bobby, gronda-t-elle. N'ouvre pas ta grande gueule de gringo ! »

Mais c'était un Bobby différent. Ce n'était pas le petit garçon malheureux se rebiffant sous les insultes de sa grande sœur et qui ne ratait jamais une occasion, surtout aussi belle, de rendre coup pour coup. C'était un homme mûr, constata Sonia, la fierté au cœur et les larmes aux yeux.

Il ne mordit pas à l'appât. Non, il marcha lentement vers le canapé et regarda sa sœur dans les yeux sans une trace de colère.

« Crois-moi, Franja, dit-il, aucun Russe au monde ne peut être plus écœuré que moi du merdier dans lequel Harry Carson nous a tous mis. Pas même toi. »

Franja regarda son frère sans dissimuler sa stupeur. « Tu peux dire ça maintenant ? N'est-ce pas l'heure de ta revanche ? Maintenant, c'est nous qui allons être en butte à la haine et au mépris du monde entier. »

Bobby secoua lentement la tête. Puis il s'agenouilla devant sa sœur détestée. « Maintenant, tu comprends peut-être ce que c'était pour moi quand nous étions enfants, dit-il. Maintenant, tu comprends peut-être ce que signifie d'aimer un malheureux pays que le reste du monde déteste. Maintenant, tu sais peut-être ce que ça fait d'avoir honte du pays que l'on aime. Et de l'aimer malgré tout. »

Puis Sonia crut que son cœur allait exploser quand il avança la main pour la poser sur celle de sa sœur.

Franja ne la prit pas, mais elle ne la repoussa pas non plus.

« Dis, Franja, ajouta Bobby d'un ton conciliant, nous n'allons pas laisser ces enfoirés nous faire ce qu'ils sont en train de faire au reste du monde.

— *Politique politicienne,* murmura Jerry.

— Écoute papa, Franja. C'est un cinglé de Cadet de l'espace, mais il y a un point sur lequel il a toujours eu raison. La politique doit s'arrêter quelque part. Pourquoi pas ici ? Pourquoi pas maintenant ? Ne pourrions-nous pas redevenir une putain de famille ?

— Maintenant, c'est toi qui m'as fait honte, petit frère », répondit Franja. Et elle étreignit la main de Bobby, refermant un circuit que Sonia avait cru voir à jamais incomplet.

Tous quatre étaient en contact, chair contre chair, cœur contre cœur.

Quel moment merveilleux !

Comme il était amer qu'il ait fallu une tragédie familiale et une catastrophe mondiale imminente pour en arriver là !

Comme il était doux qu'une pareille chose puisse simplement exister !

Pourtant Sonia était sûre que d'aussi improbables retrouvailles avaient lieu un peu partout à travers le monde. Elle voyait mentalement cette scène répétée avec un million de variations, querelles de famille enterrées dans les larmes, brebis galeuses accueillies avec effusion, anciens amants désunis tendrement enlacés... dans toute la ville, dans toute l'Europe, dans le monde entier, des familles se blottissaient craintivement ensemble à la recherche d'un contact rassurant et découvraient de la manière la plus dure possible ce qui comptait vraiment tandis qu'ils se tenaient la main en attendant la fin du monde.

« ... et à Genève, le porte-parole du Congrès des peuples a annoncé que les délégués de l'organisation allaient immédiatement déposer une résolution appelant à l'exclusion de l'Union soviétique de la Communauté européenne pour violation caractérisée du traité d'adhésion... »

B.B.C.

27.

Même si les linguini à la Romanov cuisinés à la va-vite par sa mère constituaient la version la plus infâme de ce plat immonde que Franja eût jamais été contrainte d'avaler, elle se força à faire semblant de manger avec appétit ; ce n'était pas le moment de se plaindre de la cuisine, alors que le monde courait à sa perte et que son père caressait son projet insensé de se faire « polymériser ».

« ... à Rome, le pape a annoncé le début d'une veillée de prière qu'il a fait vœu de ne pas interrompre tant que la crise ne sera pas dénouée... »

Franja n'arrivait pas à décider ce qui lui semblait le plus irréel, du coup d'État militaire à Moscou et de la guerre nucléaire imminente, de la découverte d'un frère complètement changé, des projets de son père, ou du fait que tout cela se passait alors qu'ils étaient réunis pour la première fois depuis dix ans autour de la même table.

« ... estimée à vingt mille manifestants devant l'ambassade d'U.R.S.S... »

Pour ajouter à l'incongruité de la situation, leur mère avait insisté pour installer la télévision portative sur le buffet, elle qui avait toujours banni cet appareil barbare et nikulturni de la salle à manger.

Mais personne ne voulait rater les informations diffusées en permanence sur toutes les chaînes, car à tout moment pouvait éclater la nouvelle que les missiles étaient partis.

Ainsi, dans cette ambiance familiale étrangement normale, tandis que son père parlait enregistrement de génome, échantillons tissulaires, polymérisation du cerveau et expliquait comment ils allaient trouver l'argent, la télévision murmurait en sourdine dans son coin, malfaisante icône électronique des forces supérieures qui contrôlaient désormais la vie de chacun, hantant ce qui aurait pu être une réunion très intime.

« Nous pourrions hypothéquer l'appartement, cela suffirait presque, et il serait peut-être possible de persuader l'ESA de faire couvrir ça par ma mutuelle...

— ... a dénoncé le putsch militaire à Moscou comme une trahison de la confiance de l'Europe en l'attachement de l'Union soviétique à l'idéal démocratique...

— À condition qu'il existe encore demain matin un appartement et une ESA », rétorqua Sonia qui se mordit aussitôt les lèvres d'avoir abordé le sujet qu'ils essayaient d'éviter depuis le début de la soirée. « Enfin, c'est si étrange de dîner tranquillement en faisant des projets d'avenir alors que... »

Il y eut un long silence gêné que le murmure de la télévision ne faisait rien pour atténuer.

Franja le rompit en enfournant héroïquement une grosse bouchée de linguini à la Romanov. Elle fit semblant de déguster et dit : « Si nous devons tous finir volatilisés, je préfère que ce soit l'estomac plein. »

Bobby réussit à rire, prit sa fourchette et l'imita. « Surtout que les linguini à la Romanov de maman ont toujours été notre plat préféré, n'est-ce pas, Franja ? » Même Sonia réussit à esquisser un sourire.

« ... au cours d'une réunion du Conseil national de sécurité...

— Quant aux projets d'avenir, dit leur père d'un ton grave, eh bien, qu'avons-nous à perdre ? S'ils ne font pas tout sauter, il faudra bien continuer à vivre, et dans le cas contraire, nous ne mourrons pas bêtement plantés comme des zombis devant la télévision. »

Cela assombrit instantanément l'atmosphère.

« ... a appelé à l'expulsion du régime soviétique illégal...

— Oh, Jerry, la situation n'est-elle pas assez sinistre sans s'apesantir sur... sur...

— ... a déclaré que l'Armée rouge aurait sa réponse dans moins d'une heure...

— La mort ? dit calmement Jerry. Personne n'aime parler de ça. Personne n'aime y penser. Et personne ne croit vraiment que ça peut lui arriver. Mais j'ai bien dû y réfléchir. Et aujourd'hui le monde entier est obligé d'y songer. La différence, c'est que j'ai eu tout le temps pour envisager les options.

— ... apparemment rejeté une nouvelle requête du Pentagone d'instaurer la loi martiale aux États-Unis...

— *Les options !* s'écria Sonia. Comment peux-tu parler d'options ?

— Il y a toujours des options, insista leur père. Tu peux te dire que cela ne t'arrivera jamais, ou bien tu peux regarder la réalité en face et en tirer avantage.

— En tirer avantage !

— Si tu considères que l'histoire de ta vie doit avoir un début, un milieu et une fin, alors tu sais que ce qui compte vraiment c'est de pouvoir écrire l'histoire dont tu as envie dans le temps qu'il te reste.

— Ce sont les cartes, petit, il faut les jouer, murmura Bobby.

— Hein ? dit Franja.

— C'est ce qu'avait l'habitude de dire Nathan Wolfowitz à la table de poker.

— ... ont accepté de diffuser dans le monde entier le discours du leader ukrainien malgré les protestations de Moscou... »

Franja trouvait un certain réconfort à l'idée que Nathan

Wolfowitz avait la même vision de la réalité que son père. Le courage de ce dernier face à la mort n'avait rien de macabre ou de morbide. Tout le monde se trouvait maintenant dans la même situation et chacun avait à apprendre de la façon dont Jerry Reed y faisait face.

Elle s'aperçut soudain que son père lui faisait penser à Nikolaï Smirnov. Quel dommage que ces deux grands héros ne se soient jamais rencontrés ! Comme ils se seraient bien compris !

« Pour l'amour de Dieu, maman, ne vois-tu pas qu'il a raison ? se surprit à dire Franja. Que devons-nous faire, rester assis sur notre cul et faire mine de rien, ou bien nous serrer les coudes pour le peu de temps qu'il nous reste ?

— Franja...

— Écoute Franja, maman, c'est la voix de la raison. » L'intervention de Bobby était complètement inattendue. Il lui posa même une main protectrice sur l'épaule.

« Toute sa vie, papa a rêvé de construire sa navette et d'échapper à l'attraction terrestre », enchaîna Franja, envahie d'une force et d'une clarté d'esprit inattendues au contact fraternel de la main de Bobby. « On lui a arraché son projet, puis l'accident l'a privé de son voyage dans l'espace. Il est en ton pouvoir de lui rendre ça, ou au moins d'essayer. Ce n'est pas ton enfant, maman. Il a le droit d'aller au bout de son rêve. Ou même de mourir pour lui.

— Je ne veux pas qu'il meure ! s'écria Sonia. Comment peux-tu me demander de le laisser se tuer ?

— Mais je ne veux pas me tuer. Je veux écrire une fin heureuse à mon histoire, puis j'irai simplement dormir un moment en attendant la suite. »

Sonia soupira. Ses yeux se firent plus froids et son ton un peu plus dur. « Vous croyez vraiment que je ne sais pas ce que vous êtes en train de faire, tous les trois ? Aucun de vous ne croit vraiment en cette absurdité de suspension de la mort ! Vous faites juste semblant à mon intention ! Ce n'est qu'une conspiration idiote !

— Ce n'est pas une absurdité, Sonia, c'est scientifiquement...

— Non, papa, coupa Bobby, ne faisons pas insulte à notre intelligence. C'est un pari risqué, c'est tout miser sur une quinte flush hypothétique, c'est le seul espoir que nous ayons, mais rien de plus. »

Son visage devint tendre et il sourit à leur mère avec une gentillesse dont Franja ne l'aurait jamais cru capable. « Oui, maman, c'est une conspiration, mais une conspiration *par amour*. Les choses étant ce qu'elles sont, ne penses-tu pas qu'il est temps de t'y joindre ? »

Mon Dieu, petit frère, se dit Franja, tu es vraiment devenu un homme !

Le visage de leur mère s'adoucit, ses yeux s'embuèrent ; elle poussa un soupir, haussa les épaules. « Tous les trois, vous y croyez parce que vous êtes cinglés », dit-elle d'une voix douce. Puis elle eut un petit sourire. « Alors, très bien, vous pouvez aussi me traiter de cinglée.

— Tu le feras, Sonia ? Tu feras vraiment ça pour moi ?

— J'en parlerai à Tass dès demain matin. S'il y a un demain...

— Je vais essayer de contacter StarNet, ça ferait un bon sujet de société, et nous arriverons peut-être à leur caser...

— ... en direct de Kiev, où Vadim Kronkol s'apprête à répondre à l'ultimatum soviétique... »

Bobby se figea. Ils se figèrent tous. Le visage de Vadim Kronkol était apparu sur le petit écran, brusque et sinistre intrusion du monde extérieur.

« Mon Dieu, ça y est ! s'écria leur mère.

— Plus fort ! »

Leur père augmenta le volume et ils rapprochèrent leurs chaises du poste de télévision.

« ... ont montré leur vrai visage... »

Aucune inquiétude n'était visible sur le visage du président ukrainien ; ses yeux bleus brillaient d'une farouche détermination, ses lèvres pleines avaient l'air de savourer chacun des mots qu'il crachait.

« Un quarteron de généraux soviétiques ne privera pas le peuple ukrainien de son destin national ! Il est temps que les impérialistes russes apprennent les limites de leur pouvoir. Il est temps qu'ils comprennent enfin la détermination du peuple ukrainien à s'affranchir une fois pour toutes de leur joug.

— Seigneur, gémit Bobby, il a la bave aux lèvres !

— Nous mettons les généraux moscovites au défi ! Nous mettons l'Armée rouge au défi ! Nous mettons les impérialistes russes au défi ! »

Kronkol fixa la caméra d'un air menaçant, grimaçant en bon fasciste forcené qu'il était, en homme qui peut sentir la haine qu'il appelle sur lui et s'en repaît comme un immonde vampire.

Puis ses lèvres s'étirèrent en un terrifiant sourire.

« Mais avant de nous défier à leur tour, poursuivit-il, qu'ils voient ce qu'il adviendra de Moscou, de Saint-Pétersbourg et de leur chère Russie à l'instant précis où la botte du premier soldat de l'Armée rouge souillera le sol sacré de l'Ukraine ! Qu'ils voient ce que nous ont donné nos amis américains à l'heure du besoin ! »

La silhouette effilée d'un missile apparut brusquement à l'écran. La caméra fit un zoom arrière et panoramiqua lentement de haut en bas.

Le missile se dressait dans une espèce de parc. Le champ s'élargit pour montrer deux autres missiles en batterie près de lui, révélant au passage la silhouette des bâtiments entourant le site.

L'image fut remplacée par une vue d'un autre site de lancement, cette fois dans la cour d'une église. Puis un autre au milieu d'un rond-point. Et un autre, un autre, un autre.

« Oh non, murmura leur père.

— Qu'y a-t-il, papa ? » demanda Franja. Son teint était terreux. Il avait la tête de quelqu'un qui vient de voir la fin du monde.

« Ce sont des missiles Slam-Dunk ! gémit Jerry. Ce sont des putains de missiles Slam-Dunk ! »

Seigneur, il était élégant, le tout dernier triomphe de la technologie aérospatiale américaine depuis longtemps consacrée à la sombre science de la destruction.

Les détails en étaient secrets, mais Jerry connaissait le principe de base et l'idée, il devait bien le reconnaître, était brillante.

Le missile emportait dans sa coiffe cinq ogives nucléaires de deux cents kilotonnes. Ce n'étaient pas des armes de destruction massive mais des bombes chirurgicales conçues pour détruire centres de commandement, bunkers gouvernementaux, sites de missiles, systèmes de contrôle radar, installations de lancement.

Des armes de première frappe destinées à pénétrer les défenses avant que quiconque se soit rendu compte de leur approche.

Les propulseurs étaient surpuissants, capables de délivrer leur charge à environ quatre-vingts kilomètres d'altitude à une vitesse stupéfiante, ne laissant qu'une fenêtre de moins de trois minutes aux intercepteurs en phase d'envol. À l'apogée de cette étroite parabole, la coiffe se séparait. Elle-même munie d'un propulseur, elle poursuivait sa course le long de la courbe suborbitale juste en dessous de la vitesse d'évasion jusqu'à se trouver en position pour la séparation, se déplaçant trop vite pour que les intercepteurs orbitaux puissent ajuster leur tir.

Peu importait si cela la faisait monter jusqu'à près de cent cinquante kilomètres, car les têtes nucléaires étaient *aussi* autopropulsées. Elles ne se contentaient pas de rentrer dans l'atmosphère pour se diriger bêtement vers leur cible grâce à la vitesse acquise. Elles arrivaient à une vitesse incroyable — protégées de l'incinération par leur onde de choc et par un bouclier thermique en matériaux supraconducteurs — avec une énergie cinétique suffisante pour volatiliser six mètres de béton même si le détonateur ne fonctionnait pas.

« ... dix missiles, munis chacun de cinq ogives nucléaires de deux cents kilotonnes...

— Qu'y a-t-il, Jerry ? s'écria Sonia. Il y a une minute, tu étais plein d'allant, et maintenant on dirait que tu viens de voir ton propre fantôme.

— Ce sont des missiles Slam-Dunk. Des armes de guerre-éclair. Elles jaillissent à une vitesse prodigieuse et redescendent à deux mille kilomètres par seconde.

— Qu'est-ce que ça veut dire ?

— Ça veut dire qu'il est impossible de les arrêter, maman, dit Franja.

— C'est exact, dit Jerry. Les Russes ne possèdent rien qui puisse les arrêter. Il n'y a pas le temps pour un cycle détection-interception en phase d'envol. Une fois que les têtes nucléaires se sont séparées, il ne se passe que quelques secondes avant l'impact. La seule chance de les neutraliser, c'est d'intercepter le missile avant la séparation de la coiffe et, entre l'Ukraine et Moscou, cela ne laisse qu'une fenêtre d'à peine plus de soixante secondes. L'Étoile d'Amérique pourrait, tout juste, en être capable. Ce que possèdent les Russes, jamais.

— ... comme assurance que ces missiles sont strictement défensifs, et comme preuve catégorique à l'intention des impérialistes russes de l'attachement du peuple ukrainien à son destin national, nous avons disposé ces missiles au milieu de nos principaux centres de population où toute tentative d'attaque nucléaire préventive contre ces missiles purement défensifs aurait pour résultat des millions de morts parmi notre propre population...

— Merde, c'est diabolique ! s'exclama Bobby.

— Ce type est dingue !

— Comme un renard, dit sombrement Sonia.

— ... à mourir pour notre indépendance nationale si besoin est ! Nous tirerons ces missiles sur les concentrations urbaines de Russie si, et seulement si, l'Armée rouge franchit notre frontière. Notre décision est prise, maintenant nous disons aux généraux moscovites : prenez la vôtre. Envahissez l'Ukraine au prix de millions de vies russes. Tentez une attaque préventive et déclenchez un holocauste. Ou bien laissez-nous accéder à la liberté et acceptez-nous en membre d'une Europe fraternelle composée, non d'États-nations ou d'empires, mais de peuples libres et indépendants ! »

Vadim Kronkol tint longuement une pose héroïque pour laisser à ses déclarations le temps de faire leur chemin, puis il reprit la parole, cette fois beaucoup plus doucement, sur un ton cauteleux et insinuant.

« Dans l'intérêt de la paix, de l'humanité et afin de tout faire pour éviter une catastrophe nucléaire que personne ne souhaite vraiment, nous avons sacrifié un dixième de notre force de dissuasion nationale pour procéder à une inoffensive démonstration. Demain matin à onze heures cinquante-six, heure de Moscou, nous lancerons un missile porteur de cinq charges, non pas d'explosifs nucléaires, mais d'honnête fumier ukrainien. Vers midi, heure de Moscou, notre fraternelle donation fertilisatrice parviendra sur la place Rouge. »

Kronkol sourit d'un air mielleux à la caméra. « Nous invitons les généraux moscovites à prendre un peu d'exercice de tir sur cible à nos frais. Nous vous avons donné l'heure et la trajectoire. Voyons comment vous vous en sortirez dans des conditions idéales contre des charges inertes. Cela devrait vous donner une idée de ce qui se passera si vous nous forcez à nous servir de ces armes pour de bon. »

« ... pas encore de réaction du commandement central de l'Armée rouge, tandis qu'à Washington le président Nathan Wolfowitz refuse toujours d'expliciter sa réponse bizarre à l'ultimatum russe qui a tant choqué un monde déjà abasourdi. »

C.N.N.

« Qu'en penses-tu, papa ? demanda Bobby. Y a-t-il une chance ? »

Son père secoua la tête. « S'ils en interceptent une sur cinq, ce sera un miracle. »

Ils étaient tous restés éveillés tard dans la nuit, hypnotisés par l'écran mural. À tout moment, les Russes pouvaient tenter une attaque nucléaire sur les sites de missiles ukrainiens. Ou les Russes pouvaient capituler. Si son père avait raison, et dans ce domaine il était difficile de croire qu'il puisse se tromper, Bobby se disait qu'à la place du maréchal Bronksky, il aurait fait soit l'un soit l'autre.

Mais il ne s'était rien passé au cours de cette longue nuit blanche. Bronksky avait publié un bref communiqué pour accuser les État-Unis de chantage nucléaire. Il demandait à savoir ce que ferait le président Wolfowitz lorsque les Ukrainiens tireraient leur missile. Il prévenait que si Kronkol avait menti et si des charges nucléaires explosaient sur le territoire soviétique, ce serait considéré comme un acte de guerre de la part des États-Unis et qu'il « agirait en conséquence ».

Près de deux heures de commentaires ininterrompus plus

tard, Nathan Wolfowitz avait profité d'une séance de photos pour répondre d'une simple phrase qui semblait ne devoir qu'aggraver la situation.

« Monsieur le Président, le maréchal Bronksky veut savoir ce que vous allez faire quand les Ukrainiens enverront leur missile désactivé sur Moscou ! »

Nathan Wolfowitz avait souri d'un air sardonique et haussé les épaules. « Comme tout le monde, avait-il déclaré, je pense que je vais m'installer devant la télévision avec un pack de bière pour assister au match. »

Les journalistes avaient été consternés, ainsi que le reste du monde, à en juger par les commentaires qui s'étaient succédé toute la nuit, mais Bobby avait été intensément soulagé, bien qu'il ne pût faire comprendre pourquoi à qui n'avait pas connu l'homme.

C'était bien le vrai Nathan Wolfowitz qui jouait les cartes dégueulasses qui lui avaient été distribuées, l'air parfaitement impassible.

Bobby n'enviait pas le moins du monde le jeu de Wolfowitz. Mais il n'enviait pas non plus celui de ceux qui jouaient contre lui.

Et ce matin ils étaient à nouveau rassemblés au salon devant l'écran. Une caméra longue portée installée au sommet d'un gratte-ciel de la rue Tverskaïa offrait une vue panoramique de la place Rouge tandis qu'un chronomètre, en incrustation, décomptait les secondes.

L'immense place était effroyablement déserte sous le soleil printanier. Rien ne bougeait à part les pigeons, trop stupides pour se rendre compte qu'ils picoraient au point zéro, et un drapeau flottant au-dessus des bâtiments vides, derrière les murs du Kremlin.

11 h 56.

« Mise à feu », murmura Jerry, comme toujours lorsqu'il assistait en direct à un lancement de fusée. Son œil était brillant, rivé sur l'écran, et il avait un étrange petit sourire aux lèvres. Même en cet instant, leur père restait un cinglé de Cadet de l'espace. Il ne faisait pas de doute qu'il appréciait la situation, à sa façon.

11 h 58.

« Largage et mise à feu de la coiffe. »

11 h 59.

« Séparation des ogives nucléaires et... »

Un éclair aveuglant balaya l'écran, immédiatement suivi d'un bruit indescriptible qui satura les haut-parleurs. Puis un autre. Un autre. Et un autre. Trop rapides pour être isolés les uns des autres. Puis l'écran montra une boule de feu s'élevant dans un nuage en expansion, comme un champignon atomique miniature, et cinq énormes coups de tonnerre retentirent lorsque les micros captèrent les ondes de choc secondaires.

Le nuage s'élevait à toute vitesse, se dissipant rapidement, faisant pleuvoir des débris pendant un long moment avant que l'on puisse apercevoir l'épouvantable résultat.

À l'autre bout de la place, où s'était trouvée l'église à bulbes, s'élevait à présent une ruine démantelée. La muraille du Kremlin était un tas de gravats. Au centre de la place s'ouvrait un énorme cratère aux bords déchiquetés. Un des angles du mausolée de Lénine avait été soufflé et la façade n'était plus qu'un lacis de fissures, mais il était miraculeusement resté debout.

Franja n'arrivait pas à transmettre à son cerveau ce que lui montraient ses yeux. Saint-Basile détruit. Le mur du Kremlin abattu. Le tombeau de Lénine prêt à s'écrouler. Un immense trou ouvert en plein milieu du cœur de la Russie. C'était comme si elle avait pris un coup en pleine poitrine. Il lui fallut un long moment pour reprendre son souffle avant de pouvoir même en ressentir la douleur.

« Eh bien, ça fait plaisir de voir que Vladimir Ilitch, au moins, a encore réussi à s'en tirer », bafouilla sa mère.

C'était une réflexion idiote, mais Franja la comprit. Que dire d'autre en un moment pareil ?

Ces sales crétins de Kiev avaient cherché à humilier le peuple russe, à le terrifier, à lui briser le cœur en choisissant comme démonstration de force la destruction du centre de leur univers, de leur âme, de leur histoire.

Mais si les Ukrainiens s'imaginaient que cela allait contraindre la Russie à la soumission, ils avaient commis une fatale erreur que le monde entier allait payer. Aucun de ceux qui s'étaient trouvés sur la place Rouge le soir de la sécession ukrainienne ne pouvait douter que ni la peur, ni la raison, ni même les impératifs du simple bon sens, ne permettraient à cette diabolique tentative de castration psychique de rester impunie.

« Je ne voudrais pas être à Kiev ou à Odessa en ce moment… », dit sauvagement Franja, tenaillée par l'envie de riposter, même si elle savait que c'était de la folie. Mais les généraux de l'Armée rouge, qui avaient entre les mains le pouvoir de le faire, devant les ruines fumantes de la place Rouge…

« Et voici la fin du monde… », chuchota sa mère tandis que le visage du maréchal Bronksky remplaçait l'effroyable spectacle. Il avait une vraie tête de mort dans tous les sens du terme, la figure livide et les traits tirés, les yeux flamboyants de rage, les mâchoires crispées en une vaine tentative de refréner sa fureur.

« Nous considérons cet inqualifiable affront comme un acte de guerre de la part des États-Unis contre l'Union soviétique, grogna-t-il d'une voix rauque avec une émotion contenue. Nous demandons aux États-Unis de retirer sur-le-champ leurs missiles d'Ukraine. Si ce retrait n'est pas effectif dans les quarante-huit heures, nous lancerons une attaque nucléaire simultanée contre les sites de missiles ukrainiens et les États-Unis, dirigée non pas contre des objectifs militaires, mais contre les principales concentrations urbaines.

— Ce type est devenu fou ! s'écria Bobby.

— Au contraire, répondit sombrement sa mère. Je trouve qu'il fait preuve d'une retenue impressionnante. »

Franja comprit parfaitement ce qu'elle voulait dire.

TOUTES LES FORCES SOVIÉTIQUES
SUR LE PIED DE GUERRE
ALORS QUE LE MONDE ATTEND
LA RÉPONSE DU PRÉSIDENT WOLFOWITZ

Tass

Nathan Wolfowitz n'attendit pas quarante-huit heures pour répondre à l'ultimatum russe. Bobby dut bien admirer son choix du moment et il en conçut un certain espoir. Wolfowitz attendit 18 heures, heure de Paris, soit 20 heures à Moscou, en plein bulletin d'informations de *Vremia,* alors qu'il était midi à New York et 9 heures du matin sur la côte ouest. Ce qui signifiait que Nat avait choisi son heure pour toucher le maximum de public *européen.*

« Mesdames et messieurs, le président des États-Unis. »

Nathan Wolfowitz était assis dans le Bureau ovale. Il portait une veste de sport marron avec des empiècements de cuir aux coudes et un col roulé blanc. Il était soigneusement coiffé. Ses yeux luisaient de l'indéchiffrable amusement, feint ou non, que Bobby avait vu un millier de fois de l'autre côté d'une table de poker.

« Je me dispenserai des formalités habituelles, déclara d'un ton sec le président Wolfowitz. En fait, je pense que je peux aussi bien me dispenser de *toutes* les formalités. Au nom du peuple américain, je présente publiquement au peuple soviétique mes plus profondes excuses pour l'indécrottable stupidité de mon prédécesseur à tête de piaf.

— Incroyable !

— Ça, c'est Nathan Wolfowitz ! dit Bobby, et il se surprit à pousser un soupir de soulagement.

— J'exprime les condoléances du peuple américain pour les dommages infligés au cœur de leur capitale et en propose la réparation sous supervision soviétique aux frais du gouvernement américain.

— C'est... c'est un génie ! s'exclama Sonia.

— Maintenant, je suppose qu'il me faut répondre à l'ultimatum du maréchal Bronksky, poursuivit Wolfowitz d'une tout autre voix, sur un ton traînant. Eh bien, je crains malheureusement de ne pouvoir me plier à ses exigences, vu que je ne vois aucun moyen de reprendre aux Ukrainiens les missiles que Harry Carson leur a donnés sans déclencher la Troisième Guerre mondiale. »

Il haussa les épaules. Leva les bras au ciel. « Que puis-je vous dire, maréchal ? Je suppose qu'il ne vous reste plus qu'à agir et lancer votre première frappe sur nos principales concentrations urbaines.

— Quoi ?

— Ce type est devenu cinglé ! »

Les yeux de Nathan Wolfowitz se firent plus durs que Bobby ne les avait jamais vus. Pour la première fois, il prit conscience du fond des tripes que son ancien ami était *vraiment* le président des États-Unis. Et il soupçonnait le reste du monde de ressentir la même chose. Ce n'était plus le Nat Wolfowitz qu'il avait connu. Le jeu avait transformé le joueur.

« Mais souvenez-vous bien que nous nous sommes ruinés pour construire un système de défense antimissile muni de toutes les sécurités que l'argent de nos pauvres contribuables a pu nous offrir. Et qu'après avoir détruit la plus grosse partie de vos missiles, nous lécherons nos plaies avec la majorité de nos forces stratégiques encore intactes. »

Wolfowitz cligna théâtralement de l'œil à la caméra, tout comme il avait cligné de l'œil à Bobby alors qu'il avait en main un full et ne se souciait pas de le faire savoir.

« Et nous ne serons pas du tout amusés, poursuivit Wolfowitz. Réfléchissez-y, maréchal Bronksky. Sur ce, bonne journée.

— C'était le président des États-Unis qui vous parlait en direct de la Maison-Blanche à Washington, D.C.

— Et ça, c'était parler ! » s'écria Bobby, exultant.

WOLFOWITZ RENVOIE LE DIRECTEUR
DE L'AGENCE CENTRALE POUR LA SÉCURITÉ
ET JURE DE NE JAMAIS
LUI NOMMER DE REMPLAÇANT

New York Times

LA WOLFOMANIA
DÉFERLE SUR L'EUROPE !

News of the World

NAT VIRE LE SECRÉTAIRE À LA DÉFENSE
ET LE NOMME CHEF D'ÉTAT-MAJOR
POUR FAIRE TAIRE
LES GRINGOS AU CONGRÈS

New York Post

28.

Le plus improbable des rêves d'enfance de Bobby s'était réalisé. En moins d'une semaine, les Américains si longtemps méprisés étaient devenus les héros du jour, la coqueluche de Paris, tandis qu'il devenait reporter vedette de StarNet.

Nathan Wolfowitz avait fait l'impossible. Il avait désamorcé l'ultimatum russe et stabilisé la situation au bord de la guerre nucléaire, sans s'engager lui-même à quoi que ce fût.

Quatre heures avant l'expiration de l'ultimatum soviétique, le maréchal Bronksky avait annoncé qu'il repoussait l'échéance jusqu'après les élections pour permettre au peuple russe de donner son avis sur cette grave question dont dépendait la survie de la nation. Dans sa situation, c'était la seule façon qu'il avait de sauver la face.

Nathan Wolfowitz l'avait félicité et avait espièglement professé une politique de non-ingérence dans les élections soviétiques, s'y ingérant du même coup très adroitement.

« Tout ce que je dirais maintenant ne pourrait avoir que des résultats opposés à nos souhaits, avait-il déclaré. Cela ne ferait qu'attiser les flammes des passions nationalistes aveugles et encourager l'élection du genre d'imbéciles irresponsables qui nous ont précisément mis dans ce merdier. Dans l'intérêt de la paix et de l'équilibre mental, je crois que je ferais mieux de garder mes opinions pour moi, d'encourager les citoyens soviétiques partageant ces vues à voter en masse et de lever la séance. »

Les eurorusses montèrent de dix-sept points dans les sondages.

L'Armée rouge avait massé de nouvelles troupes à la frontière ukrainienne. Les Russes avaient aussi détaché de la flotte de la Baltique une escadre qui faisait route vers le détroit de Gibraltar.

L'effet produit sur les cartes, au journal télévisé, était farouchement guerrier, mais les optimistes soulignaient que le fait qu'il lui faudrait dix jours pour arriver dans la mer Noire pouvait être considéré comme une preuve de la retenue de Bronksky, étant donné que l'arrivée des navires sur le théâtre des opérations était soigneusement calculée pour coïncider avec la date des élections.

Constantin Gortchenko félicita chaudement le président américain au cours d'un discours électoral à Saint-Pétersbourg, le qualifiant d'« homme selon notre cœur » et de « véritable Gorbatchev américain ».

Interrogé sur sa réaction, le président Wolfowitz haussa les épaules, sourit et félicita son « ami Constantin Gortchenko » de son « bon goût ».

Les eurorusses montèrent encore de cinq points.

On trouvait partout des T-shirts à l'effigie de Wolfowitz. Celui qui remportait le plus de succès le montrait habillé en matador, tenant d'une main sa cape derrière lui tandis qu'il tournait le dos à un ours russe hypnotisé, un doigt de son autre main délicatement posé sur les naseaux de l'animal d'où jaillissaient des flammes.

D'effroyables mélanges présentés comme d'authentiques cocktails américains avaient fait leur apparition, à des prix astronomiques, jusque sur la carte du plus minable tabac de Paris. Les hamburgers et la cuisine tex-mex étaient furieusement à la mode. On vendrait dans tout le Quartier latin de petit drapeaux américains autocollants que l'on retrouvait apposés un peu partout sur les murs, les lampadaires et les affiches du métro. Le Baseball-club de Paris faisait les gros titres de la presse nationale. Quelqu'un avait enregistré une version max-métal de *God Bless America* qui caracolait en tête des hit-parades, suivie de près par une réédition du vieux succès de Jimi Hendrix, *The Star-Spangled Banner*.

La « gringomania », comme l'appelait *Libé,* avait déferlé sur Paris comme un raz de marée. On trouvait difficilement autre chose dans les journaux. De doctes intellectuels en discutaient interminablement au cours de débats télévisés. Restaurants, bars et fabricants d'articles de nouveauté engrangeait les dividendes.

Ainsi que Bobby. Avec les frontières des États-Unis toujours fermées et tous les vols annulés, il était l'un des rares journalistes américains présents à Paris, le seul de StarNet.

On l'envoyait en reportage sur à peu près n'importe quoi, du discours insipide d'un quelconque ministre aux graffiti pro-américains dans le métro, d'une émeute devant l'ambassade soviétique au *Harry's Bar*.

C'était exaltant, merveilleux et épuisant, mais il y avait aussi là-dedans quelque chose de surréellement inquiétant. Il courait tout Paris pour faire ses reportages sur la gringomania, la population parisienne, de son côté, se laissait aller à sa liesse, comme si elle avait retrouvé un amoureux depuis longtemps perdu de vue, et pendant ce temps l'heure continuait de tourner vers l'instant fatal.

Car, malgré l'atmosphère de fête dans les rues de Paris, malgré la gringomania, si on y réfléchissait bien, ce que personne n'avait envie de faire, le président Wolfowitz n'avait rien résolu.

Les Ukrainiens étaient toujours en possession de leurs missiles. Les Russes en donnaient aucun signe de vouloir faire machine arrière. Wolfowitz n'avait fait que geler la crise à l'instant précis où la vague de destruction était sur le point de déferler, à la manière de la célèbre estampe de Hokusai, mais la vague de feu nucléaire était toujours en suspens au-dessus de leurs têtes, prête à retomber sitôt passées les élections russes.

Ce n'étaient pas tant les États-Unis que Paris fêtait que l'Amérique mythique de ses propres rêves d'enfant, l'Amérique qui avait brillé comme un phare en une autre heure sombre de l'Europe, comme si en croyant assez fort à cette Amérique idéale, elle pourrait être rappelée des brumes de la légende pour repousser une fois de plus les ténèbres.

Bobby s'en rendait bien compte dans ses activités de journaliste : documents humains, interviews de l'homme de la rue, reportages sur les manifestations et les discours d'hommes politiques. Dès qu'il se présentait comme Américain, on l'embrassait sur les deux joues. À la vue de son badge de StarNet, les politiciens le recevaient immédiatement. Les gens lui payaient des verres.

Cela finit par lui sembler un peu amer. N'étaient-ce pas ces mêmes Parisiens qui lui avaient rendu la vie infernale toute son enfance ? Qui avaient brûlé le drapeau américain et souillé l'ambassade des États-Unis de merde et de sang ?

C'est Tommy ci et Tommy ça
Et Tommy fous le camp…

Et maintenant *God Bless America* se retrouvait premier au hit-parade.

Mais c'est merci, monsieur Atkins,
Quand l'orchestre se met à jouer !

Ce fut avec un désagréable sentiment de déjà vu et une étrange sensation au creux de l'estomac qu'il partit couvrir la marche sur l'ambassade des États-Unis.

Comme une autre manifestation, bien des années plus tôt, celle-ci se rassembla en vue de l'entrée principale de l'ambassade, mais là s'arrêtait la ressemblance.

La première manifestation avait eu lieu l'après-midi. La foule qui la composait était une populace haineuse et les flics avaient pris bien soin de ne pas se montrer.

Celle-ci avait commencé à se rassembler en début de soirée. En lieu et place de gourdins et de seaux de merde, les gens brandissaient des portraits de Nathan Wolfowitz, des dizaines de grands drapeaux américains et des milliers de plus petits en papier distribués, selon certaines sources, par l'ambassade elle-même.

Les participants à la première manifestation s'étaient rassemblés dans les jardins entre l'avenue Gabriel et les Champs-Élysées, mais pour celle-ci le gouvernement français avait fermé à la circulation la place de la Concorde qui était déjà noire de monde.

De l'avenue Gabriel aux Champs-Élysées, la place était bordée de gardes républicains en grande tenue dont même les chevaux observaient une parfaite immobilité. Au centre de leur détachement, deux d'entre eux portaient des drapeaux, un français et un américain.

Et Bobby n'arriva pas en métro, mais à bord du camion que StarNet avait loué pour l'occasion. Il était juché sur le toit où une plate-forme avait été aménagée pour lui, son cameraman français et l'antenne parabolique de liaison par satellite. Le logo de StarNet avait été collé sur les flancs de la camionnette et un drapeau américain flottait à une grande antenne télescopique. L'ambassade, qui donnait ces jours-ci l'impression de pouvoir tout arranger, avait promis à StarNet que cela assurerait immédiatement à leur équipe un traitement de faveur de la part de n'importe quel service de police, sur ordre du maire de Paris et du premier ministre en personne.

Lorsque le camion de StarNet se retrouva bloqué par la foule au débouché de la rue de Rivoli, où il n'y avait pas grand-chose à photographier, à l'intérieur de la camionnette, Pierre Pham, le producteur prêté par Antenne 2, passa un bref coup de fil et, moins de cinq minutes plus tard, quatre gardes républicains à cheval se frayèrent un chemin à travers la foule docile pour venir encadrer le véhicule qu'ils escortèrent lentement mais sûrement vers l'endroit d'où devait démarrer la marche, salués au passage par une mer de drapeaux et des acclamations enthousiastes.

« Ici Robert Reed, de Paris. Quel spectacle incroyable présente la place de la Concorde où une foule estimée par la police à un demi-million de personnes s'est rassemblée pour manifester son soutien aux États-Unis et au président Wolfowitz », commença Bobby dès que la liaison fut établie.

Les flics, apparemment, avaient attendu patiemment le signal de son producteur : le cavalier qui marchait à l'avant droit de la camionnette se pencha vers la fenêtre ouverte, dit quelque chose dans sa radio-bracelet, et le peloton de gardes républicains bloquant l'accès à la place se mit à remonter les Champs-Élysées d'une allure lente et solennelle derrière les deux porte-drapeaux.

La foule s'engagea à leur suite sur l'avenue, agitant de petits drapeaux, déployant des banderoles, jetant en l'air des fleurs, des chapeaux, des tasses de carton, des badges à l'effigie de Wolfowitz, chantant et criant de façon incohérente.

« Attends un peu que les premiers rangs soient passés, dit Pham au chauffeur sur le circuit intérieur. Je veux prendre la foule en premier plan. »

Le camion s'arrêta quelques minutes pour laisser la tête de la procession le dépasser de quelques centaines de mètres avant de s'avancer au pas vers les Champs-Élysées.

Devant Bobby, la foule emplissait la large avenue, se répandait sur les trottoirs, les milliers de petits drapeaux en papier transformaient les Champs-Élysées en une rivière de rouge, de blanc et de bleu.

Puis il y eut un bruit qui n'était que trop familier à Bobby depuis son séjour à Los Angeles, mais qu'il n'aurait jamais pensé entendre à Paris, où tout survol était depuis longtemps interdit... le profond bourdonnement de libellule d'un vol d'hélicoptères, bruit de mauvais augure depuis les innombrables reportages en provenance des zones de combat d'Amérique latine.

Quatre hélicoptères volant en formation dispersée comme des appareils de combat qui cherchent à éviter les tirs antiaériens arrivèrent à basse altitude au-dessus des marcheurs et s'engouffrèrent sur les Champs-Élysées à allure réduite, larguant des sortes de confetti argentés.

« Qu'est-ce que c'est que ça ? » murmura Bobby dans le micro qu'il avait oublié de fermer. Il s'était attendu à un tir de roquettes et des giclées de napalm, mais à la place il voyait un nuage de paillettes féeriques.

« Fais-moi un gros plan sur ces hélicos ! cria-t-il à son caméraman.

— *Je suis pas un imbécile !* » rétorqua ce dernier.

Bobby jeta un coup d'œil à son moniteur. Sur l'image tremblotante, les insignes des hélicoptères étaient nettement visibles alors que le preneur de vues panoramiquait sur chacun tour à tour. Le logo de StarNet, visiblement peint à la dernière minute. L'armée de l'air française. La télévision nationale. Et, chose inconcevable à peine quelques jours plus tôt, les couleurs des Marines américains.

Et ce qu'ils lançaient, constata Bobby un instant plus tard lorsque retentirent, assourdissantes et métalliques, les premières notes de *La Marseillaise,* était un énorme nuage de « mouches » publicitaires, minuscules récepteurs radio de la taille approximative d'une pièce de dix francs habituellement utilisés pour harceler les foules de messages publicitaires lors des rassemblements populaires.

Mais aujourd'hui ces foutus trucs étaient mis à contribution pour un usage beaucoup moins contestable. L'hymne national français, joué par un orchestre symphonique, jaillissait de milliers de petits haut-parleurs éparpillés tout le long du parcours de la manifestation, repris en chœur par la foule, immense voix collective braillant de toute son âme.

« Je ne sais pas si vous pouvez m'entendre au milieu de tout ça, hurla Bobby dans son micro, alors je crois que je vais la fermer et laisser s'exprimer le peuple de Paris. »

La tête de la manifestation remonta les Champs-Élysées sur

un pâté de maisons, puis il y eut un ralentissement tandis qu'elle s'engouffrait dans l'avenue de Marigny, plus étroite, avant de tourner dans l'avenue Gabriel, encore plus étroite, pour revenir vers l'ambassade.

Les Marines, bien visibles et armés lors de l'autre manifestation, étaient aujourd'hui invisibles et, alors que la camionnette se mettait en position au milieu de la foule en face du bâtiment, Bobby s'aperçut, légèrement interloqué, que le mât du drapeau, au-dessus de l'ambassade, était vide.

Quand il jeta un coup d'œil à son moniteur pour regarder la vue aérienne transmise par l'hélicoptère de StarNet, il eut du mal à contenir son émotion. C'était peut-être rebattu, c'était peut-être astucieusement mis en scène au bénéfice des téléspectateurs, mais cela n'en coupait pas moins le souffle.

La foule s'entassait tout le long de l'avenue Gabriel. Elle emplissait l'avenue de Marigny, les Champs-Élysées et jusqu'à la place de la Concorde. Tout le quartier n'était qu'un vaste océan humain. D'en haut, les petits drapeaux américains formaient un tableau pointilliste rouge, blanc et bleu. Un demi-million de voix et presque autant de petits haut-parleurs se joignaient en une *Marseillaise* qui l'ébranlait jusqu'aux rotules.

« Il doit bien y avoir un demi-million de personnes, lança Bobby dans son micro. Oh, mon Dieu, c'est incroyable, je n'ai jamais rien vu de tel, je peux sentir l'énergie monter vers moi par vagues, l'émotion est fabuleuse, la ville entière semble prise de folie... »

Cela semblait ne jamais devoir prendre fin... le chant, les cris, les drapeaux qui s'agitaient.

Puis les accents de *La Marseillaise* s'éteignirent lentement. En quelques minutes s'installa un silence surnaturel.

Puis une autre musique s'éleva de tous les petits haut-parleurs et, au bout de quelques mesures, un demi-million de voix reprirent en chœur la vieille chanson.

La chanson en tête de tous les hit-parades, la version max-métal de *God Bless America*.

Bobby sentit les larmes lui monter aux yeux en entendant ceux qui l'avaient jadis conspué lui souhaiter la bienvenue.

God bless America,
Land that I love... *

Dans la foule, des gens allumaient des torches électriques, milliers de petits faisceaux lumineux s'entrecroisant dans les ténèbres qui enveloppaient la Ville Lumière.

Stand beside her
And guide her... **

Les faisceaux lumineux convergèrent sur l'ambassade, sur le mât orphelin de son drapeau. La plupart se perdaient dans la nuit, mais il y avait suffisamment de puissantes lampes halogènes pour illuminer le sommet du mât comme de véritables projecteurs de cinéma.

Through the night
With a light from above... ***

La foule chantait avec un fort accent français qui eût été parfaitement ridicule à tout autre moment, mais aujourd'hui, aux oreilles de Bobby, c'était le son le plus doux qu'il eût jamais entendu.

Puis, lentement, majestueusement, la Bannière étoilée monta le long du mât, se déroulant au vent devant les cieux obscurs.

From the mountains,
To the prairies,
To the oceans white with foam... ****

Bobby ne se rendait même pas compte qu'il chantait dans son micro ouvert tandis que le drapeau américain montait au mât, que des deux d'artifice explosaient au-dessus de la ville, que des chandelles romaines jaillissaient de la foule, qu'un million de pétards explosaient, qu'il assistait avec la population de Paris à l'impossible événement qu'elle créait en

* Dieu bénisse l'Amérique, le pays que j'aime...
** Qu'il se tienne à son côté pour la guider...
*** Dans la nuit, d'une lumière céleste...
**** Des montagnes aux prairies et aux océans frangés d'écume...

chantant le retour au monde de la lumière qu'elle avait longtemps pensé perdue.

God bless America,
My home, sweet home… *

Oh oui, en lui le journaliste cynique savait que c'était du bidon, une pièce de théâtre écrite et mise en scène par le conseiller en communication de Wolfowitz, en collaboration avec ses homologues du gouvernement français, un truc qui aurait fait gerber Bobby quand il était à Berkeley.

Ce n'en était pas moins réel.

Pour Bobby comme pour tous ceux qui se trouvaient là ce soir, ou même qui regardaient le reportage de StarNet à la télévision, il s'agissait d'un moment que n'importe quel pro aurait été incapable de mettre sur pied sans le concours spontané du public. C'était authentique. C'était féerique. Son pays était redevenu ce qu'il avait toujours rêvé qu'il soit dans le cœur de ceux qui l'avaient jadis traité de gringo. La profonde blessure qu'ils avaient infligée à son âme était enfin guérie.

God bless America,
My home, sweet home !

Mais Paris, aussi, mes amis, Paris aussi.

Et alors, pour la première fois de sa vie, il put le dire.

« *Vive la France !* » cria Robert Reed à la face du monde par l'intermédiaire de sa liaison satellite à la fin de la chanson. « Mesdames et messieurs, je n'ai pas pu me retenir. De toute ma vie, je ne me suis jamais senti plus américain, mais ce soir je me sens également français ! Pas vous ? »

* Dieu bénisse l'Amérique, mon pays, cher pays…

GRINGOMANIA !

La manifestation d'hier soir devant l'ambassade des États-Unis peut bien avoir été soigneusement organisée et généreusement financée par les conseillers en communication américains, mais ce qui s'est passé ensuite était réellement spontané. Lorsque les couleurs américaines ont été hissées, mettant fin à la manifestation semi-officielle, au moins cent mille personnes ont remonté les Champs-Élysées jusqu'à l'Arc de triomphe où, avec le renfort des badauds, elles ont fait une fête débridée qui ne s'est terminée qu'au petit matin.

Des dizaines de manifestations similaires ont eu lieu dans tout Paris. Il était impossible pour un Américain de payer un verre où que ce fût dans la ville et, en fait, on a pu entendre bien des Parisiens affecter de parler avec l'accent américain pour se faire offrir à boire. Paris n'avait rien vécu de tel depuis la Libération. La gringomania n'est peut-être qu'un feu de paille et Nathan Wolfowitz ne sauvera peut-être pas, en fin de compte, le monde de l'holocauste nucléaire, mais cela aura au moins servi de prétexte à la nuit de fête la plus endiablée qu'ait connue cette ville depuis un siècle.

Robert Reed, *StarNet*

Il avait été impossible à Sonia, même en tant que directrice du bureau parisien de l'Étoile-Rouge, de joindre le directeur du bureau de Tass au vidéotel. Tout était en ébullition et Tass ne parlait à personne.

Elle imaginait parfaitement l'ambiance qui devait régner là-bas, la même qu'à l'Étoile-Rouge et, sans aucun doute, dans toutes les organisations soviétiques de Paris, mais en pire. La sensation d'isolement était atroce, aussi bien vis-à-vis du pays hostile où ils se retrouvaient désormais que de Moscou.

Cela pouvait vous coûter la vie de parler russe dans la rue et une trace d'accent suffisait à vous fermer la porte d'un restaurant pourtant à moitié vide. Les associés français se montraient d'une politesse glaciale au vidéotel. Les affaires étaient au point mort.

Quant à Moscou, quand il se manifestait, ce n'était que pour transmettre un tombereau de directives contradictoires où l'on pouvait facilement deviner l'état de panique dans lequel étaient plongées les instances supérieures de l'Étoile-Rouge acharnées à sauver ce qu'elles pouvaient du Printemps russe tout en essayant de couvrir au mieux leurs arrières.

Ce devait être bien pire pour les pauvres types de Tass à qui il revenait de répercuter les mauvaises nouvelles tout en les présentant sous le meilleur jour !

Il n'était donc pas surprenant qu'elle ne puisse joindre Leonid Kandinski au vidéotel. Si elle avait été directrice du bureau de Tass, elle aurait fait son possible pour trouver un trou où se glisser et le reboucher derrière elle.

Elle finit par se rendre en personne au bureau de Tass, où régnait une pénombre funèbre, et força la porte du bureau de Kandinski. Celui-ci, individu lourdement charpenté au crâne dégarni, avait l'air d'avoir dormi tout habillé. Il avait les yeux rouges, une barbe de deux jours, sa table de travail était jonchée de tasses en plastique vides et son grand cendrier en onyx débordait de mégots de cigare. La pièce puait le tabac froid, la sueur et la paranoïa.

« Eh bien, qu'est-ce que tu veux, Sonia ? » demanda-t-il. Il pêcha un cigare au fond d'un tiroir, coupa d'un coup de dents le bout qu'il cracha par terre et alluma l'immonde chose dont il avala la fumée.

« J'ai une histoire pour toi, Leonid.

— Magnifique ! geignit Kandinski. Juste ce qu'il nous faut !

— Celle-là va te plaire.

— Ça ne fait pas de doute ! rétorqua Kandinski d'un ton sarcastique. Je suis un journaliste soviétique moderne, non ? Rien de tel qu'un sujet bien brûlant pour me mettre en train ! Ne dis rien ! Laisse-moi deviner ! Qu'est-ce que c'est, cette fois ? Une nouvelle manifestation de soutien enthousiaste à Nathan Wolfowitz ? Un autre lancer de merde sur l'ambassade soviétique ?

— C'est un document humain.

— Un document humain ? Merveilleux ! Nous sommes

toujours intéressés par les histoires d'humains ! Ils sont tellement plus intéressants que les animaux !

— Seigneur, Leonid, reprends-toi !

— Me reprendre ? Oh, j'aimerais bien me reprendre, Sonia, si seulement les gens voulaient bien me lâcher les basques et cesser de me hurler à la figure ! Tu n'as aucune idée de ce à quoi ça ressemble, par ici ! À Moscou, ces enfoirés d'ours n'arrêtent pas de réclamer des nouvelles plus positives et, bien sûr, ça ne sert à rien de leur dire qu'il ne se passe rien de positif ! Et le K.G.B. a resurgi des fosses bourbeuses de l'histoire pour nous menacer des pires conséquences si nous ne suivons pas scrupuleusement la ligne du Parti. Mais personne ne sait ce qu'est la ligne du Parti. Et te voilà qui débarques avec un *document humain !* »

Sonia résista à l'impulsion de le gifler. Quel spectacle lamentable !

« Tu vas vraiment aimer cette histoire, Leonid, se contenta-t-elle de lui dire. C'est une occasion unique de faire les gros titres avec un truc qui nous donne le beau rôle, pour changer.

— Vraiment ? dit Kandinski d'un ton un peu moins geignard. Comment ça ?

— En emboîtant nous-mêmes le train de la gringomania.

— Tu parles sérieusement ? Tu as vraiment de quoi faire ça ?

— Un geste mutuel de bonne volonté entre nous et l'administration Wolfowitz.

— D'accord, d'accord, raconte-moi ça. Les occasions de rigoler sont rares par ici… »

Sonia lui expliqua. Elle avait soigneusement réfléchi à la question et, après la scène incroyable à l'ambassade des États-Unis, elle s'en était entretenue avec Bobby. Ce dernier pouvait désormais pratiquement tout se permettre vis-à-vis de StarNet et ses patrons étaient tout disposés à sortir un reportage sur Jerry, ou n'importe quoi d'autre qui fasse plaisir à Bobby. Ils étaient même prêts à céder à Tass les droits pour la Russie, crise nucléaire ou pas.

« Tass peut sortir la nouvelle simultanément avec StarNet, dit-elle à Kandinski. L'Union soviétique offre d'emmener en orbite le père américain de la Navette de grande croisière à bord d'un Concordski de l'Aeroflot et parraine une résolution au Parlement européen pour lui permettre de voler à bord de son propre astronef, en gage de paix et de solidarité européenne ! »

Kandinski l'écoutait déballer son histoire en tirant intensément sur son cigare. Quand elle eut fini, il écrasa le mégot dans son cendrier et haussa les épaules. « S'il ne tenait qu'à moi, je le ferai sur-le-champ, nous avons désespérément besoin d'un truc de ce genre. Mais ce dont tu parles nécessite une décision à l'échelon gouvernemental. Et personne ne sait à qui s'adresser !

— Alors, pourquoi ne pas inciter les délégués eurorusses au Parlement européen à déposer une résolution demandant que la *Communauté européenne* sollicite de l'Union soviétique l'offre du vol en orbite sur l'Aeroflot ? Tu vois un peu ça, Leonid, tous ces bons eurorusses demandant à l'Europe de solliciter de leur propre gouvernement un geste de bonne volonté en faveur d'un *Américain !*

— Les ours en seraient malades ! Ils prétendraient que c'est Gortchenko qui est derrière tout ça...

— Précisément.

— Oh », dit Kandinski, et il sourit.

Deux jours plus tard, à une semaine des élections, ce fut Kandinski qui se présenta à son bureau sans être annoncé. Son costume était fraîchement repassé, il était rasé de près et avait l'air très maître de lui.

« Eh bien, comme diraient ces satanés Américains, il y a une bonne nouvelle et une mauvaise, dit-il. La bonne, c'est que Gortchenko a *adoré* l'idée et qu'il est tout disposé à demander à sa faction au Parlement européen de parrainer la résolution en faveur de ton mari. La mauvaise, c'est qu'il exige que ce soit Nathan Wolfowitz en personne qui le lui demande publiquement.

— Quoi ? » s'exclama Sonia.

Kandinski haussa les épaules. « C'est un secret de polichinelle que Wolfowitz fait tout ce qu'il peut pour assurer la réélection de Gortchenko, à part monter à bord du Transsibérien et embrasser les petits enfants à sa place. Je crois que, dans l'idée de Gortchenko, accéder à une demande émouvante et entièrement apolitique du président américain lui rapporterait au minimum un million de voix.

— Et tout ce qu'il me reste à faire, c'est de persuader le président Wolfowitz de se prêter à ça ? » gémit Sonia, atterrée.

Kandinski plissa les paupières. « Ce n'est pas forcément aussi difficile qu'il y paraît. Les militaires contrôlent peut-être les liaisons téléphoniques internationales, mais j'ai le sentiment que Wolfowitz et Gortchenko communiquent de façon détournée à travers les médias. Ce pourrait être un de leurs messages occultes, non... ?

— Mais comment suis-je censée communiquer cela à Wolfowitz ? s'écria Sonia. Qu'est-ce qu'ils s'imaginent, à Moscou, que je n'ai qu'à décrocher mon téléphone ?

— Apparemment, les eurorusses ont toujours leurs taupes au K.G.B., lui répondit Kandinski. Et le K.G.B. sait tout des relations de ton fils avec Nathan Wolfowitz. Ce sera lui, le messager occulte. »

UNE MAJORITÉ EURORUSSE AU SOVIET SUPRÊME ?

Cela semblait impossible il y a une semaine, mais aujourd'hui les derniers sondages indiquent que Constantin Semyonovitch Gortchenko est assuré de gagner les élections présidentielles. Si le résultat était couru d'avance en raison du manque de consistance de l'opposition au candidat officiel du Parti communiste, le retournement de situation en faveur des candidats eurorusses au Soviet suprême est époustouflant.

Le camarade Gortchenko, semblerait-il , s'est arrangé pour faire rejaillir sur eux son prestige. Deux semaines plus tôt, on pensait que les eurorusses pourraient s'estimer heureux s'ils décrochaient 20 % des sièges. Aujourd'hui ils paraissent assurés d'arriver en tête et même de friser la majorité absolue.

Ce que les Américains ont pris d'une main avec les élections en Ukraine, ils semblent maintenant le redonner de l'autre dans les élections nationales.

Mais avant de se préparer à fêter leur victoire, les eurorusses feraient bien de songer aux lendemains.

Le Commandement central de l'Armée rouge rendra-t-il vraiment les rênes du gouvernement à l'homme auquel il les a arrachées à la pointe du fusil ?

Moscou en folie

Le nouveau Bobby ne cessait d'étonner Franja.

Elle se retrouvait dans la situation où elle s'était imaginée qu'il avait toujours voulu la voir, son pays méprisé et ses rêves brisés, tandis qu'il connaissait son heure de gloire dans une ville saisie soudain d'un amour fou pour les États-Unis.

Elle s'était attendue qu'il la traite de haut avec son mépris habituel. Mais au lieu de l'accabler, il était devenu un ami compréhensif à qui se confier.

Elle ne l'avait pas vraiment cru jusqu'au jour où il était rentré ivre, tard dans la nuit, après son reportage sur la manifestation à l'ambassade des États-Unis.

Leurs parents étaient déjà au lit et Franja, restée seule au salon, essayait de lire, obnubiliée par ce qu'elle avait vu à la télévision, un spectacle que l'on aurait dit spécialement imaginé par les Américains pour la tourmenter.

« Il faut que nous parlions, Franja, il faut vraiment que nous parlions comme un frère et une sœur », avait-il dit en s'écroulant sans y être invité près d'elle sur le canapé, puant la vinasse, les yeux injectés de sang.

« Tu es saoul, Bobby ! s'était-elle écriée.

— Comme un Polonais ! C'était incroyable ! Les gens n'arrêtaient pas de me fourrer des bouteilles sous le nez ! Tout le monde voulait se trouver un Américain pour lui payer un verre, mais c'est une denrée plutôt rare dans ce pays !

— J'en suis ravie pour toi ! dit aigrement Franja.

— C'était merveilleux ! Tu ne peux pas t'imaginer l'effet que ça fait ! La dernière fois que je suis allé à l'ambassade des États-Unis, j'en suis revenu couvert de merde, bon sang, Franja, tu te souviens comme je puais, et ce soir on nous fête comme des héros ! Ce soir, je me sens enfin vraiment fier de mon pays !

— Ce soir, tu es enfin un vrai gringo », répliqua sèchement Franja.

Le visage de Bobby s'assombrit. Son humeur d'ivrogne

changea précipitamment. « Tu n'as pas le droit de m'appeler comme ça, Franja, tu ne l'as jamais eu ! Tu ne sais même pas ce que ça veut vraiment dire ! J'ai passé toute ma vie d'adulte à haïr ces putains de gringos ! Les gringos, ce sont les salopards qui ont fait des États-Unis un camp retranché, qui les ont fait exécrer du monde entier et qui ont empoisonné la vie de notre propre père ! Ne me traite plus jamais de gringo !

— Je voulais seulement dire…

— Je sais ce que tu voulais dire, Franja », la coupa doucement Bobby. Son humeur avait à nouveau brusquement changé. « Je ne suis pas un gringo et je ne l'ai jamais été. Il y en a des millions comme moi, et le diable emporte ces enculés de gringos qui ont traîné notre drapeau dans la merde ! Ce soir j'ai vu ce drapeau monter sous les acclamations de la foule, lavé de toute cette merde par le type qui m'a appris à jouer aux cartes. Alors j'ai pensé à toi.

— À moi ? dit doucement Franja.

— J'ai pensé à la boue dans laquelle tu m'as traîné pour avoir voulu être Américain. Et j'ai pensé à ce que tu vis en ce moment…

— Je savais que tu ne pourrais t'empêcher de remuer le fer dans la plaie !

— Non, non, l'apaisa Bobby d'une voix avinée en lui tapotant la main. J'ai aimé un pays dont je ne pouvais pas me sentir fier. J'ai aimé un pays qui s'attirait la haine du monde entier. J'ai aimé un rêve qui était mort.

— Un rêve qui était mort… », murmura Franja, et elle se sentit envahie d'une terrible tristesse.

Ce soir, elle comprenait ce que cela avait dû être pour son pauvre petit frère. Ce soir, elle comprenait ce que c'était d'avoir honte de son pays et de l'aimer néanmoins. Ce soir, c'était elle dont le rêve était mort.

« Ouais, Franja, je sais ce que tu ressens. C'est pour ça qu'il fallait que je te parle. C'est pour ça qu'il fallait que je te dise de ne pas haïr ton pays, sœurette. Ne perds pas l'espoir. Durant soixante-dix ans, ton pays est resté sous la coupe d'ordures comme Staline et Brejnev, ce fut un long et dur hiver, mais vous avez ensuite eu un printemps… »

Les yeux de Franja commençaient à s'embuer. Bobby lui étreignit la main. « Allons, Franja, dit-il doucement, ne te laisse pas abattre. Nous avons appris ce soir qu'il n'y a pas d'hiver si long qu'il ne soit suivi d'un printemps. Il reviendra aussi pour toi, sœurette, tu verras. Ce qui s'en va finit par revenir. »

Il lui sourit. Cligna de l'œil. « C'est un vieux dicton américain, lui dit-il. Il doit bien y avoir un équivalent en russe. »

Franja éclata vraiment en larmes. « Oh, Bobby, s'écria-t-elle, quelle méchante sœur j'ai été pour toi ! J'ai si honte !

— Allons, Franja, nous étions des gosses. Nous ne sommes plus les mêmes, aujourd'hui. »

Et il la serra contre lui, protecteur, comme le grand frère qu'elle n'avait jamais eu.

Aujourd'hui son petit frère secouait les puces des bureaucrates de l'ambassade des États-Unis.

« Oui, *Robert Reed,* abruti, le type de StarNet qui lui a décroché avant-hier quatre-vingt dix secondes à l'heure de grande écoute... je me fiche de savoir s'il est en train de couler un bronze, vous allez me le tirer des chiottes et me l'amener au trot, sinon c'est *vous* que je tiendrai pour responsable la prochaine fois que je serai de mauvais poil ! »

Ils étaient rassemblés tous les quatre au salon, leurs parents main dans la main sur le canapé, Franja assise hors du champ de la caméra du vidéotel dans un des fauteuils d'où elle regardait l'écran en oblique, Bobby installé dans l'autre face à l'appareil.

Le Sceau des États-Unis occupa l'écran quelques minutes avant d'être remplacé par le visage de l'ambassadeur, un type maigre à tête de fouine qui avait largement contribué à la campagne de Harry Carson et avait obtenu en récompense l'ambassade de Paris.

« Désolé de vous déranger, monsieur l'Ambassadeur, dit Bobby d'un ton mielleux, mais j'ai besoin de vous pour transmettre un message au Président Wolfowitz.

— Vous avez besoin de moi pour *quoi ?*

— C'est un genre de communication de la part de Constantin Gortchenko.

— Un genre de communication de la part de Constantin Gortchenko, monsieur Reed ? Qu'est-ce censé vouloir dire ?

— Ça veut dire que Gortchenko a indiqué ses souhaits à

Tass qui a demandé à ma mère, directrice du bureau parisien de l'Étoile-Rouge, de vous contacter pour vous demander de transmettre le message à Nathan Wolfowitz.

— Un authentique message de Constantin Gortchenko, hein ? fit l'ambassadeur d'un ton sarcastique. N'aurait-il pas été plus facile de tendre une ficelle au-dessus de l'Atlantique pour qu'ils puissent se parler dans des boîtes de conserve ?

— Gortchenko aimerait que le président Wolfowitz sollicite quelque chose de lui, de façon à pouvoir faire un geste, insista Bobby. Il désire faire ce geste, mais il faut le lui demander publiquement.

— Un geste ? » Pour la première fois, un soupçon d'intérêt perçait dans la voix de l'ambassadeur.

« Il veut que le Président lui demande de dire à ses délégués au Parlement européen de déposer un projet de résolution sollicitant de l'Union soviétique l'envoi d'un Américain en orbite à bord d'un appareil de l'Aeroflot pour lui permettre de voyager à bord de la Navette européenne.

— Ce que vous dites n'a absolument aucun sens, Reed. Les appareils de l'Aeroflot sont cloués au sol et Gortchenko n'est plus président de quoi que ce soit. Et avant que ça ne soit fini, il y a toutes les chances pour qu'il ne reste plus rien en orbite à part l'Étoile d'Amérique et des bouts de ferraille soviétique.

— Pas si Gortchenko est réélu, monsieur l'Ambassadeur. Ne voyez-vous pas ce qu'il demande à Wolfowitz ? Traiter son élection comme un fait accompli et, en échange, il fera un geste. Cela montrera au monde qu'il leur est au moins possible de s'entendre.

— Et qui est supposé être le bénéficiaire de cette glasnost médiatique ? »

Franja vit Bobby hésiter et sentit son chagrin. Elle imaginait parfaitement comment cela allait sonner aux oreilles de l'ambassadeur.

Mais Bobby poussa un soupir et se contenta de dire hardiment : « Mon père, Jerry Reed, l'homme qui a conçu la Navette de grande croisière.

— Votre père ! Au revoir, monsieur Reed, j'ai été ra...

— Le cerveau de Harry Carson ! lança Bobby avant qu'il n'ai pu raccrocher. Je sais exactement ce qui est arrivé au cerveau de Carson, je l'ai appris de la bouche même de Nat Wolfowitz alors que nous pissions côte à côte.

— Quoi ? » s'exclama l'ambassadeur, toujours à l'écran, la main immobilisée au-dessus du bouton.

« Si vous savez de quoi je parle, vous savez que cela me rend plus proche de Nat que vous ne le serez jamais, et si vous n'êtes pas au courant, *c'est la même chose, n'est-ce pas...*

— Je... je ne sais pas de quoi vous parlez... », balbutia l'ambassadeur. Mais Franja constata qu'il n'était plus du tout pressé de raccrocher.

« Tout ce que je vous demande, c'est de faire votre devoir. Transmettez ce que je vous ai dit sans faire de commentaires. Je ne vous demande pas de prendre ça sous votre casquette. Arrangez-vous pour que ça arrive sur le bureau de Wolfowitz, c'est tout. La première loi de la bureaucratie, c'est de couvrir ses arrières, comme dit toujours ma mère, non ?

— Je ne vous promets rien, Reed, répondit l'ambassadeur d'une petite voix.

— Je ne vous le demande pas », rétorqua Bobby, puis ce fut lui qui coupa la communication.

« C'était très bien joué, Bobby », dit Franja, vraiment pleine d'admiration pour son frère et pour une fois parfaitement disposée à l'avouer. « Mais tu crois que ça va marcher ?

— Oui, si ça remonte jusqu'à Wolfowitz.

— Uniquement parce qu'il a autrefois été ton ami ?

— Parce que j'ai dans l'idée que ça arrange Wolfowitz autant que Gortchenko. Ils n'arrêtent pas de s'envoyer des baisers. Cela ne m'étonnerait même pas d'apprendre que Gortchenko a déjà fait passer ça par d'autres voies.

— *Politique politicienne,* murmura leur père.

— Ne critique pas trop, papa, dit Bobby. Pour une fois, ça va jouer pour toi. »

UNE LETTRE OUVERTE DU PRÉSIDENT NATHAN WOLFOWITZ À CONSTANTIN GORTCHENKO

On a attiré mon attention sur le fait que Jerry Reed, l'ingénieur américain à l'origine de la Navette de grande croisière européenne, a été victime d'un grave accident juste avant le premier vol de la N.G.C., ce qui l'a empêché de monter à son bord comme prévu.

On lui dit maintenant qu'il ne peut pas réaliser le rêve de sa vie parce que les séquelles de cet accident lui interdisent, pour des questions d'assurances, d'embarquer comme passager à bord d'un vol commercial pour se rendre en orbite.

M. Reed a quitté ce pays afin de pouvoir poursuivre son rêve à une époque où le programme spatial américain se consacrait exclusivement à des objectifs militaires. Durant de nombreuses années, il a travaillé à des postes subalternes pour le programme spatial européen, empêché par une discrimination antiaméricaine de donner toute la mesure de ses capacités. Il a fini par être obligé de renoncer à la nationalité américaine pour atteindre son but.

D'une certaine façon, monsieur Gortchenko, cette histoire résume celle de notre époque, une histoire à laquelle je suis sûr que vous souhaitez, vous et le peuple soviétique, autant que moi voir une fin heureuse.

Vous avez le pouvoir, ou du moins je crois que vous l'aurez bientôt, d'écrire cette fin. J'en appelle donc à vous, monsieur l'ex et futur président, pour offrir un vol sur un appareil de l'Aeroflot à ce fils de l'Amérique, qu'il puisse rejoindre une des Navettes européennes dont il est le père, et pour écrire une fin transnationale heureuse à ce qui n'a jusque-là été que la même vieille et malheureuse histoire internationale.

Que cela serve à allumer une petite flamme entre nous dans un monde devenu si sombre. Montrons à l'ensemble des nations que, malgré nos difficultés actuelles, dans la poitrine de nos deux grands peuples bat un même cœur.

Associated Press, UPI, Tass, StarNet,
AFP, Reuters, USIA, Novosti

Jerry Reed n'aurait jamais imaginé suivre avec autant d'attention des résultats électoraux, encore moins les résultats d'élections soviétiques. Mais Bobby avait eu raison, pour une fois les agissements des politiciens avaient joué pour lui.

Il n'y avait jamais eu de confirmation de Washington ou de l'ambassade que le message de Bobby était bien parvenu à destination. Mais, deux jours avant les élections soviétiques, un porte-parole de la Maison-Blanche avait rendu public le texte d'une lettre ouverte du président des États-Unis à Constantin Gortchenko.

« Le message est passé, s'était exclamé Bobby après qu'ils en eurent relu de bout en bout le texte dans le *Herald Tribune*. Il s'en est effectivement servi pour soutenir ouvertement Gortchenko. Il a misé sa chemise sur une victoire des eurorusses et il veut que le monde entier le sache. Qu'est-ce que ces deux types ont bien pu mijoter ensemble ? »

Mais Jerry n'avait pas prêté attention au message politique de la lettre de Wolfowitz, mêmc si les commentateurs de tous les journaux ne parlaient que de ça. Même l'espoir d'avoir enfin sa chance de marcher sur l'eau, si le monde survivait, possédait une moindre charge émotionnelle que l'étrange sensation qui lui faisait venir les larmes aux yeux.

Pour la première fois de sa vie, il se surprenait à aimer un politicien, un homme qu'il n'avait jamais rencontré, et pas uniquement parce que Nathan Wolfowitz avait pris parti pour lui. Car le président des États-Unis avait soutenu la justice de cette cause, et si Jerry comprenait que sa déclaration avait été soigneusement pesée pour servir ses propres fins politiques, les mots en sonnaient juste, ils venaient du fond du cœur. Il se servait de son pouvoir pour redresser un tort, et il y prenait un réel plaisir.

C'était là une chose qui rendait un homme digne d'être aimé, politicien ou pas. Était-ce pour cela que l'Europe entière aimait cet homme ? Était-ce pour cela que le monde croyait, contre toute raison, que Nathan Wolfowitz allait le sortir de là ?

Peut-être. Et peut-être était-ce la raison pour laquelle Jerry avait le sentiment totalement irrationnel qu'il avait déjà sauvé la situation.

Un sentiment qui se fit encore plus fort lorsque Constantin Gortchenko répondit au Président au cours d'une ultime réunion électorale télévisée, la veille des élections à Saint-Pétersbourg.

Gortchenko s'adressa à la foule dans la gare de chemin de fer où Lénine en personne avait proclamé la Révolution bolchevique ; un grand drapeau soviétique était tendu derrière lui et le vent, ou une soufflerie, faisait théâtralement voler ses cheveux gris clairsemés. Il portait un costume noir bien coupé sur une blouse paysanne blanche et avait l'air d'un acteur d'Hollywood dans le rôle d'un vieux fermier, bref, de la version russe d'un futur vainqueur aux élections vue par un conseiller en communication américain.

Et, comme un politicien américain, il discourait interminablement. Un interprète traduisait simultanément en un français musical son russe sonore.

Assis au salon, ils écoutaient Gortchenko donner sa version de l'histoire de l'Union soviétique, lutte épique pour la social-démocratie et la liberté politique — le renversement du tsar, la lutte pour la survie du premier État socialiste dans un monde hostile, la perversion stalinienne, le renouveau avorté de Khrouchtchev, l'aube de la glasnost, les désordres et la reprise en main, le renouveau socialiste, l'éclosion du Printemps russe, et enfin l'entrée fraternelle dans la Communauté européenne.

Il en arriva enfin à la péroraison de son discours.

« Tout ce pour quoi nos parents, grands-parents et arrière-grands-parents ont travaillé et donné leur sang sera-t-il balayé par de primitives passions chauvines qui n'ont aucune place dans une société qui cherche à réaliser les idéaux transnationaux de Marx, Lénine et Gorbatchev ? s'écria-t-il de toutes ses forces.

« Quel véritable patriote russe désirerait voir sa mère patrie dévastée au nom de l'honneur national ? En quelle façon l'action illégale de l'Armée rouge sert-elle les principes de la Légalité socialiste qui ont enfin permis aux peuples d'Union soviétique de marcher main dans la main avec le reste du monde civilisé ? »

Puis Gortchenko avait baissé la voix. « Il y a deux jours, mon bon ami le président Wolfowitz a sollicité mon aide pour offrir un vol sur un Concordski à un Américain qui désire se rendre en orbite. Une requête toute simple, facilement exauçable par le prochain président soviétique légitimement élu, une requête à laquelle j'accéderai à coup sûr si le peuple soviétique choisit de faire de moi cet homme.

« Je fais cette promesse parce que je sais que cela me rendra plus populaire. Oh oui, je suis un politicien, et un politicien est un animal qui aime se sentir populaire, même auprès de gens qui ne peuvent voter pour lui. Mais un politicien *responsable* désire être populaire pour s'être mis au service de la justice. Et aujourd'hui le monde a besoin d'un gouvernement soviétique qui soit populaire pour s'être mis au service de la justice. Le monde doit voir ce qui se cache au fond de l'âme russe. Je tends donc la main à M. Reed, comme je la tends au président Wolfowitz. Que cela soit la première des nombreuses petites flammes que nous allumerons ensemble dans l'obscurité.

— Seigneur, exactement la même expression, ce ne peut pas être une coïncidence ! s'exclama Bobby. Ils communiquent entre eux par une sorte de code, nous avons été un rouage d'une subtile machination ! »

Mais, pour une fois, Jerry se fichait d'avoir été un pion dans le jeu politique. Il en avait assez souvent été victime, mais cette fois c'était lui qui allait en sortir gagnant et il semblait que les joueurs avaient tout fait pour s'assurer que la partie ne soit pas nulle.

Avec sa famille mi-russe, mi-américaine, il suivait les résultats des élections soviétiques en souhaitant la victoire des eurorusses plus fort qu'il n'avait jamais souhaité la victoire des Dodgers, des Rams ou des Lakers.

En soutenant l'équipe de Gortchenko, il prenait parti pour sa propre équipe, pour le pays que s'était choisi Franja et celui que s'était choisi Bobby, pour la mère patrie de Sonia et pour la sienne, et, comme n'importe quel supporter, pour lui-même.

Il n'y avait plus qu'une seule équipe.

Ils sourirent devant les premières estimations qui donnaient les eurorusses largement en tête. Leurs sourires s'élargirent lorsque les premiers résultats vinrent confirmer ces estimations. Ils commencèrent à se donner de grandes claques dans le dos quand C.B.S., l'A.F.P. et StarNet annoncèrent les résultats, donnant aux eurorusses au moins 67 % des sièges au nouveau Soviet suprême.

« *Th... th... th... th... that's all, folks !* » dit Bobby quand Gortchenko vint à l'écran pour se féliciter de sa victoire, puis il éteignit la télévision.

Sonia alla chercher une bouteille de champagne à la cuisine. Elle éclaboussa le tapis en l'ouvrant, mais tout le monde s'en fichait. Elle remplit les coupes et, debout devant l'écran éteint, ils levèrent leur verre.

« À ce putain de Nathan Wolfowitz ! cria Bobby.

— À Constantin Gortchenko ! dit Franja.

— Au Printemps russe ! déclara Sonia.

— À l'Union soviétique !

— Aux États-Unis !

— À bas les gringos !

— À bas les Ours ! »

Ils éclatèrent de rire, puis se tournèrent tous les trois vers Jerry qui n'avait pas porté de toast.

Jerry les regarda. Il regarda l'épouse retrouvée au soir de sa vie. Il regarda le fils revenu malgré tous les obstacles à l'heure du besoin. Il regarda la fille qui avait compris le rêve insensé de son père.

Il était en train de mourir. Ils seraient peut-être tous morts avant qu'il puisse réaliser ce rêve. Mais ils étaient désormais unis comme jamais et, au-dehors, des hommes de bonne volonté luttaient, non pour se détruire, mais pour que puisse vivre l'espoir.

« À l'impossible devenu réalité, dit-il. Au pouvoir de marcher sur l'eau ! »

Ils trinquèrent et burent leur champagne. C'était une chose à laquelle chacun pouvait boire, ce soir.

Sonia n'arrivait pas à trouver le sommeil. Étendue auprès de Jerry, elle pensait à tout ce qui s'était passé. Son fils devenu un homme dont elle pouvait être fière. Sa fille et son mari réconciliés. Le monde stoppé dans sa course au désastre. Le Printemps russe pas encore étouffé par les glaciations hivernales. Un rêve qui pouvait encore être exaucé avant qu'il ne soit trop tard.

Était-elle heureuse ? C'était difficile à dire. Gortchenko pouvait ne jamais être autorisé à prendre sa charge. Jerry n'avait probablement pas plus d'un an à vivre. Avait-elle le droit d'être heureuse ?

C'était peut-être le champagne, bien qu'elle n'eût pas tant bu, mais oui, elle se sentait heureuse, qu'elle en eût ou non moralement le droit. Et elle éprouvait autre chose, un sentiment qu'elle n'aurait jamais imaginé éprouver à nouveau.

« Jerry, tu es réveillé ? » chuchota-t-elle. Puis, comme il ne répondait pas, plus fort : « Jerry, tu es réveillé ?

— Maintenant, oui.

— Je t'aime, Jerry.

— Moi aussi, je t'aime, Sonia, marmonna-t-il d'une voix ensommeillée.

— Non, je t'aime vraiment », dit-elle, et elle tendit la main pour lui toucher la cuisse.

« Qu'y a-t-il, Sonia ? demanda Jerry d'une voix plus claire.

— Je ne sais pas, Jerry, mais j'ai envie de faire l'amour avec toi. Peut-être parce que je suis heureuse. Peut-être parce que j'ai peur que la fin du monde soit pour demain. Peut-être parce que je viens de me souvenir à quoi ça ressemblait. Peut-être parce que... parce que je sais que je vais te perdre. »

Pendant un long moment elle n'entendit que le bruit de sa respiration à côté d'elle dans le noir, une respiration qui n'aurait même pas été possible sans la machine à son chevet. Dans sa tête, elle voyait un mystérieux étranger au cours d'une morne et stupide réception. Une pièce de leur premier appartement dans l'île Saint-Louis. Une silhouette comateuse sur un lit d'hôpital. Un visage lointain sur un écran de vidéotel. Le père de ses enfants. L'homme qu'elle avait trahi. L'amour de sa vie.

« Qu'est-ce que t'en dis, mon lapin, tu crois que tu peux encore le faire ? dit-elle avec l'accent cockney. J'ai toujours eu envie de m'envoyer en l'air avec un putain de cyborg. »

Jerry sentait son cœur battre à tout rompre tandis que l'hibernautika essayait de contrôler le sang qui refluait de sa tête à son bas-ventre. Il sentait ses capillaires éclater, il pouvait imaginer les cellules de son cerveau privées d'oxygène, mais cela n'empêchait pas sa virilité depuis longtemps endormie de relever le défi.

Il n'avait pas eu de vraie vie sexuelle depuis son accident ; en fait, il n'avait rien éprouvé que l'on puisse qualifier de désir depuis que Sonia l'avait quitté. Mais, accident ou pas, quoi qu'il puisse lui en coûter, il avait maintenant une érection.

Il sentait le sang bourdonner derrière ses tympans. Il sentait son souffle se faire court. Il savait que cela allait lui coûter des semaines d'espérance de vie, mais il s'en fichait.

« Tu permets, mon loup », dit-il, et il déroula soigneusement une boucle de son câble qu'il drapa sur la table de nuit pour donner un peu d'aisance à ses mouvements.

Puis il roula sur le côté, la serra contre lui, l'embrassant doucement, et se laissa guider en elle.

Étendus côte à côte, seules leurs hanches bougeaient sur un rythme très lent et très calme. Il lui fallut un long et agréable moment pour parvenir à l'orgasme, mais quand il y parvint, la jouissance le laissa hors d'haleine, le cœur battant à tout rompre. Un million d'étoiles devant les yeux, il sentit un peu de sa vie jaillir de son sexe.

Mais cela n'avait pas d'importance. Il avait été prêt à renoncer à bien davantage pour marcher seul sur l'eau.

Ce soir, un cadet de l'espace moribond et celle qui avait été sa porno-star anglaise venaient, envers et contre tout, de remarcher ensemble sur l'eau.

WOLFOWITZ DÉCLARE NE VOULOIR TRAITER QU'AVEC GORTCHENKO

Le Président américain, Nathan Wolfowitz, a sommé le commandement central de l'Armée rouge dc tenir sa promesse de rendre le gouvernement de l'Union soviétique aux autorités civiles.

« Je ne traiterai qu'avec Constantin Gortchenko, le président légitimement élu d'Union soviétique, a-t-il déclaré. Les États-Unis ont peut-être soutenu des dictatures militaires au petit pied dans toute l'Amérique latine depuis plus longtemps que quiconque n'aime à s'en souvenir mais, tant que je serai Président, ce pays prendra fait et cause pour ce en quoi nous professons de croire, à savoir les gouvernements démocratiques issus d'élections populaires, et ce dans le monde entier. La population d'Union soviétique a choisi Constantin Gortchenko pour président et c'est tout ce que je veux savoir. Si ça ne convient pas à l'Armée rouge, eh bien, maréchal Bronksky, ne me provoquez pas et, croyez-moi, je ne vous provoquerai pas. »

Tass

LE COMMANDANT CENTRAL DE L'ARMÉE ROUGE RESTITUE LE POUVOIR AU PRÉSIDENT GORTCHENKO

Par une circulaire laconique, le commandement central de l'Armée rouge a rendu le contrôle total du gouvernement soviétique au président Constantin Sémyonovitch Gortchenko.

« Nous avons rempli notre devoir qui était de préserver la paix et l'ordre durant la période électorale. Maintenant que notre mission est accomplie et que le peuple soviétique a fait démocratiquement son choix, nous restituons, comme promis, toutes les fonctions gouvernementales à ses représentants dûment élus », énonce le court communiqué. « L'Armée rouge attend maintenant les ordres du Président soviétique pour faire sans délai son devoir patriotique de façon normale. »

Tass

29.

Sonia, malgré toutes les spéculations pessimistes, avait vu la chose venir de loin, comme la plupart des bureaucrates russes en poste à Paris.

Comment l'Armée rouge aurait-elle pu rendre le pouvoir à l'homme auquel elle l'avait précisément arraché sous la menace des armes devant le mausolé de Lénine ?

Comment aurait-elle pu faire le contraire ?

L'issue était inévitable. Tout comme Harry Carson avait mis l'Amérique dans l'impasse — puis était mort avant de devoir faire face aux conséquences — Bronksky et les généraux s'étaient acculés le dos au mur en lançant à Nathan

Wolfowitz un ultimatum qu'il leur avait renvoyé en pleine figure.

Ils s'étaient peut-être servis des élections pour sauver la face en retardant l'inéluctable, mais celles-ci passées, ils étaient toujours assis sur un fourneau brûlant.

S'ils envoyaient l'Armée rouge en Ukraine, les Ukrainiens bombarderaient les troupes d'intervention et la flotte qui croisait devant leurs côtes. S'ils tentaient une attaque préventive sur les sites de lancement ukrainiens, il y avait de fortes chances pour que les Américains les mettent en échec grâce à l'Étoile d'Amérique tandis que les Ukrainiens frapperaient les grandes villes russes avec leurs missiles nucléaires. Après quoi les Américains pourraient même lancer une attaque préventive sur l'Union soviétique, grâce aux menaces stupides de Bronsky de lancer sur eux une attaque stratégique au cas où les Ukrainiens utiliseraient un seul de leurs missiles américains.

Mais s'ils cédaient, s'ils acceptaient lâchement la sécession ukrainienne, cela ne ferait qu'encourager d'autres républiques à déclarer leur indépendance et l'Union soviétique se désintégrerait en quelques mois ou même quelques semaines.

Quoi qu'il arrive, les conséquences en retomberaient sur la tête de qui serait en place. Plutôt que de mourir comme Carson pour se tirer de là, les généraux préféraient sûrement remettre le merdier qu'ils avaient semé entre les mains de Constantin Gortchenko. S'il échouait, personne ne pourrait en blâmer l'Armée rouge, n'est-ce pas ? Et s'il parvenait à éviter la catastrophe, ils pourraient se décerner des médailles pour leur patriotique dévotion à la Démocratie socialiste.

Après tout, le commandement central de l'Armée rouge était une bureaucratie et même les généraux en comprenaient la première loi : couvrir ses arrières !

Nathan Wolfowitz, néanmoins, n'étant pas un bureaucrate soviétique de carrière, n'avait peut-être jamais entendu parler de cette première loi. En tout cas il n'avait manifestement pas voulu laisser place au hasard. Son soutien à la légalité socialiste avait écarté toute arrière-pensée de s'accrocher au pouvoir de la part de l'Armée rouge et fait de lui un Héros officieux de l'Union soviétique, mais Sonia ne parvenait pas à imaginer de quoi pouvaient maintenant le traiter sa propre bureaucratie et son propre peuple.

« Quel homme étonnant que ce Wolfowitz ! » déclara-t-elle alors qu'ils étaient tous installés devant l'écran dans l'attente du premier discours de Constantin Gortchenko devant le Soviet suprême depuis son retour au pouvoir. « Je n'ai jamais entendu un politicien employer un langage si direct ni reconnaître si ouvertement les crimes de son pays !

— Tu n'as jamais entendu parler d'un type nommé Gorbatchev, maman ? lui rappela Robert.

— Il se fait appeler le « Gorbatchev américain », n'est-ce pas ? Je l'avais oublié. Mais même Gorbatchev n'a jamais précédé de si loin l'opinion publique de son pays. La presse fasciste et la majorité américaine qui a voté pour Carson ne vont-elles pas clouer Wolfowitz au pilori pour avoir désavoué leur conduite criminelle en Amérique latine, surtout à un moment pareil ?

— Nat Wolfowitz s'est toujours soucié comme d'une merde de ce que disaient de lui les gens de cet acabit, répondit Bobby. “ L'opprobe des imbéciles est un diplôme d'honneur ”, m'a-t-il dit une fois. »

Constantin Gortchenko se dirigea vers la tribune démesurée sous les applaudissements nourris des deux tiers des délégués. Les ours ne bougeaient littéralement pas le petit doigt, en signe de mépris, tandis que les nationalistes ethniques regardaient droit devant eux, figés comme des statues.

Le maréchal Bronksky attendait Gortchenko au pied de la tribune. Il lui dit quelques mots, lui serra même la main, puis s'en alla. Il avait moins l'air d'un dictateur en train de céder le pouvoir que d'un petit garçon qui vient d'échapper de justesse au châtiment pour ses méfaits.

Gortchenko, pour sa part, avait un air de farouche détermination en montant à la tribune, mais son teint était visiblement terreux. Cette pâleur donna soudain le frisson à Sonia, elle se demanda jusqu'à quel point Gortchenko était vraiment libre de ses mouvements et dans quelle mesure il ne ferait que répéter les mots que l'Armée rouge lui avait mis dans la bouche.

« Citoyens d'Union soviétique, camarades délégués au Soviet suprême, je vous remercie de la confiance que vous avez placée en moi et je tiens à vous promettre que je me consacrerai sans défaillir à la tâche qui nous attend et qui consiste à assurer, une fois pour toutes, l'intégrité territoriale de l'Union des républiques socialistes soviétiques et l'unité de notre grande communauté de peuples face à l'insurrection intérieure et aux ingérences scélérates des puissances extérieures.

— Hein ? » s'exclama Sonia tandis que huées et sifflets jaillissaient des rangs nationalistes ethniques et que de leur côté les ours s'étaient levés pour applaudir ; les délégués de la majorité eurorusse échangeaient quant à eux des regards horrifiés.

Tout comme Franja et Sonia.

« Que se passe-t-il, Sonia ? demanda Jerry. Qu'est-ce qui ne va pas ? On dirait que vous venez de voir le fantôme de Staline, toutes les deux.

— C'est peut-être ça, murmura Sonia. On dirait que l'Armée rouge a tiré le prix fort de son respect de la légalité. »

Alors que discours de Gortchenko se poursuivait dans la même veine belliqueuse, qu'il tempêtait contre Kronkol et sa clique de traîtres, qu'il vilipendait l'ombre de Harry Carson et dénonçait les criminelles machinations de la C.I.A., ce qui s'était passé n'était que trop horriblement évident.

L'Armée rouge avait peut-être rendu le pouvoir au président légitimement élu, mais il avait dû en échange céder à celle-ci le contrôle de la situation militaire, accepter d'endosser la responsabilité publique de ce qu'elle allait faire et lire cet effrayant discours provocateur dont le texte avait certainement été négocié mot par mot avec les généraux.

Lorsque Gortchenko se fut hissé à un degré suffisant de frénésie, il s'interrompit, but une gorgée d'eau et regarda droit devant lui comme un cadavre animé tandis qu'il délivrait les terribles paroles que les généraux lui avaient mises dans la bouche.

« En tant que président d'Union soviétique, j'exige que les États-Unis retirent leurs missiles d'Ukraine. Étant donné qu'il n'existe pas d'État ukrainien souverain, nous ne pouvons considérer ces armes que comme étant entre les mains des valets de la C.I.A. sur le territoire soviétique et qu'il s'agit par conséquent d'un acte de guerre contre l'Union soviétique.

— Oh non..., souffla Franja. Qu'est-il en train de faire ?

— Ce qu'on lui a dicté, je le crains, répondit sombrement Sonia.

— Si les États-Unis refusent de retirer leurs missiles dans les quarante-huit heures, nous... nous... » Gortchenko semblait buter sur les mots. « ... nous nous verrons contraints d'agir en conséquence. »

Un silence terrifiant s'était abattu sur la salle. Même le plus hirsute des ours ne semblait pas prêt à applaudir à cela.

« Mais nous le ferons de façon responsable », poursuivit Gortchenko d'un ton beaucoup plus ferme, comme si cette partie du discours constituait un compromis soigneusement négocié. « Nous ne serons pas les premiers à recourir aux armes nucléaires. Nous laisserons l'Armée rouge régler la question avec la clique de Kronkol par les moyens conventionnels. Mais si jamais une seule tête nucléaire devait exploser au-dessus du territoire soviétique, notre riposte serait immédiate et totale contre toutes les parties concernées.

— Seigneur, gémit Robert, c'est le même putain d'ultimatum !

— C'est la même situation, après tout, lui dit Sonia. C'est une chose d'espérer un miracle, c'en est une autre de miser dessus. »

Constantin Gortchenko s'interrompit à nouveau pour boire une gorgée d'eau, s'interrompit pour changer de visage, et il se mit à ressembler au véritable Gortchenko, pas à un homme en train de lire le discours d'un autre.

« Mais ne parlons pas uniquement des ténèbres qui se rassemblent, dit-il, parlons aussi d'allumer des petites flammes...

— Quoi ?

— Encore ! »

Sonia se pencha en avant. Il n'y avait pas de doute, c'était un nouveau message énigmatique au président Wolfowitz, dans un langage codé qu'eux seuls paraissaient comprendre, un langage qui leur permettait de communiquer par dessus la tête de leurs bureaucraties et de leurs hiérarchies militaires.

« J'en appelle à vous, président Wolfowitz, pour allumer la première petite flamme, pour annoncer, en gage de paix, le retrait immédiat des sites de missiles ukrainiens de sous la protection de l'Étoile d'Amérique. Faites savoir aux traîtres de Kiev qu'ils se retrouvent maintenant seuls. En échange, j'allumerai la seconde petite flamme et très bientôt les ténèbres se disperseront. »

Sur cette énigmatique déclaration, il quitta la tribune.

« La seconde petite flamme ?

— Quelle seconde petite flamme ?

— Je ne sais pas, murmura Sonia. Mais j'espère sincèrement que le président Wolkfowitz le sait. »

KRONKOL : « EN CAS D'INVASION
DE L'ARMÉE ROUGE,
NOUS LANÇONS UNE ATTAQUE NUCLÉAIRE
SUR DES OBJECTIFS MILITAIRES. »

Reuters

IL SERA RÉPONDU
À UNE ATTAQUE UKRAINIENNE
COMME S'IL S'AGISSAIT
D'UNE AGRESSION NUCLÉAIRE AMÉRICAINE,
PRÉVIENT BRONKSKY

Tass

LES CHEFS D'ÉTAT-MAJOR
SERAIENT PARTISANS
D'UNE PREMIÈRE FRAPPE PRÉVENTIVE

New York Times

NOS MISSILES SONT PRÊTS À DÉCOLLER
À LA PREMIÈRE ALERTE,
DÉCLARE LE MINISTRE
DE LA DÉFENSE SOVIÉTIQUE

New York Daily News

LE PAPE ENTAME UN JEÛNE POUR LA PAIX

L'Osservatore Romano

L'UNION SOVIÉTIQUE
ORDONNE AUX POPULATIONS URBAINES
DE GAGNER LES ABRIS

A.F.P.

NAT NERFS-D'ACIER
REFUSE DE DÉCRÉTER L'ÉTAT D'URGENCE
ET S'APPRÊTE À S'ADRESSER
AU MONDE ENTIER

New York Post

« Que va-t-il bien pouvoir faire, Bob ? demanda Jerry.

— Un truc que personne n'aurait pu imaginer », répondit Bob, répétant ce qu'avait dit Sara la dernière fois qu'il avait réussi à appeler New York.

« Quoi, par exemple ? » demanda Franja.

Bobby soupira. « Même moi, je n'arrive pas à l'imaginer, reconnut-il.

— Mais tu as joué au poker avec lui…, insista sa mère. Que ferait-il maintenant, si c'était une partie de poker ? On se demande d'ailleurs si ce n'est pas le cas ! »

Bobby haussa les épaules. « Si j'avais pu le deviner, il n'aurait pas continué à me plumer. »

Bobby voyait bien qu'il leur avait remonté le moral avec la confiance qu'il affichait dans les talents de joueur de Wolfowitz, mais il ne voyait vraiment pas comment Nat allait pouvoir gagner avec les cartes qu'il avait étalées sur la table.

Surtout que Vadim Kronkol avait follement monté les enchères comme un type sûr de tenir une quinte royale.

À peine deux heures avant le discours de Wolfowitz, Kronkol avait fait connaître sa « position définitive ».

L'Armée rouge avait vingt-quatre heures pour se retirer à

cinquante kilomètres de la frontière ukrainienne. Si elle n'obtempérait pas, il lancerait trois missiles, porteurs chacun de cinq charges nucléaires, sur les forces terrestres et un autre sur la flotte de la mer Noire. Si l'Union soviétique essayait d'attaquer les centres urbains d'Ukraine, c'est-à-dire ses sites de missiles, il lancerait tout ce qu'il possédait sur les principales villes russes. Si les États-Unis ne faisaient pas usage de l'Étoile d'Amérique pour détruire tout missile soviétique dirigé sur l'Ukraine, le sang leur retomberait sur les mains.

« Ceci pour montrer que nous sommes prêts à mourir pour notre indépendance nationale, avait-il déclaré froidement. Qui est prêt à mourir pour nous en priver ? »

Bobby avait vu Nat jouer bien des fois ce genre de donne. Le genre de donne où un joueur a quatre cartes d'une quinte flush étalée devant lui et fait monter les enchères comme s'il avait la cinquième dans la main. Si Wolfowitz était toujours dans la partie à la sixième carte, cela voulait dire qu'il avait lui-même cette carte en main et savait par conséquent que son adversaire bluffait.

Mais cette fois, quoi qu'il ait en main, Nat ne pouvait pas se coucher et attendre le prochain tour. S'il ne gagnait pas à celui-ci, il n'y aurait plus jamais de prochain tour.

« Mesdames et messieurs, le président des États-Unis vous parle depuis le Bureau ovale de la Maison-Blanche à Washington, D.C. »

Nathan Wolfowitz portait un blazer vert olive, une chemise blanche et un mince nœud papillon. Il avait l'air satisfait d'un joueur de riverboat qui s'apprête à rafler le pot, l'œil brillant, grâce à une quinte royale à pique. Il n'y avait pas de doute. Absolument aucun.

« Vous pouvez vous détendre, c'est dans la poche, dit Bobby en souriant d'une oreille à l'autre.

— Comment peux-tu dire ça ? demanda sa mère.

— C'est très facile pour qui a jamais eu le malheur de voir cet air en face de lui à une table de poker, répondit Bobby. Quand il fait cette tête, ça veut dire qu'il est sûr de gagner et se fiche qu'on s'en aperçoive. Il a les cartes en main.

— L'Armée rouge a exigé que je retire nos missiles d'Ukraine, attaqua le Président, se dispensant des formalités dans son style maintenant devenu familier. Croyez-moi, je le ferais si je le pouvais, mais je ne le peux pas, alors je ne le ferai pas. »

Il leva les bras au ciel. « Je n'ai aucune intention de défendre la politique de mes peu honorables prédécesseurs. Grâce aux cervelles d'oiseaux que nous avons élus, nous avons signé le plus gros chèque en bois de l'histoire. Nous l'avons refilé à nos amis de l'époque, puis nous les avons carottés en bons escrocs internationaux que nous sommes si notoirement devenus. Nous avons ensuite claqué le butin pour entretenir une danseuse chromée sur tranche appelée Étoile d'Amérique, replongeant tête baissée dans le trou noir économique d'où nous pensions nous être extirpés. Nous avons soutenu notre économie défaillante par une industrie de l'armement disproportionnée et nous avons justifié tout ça, dans notre bilan inflationniste, en nous abritant derrière notre bouclier nucléaire tandis que notre machine militaire hypertrophiée se trouvait une occupation profitable en allant soutenir une ribambelle de régimes fantoches en Amérique latine.

— Je n'arrive pas à en croire mes oreilles ! s'exclama Jerry.

— Et pourquoi pas ? dit sombrement Bobby. C'est la vérité, n'est-ce pas ?

— Mais... mais il est *président des États-Unis !*

— Eh oui, murmura Bobby. Il est président... »

Wolfowitz haussa à nouveau les épaules. « Que puis-je vous dire ? Depuis deux générations, nos dirigeants sont une bande d'abrutis et de charlatans dépourvus de tout principe et c'est nous qui les avons élus, à commencer par un ex-faire-valoir pour chimpanzés pour finir par feu le si peu regretté monsieur Carson à qui nous devons de nous retrouver dans ce merdier. »

Bobby sentait la tête lui tourner. Nat Wolfowitz ne disait rien qu'il n'eût dit un million de fois à Berkeley, qui ne fût sur toutes les lèvres au petit Moscou. Mais ce n'était plus le gourou du petit Moscou, ni l'homme qui avait mené une impossible campagne pour le Congrès parce que le moment était venu d'un geste futile, ni même le sempiternel candidat fantaisiste à la présidence.

C'était le président des États-Unis.

Mais il parlait comme le Nat Wolfowitz avec qui Bobby

avait discuté pour la dernière fois dans les toilettes de la Maison-Blanche.

Et là résidait la force de Wolfowitz, comprit soudain Bobby. Il se fichait de son image présidentielle. Il n'en avait pas. Il voulait que tout le monde sache que le type assis dans le Bureau ovale était le même qui pissait dans les toilettes de la Maison-Blanche.

Se donnant la plus roublarde de toutes les images présidentielles.

Le regard du président Wolfowitz se fit plus dur. « Et me voilà, obligé de jouer les cartes qui m'ont été distribuées, tout comme Gorbatchev a été forcé de le faire avec ce que lui avaient laissé soixante-dix ans de fausses routes, tout comme monsieur Gortchenko est contraint d'assumer la merde qu'on lui a léguée.

« Il n'y a pas de justice en ce monde, mes amis, sinon celle que nous rendons. Tout ce que nous pouvons donc faire, c'est oublier le passé, jouer les cartes et essayer d'allumer de petites flammes.

— Et c'est toi qui as la main gagnante, hein, Nat ? » lança Bobby à haute voix en direction de l'écran. Il ne voyait pas comment, mais il voyait très nettement que Wolfowitz savait qu'il allait récolter le pot. Il n'y avait pas à se méprendre sur son expression alors qu'il écartait les mains sur son bureau, paumes vers le haut, et se penchait vers la caméra.

« Le président Gortchenko m'a demandé d'allumer la première petite flamme. Il m'a demandé d'exclure l'Ukraine du parapluie nucléaire de l'Étoile d'Amérique. C'est là une chose qu'il m'est possible de faire. Mais cela ne suffira pas à empêcher les Ukrainiens d'utiliser leurs missiles Slam-Dunk contre l'Union soviétique et l'Armée rouge, et si cela survenait, l'enfer nucléaire généralisé se déchaînerait. »

Wolfowitz fit une pause, se gratta ostensiblement la tête en fronçant les sourcils, comme s'il examinait ses cartes avec une feinte perplexité. « Alors, plutôt que de demander à voir, je crois que je vais surenchérir suffisamment pour séparer les hommes des petits garçons et les petits garçons de leurs joujoux.

— Nous y voilà, bon sang, nous y voilà... murmura Bobby.

— De quel droit refuserais-je la protection de l'Étoile

d'Amérique à qui que ce soit ? poursuivit le Président. J'ai donc décidé d'étendre celle-ci au monde entier, y compris le territoire de l'Union soviétique. À partir de maintenant, tout missile dirigé contre qui que ce soit dans le monde sera instantanément anéanti. Et si quelqu'un ne nous en croit pas capables, je l'invite à essayer. Nous avons assez d'artillerie en orbite pour transformer Mars en parking de supermarché, nous n'avons jamais eu l'occasion de nous en servir et il y a là-haut un tas de braves petits gars que le doigt démange sur la gâchette depuis vingt ans et qui meurent d'envie de s'exercer un peu au tir à la cible. Et, oh oui, monsieur Kronkol, après tout, c'est *nous* qui avons programmé vos systèmes de guidage.

— Mon Dieu, c'est génial ! s'écria Bobby.

— Génial ? dit sa mère. Cela garantit que l'Armée rouge va envahir l'Ukraine !

— Quant à ce que se feront maintenant les Russes et les Ukrainiens dans leur ruelle sombre dénucléarisée, ce ne sont pas mes affaires, continua le Président. Loin de moi l'idée de m'immiscer dans les procédures de divorce des autres. Mais en tant qu'ami de la famille, je serais tenté de donner un petit conseil désintéressé. »

Il pencha la tête sur le côté, la secoua tristement. « Pourquoi vous réduire mutuellement en charpie ? Qu'y avez-vous à gagner ? Si les Ukrainiens réussissent à arracher leur indépendance à l'issue d'une glorieuse bataille, ce sera pour se retrouver face à un État russe trois fois plus vaste gardant le contrôle de leur réseau de transport vers le reste de l'Europe et aux mains d'ours outragés animés de dispositions fort peu amicales. Si les Russes parviennent à occuper l'Ukraine par la force, ils se retrouveront dans la même situation que nous en Amérique latine. »

Il se renfonça dans son fauteuil et fixa un point au-dessus de la caméra. « Nous avons essayé de nous faire aimer de l'Amérique latine par la force militaire depuis maintenant longtemps et qu'est-ce que ça nous a rapporté ? On croit pouvoir s'en mettre plein les poches grâce à des matières premières bon marché, une main-d'œuvre au rabais et un marché captif dont on contrôle l'économie, mais le coût de l'occupation mange tous les bénéfices, la résistance mine l'infrastructure locale et on finit par essuyer désastre sur désastre pour le privilège de payer des pensions à des invalides au nom de la destinée manifeste. Ça vous rappelle quelque chose ? N'est-ce pas pour ça que Gorbatchev a coupé il y a bien longtemps les cordons de la bourse à son empire rouge ?

— Il ne peut pas être retors à ce point, hein, Robert ? dit Sonia. Il se rend sûrement compte que c'est une question essentielle de souveraineté nationale !

— Tout se ramène donc au dernier recours de l'État-nation crapuleux, se marteler la poitrine à coups de poings en beuglant je ne sais quoi à propos du caractère sacré de la souveraineté nationale », poursuivit le Président.

Sonia s'étrangla.

Bobby éclata de rire.

« Eh bien, cela n'a plus de raison d'être, dit Nathan Wolfowitz avec un sourire candide. Je viens de rendre la chose caduque. »

Il marqua un temps pour laisser l'idée entrer dans les têtes. « Les États-Unis d'Amérique ont déjà éliminé le droit souverain d'une quelconque nation d'employer des armes nucléaires contre une autre. Nous avons le pouvoir de le faire et nous le ferons, et cette époque de l'histoire est aussi morte que le dodo. Ce que sera le nouvel ordre mondial, à vous d'en décider, monsieur Gortchenko. J'ai allumé ma petite flamme, il est temps pour vous d'allumer la vôtre.

— *Encore ?* grogna Franja. Il ne peut pas en rester là, non ?

— Nous allons devoir renoncer à une partie de notre souveraineté nationale pour sauver nos culs, reprit Wolfowitz. Il me semble que ce sont les chamailleries à propos de souveraineté nationale qui nous ont amenés où nous en sommes. Je demande aux peuples russe et ukrainien d'établir un divorce par consentement mutuel en séparant interdépendance économique et identité nationale. Je demande au gouvernement soviétique d'accorder aux Ukrainiens un degré suffisant de souveraineté nationale pour être admis à part entière dans la Communauté européenne et je demande à la République d'Ukraine de céder une part suffisante de souveraineté économique à une autorité centrale pour éviter de se tirer dans le pied. Je vous laisse le soin de mettre au point les petits détails. Faites-le, c'est tout, d'accord ? Ça me fera plaisir.

— Hein ?

— Qu'est-ce qu'il raconte ? murmura Sonia. Il demande l'impossible !

— Et vous allez avoir envie de me faire plaisir. Parce que si vous le faites, les États-Unis d'Amérique renonceront à une partie de leur propre souveraineté pour donner l'exemple au reste du monde. Quand, et uniquement quand, l'Ukraine aura été admise dans la Communauté européenne à la suite d'une résolution déposée par le gouvernement soviétique, les États-Unis d'Amérique déposeront eux-mêmes leur demande d'adhésion.

— C'est ce qu'il a toujours souhaité..., s'exclama Bobby. Ce dont nous avons tous rêvé.

— Mais c'est un rêve impossible, Robert, l'Amérique doit à l'Europe plus d'argent qu'elle n'en pourra jamais trouver !

— Et vous aurez sacrément envie de nous admettre, poursuivit Wolfowitz. Parce que, dès leur admission, les États-Unis céderont le contrôle de l'Étoile d'Amérique au Parlement européen. Nous venons d'ôter à quiconque le pouvoir souverain de lancer des missiles nucléaires, et nous sommes prêts à renoncer à ce pouvoir en faveur d'une communauté de nations, car il n'est plus de pouvoir souverain que le monde puisse se permettre de voir détenu par une seule nation.

— Ils ne lui laisseront jamais faire ça, bafouilla Jerry. Il... il cède tout !

— Pas si je connais bien Nat Wolfowitz », dit Bobby.

Wolfowitz se carra dans son fauteuil et croisa les bras sur la poitrine. « Bien sûr, certains exigeront pour prix de notre admission le remboursement du plus gros chèque en bois de l'histoire universelle. »

Il haussa les épaules. « Eh bien, que puis-je dire, nous n'avons pas l'argent. Et même si nous l'avions, nous ne pourrions nous permettre de nous appauvrir davantage. Il est difficile de dire à combien cela s'élève, tout comme il est difficile d'estimer le prix de revient global de l'Étoile d'Amérique. Mais je parierais que les chiffres sont proches. »

Wolfowitz fit un large sourire, l'œil étincelant. « Alors ne soyons pas mesquins et cessons de chipoter, voulez-vous ? Disons que nous vous donnons l'Étoile d'Amérique, vous passez l'éponge sur notre ardoise, et nous sommes quittes. Est-ce une proposition que vous pouvez vous permettre de refuser ? »

Il eut l'air de s'étouffer de rire contenu.

« Après nous être ruinés pour construire ce foutu machin, vous ne vous attendez tout de même pas à ce qu'on le donne comme ça ? »

Bobby éclata d'un rire homérique. Il rit à s'en faire mal aux côtes. Il rit à ne plus en pouvoir. Il rit comme si le monde entier riait avec lui.

« C'était une allocution du président des États-Unis...

— ... qui vous parlait du fond des toilettes pour hommes de la Maison-Blanche à Washington, D.C. », termina Bobby, et il se remit à rire.

SOMMET DE STRASBOURG : ACCORD DE PRINCIPE MAIS TOUJOURS PAS DE TRAITÉ

Les participants à la rencontre de Strasbourg se sont séparés après avoir jeté les bases d'un règlement global, mais sans s'être mis d'accord sur les termes d'un traité qui devra être élaboré par des commissions de travail dont la composition a été déterminée au cours de la réunion et qui mettront au moins six mois pour préparer leur brouillon.

Le président soviétique Constantin Gortchenko a accepté de présenter une résolution devant le Parlement européen pour demander l'admission simultanée des États-Unis, de l'Ukraine et de toute autre république de l'Union qui déciderait de postuler à une admission directe après référendum populaire. Le président américain Nathan Wolfowitz a accepté de placer l'Étoile d'Amérique sous le contrôle du Parlement comme condition de l'éventuel traité d'adhésion et les dirigeants des États membres, après moultes discussions, ont accepté en échange de considérer la dette américaine envers leurs gouvernements, banques centrales et institutions financières privées comme officiellement annulée.

Il a en outre été décidé que toute représentation au nouveau Parlement communautaire se fera par élection directe au sein de districts de populations approximativement égales sous un seul et même statut déterminé par le Parlement, les limites de ces districts étant révisées tous les cinq ans, et que tout citoyen jouissant de ses droits civiques pourra se présenter dans n'importe quel district sans considération des anciennes frontières nationales.

Les États membres conserveront leurs forces militaires nationales au niveau opérationnel, mais celles-ci seront placées sous commandement unifié par le Parlement qui contrôlera aussi directement toutes les forces nucléaires ainsi que le système de défense Étoile d'Amérique, dont le personnel sera choisi selon un système de quotas nationaux encore à déterminer.

Il n'a pas encore été pris de décision quant au nom de la nouvelle organisation transatlantique. « Union des Nations terrestres », « Union des Peuples de la Terre », « Confédération atlantique », « Confédération de l'hémisphère nord », et « États-Unis de la Terre » ont été suggérés, mais aucune appellation n'a recueilli l'adhésion générale.

Il semblerait que le nouvel ordre qui se dessine soit encore trop flou, la rupture avec le passé trop importante et les conséquences trop imprévisibles, pour lui donner déjà un nom.

Robert Reed, *StarNet*

30.

Il avait fallu une éternité aux équipes de Tass et de StarNet pour s'installer, mais ils avaient fini par y arriver. Franja reçut enfin l'autorisation de décollage de la tour de contrôle et le Concordski s'engagea sur la piste.

Il n'était pas exagéré de dire que les négociations pour la couverture médiatique de ce vol avaient été beaucoup plus difficiles et tortueuses que celles du sommet de Strasbourg.

Tass voulait qu'il parte de Moscou ; c'était un Concordski de l'Aeroflot, après tout, et c'étaient eux qui avaient tout préparé, non ? Sonia et les médecins s'y étaient opposés. Il fallait minimiser les risques médicaux, donc il n'était pas question de prendre un premier vol de Paris à Moscou, et certainement pas de s'imposer un épuisant voyage en train. On s'était donc mis d'accord pour décoller de Roissy.

Tass avait alors exigé la couverture exclusive du vol jusqu'à la Navette et les représentants de StarNet avaient sauté au plafond. C'était au moins autant leur œuvre que celle de Tass, ils avaient droit à une couverture égale. Tass avait contre-attaqué en proposant une couverture conjointe du vol jusqu'en orbite en échange de l'exclusivité à bord de la Navette. L'A.F.P. et Reuters s'étaient alors mis à hurler... la N.G.C. était un vaisseau européen, non ?

Finalement, StarNet avait accepté de verser à Tass une somme confortable pour le droit de couvrir le vol jusqu'en orbite pour le marché américain, Tass obtenant l'exclusivité pour le reste du monde. Le voyage de la Navette serait suivi par un pool de journalistes représentant chacun une grande agence de presse, assistés d'un caméraman commun, et chaque agence aurait le droit de vendre sa version du reportage sur le marché libre.

Une fois les contrats signés, cependant, Tass avait pris la direction des opérations. La fille de Jerry Reed était pilote de l'Aeroflot certifiée sur Concordski ? Parfait ! Nous allons lui faire emmener son père en orbite ! Et pourquoi ne l'accompagnerait-elle pas jusqu'à la Lune ? Bon moyen d'apposer notre marque pour nos concitoyens !

Au dernier moment, ils avaient même décidé de faire voyager son père à côté de Franja dans le siège du copilote. Les responsables de l'Aeroflot avaient protesté que c'était une violation de toutes les règles de sécurité, mais les gens de Tass avaient passé un coup de fil à Moscou et son père était maintenant assis à côté d'elle tandis qu'elle chauffait ses turbofans. La console de l'hibernautika était arrimée derrière lui au dossier et une caméra fixée au tableau de bord par des bandes adhésives filmait tout.

« Je vais essayer de faire le plus doucement possible, papa, lui dit Franja.

— Ne t'en fais pas pour moi, Franja, répondit-il en souriant d'une oreille à l'autre comme un petit garçon. Je ne vais pas te claquer entre les mains maintenant !

— Bien sûr que non, papa », dit Franja, un peu mal à l'aise, puis elle lança les moteurs, desserra les freins et le Concordski s'élança sur la piste.

UNE MODESTE PROPOSITION

Les Américains, les Européens et les Soviétiques n'arrivent pas à se décider sur le choix d'un nom pour leur nouvelle entité, mais du point de vue de la majorité de l'humanité souffrante restée à la porte, le choix est évident.

Pourquoi ne pas l'appeler une fois pour toutes Union causanienne ? N'est-ce pas une union des nations développées de population blanche de l'hémisphère nord, un renforcement des puissances économiques et militaires du premier et du second mondes sans considération du bien-être des peuples du tiers-monde ?

Si jamais la demande d'adhésion du Japon, dont on commence à parler, était acceptée et que ce nom devienne trop racialement offensant, « Union des Nantis » serait une encore meilleure appellation, car c'est bien de ça qu'il s'agit.

Times of India

Sonia était seule avec Robert sur la piste, loin des journalistes et de la foule des officiels. Elle eut un serrement de cœur quand le Concordski quitta le sol, rentra son train d'atterrissage et parut bondir dans le ciel.

« *Bon voyage,* Jerry », murmura-t-elle doucement, puis elle se mit à pleurer.

Bobby lui passa un bras sur l'épaule. « Viens, maman, notre cinglé de Cadet de l'espace est là-haut, où a toujours été sa place.

— Il est en train de se tuer, Robert. Tu le sais comme moi. »

Bobby garda un long moment le silence tandis que le Concordski se réduisait à un scintillement argenté qui continuait à monter dans le ciel d'un bleu éclatant.

« Robert ?

— Ne te fais pas de mauvais sang, maman.

— J'essaie, Bobby, j'essaie vraiment !

— Je sais, maman, tu as été très courageuse.

— Pas autant que lui !

— Il n'y a pas beaucoup de gens qui le soient.

— Oh, Bobby, Bobby, je ne veux pas le perdre maintenant que je viens de le retrouver ! Est-ce égoïste ? Est-ce mal ?

— Bien sûr que non. Mais ne te dis pas que tu vas le perdre. Pense à lui enfin là-haut, où il a toujours voulu aller. Ne pense pas à ce que nous perdons. Pense à ce qu'il a enfin trouvé. »

Sonia s'y efforçait. Elle restait là, le bras de son fils sur l'épaule, attendant d'avoir complètement perdu de vue le Concordski qui s'élevait vers les étoiles, et elle essayait de tout son cœur de ressentir les émotions que Jerry devait éprouver en cet instant, sur le point de rejoindre enfin son rêve dans les cieux.

Elle y réussit presque, elle se sentit presque le cœur en fête en voyant là-haut un minuscule point de lumière alors que s'allumait le réacteur principal qui emmenait Jerry où elle ne pouvait le suivre. Elle essaya d'être heureuse pour lui, alors même qu'une partie de son être savait qu'elle lui disait adieu.

LA FIN D'UNE ÉCONOMIE DE PÉNURIE

Les nations du tiers-monde ont sans doute le droit politique et moral de protester contre l'émergence d'un nouvel ordre dans l'hémisphère nord car, à court terme, et peut-être aussi à moyen terme, ce qui vient de naître est bien un monde au sein duquel une union des nations riches dominera encore davantage les peuples pauvres et divisés du tiers-monde.

Mais, à long terme, les énormes capitaux rendus disponibles par l'unification des programmes militaires de la plupart des grandes puissances et la synergie technologique des programmes spatiaux américain, soviétique et européen aura pour résultat la transformation de notre présente économie mondiale de pénurie en une économie d'abondance à l'échelle du système solaire grâce à des ressources inépuisables en matières premières, en énergie et peut-être même en terres cultivables.

Dans un tel contexte, l'exploitation des nations du tiers-monde pour l'obtention de matières premières et de main d'œuvre à bon marché n'aura économiquement plus aucune raison d'être et, si ce serait trop attendre des nations développées qu'elles cèdent la part du lion de leurs bénéfices pour tirer le reste du monde de la pauvreté, l'ère de l'impérialisme économique sera-t-elle du moins révolue et les capitaux seront-ils libérés pour un développement mutuellement avantageux.

Les parts du gâteau ne seront sans doute pas plus équitablement réparties qu'auparavant, mais le gâteau lui-même sera d'année en année plus gros. À terme, la marée montante finira par mettre à flots tous les navires.

Financial Times

Jerry eut le souffle littéralement coupé quand le réacteur principal s'alluma, le plaquant à son siège. C'était comme un coup à l'estomac qui n'en finissait pas, une montagne lui écrasant la poitrine, tandis que l'hibernautika tentait de stabiliser le rythme de son cœur surmené. Il avait devant les yeux des étincelles qui menaçaient de se transformer à tout moment en voile noir. Il avait l'impression de sentir éclater ses vaisseaux capillaires, sa tête résonnait comme un gong et le sang battait à ses oreilles.

« Ça va bien, papa ? lui parvint la voix de Franja comme à travers un épais brouillard.

— Oui, oui, réussit-il à articuler. Ça va très bien. »

Ce n'était pas vrai, bien sûr. Il était sur le point de perdre connaissance, il luttait pour se maintenir la tête hors de l'eau dans une mer d'encre où les vagues venaient régulièrement se briser au-dessus de lui. Il s'enfonçait, s'enfonçait dans les ténèbres, où il serait si facile de se laisser flotter à jamais…

… puis il se sentit flotter vers le haut comme un nuage pris dans un courant ascendant, comme un dauphin remontant chercher de l'air, et jaillit soudain dans l'éclat éblouissant du soleil…

La phase d'accélération était terminée. À travers l'étroit pare-brise, une brillante lumière inondait la cabine… il était réveillé, conscient, vivant.

Son cœur battait toujours fébrilement dans sa poitrine et l'oxygène lui manquait encore, mais sa respiration était régulière, sa vision s'était éclaircie et il se sentait léger comme l'air.

« Papa ? Papa ? Tu es resté un moment inconscient, tu vas bien ? »

Jerry détacha son harnais, repoussa le sol du pied, souleva les fesses de son siège et resta à flotter une dizaine de centimètres au-dessus de celui-ci, exactement comme il l'avait toujours imaginé, riant de plaisir.

« Je me sens merveilleusement bien, Franja ! déclara-t-il. Je ne me suis jamais senti aussi bien de ma vie ! »

La tête lui tournait, il se sentait faible, son cœur battait la chamade et il avait un atroce mal de crâne, mais c'était l'exacte vérité.

« Le meilleur est encore à venir, papa, dit Franja, soulagée. Le meilleur est encore à venir. »

Franja mit à feu une série de correcteurs d'assiette et le Concordski se roula dans le soleil comme une baleine alanguie.

Et elle lui apparut ! Immense et glorieuse, scintillant comme un joyau vivant sur le velours noir du vide.

Il l'avait vue au moins dix mille fois au cinéma et à la télévision. Il en avait rêvé, il l'avait imaginée toute sa vie. Il n'y avait jamais eu d'instant où elle eût été loin de ses préoccupations. Mais rien ne l'avait vraiment préparé à la réalité.

Les mers brillaient d'un bleu intense qui semblait s'enfoncer jusqu'au noyau de la planète. Les continents leur faisaient un cortège tels de grands fauves hirsutes. Les bancs de nuages dessinaient à sa surface de lentes ombres mouvantes qui s'enroulaient et se déroulaient avec le souffle visible de l'atmosphère. La Terre entière était inlassablement, palpablement, majestueusement vivante.

Et il flottait en apesanteur au-dessus d'elle comme un dauphin à l'apogée de son saut. Il baissait les yeux sur le milieu d'où il s'était extrait comme le premier dipneuste à se hisser, haletant, sur le rivage, pour regarder derrière lui, émerveillé, la surface miroitante de la mer.

La trajectoire du Concordski lui fit franchir le terminateur, ou plutôt la Terre parut tourner sous eux pour exhiber fièrement les lumières de ses villes, éparpillées au cœur des vastes continents, rassemblées le long de leurs côtes en nébuleuses, en amas stellaires. On aurait dit que la galaxie entière s'y réflétait, promesse du véritable âge d'or à venir, lorsque les cités des hommes se répandraient parmi les étoiles.

Et, s'il ne vivrait jamais pour connaître cet âge, s'il était né bien trop tôt pour parcourir les rues de villes inconnues sur des planètes gravitant autour de lointains soleils, eh bien, il aurait vécu assez longtemps pour connaître cet instant. Pour voir, assis auprès de sa fille, cette planète en sa totalité, pour poser les yeux sur la Terre, sur le berceau de ce lointain avenir galactique en train de naître.

Le Concordski poursuivit sa course et le soleil se leva à nouveau, terrible et magnifique, brutal comme une lampe à halogène soudain allumée dans le noir.

« La voilà, papa, la voilà ! » s'écria Franja en montrant une tache de lumière miroitant dans l'éclat spectral.

Oui, elle était là, de plus en plus nette à mesure qu'ils approchaient, l'ovale argenté du réservoir de carburant, la longue aiguille de la poutrelle centrale, la structure arachnéenne sous laquelle s'accrochait le module de passagers.

La Navette de grande croisière luisait dans les ténèbres, brillamment illuminée par le lever de soleil orbital.

Franja alluma ses moteurs, synchronisa les orbites et il put contempler la pure merveille qu'il avait forgée.

Le soleil étincelait sur la surface argentée du grand réservoir, si semblable, sous cet angle, à un gigantesque dirigeable, à une baleine des océans stellaires. En dessous, les hublots du module d'habitation brillaient comme les lumières des cabines d'un grand paquebot croisé dans la nuit.

C'était bien un véritable *astronef,* le premier de son espèce. Pas un « module », un « véhicule », ou une « capsule spatiale », un vrai vaisseau de l'espace, tout droit sorti de la couverture d'un des vieux magazines de science-fiction de son père.

Flash Gordon se serait senti parfaitement chez lui. Buck Rogers n'aurait pas été déçu. Le capitaine Kirk aurait été fier d'en prendre le commandement.

Il avait réussi. Il s'était construit un astronef et il allait voyager à son bord avant de mourir.

Tandis que Franja rapprochait son Concordski de la

N.G.C. et que, du module, s'étirait un tube vers le sas de l'appareil, aussi prosaïque qu'une passerelle de débarquement venant s'accoler à un avion de ligne à l'extérieur d'un terminal d'aéroport, il songea à Rob.

Les paroles de Rob Post résonnaient dans son cœur. « Tu vas vivre l'âge d'or de la conquête spatiale, fiston, il ne tient qu'à toi d'en être un des acteurs. »

C'était vrai. Il en était devenu un.

Et ça avait le goût d'une énorme coupe de glace au chocolat Häagen-Dazs nageant dans une épaisse crème de cacao.

Tu en as été un, toi aussi, oncle Rob. Merci pour la glace.

Franja était trop prise par les dernières manœuvres pour le voir pleurer.

Mais la caméra, au-dessus du tableau de bord, n'en perdit pas une miette et brisa le cœur du monde entier.

LE CONGRÈS DES PEUPLES RÉEXAMINE SA POSITION

L'assemblée du Congrès des peuples s'est ouverte aujourd'hui à Vienne dans la plus grande confusion.

Les accords élaborés au sommet de Strasbourg par les États-nations vont-ils assez loin dans le sens d'une « Europe des peuples » pour que le Congrès y apporte son soutien ? Ou bien les minorités ethniques doivent-elles s'unir pour s'y opposer ou chercher à les modifier ? Et, dans ce dernier cas, de quelle façon ? Le Congrès des peuples doit-il se transformer en parti politique transnational ? Ou bien doit-il considérer son œuvre comme achevée et proclamer triomphalement sa dissolution ?

« Cette réunion promet d'être longue et complexe, a déclaré Ian Mac Tavish. Le Congrès des peuples s'était préparé à un long et dur combat. Nous nous retrouvons soudain devant une victoire partielle et inattendue. »

Le délégué slovaque, Gustav Svoboda, a peut-être mieux résumé la situation : « La vraie question est de savoir si les États-nations conserveront suffisamment d'autorité politique pour que cela vaille la peine de continuer à se battre. Ou bien si nous resterons tranquillement dans notre coin en attendant que cette survivance d'une fonction essentiellement cérémonielle dépérisse d'elle-même. »

Die Welt

Son père avait subi plus de dommages durant la mise sur orbite qu'il n'avait voulu le laisser voir. Franja aurait dû s'en rendre compte quand il avait perdu connaissance, mais il était si heureux et elle était si occupée à manœuvrer le Concordski qu'elle n'avait pas vu combien il était mal en point avant de se retrouver dans le tube.

Les membres de l'équipage étaient venus les accueillir en se tirant d'anneau en anneau, comme de vrais singes de l'espace, et Franja avait elle-même attrapé un anneau par réflexe. Mais son père était resté à l'entrée du tube, agitant faiblement les bras pour essayer en vain de se stabiliser, scrutant l'intérieur du tube d'un air indécis, livide, les yeux plissés de douleur.

« Je... je ne crois pas que je pourrai y arriver », avait-il avoué à contrecœur tandis que les membres d'équipage s'avançaient rapidement vers eux avant de rester pendus par une main à un anneau.

Ils avaient dû lui faire traverser le tube avec l'hibernautika pour gagner la Navette, tout comme une équipe de singes de l'espace déchargeant une cargaison fragile.

Les cabines du module avaient peut-être l'air de placards à balais pour qui n'avait pas été singe de l'espace, mais aux yeux de Franja elles représentaient le comble du luxe. Elles étaient grandes comme des dortoirs pour quatre singes, mais il n'y avait qu'un hamac muni d'un appuie-tête gonflable pour pouvoir lire confortablement au lit. Il y avait un bureau et un fauteuil avec des sangles pour s'attacher. Le placard possédait plusieurs tiroirs. Le cabinet de toilette fermait complètement. Il y avait même un petit hublot circulaire par où on apercevait les étoiles.

On avait installé son père dans la cabine voisine de la sienne. Il avait demandé à visiter immédiatement le vaisseau et les journalistes étaient tout aussi impatients que lui, mais

Franja avait insisté pour qu'il se repose et, une fois dans les filets, il perdit presque aussitôt conscience.

Au réveil, Jerry vit le visage de Franja qui le scrutait d'un air inquiet. Un jeune homme flottait auprès d'elle, au-dessus de son hamac, l'examinant d'un œil tout professionnel en jetant de temps en temps un coup d'œil à un instrument qu'il tenait à la main.

Baissant les yeux sur sa poitrine, Jerry vit qu'on lui avait déboutonné la chemise et qu'il avait des électrodes, reliées à un petit transmetteur, collées à l'emplacement du cœur.

« Un simple contrôle, papa, dit Franja d'un ton un peu trop rassurant. Le Dr Gonzalez a procédé à quelques tests de routine.

— Comment vais-je, docteur ? demanda Jerry. Combien de temps suis-je resté inconscient ? »

Franja et le docteur échangèrent un bref coup d'œil incertain.

« Dites-moi la vérité, docteur ! insista Jerry.

— Eh bien, monsieur Reed, vous avez souffert d'anoxie au cours de l'accélération, ce qui a entraîné une détérioration des fonctions cardiaques et vous constaterez peut-être de petits problèmes de motricité... », dit lentement Gonzalez.

Puis, beaucoup plus vite : « Mais vous avez dormi une dizaine d'heures et l'absence de gravité semble avoir amélioré votre état, ou du moins l'avoir stabilisé.

— Peut-il se déplacer, Dr Gonzalez ? » demanda Franja.

Gonzalez réfléchit un long moment. « Je suppose que oui », dit-il finalement. Puis il eut un sourire horriblement forcé. « C'est pour ça que vous avez risqué votre vie, n'est-ce pas, monsieur Reed ?

— Nous sommes sur le point de quitter l'orbite, papa, lui dit Franja. Ils te réclament sur la passerelle pour le grand moment. Tu penses pouvoir y arriver ?

— Dussé-je en mourir », déclara Jerry, et il réussit à rire, sentant dans sa poitrine une douleur qui s'atténua rapidement. Personne d'autre n'eut l'air de trouver cela très drôle.

Le médecin retira les électrodes et Jerry parvint à reboutonner sa chemise, bien qu'il se sentît les doigts un peu gourds. On le fit sortir des filets, le docteur accrocha son oscilloscope à la cloison à l'aide de velcro et saisit la poignée de l'hibernautika. Franja prit la main de Jerry et, se déplaçant de l'autre avec aisance d'anneau en anneau, le remorqua comme un grand ballon fragile hors de la cabine pour lui faire remonter le couloir central jusqu'à la passerelle.

L'équipage standard se composait de quatre personnes — un pilote, un copilote, un mécanicien et le capitaine — mais on avait suivi le plan original de Jerry et prévu trois couchettes supplémentaires à l'arrière pour les observateurs, bien à l'écart du tableau de bord.

L'une d'elles était occupée par le cameraman. Allongé entre ses filets, il filmait tandis que l'on présentait Jerry au capitaine français, au pilote allemand, au copilote russe et au mécanicien britannique.

Mais Jerry n'avait guère la tête aux formalités, il entendait à peine les paroles qui s'échangeaient. Tout son être était fasciné par la vue de la vaste courbe de la Terre qui s'offrait à lui par la grosse bulle d'observation constituant la proue du vaisseau.

Cette bulle avait été l'objet de discussions sans fin. Elle compromettait l'intégrité structurelle. Elle ajoutait au prix de revient. Elle était complètement superflue, un écran et des caméras auraient permis un choix bien plus complet d'angles de vision.

Mais les romantiques avaient fini par avoir gain de cause et il voyait devant lui la planète, tangible et massive dans le vide cristallin, terriblement *présente* comme aucune image vidéo n'aurait pu la rendre.

Une fois la prise de vue préliminaire en boîte, on installa Jerry dans la couchette voisine de celle du cameraman. Franja se glissa dans le hamac du côté opposé et lui prit la main tandis que le cameraman se contorsionnait dans ses filets pour prendre cette image en gros plan.

L'équipage regagna ses couchettes et le bref compte à rebours commença.

« Soixante secondes...

— Tous systèmes opérationnels.

— Trente secondes...

— Déclenchement de la séquence d'allumage...

— Dix secondes...

— Feu vert accordé.

— Zéro…

— Allumage confirmé », dit le copilote, mais c'était complètement superflu, Jerry avait senti une légère mais indéniable pression le repousser contre le capitonnage de la couchette. Elle resta tout juste perceptible tant que le réacteur principal luttait contre l'inertie considérable de la navette, mais une fois celle-ci ébranlée, la pression se fit plus forte et ses poumons se mirent à peiner. Quand la courbe de la Terre commença à s'éloigner son cœur battait à toute vitesse dans sa poitrine.

Jerry savait ne pas subir plus d'un demi-g d'accélération, mais après de longues heures en apesanteur, son corps lui semblait peser deux fois plus, et non deux fois moins, que sur Terre. C'était comme se retrouver soudain plongé dans un élément hostile, comme être brusquement exposé à l'air glacial au sortir d'une longue baignade en piscine chauffée.

On aurait dit qu'il essayait de respirer un fluide vicieux. Une toile d'araignée de picotements irradiait à partir de sa poitrine le long de ses bras. Il avait l'impression qu'on lui tassait du verre pilé dans la tête. De petites étincelles jouaient à la périphérie de son champ de vision.

S'il vous plaît, s'il vous plaît, faites que je ne m'évanouisse pas maintenant !

La Terre glissa hors du champ de la bulle d'observation tandis que la Navette roulait sur elle-même et les étincelles fugitives furent complètement éclipsées par des milliers d'étoiles à l'éclat dur brillant sans scintiller dans les ténèbres absolues.

Non ! Non !

Il étreignit la main de Franja avec tout ce qu'il lui restait de forces et la sentit répondre à son étreinte. Son champ de vision était si rétréci qu'il ne voyait que le radieux champ d'étoiles qui le traversait majestueusement. Son corps était plaqué contre la couchette, comme si une main gigantesque sur sa poitrine cherchait à le repousser loin de la vision étalée devant lui, plus bas, toujours plus bas dans des eaux ténébreuses…

Puis une éclatante boule argentée repoussa de sa spectrale lumière blanche les ténèbres menaçantes.

La Navette eut une secousse lors de la brève mise à feu de grappes de petits réacteurs et la boule se retrouva centrée au milieu de la bulle, dans son champ de vision qui se refermait, l'attirant à elle, non plus vers le bas mais vers le haut, vers le brillant cercle de lumière tavelé de légères taches grises, à l'extrémité d'un long tunnel sombre débouchant sur la radieuse promesse qui l'attendait. La Lune.

Il sourit, soupira, et se laissa entraîner vers elle, et dans le néant.

Après que son père eut perdu conscience sur la passerelle, le Dr Gonzalez avait insisté pour qu'il se repose le plus longtemps possible dans sa cabine et lui avait donné un sédatif.

« Je crains que le diagnostic ne soit pas bon, avait-il dit à Franja. Médicalement parlant, cette aventure était déraisonnable. Il va plus mal qu'en arrivant à bord. Quelques heures en apesanteur ont amené une légère amélioration, mais maintenant, même cette légère accélération...

— Il était déjà condamné, docteur, avait répondu sombrement Franja. Il le savait aussi bien que nous. Mais tiendra-t-il jusqu'au bout ? Tiendra-t-il jusqu'à la Lune ? »

Gonzalez avait haussé les épaules. « Là, ce n'est plus une question uniquement médicale. Son cœur est abîmé, sa respiration se fait laborieuse et il a probablement déjà subi divers dommages au cerveau. Il peut être victime à tout moment d'une attaque ou d'une crise cardiaque, tout comme il peut survivre ainsi pendant des semaines. »

Puis il laissa tomber son masque professionnel. « En tant que médecin, tout ce que je puis dire, c'est que son organisme se détériore rapidement. Mais en tant qu'homme... Eh bien, sa force mentale est impressionnante. Il *mérite* de tenir jusqu'au bout. Et, sauf incident majeur, cela devrait compter. Tout ce que nous pouvons faire, c'est le laisser se reposer le plus possible et prier Dieu qu'il y ait une justice.

— J'aimerais sincèrement pouvoir le faire, Dr Gonzalez, mais je crains d'avoir le plus grand mal à croire en un Dieu, juste ou non. Je crains de ne pas être prête à prier une justice transcendante. »

Gonzalez avait eu un étrange petit sourire. « Mais moi si, señorita Reed, et, *con su permiso,* c'est ce que je vais faire. »

Son père dormait donc la plupart du temps et Gonzalez priait, de sorte que Franja se retrouva seule la plus grande partie des quarante-huit heures que dura le voyage. Elle mangeait au réfectoire, dormait dans son hamac, éludait les questions des journalistes qui refusaient de la laisser tranquille en l'absence de leur sujet vedette. Elle passait la plus grande partie de son temps dans la petite bulle d'observation du module de séjour, regardant se rapprocher imperceptiblement la Lune.

Elle paraissait au début si froide et livide, simple disque blanc de lumière réfléchie, lugubre et indifférent dans les ténèbres cruelles, sans rien d'une planète, sans rien à voir avec la Terre palpitante de vie qu'elle avait passé tant d'heures à contempler à bord du cosmograd Sagdeev.

On aurait dit un décor de théâtre, un minable effet spécial pour film à petit budget ; plate et lointaine, une chose bien insignifiante pour y sacrifier sa vie. Qu'était-ce, après tout, sinon un morceau de caillou incolore et glacé dont le seul soupçon de vie, la caricature de visage humain que l'œil construisait à partir du dessin des mers et des cratères, n'était qu'une simple illusion d'optique ?

Ce n'est que lorsqu'elle eut grossi, que l'on put sentir la Navette se diriger vers elle à toute vitesse, qu'elle prit pour elle la forme d'une véritable sphère et s'imposa à son esprit comme une autre planète, avec une véritable géographie modelée en reliefs ombrés, avec sa propre version poussiéreuse de monts et de vallées, sèche et mort-née, mais un autre monde malgré tout.

Alors seulement cette vision devint réelle, personnelle. Alors seulement il lui apparut qu'elle était, *elle aussi,* sur le point de réaliser un rêve d'enfance.

Elle allait sur la Lune.

Il était si étrange qu'elle n'y ait pas pensé ainsi jusque-là ! Elle n'y avait jamais pensé que comme le voyage de *son père* vers la Lune. Elle avait complètement oublié qu'elle en avait rêvé, elle aussi... petite fille quand elle écoutait son père lui raconter des histoires, lycéenne quand elle travaillait si dur pour entrer à l'université Youri-Gagarine, à Gagarine quand elle trimait jour et nuit dans l'espoir d'un pareil moment, puis à bord de Sagdeev et aussi à l'école de pilotage.

Ce n'était qu'au cours des dernières années passées à sauter de ville en ville, immergée dans les merveilles toutes neuves d'une planète *vivante,* que son rêve d'espace avait perdu de son irrésistible attrait pour se diluer en vague éventualité, devenir le lointain souvenir du rêve de quelqu'un d'autre.

Seul le hasard l'avait confinée à une seule planète et lui avait appris à aimer les merveilles de la Terre. Elle n'avait jamais cherché à être la femme qu'elle était devenue.

Et seul le malheur de son père avait accordé à cette femme la réalisation du rêve de petite fille qu'il lui avait légué. Ce n'était que maintenant, alors que son inquiétude lui avait fait complètement oublier ce but, qu'elle allait obtenir ce pour quoi elle avait si obstinément lutté.

Il y avait là une certaine justice.

Car ce n'était que maintenant que le dernier cadeau de son père était vraiment mérité.

Et, grands dieux, il le méritait lui aussi.

Franja ne croyait en aucun dieu, encore moins en une justice divine.

Mais, en regardant la surface désolée de la Lune, elle crut y apercevoir une petite étincelle, le Lunagrad à demi enfoui dans le sol de ce monde qui n'avait jamais connu la vie, et elle imagina des villes éparpillées, dans un lointain avenir, à la surface de l'astre autrefois mort, des villes aussi grouillantes de vie que celles de la Terre. Et cela aussi serait l'accomplissement du grand rêve de l'humanité face au vide indifférent et glacé.

Même une planète morte pouvait devenir ce que la vie choisissait d'en faire.

Cela lui rappela une chose qu'avait dite Nathan Wolfowitz au milieu de la crise qui avait menacé de balayer toute vie de la surface de la Terre dans un paroxysme de stupidité humaine.

Il n'y a pas de justice en ce monde, sinon celle que nous rendons.

Ni en aucun autre monde, se dit-elle.

Non, elle ne pouvait se résoudre à prier un Dieu en lequel elle ne croyait pas. Mais elle se prenait aujourd'hui à envier ceux qui le pouvaient.

UNE VISION OPTIMISTE DU GRAND SILENCE

Avant la découverte de l'existence des Barnardins, les pessimistes tenaient notre incapacité à détecter des signaux de civilisations extraterrestres pour une preuve qu'il n'y avait personne là-haut. Maintenant que nous savons qu'il y a quelqu'un, maintenant que nous avons même des indices de l'existence de civilisations incroyablement avancées vers le noyau de la Galaxie, les pessimistes tiennent cette incapacité prolongée à détecter de tels signaux pour une preuve que ces civilisations sont hostiles ou indifférentes. Ou même engagées bec et ongles dans une lutte darwinienne dont nous devrions tout faire pour nous cacher.

Ne pourrions-nous pas nous dire au contraire que cet échec à communiquer serait plutôt une bonne nouvelle ? Car s'il est possible à des civilisations suffisamment avancées d'engager facilement un dialogue interstellaire, de *voyager* entre les étoiles, pourquoi se donneraient-elles la peine de répondre ? Pourquoi s'astreindre à des délais de communication qui se mesurent par dizaines ou centaines d'années quand on peut se rencontrer face à face ? Qui sait, une civilisation bien plus avancée que la nôtre pourrait même avoir trouvé le moyen de voyager plus vite que la lumière, par exemple au moyen de ponts d'Einstein-Rosen engendrés par des trous noirs artificiels, ou plus vraisemblablement par une méthode que nous ne pouvons même pas imaginer.

Levant les yeux vers les étoiles, les pessimistes y voient, frappés de crainte, écrits de toute éternité dans un cloaque comportemental galactique les mêmes chauvinismes que nous semblons être aujourd'hui enfin sur le point de surmonter.

Mais lorsque les optimistes regardent les étoiles, ils y voient, pleins d'espoir, un océan galactique parcouru par les vaisseaux de peuples innombrables et se disent que ceux-ci ont peut-être évité d'entrer en contact avec nous pour d'excellentes raisons. Peut-être attendaient-ils simplement que nous devenions adultes, oubliant les luttes et les dangers de l'adolescence planétaire, et hissions nos propres voiles pour venir les rejoindre, non pas en boucaniers que nous fûmes, mais en civilisation mûre et digne d'estime.

Science

De temps à autre, Jerry remontait à la surface d'un océan de chaudes ténèbres liquides pour se retrouver dans un monde de souffrance. Parfois Franja était là, parfois c'était le docteur, mais il se retrouvait la plupart du temps seul au cours de ces moments de lucidité, allongé dans la cabine obscure. Au bord de la nausée, il sentait le souffle lui être extirpé, dans sa poitrine une intense douleur irradiait vers ses membres, la migraine fragmentait sa pensée et le fétide goût métallique de la mort lui emplissait la bouche.

Une partie de son être essayait de battre en retraite pour se réfugier dans le réconfort du néant, mais la partie la plus forte luttait pour demeurer conscient, luttait pour rester éveillé et vivant, pour ne pas mourir comme une créature qui geint dans le noir.

Pas encore ! Pas maintenant !

Toujours les ténèbres étaient les plus fortes, toujours sa dernière sensation était d'être attiré vers le fond, mais toujours il réémergeait, et à présent il se sentait revenir une fois de plus à la surface, à la douleur, à l'incessante pression, à…

Il cligna des yeux d'étonnement. Il avait toujours des lucioles devant les yeux, mais il y voyait beaucoup plus distinctement. Et ses pensées étaient aussi plus claires, constata-t-il. Il était pleinement réveillé. Il avait toujours des picotements douloureux dans la poitrine et les membres, mais la pression avait disparu. Ainsi que l'écrasante force de gravitation.

Il avait toujours la migraine et des vertiges, mais la marée noire s'était retirée de son esprit et il avait les idées claires. Haletant pour respirer l'air raréfié, il se sentait comme un poisson à demi asphyxié que l'on aurait rejeté à l'eau, revigoré par le retour dans son élément naturel.

Ce qu'était à présent la gravité zéro.

Il comprit ce qui s'était passé. Le réacteur principal avait été coupé pour la mise en orbite lunaire. Il avait réussi ! Ils étaient arrivés ! Ils avaient atteint la Lune !

Puis il se souvint qu'il y avait encore une épreuve à venir.

Ils devaient se servir du frein gravitationnel pour laisser la

Lune refermer la parabole de leur trajectoire en orbite elliptique, mais pour cela il leur fallait d'abord perdre de la vitesse, ce qui signifiait une dernière mise à feu du réacteur principal, brève et brutale, d'un quart de g en sens inverse de la marche.

D'abord, ils devaient retourner le vaisseau...

La Navette fut agitée de secousses tandis que des vingtaines de petits réacteurs de contrôle s'en chargeaient. Il y eut ensuite un long silence inquiétant pendant que les ordinateurs vérifiaient les paramètres.

Puis le vaisseau trembla et un grand coup de poing le plaqua à sa couchette, lui coupant le souffle, envoyant de fulgurantes ondes de douleur dans sa poitrine et le long de ses membres, le replongeant dans les eaux ténébreuses, le poussant vers le fond, de plus en plus bas...

Pas encore, bon sang ! Pas maintenant !

Jerry enfonça les ongles dans la paume de ses mains. Il se mordit doucement la langue. Il ne voulait pas se laisser emporter par les ténèbres, cette fois, il n'était pas sûr de revenir à la surface, il voulait conserver toute sa lucidité, il ne voulait pas perdre conscience !

Pas encore, bordel de merde ! Pas maintenant !

Cela semblait ne jamais devoir finir, puis soudain ce fut terminé. Le réacteur principal coupé, le poing qui lui pesait sur la poitrine disparut et il remonta comme un bouchon à la surface de la mer suffocante.

Après la décélération, le retour à la gravité zéro était comme une vivifiante décharge d'énergie, un retour à l'état naturel. Sa respiration était laborieuse, sa poitrine et ses bras lui faisaient plus mal que jamais, un inquiétant engourdissement avait envahi ses doigts et ses orteils, mais sa vue était redevenue nette, les ténèbres avaient reculé et il était parfaitement conscient.

En fait, tout semblait posséder une acuité particulière, une nouveauté, une merveilleuse clarté. Lentement, maladroitement, il réussit à s'extirper des filets et se laissa flotter comme un nuage vers le « plafond ». Il se laissa un moment dériver, exultant de liberté, jusqu'à ce qu'un anneau parvienne à portée de ses faibles forces.

Il y était pendu par un bras quand ils vinrent le chercher,

flottant debout comme un homme, comme un homme nouveau, comme l'homme du futur en route pour la Lune.

Franja écarquilla les yeux, stupéfaite. Le docteur fronça les sourcils. Le cameraman le filma pour la postérité.

« Bien, bien, monsieur Reed, dit en anglais l'envoyé de Tass avec un sourire de soulagement. Content de vous voir en forme. »

Jerry insista pour se rendre sur la passerelle par ses propres moyens, se balançant d'anneau en anneau pendant que Franja portait l'hibernautika derrière lui et que le cameraman les précédait maladroitement à reculons sans cesser de filmer. Une fois qu'on avait pris le rythme, cela semblait ne demander aucun effort, comme une sorte de danse aérienne toute en mouvements coulés.

Tu es un vrai cadet de l'espace, lui avait souvent dit Bob. *Tu mériterais d'être citoyen de l'espace intersidéral.*

Il parcourait le couloir avec un large sourire, aussi faible qu'un chaton, toujours souffrant, à présent intime avec sa mort prochaine, mais volant néanmoins avec la légèreté d'un oiseau dans son élément naturel.

Je le suis maintenant, Bob, je le suis !

Franja lui dit au revoir sur le seuil de la passerelle. Il n'y avait que trois places libres à l'intérieur et c'était un moment que les journalistes, privés de document humain par la mauvaise condition physique de Jerry, avaient refusé de céder à l'intimité familiale.

Elle passa l'hibernautika au journaliste de Tass, à qui les hasards de l'emploi du temps du pool avaient accordé cette plage horaire, et la porte s'ouvrit. Le cameraman entra à reculons, puis le correspondant qui fit signe à Jerry de les suivre.

Jerry s'accrocha au dernier anneau du couloir et se propulsa, jambes en avant, à l'intérieur. Le copilote russe le rattrapa par la taille, comme un homme serrant tendrement un enfant dans ses bras.

Dans la bulle d'observation, la Lune était énorme et la Navette tombait dans sa direction en se rapprochant du terminateur, descendant vers la surface gris perle comme l'Aigle à la télévision, toute une vie plus tôt.

Mais elle était bien là, ce n'était plus une image télévisée, plus un rêve d'enfant, plus un disque plat et blanc, mais la vaste courbure lumineuse d'une planète qui montait à sa rencontre.

Le copilote lui lâcha la taille, le prit par la main et le remorqua en douceur vers sa propre couchette à l'avant de la passerelle.

« Nous avons pensé que vous aimeriez peut-être vous asseoir un moment aux commandes », dit le jeune Russe d'un ton prévenant. Il fit un large sourire à Jerry. « Histoire de vous remercier pour le manche à balai, ajouta-t-il en bouclant le harnais. Merci de nous avoir offert le plaisir de piloter physiquement.

— Tenez le manche à balai, monsieur Reed, demanda le correspondant de Tass. Quel plan magnifique ! »

La Navette de grande croisière filait au-dessus de la surface éclairée en direction du terminateur, de la face nocturne de la Lune, approchant de son périgée.

Elle franchit le terminateur et fila au-dessus de l'hémisphère obscur, remontant vers l'apogée de son orbite elliptique dans la nuit étoilée, et soudain, se levant derrière le limbe de son satellite, le globe terrestre lui apparut, énorme, lumineux et vivant. Jerry, à bord de son impossible rêve à l'apogée de sa trajectoire autour de la Lune, contemplait enfin tout l'espace cislunaire, affranchi de la pesanteur à l'apogée de sa vie.

Étaient-ce des points lumineux qu'il voyait se déplacer entre la Terre et la Lune, ou bien ne s'agissait-il que d'une illusion engendrée par des troubles visuels ? Cela n'avait pas grande importance, qu'il les voit ou non, ils étaient là... satellites et cosmograds, stations spatiales militaires et Espaceville, lumières de la cité céleste présente et future de l'humanité.

« Nous allons maintenant procéder à un bref rétro-allumage du réacteur principal pour nous mettre en orbite circulaire », dit le capitaine dans son dos. Le vaisseau frémit quand s'allumèrent les réacteurs de manœuvre qui le firent pivoter de cent quatre-vingts degrés. Le dos tourné à la Terre, à la Lune, au lieu de sa naissance, la bulle d'observation faisait face à l'immensité de l'avenir, aux étoiles inimaginablement lointaines.

Ces points lumineux-là devaient sûrement être des illusions

visuelles, la projection des aspirations de son cœur, mais il les voyait, aussi nettement que si lui avait été accordée la vision du lointain avenir — Navettes en route vers Mars, Jupiter et au-delà, vaisseaux interstellaires en route vers des planètes gravitant autour de lointains soleils.

L'allumage du réacteur principal l'écrasa contre le capitonnage de sa couchette, sa respiration devint laborieuse, son cœur se mit à battre à tout rompre et des élancements de douleur parcoururent ses bras et ses jambes.

Mais cela dura peu de temps et il le remarqua à peine, car il marchait sur l'eau, prenant son essor vers les étoiles, vers l'avenir, vers la place qui avait toujours été sienne.

Le vaisseau pivota à nouveau et à nouveau la Lune s'étendit devant lui, mais maintenant la Navette était en orbite circulaire basse, frôlant majestueusement le paysage d'un autre monde, grands cratères aux ombres marquées et montagnes déchiquetées, vastes étendues tavelées et déserts poussiéreux, gris perlé sous l'éclat implacable du soleil, si *réels* dans la surnaturelle netteté du vide.

Ils franchirent à nouveau le terminateur, firent le tour de la face obscure, puis ressortirent du côté éclairé.

Alors qu'ils bouclaient une orbite complète, Jerry l'aperçut à la surface, sous ses pieds, et ce n'était pas une illusion, impossible de s'y tromper, l'éclat du grand miroir solaire, les petites formes nettement découpées sur la luminosité perlée, la tache ronde du cercle rouge peint à la surface pour proclamer : « Nous sommes là ! »

Lunagrad. La colonie permanente que l'homme avait établie sur un autre monde.

Cela n'avait aucune importance qu'elle batte pavillon rouge, qu'elle soit habitée par des Russes. C'étaient des êtres humains et ils vivaient sur une autre planète. Vu d'ici, c'était tout ce qui comptait, c'étaient des hommes et ils marchaient sur l'eau, comme lui.

« Prenez les commandes, monsieur Reed, s'il vous plaît, dit le capitaine.

— Piloter ? murmura Jerry, incapable de détourner le regard de ce qu'il voyait.

— Suivez simplement les indications du capitaine, dit le pilote, l'ordinateur fera le reste. »

Le manche à balai était étrangement lisse et froid entre ses mains.

« Tenez-vous prêt », dit le capitaine tandis qu'ils filaient vers la partie nocturne.

« Feu ! »

Ils plongèrent dans l'obscurité et les étoiles apparurent. Jerry tira sur le manche à balai et sentit s'allumer le moteur principal. Mais cette fois la douleur et la pression semblaient affecter quelqu'un d'autre, car il pilotait un puissant astronef, il dirigeait son propre vaisseau spatial autour d'un autre monde.

« Dix secondes... »

Le manche à balai était froid comme une énorme coupe de glace au chocolat entre les mains d'un enfant.

Tu es trop petit pour comprendre ce que tu vas voir ce soir, mais tu n'es pas trop petit pour comprendre un demi-litre de Häagen-Dazs...

« Vingt secondes... »

L'étrange paysage lunaire gris cathodique s'approche sous la caméra du module d'atterrissage... Les parois de métal répercutent le sifflement décroissant des rétrofusées...

L'Aigle s'est posé...

La silhouette pataude descend l'échelle au ralenti...

« Extinction. »

Son pied se pose dans la poussière grise, changeant à jamais la destinée de l'espèce.

Jerry repoussa le manche à balai en position centrale et fut aspiré vers une nuit peuplée d'étincelantes étoiles, mais comme la Navette contournait le limbe de la Lune, un éclatant globe bleu apparut au bout du tunnel noir qui se rétrécissait, la Terre vue par-delà le champ de gravitation, vue par-delà les ténèbres en train de se rassembler, et qui le regardait depuis un futur qu'il n'aurait pas le temps de voir.

Mais il avait vécu assez longtemps pour voir *ça*.

C'est... euh... un petit pas pour l'homme, un bond de géant pour l'humanité.

« Monsieur Reed ? Monsieur Reed ? »

La vue de Jerry se brouillait, les eaux noires se précipitaient sur lui, il ne voyait plus qu'un cercle bleu éclatant qui s'ouvrait devant lui, il ne sentait plus que le merveilleux goût du chocolat dans sa bouche.

« Monsieur Reed ? Monsieur Reed ? Pouvez-vous dire au monde quelles sont vos impressions après avoir enfin réussi à voler jusqu'à la Lune ?

— C'est comme la plus grande coupe de glace au chocolat du monde », répondit très distinctement Jerry dans le microphone avant de soupirer et de se laisser emporter.

« Quel spectacle ! Qui aurait cru une telle chose possible il y a seulement quelques semaines ? Mais là, sous nos yeux, un avion russe, un Concordski de l'Aeroflot se pose sur l'aérodrome de San Francisco pour ramener chez lui un héros américain aux portes de la mort !

« L'avion roule maintenant vers le terminal, le moteur de l'hélicoptère-ambulance tourne déjà. On nous dit que l'état de santé de Jerry Reed s'est encore dégradé au cours des dernières heures, la conférence de presse prévue ne pourra pas avoir lieu et il sera emmené directement à l'hôpital pour y être placé en réanimation...

« Je crois que le monde se souviendra longtemps de ces images. Au même titre que la première photographie d'un champignon atomique ou que les toutes premières images d'un lever de Terre sur la Lune. Ces images du premier appareil de l'Aeroflot à se poser sur le sol américain depuis une génération marqueront à jamais la naissance d'une nouvelle ère. »

N.B.C.

Le choc de la rentrée dans l'atmosphère avait été trop violent, ils avaient failli le perdre et, au bout d'une heure à tourner en rond pendant que s'échangeaient des messages entre Washington et Moscou, le Concordski avait enfin reçu l'autorisation de se poser sur l'aéroport de San Francisco.

Ç'avait été pour Bobby un instant terrible et triomphal autant qu'exaspérant... les acclamations, les projecteurs et les caméras, le visage terreux de son père sur le brancard que l'on descendait de l'avion, la course folle vers l'hélicoptère à travers la foule des journalistes, les micros qui se tendaient vers lui...

Tout s'était passé trop vite pour qu'il ait vraiment le temps de ressentir quelque chose et maintenant, enfermé dans cette horrible antichambre de la mort d'un hôpital de Palo Alto, il se surprenait presque à souhaiter que les journalistes, avec leurs projecteurs et leurs cris, retrouvent leurs traces et surgissent en brandissant micros et caméras.

N'importe quoi pour briser ce silence de mort.

Franja était debout à côté de lui, muette et l'œil fixe. Leur mère, qui avait depuis longtemps épuisé toutes les larmes de son corps, était assise au chevet de leur père. Assis de l'autre côté du lit, le Dr Burton guettait les signes de vie sur ses écrans, vautour blond en blouse verte. Sara restait au fond de la pièce, l'air complètement perdu.

Sur le lit, leur père respirait faiblement et Bobby essayait de se persuader qu'il ne souffrait pas, qu'il glissait enfin simplement dans un sommeil sans rêve.

Il n'avait repris que trois fois conscience durant le trajet de retour de la Lune et, selon Franja, il avait été plutôt incohérent, tenant des propos décousus.

« Mais son visage, Bobby, tu aurais dû voir ça. Je ne lui avais jamais vu l'air si heureux. »

Leur père était aux frontières de la mort depuis que l'hélicoptère l'avait transporté chez Immortality, Inc..., mais il se raccrochait désespérément à la vie sous les soins intensifs qui lui étaient prodigués depuis maintenant trois jours, ni complètement mort, ni tout à fait vivant.

« Si seulement nous pouvions le traiter maintenant, avait regretté le Dr Burton. Mais non, la loi nous impose d'attendre la mort clinique du cerveau ! »

Alors l'atroce veillée mortuaire avait commencé. Et elle s'était poursuivie, interminable, jusqu'à maintenant où Bobby ne pouvait que rester planté là, à espérer que cela se termine, à souhaiter que son père meure enfin.

« Sonia... »

Les yeux de son père étaient toujours fermés, mais ils s'agitaient sous les paupières comme ceux d'un homme en train de rêver et, de ses lèvres qui bougeaient faiblement, s'échappait un murmure rauque.

« Je suis là, Jerry ! » répondit Sonia en lui étreignant la main.

Les yeux de leur père s'ouvrirent lentement, parcoururent faiblement la pièce, se refermèrent. « J'ai réussi, chuchota-t-il. J'ai marché sur l'eau ! »

Bobby jeta un coup d'œil à Burton qui hocha la tête et sortit. Puis Bobby prit la main de Franja et tous deux s'agenouillèrent près du lit.

« Oui, papa, dit-il doucement, tu es vraiment un citoyen de l'espace intersidéral, désormais. »

Son père souleva à nouveau les paupières et le regarda droit dans les yeux pour ce qu'il savait être la dernière fois. Il y avait dans ce regard une étincelle de courage et de folie, une sérénité qui lui fit se sentir presque le cœur en paix.

« Tout va bien, Bob, lui dit son père, comme s'il lisait dans ses pensées. Je suis allé là-bas, j'ai vu, ce n'est pas la fin, juste la fin du commencement...

— Papa...

— Quelle vie va être la tienne, Franja ! Tu vas vivre l'âge d'or de la conquête spatiale. Tu vas en être l'une des protagonistes. Un jour, tu pénétreras à bord d'une de nos petites pirogues dans le port d'une grande cité galactique. Je le sais. Je l'ai vu. Elle est là-bas qui nous attend, toi et moi, Franja, toi et moi... »

Franja fondit en larmes. Bobby la serra contre lui.

Leur père sourit. « Sortez maintenant, tous les deux, s'il vous plaît. Je crois que votre mère et moi aimerions être seuls. Prenez bien soin l'un de l'autre. Que je me souvienne de vous ainsi, enfin réunis.

— Oh, papa !

— Viens, sœurette, viens », dit Bobby, et il l'entraîna vers la sortie.

« Sonia... je voudrais que tu fasses une chose pour moi, murmura Jerry, la voix plus faible à chaque syllabe, les paupières retombant lourdement à la fin.

— Tout ce que tu voudras, mon amour..., dit Sonia en se penchant sur lui. Jerry ? Jerry ? »

Lentement, la tête de Jerry se tourna vers elle sur l'oreiller, encore plus lentement il lutta pour ouvrir une dernière fois les yeux. Et quand son regard se posa sur elle, si elle n'y avait vu ce qu'elle y vit, elle se serait complètement effondrée.

Mais le regard de Jerry était brillant et fort, et ses lèvres toutes gercées s'étiraient sur un faible sourire. « Ne pleure pas, Sonia, murmura-t-il. Je suis allé là-bas... je les ai vus... des astronefs voguant dans les ténèbres comme de grands paquebots en route vers des cités en orbite autour de lointains soleils... voilà où nous allons tous, Sonia, n'est-ce pas merveilleux... ? »

Sonia ne savait si elle devait rire ou pleurer.

Même maintenant ! Même aux portes de la mort ! Jusqu'au bout, il restait son homme de l'espace ! Jamais elle ne l'avait aimé davantage.

Elle avait toujours cru qu'elle l'aimait en dépit de cela.

Elle comprenait enfin maintenant que c'était précisément pour ça qu'elle l'aimait.

« Sonia... Sonia... »

— Oui, Jerry, je suis là.

— Je voudrais que tu fasses une chose pour moi.

— Tout ce que tu voudras, mon amour. »

Jerry tourna les yeux vers l'hibernautika, à son chevet, puis la regarda à nouveau dans les yeux. « Débranche-moi.

— Jerry !

— Débranche-moi, Sonia ! dit-il d'un ton plus ferme. Laisse-moi prendre congé !

— Ne me demande pas ça ! s'exclama Sonia. Tu sais que je ne peux pas !

— Mais si, tu le peux, Sonia. Ce sera comme si j'allais dormir. Comme Rip van Wrinkle. Et je me réveillerai dans un monde tout neuf.

— Oh, Jerry, s'écria-t-elle malgré elle. Comment peux-tu parler ainsi en un moment pareil ?

— Parce que j'y crois, Sonia.

— Tu y crois vraiment ? sanglota-t-elle.

— Bien sûr. Je l'ai vu ; je le sais. C'est le début de l'âge des miracles. Chaque jour, des rêves impossibles deviennent réalité. C'est toi qui me disais toujours de lire les journaux, Sonia.

— Oh, Jerry, je ne peux pas supporter l'idée de te perdre ! gémit Sonia. Est-ce mal ? »

Les lèvres de Jerry s'étirèrent sur un faible petit sourire que son regard rendit absolument radieux. « Alors, ne nous perdons ni l'un ni l'autre, Sonia. Que ta vie soit longue et heureuse. Considère que nous allons prendre de longues vacances chacun de notre côté. Mais quand elles seront terminées...

— Jerry...

— ... quand elles seront terminées, viens me retrouver.

— Oh, Jerry !

— Monte à bord de la machine à voyager dans le temps, toi aussi. Promets-le-moi, Sonia.

— Oh, Jerry, Jerry...

— Promets-le, Sonia !

— Je te le promets, mon amour », dit Sonia, prête à dire n'importe quoi pour éviter le dernier adieu.

Jerry poussa un soupir. Il lui étreignit une dernière fois la main avant que les forces ne lui fassent défaut. Sa tête roula sur l'oreiller avec un sourire désarmant et il regarda le plafond, toujours souriant.

« J'ai une idée merveilleuse, Sonia, chuchota-t-il. Faisons-le mettre dans nos contrats. Qu'ils ne nous réveillent pas avant cinq cents ans. Qu'ils ne nous réveillent pas avant que nous puissions faire à nouveau ensemble la tournée des grands ducs, commençons notre nouvelle vie par une seconde lune de miel parmi les étoiles. Ça te plairait, Sonia ?

— Plus que tout au monde... répondit Sonia, absolument sincère.

— Crois-tu que nous le ferons ?

— Oui, Jerry, je le crois, mentit-elle.

— Alors, maintenant je suis prêt à partir. Il est temps d'arracher ma prise. » Il ferma les yeux et ne dit plus rien.

Sonia resta assise un très long moment à son chevet, écoutant son souffle se faire de plus en plus faible, regardant son visage tranquille et souriant se figer en son dernier masque, pleurant, pleurant, et attendant qu'une force extérieure vienne mettre fin à ce moment interminable.

Mais rien ne vint.

Rien ne pouvait venir.

Finalement, elle repensa à la promesse idiote qu'elle lui avait faite sans conviction, de le rejoindre dans cinq cents ans. Ce qui ne l'empêchait pas, comprit-elle soudain, de s'être engagée du fond du cœur.

C'était le cadeau d'adieu qu'il lui avait laissé, un présent, elle le voyait maintenant, qu'elle n'avait qu'à prendre depuis longtemps, il lui suffisait de faire l'effort d'y croire.

Tu peux marcher sur l'eau, Sonia, mais il te faut d'abord trouver quelque chose qui en vaille la peine.

Il avait toujours eu un rêve de ce genre et pas elle. Elle le lui avait envié et elle l'avait aimé pour ça.

Mais il avait maintenant réussi à le lui transmettre. Elle pouvait enfin accepter le plus précieux de ses cadeaux. Elle pouvait y croire.

Elle se voyait avec lui, tous les deux assis devant une bouteille de champagne à une terrasse de café, dans une autre Ville Lumière sur une planète en orbite autour d'un lointain soleil, se remémorant avec une douce nostalgie l'instant présent comme celui de leurs vraies fiançailles spirituelles.

« Qu'il en soit ainsi, murmura-t-elle. Qu'il en soit ainsi »

Puis elle tendit la main et débrancha tendrement la prise.

Cet ouvrage a été composé
par l'Imprimerie BUSSIÈRE
et imprimé sur presse CAMERON
dans les ateliers de B.C.A.
à Saint-Amand-Montrond (Cher)
en avril 1992
pour le compte des Éditions Denoël
73/75, rue Pascal, Paris 13e

N° d'édition : 3554. N° d'impression . 852-92/140.
Dépôt légal : avril 1992.

Imprimé en France